Die preußische Ehe

Das Buch

Ingeborg, die brave und unscheinbare Tochter eines englischen Bischofs, wird nach London geschickt – allein! Ihre Zahnschmerzen sind so stark, daß ihre Familie dieses um 1900 sehr ungewöhnliche Wagnis eingeht. Die Zahnschmerzen sind schnell behoben, da wird sich die junge Frau zum ersten Mal ihrer Freiheit bewußt: Eine Woche darf sie allein in London bleiben. Sie nutzt die Zeit und macht sich verbotenerweise auf eine kleine Reise, auf der sie den jungen deutschen Pastor Dremmel kennenlernt. Mit Schuldbewußtsein nach Hause zurückgekehrt, wird sie von ihren Eltern zwar zur Strafe in ein Schweizer Internat geschickt, aber kurze Zeit später schon findet sie sich als Dremmels Frau wieder – und schwanger. Sechs Schwangerschaften dauert es, bis Ingeborg endlich auch die Liebe für sich entdeckt …

Die Autorin

Elizabeth von Arnim (1866-1941), Cousine von Katherine Mansfield, wurde in Neuseeland geboren. Sie heiratete in erster Ehe den preußischen Grafen von Arnim und veröffentlichte unter ihrem Ehenamen zahlreiche Bestseller. In Deutschland gehörte sie zu den meistgelesenen Autorinnen ihrer Zeit.

Von Elizabeth von Arnim sind in unserem Hause bereits erschienen:

Anna Estcourt
Elizabeth auf Rügen
Die englische Reise
Die Farm im Jasmin
Fräulein Schmidt und Mr. Anstruther
Das Geheimnis der Schwestern
Die Glücksammlerin
Liebe
Die sieben Spiegel der Lady Frances
Sommer ohne Gäste
Tagebuch eines Sommers
Vater

Elizabeth von Arnim

Die preußische Ehe

Roman

Aus dem Englischen
von Sybil Gräfin Schönfeldt

Mit einem Nachwort
von Annemarie Stoltenberg

List Taschenbuch

List Taschenbücher erscheinen im Ullstein Taschenbuchverlag,
einem Unternehmen der Econ Ullstein List
Verlag GmbH und Co. KG, München

Titel der englischen Originalausgabe: *The Pastor's Wife*
Übersetzung: Sybil Gräfin Schönfeldt
Umschlagkonzept: HildenDesign, München – Stefan Hilden
Umschlaggestaltung: Hauptmann und Kampa Werbeagentur, CH–Zug
Titelabbildung: René Stoeltie
Druck und Bindearbeiten: Ebner & Spiegel, Ulm
Printed in Germany
ISBN 3-548-60250-9

TEIL I

1

An diesem Aprilnachmittag schienen sich alle Blumen der Welt am Ende der Regent Street aufgehäuft zu haben, so daß sie erleichtert und leicht wie auf Blütenwolken schritt. In einer solch überschwenglichen Stimmung befand sie sich, die kleine mausgraue Dame, die aus der Harley Street herausgehuscht kam und nach Süden einbog, denn sie war gerade einen Zahn losgeworden.

Nach Wochen elendiglicher Mattheit und Gleichgültigkeit bebte sie wieder vom Widerhall des Lebens, spürte seine Süße, seinen scharfen Nachgeschmack, die Wonne des Gewühls und der Hast geschäftiger Menschen, die an ihr vorübereilten. Und diese Schönheit, diese Schönheit, dachte sie und mußte mit dem Verlangen kämpfen, mitten im Verkehr stehenzubleiben, damit sie alles betrachten konnte: die Schönheit des Himmels über den Hausdächern, die Zartheit des Dunstes, der dort über der Straßenbiegung hing, das allerliebste Gefunkel der Lichter, die in den Schaufenstern aufstrahlten. Ja, ganz gewiß, die Farbe von London war unübertrefflich. Sie glich an diesem späten Nachmittag einer Perle, etwas sehr Sachtem und Blassem, mit einem schwachen blauen Schatten. Ach – und der Duft! Selbst der Himmel könnte nicht besser riechen, auf jeden Fall nicht so interessant. Und irgendwie, sagte sie sich und hob einen Augenblick prüfend den Kopf, kann er keineswegs lebendiger riechen.

Sie selbst war jedenfalls noch nie so lebendig gewesen. Sie fühlte sich elektrisiert. Sie hätte sich nicht gewundert, wenn ihr die Funken aus den Fingerspitzen ihrer braven Handschuhe gesprüht wären. Sie war nicht nur plötzlich und unglaublicherweise ihre Schmerzen völlig losgeworden, sie war auch das erste Mal in den zweiundzwanzig Jahren ihres Lebens allein.

Schon dieses Alleinsein auch ohne die leidige Zahngeschichte hatte ausgereicht, um eine pflichtbewußte, gehorsame und fleißige Tochter ganz kribbelig zu machen. Es hätte sie schon am ganzen Leibe gekribbelt, wenn ihr durch einen glückseligen Zufall hinter den grauen Mauern des Gartens daheim nur ein einziger freier Tag gegönnt gewesen wäre. Aber in London zu sein, frei und müßig, weit weg von allen, die ganze Familie fern im Westen, aus diesem Grunde zum Schweigen verdammt, schon merkwürdig vage und verschwommen durch die Entfernung! Dabei hatte sie sie erst an diesem Morgen verlassen; es war erst neun Stunden her, seit ihr Vater, schön wie ein Erzengel, silbern das Haar und die Beine in Gamaschen, ihr von der Schwelle mit gekränkter Ergebung nachgewinkt hatte. »Und komm nicht wieder, Ingeborg«, hatte er ihr zum Wagen nachgerufen, in dem sie schon saß und sich die Backe hielt und versuchte, sich nicht vor Schmerzen zu wiegen, »eh du nicht völlig wiederhergestellt bist. Und wenn es eine Woche dauert. Selbst zehn Tage. Laß dir alle Zähne nachsehen.«

Denn Ingeborg, die einfach ohnmächtig in die fiebrige Stummheit der Schmerzen geglitten war, hatte das geordnete Leben zu Hause erschüttert. Ihre Familie ertrug alles eine Woche lang in vollkommener Haltung und ohne auch nur eine Geste des Vorwurfs. Dann schickten sie sie zu dem Dentisten in Redchester, einem im allgemeinen sachkundigen Mann, der sie mit probeweisem Plombieren und Füllen gequält und den dumpfen bohrenden Schmerz in eine schrille Pein verwandelt hatte. Dann, als sie ihren Gefühlen auch mit der größten Selbstbeherrschung nicht mehr widerstehen konnte, begann sie die christliche Etikette unerträglich zu finden, die stilles Duldertum forderte, während man um Fassung rang. Der Bischof rief vergeblich nach ihren Diensten. Dreimal hatte er sich allein zum Bahnhof begeben müssen und wurde auch bei seiner Rückkunft nicht abgeholt. Knöpfe sprangen von seinen Gamaschen ab, weil sie nicht rechtzeitig nachgenäht worden waren, und das geschah an so entlegenen Orten wie Eisenbahnwaggons. Briefe wurden nicht beantwortet, selbst wichtige Briefe nicht. Verabredungen, auch notwendige, wurden nicht eingehalten, weil ihn keiner daran erinnerte. Als Ingeborg schließlich nicht einmal mehr antworten mochte, wenn sie angesprochen wurde, sich nicht rührte, wenn man sie rief, wurde es offensichtlich, daß diese Apathie und dieses Verkriechen in Winkel und Verstecke nicht länger zu ertragen war. Gegen jegliche Tradition, gegen alle häuslichen Grundsätze ließ man schließlich eine junge unvermählte Tochter aus den schützenden Händen. Leicht beleidigt und widerstrebend schickte man sie nach London zu einer Berühmtheit in Sachen Zähne – es war ja schließlich keine Vergnügungsreise –, »und deine Tante wird uns sicher vergeben«, sagte der Bischof, »daß du sie auf diese Art und Weise und unangemeldet überfällst«.

Die Tante, eine ernsthafte und willensstarke Dame, war im Norden bei einem politischen Treffen angesagt und deshalb an ebendiesem Morgen abgereist, hatte aber einen Brief hinterlassen und ihr Haus so lange für Ingeborg zur Verfügung gestellt, wie der Zahnarzt brauchen würde. Der Zahnarzt aber, wirklich der beste, den man sich leisten konnte, brauchte sie fast überhaupt nicht. Er klopfte sofort und zielbewußt an den richtigen Zahn und zog ihn heraus. Es gab keine Füllungen, keine Aufschübe, keinen Schmerz und keine Tante. Noch nie war alles im Leben so schön geklärt. Ingeborg fand sich wieder auf der Harley Street, frei und mit zehn Pfund in der Tasche. Für den Rest dieses einen Tages und ein oder zwei Stunden am nächsten Morgen, vor der Fahrt nach Paddington und nach Hause, konnte sie alles tun, was sie wollte. Es kann mir wirklich keiner verwehren, heute abend irgendwohin auszugehen, dachte sie, und während ihr das ganze herrliche Ausmaß ihrer Situation allmählich aufging, blieb sie wie vom Donner gerührt auf der Stelle stehen. Ich kann ja wirklich irgendwo ganz groß zum Abendessen ausgehen, so wie das die Leute, glaube ich, in all den Romanen machen, die ich nicht lesen darf, und dann könnte ich noch ins Theater gehen – keiner könnte mich daran hindern. Ich könnte sogar ins Varieté, wenn ich Lust dazu hätte, und selbst davon könnte mich keiner abhalten.

Solch wagemutige Vorstellungen, die sie lachen ließen, was sie seit Wochen nicht getan hatte – schossen ihr lebhaft durch den

Kopf. Sie sah sich in ihrem mausgrauen Kleid, wie sie zwischen Marmor und goldenem Stuck Kellner dadurch zum Scharwenzeln und Dienern brachte, daß sie ihnen mit ihrer Zehn-Pfund-Note vor der Nase herumwedelte. Sie entwarf Luftschlösser für wirklich waghalsige Handlungen, und sie lächelte im Vorbeieilen ihrem Spiegelbild in den Schaufensterscheiben zu, ihrer Nüchternheit, der Untadeligkeit der Gestalt, die diese vagen Ideen umfing. Ja, sie konnte sich sogar einen Wagen mieten – sie brauchte nur zu telefonieren, und in fünf Minuten wäre er da und entführte sie im Zwielicht nach Richmond Park oder Windsor. Sie war noch nie in Richmond Park oder Windsor gewesen, sie war noch nirgends gewesen – aber sie war fest davon überzeugt, daß es dort Fledermäuse oder Sterne gäbe und Wasser und weichen Blätterschatten und den Duft von feuchter Erde, und sie konnte dort ein wenig herumfahren, ganz langsam, um alles deutlich zu spüren, und dann umkehren und irgendwo Abendbrot essen oder, dachte sie, zum Souper ins Ritz gehen, von dem sie flüchtig vor dem Auftauchen des Bischofs auf den interessanteren Seiten der *Times* gelesen hatte – einfach so hineinschlendern ... Sie könnte natürlich auch zuerst zu Mittag essen, ja, zuerst das – Dinner im Claridge. Nein, nicht im Claridge, sie hatte eine Tante, die dort wohnte, eine andere Tante, die Schwester ihrer Mutter, wohlhabend und einflußreich, und es war immer ratsam, an wohlhabende und einflußreiche Tanten nicht zu rühren. Also vielleicht Dinner im Thackeray Hotel. Da stiegen immer die Verwandten ihres Vaters ab, gutaussehende würdige Männer, die früher einmal Hilfspfarrer gewesen waren und noch sehr viel früher brave und niedliche Babys. Das Hotel lag beim Britischen Museum, meinte sie gehört zu haben. Sein Name und seine Umgebung verhießen eine irgendwie vornehmere Erhabenheit als das Ritz. Ja, sie wollte im Thackeray Hotel essen und richtig großtun.

In diesem Augenblick spürte sie, weil sie gerade an einer Lebensmittelauslage vorbeikam, daß sie zum ersten Mal seit Wochen wunderbarerweise hungrig war, so hungrig, daß sie nicht erst in der Zukunft ein Mittag- oder Abendessen haben wollte, sondern sofort. Sie trat ein, und all ihre goldenen Visionen vom Ritz und vom Thackeray Hotel ergossen sich in eine einzige große Tasse Breadshop-Schokolade (sie empfand es als legitimes und angemessenes Getränk für die Tochter eines Bischofs ohne Anstandsdame und bestellte sich die größte Portion, die vier Pence kostete).

Es war sechs Uhr, als sie erstaunlich gesättigt diesen merkwürdigen Ort verließ, wo ältliche Männer mit magerem Rücken und müden Augen in aller Eile an kalten kleinen Marmortischen ohne Tischdecken verlorene Eier verschlangen und dann weiter die Regent Street entlangliefen.

Sie fühlte sich jetzt auch erstaunlich zufrieden. Sie wollte nicht mehr ins Ritz gehen, schon die Vorstellung, noch etwas mit dem Kakao im Magen essen zu müssen, der sie innen ganz und gar auskleidete wie ein warmes dickes Winterkleid, sie mußte sogar an dicht anliegende Pelze denken, war geradezu umwerfend. Sie fühlte sich immer noch unternehmungslustig, aber schon etwas beschwichtigt. Sie dachte jetzt mehr an so etwas wie frische Luft und Bewegung. Jetzt mochte sie nicht mehr die Hitze und den Glitzerglanz eines Varietés. Das unverfälschte Getränk hatte einen Geschmack hinterlassen, der sich mit Varietés nicht vereinbaren ließ, der sie vielmehr daran erinnerte, daß sie die Tochter eines Bischofs war. Sie entfernte sich also würdevoll vom Breadshop und dachte daran, daß sie eine Mutter hatte, die ans Sofa gefesselt war; eine einzige Schwester, die so schön war, daß es einem das Herz rührte; und eine Klasse von Knaben, die einst wild und ungezähmt waren und jetzt zu ihr aufblickten – ja, sie hatte wirklich eine Position, die es zu bewahren galt. Sie war immer noch glücklich, aber jetzt auf eine wohlerzogene Art und Weise. Und sie wäre wahrscheinlich in die mollig warme und gut gelüftete Welt im Hause ihrer Tante am Bedford Square zurückgekehrt, hätte den Abend mit einem guten Buch zugebracht und wäre früh ins Bett gegangen, wenn ihr Blick nicht von einem Plakat eingefangen worden wäre, das draußen vor einer Art Büro stand, an dem sie vorüberging; es zeigte ein Bild mit Wasser und Bergen, worauf in großen Buchstaben stand:

EINE WOCHE IM LIEBLICHEN LUZERN
SIEBEN TAGE FÜR SIEBEN GUINEEN
AUSKÜNFTE FÜR INTERESSENTEN: DRINNEN

Nun war Ingeborgs Großmutter mütterlicherseits eine Schwedin gewesen, eine zähe Person, geschickt auf Skiern, die als junge Frau überraschenderweise von einem an Land gespülten englischen Touristen, nämlich Ingeborgs Großvater, umworben worden war. Sie war erfüllt von der Unabhängigkeit im Lesen und Denken, durchtränkt vom Duft der endlosen Wälder und Erdbeeren in saurer Sahne. Und sie hatte bis zu dem Tag, an dem sie sich aus unerklärlichen Gründen erlaubte, einen fast Fremden zu ehelichen, inmitten gewaltiger Schönheiten gelebt – gewaltigem Wasser, gewaltigen Bergen, gewaltigen Stürmen und gewaltiger Einsamkeit. Und Ingeborg, die nie aus England herausgekommen war und Jahre im milden Westen verbracht hatte, fühlte beim Anblick dieses großen Sees und dieses gewaltigen Himmels auf dem Plakat in der Regent Street, wie etwas rasch an ihr Herz rührte.

Es waren die Fingerspitzen ihrer Großmutter.

Sie blieb stehen, starrte das Bild an, erinnerte sich halbwegs an etwas, versuchte verzweifelt, sich an mehr zu erinnern, an etwas Schönes und Verborgenes und Abgelegenes, das sie einst gekannt hatte – ach, das sie einst gekannt hatte –, aber es entglitt ihr immer wieder. Die dringlichen Pflichten des Alltags im bischöflichen Dunstkreis, die atemlose Kette ihrer Aufgaben, die tägliche Mühe, hinter ihnen herzulaufen und sie vielleicht sogar zu erfüllen, des Bischofs Gamaschenknöpfe, des Bischofs Reden, des Bischofs Abfahrt mit der Bahn, seine Allgegenwart, wenn er zu Hause weilte, seine Berge von Post, wenn er abwesend war – »Sie ist meine rechte Hand«, pflegte er in selbstgefälligem Lobe zu äußern –, die Teegesellschaften in Redchester, zu denen ihre Mutter nicht gehen konnte, weil sie auf dem Sofa lag, die Gartenfeste in der Grafschaft, bei denen Judith sie vertreten mußte, die Besucher, die Basare, die Gottesdienste in der Kathedrale, die Eile, der Lärm – das Leben daheim schien besonders lärmend zu sein –, das alles hatte das bißchen schlummernden Mut ihrer Großmutter bezwungen und verdrängt, niedergedrückt und ausgetrieben, hatte den einzig wichtigen und noch unerforschten Winkel ihres Ichs mit Schweigen belegt. Jetzt jedoch erhob sich diese unbesiegbare, aber impulsive Frau in ihr mit aller Macht. Ihre Enkelin hatte gerade den richtigen Zustand für ihren Einfluß erreicht. Sie stand immer noch in den Anblick versunken da, voll Sehnsucht, vor Wikingermut sprühend und dennoch voll Zweifel.

Aber warum sollte sie es nicht tun? Der Bischof, wie sie schon früher am Nachmittag bemerkt hatte, schien rasch zu verblassen und in die Ferne zu entschwinden. Und die notwendigen Arrangements waren bereits getroffen. Er hatte eine Extra-Sekretärin eingestellt; sein Kaplan war vorgewarnt worden; Judith würde sicher irgend etwas übernehmen; ihre Mutter konnte friedlich auf dem Sofa bleiben. Keiner erwartete sie vor mindestens einer Woche zurück, wenn sie Zahnschmerzen hatte, vielleicht sogar noch später. Wenn ihr Zahn noch im Kiefer steckte, würde er ja auch weh tun. Wenn der Zahnarzt entschieden hätte, ihn zu plombieren, wären sicher vierzehn Tage verstrichen, ehe ein so fürchterlicher Schmerz verklungen wäre, davon war sie fest überzeugt. Und wenn die zehn Pfund, die ihr der Vater für Taxis und Trinkgelder und andere kleine Ausgaben gegeben hatte, ganze vierzehn Tage hätten reichen müssen, was wäre denn dann noch übrig gewesen? Und außerdem hatte er gesagt – und der Bischof, nur bestrebt, in dieser ganzen leidigen Angelegenheit sich seine Großzügigkeit nicht beschneiden zu lassen, hatte es wahrhaftig geäußert, in dem hohen Ton der Schrift, mit der er gerne seine Sentenzen salbte, hatte also gesagt, sie solle alle Reste bewahren, damit nichts verlorenginge.

»Dein Vater ist sehr gut zu dir«, sagte die Mutter, in deren aufs Sofa hingegossener Gegenwart die Gabe überreicht worden war.

Aber Bischöfe, fuhr es durch Ingeborgs rebellischen und schmerzenden Kopf, müssen gut sein. Sie fing den Gedanken jedoch noch ein und schluckte ihn rechtzeitig.

»Du kannst dir dafür einen Frühlingshut kaufen.«

»Ja, Mutter«, antwortete Ingeborg und hielt sich die Backe.

»Und auch gleich eine Bluse«, sagte ihre Mutter nachdenklich.

»Ja, Mutter.«

»Meine Liebe, denk bitte daran, daß ich Ingeborg hier brauche«, sagte der Bischof, dem die Vorstellung von einer unabhängigen Tochter, die von Blusen zurückgehalten wurde, ganz und gar nicht behagte, »das wirst du natürlich nicht vergessen, Ingeborg.«

»Nein, Vater.«

Und jetzt war sie gerade dabei, das zu vergessen. Jetzt stand sie vor einem ganz gewöhnlichen Plakat und vergaß alles. Was dem Ritz und dem Thackeray Hotel mit all ihren Attraktionen nicht gelungen war, das gelang diesem banalen Bild. Sie vergaß den Bischof – oder vielmehr: er schien in der Entfernung so klein zu werden, eine solche Nichtigkeit, nichts als ein winzig kleiner schwarzer Fleck, oben mit einem Tupfer Weiß, verglichen mit diesem Abbild von Himmel und herrlicher Erde, daß sie gar nicht daran dachte, sich an ihn zu erinnern. Sie vergaß ihre Arbeit, die sich jetzt aufhäufte. Sie vergaß, daß jeder ihrer Schritte zuerst gebilligt werden mußte. Ein Wirbel von Wikingertum, eine heftige Sehnsucht nach Freiheit und Abenteuer schien von ihr Besitz zu ergreifen, sie von der Straße emporzufegen und an einen Ort voller Landkarten, Fahrpläne und hilfreicher junger Männer zwischen Mahagoni zu treiben.

»Wann – wann«, stammelte sie atemlos und deutete auf ein Duplikat des Plakates, das auch drinnen hing, »wann findet der nächste Abflug statt?«

»Morgen, Madam«, antwortete der junge Mann, nachdem sie ihre Frage herausgestottert hatte.

Eine große Ruhe senkte sich auf sie. Sie spürte: Das war die Vorsehung. Sie ließ das Zweifeln sein. Sie versuchte sich nicht einmal zu wehren.

»Ich fahre«, verkündete sie.

Und von ihren zehn Pfund wurden zwei Pfund dreizehn abgezogen, und sie ging, und sie hatte nichts anderes im Sinn, als daß sie am allernächsten Tage fort sein würde.

2

Sie wurde am nächsten Morgen vom offiziellen Leiter dieser speziellen Dent's-Exkursion in Charing Cross abgeholt und mit Schwung zu neuen anderen Exkursionsteilnehmern in ein Abteil zweiter Klasse verfrachtet – im Nebenabteil waren noch mehr, und als sich einmal alle mit Fragen um den Leiter drängelten, zählte sie achtzehn Mitreisende, und abgesehen von ihnen wimmelten Scharen von anderen Reisenden mit Feriengesichtern um sie herum, dazu einige Paare auf Abwegen, und alle schienen es ebenso wie sie kaum erwarten zu können, daß es losging.

Nach den gramzerfurchten Gesichtern dieser »durchbrennenden« Paare zu schließen, wurden sie von Zweifeln zerfressen, vielleicht schon von Reue; Ingeborg selbst aber, die ja ihren Vater hinterging, obwohl dieser, weil er ein Bischof war, ganz und gar nicht verletzt werden sollte, genau wie ihre Mutter, die sich, ans Sofa gefesselt, ganz auf ihr besseres Ich verlassen mußte, und wie auch ihre Schwester, die so fein und empfindlich war und keinen Schatten vertrug, der ihre Schönheit verdunkeln könnte, Ingeborg empfand keine Spur von Reue. Sie war an diesem Morgen, während sie gepackt und das Haus ihrer Tante verlassen hatte, von tausend Ängsten befallen worden. Die selbstverständliche Annahme der Dienstboten, sie führe nach Hause, hatte sie bedrückt. Und sie war auch gezwungen, kleine Unwahrhaftigkeiten auszustreuen, Paddington zum Beispiel dem Taxifahrer als Ziel zu nennen, während sie wußte, daß es Charing Cross war, und sie war rot geworden, als sie ihm den neuen Bestimmungsort durchs Schiebefenster nannte. Aber hier war sie nun, inmitten einer Gruppe von Gleichgesinnten, deren selbstsichere Heiterkeit, abgesehen von den Fällen jener bedauernswerten Paare, ansteckend wirkte, und sie fühlte sich gleichzeitig sicher und so, als ob sie der normalste Mensch auf Erden wäre. Was für ein Spaß, dachte sie, und das Blut tanzte ihr in den Adern, während sie das Durcheinander und Gedrängel auf dem Bahnsteig betrachtete, was für ein Spaß!

Sie war schon oft auf dem Bahnhof in Redchester gewesen, hatte ihren abreisenden Vater begleitet, aber was war das für eine Abreise im Vergleich zu dieser Fröhlichkeit. Es herrschte ein Hetzen und Drängeln, natürlich, weil Züge nicht zu warten pflegen und weil die anderen Leute nicht daran denken, einem aus dem Weg zu gehen; des Bischofs Gehetze war jedoch stets, besonders wenn er zu Konfirmationen fuhr, von einer Art erstarrter Gekränktheit begleitet; es war, so erschien es ihr bei dieser Rückschau, kein Leben in ihm, er ließ sich nicht gehen. Andererseits, dachte sie, um nicht ungerecht zu sein, konnte man bei Anlässen wie Konfirmationen nicht so der Sünde verfallen wie bei einer Dent's-Exkursion und sie auch noch insgeheim mit verstohlener ängstlicher Wonne genießen. Sie fühlte sich wie eine Knospe in dem köstlichen Augenblick, in dem diese ihren kleinen Blattspeer erfolgreich von unten durch die Erde gestoßen hatte. Den ganzen langen Winter hat sie ausgeharrt, und nun gelangt sie plötzlich in das Licht und in den Glanz der Welt. Diese Freiheit! Diese Freude, endlich alles los zu sein.

Die Reisenden im Abteil stiegen ihr über die Beine, um zum Fenster zu kommen und ihren Freunden auf dem Bahnsteig noch etwas zu sagen. Sie redeten alle auf einmal, und das Abteil summte vor Lärm und Bewegung. Die Freunde auf dem Bahnsteig konnten nichts verstehen, aber sie nickten und lächelten zustimmend und riefen abwechselnd, es würde sicher eine gute Überfahrt. Alle waren in Begleitung, nur sie nicht und eben diese Paare auf Abwegen. An den Lücken am Bahnsteig konnte man regelrecht erkennen, wo diese saßen. Sie zog sich auf ihren Sitzplatz so weit wie möglich zurück, bestrebt, keinen zu belästigen und die Füße so unter den Sitz zu klemmen, daß sie aus dem Wege waren – eine typische höhere Pfarrerstochter aus England, provinziell, sorgfältig erzogen, anständig gekleidet, vertrauensvoll. Und grau. Ihr weicher mausgrauer Hut reichte bis weit über ihre Augen und Ohren, wie es die Mode befahl, die in diesem Frühling den ganzen Westen beherrschte, und kleine Löckchen in Wikingerblond kringelten sich unverdrossen darunter hervor. Der Schatten des Hutes verschlang fast ihr kleines Gesicht, man konnte einen freimütigen Mund mit vergnügten Mundwinkeln erkennen, die Flügel einer wählerischen Nase, und man gewann den flüchtigen Eindruck von Sommersprossen auf einer sehr hellen sonnigen Haut.

Der dicke deutsche Herr ihr gegenüber, der keinen in London kannte und deshalb, wenn auch aus anderen und durchaus ehrenwerten Gründen, genau wie sie von keinem zum Bahnhof begleitet worden war, vertrieb sich die Zeit mit ungeniertem Starren. Er merkte offenbar gar nicht, wie beleidigend er wirkte, während er so dasaß und sie anstierte. Er hatte nur eines im Sinn, er wollte sie ganz und gar betrachten können, um zu entscheiden, ob sie hübsch war oder nicht.

Ingeborg, die durch den aufgeregten Trubel auf dem Bahnsteig abgelenkt war, hatte ihn gar nicht bemerkt. Aber sowie der Zug anfuhr und die anderen Passagiere sich auf ihren Plätzen eingerichtet hatten und nun begannen, sich mit dieser verstohlenen Neugier zu mustern, aus der sich eventuell eine Bekanntschaft entwickeln konnte, spürte sie, wie sich etwas Großes und Festes auf sie konzentrierte. Sie schaute rasch auf, um festzustellen, was es war, und einen Moment lang erwiderten ihre höflichen klugen Augen seinen starrenden Blick. Er entschied, daß sie es versäumt hatte, hübsch zu werden, und dachte mit einem schwachen Bedauern über Gottes unerforschliche Wege nach.

Ein bißchen molliger – ja, vielleicht, dachte er, etwas mehr Fleisch auf den Knochen – ja, dann vielleicht.

Und er starrte sie weiter an, weil sie ihm zufällig genau gegenüber saß und weil es außer Tunneln nichts zu sehen gab.

Die anderen Teilnehmer der Exkursion waren jeweils zu zweit. Sie nahmen das auch von Ingeborg an und hielten sie zuerst für die Frau des deutschen Herrn, weil er nicht mit ihr sprach. Es gab zwei Paare von jungen Frauen, eines von Damen in einem fortgeschrittenen Alter und eines von ernsthaften jungen Männern, die sich schon über Balzac unterhielten, ehe sie nach New Cross gekommen waren. Damit verbreitete sich eine verblüffende Atmosphäre von Kultur im Abteil. Ingeborg war ganz verwundert. Außer den älteren Damen, die darauf bestanden, sich über Shoolbred zu unterhalten, gaben alle anderen sofort gebildete Bemerkungen von sich. Balzac, Blake, Bernhard Shaw und Mrs. Florence Barcley flogen im ganzen Abteil mit einer solchen Leichtigkeit und Selbstverständlichkeit hin und her, als ob sie Bälle wären. Am anderen Ende wurde Browning mit Tennyson verglichen, in der Mitte Dickens mit Thackeray. Die beiden älteren Damen, die sich fest an Shoolbred hielten, bildeten eine Art Damm zwischen diesen gelehrten Wogen und schufen ein ruhiges Haff, in dem Ingeborg und der dicke deutsche Herr ihren Frieden hatten. Nach und nach, durch den Anstand gefördert, der es nicht gestattete, auch nur einen Zipfel der Kleidung oder irgendwelcher Besitztümer eines anderen zu streifen, ohne in Entschuldigungen auszubrechen, die mit einem »Aber bitte, das macht gar nichts!« erwidert wurden, entstanden Bekanntschaften. Schokolade wurde angeboten, man stellte sich einander vor, in einer kurzen Zeitspanne hatten die jungen Männer ihre Kappen kaum noch auf dem Kopf, und die Luft summte von Dankesgemurmel. Nur die beiden reiferen Damen, leidenschaftlich in Shoolbred vertieft, schirmten Ingeborg und ihr Gegenüber immer noch in unfruchtbarer Isolierung ab.

Sie versuchte, um die Dame neben ihr – ein hochragender Berg mit mehreren Vorgebirgen – herumzuspähen, um die im Tal dahinter verborgenen drei Mitreisenden zu betrachten. Ein flüchtiger Blick auf ihre Knie zeigte, daß sie denen ihres Gegenübers glichen. Anständige Knie, etwas fadenscheinig; nicht von der edlen Fadenscheinigkeit ihres eigenen Zuhauses im Palast in Redchester, wo die Pracht von Steinornamenten, schwarzer Eiche und altem Glas in den Augen der örtlichen Wohltäter zu offensichtlich ihren unschätzbaren Wert enthüllt hätten, wenn sie nicht durch christliche Entsagung in bezug auf Teppiche gedämpft worden wären, sondern Knie, die abgeschabt und billig waren, weil ihnen nichts anderes übrigblieb. Wer waren diese Mädchen und jungen Männer, die beiden üppigen Damen und der Mann mit dem großen dicken Kopf und dem unablässigen

Charme? All diese Leute hatten ihre festen Aufgaben im Leben, davon war sie überzeugt. Nicht nur irgendwas, so wie sie selbst, sondern reguläre Tätigkeiten, die zu festgelegten Zeiten ihren Anfang und ihr Ende hatten, die bezahlt wurden. Und deshalb konnten sie so frank und frei das verfolgen, wonach sie in ihrem Winkel nur verstohlen haschte. In einem kurzen Moment der Verblüffung erkannte sie, daß ihr der Winkel am liebsten war. Das verstörte sie, denn sie konnte es auf keine Art und Weise mit dem Bischof, dem Dom, ihrem Heim in Einklang bringen, auch mit keiner ihrer Ansichten, die sie dort, unter dem Einfluß dieser drei Mächte, gehegt hatte, und deshalb versuchte sie, dem oft wiederholten Ratschlag ihres Vaters zu folgen und ihr Gewissen zu erforschen. Das allerdings half ihr nicht weiter. Sie erkannte freilich, daß sie etwas Unerhörtes tat, aber es machte sie schließlich glücklich, glücklicher, als sie je in Redchester gewesen war, wo man sie mit den erlaubten kirchlichen Freuden versorgt hatte. In ihrer neuen Freude lag eine Kühnheit, die würzige Frische von etwas Wonnigem und ganz und gar Geheimem. Sie dachte flüchtig an Reue, entschied aber fast sofort, daß diese erst später an der Reihe war. Zuerst mußte man etwas tun. Man mußte zuerst ein Vorhaben ausführen, erst dann war Reue möglich. Sie setzte sich sehr aufrecht hin, das Antlitz von diesen Gedanken erhellt, die sie gleichzeitig erheiterten und schreckten, die Lippen leicht geöffnet, die Augen voll Glanz, so war sie für alles bereit, was ihr das Leben zu bieten hatte.

Ein bißchen molliger sollte sie sein, dachte der deutsche Herr, nur ein kleines bißchen, das würde schon reichen.

Dann kam diese Nacht in Paris, nicht lang genug, um die Stadt zu sehen, aber man kann ja nicht alles haben, und Paris ist Paris – und am nächsten Morgen ging es wieder in den Zug und dann nach Süden, nach Süden, quer durch Frankreich nach Basel, zum Tor der Schönheit, himmlischer Schönheit ganz sicher, und dann würde man da sein, und es würden fünf wunderbare Tage folgen, und dann . . .

Ingeborg zögerte in Gedanken – denn dann, vermutete sie energisch, dann begann die Heimreise. Und dann . . .

An dieser Stelle hielt sie es für das Klügste, nicht weiterzudenken.

»Entschuldigen Sie bitte, aber hätten Sie etwas dagegen, dieses Fenster zu schließen?« fragte die Dame zu ihrer Rechten.

»Aber nein«, antwortete Ingeborg und griff sofort mit der Bereitwilligkeit zum Helfen und Gehorchen, zu der sie so sorgfältig erzogen worden war, nach dem Riemen.

Er klemmte, und sie zerrte daran herum, wobei sie sich etwas wunderte, daß ihr der Mann gegenüber nur zuschaute.

Als sie das Fenster schließlich geschlossen hatte, wickelte er sich den Wollschal vom Halse und knöpfte den obersten Knopf seines Mantels auf.

»Endlich«, sagte er mit Erleichterung in der Stimme und stieß einen enormen Seufzer aus.

Er schaute sie an und lächelte.

Sofort lächelte sie zurück. Jegliche Spur von Selbstbewußtsein, das sie vielleicht noch früher gezeigt hatte, war seit dem Augenblick wie weggeblasen, als Judith, dieses atemberaubende Muster an Lieblichkeit, in die Gesellschaft eingeführt worden war.

»Frieren Sie?« fragte sie mit der freundlichen Neugier eines Knaben.

»Selbstverständlich. Wenn Fenster offen stehen, friert man immer.«

»Ach?« machte Ingeborg, die noch nie darüber nachgedacht hatte.

Sie hörte ihm an, daß er ein Ausländer war. Der flache Kragen und der weiße Binder unter seinem geöffneten Schal sagten ihr außerdem, daß er ein Geistlicher war. Wie sie mich verfolgen, dachte sie. Selbst hier in einem Eisenbahnabteil, nur ganz speziell für die Dent's-Touristen reserviert, war einer von ihnen mit durchgerutscht. Sie sah auch, daß er eine fahle Hautfarbe hatte und daß sein Haar, auch fahl, kurz gestutzt und dick, an Biberfell erinnerte.

»Aber dazu sind Fenster doch da«, sagte sie, nachdem sie darüber nachgedacht hatte.

»Nein.«

Die beiden stattlichen Damen ließen Shoolbred eine Weile ruhen und tauschten bedeutungsvolle Blicke. Sie fanden Ingeborgs Benehmen herausfordernd. Sie hätte nicht als erste sprechen dürfen. Es war zwar unmöglich, sich auf einer solchen Gruppenreise nicht mit jemandem anzufreunden – die soziale Seite dieser Exkursionen war ja in der Tat das Wichtigste, aber es gab schließlich Regeln. Die andere Seite des Abteils hatte diese Regeln beachtet. Die beiden Damen hofften inständig, daß sie sich noch nichts vergeben hatten. Die andere Hälfte des Abteils befolgte die Regeln innerhalb von festen Grenzen; hatte sie gelegentlich berührt und überschritten; hatte sich entschuldigt; hatte diese Entschuldigungen akzeptiert; hatte sich vorgestellt und war vorgestellt worden; hatte sich so den Weg zur Schokolade gebahnt.

»Nein?« wiederholte Ingeborg neugierig.

»Die Öffnung war der Anfang«, sagte der deutsche Herr.

»Gewiß«, antwortete Ingeborg, weil sie sah, daß er auf ihre Zustimmung wartete.

»Und auf der Höhe des Fortschritts kam der Mensch und schloß es auf mechanische Weise.«

»Ja«, sagte Ingeborg, »aber –«

»Konsequenterweise ist die Funktion von Fenstern, Öffnungen zu schließen.«

»Ja. Aber –«

»Und nicht, dasjenige zu öffnen, was ohne sie bereits geöffnet wäre.«

»Ja. Aber –«

»Es wäre unlogisch«, sagte der deutsche Herr geduldig, »zuzugeben, daß ihre Funktion darin bestünde, dasjenige zu öffnen, was ohne sie bereits offen wäre.«

Zutiefst beruhigt durch das Wort »unlogisch«, das ein anständiges Wort war, wohlbekannt und ganz im Sinne einer Dent's-Exkursion, wandten sich die beiden Damen Shoolbred wieder der Stelle zu, wo sie ihn verlassen hatten.

»Am ersten Tag, an dem ich in England war, verfuhr ich logisch und verschloß jedes Fenster in meiner Pension. Dann entdeckte ich, daß das die Atmosphäre um mich herum verbitterte.«

»Es entstand dicke Luft«, nickte Ingeborg interessiert.

»So war es. Und da meine Berufung schließlich in Frieden besteht und mein Besuch so kurz war, daß alles ertragen werden konnte, was mir zustieß, ließ ich die Logik fahren und kaufte mir statt dessen einen Wollschal. Diesen hier. Dann gab ich mich ungeschützt der frischen Luft hin.«

»Und hat es Ihnen gefallen?«

»Es erinnerte mich mit Freuden daran, daß ich bald wieder heimkehre. In Ostpreußen herrscht einerseits einiger Mangel; andererseits aber gibt es Doppelfenster, Öfen und gerade die richtige Menge Gänsedaunen für jedermanns Bett. Bevor mich der Durchzug und die dünnen Decken in der Pension mannhaft leiden statt genießen ließen, war mir mein Urlaub zu kurz vorgekommen, und wenn ich an mein Leben und meine Arbeit zu Hause dachte – mein offizielles Leben und Arbeiten –, dann schien es mir belanglos zu sein.«

»Belanglos?« fragte Ingeborg und heftete die Augen auf seinen weißen Binder.

»Belanglos. Der Durchzug und die Decken in der Pension haben mich geheilt. Ich kehre froh zurück. Mein Leben dort, so sage ich mir, mag belanglos sein, aber es ist mollig warm. So«, setzte er lächelnd hinzu, »lernt der Mensch Zufriedenheit.«

»Durch Zug und dünne Decken?«

»Durch den Abstand.«

»Ach?« machte Ingeborg. Hatte die Vorsehung sie nur vor dieses Plakat gelenkt, um sie Zufriedenheit zu lehren? Waren die Dent's-Exkursionen in Wirklichkeit nichts als ein Erziehungsprogramm der Vorsehung?

»Aber«, begann sie und hielt gleich wieder inne.

»Es ist notwendig, fortzugehen, um zurückzukehren«, sagte der deutsche Herr wieder mit großer Geduld.

»Na. Natürlich. Aber –«

»Der wesentliche Zweck eines Urlaubs besteht darin, daß man sich nach seinem Ende sehnt.«

»Aber nein!« protestierte sie mit der ganzen Urlaubsfreude in der Stimme.

»Aha. Sie stehen am Anfang.«

»Ganz am Anfang.«

»Doch am Ende werden auch Sie heimkehren und sich mit Ihrem Schicksal abfinden.«

Sie schaute ihn an und schüttelte den Kopf.

»Ich glaube nicht, daß dieses sich Abfinden ganz –«, sie hielt inne und dachte nach. »Ja, was ist das?« fuhr sie fort. »Führt das nicht auch zur Schwäche?«

Die beiden Damen unterbrachen ihre Unterhaltung, starrten Ingeborg an und warfen sich dann wieder Blicke zu.

»Vielleicht nicht zur Schwäche als Belanglosigkeit. Sie sind kein Pastor.«

Die beiden Damen hielten spürbar den Atem an. Die langsam gesprochenen Worte des deutschen Herrn fielen klar in ihr plötzliches Schweigen.

»Nein«, sagte Ingeborg, »aber was hat das –«

»Ich aber bin einer. Und es ist ein belangloses Leben.«

Ingeborg hatte das flüchtige Gefühl, als ob ihr das Blut in den Adern gerönne. Sie dachte an ihren Vater – er war ja auch, genaugenommen, Pastor. Sie war aber sicher, daß ihm keine seiner Handlungen als belanglos vorkäme. Sein Leben war großartig und bedeutsam. Bis zum Rande, bis zum Überschäumen angefüllt mit glänzendem Nutzen und mit einer Neigung, das Leben aller, die mit ihm zu tun hatten, ebenfalls bis zum Äußersten zu erfüllen. Aber er war natürlich ein Kirchenfürst. Er hatte freilich alle Stationen der kirchlichen Laufbahn durchschritten, hatte bescheiden angefangen; sie zweifelte trotzdem daran, daß er seine Karriere in irgendeinem Moment für belanglos gehalten hatte. Und war es nicht wirklich die höchste Laufbahn? Wie atemlos und gehetzt sie auch die weiblichen Familienangehörigen in diesen oberen Regionen werden ließ, welche Plackerei sie auch in den unteren darstellte – war es nicht die allerhöchste? Doch trotz ihrer Erstarrung war sie neugierig.

»Es wäre schon ganz in Ordnung«, fuhr der Pastor fort und schaute zum Fenster hinaus auf das wohlbestellte Bauernland, durch das sie fuhren, »wenn es nicht die Sonntage gäbe.«

Wieder erstarrte sie.

»Aber –«

»Sie verderben alles.«

Sie schwieg; und das Schweigen der beiden Damen schien einen eisigen Rauhreif zu erzeugen.

»Es ist der fatale Brauch der Sonntage«, fuhr er fort, wobei er das entschwindende Land nicht aus den Augen ließ, »sich immer zu wiederholen.«

Er machte eine Pause, als ob er auf ihre Zustimmung wartete. Sie konnte sie ihm nicht verweigern, weil es eine Wahrheit war, der man nicht ausweichen konnte. »Ja«, sagte sie widerstrebend, »natürlich. Das ist ihre Natur.« Dann überfiel sie plötzlich ein Schwall von Erinnerungen, und sie setzte mit warmer Stimme hinzu: »Ja, wahrhaftig!«

Die Eiseskälte der beiden Damen schien sich schwer auf sie zu legen.

»Sie unterbrechen einen in der Arbeit«, sagte er.

»Aber sie stellen doch Ihre Arbeit dar«, entgegnete Ingeborg verwirrt.

»Nein.«

Sie starrte ihn an. »Aber«, begann sie, »ein Pastor –«

»Ein Pastor ist auch ein Mann.«

»Ja«, antwortete Ingeborg, »aber –«

»Sie haben zweifellos schon bemerkt, daß er unveränderlich auch ein Mann ist.«

»Ja«, entgegnete Ingeborg, »aber –«

»Und ein Mann von einiger Intelligenz – und ich bin ein Mann von Intelligenz – kann keine Erfüllung seines Lebens darin finden, mit den mageren Materialien umzugehen, die ihm die Dogmen der lutherischen Kirche bieten.«

»Ach – der lutherischen Kirche«, rief Ingeborg und griff nach diesem Strohhalm.

»Jeder Kirche.«

Sie schwieg. Sie spürte, wie sehr ihr Vater diese Einstellung mißbilligt hätte. Sie spürte, daß es verworfen war, sitzen zu bleiben und diesen Worten zu lauschen. Sie spürte aber auch, so merkwürdig und erschreckend diese Beobachtung war, wie es sie erfrischte.

»Aber«, begann sie und runzelte die Stirn, was man gerade noch als schlechten Geschmack verurteilen konnte, und schlechter Geschmack, das hatte man ihr immer gepredigt, war wirklich das letzte – aber ach, wie hübsch das doch war, so eine kleine Prise schlechter Geschmack, nach all den Sümpfen von gutem Geschmack, in denen man in Domstädten geradezu watete! Sie runzelte also die Stirn, ganz atemlos über ihre Gedanken. »Aber womit«, fragte sie, »erfüllen Sie sich das Leben wirklich?«

»Mit Dünger«, antwortete der deutsche Herr.

Die Damen zuckten auf ihren Plätzen zusammen.

»Dü . . .«, begann Ingeborg und brach dann ab.

»Ich bin mit dem Versuch beschäftigt, den Bauern meiner Gemeinde beizubringen, aus ihren mageren Äckern das meiste herauszuholen.«

»Aha«, antwortete Ingeborg höflich.

»Ich diene ihnen als Beispiel. Sie geben nichts auf Worte. Ich habe ein paar Morgen Land gekauft und experimentiere vor ihren Augen. Unsere Krume ist die schlechteste in ganz Deutschland. Sie ist unverbesserlich undankbar. Und die Bauern sind genauso.«

»Ach wirklich«, sagte Ingeborg.

»Das Ergebnis dieser Kombination ist Armut.«

»Da nehme ich an«, sagte Ingeborg in Erinnerung an die Methoden des Bischofs, »daß Sie Geduld predigen.«

»Geduld! Ich predige Dünger!«

Bei diesen schrecklichen Worten fuhren die Damen wieder zusammen.

»Dünger ist«, sagte er mit großem Ernst und begeistert funkelnden Augen, »die Grundlage der Größe einer Nation.«

»Daran hatte ich noch gar nicht gedacht«, entgegnete Ingeborg, die sah, daß er wartete.

»Denn von welcher letzten Zuflucht hängen Staaten immer ab?«

Sie wagte keine Antwort zu geben, denn es kam ihr so vor, als ob es viele gäbe.

»Natürlich von ihrer Landwirtschaft«, antwortete der Pastor mit leichter Ungeduld über jemanden, der beim Offensichtlichen so lange schwanken muß.

»Natürlich«, erwiderte die gefügige Ingeborg, auf Zustimmungen dieser Art gedrillt.

»Und was ist die letzte Hilfsquelle, von der die Landwirtschaft abhängt?«

Ein Geistesblitz ließ sie vorschlagen: »Dünger!«

Zum dritten Mal fuhren die Damen in die Höhe, und diejenige, die ihr am nächsten saß, raffte den Rock von ihr weg.

Er zeigte, daß er ihre Intelligenz anerkannte, indem er bedächtig nickte.

»Eine Nation muß ernährt werden«, sagte er, »und von leeren Feldern wird keiner satt.«

»Natürlich nicht«, antwortete Ingeborg.

»Das ist also das Hauptelement jeglichen Fortschritts; denn nur in volle Mägen kann er seine Wurzeln senken.«

Die Damen begannen sich heftig zu fächeln. Sehr nervös. Die eine mit dem *Daily Mirror*, die anderen mit *Answers*.

»Natürlich«, sagte Ingeborg.

»Zuerst also«, fuhr der deutsche Herr fort, »muß man sich den Magen füllen –«

Die Dame neben Ingeborg griff plötzlich an ihr vorbei nach dem Riemen.

»Entschuldigen Sie, aber hätten Sie etwas dagegen, wenn ich das Fenster öffne?« brach es aus ihr heraus.

Der deutsche Herr, in seiner Rede unterbrochen, nutzte die kleine Pause, in der Ingeborg das Fenster öffnete, indem er seinen Mantel mit Sorgfalt und Geduld zuknöpfte und sich den Schal umschlang. Nachdem er das alles gerichtet hatte, gab er sich wieder seiner Begeisterung hin. Er schien sie anknipsen zu können.

»Die endlose Kombination«, rief er aus, »die endlose Zahl seiner Bestandteile, Kali, Kainit, Chilesalpeter, Superphosphate –« Er ließ die Wörter über die Lippen rollen, als ob es die Zeilen eines Psalms wären.

»Wenn ich die Tür meines kleinen Laboratoriums hinter mir

schließe, das ich entworfen habe, so schließe ich das ganze Leben mit mir ein, die ganze Wissenschaft, jede Möglichkeit. Ich analysiere, ich synthetisiere, ich separiere, ich reduziere und kombiniere. Ich berühre die Sterne. Ich tauche in die Tiefe. Die Alltagswelt ist vergessen. Ich vergesse wirklich alles, alles außer meiner Forschung. Aber dann klopft unweigerlich einer in den tiefsten und in den erhabensten Momenten an meine Tür und sagt mir, daß es wieder Sonntag sei und ob ich bitte rauskäme und die Predigt hielte.«

Er schaute sie mißbilligend und nach Teilnahme heischend an. »Predigen!« wiederholte er.

»Aber warum«, fragte sie von Neugier getrieben, »warum sind Sie Pastor?«

»Weil mich mein Vater dazu gemacht hat.«

»Aber warum sind Sie es immer noch?«

»Weil ein Mann von etwas leben muß.«

»Er sollte das nicht tun«, sagte Ingeborg und errötete leicht, weil ihr eindringlich beigebracht worden war, sich schüchtern zurückzuhalten, wenn es zu Meinungsverschiedenheiten kam – der Bischof nannte diese Haltung weiblich –, »er sollte das nicht auf Kosten seiner Überzeugung tun müssen.«

»Nichtsdestotrotz«, sagte der Pastor, »er tut es.«

»Ja«, sagte Ingeborg, die dem zustimmen mußte, selbst in Redchester waren solche Fälle nicht unbekannt. »Er tut es«, sagte sie und nickte, »natürlich tut er es.« Und willens, zumindest so aufrichtig wie der Pastor zu sein, setzte sie hinzu: »Und eine Frau täte das auch.«

»Natürlich«, sagte der Pastor.

Einen Augenblick lang schaute sie ihn an. Dann sagte sie impulsiv und indem sie sich am Fensterriemen etwas zu ihm hinüberzog: »Diese Frau tut es, sie tut es gerade jetzt.«

Die beiden Damen wechselten Blicke und fächelten sich heftiger.

»Welche Frau?« fragte der Pastor, der die englische Sprache zwar ausreichend, aber nicht in allen Feinheiten beherrschte. »Diese hier«, antwortete Ingeborg und deutete auf sich. »Ich. Ich lebe in diesem Augenblick – ich brause mit diesem Zug davon – ich bin für diesen Urlaub durchgebrannt – vollkommen auf Kosten meiner Überzeugungen.«

3

Danach war nicht mehr damit zu rechnen, daß man entweder Ingeborg oder dem deutschen Herrn sehr viel Sympathie entgegenbrachte. Durchgebrannt? Und dann passierte etwas in Dover, das die Sache endgültig und eiskalt entschied.

Der Zug hatte langsam gebremst, die Reisenden waren in Bewegung geraten und standen nun alle ungeduldig und unter ihrem Gepäck schwankend da, den Schirm schon in der Hand, alle außer Ingeborg und dem Pastor. Der Zug hielt, doch die beiden neben der Tür rührten und regten sich nicht. Sie waren in ihr Gespräch so vertieft, daß sie einfach sitzen blieben und die drängelnde Schlange im Abteil rücksichtslos behinderten, während draußen vorm Fenster schon Ströme von ordnungsgemäß entlassenen Passagieren auf dem Weg zu den besten Plätzen auf der Fähre vorbeieilten.

Die Schlange staute sich und wartete, zappelig und nervös, hielt sich aber bis zum allerletzten Augenblick an die Regeln des guten Benehmens, nur nicht die beiden Damen, die durch das, was sie hatten hören müssen, bis hart an die Grenze ihrer Fassung getrieben worden waren.

Denn der Pastor, der gelassen und mit umfassendem Interesse die Leute betrachtete, die sich draußen vorm Fenster vorbeidrängelten, zerrauft und aufgelöst durch die Hast und die Begierde, sich die besten Plätze auf dem Schiff zu sichern, hatte im Ton einer milden, aber durchdringenden Klage gesagt, es schien fast so, als ob die Zeit den Atem anhielte, um ihm Muße für seine Meinung zu geben – »Warum hat der gute Gott nur so viele häßliche alte Weiber erschaffen?«

In diesem Augenblick ließ die gebirgige Dame am Kopf der Schlange ihre ganze gute Erziehung fahren und gestattete sich, vollkommen hemmungslos: »Jetzt lassen Sie mich aber gefälligst durch!« zu schreien. Dann fackelte sie nicht mehr lange, sondern schob sich gewalttätig zwischen seinen und Ingeborgs Knien hindurch, und der entfesselte Rest folgte ihr wie ein Wasserfall.

»Erst läßt er uns warten, und dann lästert er Gott!« sagte sie keuchend zu ihrer Freundin, als sie glücklich auf dem Bahnsteig standen.

Und für den Rest der Reise zog sich diese Gesellschaft, von den beiden dicken Damen angeführt, in eisige Verachtung zurück, schloß Ingeborg und den Pastor von morgens bis abends vollkommen aus, so daß den beiden nichts anderes übrigblieb, als sich zu befreunden.

Und das taten sie. Sie unterhielten sich, und sie wanderten, sie kletterten, und sie besichtigten. Sie unternahmen alles, was Dent's arrangiert hatte, aber sie liefen nur mit und nicht der Ziele wegen, und sie bildeten immer die Nachhut. Sie schlugen die Extraangebote aus, die in jedem Winkel zu lauern schienen, weil sie alle beide mißtrauisch und alle beide arm waren. Ihre Mittellosigkeit war offensichtlich und schockierte die Mitreisenden fast noch mehr als die schrecklichen Dinge, die sie sagten. »Wirklich miserabler Geschmack«, entschied die Tour am dritten Tag, nachdem sie zuerst einmal die allgemeine Kritik dadurch herausgefordert hatten, daß sie sich negativ über Nachmittagstee und den Kauf von Ansichtskarten äußerten und sich dann noch nicht einmal an einem nicht inbegriffenen Kutschausflug am See entlang beteiligen wollten. Selbst Mr. Ascough, der immer gehetzte Repräsentant von Dent's, hielt sie für unerwünscht, konnte allerdings besonders gegen Ingeborg nichts vorbringen, außer daß sie irgendwie nicht zu Dent's paßte. Und was den deutschen Herrn anbelangte, so hatte er zuerst ganz vertrauenswürdig gewirkt, was jedoch sofort verflog, sobald er den Mund öffnete. »Führt schmutzige Reden«, war der Ausdruck, den die umfangreichste Dame gewählt hatte, als sie sich in Dover bei Mr. Ascough über ihn beschwert hatte, wobei sie hinzufügte, weil sie seit Jahren nur mit Dent's gereist sei, fühle sie sich berechtigt, darauf zu bestehen, daß man diesem Manne den Mund säubern müsse.

»Ich bin keine Zahnbürste, Mrs. Bawn«, erwiderte der gepeinigte Mr. Ascough, der gerade damit beschäftigt war, sich inmitten seiner von allen Seiten andrängenden Herde etwas Licht und Luft zu verschaffen.

»Dann werde ich an Mr. Dent höchstpersönlich schreiben«, verkündigte Mrs. Bawn mißbilligend. Das schüchterte Mr. Ascough derartig ein, daß er sich freikämpfte, hinter ihr her den Bahnsteig entlangtrottete und sich schrecklicherweise – er schien wahrhaftig mit wenig Takt und Feingefühl gesegnet zu sein – erkundigte, ob die Reden des deutschen Herrn denn obszön gewesen wären.

»Wenn es etwas Obszönes gewesen ist, kann ich ihn nämlich loswerden, wissen Sie«, sagte Mr. Ascough, »war es obszön?«

Da mußte Mrs. Bawn, erregt und verstört, zur Wahrung ihrer weiblichen Würde gestehen, sie sei stolz, ihn davon informieren zu müssen, daß sie keine Ahnung habe, was dieses Wort bedeute. Der Pastor aber – sein Name war Dremmel, wie er Ingeborg gesagt hatte, Robert Dremmel – nahm das alles mit großer Schlichtheit auf. Mochten sie ihn ausschließen, er nahm gar keine Notiz davon, mochten sie ihm den Rücken zukehren, er merkte es nicht einmal. Nichts, was die Dent's-Tour unternehmen konnte, um ihn zu piesacken, wäre in sein Bewußtsein gedrungen. Da er entschieden hatte, daß die mitreisenden Frauen langweilig waren und die Männer uninteresssant, verschwendete er keinen Gedanken mehr an sie. Mit seiner üblichen Zielstrebigkeit konzentrierte er seine Aufmerksamkeit zuerst nur auf die Schweiz, für deren Anblick er ja gezahlt hatte, und fand es dann angenehm, daß diese junge Dame in Grau seine Aufmerksamkeit so unbefangen teilte. Nur in den allerersten Stunden, ganz zu Anfang waren ihm ihre Natürlichkeit, ihre bereitwillige Freundlichkeit ein wenig unweiblich vorgekommen. Sie schien es ihm etwas zu sehr darauf angelegt zu haben, den Eindruck eines Knaben zu erwekken. Sie besaß kein Selbstbewußtsein – seine Mutter hatte ihn gelehrt, das mit Bescheidenheit zu verwechseln – und offensichtlich nicht den geringsten Wunsch, dem anderen Geschlecht zu gefallen. Sie schlief zum Beispiel am Ende einer langen Fahrt direkt vor ihm ein, ließ ihren Mund ungehindert aufklappen und kümmerte sich nicht im geringsten darum, daß er sie dabei vermutlich betrachtete. Herr Dremmel, der sich neben seinen landwirtschaftlichen Forschungen eines liberalen, wenn auch oft ruhenden Interesses für weibliche Reize rühmte, bedauerte diese Unzulänglichkeiten, aber nur ganz zu Beginn. Am Ende des ersten Tages in Luzern fand er es höchst erfreulich, mit ihr zusammenzusein, weiblich oder nicht weiblich. Er unterhielt sich gerne mit ihr. Er stellte fest, daß er zu ihr wie zu keiner der jungen Damen sprechen konnte, die er in Ostpreußen kennengelernt hatte, trotz ihrer steifen und stetigen Versuche, ihm zu gefallen. Er versuchte eine Erklärung dafür zu finden und kam zu dem Schluß, es müsse an ihrem Interesse liegen. Über welchen Gegenstand er sich auch ausließ, sie kam ihm immer bereitwillig entgegen. Sie hörte auf intelligente Art und Weise zu, dazu mit einer Anpassungsfähigkeit – er ahnte damals noch nichts von des Bischofs Erziehung –, die man nur selten im Verein mit Klugheit fand. Kluge Personen, so sagte ihm die Erfahrung, neigten zu Streit und Widerspruch. Diese junge Dame war klug, brauchte keine Argumente, und das war eine sehr befriedigende Kombination, und ehe sie eine bestimmte Meinung äußerte, hatte sie eine anmutige Art, sie noch einmal einzuschränken. Wenn ihre Einwände – wie so oft – von einem »Aber ...« eingeleitet wurden, mußte er nur geduldig seine eigene Meinung wiederholen, um sonnigste Zustimmung zu erlangen. Er konnte natürlich nicht wissen, wie nachdrücklich ihr dieses sonnige Wesen anerzogen worden war.

Am Ende des zweiten Tages hatte er ihr mehr von seinem Leben und seinem Zuhause und seiner Arbeit und seinem Ehrgeiz erzählt, als er je einem anderen Menschen mitgeteilt hatte, und sie hatte ihm auch von ihrem Leben und ihrem Zuhause und ihrer Arbeit erzählt, was er freilich nicht sonderlich interessant finden konnte. Sie habe keinen Ehrgeiz, erklärte sie, was auch nur gut für eine Frau war, wie er sagte. Vom Bischof bekam er nicht viel mit, so leicht ging sie über ihn hinweg.

Am Ende des dritten Tages hatte er entdeckt, was ihm merkwürdigerweise zuvor gar nicht aufgefallen war, daß sie nämlich hübsch war. Natürlich nicht auf die üppige ostpreußische Art und Weise, mit diesen großzügigen Rundungen, die ihm allmählich vollkommen überflüssig zu sein schienen, sondern schön durch Zartheit und Zucht. Er war nicht mehr der Ansicht, daß sie molliger sein mußte. Und er bemerkte auch ihre Kleider, und nachdem er sie sehr genau mit denen der anderen Damen verglichen hatte, versah er sie mit dem Eigenschaftswort elegant.

Am Ende des vierten Tages gestand er sich ein, daß er vermutlich dabei war, sich bald zu verlieben.

Am Ende des fünften Tages wußte er ohne jeglichen Zweifel, daß genau dies geschehen war; der Beweis bestand für ihn darin, daß die Schweiz an diesem Tage zur bloßen Kulisse verkam.

Selbst der Rigi, den er noch mit Interesse betrachtete, galt ihm nichts. Er marschierte hinauf, er, der niemals etwas bestieg, weil sie es wünschte. Er stolperte und keuchte und nahm gar nicht wahr, wie er sich in seiner warmen Kleiderhülle in Dünste auflöste, weil es ihm eine solche Wonne bereitete, ihr dabei zuzuschauen, wie sie vor ihm herging und im hellen Sonnenschein, der wie ein weißes Licht über sie fiel, nach allen Seiten spähte, und wie sie über ihm zwischen den Zirbelstämmen flatterte. Und als sie den Gipfel erreicht hatten, genoß er überhaupt nicht die Aussicht, sondern ließ sich auf den nächsten Sitzplatz fallen und versank in den Anblick ihres Haares, in dem sich das ganze brennende Nachmittagslicht gefangen zu haben schien, und wie sie dort am Rande des Plateaus stand, zeigte es die Farbe von Flammen.

Das war sehr interesssant. Soweit er sich entsinnen konnte, hatte er noch niemals den Anblick von Haaren einem Ausblick vorgezogen. Ein merkwürdiges Ergebnis seiner harmlosen Ferienreise, grübelte er.

Er hatte nie die Absicht gehegt, sich zu verheiraten. Er war fünfunddreißig, und er hatte sich seiner Arbeit gewidmet. Er hielt es im moralischen Sinne für edel, wie er dem Unwissen und Vorurteil geduldig entgegenhielt, was trotz der Unfruchtbarkeit des Bodens zu erreichen war, wenn man die Sache nur mit Verstand begann. Sein Haushalt war einigermaßen erträglich eingerichtet, er hatte eine Frau gefunden, eine Witwe, und an ihr die große Lektion gelernt, daß nur Witwen wirklich wissen: Man muß einen Mann in Ruhe lassen. Er war arm, und was er durch äußerste Sparsamkeit zusammenkratzen konnte, steckte er in ein paar Morgen Sandboden, aus dem das Licht des Wissens steigen sollte, das einzige, was er zu bieten hatte, um die Heiden zu erleuchten. Er war der Ansicht, daß jeder Mensch vor seinem Tode den so zahlreichen Heiden das Licht weisen sollte; irgendein Licht, so schwach es auch war; es konnte zu einem so reinen Glanz gebracht werden, daß sie es sehen mußten, ob sie wollten oder nicht. Eine Ehefrau, das hatte er immer gedacht, wenn er sich von Zeit zu Zeit mit dieser Frage beschäftigte, was in jedem Jahr geschah, immer im jungen Frühling, würde sich zwischen ihn und sein Licht schieben. Sie wäre ein Schatten; ein weitreichender Schatten, der alles verschlang. Seine Kirche und sein Predigeramt unterbrachen seine Arbeit schon oft genug, aber das war nur einmal in der Woche. Eine Ehefrau war jeden Tag vorhanden. Er konnte sie natürlich aus seinem Laboratorium ausschließen und vielleicht auch aus seinem Wohnzimmer . . . Als er merkte, daß er ernsthaft erwog, welche anderen Stuben er noch vor ihr verschließen konnte, und feststellte, daß er sie aus fast allen ausschließen wollte, beschloß er als kluger und ehrenwerter Mann, es sei das gescheiteste, die kurvenreichen Jungfrauen seiner Nachbarschaft in Ruhe zu lassen.

Dieses Problem beschäftigte ihn, wie gesagt, in jedem Jahr, immer an den ersten warmen Frühlingstagen. Während des übrigen Jahres vergaß er es fast, weil er so versunken in seine Arbeit war. Und hier stand er nun am Gipfel des Rigi, an einem kühlen Ort, fast winterlich, und es bedrängte ihn plötzlich so sehr, daß ihm seine Düngemittel, wenn er sie mit diesem Gefühl verglich, geradezu lächerlich vorkamen. Er untersuchte diesen Sinneswandel mit Bedacht. Er bildete sich auf die Art und Weise, wie er sich verliebt hatte, etwas ein; er, als ein armer Mann, hatte nicht gefragt, ob die junge Dame genug oder ob sie überhaupt Vermögen besaß. Er hockte nur da und freute sich über den Beweis, daß er trotz seiner fünfunddreißig Jahre noch tollkühn sein konnte. Es freute ihn erst recht, von ihr so bezaubert zu sein, daß er sie unter allen Umständen heiraten wollte, auch wenn sich herausstellte, daß sie keinen Pfennig besaß, indem er es durch eine Serie von meisterhaften finanziellen Winkelzügen ermöglichte, deren bester darin bestand, die Witwe zu entlassen. Dann konnte er ihre Schmuddeligkeit und ihre ewige Klage, in der Blüte gebrochen worden zu sein, obwohl es doch gar keine Blüte gegeben hatte, durch diesen leibhaftigen Sonnenschein ersetzen. Der Takt der jungen Dame, den er bei verschiedenen Gelegenheiten bewundert hatte, würde sie dazu bringen, ihren Sonnenschein auf die angemessenen Augenblicke zu beschränken. Sie würde ihn nicht in seine Arbeitsstunden fließen lassen. Eine Heirat brachte außerdem alle Werte und Tugenden ins rechte Gleichgewicht. Er hegte nicht den geringsten Zweifel, daß seine Gattin von ganz allein den ihr angemessenen Platz einnehmen würde, der – bei aller Hochachtung – ein wenig unter dem der Düngemittel lag. Wenn das nicht so wäre, wenn die Ehe die aufgewühlten Gefühle nicht wieder zu ihrem ursprünglichen Zustand zurückführte – was wäre die Liebe dann für eine Katastrophe. Kein vernünftiger Mann durfte sich gestatten, so etwas zuzulassen.

Aber wie interessant andererseits die Natur, der alte Widersacher, war, der uralte Feind des Menschenwillens, der es irgendwie immer schaffte, einen Mann früher oder später straucheln zu lassen; und wie noch viel interessanter die Genialität der Menschen war, die sich dieses Tricks ganz genau bewußt waren, aber fest entschlossen, sich die Unruhe vom Leibe zu halten, die eine ewig andauernde Leidenschaft mit sich bringen würde, und die sich deshalb die Ehe ausdachten. Er warf einen höchst wohlwollenden Blick auf die kleine Gestalt am Rande des Aussichtspunktes. Warum sollte er sie nicht vom Fleck weg heiraten und den Rest der Exkursion sparsamerweise zur Flitterwoche verwandeln?

Mit der großen Simplizität und Einsicht in Grenzen und Möglichkeiten, die einen Mann der Wissenschaft auszeichnen, sah er keinen logischen Grund, der gegen diese Entwicklung sprach. Es war sonnenklar. Es war erstrebenswert. Es würde ihr nicht nur die Rückreise nach England ersparen, es würde auch ihm eine Extrareise dorthin ersparen. Sie könnten am Ende der Woche direkt und gemeinsam nach Ostpreußen fahren; und was die Familie anbetraf, ohne deren Wissen dies alles geschehen würde: wenn sie, wie sie ihm gestanden hatte, ohne eine Nachricht vor ihnen ausgerissen war, um wieviel bereitwilliger und eilfertiger müßte sie sein, wenn sie wegen eines Gatten ausrisse.

»Sagen Sie mir, Kleinchen«, fragte er, als sie sich wieder zu ihm gesellte, »wollen Sie mich heiraten?«

4

Ingeborg war wie vom Donner gerührt.

Sie starrte ihn sprachlos an. Welch ein Abgrund zwischen selbst der herzlichsten Freundschaft und Heirat! Es war ihr völlig klar, daß sie ein täglich wachsendes Gefühl der Freundschaft für ihn spürte, ohne, was für sie charakteristisch war, etwas von ihm zu erwarten. Daß er sich auch erwärmt hatte, wäre ihr nie in den Sinn gekommen. Bisher hatte sich niemand auf diese Art und Weise für sie erwärmt. Solche Gefühle hatten stets Judith gegolten, diesem Wunder an Schönheit, vor dem sie immer zum Schatten verblaßt war. Es stimmte freilich, daß der dienstälteste Hilfsgeistliche ihres Vaters sie einmal in seinem hochnasigen Oxfordton gefragt hatte: »Ich gebe, wie Sie wissen, nicht viel auf schöne Gesichter – wollen Sie mich heiraten?« Sie hatte seinen Antrag so schüchtern zurückgewiesen, mit einer solchen Angst, seine Gefühle zu verletzen, daß er sich eine Woche lang für verlobt hielt; aber das hätte man nicht Wärme nennen können. So wie die Sonne das Licht einer Kerze überstrahlt, so löschte der Glanz von Judith den ihrer Schwester Ingeborg aus. Sie waren sich so merkwürdig ähnlich; aber Ingeborg war der bleiche, schwächere Schatten. Judith war Ingeborg in groß, köstlich erblüht, war Ingeborg, kostbar gearbeitet aus Elfenbein und Gold.

Es war vollkommen unwahrscheinlich, daß sich ein Mann in Ingeborg verliebte, wenn er das gleiche Mädchen direkt vor Augen hatte, nur in lieblicher Form.

So war es für Ingeborg von Anfang an der normalste Zustand der Welt gewesen, unauffällig zu sein und übersehen zu werden. Judith war immer an ihrer Seite. Wenn einmal in ihrer Arbeit für den Vater eine Unterbrechung eintrat, so wurde die Zeit damit genutzt, daß sie sich um Judith kümmerte. Sie akzeptierte die Situation mit philosophischer Gelassenheit, denn nichts war so augenfällig wie Judiths Schönheit; und wenn sie selbst auf Gesellschaften das Mauerblümchen spielen mußte, so hielt sie sich dadurch wach, daß sie Psalmen rezitierte, auf die sich ihre ganze literarische Begeisterung konzentrierte, weil es ihr nicht gestattet war, Romane zu lesen.

Für jemanden, der in dieser gesunden und nützlichen Selbstverleugnung so geübt war, mußte es deshalb höchst verwirrend sein, von jemandem gefragt zu werden, ob sie ihn heiraten wolle. Und daß es sich dabei um Herrn Dremmel handelte, kam ihr noch verwirrender vor. Er sah nicht wie jemand aus, den man heiratete. Er sah nicht einmal wie jemand aus, den man heiraten wollte. Er hockte da, die Hände auf seinem Spazierstock gefaltet, betrachtete sie mit wohlwollender Seelenruhe und stellte ihr diese verblüffende Frage, als ob er Konversation machen wolle. Er hatte sie allerdings noch nie Kleinchen genannt, aber während sie so vor ihm stand und über die letzten Ereignisse nachdachte, schien es ihr nur nett zu klingen und nicht gerade leidenschaftlich.

Das war also das merkwürdige Ereignis ihrer Ferienreise.

»Es ist mir – sehr unerwartet«, sagte sie lahm.

»Ja«, stimmte er zu, »es kam unerwartet. Es hat mich sehr überrascht.«

»Es tut mir sehr leid«, sagte sie.

»Was tut Ihnen denn leid, Kleinchen?«

»Ich kann Ihren – Antrag nicht annehmen.«

»Was! Gibt es einen anderen?«

»Keinen anderen in diesem Sinne. Aber meinen Vater.«

Er machte eine weitausholende Handbewegung. »Väter«, sagte er und schob sich damit die ganz Brut aus den Augen.

»Er ist aber sehr wichtig.«

»Wichtig! Kleinchen, wann werden Sie mich heiraten?«

»Ich kann ihn nicht verlassen.«

Er wurde ganz ungeduldig. »Es ist festgelegt, daß eine Frau ihren Vater und ihre Mutter verlassen soll und jegliche andere hinderliche Verwandtschaft, die sich vielleicht unglückseligerweise an sie klammern mag, damit sie nur treulich ihrem Gatten folge.«

»Das gilt für den Mann, der seinem Weib anhängt. Über die Frau steht da gar nichts geschrieben. Außerdem –«, sie hielt inne. Sie konnte ihm nicht sagen, daß sie keinem Mann anhängen wollte.

Er musterte sie einen Moment lang in Schweigen. Er hatte gar nicht damit gerechnet, daß es notwendig sein würde, sie zu überreden.

»Das«, sagte er dann streng und ernst, »sind Ausflüchte.«

Sie setzte sich ins Gras, schlang die Hände um die Knie und schaute zu ihm auf. Als sie den Aussichtspunkt erreichten, hatte sie ihren Hut abgenommen, um sich damit zu fächeln, und nicht wieder aufgesetzt. Wie sie nun mit dem Rücken zum hellen Himmel vor ihm saß, spielte der Wind sachte mit ihren Locken, und die Sonne schien wunderbar durch sie hindurch. Sie schienen leicht hin und her zu flackern, wie kleine Feuerzungen.

»Hören Sie«, sagte Herr Dremmel, beugte sich plötzlich vor und starrte sie an. »Sie sind ja wie ein Geist!«

Das gefiel ihr. Einen Moment lang tanzten ihre Augen.

»Wie ein Geist«, wiederholte er. »Und hier rede ich mit gewichtigen Worten auf Sie ein, als ob Sie eine gewöhnliche Frau wären. Kleinchen, wie fängt man einen Geist ein, damit er einen heiratet? Verraten Sie's mir. Denn ich wünsche sehr ernsthaft, den richtigen Weg gezeigt zu bekommen.«

»Das kann man nicht«, antwortete Ingeborg.

»Ach, stellen Sie sich doch nicht so an. Bis jetzt sind Sie so ungezwungen gewesen, haben sich so angenehm in alles geschickt.«

»Aber dieses«, begann Ingeborg.

»Ja. Ich weiß schon, dieses . . .«

Dies erschütterte ihn viel mehr, als er für möglich gehalten hatte. Er wurde fast lebhaft.

»Aber«, fragte Ingeborg, die diese neue interessante Situation verstehen wollte, »warum wollen Sie es denn?«

»Warum ich Sie heiraten will?«

»Ja.«

»Weil«, sagte Herr Dremmel wie aus der Pistole geschossen, »weil ich das unbeschreibliche Glück habe, mich in Sie verliebt zu haben.«

Wieder machte sie ein zufriedenes Gesicht.

»Und ich bitte Sie auch nicht«, fuhr er fort, »mich zu lieben, ich frage auch nicht, ob Sie mich lieben. Das wäre von mir aus vermessen, und wenn Sie es täten, nicht angemessen. Das ist nämlich der Unterschied zwischen einem Mann und einer Frau. Er liebt vor der Hochzeit, aber sie kann es erst danach tun.«

»Ach?« sagte Ingeborg interessiert, »und was macht er –«

»Die Frau«, fuhr Herr Dremmel fort, »empfindet vor der Hochzeit Zuneigung und Hochachtung, was der Mann erst danach empfindet.«

»Oh«, machte Ingeborg in tiefen Gedanken. Sie begann, das Gras in Büscheln auszurupfen. »Das kommt mir so eiskalt vor«, sagte sie.

»Eiskalt?« wiederholte er.

Er ließ seinen Spazierstock fallen, stand auf und setzte sich oder besser: ließ sich vorsichtig neben ihr ins Gras gleiten. »Kalt? Wissen Sie nicht, daß eine anständige Kälte die beste Qualitätsbewahrerin ist? In der Hitze verfault und zergeht alles. Erfrorenes lebt nicht mehr. Aber eine gut bemessene Kälte konserviert das Leben, auch das Leben der Gefühle. Sie wird durch eine kluge Einteilung der Natur vor der Hochzeit von der Frau erzeugt und danach vom Manne. Auf diese Art und Weise bleibt alles schön im Gleichgewicht, und Harmonie und Frieden, die bei niederen Temperaturen am besten gedeihen, dauern an.«

Sie schaute ihn an und lachte. Es gab keinen in Redchester,

und Redchester war alles, was sie vom Leben kannte, der auch nur im entferntesten Herrn Dremmel glich. Sie wuchs in diesem räumlichen Unterschied, fühlte sich glücklich, frei und ganz entspannt.

»Ich kann gar nicht glauben«, brach es mit einer so leidenschaftlichen Gewalt aus Herrn Dremmel heraus, daß es ihn mehr als alles andere in seinem Leben erstaunte, und er griff nach der Hand, die immer noch Gras auszupfte, »ich kann gar nicht glauben, daß Sie mich nicht heiraten wollen. Ich kann gar nicht glauben, daß Sie einen treuen und liebevollen Gatten ausschlagen, daß Sie lieber bei ihrem Vater bleiben und zu einer frostigen alten Jungfer vertrocknen wollen.«

»Zu einer was?« fragte Ingeborg, verblüfft durch dieses Zukunftsbild von ihr.

Sie begann zu lachen, dann hörte sie wieder damit auf. Sie starrte ihn an, die grauen Augen weit aufgerissen. Sie vergaß Herrn Dremmel und daß er immer noch ihre Hand und damit auch das Gras umklammerte, während sie in Gedanken die Jahre überflog, die vergangen waren, und die Jahre, die noch kommen sollten. Die würden genauso verlaufen. Noch hatten sie sie nicht vertrocknen und erfrieren lassen können, aber auch nur, weil sie noch zu jung war; sie würden sie schon mit der Zeit erwischen. Die tägliche Mühle der emsigen Leere, die Jagd der erstarrten Pflichten, die kargen Momente dessen, was sie für Glück gehalten hatte, als sie noch jünger war, und was sie jetzt nur noch als Erleichterung empfand, die seltenen Augenblicke, in denen ihr Vater sie lobte, das alles würde sie bald ersticken und zu Tode frieren lassen.

Sie machte ein ernstes Gesicht. »Es ist wahr«, sagte sie langsam, »ich werde zu einer frostigen alten Jungfer verdorren. Dazu bin ich verdammt. Mein Vater wird mich nicht heiraten lassen.«

»Sie unbeschreiblich dummes Kind!« rief er, allmählich aufgebracht. »Wo doch bekanntlich alle Väter nur wünschen, ihre Töchter loszuwerden.«

»Sie verstehen nicht. Das ist anders. Mein Vater – ach«, brach es aus ihr heraus, »ich habe sogar heimlich Lebertran geschluckt, um ihm zu gleichen. Er ist so wunderbar. Wenn er mich gelobt hat, habe ich nicht schlafen können. Und wenn er mich gescholten hat, war ich wie gelähmt.«

Herr Dremmel schwenkte in seiner Verwirrung ihren Arm auf und ab.

»Was ist das für ein verrücktes Gerede?« fragte er. »Ich biete Ihnen meine Hand, und Sie geben mir statt dessen Informationen über Lebertran. Ich kann an dieses Vater-Hindernis nicht glauben. Und ich kann meine aufrichtige kleine Freundin der letzten Tage nicht mehr wiedererkennen. Es ist nur Zeitverschwendung, wenn man nicht offen spricht. Würden Sie mich denn, wenn es nicht um Ihren Vater ginge, heiraten?«

»Aber –«, sie fuhr zu ihm herum, völlig außer sich, wie sie es oft war, wenn sie plötzlich die nackte Wahrheit erkannte, »er ist ja der Grund, warum ich es will.«

Kaum waren ihr diese Worte entschlüpft, da war sie schokkiert. Sie starrte Herrn Dremmel an, die Augen vor Zerknirschung weit aufgerissen. Diese Treulosigkeit. Diese Taktlosigkeit, einem Fremden davon zu sprechen – und dann noch einem Fremden mit Haaren wie Fell –, man sprach nicht über diese so nahen Verwandten, die sie gelernt hatte, als ihre Allerliebsten zu betrachten.

»Oh«, rief sie und entriß ihm ihre Hand, »lassen Sie meine Hand los – lassen Sie meine Hand los!«

Sie versuchte, sich auf die Füße zu stellen, aber mit einer Energie, von der er gar nicht wußte, daß er sie besaß, zog er sie wieder herunter. Er nahm nichts von dem wahr, was er fühlte und tat. Der alte Dremmel mit seinen ruhigen Tiefen, in denen glückliche Felder voll künstlichen Düngers lagen, schaute diesem entfesselten Treiben fassungslos zu.

»Kommt nicht in Frage!« sagte er mit äußerster Entschlossenheit, »Sie setzen sich jetzt hier hin und erklären mir alles, was mit Ihrem Vater zusammenhängt.«

»Es ist so schrecklich«, erwiderte Ingeborg und stellte plötzlich fest, daß sie es vor allem nicht ausstehen konnte, wenn man sich an ihr festklammerte; so blickte sie ihm geradewegs in die Augen, den Kopf etwas zurückgeworfen, und sagte: »Es ist schrecklich, daß man sein Zuhause nicht einmal eine Woche verlassen kann, schon steckt man in der Klemme.«

»Eine Klemme! Sie nennen es eine Klemme, wenn ein ehrenwerter Mann –«

»Hier dreht es sich um eine Person, die nur fortgereist ist, um ein wenig Abwechslung zu haben, ganz privat. Und eh sie weiß, wo ihr der Kopf steht, wird sie auf dem Gipfel des Rigi festgehalten und von einem wildfremden Mann herumkommandiert –«

»Von Ihrem künftigen Gatten!« rief Herr Dremmel, der es sich nicht vorgestellt hatte, daß es so kompliziert sein könnte, einen Antrag zu machen.

»– von einem wildfremden Mann, dem sie alles über ihren Vater erzählen soll. Als ob es auch nur eine einzige Menschenseele gäbe, die alles über diesen Vater sagen könnte. Als ob irgendwer jemals alles erklären könnte.«

»Gütiger Gott im Himmel!« rief Herr Dremmel aus, »dann lassen Sie das doch. Heiraten Sie mich einfach.«

In diesem Augenblick tauchte die schlangengleiche Prozession der übrigen Dent's-Touristen mit Mr. Ascough an der Spitze, die Uhr in der Hand, aus dem Restaurant auf, wo sie auf der Aussichtsterrasse Tee getrunken hatten und sich jetzt noch den Mund wischten, um rechtzeitig für den Sonnenuntergang parat zu sein.

Mit der Bewegung eines Wesens, das gestochen worden ist, schwenkte die Schlange zur Seite, weil sie sonst über die beiden im Grase getrampelt wären.

Ingeborg saß sehr steif und gerade da und tat so, als ob sie derart in den Ausblick versunken wäre, daß sie gar nicht merkte, was hinter ihr vorging. Sie errötete jedoch heftig, als sie merkte, daß sie keine Zeit mehr hatte, weit genug von Herrn Dremmel abzurücken, um einen sichtbaren Abstand zwischen ihnen herzustellen.

»Schau dir nur diese beiden an«, flüsterte die junge Dame am Ende der Prozession dem jungen Mann zu, der neben ihr ging und sich gerade die Reste seines Butterbrotes von der Krawatte schnipste.

Er schaute sie an, und er schien stehenbleiben zu wollen. »Sie ist wirklich bildhübsch, was?« fragte er.

»Ach, findest du wirklich?« fragte seine Gefährtin schnippisch. »Ich finde immer, niemand kann hübsch sein, der nicht auch – na, du weißt schon, was ich meine –, also, der auch wirklich nicht, du weißt schon, wie eine Dame –«

Und dann zerrte sie ihn mit sich, weil er, wie sie sagte, nichts vom Sonnenuntergang mitbekam, wenn er sich nicht beeilte.

5

Ingeborg verbrachte den größten Teil der Nacht auf einem harten Stuhl vor ihrem Schlafzimmerfenster und versuchte ernsthaft nachzudenken.

Es war sehr unangenehm, und sie fand es sehr schwierig, richtig nachzudenken. Sie konnte die Angelegenheiten ihres Vaters wunderbar in Ordnung halten, nur nicht ihre eigenen Gedanken, es waren so entsetzlich viele, und sie schienen ihr alle im Kopfe durcheinanderzuspringen und als erste an die Reihe kommen zu wollen. Sie weigerten sich, sich ordentlich aufzureihen. Sie hatten keine Geduld. Manchmal überfiel sie der Verdacht, sie seien überhaupt keine Gedanken, sondern nur Gefühle, und das machte sie niedergeschlagen, denn sie fürchtete, es stürze sie auf die Ebene der Insektenwelt und schöbe sie in Kategorien von Geschöpfen, die nicht in den Himmel kommen konnten; für die Tochter eines Bischofs war das höchst beunruhigend. Für die meisten ihrer Gedanken schämte sie sich sofort, denn sie entsprachen keinem Wort, das sie zu Hause mit gutem Gewissen hätte aussprechen können. Herrn Dremmel hatte sie das alles gestehen können, soweit die Sprache, ein hinkendes Vehikel, dies überhaupt gewährleisten konnte, und das war eine seiner erfrischenden Eigenschaften. Sie wußte natürlich noch nichts von der Gewohnheit dieses vielbeschäftigten Mannes, ihr immer nur mit einem Ohr zuzuhören – einem wohlwollenden Ohr, aber immerhin doch nur einem –, während das andere, nach innen gewandt, seinem stets arbeitenden Verstand lauschte, der sich mit den Problemen von Chilesalpeter und Superphosphaten herumschlug.

Sie saß da, starrte aus dem Fenster auf die Sterne und auf die Schornsteine, die Hände im Schoß verkrampft, und beschwor sich, jetzt sei der Augenblick gekommen für einen klaren und folgerichtigen Gedanken – einen folgerichtigen Gedanken, wiederholte sie streng, weil sie schon wieder merkte, wie ihr die Gedanken im Kopfe herumtanzten. Was sollte sie mit Herrn Dremmel machen? Und was war mit der Heimreise? Und mit – ach, mit allem?

Sie waren ernüchtert den Rigi heruntergekommen und in den Zug gestiegen. Keiner sprach mit ihnen, wie immer, und zum ersten Mal in ihrer Freundschaft hatten auch sie nicht miteinander gesprochen. Sie hatten ein stummes Abendessen hinter sich gebracht. Er hatte gedankenverloren ausgesehen. Und als sie ihm direkt danach gute Nacht gesagt hatte, war sie von ihm in den Gang hinausgezogen worden, und er beschwor sie, während der Portier so tat, als ob er außer Hörweite wäre, endlich mit den Ausflüchten Schluß zu machen. Er wolle folgendes vorschlagen, sagte er, nämlich eine ganz formlose Verlobung am nächsten Tage; heute abend sei es zu spät dafür, sagte er, wobei er seine Uhr herauszog, aber morgen; und als sie sich Schritt für Schritt seitwärts zur Treppe zurückzog, wortlos, weil es sie wie eine momentane Lähmung überfiel, so daß sie keine Entgegnung finden konnte, hatte er sie sehr streng gemustert und mit lauter Stimme gefragt, was denn das ganze Theater solle. Daraufhin hatte sie sich umgedreht, auf jeglichen Takt gepfiffen und war die restlichen Stufen ziemlich atemlos hinaufgerannt, wobei sie das Gefühl hatte, daß die Heiraterei mit Herrn Dremmel eine ziemlich besitzergreifende Angelegenheit war; und er, nach einem Moment der Verblüffung auf der Matte am Fuße der Treppe, war wie vor den Kopf gestoßen ins Lesezimmer gegangen.

Und nun saß sie also vor dem Fenster und dachte nach.

Von der Heimreise trennten sie nur noch zwei Tage, und bei der Vorstellung von dem, was sie dann zu hören bekommen würde und wie ihre Antworten lauten würden, lief es ihr so kalt den Rücken hinunter, als ob ihr jemand ganz leicht mit einem eiskalten Finger über die Gänsehaut führe. Sie hatte sich eingeredet, daß ihr kleiner Ausflug harmlos und natürlich sei; aber diese Sache mit Herrn Dremmel würde das nun über den Haufen werfen, das fühlte sie genau, und in ihrem Vater einen gerechten Zorn entfesseln, den sie sonst ihres privaten Seelenfriedens und ihrer Seelenstärke wegen gern als ungerechtfertigt betrachtet hätte. Das ist eine der Merkwürdigkeiten von Eltern, dachte Ingeborg, daß sie immer im Recht sind. Wie unbedeutend und unschuldig meine Taten auch sein mögen, wenn sie sie mißbilligen, dann taucht immer irgend etwas auf, das sie ganz und gar ins Recht setzt. Ihr fielen Kleinigkeiten ein, unerhebliche Anlässe aus der Kindheit . . . Dies aber war ein bedeutsamer Anlaß, und aufgetaucht war Herr Dremmel. Es war ein Jammer – ach, was war es für ein Jammer, daß sie nicht vor ihrer so überstürzten Abreise aus London richtig überlegt hatte, ob sie nach ihrer Rückkehr nach Redchester aufrichtig sein sollte oder nicht. Sie hatte überhaupt nichts bedacht, hatte sich nur der Wonne hingegeben, ausreißen zu können. Jetzt aber stand sie der wirklich schrecklichen Frage gegenüber, ob sie lügen sollte oder nicht. Lügen war schlechthin böse. Und es war schon schrecklich, den eigenen Vater zu belügen, aber einem Bischof mit einer Lüge entgegenzutreten, das erhob die Tat von einer rein privaten Sünde, mit der der liebe Gott sicher gnädig verfahren würde, wenn man ihn nur schön darum bat, zu einem Verbrechen, für das man bestraft werden mußte, denn es war ja eine ganze Kirche, der man das antat, es war ein wirkliches Verbrechen, ein Sakrileg. Es war unmöglich, ein so heiliges und geheiligtes Objekt wie einen Bischof in Schmutz und Staub zu ziehen. Doppelt und dreifach unmöglich, wenn man die Tochter dieses Objektes war. Ihre fest gefalteten Hände wurden eiskalt, während ihr allmählich klar wurde, daß sie zweifellos die Wahrheit sagen würde. Sie hielt sich für genauso kühn, wie es ihre schwedische Großmutter gewesen war, diese Großmutter, die sich immer genau der Gefahren zwischen Bergen und tiefen Seen bewußt gewesen war und sich nie darum gekümmert hatte, aber ihre Großmutter kannte auch keine Furcht, und Ingeborg kannte sie nur zu gut. Sie besaß den echten Mut, der nur in den Furchtsamen gefunden wird, die zwar vor Angst schlottern, aber die Gefahr erkennen und sich ihr stellen, was es auch sei. Sie war schwach, aber geradeaus.

Sie sah in ihrer nächsten Zukunft ziemlich viele Schrecken. Sie haßte es, mutig zu sein. Sie hatte das Gefühl, viel zu klein zu sein, um den machtvollen Fragen ihres Vaters ehrlich und mutig standzuhalten. Er würde den Katechismus und den Konfirmationsgottesdienst an seiner Seite haben, dazu noch alle Gesetze des guten Benehmens und der Kindesliebe. Das war wirklich nicht gerecht. Man konnte mit Eltern nicht streiten, man konnte ihnen nicht widersprechen; und wenn es sich um einen Bischof handelte, so konnte man gar nichts machen, nur eilfertig zustimmen. Eine einzige Möglichkeit bestand freilich – aber sie lag eigentlich zu fern –, daß nämlich ihr Vater zu beschäftigt wäre, um lange Fragen zu stellen. Sie seufzte bei dem Gedanken, wie wenig sie sich darauf verlassen konnte und wie rasch auch nur die oberflächlichste Nachfrage bei Tante oder Zahnarzt die ganze Geschichte ans Tageslicht brächte.

Und dann war da noch Herr Dremmel, der gar nichts von ihm hielt, selbst nicht im Hinblick auf ein so enormes Unternehmen wie die Hochzeit mit seiner Tochter. In einer solchen Haltung lag etwas Sublimes. Sie fühlte die Weite dieser Freiheit wie einen erfrischenden kräftigen Wind über ihr Gesicht wehen. Um Herrn Dremmel schienen keine Hecken zu wuchern, er war die ungebundenste Person, die sie je kennengelernt hatte. Er scherte sich überhaupt nicht um die Meinung der anderen Leute, diese schwerste Fessel ihres eigenen Heims, und er war eine Halbwaise. Es war traurig, ein Waisenkind zu sein, dachte Ingeborg und seufzte. Ja, es war natürlich traurig, überhaupt keine Liebsten zu haben. Aber es schien auch eine Voraussetzung dafür zu sein, einem Dilemma zu entkommen, dessen Stachel im unehrlichen

Verstecken und Vertuschen der Wahrheit bestand und in dem Zwang, sich zu dieser eiskalten und einsamen Höhe des Mutes aufschwingen zu müssen und geradezu tollkühn zu sein.

Freilich, Herr Dremmel kannte ihren Vater nicht. Er hatte dieser eindrucksvollen Persönlichkeit noch nicht von Angesicht zu Angesicht gegenübergestanden. Wäre er, wenn das geschähe, immer noch so frei und von so ungebundener Gleichgültigkeit? Schaudernd dachte sie daran, wie so ein Treffen verliefe. Angenommen, nur angenommen, daß sie sich die Verlobung gestattete: Würde ihr Herr Dremmel in dieser Umgebung aus sorgfältig inszenierter gedämpfter Pracht, aus Wandvertäfelungen und Erkerchen noch so frei und fröhlich vorkommen wie vor dem kargen Hintergrund dieser Reise?

Würde sie in Gegenwart der fürchterlichen Mißbilligung des Bischofs noch imstande sein, ihn so zu sehen, wie sie ihn jetzt sah?

Bis jetzt hatte sie sich noch kaum selbst erforscht, aber in der letzten Zeit hatte sie begonnen, ein Gefühl dafür zu entwickeln, wie nachgiebig sie war. Sie spürte, wie leicht sie sich beugte, und zwar in die Richtung, die diejenigen bestimmten, mit denen sie zusammen war, oder die sie mit ihrer Autorität belegten. Gewiß, sie richtete sich wieder auf, wie sie auf so verblüffende Art und Weise in London erfahren hatte. Sowie der Druck wieder verschwand; aber offensichtlich richtete sie sich nur auf, um – wie sie jetzt mit einem Kopfschütteln zugeben mußte – sich sofort in Schwierigkeiten zu bringen. Und ihr Drill, sich selbst zu verleugnen und nicht zu vertrauen, war so vollkommen, daß sie sich daheim nicht sofort wieder in das alte Muster beugen lassen würde. War es möglich, würde es jemals möglich sein, daß sie sich in der Gegenwart ihres Vaters von seinen Ansichten trennte und löste? Seine Ansichten über Herrn Dremmel kannte sie wohl haargenau. Wünschte sie wirklich, diese Ansichten nicht zu teilen?

Sie schob ihren Stuhl zurück und begann, in dem engen kleinen Zimmer rasch hin und her zu gehen. Wenn sie das täte, bedeutete es Heirat, und zwar eine Heirat im Widerspruch zu ihrer gesamten Lebenswelt. Redchester würde kopfstehen. Die Diözese würde mit ihrem Bischof trauern. Die Grafschaft würde sich an hundert Teetischen gehässig das Maul über sie zerreißen. Na gut; und während sie klatschten und tratschten, wo wäre sie dann? Ihr Blut begann plötzlich zu tanzen. Sie wurde wieder wie in London von diesem überwältigenden Wunsch gepackt, das Alte abzuschütteln und ihr Antlitz dem vollkommen Neuen zuzuwenden. Während all diese Leute in ihrer stickigen verstaubten Welt weise mit den Köpfen wackelten und tuschelten, wäre sie in Ostpreußen in Sicherheit. In einer unbeschreiblich weit entlegenen Gegend, die ihr Herr Dremmel so beschrieben hatte: voller Wälder und Wasser und weitläufiger Felder mit tanzendem Korn. Die Teiche und die Seen waren von Schilf gesäumt, die Wälder reichten bis an ihr Ufer, sein eigener Garten endete in einem schmalen Pfad durch eine Fliederhecke, der einen direkt zu den Roggenschlägen führte und zu dem Reet und zu dem Wasser und zu den ersten hohen Tannen. Ach, sie kannte es, als ob sie es schon gesehen hätte. So oft hatte sie ihn gebeten, ihr alles zu beschreiben. Er hatte sich nichts dabei gedacht; sprach in Wirklichkeit mit Verachtung davon, nannte sie eine gottverlassene Gegend. Nun, es waren gerade diese gottverlassenen Gegenden, nach denen sie sich mit Leib und Seele sehnte. Weite, Freiheit, Stille; der Wind, der im Roggen raschelte; das Wasser, das sachte gegen die Seiten eines Nachens schlug (es gab einen Nachen, das hatte sie von ihm erfahren); die Lerchen, die oben im Sonnenlicht sangen; die blendend weißen Wolken, die langsam durch das Blau segelten.

Nach all den Jahren der ohrenbetäubenden Hast in Redchester wollte sie mit diesen Dingen allein gelassen werden, und sie sehnte sich danach, als ob sie Heimweh hätte. Sie erinnerte sich irgendwie daran, daß sie einstmals immer dort gewesen war – lang war's her, in weiter Ferne ... Und da pflegte es so etwas Kleines zu geben, wenn man sich aufs Gesicht ins Gras legte, kleine liebliche Dingelchen, die himmlisch dufteten – die Blätter von Walderdbeeren, die winzige duftende Pflanze mit einer weißen Blüte wie ein Stern, die man zwischen den Fingerspitzen zerreiben mußte ...

Sie stand einen Augenblick lang still, runzelte die Stirn, versuchte sich an mehr zu erinnern; in England konnte das nicht gewesen sein ... Doch während sie noch grübelte, entglitt ihr die Vision und war fort.

Sie wollte lesen und wandern und nachdenken. Sie hungerte danach, endlich das zu lesen, was sie wollte, und endlich dorthin zu gehen, wohin sie wollte, und endlich genau das zu denken, was sie denken wollte. War das ›Christliche Jahr‹ genug für jemanden auf der Suche nach Poesie? Und all diese frommen Romane, die ihre Mutter las, und die zwischen den Lebensgeschichten von noch mehr Bischöfen klemmten und kleinen Erbauungsbüchern mit einem goldenen Kreuz auf dem Deckel, die einem so tiefschürfende Fragen stellten wie zum Beispiel, ob man Fraß und Völlerei betrieben oder im Lauf des Tages Wörter mit einem schlimmen Hintersinn benutzt hätte – reichten die wohl für eine Seele aus, die sich später allein, ohne die Weisung eines Vaters, ihrem Schöpfer gegenüber sah?

Ihre Familie hielt streng darauf, daß die Töchter im Laufe des Tages nichts lasen, weil das als eitle Muße galt. Wenn das stimmt, dachte Ingeborg und hob jetzt den Kopf, diesen Kopf, der sich zu Hause immer so fügsam senkte, mit einem Trotz, der durch die Entfernung gewachsen war, dann war Muße etwas Gesegnetes, und je eher man aufbrach, um dorthin zu gelangen, wo man diesen Segen ununterbrochen empfangen konnte, desto besser. In diesem Pfarrhaus im fernen Ostpreußen zum Beispiel, dort würde man lesen und lesen können ... Herr Dremmel hatte hundertmal von seinem Laboratorium erzählt, und er schloß sich darin ein und verlangte nichts anderes, als eingeschlossen zu bleiben. War es nicht eine faszinierende Eigenschaft an einem Gatten, daß er sich eingeschlossen hielt? Und das Pfarrhaus lag am Rande eines Dorfes, und zwischen dem kleinen Hintergarten und dem Sonnenuntergang gab es gar nichts mehr, nur all die geliebten Gottesgeschenke der Natur und eine schon lange nicht mehr betriebene Windmühle ...

Es war um ein Uhr in der Früh, als sie jedoch, wenn sie sich ihre Heimkehr vorstellte, der Mut verließ. Wie wäre das denn, wenn sie ihre Kindespflichten wiederaufnähme, die unterdessen all ihren Glanz verloren hatten? Sie wäre die heimkehrende Tochter, für die kein Kalb geschlachtet werden würde, sondern der dafür in der Großzügigkeit eines liberalen Zeitalters die schauderhafte Möglichkeit geboten würde, ihr Verhalten einem Vater zu erklären, der sie schon beim ersten Wort unterbrechen und die Erklärung selbst übernehmen würde. Wie konnte sie ihm nur gegenübertreten, ganz allein?

Wenn sie sich doch wenigstens in Herrn Dremmel verliebt hätte! Mit welchem Mut könnte sie dann ihrer Familie ins Auge blicken, wenn sie ihn wirklich liebte und mit ihrer Hand in der seinen zu ihnen käme. Wenn er doch nur ein wenig mehr den Liebhabern gliche, die man auf Bildern sieht, zum Beispiel auf Leightons ›Vermählt‹ – ein wunderschönes Bild, dachte Ingeborg, wenn auch ganz anders als alle Vermählten in Redchester, denn dann könnte sie sich leichter einreden, in ihn verliebt zu sein, selbst wenn sie es nicht war. Wenn er doch nur anständige Haare hätte und nicht dieses Biberfell! Sie mochte ihn schrecklich gern. Während ihrer Gespräche hatte es sogar gewisse Momente gegeben, in denen er sie entzückt hatte. Aber – eine Ehe?

Was war denn eine Ehe? Warum wurde zu Hause niemals darüber gesprochen? Im Bischofspalast mochte sie, wenn man all diese Nebenbemerkungen berücksichtigte, als eine der sieben Todsünden betrachtet werden. Man redete dort von den Gatten und manchmal, aber mit Zurückhaltung, vom Heiraten, aber die Ehe selbst und was es war und bedeutete, das wurde niemals diskutiert. Sie hatte durch dieses Schweigen den Eindruck gewonnen, daß die Ehe zwar ein göttliches Sakrament war, wie der Vater bei seinen Trauungsgottesdiensten ja auch immer wieder betonte, aber doch ein lockeres Sakrament – offensichtlich nur gespendet, weil man mit der Sache selbst, die ihre Schwierigkeiten hatte, anders nicht zu Rande kam. Und worin beruhten diese Schwierigkeiten? Sie hatte bei all ihren Tätigkeiten nie darüber nachgedacht. Heirat hatte nichts mit ihr zu tun gehabt. Es ziemte sich nicht, so hatte sie unbewußt und ganz im Einklang mit ihrer Umgebung gedacht, daß eine Jungfrau, die sich nicht vermählen würde, über die Ehe nachdachte. Und sie hatte sie auch wirklich nicht interessiert. So hatte sie die Augen ganz selbstverständlich davon abgewandt.

Jetzt aber, da sie ihrem Vater entgegentreten mußte, da sie dringend Rückenstärkung brauchte, da sie die Sehnsucht trieb, von allem wegzukommen, jetzt war sie gezwungen, hinzuschauen. Außerdem würde sie Herrn Dremmel gleich am frühen Morgen eine Antwort geben müssen, und es erforderte auch Mut, Herrn Dremmel gegenüberzutreten – auf ganz andere Art und Weise, aber es handelte sich doch um Mut. Sie war so unentschieden, sie wollte weder verletzen noch enttäuschen. Ihr ganzes Leben lang schien es zu ihren köstlichsten Freuden gehört zu haben, den Menschen das zu geben, was sie wollten, damit sie zurücklächelten, damit sie zufrieden aussahen. Aber nur einmal angenommen, Herr Dremmel wollte, ehe sie ihn zum Lächeln und zur zufriedenen Miene bringen konnte, wieder so nach ihr greifen, wie er sie auf dem Gipfel des Rigi angepackt hatte? Das war ihr zutiefst zuwider gewesen. Dort hatte sie sich noch befreien, von ihm lösen können, aber wenn sie verheiratet war und er nach ihr griff, konnte sie dann noch entweichen? Sie fürchtete sehr, daß das unmöglich war. Und jetzt, da sie in Ruhe darüber nachdenken konnte, hegte sie den starken Verdacht, daß genau das der Kern der Ehe war: eine Serie von Zugriffen. Ihr Vater hatte das zweifellos genauso erkannt, wie sie es jetzt begriff, und er hatte es sicher nicht gemocht. Das konnte man sich bei ihm auch nicht vorstellen. Und deshalb wollte er auch gar nicht darüber sprechen. In diesem Punkt war sie also ganz und gar mit ihm einig. Aber vielleicht mochte es Herr Dremmel ja auch nicht. Zog sie nicht vorschnelle Schlüsse, wenn sie sich einbildete, es gefiele ihm? Hatte er sie nicht eher aus Ärger als aus anderen Gefühlen angepackt? Und was war mit seinem dringlichen Wunsch, den er so oft geäußert hatte, den ganzen Tag in seinem Laboratorium eingeschlossen zu sein? Und was war, erst heute nachmittag, mit seinem Lob der Kälte in menschlichen Beziehungen?

In diesem Moment wurde ihr Blick durch etwas Weißes angezogen, das langsam und stockend unter ihrer Tür erschien. Sie richtete sich kerzengerade auf und starrte es an, verfolgte seine

Anstrengung, über den Rand ihrer Fußmatte zu gelangen. Einen Augenblick überlegte sie, ob es sich nicht um eine Art Insektengeist handeln könne, aber als es dann gänzlich sichtbar wurde, sah sie, daß es ein Brief war. Sie hielt den Atem an, während er sich ganz und gar hereinschob. Niemand hatte ihr jemals einen Brief unter der Tür hindurchgeschoben. Sie fühlte sich sofort ganz glücklich. Was für ein Spaß! Ihr Herz schlug vor Aufregung ganz schnell, während sie nur darauf lauerte, daß sich Schritte entfernten, um den Brief dann zu holen. Herr Dremmel mußte jedoch seine Galoschen getragen haben, von denen er sich nur selten trennte, denn sie hörte gar nichts. Und nachdem sie ein paar Sekunden atemlos gelauscht hatte, stand sie verstohlen auf, schlich auf Zehenspitzen zum Brief und hob ihn auf.

So was! dachte sie und hielt einen Augenblick andächtig inne, ehe sie ihn aufriß, das ist, glaub ich, mein erster Liebesbrief.

Auf dem Umschlag stand keine Adresse und kein Absender, und so lautete der Brief:

»Kleinchen,

ich wollte Ihnen nur sagen, bevor ich heute abend in mein Zimmer ging, habe ich den Nachtportier gebeten, eine Verlobungstorte zu bestellen, ordentlich mit Zuckerguß übergossen und, wie es sich gehört, mit diesen silbernen Blättern. Sie wartet morgen früh um neun in dem kleinen Salon neben dem Rauchzimmer. Weil sich kein Mann allein verloben kann, ist es nötig, daß Sie sich auch dorthin begeben.«

6

Die Verlobung war ein einziges Durcheinander, weil viel zu viele Leute beteiligt waren.

In dem kleinen Salon neben dem Rauchzimmer erschienen am nächsten Morgen um neun Uhr außer Ingeborg sieben andere Damen. Herr Dremmel nämlich, der nicht gewußt hatte, in welchem Zimmer Ingeborg wohnte, war nach gewaltigem Kopfzerbrechen zu der Erkenntnis gekommen, daß es einen Schatten auf die Reputation einer jungen Dame werfen würde, wenn er sich nach Einbruch der Dunkelheit beim Nachtportier nach ihrer Zimmernummer erkundigte, und daß von allen Lebewesen auf der Welt junge Damen am ehesten unter so einem Schatten litten. Herr Dremmel hatte also so viele Briefe geschrieben, wie es auf Ingeborgs Flur Türen gab, und hatte einen nach dem anderen in der festen Überzeugung unter den Türen hindurchgezwängt, daß sie auf diese Art und Weise bestimmt einen bekäme. Auf diesen Plan war er sehr stolz. Er kam ihm so herrlich einfach und wirksam vor. Weil keine den Text versteht, überlegte er sich, kann keine Dame außer der richtigen erraten, worauf sich der Brief wirklich bezieht. Deshalb wird sie ihn für einen Irrtum halten, in den Papierkorb werfen und nicht mehr daran denken.

Die Damen dachten aber sehr wohl darüber nach. Und keiner der Bewohner des dritten Stockes warf den Brief in den Papierkorb, außer Mr. Ascough, der niemals über irgend etwas nachdachte, weil er längst entdeckt hatte, daß man zu keinem Ende kommt, wenn man erst einmal mit dem Denken beginnt, und außer einem vertrockneten und zerbrechlichen kleinen Mann, einem früheren Büroangestellten, der seine erste Reise auf dem Kontinent in einem Zustand vollkommener Gleichgültigkeit absolvierte. Die sieben Damen jedoch warfen ihn nicht nur nicht fort, sondern lasen ihn viele Male, und statt nicht weiter darüber nachzudenken, dachten sie an nichts anderes. Selbst Mrs. Bawn, seit sechs Monaten verwitwet und schon des Alleinseins überdrüssig, war entzückt. Es gefiel ihr ganz besonders, daß sie als »Kleinchen« angeredet wurde. Gerade diese offensichtliche Blindheit schien ihr ein leidenschaftliches Gefühl zu verraten. Seit ihr geliebter Bawn, nun seit einem halben Jahr in der himmlischen Herrlichkeit, ihr eines Tages noch vor der Hochzeit gestanden hatte, es sei ihm gänzlich gleichgültig, was die anderen Leute meinten, er fände sie wunderschön, seit damals war sie nicht so entzückt gewesen.

Alle fanden diesen Brief sehr männlich, und nichts erschien ihnen edler als seine Zurückhaltung. Vier Damen erwarteten, daß ein Herr aus der Reisegesellschaft in dem kleinen Salon auf sie wartete, die restlichen drei erwarteten Mr. Ascough. Mr. Ascough hatte so eine zärtliche Art und Weise, mit Butterkugeln umzugehen und die Türen von überfüllten Kutschwagen zu schließen, die schon auf früheren Reisen zu Mißverständnissen geführt hatte. Er war seit Jahren verheiratet, unterließ es aber immer, diese Tatsache zu erwähnen. Als die Damen nun Punkt neun in dem kleinen Salon erschienen, fanden sie deshalb weder Mr. Ascough noch einen ihrer anderen vier Freunde. Sie fanden zu ihrer Verblüffung nur einander und – schwer und schwarz neben einem zierlich geschmückten Tisch am Fenster – ihren höchst unbeliebten Reisegenossen, den deutschen Herrn, der jedesmal wieder überrascht zusammenzuckte, wenn sich abermals die Tür öffnete und eine neue Dame eintrat.

Jede von ihnen begriff sofort, daß Ingeborg die Adressatin war und daß dieser Brief ein Irrläufer war. Jede bildete sich auch ein, ganz genau zu wissen, daß Ingeborg den Brief nicht erhalten hatte und deshalb nicht kommen würde. Aber allen außer Mrs. Bawn half die Genugtuung über den Schock hinweg, daß die anderen keine Ahnung hatten; und da ihnen die Lebensregeln so eisern eingeprägt waren, waren sie nach dem kleinen Schreck über die Anwesenheit von Herrn Dremmel sofort imstande, ganz durch den Salon hindurchzuschlendern und den Anschein zu erwecken, sie seien nur der Bücher wegen gekommen. Außer Mrs. Bawn. Mrs. Bawn nahm alles mit einem Blick auf, starrte ins Leere, drehte sich auf dem Absatz um und schoß wie ein Vulkan wieder hinaus; der Korridor bebte unter ihren sich entfernenden Schritten und ihren wütenden Flüchen.

Herr Dremmel betrachtete überrascht und etwas angeekelt das Gedränge der sieben Damen. Es war wirklich ein unglückseliger Zufall, daß der kleine Salon, der sonst immer leerstand, ausgerechnet an diesem Morgen so gut besucht war. Sein weltfremder Verstand brachte die Damen nicht mit seinen Briefen in Verbindung; er wäre nie auf die Idee gekommen, daß seine Vermutungen, wie sie mit den falschen Briefen umgingen, vielleicht auf einem Irrtum beruhten. Genausowenig ahnte er, während er verfolgte, wie sich die Tür siebenmal öffnete und schloß und siebenmal die falsche Dame einließ, daß ihm ihre Anwesenheit – falls Ingeborg noch auftauchte – bei seinem Verlobungsplan ungeheuer helfen würde.

Die Damen blätterten unterdessen in verstaubten Tauchnitz-Ausgaben und Magazinen und schielten mit fast abgewandten Köpfen so verstohlen wie möglich nach dem Tisch am Fenster. Sie spürten allmählich, wie der Schock, den sie erlitten hatten, ganz leise in Neugier überging, denn sie wollten brennend gerne wissen, was Mr. Dremmel machen würde, wenn er merkte, daß diese so wenig damenhafte Miss Bullivant, die gar nicht ahnte, was sie erwartete, überhaupt nicht auftauchte. Da sie nun schon einmal hier waren, konnten sie genausogut bleiben und sich anschauen, wie die Sache endete. Auf ihre Weise war sie wirklich hochinteressant; so deutsch, so wenig den Gepflogenheiten entsprechend, Gott sei Dank, die Engländer an den Tag legen würden. Würden sie wohl, überlegten sie sich, den ganzen Tag neben so einer unpassenden und eindeutigen Torte aufgepflanzt stehen bleiben? Eigentlich sah sie wie ein Taufkuchen aus. Ein oder zwei der Damen ließen sich gemütlich auf den Sofas nieder, verzogen sich hinter uralte Zeitschriften und spähten scharf über deren Rand, um dem armen Manne klarzumachen, daß zumindest sie nicht weichen und nicht wanken würden. Von Zeit zu Zeit hüstelten sie etwas, so wie eine wartende Gemeinde in der Kirche hüstelte.

Dann wurde die Tür mit einem Schwung von einer Person aufgestoßen, die entweder sehr in Eile war oder plötzlich zu einem festen Entschluß gekommen ist, und es war natürlich niemand anders als Miss Bullivant.

Ein Schauer durchrann die sieben Damen, und sie erstarrten sofort vor Aufregung hinter ihren Zeitschriften. Zufall, was für ein Zufall, sie hatten zufällig hereingeschaut; du liebe Zeit, dachte jede von den sieben, wie ein Theaterstück! Und Ingeborg, die sich noch bis zum letzten Augenblick draußen auf der Türmatte eingebildet hatte, sie sei nur erschienen, um Herrn Dremmel zu verkünden, daß sie nicht käme, geriet ins Straucheln, als sie die Torte sah, sehr weiß und bräutlich, auf weißem

Damast, mit kleinen weißen Blumenstöcken ringsherum, auf der einen Seite eine Flasche mit einer weißen Schleife um den Hals, auf der anderen Seite, aus Gründen der Symmetrie, zwei Gläser. Wie konnte sie, die so gern gefällig war und andere glücklich machte, ihn so grausam verletzen, sein kleines Fest verderben, dieses Leuchten einer ungeheuren Erleichterung, das bei ihrem Anblick über sein ganzes Gesicht zog, einfach erlöschen lassen? Sie drehte sich rasch um und bemerkte die Anwesenheit der sieben Damen. Verblüfft starrte sie sie an und zählte sie dabei unwillkürlich. Wie konnte sie ihn der Lächerlichkeit preisgeben, vor allen diesen Damen demütigen?

Zögernd und zerrissen, wie erstarrt in einer Fluchtbewegung stand sie da. Ihre Hand lag auf der Klinke, um die Tür wieder zu öffnen und davonzustürzen; aber Herrn Dremmels Einfalt kam ihm wirksamer zur Hilfe als der listigste Plan. Er vergaß alle Damen, trat vor, nahm ihre Hand in seine und küßte sie einfach auf die Stirn, bezeichnete sie dort und dann mit der vollkommenen Aufrichtigkeit seiner Landsleute nach einer ehrlichen Werbung als seine Verlobte. Dann schob er einen Ring, den er an seinem kleinen Finger trug, auf ihren Daumen, weil er der einzige Finger war, den er erwischte und auf dem der Ring auch steckenblieb und weil er auch in bezug auf Finger keine Vorurteile hatte. Damit war zumindest für ihn die Angelegenheit erledigt.

Ingeborg ließ in ihrer Verwirrung alles über sich ergehen. Während sie dastand und er sich ihr anverlobte, schossen ihr die Gedanken wie wild durch den Kopf. Sie wunderte sich über die Tricks, zu denen sich das Leben herabließ. Eine Torte und die Augen von sieben Damen! Ihre ganze Zukunft war von einer Torte und den Blicken der sieben Damen entschieden worden. O nein, das durfte nicht sein. Aber sie konnte es jetzt nicht mehr ändern. Vollkommen unmöglich, sich jetzt noch zu sträuben. Es wäre ihr im Traum nicht eingefallen, daß sie ihn nicht alleine vorfinden würde. Diese Frauen waren alle Zeuginnen. Er hatte sie vor ihnen geküßt. Seine Methoden waren wirklich überwältigend. Wenn ihr Vater sie so sehen könnte! Aber der Kuß war sehr zeremoniell gespendet worden; er war ganz kühl gewesen;

ein Kuß, wie ihn auch der Bischof auf die Braue eines Kranken oder eines kleinen Kindes hauchen mochte. Später, in einem etwas passenderen Moment, wenn erst die pathetische Torte verschwunden war, wenn diese Frauen außer Hörweite waren, dann würde sie ihm schon beibringen, daß sie nicht beabsichtigt hatte . . .

Zu ihrer Verwunderung merkte sie jedoch, daß sie sich mit Herrn Dremmel der Torte näherte und Hand in Hand mit ihm davorstand. Ach, in welches Durcheinander konnte jemand geraten, der nur nach London zum Zahnarzt fuhr! Sie erkannte jetzt ganz klar den tieferen Sinn der Dorfdentisten: Sie bereiteten einem Schmerzen, hielten aber auch das Unheil von einem fern. Zum ersten Mal begriff sie auch, was ihr Verstand bisher nicht hatte akzeptieren wollen, die Weisheit, die dem Bischof so sehr vertraut war: Der Schmerz war ein notwendiger Teil des göttlichen Plans. Natürlich. In diesem Zustand wirft man höchstens einen bleichen Blick auf die Versuchung, angeekelt vor Krankheit und Schwäche. Und man blieb zu Hause und war dankbar für jegliche Teilnahme. Nur weil man völlig unbeschwert war, brannte man durch, ließ die Familie im Stich, reiste nach Luzern und ließ sich so mit einem wildfremden Menschen ein, daß er einem die Ehe versprach.

Jemand hüstelte so dicht hinter ihr, daß sie zusammenfuhr. Sie drehte sich nervös um, ihre Hand immer noch in der von Herrn Dremmel, und erblickte die sieben Damen, die sich wie sieben Brautjungfern um sie drängten.

Während sie vor die Torte geführt worden war, hatten sich die sieben flüsternd und hastig darüber verständigt, ob sie ihr gratulieren sollten oder nicht. Ihre Herzen waren von der respektvollen Förmlichkeit berührt, mit der Herr Dremmel seine Verlobung vollzogen hatte. Sie besaß die gewichtige Endgültigkeit eines Eheversprechens, und welche Frau kann ohne Rührung an Hochzeit denken? Sie waren sich also im Flüstertone einig geworden, daß dies zu den Gelegenheiten gehörte, bei denen man Vergangenes ruhen lassen sollte. Die beiden vor dem Altar – sie meinten natürlich die Torte – hatten ohne Zweifel fürchterliche und vulgäre Dinge gesagt und sich so benommen, wie es kein Herr und keine Dame tat – das Mädchen hatte zum Beispiel offen bekannt, daß es von zu Hause ausgerissen war; was sie aber jetzt schließlich taten, war über jeden Vorwurf erhaben, und dadurch, daß sie sich zusammenschlossen, wurde schließlich aus zweierlei Schwarz ein einziges Weiß, trotz allem, was die Leute reden, die das nicht für möglich halten. Auf jeden Fall war es barmherzig, darauf zu hoffen.

Deshalb räusperten sie sich also und wünschten ihr Glück.

»Vielen Dank«, antwortete Ingeborg ein wenig schwach und schaute von einer zur anderen, »das ist so freundlich von Ihnen – aber –«

Dann schüttelten sie Herrn Dremmel die Hand und sagten, sie wollten auch ihm Glück und Segen wünschen, und er bedankte sich angemessen und mit Verneigungen.

»So was ist noch nie bei einer Dent's-Tour passiert – o nein, überhaupt noch nicht, da bin ich ganz sicher!« sagte die ältere Dame nervös und wackelte dabei mit dem Kopf.

»Dazu reicht die Zeit gar nicht, das denke ich manchmal«, sagte die junge Dame, die am Abend zuvor ihren Gefährten zum Sonnenuntergang gezerrt hatte, »was ist schon eine Woche?« Und dann starrte sie den Kuchen an und runzelte die Stirn.

»Einmal gab's eine Beerdigung bei einer Exkursion«, verkündete eine kleine dicke Dame, die die Hände in den Taschen ihrer grauen Strickjacke vergraben hielt.

»Also, Miss Jewks, aber wirklich«, protestierte die ältere Dame, »davon spricht man nicht –«

»Na ja, es war ja nicht Ihre Schuld, Miss Andrews. Gewünscht haben Sie sich das wohl wirklich nicht, das möchte ich wetten, aber das war ein Herr aus . . .«

»Was für ein prachtvoller – äh –, was für eine prachtvolle Torte!« unterbrach sie die ältere Dame hastig.

»Wirklich komisch, denk' ich manchmal«, fuhr Miss Jewks fort, »eine Ferienreise zu unternehmen und statt dessen zu sterben.«

»Diese silbernen Blätter«, sagte die ältere Dame und erhob die Stimme, »reizend! Das kann man wirklich reizend nennen!«

»Fast schon wie ein Hochzeitskuchen, nicht wahr?« sagte die junge Dame mit dem Sonnenuntergang und musterte ihn betrübt.

»Willst du die Torte nicht anschneiden, Ingeborg?« fragte Herr Dremmel und nannte sie zum ersten Mal beim Vornamen, »und vielleicht geben uns die Damen die Ehre, ein Stückchen zu versuchen.«

Sie erkannte ihn in seiner ständigen Förmlichkeit kaum wieder. Jede Spur seines üblichen lockeren Benehmens war verschwunden, seine Leichtigkeit und die Vertraulichkeit seiner Worte, er war so steif und korrekt und gravitätisch, als ob er einen Grundstein legte oder ein Museum eröffnete. Das waren die Umgangsformen, was sie noch nicht wußte, die allen Deutschen für die Auftritte in der Öffentlichkeit angedrillt werden.

»Oh, besten Dank –«

»Ach, Sie sind wirklich zu gütig –«

»Oh, danke verbindlichst, aber ich bin sicher –«

Es summte von zögernden und verlegenen Danksagungen. Die sieben Damen wußten nicht genau, ob sich ihre Herzlichkeit bis zur Torte erstrecken sollte. Sie waren durch den Impuls eines Augenblicks gerührt worden, hatten ihr eigenes Geschlecht geehrt, indem sie ihre Gratulation aussprachen, aber sie hatten nicht im geringsten diese schrecklichen Dinge vergessen, von denen sie das Paar immer hatten reden hören, auch nicht die vielen eindeutigen Beweise, die die beiden dafür geliefert hatten, daß sie nicht das besaßen, was man bei Dent's unter Klasse versteht. Und obgleich sie alle gerne Kuchen aßen und im Lauf der Dent-Woche immer hungriger geworden waren, zögerten sie dennoch, weil sie die gesellschaftliche Magie des Essens kannten. Es wäre höchst unangenehm, wenn sich diese Leute dadurch ermutigt fühlten und später Ansprüche stellten; wenn sie versuchten, die verzehrte Torte als Waffe zu benutzen, um sich in die englische Gesellschaft hineinzumogeln. Wenn sie, mit einem Wort, nach der Rückkehr der Reisegesellschaft nach England Besuche abstatten wollten.

So nahmen sie Ingeborg die Torte, die sie wie im Traume

schnitt und anbot, nur widerstrebend ab; und mit noch stärkerem Zögern schlürften sie den Wein, mit dem der deutsche Herr sie bat, auf das Glück des frisch verlobten Paares anzustoßen.

»Aber –«, sagte Ingeborg in dem Versuch, sich noch in der elften Stunde durchzusetzen.

»Wirklich. Wir haben nicht genug Gläser. Ich werde klingeln, damit mehr gebracht werden«, war die Art und Weise, wie Herr Dremmel ihren Satz für sie vollendete.

Diese enorme offizielle Promptheit, die er entfaltete! Sie fühlte sich wie betäubt.

Und als die Gläser gebracht worden waren, folgte die nächste Zeremonie – Herr Dremmel ließ sein Glas an jedem anderen Glase erklingen, warf die Hacken zusammen wie in den Jahren seines Militärdienstes, der Körper steif und das Gesicht ein Wunder von Grimmigkeit, und bevor er trank, den Asti hoch erhoben, hielt er eine kleine Rede, in der er den Damen für ihre Glückwünsche für seine Verlobte, Miss Ingeborg Bullivant, dankte, bei deren Tugenden er lang und weitschweifig verweilte, ehe er dazu überging, die Anwesenden seines festen Entschlusses zu versichern, seiner Braut sein Leben lang in tiefem Dank ergeben zu sein, weil sie ihm in ihrer aller Gegenwart das Vertrauen geschenkt hatte; und jeder Satz schien den nächsten zu gebären und verpflichtete sie noch mehr, das Geschöpf zu sein, das ihn unweigerlich heiraten mußte.

Ihr begann etwas von dem stählernen Griff einer deutschen Verlobung zu dämmern. Sie überlegte sich, ob auf ihrer Stirn noch Platz für weitere Besitzer-Siegel wäre. Sie hatte das Gefühl, als ob dort ein großes rotes Ding neben dem anderen hinge, im Siegellack immer dasselbe Wort eingeprägt:

Dremmels Eigentum!

Sie war aber schließlich kein Paket, das der erste Mensch, der es herumliegen sah, einfach aufheben und wegschleppen konnte, und sowie sie mit ihm allein wäre, würde sie, nein mußte sie ihm sagen, warum sie wirklich in den Salon gekommen war, obgleich der Anschein dieses Mal tatsächlich gegen sie sprach, und sie mußte ihn abweisen. Sie würde so sanft wie möglich sein, aber auch klar und fest. Sowie diese Frauen sie allein lassen würden, wollte sie ihm alles sagen.

Und dann erschrak sie, denn sie sah, daß die Damen sich zurückzogen, sie sah, daß der Augenblick gekommen war. Nun wollte sie nicht, daß sie gingen; sie wollte sie um jeden Preis bei sich behalten, sie machte sogar einen Schritt nach vorn, als die letzte mit einer Abschiedsverneigung hinausging und die Tür hinter sich schloß, aber Herr Dremmel hielt sie immer noch an der Hand.

Als die Tür endlich zu war, fuhr sie rasch zu ihm herum. Sie warf den Kopf zurück, ihre Augen funkelten von mühsam gesammeltem Mut.

»Wissen Sie –«, begann sie, fest entschlossen, alles zu klären, so schmerzlich es auch für sie beide sein mochte. Und wieder vollendete er sofort ihren Satz für sie, diesmal indem er sie in seine Arme schloß und mit einer Glut und Leidenschaft zu küssen begann, die kein Bischof, wie ihr durch den Kopf fuhr, während ihr Körper vor Schreck und Entsetzen stocksteif wurde, billigen konnte.

Sie fühlte sich umschlungen.

Sie fühlte den Drang, vollkommen vom Erdboden zu verschwinden.

Er schien sich voll Wonne zu fühlen und weit wie die Welt.

»Oh, aber ich kann nicht – ich will nicht – oh, halt – oh, halt – es ist ein Irrtum –«, versuchte sie keuchend hervorzustoßen.

»Mein kleines Weib«, das war alles, was Herr Dremmel dazu zu sagen hatte.

7

Es regnete in Redchester, als Ingeborg eine Woche und einen Tag nach ihrer Abreise wieder aus dem Bahnhof trat – das sanfte durchdringende Nieseln, nicht viel mehr als Nebel, typisch für diese nasse Ecke Englands. Die Rasenflächen in den Gärten, an denen sie in ihrer Kutsche vorbeifuhr, die jetzt langsam den Hügel hinaufkroch, waren unbeschreiblich grün, die Blätter der Fliederbüsche glänzten vor Nässe, jede Tulpe war ein Becherchen voll Wasser, die Straßen ähnelten Schokolade, und über der Stadt hing eine dicke graue Wolkendecke, an allen Ekken gut und warm festgesteckt, damit, wie sie dachte, kein Luftzug hereinfuhr und die Einwohner vielleicht ins wahre Leben hinausscheuchte.

Der Gepäckträger hatte ihr gesagt, es sei gutes Wetter zum Wachsen, und sie dachte einfältig, warum sie, die das jahrelang über sich hatte ergehen lassen, nicht auch gewachsen war, mehr sie selbst geworden. Ein pensionierter Oberst, den sie kannte – sie kannte alle pensionierten Obristen –, schwenkte seinen Schirm und rief ihr eine freundliche Frage nach ihrem Zahnweh zu, aber sie starrte nur mit einem toten undankbaren Blick zurück. Ein Briefträger, der vorbeikam, tippte an seine Mütze, aber sie schaute zur anderen Seite. Dieselben vernünftigen weiblichen Gestalten, die sie ihr ganzes Leben lang gesehen hatte, waren in dieselben vernünftigen Regenmäntel gehüllt und nickten und lächelten, aber sie tat so, als hätte sie sie nicht gesehen. Kurz, alle benahmen sich so, als ob sie wie immer für die Betrübten und Beladenen da wäre, und sie empfand den überwältigenden Wunsch, einfach die Augen zu schließen und sich zu verstecken.

Da waren die Geschäfte mit ihren Auslagen, an denen sich nichts geändert hatte, seit sie vor neun Tagen abgereist war, dieselben ältlichen Neuheiten, die nie jemand kaufte, dieselben Fliegen, die über dieselben Brötchen krochen. Da war die Buchhandlung, die ihr das ›Christliche Jahr‹ schickte, das Fenster voll von weiteren Ausgaben, endloser Vorrat für endlose beschränkte

Töchterscharen, Vegetarierinnen der Literatur, wie sie sie nannte, frommes Gemüse für Zwangsvegetarierinnen, und da war der Goldschmied, der den Bischof mit den Kreuzen nach einem anständigen Florentiner Muster aus dem 15. Jahrhundert belieferte, die dieser dann den Töchtern der Prominenz seiner Diözese überreichte. Die Tochter des Herzogs hatte eins bekommen. Die Tochter des Vertreters des Königs in der Grafschaft hatte eins bekommen. Nach diesem Prinzip hatte Ingeborg selbst eins bekommen, das sie beständig trug, Tag und Nacht, wie es der Vater erwartete, natürlich unter dem Kleid, so daß es ihre Haut immer aufrieb. Es mochte für ihren Vater eine angenehme Vorstellung sein, sich im Streß und Staub seiner nur wenig erfrischenden Arbeit daran erinnern zu können, daß es eine jährlich steigende, wenn auch sorgfältig erlesene Zahl von hübschen jungfräulichen Blusen in den besten Familien gab, unter denen sein Silberkreuz lag und sich rhythmisch bewegte und stets an seinen Spender erinnerte und an ihren Gott, den Herrn.

»Vater«, fragte Ingeborg, nachdem sie ihr Exemplar eine Woche lang getragen hatte, »darf ich mein Kreuz des Nachts ablegen?«

»Warum, Ingeborg?« hatte er dagegen gefragt, und er setzte ruhig hinzu, »hat es dein Erlöser getan?«

»Nein, aber – also weißt du, wenn man sich im Schlaf umdreht, dann bohrt es sich einem ins Fleisch.«

»Es bohrt sich, Ingeborg?« fragte der Bischof milde und hob darüber die Brauen, daß solch ein Wort mit diesem Gegenstand verbunden wurde.

»Ja, und dann hab ich lauter gräßliche Kratzer.« Sie war noch ein Schulmädchen, und sie sagte noch »gräßlich«.

»Seine Wunden haben uns erlöst«, entgegnete der Bischof und schloß damit die Diskussion wie ein Buch.

Als sie vor der Auslage des Goldschmieds daran denken mußte, zitterte sie trotz der feuchten Wärme. Es schien Jahre zurückzuliegen, aber noch viel früher, so weit zurück, wie ihre Erinnerung reichte, hatte ihr Vater ihr stets jede Erlaubnis zur eigenen Handlung verweigert und stets mit einem Bibelzitat, was einen auf eigentümliche Weise sofort verstummen ließ.

Nun mußte sie ihm mit der Freiheit entgegentreten, die sie sich, ohne darum zu bitten, einfach genommen hatte, so ungeheuerlicherweise einfach genommen. Und mußte ihn um das Ungeheuerlichste von allem bitten, um die Erlaubnis, Herrn Dremmel zu heiraten. Denn so waren die letzten Tage der Dent's-Tour verstrichen, sie war offiziell mit Herrn Dremmel verlobt. Sie hatte gemerkt, daß ihre Versuche, ihm zu erklären, daß sie es gar nicht sei, nichts gegen seine felsenfeste Überzeugung des Gegenteils bewirkten. Und die öffentliche Meinung, die öffentliche Meinung der gesamten Reisegesellschaft, hatte auch niemals an ihrer Verlobung gezweifelt – hatten nicht sieben der zuverlässigsten Reisenden mit eigenen Augen gesehen, wie sie vonstatten ging? Genaugenommen gab es für sie nicht nur gar nichts zu bezweifeln, sie vertraten auch in aller Strenge die Ansicht, daß sie verlobt sein mußte, ob sie es wollte oder nicht. Das war, wie die Reisegesellschaft fand, das mindeste, was sie tun konnte. So blieb ihr jetzt nichts weiter übrig, als dem Bischof entgegenzutreten. Sie fror. Auch die vertraute Schwüle konnte sie nicht erwärmen. Sie versuchte vergeblich, gerade zu sitzen, stolz und tapfer zu wirken, zumindest etwas von der Haltung wiederzugewinnen, die ihr zum Schluß in der Schweiz so leicht vorgekommen war, mit Herrn Dremmel an der Seite, der über ihre Ängste lachte. Jetzt ließ sie den Kopf sinken, Hände und Füße erschienen ihr wie Steine.

Es war der Ort, der Ort, dachte sie, die hypnotische Wirkung ihrer alten Umgebung. Ganz Redchester war schwer von Erinnerungen an vergangenen Gehorsam. Kein einziges Mal hatte sie in Redchester von Rebellion auch nur geträumt. Sie hatte im nachhinein in den tieferen und weniger töchterlichen Winkeln ihres Herzens gegrollt, aber der Gedanke an Widerspruch wäre ihr niemals gekommen. Aber in dem Augenblick, in dem sie von ihrem Heim nichts mehr hören und sehen konnte, erschienen Dinge, die man hier, wie sie ganz genau wußte, als schlecht bezeichnete, fast gut zu sein, und vor allem unbeschreiblich natürlich. Wie merkwürdig das war. Und wie merkwürdig, daß ihr dies alles jetzt, da sie heimkehrte, wieder als schlimm erschien. Was sollte eine arme Seele tun, fragte sie sich mit einer plötzlichen Heftigkeit, zwischen diesen hin und her schwankenden Prinzipien, die sich aufführten, als ob sie eine Quadrille tanzten? Dies war der Ort, an dem ihr Gewissen jahrelang gestutzt und zur höchsten Empfindlichkeit geformt worden war; und obgleich ihre innere Stimme in Herrn Dremmels Gesellschaft immer mehr erstarrt war, spürte sie, wie sie jetzt, mit jeder Drehung der Räder wieder ihre alte empfindliche Gestalt annahm. Doch jetzt mußte sie unweigerlich, ob sie das Gewissen nun plagte oder ob sie Angst hatte oder nicht, ihrem Vater gestehen, was sie getan hatte. Sie mußte einfach mutig sein, und wenn nötig, mußte sie ihm trotzen. Sie war an Herrn Dremmel gebunden. Er war nur nach Hause gefahren, um sein Haus in Ordnung zu bringen, und dann, hatte er entschieden, nachdem sie mittlerweise den Bischof vorbereitet hatte, wollte er nach Redchester kommen und sie heiraten. Den Bischof vorbereiten! Sie schauderte. Herr Dremmel hatte versucht, sie in Luzern zu heiraten, aber die Schweizer wollten sich offenbar nicht hetzen lassen, und deshalb war sie hier, und innerhalb der nächsten paar Stunden mußte sie den Bischof vorbereiten.

Sie schloß die Augen und dachte an Herrn Dremmel – an Robert, wie sie allmählich lernte, ihn zu nennen. Sie mochte ihn von ganzem Herzen. Und als er entdeckte, daß sie es wirklich nicht mochte, immer umarmt zu werden, war er so freundlich und verständnisvoll gewesen und hatte seine Gefühlsausbrüche auf Handküsse beschränkt, wobei er ihr sagte, er könne sehr gut bis später warten, weil er sicher war, daß sie sich nach der Hochzeit schon für den Wert der Liebkosungen eines anständigen Mannes erwärmen würde – wie, was er ihr schon auf dem Rigi gesagt hatte, es alle Frauen täten. Er hatte außerdem eine Reihe von deutschen Kosenamen aus dem hintersten Winkel seines Bewußtseins hervorgekramt und seine Gespräche auf eine Art und Weise mit ihnen geschmückt, die sie, nur mit der edlen Sprache der Bibel und der Gebetbücher genährt, augenblicklich durch den Charme der Wörter verzauberte und lachen und vor Freude glühen ließ. Sie war sein kleines Herz, sein kleiner winziger Schatz, sein kleines Zuckerlamm – ein Dutzend winzige süße deutsche Verkleinerungen, die sie spornstreichs und wortwörtlich ins Englische übersetzte. Diese Frische! Die Frische, so bewundert und umworben zu werden, nach dem Gefühlsgeiz, der bei ihr zu Hause üblich war. Und sein Ring tanzte in diesem Augenblick an derselben Kette wie ihres Vaters Kreuz unter ihrem Kleid. Ja, sie war an ihn gebunden. Pflicht, das merkte sie jetzt, konnte sich manchmal sehr segensreich auswirken, wenn sie einen nämlich vor einer anderen Verpflichtung schützte. Jetzt war es Herr Dremmel, der ihre Pflicht geworden war.

Sie hob die Hand, um sich von ihrem Ring Mut zu holen, denn der Mut verging ihr schon wieder – kaum hatte sie den Dom erblickt. Sie hatte den Ring zum Konfirmationskreuz auf die Kette gezogen, weil sie ihn unmöglich am Daumen tragen konnte; und in der Schweiz, wo man keine Umstände machte, schien das ganz natürlich und selbstverständlich zu sein. Aber jetzt, als die Kutsche über das Kopfsteinpflaster des Domplatzes ratterte und sich der vertraute Dom drohend vor ihr erhob, ließ sie den Kopf hängen und hatte ihre Zweifel, ob nicht schon diese Kombination etwas Sündiges wäre.

Niemand stand an der Tür, als sie unter der großen Zeder vorfuhr, die zwischen dem Rasen und dem Haustor weit ihre Zweige breitete, Schatten und tropfende Nässe in der allgemeinen Trübheit und Nässe. Nur der Butler stand da, dessen schwarzer Anzug ihr sofort als besonders ordentlich und wohlgebügelt auffiel, neben ihm sein Untergebener, ein junger Mann, mit Bedacht etwas seitlich entfernt plaziert und in angemessener episkopaler Schäbigkeit. Sie hatte von Paddington aus die Ankunft ihres Zuges telegraphiert, aber das war natürlich kein Grund, daß sie jemand auf der Schwelle des Hauses begrüßte.

Es war immer ihre Aufgabe, bei der Ankunft und beim Abschied von Leuten auf der Schwelle zu stehen, sie war diejenige, die begrüßte oder zur Eile drängte, und weil sie sich nicht selber willkommen heißen konnte, war auch keiner zur Stelle.

Sie warf Wilson einen nervösen Blick zu, als er ihr heraushalf, aber seine Miene war undurchdringlich. Der Jüngling an ihrer anderen Seite trug einen Ausdruck, den er, wie es schien, unter glücklicheren Umständen zu einem Grinsen verrutschen lassen würde, und sie wandte mit einem leichten Anfall von Übelkeit den Blick von ihm ab. Ob sie schon Bescheid wußten, alle miteinander, daß sie ihre Tante schon vor einer Woche verlassen hatte? Aber ach, das war jetzt eine Kleinigkeit, verglichen mit dem, was sie seitdem angestellt hatte.

Ich bin ein totes Mädchen, dachte Ingeborg, als sie durch die Tür des Elternhauses trat.

Die Dienstboten trugen ihr Gepäck hinein, wobei sie in ihrer Ungewandtheit zu Lug und Betrug noch nicht einmal daran gedacht hatte, die kontinentalen Kofferaufkleber abzukratzen, und sie durchquerte die Halle, indem sie auf die matten Flecken aus lieblich verschwommenem Licht trat, das durch die hohen bunten Glasfenster auf die Steine fiel. Es war eine wunderbar edle Halle, bar allen Schmucks und aller Teppiche, wie der Dom, und sie sah mehr als unbedeutend aus, als sie nun auf die geschnitzte Eichentür zuschritt, die sich zu dem breiten getäfelten Gang zum Wohnzimmer öffnete; eine kleine Gestalt, mit Todesmut erfüllt, ein Garnichts, das sich den Mächten stellen mußte, für die diese überwältigende Kulisse nur eine ihrer Ausdrucksformen darstellte.

Ihre Mutter ruhte wie üblich auf ihrem Sofa dicht am Feuer, dessen Glut an diesem warmen Tag dadurch gemildert war, daß die Fenster weit geöffnet waren. Neben ihr stand ihr ureigener persönlicher Tisch mit den üblichen Blumen, Handarbeit, Erbauungsbüchern und Biographien frommer Männer. Es war nur schwer vorstellbar, daß ihre Mutter dieses Sofa zehnmal verlassen hatte, um zu Bett zu gehen, angekleidet und ausgekleidet worden war und Mahlzeiten eingenommen hatte – sechsunddreißig, wie Ingeborg unbewußt zusammenrechnete, während sie sich nach dem Bischof umschaute, die Tasse Tee vom Frühstück nicht mitgerechnet, was fünfundvierzig ergäbe, wenn man sie doch mitrechnete –, seit sie sie das letzte Mal gesehen hatte, so unbeweglich kam sie ihr vor, genau in die gleiche Pose drapiert wie vor neun

Tagen. Als sie die Tür geöffnet hatte, war ihr der Gesang der Drosseln entgegengeschallt, fast betäubend laut, weil sich die Fenster direkt zum grünen und tropfnassen Garten öffneten, ein idealer Tag für Würmer. Judith bereitete den Tee, so weit vom Feuer entfernt wie möglich, und vom Bischof war nichts zu sehen.

»Bist du das, Ingeborg?« fragte ihre Mutter und wandte das Gesicht zur Tür, das in den langen Jahren des Eingeschlossenseins ganz bleich geworden war.

Ingeborgs Mutter hatte im Sofa das gefunden, was anderen Leuten die Erlösung war. Sie war nicht krank. Sie hatte es einfach als Zuflucht entdeckt und als eine sehr verläßliche Hilfe in allem Trubel und aller Trübsal des Lebens, ganz besonders als Schild und Schutz in allen Auseinandersetzungen mit dem Bischof. Sie hatte gemerkt, als sie zum ersten Mal danach Ausschau gehalten hatte, daß es für Eheleute nicht einfach ist, eine Zuflucht voreinander zu finden, die keinen von beiden bloßstellt. In einem Augenblick der Erleuchtung hatte sie das Sofa erblickt. Das war ein Gegenstand ohne Schuld und Tadel, der sie vollkommen von allen Pflichten und Verantwortlichkeiten jeglicher Art fernhalten würde. Es war ehrbar; es war unübertrefflich wirksam; es wurde nicht in den Zehn Geboten erwähnt. Sie mußte sich nur daran festklammern, und schon konnte sie niemand zu irgend etwas zwingen. So hatte sie davon Besitz ergriffen und es nie wieder verlassen, geheimnisvoll zart, ein Anziehungspunkt von Fürsorge und Anteilnahme, ein Wesen, vor dessen Hilflosigkeit auch der aggressivste oder aufgebrachteste Gatte zur Hilflosigkeit verdammt war. Im Lauf der Zeit hatte sie einen Sofa-Ausdruck angenommen und war nun endgültig eine unerschütterlich geduldige christliche Dame geworden, nur manchmal von einem Hauch Wehmut überschattet.

»Bist du das, Ingeborg?« fragte sie und wandte ihr den Kopf zu.

»Ja, Mutter«, sagte Ingeborg und zögerte gegen ihren eigenen Willen auf der Schwelle.

Sie schaute sich ängstlich um, aber der Bischof lauerte nirgendwo in diesem großen Raum.

»Komm herein, Liebes, und mach die Tür zu. Du siehst ja, die Fenster stehen sperrangelweit offen.«

Judith blickte von ihren Teevorbereitungen einen Augenblick zu ihr auf, rührte sich aber nicht. Selbst inmitten ihrer Ängste war Ingeborg, die sie ja eine Weile nicht gesehen hatte, von ihrer Lieblichkeit verblüfft. Sie schien alle abgestumpften Grauschatten des Nachmittags, der trägen Langeweile und der anbrechenden Dämmerung für sich aufgenommen und ihre Düsternis in einen perfekten Hintergrund für ihre Schönheit verwandelt zu haben.

»Wir dachten, du hättest geschrieben«, sagte Mrs. Bullivant und hob die Wange für den Kuß, den sie erwartete.

»Ich – ich habe doch ein Telegramm geschickt«, antwortete Ingeborg und gab ihr den Kuß.

»Ja, Liebes, aber nur wegen deines Zuges.«

»Ich – ich dachte, das sei genug.«

»Aber meine liebe Ingeborg, bei so einem großen Anlaß. Einem der größten des Lebens. Da haben wir schon ein bißchen mehr erwartet, nicht wahr, Judith?«

»Mehr?« fragte Ingeborg schwach.

»Das hat deinen Vater tief verletzt, Liebes. Er meinte, es verriete so wenig wahre Liebe zu deinen Eltern und deiner Schwester.«

»Aber –«, stammelte Ingeborg und schaute von einer zur anderen. »Wir haben dir sofort geschrieben – sowie wir es wußten. Nicht wahr, Judith?«

»Natürlich«, sagte Judith.

Ingeborg wurde rot und blaß. Hatte jemand von der Dent's-Tour entdeckt, wo sie wohnte und etwas über ihre Verlobung geschrieben, und war nun das Unmögliche geschehen, daß sie gar nichts dagegen hatten? War das denkbar? Wußten sie Bescheid? Und schluckten sie es auf diese Art und Weise? Wenn sie doch nur auf dem Weg nach Paddington bei ihrer Tante hereingeschaut und die Briefe abgeholt hätte – was für elendigliche Stunden der Angst hätte sie sich ersparen können!

»›Aber –«, begann sie. Dann überschwemmte die ungeheure

Erleichterung plötzlich ihr ganzes Ich mit köstlich sanfter Wärme. Sie wußten Bescheid. Irgendwie. Ein Wunder war geschehen. Oh, wie gütig Gott doch war!

Sie warf sich neben dem Sofa auf die Knie und begann, die Hand ihrer Mutter zu küssen, was Mrs. Bullivant fast entsetzte; es ist ja auch ein ausländischer Schlich, den sich meist nur die aneignen, die in die Fremde geraten.

»Mutter«, sagte sie, »freust du dich wirklich darüber? Hast du nichts dagegen?«

»Dagegen?« fragte Mrs. Bullivant.

»Ach, wie froh, wie seelenfroh bin ich da. Und Vater? Was hat er gesagt? War er – war er dagegen?«

»Dagegen?« wiederholte Mrs. Bullivant.

»Vater ist, glaube ich, hochentzückt«, bemerkte Judith mit einem leichten Verziehen der Lippen, was bei jeder nicht so entzückenden Person etwas hämisch gewirkt hätte. Und sie drehte an einem bemerkenswerten Diamantring, den sie unübersehbar am Finger trug.

»Vater ist – entzückt?« echote Ingeborg wie vom Donner gerührt durch Ausmaß und Art dieser Entlastung.

»Ich muß sagen, ich glaube, daß es von wirklich großer Güte deines lieben Vaters zeugt, wenn er sich freut, obgleich er verliert –«, begann Mrs. Bullivant.

»O ja, o ja«, unterbrach Ingeborg überwältigt, »es ist ein Wunder – ein göttliches Wunder.«

»Meine liebe Ingeborg«, sagte ihre Mutter mit sanftem Vorwurf, denn dies war Hemmungslosigkeit; und Judith zog wieder eine Miene, die bei jeder anderen Frau noch hämischer gewirkt hätte. »Wenn er«, fuhr Mrs. Bullivant mit jener wehleidigen Hartnäckigkeit einer Mutter fort, die durchblicken läßt, daß sie, wenn auch ans Sofa gefesselt, doch zumindest ihre Sätze vollenden darf, »so viel verliert.«

»Ja, ja«, fiel Ingeborg eifrig ein, die mit dieser Haltung ihrer Eltern so aus vollem warmem Herzen einverstanden war, daß sie nur wünschte, für immer und ewig in dieser Großmut zu baden und niemals in das ferne finstere Ostpreußen gehen zu müssen.

»Dein Vater verliert nicht nur eine Tochter«, fuhr Mrs. Bullivant fort, »sondern auch fünfhundert Pfund seines jährlichen Einkommens.«

»Kann man das als sein Einkommen bezeichnen?« erkundigte sich Judith, vollendet höflich, aber, wenn man das bei einem Wesen mit solch einem Engelsgesicht überhaupt vermuten könnte, mit leichter Gereiztheit. »Ich dachte, unsere Großmutter –«

»Judith, meine Liebe, die fünfhundert Pfund pro Jahr, die deine Großmutter jeder von euch hinterlassen hat, sollten euch erst nach eurer Verheiratung zustehen«, erklärte Mrs. Bullivant, ebenfalls mit einem Hauch Gereiztheit unter ihrer Geduld, »bis dahin sollten sie mir gehören – ich meine natürlich eurem Vater. Und wenn ihr unverheiratet bleibt, sollten sie mir zukommen – ich meine ihm, für immer.«

Ingeborg hatte vom Testament ihrer schwedischen Großmutter gehört, hatte es aber längst wieder vergessen, weil ihr die Ehe so fern erschien und Geld auch keine Rolle spielte, weil sie keine Gelegenheit hatte, es auszugeben. Jetzt klopfte ihr Herz doppelt dankbar. Wie angenehm das für Robert war. Wie würde ihm das bei seinen Forschungen helfen. Merkwürdig, daß sie das vergessen hatte. Er hatte ihr von seinem Stipendium von fünftausend Mark erzählt – das waren in englischem Geld zweihundertfünfzig Pfund, hatte er erklärt, und dazu verfügte er über das Haus und das Land, die nichts kosteten –, die größtenteils von seinen Experimenten verschlungen wurden. Aber was blieb, reichte, wie er sagte, völlig für den Lebensunterhalt eines vernunftbegabten Wesens aus, wenn man die Sache nur im rechten Sinn betrachtete. Alles, sagte er, hing nur davon ab, daß sie es im rechten Sinn betrachteten. »Und schließlich«, hatte er triumphierend hinzugesetzt und gerade in dem Augenblick, in dem sie fragen wollte, was der rechte Sinn denn sei, die Brust gebläht, »kein Mensch kann mich dünn nennen –« Nicht zu fassen, daß sie diese substantielle Hilfe vergessen konnte, die sie ihm als Mitgift überreichen konnte! Nun hatte sich ihr der ganze Großmut ihres Vaters enthüllt, der sich über ihre Verlobung freute. Was für eine Erleichterung. Was für eine herrliche herzerwärmende Erleichterung. So muß sich jemand fühlen, der wiedergeboren wird, ganz neu, ganz rein von alten Fehlern und Furchtsamkeiten. Sie fühlte sich erhoben, außerordentlich glücklich, außerordentlich gut, mehr mit der Vorsehung und der Bibel im Einklang, als sie je seit ihrer Kindheit gewesen war. Sie wäre bereit gewesen und hätte es ganz natürlich gefunden, in diesem Augenblick und an dieser Stelle mit ihrer Mutter und Judith niederzuknien und mit schallender Stimme Dankgebete zu sprechen. Auf dem Höhepunkt ihres dankbaren Entzückens wäre sie sogar bereit gewesen, Herrn Dremmel einzutauschen gegen die überwältigende Güte ihrer Familie, die sie nicht darum bat, ihn aufzugeben.

Eine solche erhabene Begeisterung hatte sie noch nie im Leben verspürt, die reine Einheit mit dem Unendlichen, das grenzenlose Vertrauen auf das Gute, das allem innewohnt, vielleicht nur nicht an jenem Nachmittag, an dem ihr der Zahn gezogen worden war.

»Ach«, rief sie aus und schmiegte ihre Wange an die Hand der Mutter, »ach, wie ich hoffe, daß euch Robert gefällt!«

»Robert?« fragte Mrs. Bullivant; und am Teetisch breitete sich ein so tiefes Schweigen zwischen den Tassen aus, als ob sie alle den Atem anhielten.

»Ja, er heißt Robert«, sagte Ingeborg, die Wange immer noch auf der Hand der Mutter, die Augen geschlossen, das Gesicht überstrahlt von heiterem, zuversichtlichem Frieden.

»Was für ein Robert, Ingeborg?« fragte Mrs. Bullivant und änderte ihre Lage, um ihre Tochter besser ins Auge fassen zu können.

»Herr Dremmel. Das ist sein Taufname. Er muß ja schließlich einen haben, nicht wahr?« sagte Ingeborg, die Augen immer noch in der Seligkeit des vollkommenen Vertrauens geschlossen.

»Herr was?« fragte Mrs. Bullivant in einem schärferen Ton und mit mehr Lebendigkeit in der Stimme als seit Jahren. »Da kommt dein Vater«, setzte sie hastig hinzu und goß sich wieder in die Gestalt der hilflos Leidenden, während sich die Tür öffnete und der Bischof eintrat.

Ingeborg sprang auf. »O Vater«, rief sie und lief mit dem völligen Verzicht auf Zurückhaltung auf ihn zu, wie man sie bei einer durch Reue und Vergebung reingewaschenen Seele bei ihrer Ankunft im Himmel vermutet, die gleich vor ihrem Schöpfer steht und weiß, daß es nun in alle Ewigkeit keine Mißverständnisse mehr geben wird, »was bist du gut gewesen!«

Und sie gab ihm einen leidenschaftlichen Kuß, mitten in einem Raum, auf den sich ein so tiefes Schweigen senkte, daß der Kuß zu hören war.

Der Bischof war pikiert.

War er denn nicht immer gut? Die ausschweifende Dankbarkeit seiner Tochter, wirklich fast lärmend zu nennen, für etwas im Grunde Unvermeidliches – nämlich nach London zu fahren und sich in die Hände eines Zahnarztes zu begeben –, ließ die Vermutung aufkommen, daß sie seine selbstverständliche Großzügigkeit überrascht hatte. Er fand es tatsächlich lobenswert, daß er sie hatte reisen lassen, aber er hätte es auch höchst verwerflich gefunden, wenn er das nicht gestattet hätte. Die öffentliche Meinung von Redchester hätte ihn sicherlich als grausam verdammt, selbst wenn er, der alle näheren Umstände kannte, nicht zu diesem Urteil gekommen wäre. Grausam war vielmehr das Durcheinander, in das seine Manuskripte und Briefe durch ihre lange Abwesenheit geraten waren. Seine Termine waren schrecklich verrutscht, was in einigen Fällen weitreichende Folgen hatte; und das alles nur, diesen Gedanken konnte er nicht verdrängen, weil Ingeborg trotz aller Vorschriften und guten Beispiele in ihren Kinderjahren die Zahnbürste nicht regelmäßig und nicht bewußt benutzt hatte. Denn das hatte sie ja offensichtlich nicht, wie hätte sie sonst neun lange Tage für die Behandlung brauchen können? Er selber, der seinen Leib als heiligen Tempel betrachtete, was die einzig zufriedenstellende Lösung der Körperfrage war, hatte die Zähne stets als Säulen eines weihevollen Gebäudes betrachtet und sie infolgedessen vierzig Jahre lang nach jeder Mahlzeit gebürstet und nie in seinem Leben Zahnschmerzen bekommen.

»Laß uns jetzt hoffen, Ingeborg«, sagte er, wobei ihm flüchtig durch den Kopf fuhr, daß sie eine moderne Umkehrung des mosaischen Gesetzes darstellte, nach dem die Sünden der Väter auf die Kinder übergehen, obgleich für des Bischofs Gefühl die ursprüngliche Form die gesündere wäre, und er schob sie sanft beiseite, um sich zum Teetisch zu begeben, wo er seine Hand nach der Tasse ausstreckte, die ihm Judith eilfertig überreichte, »laß uns jetzt hoffen, nachdem du dein Lehrgeld hast zahlen müssen, daß du in Zukunft nicht wieder vergißt, wie dicht Reinlichkeit neben der Gottesfurcht und der Rechtschaffenheit steht.«

Diese Antwort kam Ingeborg so merkwürdig vor, daß sie ihm nur dort, wo er sie stehengelassen hatte, mitten auf dem Teppich, mit offenem Munde nachstarren konnte.

Aber der Bischof war noch nicht fertig. Er fuhr fort und sagte etwas anderes, was sie noch mehr überraschte; nein, das sie zu Eis erstarren ließ und bis in den Grund ihrer Seele erschütterte. Er sagte nach einer Pause, während das Schweigen im Raume mit allen Sinnen zu spüren war, während er ihr den Rücken zuwandte und sich am Teetisch sorgfältig sein ganz bestimmtes Butterbrötchen aussuchte, das er verspeisen wollte: »Und, Ingeborg, warum hast du bitteschön nicht auf der Stelle auf unsere Nachricht hin geantwortet und deiner Schwester zur Verlobung gratuliert?«

8

Ingeborg stand wie gelähmt da.

Die Frage ihres Vaters war wie ein Schlag, der sie wieder in die Wirklichkeit zurückstieß. Der linde Traum, daß alles in Ordnung sei, daß sie Verständnis fände, daß sie zu Hause trotz allem Liebe und Zärtlichkeit erwarteten, daß man sie mit offenen Armen aufnahm und bestätigte, das herzerwärmende Gefühl, sich in den liebevollen Schoß der Familie zu schmiegen, voll Vertrauen, daß man sie hielt und nicht zu Boden fallenließ, war wie ein Blitz vergangen. Sie war mit einem Schlage wach, aus ihrem kurzen süßen Schlaf gestoßen. Ihre Familie hatte gar keinen Schoß, sondern nur einen vollkommen unvorbereiteten Verstand, und in diesen unvorbereiteten Verstand hatte sie den Namen Dremmel geworfen.

»Judith – verlobt?« stammelte sie schwach, während der Bischof, die Tasse in der Hand, herumfuhr, um sie wegen ihres langen Schweigens zu mustern.

»Deine Ungläubigkeit ist für deine Schwester nicht sehr schmeichelhaft«, sagte er; und allein ihre Wimpern, als sie jetzt den Blick auf die Teekanne senkte, waren so betörend, so schön im Schwung, so golden und anmutig, machten diese Ungläubigkeit einfach lächerlich.

Mrs. Bullivant enthielt sich jeglicher Bemerkungen und drückte sich tiefer ins Sofa.

»Es ist – es kam so plötzlich«, stotterte Ingeborg.

»In einer Woche kann viel geschehen«, sagte der Bischof.

»Ja«, murmelte Ingeborg, die das nur zu gut wußte.

»Wir können nie wissen, was ein Tag noch bringen mag«, fuhr der Bischof fort, und Ingeborg senkte zustimmend den Kopf.

»Kein Sterblicher«, begann der Bischof, von Gewohnheit überwältigt, »kennt die Stunde, wann der Bräutigam –«, aber dann unterbrach er sich wieder, denn es fiel ihm ein, daß Ingeborg ja nicht verlobt war und daß es sich deshalb nicht ziemte, ihr von einem Bräutigam zu sprechen. Statt dessen fragte er abermals, warum sie nicht geschrieben hätte; und indem er sie forschend musterte, fragte er sich, ob es möglich wäre, daß eins seiner Kinder niedrig genug empfinden konnte, um neidisch zu sein.

»Ich – ich habe die Briefe nicht bekommen«, sagte Ingeborg mit gesenktem Kopf.

»Nein? Das ist ja merkwürdig. Deine Mutter schrieb dir sofort. Laß mich einmal überlegen. Am Freitag ist es geschehen. Es war doch Freitag, nicht wahr, Judith? Du solltest es doch wissen«, Judith errötete bereitwillig, »und heute ist Dienstag. Ausreichend Zeit. Ausreichend Zeit. Meine Liebe«, sagte er und wandte sich an seine Frau, die sich sofort einer noch matteren Hinfälligkeit befleißigte, »hältst du es für möglich, daß unser Brief nicht in die Post gegeben worden ist?«

»Das könnte sein, Herbert«, hauchte Mrs. Bullivant, die Augen geschlossen und bestrebt, sich vorzustellen, sie sei ohnmächtig.

»Aha. Dann liegt es daran. Liegt also daran. Wilson wird nachlässig. In dieser Woche hat es wiederholt Versäumnisse gegeben. Du wirst der Sache nachgehen, Ingeborg, und ihm übermitteln, was ich gesagt habe.«

»Ja, Vater.«

»Und wenn er sich weiter so aufführt, wirst du ihn entlassen.«

»Ja, Vater.«

»Ungetreuer Diener. Ungetreuer Diener. Wer auch nur das geringste veruntreut . . .«

Der Bischof runzelte die Stirn, nahm sich noch ein Butterbrötchen und ging zum Kaminvorleger hinüber, wo er sich seiner Gewohnheit nach und trotz der Wärme des Tages aufpflanzte und seinen Tee trank, wobei ihn die Feuerglut in seinem Rücken unbewußt und immer stärker irritierte.

»Also«, sagte er und faßte Ingeborg ins Auge, »du weißt noch gar nichts?«

Sie schüttelte den Kopf. Inmitten dieses glänzenden alten Raumes war sie besonders fehl am Platze, verstaubt von der Reise, zerzaust, das Gesicht blaß vor Müdigkeit, der Hut schief auf dem Kopf.

Judith warf ihr von Zeit zu Zeit einen Blick zu, aber es war immer unmöglich zu erraten, was die zarte weiße Rose am Teetisch dachte; so unmöglich, daß die jungen Männer, die sie beim ersten Anblick wie Bienen umschwärmten, nach einer Weile aufgaben und zu mitteilsameren Mädchenblüten schwirrten. Die ansässige Herzogin hatte gehofft, daß ihr Erstgeborener sie heiratete – ein so liebliches Geschöpf, so durch und durch respektabel mit diesem netten Bischof als Vater, und in der Vollkommenheit ihrer Proportionen glücklicherweise wie geschaffen für die segensreiche Produktion weiterer Herzöge; bei jeder sich bietenden Gelegenheit pries sie ihrem Sohn die hervorragenden Eigenschaften dieses Mädchens an und redete ihm ein, er hätte dann die schönste Gattin in ganz England. Aber nach einem vorwurfsvollen Blick auf seine Mutter, die anzunehmen schien, daß er sich nicht selber um schöne Frauen kümmern konnte, sagte der junge Mann, er wolle kein schönes Gemälde heiraten, sondern etwas Lebendiges und vor allem ein Wesen, das der Sprache mächtig sei.

»Sie ist natürlich ganz in Ordnung«, bemerkte er, »und ich schaue sie mir auch gerne an. Ich müßte ja blind sein, wenn nicht. Aber, du guter Gott, wie langweilig! Das Mädchen hat kein Wort zu sagen. Ich habe noch nie ein weibliches Wesen getroffen, das so umwerfend aussieht und so gar nichts darstellt. Sie will nicht reden. Sie will einfach nicht reden«, jammerte er fast, »sie macht nicht den leisesten Eindruck, als ob sie irgendwas bewegen könnte.«

»Dafür könntest du vielleicht ganz dankbar sein«, bemerkte seine Mutter.

Er ließ sich jedoch nicht überreden, sondern ging seine eigenen Wege und heiratete, wie die Herzogin gefürchtet hatte, eine junge Dame vom Ballett – eine junge Dame, die nicht nur flott zu Fuß, sondern auch flink mit ihrem Witz war, sozusagen an beiden Enden behende und beweglich, wie er seiner Mutter stolz erklärte, und er lebte sehr zufrieden mit ihr, weil sie ihn amüsierte, was schon viel ist.

»Ich habe nicht bemerkt, daß du dich schon zu einem Glückwunsch durchgerungen hättest, Ingeborg«, sagte der Bischof, dem ihr merkwürdiges Benehmen immer weniger behagte, genausowenig wie ihre verkrumpelte und verlorene Erscheinung. Er dachte wieder an Neid, aber der allein konnte keine Kleider zerknittern. »Dabei wird deine Schwester«, sagte er, wobei er sich ein wenig vom Feuer entfernte, das ihn auf unangenehme Art und Weise anzusengen begann, »die Gattin des Masters werden.«

»Des Masters?« wiederholte Ingeborg verständnislos. Einen Augenblick lang gaukelte ihr das gequälte Hirn das Bild von Judith als Nonne vor.

»Es gibt nur einen einzigen Master«, sagte der Bischof in seinem hochmütigen Ton. »Das weiß doch jeder. Der Master von Ananias.«

Ingeborg wußte, daß das eine große Sache war. Der Master

von Ananias, dem berühmtesten College von Oxford, war in jeder Hinsicht eine erstrebenswerte Partie, außer vielleicht im Hinblick auf sein Alter, aber was bedeutete das Alter im Vergleich zu allen anderen Vorzügen? Ihr Vater hatte sie einmal ermahnt, weil sie von ihm als dem alten Dr. Abbot sprach, und hatte sie belehrt, daß der Master erst sechzig sei und daß jedermann sechzig war – alle, wie der Bischof sagte, die auch nur etwas Verstand besaßen. Er war kein Witwer, er bot in seiner kurzgeschorenen eisengrauen Art einen angenehmen Anblick, er war ein sehr gelehrter Herr und ausgesprochen wohlhabend, ganz zu schweigen von seinem stattlichen Gehalt, einem der stattlichsten Gehälter, die die Krone vergab. Vor einigen Jahren, als Judith noch in ihrer Kinderschürze steckte, hatte er im Palast gewohnt – das war damals gewesen, als ihn Ingeborg alt genannt hatte – und war von ihrem Vater mit äußerster Zuvorkommenheit und Hochachtung behandelt worden. Damals schien er froh gewesen zu sein, sich wieder zu verabschieden. Jetzt mußte er wieder dagewesen sein und sich sofort und hemmungslos in Judith verliebt haben, da dieser kurze Besuch die Distanz zwischen erstem Kennenlernen und Verlobung überbrückt hatte. Wer wußte besser als sie selbst, wie rasch so eine Distanz übersprungen werden kann?

Sie wollte zu Judith hinübergehen und sie küssen und ihr etwas Liebes sagen, aber ihre Füße schienen sich nicht rühren zu können. Sie wollte allen aus ganzem Herzen Glück wünschen, wenn sie ihr nur auch ein wenig Glück wünschten und freundlich zu ihr wären. Denn Judith hatte genau gehört, was sie vorm Eintreten ihres Vaters gesagt hatte, und ihre Mutter hatte es auch gehört, so daß der Name Dremmel schwer auf dem ganzen Raume lastete.

Sie schaute sich nach ihnen um – während ihr Vater darauf wartete, daß sie zumindest normalen Anstand und schwesterliches Gefühl bewies, und Judith ruhte so sicher im Wohlwollen der Familie, war so frei von allem Verstohlenen, und die Mutter lag so reglos mit geschlossenen Augen und ausdruckslosem Antlitz da, daß sie sich plötzlich unerträglich alleine fühlte.

»Ach –«, rief sie und streckte die Hände aus, »hat mich denn keiner lieb?«

Das war noch schlimmer als ihr Zahnschmerz.

Die Familie hatte in jenen Tagen viel zu erleiden gehabt, aber es gab wenigstens einen vernünftigen Grund für die seltsamen Auswüchse ihres Verhaltens. Jetzt aber wurden sie herausgefordert, das entwürdigende Theater einer Familienangehörigen zu ertragen, die sich bisher gesittet aufgeführt, jetzt aber jegliche Haltung hatte fahren lassen. Ingeborg war auf dem besten Wege, eine Szene zu machen; und in diesem Hause hatte noch nie, zumindest während der gesamten Bullivant-Periode noch nie, eine Szene stattgefunden.

Mrs. Bullivant kniff ihre Augen noch fester zu und versuchte sich vorzustellen, sie sei gar nicht vorhanden.

Judith wurde knallrot und konzentrierte sich wieder auf ihre Teekanne.

Der Bischof stellte nach dem ersten Schreck seine Tasse auf das nächste Tischchen und starrte seine Tochter mit übertriebener Ruhe an.

Sie fühlten sich alle äußerst unbehaglich; so unbehaglich, als ob Ingeborg begonnen hätte, sich mitten im Wohnzimmer nach und nach ihrer Kleider zu entledigen und sie sich schließlich vom Leibe gerissen hätte.

»Das ist sehr betrüblich, Ingeborg«, sagte der Bischof.

»Ja, das ist es, nicht wahr?« war ihre unerwartete Antwort, bei der ihr Tränen in den Augen standen. Sie war so erschöpft, so verschreckt. Sie war lang und weit gereist, seit dem Morgen des vorherigen Tages. Sie hatte seit einer endlosen Zeit nichts mehr zu essen bekommen. Doch weil sie sich vor ihrer Mutter und Judith verraten hatte, war dies der Augenblick, in dem sie ihrem Vater gestehen mußte, was sie getan hatte.

»Dies ist das widerwärtigste Beispiel«, sagte der Bischof, »das ich je von der gemeinsten aller Sünden gesehen habe, dem Neide.«

»Neid?« fragte Ingeborg, »ach nein, das quält mich nicht. Ach, wenn es doch nur das wäre! Und ich wünsche Judith wirklich

Glück. Ich gratuliere dir, Judith, aus ganzem Herzen. Aber – Vater, ich habe das gleiche gemacht.«

Nun war es draußen, sie schaute ihn kläglich an, aufs Schlimmste gewappnet.

»Was hast du gemacht, Ingeborg?«

»Ich habe mich auch verlobt.«

»Verlobt? Meine liebe Ingeborg.«

Der Bischof fürchtete für ihren Verstand. Sie machte wirklich einen verstörten Eindruck. War die Betäubung zu stark gewesen? Sein Ton wurde behutsam und beschwichtigend. »Wie kannst du dich denn«, fragte er ruhig, »in diesen paar Tagen verlobt haben?«

»In einer Woche kann viel geschehen«, antwortete Ingeborg.

Es schlüpfte ihr über die Lippen. Sie hatte versucht, es nicht auszusprechen. Aber sie war entlarvt. Und immer, wenn sie das war, sagte sie das erste, was ihr durch den Kopf schoß, und das war stets entweder verheerend oder ungeschickt.

Der Bischof verwandelte sich in eine Eissäule. Das war keine Hysterie, es war etwas unvergleichlich Ärgeres.

»Würdest du dich gütigerweise erklären«, sagte er scharf und schien Wogen eisiger Luft von seinem Standpunkt aus in den ganzen Raum zu senden.

»Ich bin verlobt, mit jemandem namens Dremmel«, antwortete Ingeborg.

»Den Namen kenne ich nicht. Du vielleicht, Marion?«

»Nein, o nein«, hauchte Mrs. Bullivant mit geschlossenen Augen.

»Robert Dremmel«, sagte Ingeborg.

»Wer sind die Dremmels, Ingeborg?«

»Sie sind nicht jemand.«

»Sie sind nicht jemand?«

»Ich – ich habe noch nie von welchen gehört«, sagte sie und faltete die Finger. »Wir haben zumindest nicht davon gesprochen – über das Thema weiterer Dremmels.«

»Was ist der Mann?«

»Ein Geistlicher.«

»Oh. Und wo lebt er?«

»In Ostpreußen.«

»Wo, Ingeborg?«

»In Ostpreußen. Das liegt im Ausland.«

»Besten Dank, darüber bin ich im Bilde. Meine Erziehung war vollkommen ausreichend und hat Ostpreußen umfaßt.«

Mrs. Bullivant begann zu weinen. Nicht laut, sondern Tränen, die unter ihren geschlossenen Augenlidern hervor lautlos übers Gesicht rannen. Sie unternahm nichts dagegen, sondern lag einfach da, die Hände auf der Brust gefaltet, und ließ sie rinnen. Was hatte es für einen Sinn, ein Christ zu sein, wenn man solchen Szenen ausgesetzt wurde?

»Und warum ist er bitte in Ostpreußen?« fragte der Bischof.

»Er gehört dorthin.«

Wieder schien der Raum für einen Augenblick den Atem anzuhalten.

»Muß ich annehmen, daß er ein Deutscher ist?«

»Vater, bitte!«

»Ein deutscher Pastor?«

»Ja, Vater.«

»Nicht zufällig einer der geistlichen Würdenträger am kaiserlichen Hof?«

»Nein, Vater.«

Es entstand eine Pause.

»Und deine Tante, was hat sie dazu gesagt?«

»Sie hat gar nichts dazu gesagt. Sie war nicht dabei.«

»Wie bitte?«

»Ich bin nicht bei meiner Tante gewesen.«

»Judith, meine Liebe, würdest du freundlicherweise das Zimmer verlassen?«

Judith stand auf und verschwand. Bis sie die Tür hinter sich geschlossen hatte, herrschte Schweigen.

»So«, sagte der Bischof, nachdem Judith außer Gefahr war, »jetzt wirst du die Güte haben und genau erklären, was du angestellt hast.«

»Ich glaube, ich möchte ins Bett«, murmelte Mrs. Bullivant, ohne ihre Haltung zu ändern oder die Augen zu öffnen. »Ob jemand bitte nach Richard läutet, damit er kommt und mich ins Bett bringt?«

Aber weder der Bischof noch Ingeborg kümmerten sich um sie. »Ich wollte wirklich gar nichts anstellen, Vater«, begann Ingeborg. Dann unterbrach sie sich und sagte: »Ich – ich kann es besser erklären, wenn ich mich hinsetze –« und ließ sich in den nächsten Sessel fallen, weil ihr die Knie weich geworden waren.

Sie sah ihren Vater nur noch durch einen Nebelschleier. Sie würde ihm zum ersten Mal in ihrem Leben Widerstand leisten, und ihrer Natur nach war sie friedlich und nicht widerspenstig. In ihrem Elend schoß ihr der Gedanke durch den Kopf, ob Herr Dremmel dies alles wert wäre; lohnte es sich überhaupt, um etwas zu kämpfen? Und dann noch mit dem eigenen Vater. Und im Gegensatz zu ihrer ganzen Erziehung. Würde sie wirklich stark genug sein? War dies etwas, wo man Stärke zeigen sollte? Läge nicht die wahre Stärke eher darin, das ruhige Leben zu Hause fortzusetzen? Was bedeutete ihr, wenn sie es recht bedachte, Ostpreußen eigentlich, selbst diese Roggenfelder und das viele Wasser. Sie wünschte, sie hätte zumindest ein Butterbrot. Sie hatte die Vision, daß ein Butterbrot ihr über alle Zweifel hinweghelfen würde. Sie schaute sich vorsichtig um, damit sie ihrem Vater nicht zufällig in die Augen sah, und erblickte den Teetisch.

»Ich glaube«, sagte sie schwach und stand wieder auf, »ich trinke erst mal einen Tee.«

Das kam dem Bischof wie Aufruhr vor.

Er beobachtete sie mit einer so kalten Verachtung, wie er noch nie im Leben empfunden hatte. Seine Tochter. Seine Tochter, für die er soviel getan hatte. Die Tochter, die er, ohne eine Mühe zu scheuen, seit Jahren zu einer hilfsbereiten tüchtigen christlichen Jungfrau erzogen hatte. Die Tochter, die er mit seinem Vertrauen beehrt hatte, der er gestattete, an den privatesten Teilen seiner Tagesgeschäfte teilzunehmen. Kein Brief, der an ihn gerichtet war, den sie nicht gesehen hatte und beantworten durfte. Kein Schritt, in welche Richtung er ihn auch führte, für den sie nicht die notwendigen Vorbereitungen treffen durfte. Selten, dachte er bitter, hatte ein Kind soviel Vertrauen von seinem Vater empfangen. Seine Tochter. Diese zerknitterte und schändliche – ja, jetzt wußte er, was mit ihrem Aussehen los war –, diese unehrenhafte Vogelscheuche goß sich zynisch Tee ein, während er, der Vater, den sie hintergangen hatte, auf ihre Erklärungen lauern mußte, bis sie sich gesättigt hatte. Auf jeden Fall war nun schon mit Erfolg gelungen, dachte er bei sich, verbittert vor Zorn darüber, daß er gezwungen war, verbittert vor Zorn zu sein, daß er sich nämlich so wenig als Bischof fühlte wie seit seinen Kindertagen nicht mehr.

»Es ist nur, weil ich seit Paris nichts zu essen hatte«, entschuldigte sich Ingeborg und hielt die Teekanne mit beiden Händen, weil sie ihr in einer Hand zu sehr zitterte und weil sie auch spürte, daß es nicht der rechte Augenblick zum Teetrinken war.

Der Bischof fuhr zusammen. »Seit wo?« fragte er.

»Paris«, antwortete Ingeborg und setzte mit zitternder Stimme hinzu, weil ihr die Nerven vollkommen versagten und sie nur die Stille füllen wollte, »das ist eine Stadt im Ausland.«

Mrs. Bullivant murmelte abermals, jedoch dringlicher, man möge nach Richard läuten, damit er sie ins Bett brächte.

»Ingeborg«, sagte der Bischof mit einer Stimme, die sie gar nicht kannte, »Paris?«

»Ja, Vater – vorige Nacht.«

»Ingeborg, komm her.« Er deutete auf einen Sessel, ein oder zwei Meter von dem Kaminvorleger entfernt, auf dem er stand, und seine Stimme klang sehr fremd.

Sie setzte die Tasse mit zitternder Hand ab und ging zu ihm. Das Herz klopfte ihr im Halse.

»Was hast du getan?« fragte er.

»Das habe ich dir gesagt, Vater. Ich bin verlobt, mit Herrn . . .«

»Wie bist du nach Paris gekommen?«

»Mit dem Zug.«

»Willst du mir bitte richtig antworten? Was hast du in Paris gemacht?«

»Abendbrot gegessen.«

Sie war von Furcht erfüllt. Ihr Vater sprach sehr laut. So hatte sie ihn in ihrem ganzen Leben noch nicht gesehen. Sie antwortete rasch auf seine Fragen, das Herz klopfte ihr wie wahnsinnig, während er sie hervorstieß, aber ihre Antworten schienen ihn noch wütender zu machen. Wenn er sie doch nur erklären ließe, zu Ende anhörte, aber er schoß die Fragen geradezu auf sie ab und gönnte ihr überhaupt keine Zeit.

»Vater«, sagte sie hastig, weil sie merkte, daß er nach ihrer letzten Antwort einen Augenblick schwieg und sie statt dessen nur merkwürdig anstarrte, »laß mich doch bitte erzählen, wie alles passiert ist. Ich werde keine Minute brauchen, wirklich nicht. Und dann, weißt du, dann weißt du Bescheid. Ich habe nämlich gar nichts anstellen wollen, wirklich nicht, aber der Zahnarzt hat mir den Zahn so rasch gezogen, an diesem ersten Tag, und deshalb bin ich nicht nach Hause gefahren, sondern nach Luzern –«

»Wohin?«

»Ja«, sie nickte wie besessen, ihm in aller Eile alles zu erklären, »nach Luzern – ich weiß auch gar nicht warum, aber ich hab's eben getan –, es hat mich irgendwie dahin getrieben, und nach einer Weile hab ich mich verlobt, und das habe ich auch nicht im geringsten tun wollen, ehrlich nicht, aber irgendwie –« Hatte es einen Sinn, ihm von der Torte in Weiß und Silber zu erzählen und von den sieben Zeuginnen und dem so unbeschreiblich freundlichen Herrn Dremmel und all den anderen endlosen Gliedern der Kette? Konnte er sie jemals verstehen? – »Irgendwie hab ich's getan. Siehst du«, setzte sie hilflos hinzu, schaute auf zu ihm mit Augen, die um Gnade baten, um Begreifen, »eins führt zum anderen.« Und als er immer noch nichts sagte, setzte sie fast noch hilfloser hinzu: »Herr Dremmel saß mir im Zug gegenüber.«

»Und du hast ihn dir zufällig aufgegriffen, im Zug, wie ein Dienstbote?«

»Er gehörte zur Reisegesellschaft. Er war von Anfang an da. Ach ja, das hab ich vergessen dir zu sagen – es war eine von den Dent's-Tours.«

»Du hast an einer Dent's-Tour teilgenommen?«

»Ja, und er gehörte auch dazu, und wir sind natürlich immer alle zusammen überall hingegangen, fast wie eine Schulklasse, immer zu zweit – wahrscheinlich wegen der Fußwege«, sagte sie, weil sie jetzt unter dem Druck der Angst alles von sich geben mußte, was ihr durch den Kopf schoß, »und weil er der andere von uns beiden war – die Hälfte von dem Paar, das sonst aus mehr bestand, weißt du, Vater – wir –, deshalb haben wir uns verlobt.«

»Willst du mich zum besten halten?« lautete der Kommentar des Bischofs.

Ingeborgs Herz stand still. Wie konnte ihr Vater auch nur denken – »O Vater!« war alles, was sie noch sagen konnte; dann ließ sie den Kopf in tiefster Hoffnungslosigkeit sinken, weil jeder Versuch sinnlos war, ihm etwas erklären zu wollen. Sie wußte genau, daß sie alles geradezu lächerlich dargestellt hatte, es war in einem Durcheinander aus ihr herausgebrochen, so daß es wohl wie kläglicher Unsinn klang, aber konnte er denn nicht erkennen, daß sie gelähmt war vor Angst? Konnte er denn nicht geduldig sein und ihr helfen, sich alles von der Seele zu reden?

»Ich bin ganz benommen«, sagte sie und schaute durch Tränen zu ihm empor, und dann verfiel sie plötzlich in eine Art Nacktheit der Sprache, sagte ganz einfach und vollkommen aufrichtig: »Benommen vor Angst.«

»Willst du damit behaupten, ich versetze dich in Schrecken?« fragte der Bischof, flammend vor Zorn.

»Ja«, sagte sie.

Das war entsetzlich. Es war so besonders entsetzlich, weil es in dem Bischof tatsächlich das Verlangen weckte, kein Gentleman mehr sein zu wollen. Dann nämlich wäre es leicht, mit dieser kleinen widerspenstigen Kreatur im Sessel fertig zu werden. Wenn man Frauen zur Vernunft bringen will, dann ist immer noch die schnellste Methode, wie ein Kanalarbeiter nicht lange zu fackeln . . .

Ihn schauderte, und er zog seine Gedanken hastig von diesem Abgrund zurück. In welch verfluchte Fußangeln der Natürlichkeit zerrte sie ihn nur durch ihr Verhalten?

»Vater«, sagte Ingeborg, die jetzt zur tiefsten Tiefe des

Schlimmsten gekommen war, und hat man diesen Ort erst einmal erreicht, so ergreift eine furchtbare Aufrichtigkeit Besitz von der Zunge, »siehst du dies hier? Schau her!«

Damit streckte sie die Hände und zeigte sie ihm, während sie sie selber betrachtete, als ob sie einer Fremden gehörten, schaute zu, wie sie zitterten.

»Ist das nicht schrecklich? Schau sie dir an. Das ist Angst. Angst vor dir. Du läßt sie so zittern. Und denk doch nur – ich bin zweiundzwanzig. Eine Frau. O, ich – oh, wie schäme ich mich –«

Aber ob es nun eine angemessene Scham war über das, was sie getan hatte, oder eine haarsträubende Scham über ihre sündigen Gewissensbisse, das konnte der Bischof an diesem Nachmittag nicht mehr entdecken; denn nachdem sie so weit gegangen war, wurde sie dadurch unterbrochen, daß sie in Ohnmacht fallen mußte.

Einen Augenblick lang herrschte Verwirrung, während sie aus dem Sessel taumelte und dann auf dem Boden lag, ein zerknitterter Gegenstand, der Mrs. Bullivant dazu brachte, einen lauten Schrei auszustoßen; und dies war für den Bischof, der sie seit Jahren nur noch murmeln gehört hatte, fast noch verstörender, als wenn sie, alle Haltung fahren lassend, plötzlich neue Nachkommenschaft produziert hätte. Er gewann jedoch rasch die notwendige Geistesgegenwart zurück und läutete nach Richard; als dieser kam, kniete er nieder und knöpfte Ingeborgs von den Spuren der Reise gezeichnete Bluse auf, wobei etwas an einer langen Kette mit einem leisen Klimpern herausglitt.

Es waren das Kreuz ihres Vaters und Herrn Dremmels Ring, die metallisch aneinanderklirrten.

Wortlos verließ der Bischof den Raum.

9

Ein Bahrtuch sank auf den Palast herab und hüllte ihn vier schreckliche Tage lang in Schwarz, während Mrs. Bullivant und ihre Töchter und der Kaplan und der Sekretär und die Dienstboten kaum noch am Leben waren, sondern sich nur durch die Tage tasteten, vorsichtig darauf bedacht, allein und frei vom Vorwurf der Verschwörung zu bleiben.

Dieses Bahrtuch war des Bischofs Zorn; und sein Zorn war so gewaltig, daß es tatsächlich alle Gebäude der Domfreiheit und des Kapitels umhüllte und alles Weiß verschattete; es erreichte selbst das bisher noch friedliche Heim des Bürgermeisters, der das Pech hatte, genau am Tag nach Ingeborgs Heimkehr etwas mit dem Bischof erledigen zu müssen, und ein Zipfel davon – gerade noch genug, um einen alten Mann zu ersticken – stahl sich selbst in den Dom, wo es den Küster erwischte, einen sonnigen Achtzigjährigen, der das Privileg genoß, sich gelegentlich mit dem Bischof ein kleines Späßchen zu erlauben, was er unglücklicherweise wie üblich getan hatte. Doch es blieb ihm in dieser Finsternis im Halse stecken, und er hat sich nie wieder einen Scherz erlaubt.

Daß sich der Bischof jedoch erlaubte, seinen privaten Ärger über die Gartenmauer steigen zu lassen, er, der in der Öffentlichkeit stets die Tugenden gezeigt hatte, aus denen ein perfekter Bischof bestehen sollte: persönliche Ausstrahlung, erhabene Gelassenheit und biblisch gewürzte Beredsamkeit – das zeigte die extreme Erschütterung seines Geistes. Es war auch gar keine Frage des Erlaubens: Er konnte gar nichts dagegen tun. Dank seiner Tochter hatte er die Selbstkontrolle verloren, und das allein, ganz abgesehen von all ihren anderen Missetaten, ließ ihn spüren, daß er ihr niemals vergeben konnte.

Er hatte die Selbstbeherrschung verloren und jetzt auch noch seine Selbstachtung. Er brannte darauf, er sehnte sich in diesen ersten vier schwarzen Tagen, in denen der Mann in ihm sein Haupt erhob, ein Wesen, das er schon längst vergessen hatte, nur noch vom Hörensagen kannte, er sehnte sich schmerzlich danach, seine Tochter gehörig durchschütteln zu können. Und das von einem Bischof! Ungeheuerlich! Und ungeheuerlich, daß er merkte, wie es ihm in den Händen juckte, sie zu packen und zu schütteln – Hände, wie er bei klarem Kopfe wußte, nur dazu geschaffen, sie, falls überhaupt, so nur segnend auf einen Menschen zu legen, geweihte Hände, durch göttliche Güte bestimmt, das Kreuz zu schlagen und die Gemeinde in Frieden zu entlassen. Dieses kleine unwichtige Ding, dieses kleine schwache Ding, das Ding, dem er in seiner Freigiebigkeit das große Geschenk des Lebens verliehen hatte und mit diesem Geschenk die Chance, die es ohne ihn niemals gehabt hätte, die Chance nämlich, die ewige Seligkeit wiederzugewinnen, das Ding, das er ernährt und gekleidet hatte, das ihm aus der Hand gegessen hatte und das in seiner Zahmheit so heiter und vergnügt gewesen war – das brachte ihm Schande! Schande draußen vor der ganzen Welt und drinnen vor seinem erniedrigten und gedemütigten Ich. Und sie hatte nicht nur ihrem Vater Schande bereitet, sondern auch dem bekanntesten Bischof im ganzen Königreich; dem bekanntesten also und damit demjenigen, wie er manchmal in einer Art erhabener Demut dachte, der – wie sollte er das nur in angemessener Ehrfurcht sagen – im himmlischen Klatsch der Engel am häufigsten erwähnt wurde. Denn in den höchsten Augenblicken der Zuversicht hatte er gewagt, sich in aller Bescheidenheit vorzustellen, im Himmel nicht gänzlich unbekannt zu sein. Und nun, gerade in dem Augenblick von soviel Dankbarkeit und berechtigtem Stolz, weil er seine andere Tochter so schön verlobt hatte, tauchte diese auf und zerrte ihn, ihren Vater, mit tückischer Frevelhaftigkeit in den Staub der rohen und wilden Gefühle, in den verfluchten Staub, in dem diese bejammernswerten vertierten Männer hocken, die an nichts anderes denken, als ihre Frauen zu verpügeln, und die es auch tun.

Er konnte sich nicht überwinden, mit ihr zu sprechen. Er mochte ihr nicht gestatten, in seine Nähe zu kommen. Wie ihre Reue auch aussah, sie konnte niemals die Erinnerung an diese

Stunden auslöschen, in denen sie ihn gezwungen hatte, sich einzugestehen, was er nach all diesen Jahren bedachtsamen Aufstiegs zum Reinen immer noch und wirklich im Innersten war. Das Schrecklichste war, daß er nicht nur zum Unchristlichen, sondern auch zum Vulgären hingerissen worden war. Das Schrecklichste war, daß ihn nicht nur das Verlangen überwältigt hatte, die Tugend fahrenzulassen, sondern auch, kein Gentleman sein zu wollen. Er, ein Kirchenfürst, wollte einen Augenblick lang nichts als ein Kanalarbeiter sein, um hemmungslos um sich schlagen zu können. Er, ein Kirchenfürst, wurde von Gefühlen gepeinigt und zerfressen, die schon einem Hilfspfarrer Schande bereitet hätten. Nein, er konnte ihr niemals vergeben.

Aber die dunkelsten Stunden verstrichen, und gerade als sich seine bekümmerte Gemeinde, die schon fürchtete, er hätte eine Blinddarmentzündung, weil sie sich nicht anders erklären konnten, daß er sich gar nicht blicken ließ, tauchte er aus seiner Empörung wieder auf, kühleren Gemütes, schloß sich aber immer noch oft in seinem Zimmer ein und suchte, seinen Gefühlen im Gebete Luft zu machen.

Ein Bischof und genaugenommen jeder wahrhaft tugendhafte Mann, der in der Öffentlichkeit steht, hat nur wenige Möglichkeiten, seinen Gefühlen Luft zu machen. Er verfügt nur über zwei angemessene und schickliche Ventile – das Gebet und seine Frau; in diesem Falle war die Ehefrau auf ihrem Sofa unerreichbar. Und zum ersten Mal fühlte sich der Bischof dieses Sofas wegen verstört und vorwurfsvoll. Es sagte sich, daß die Frau eines Prälaten, wie leidend sie auch war – und er glaubte in der Einfalt eines Mannes in solchen Dingen, daß sie leidend war –, keine Berechtigung hatte, sich einem offenen Gespräch zu entziehen. Denn ein Prälat oder ein anderer Mann der Öffentlichkeit kann sich mit keiner anderen Menschenseele außer seiner Frau offen unterhalten, ohne seine Würde zu verlieren. Oder sein Amt, falls das Gespräch an den Kern der Dinge stieße. Das ist der Grund, warum die meisten Prälaten verheiratet sind. Die besten Männer müssen manchmal rückhaltlos offen sein.

Als Ingeborg jegliche Rücksicht hatte fallenlassen und – nachdem sie skandalöserweise durchgebrannt war und sich mit einem ausländischen geistlichen Lumpen gemein gemacht hatte – das Haupt gegen ihn erhoben und ihn angeklagt hatte, ihn, ihren Vater, die Ursache dieses Aufruhrs zu sein, war der Bischof so entsetzt gewesen, als ob sich sein eigener Gartenpfad, auf dem er seit Jahren in tiefem Seelenfrieden gewandelt war, plötzlich unter den Füßen öffnete und ihn zu verschlingen drohte. Er hatte den Pfad anlegen lassen; er hatte dafür gezahlt, damit er adrett und frei von Unkraut sei; und er verlangte dafür, daß er Ruhe schenkte und nützlich war. Wenn er wie in einem Erdbeben schaukelte und seinen Gebrauchswert verlor, so mußte jemand daran schuld sein, und sein Instinkt trieb ihn geradewegs zu seiner Frau, um ihr zu sagen, sie sei schuld.

Aber da war das Sofa.

Er sehnte sich bitterlich, mit seiner Frau zu sprechen. Es hatte ihn ein fast unerträgliches Verlangen nach nur fünf Minuten offener Unterhaltung mit ihr gepackt. Er wollte mit ihr über die Prinzipien von Ingeborgs Erziehung sprechen, über den Umfang der Strafen, mit denen sie in der Kindheit belegt worden war; er wünschte genau darüber informiert zu werden, inwieweit ihre Mutter ihre moralische Charakterbildung übernommen hatte; er wollte über die Verantwortlichkeit von Müttern diskutieren und seine Ansichten über die verhängnisvollen Folgen mütterlicher Nachlässigkeit darlegen; und er wollte die Aufmerksamkeit seiner Frau auch auf die Tatsache lenken, die sie offensichtlich übersehen hatte, daß er ihr durch die Ehe einen Namen gegeben hatte, der ihr kostbar sein sollte, ein Dach, das durch seine Geistesgaben und Gottes Güte kein schlichtes, sondern ein Palastdach war, und daß er dafür zumindest meinte erwarten zu dürfen ... Kurz, er wollte sich aussprechen.

Aber als ihn seine Nöte in ihr Zimmer trieben, um die Barrikade des Sofas zu überrennen, stieß er dort nicht nur auf Richard, der sich taktvoll im Hintergrund hielt, sondern auch auf den Arzt; Mrs. Bullivant hatte nämlich den verständlichen Drang ihres Gatten nach einer Aussprache vorausgeahnt, und der Arzt, ein einsichtiger Mann, war gerade dabei, ihr vollkommene Ruhe zu verordnen.

Das war also der Augenblick, in dem der Bischof – weil ihm das Ventil verboten und versperrt wurde, das jeder Mann am liebsten hat – einen anderen Ausweg suchte und dem Himmel seine ganze verzweifelte Wirrsal im Gebet offenbarte. Er warf sich in seinem Zimmer auf die Knie und bat aufrichtig um Vergebung für seinen Absturz zu den ungezügelten Instinkten und um eine Wiederherstellung seiner Selbstachtung. Was würde ohne Selbstachtung aus ihm werden? Er hatte so lange und so innig mit ihr gelebt. Er wünschte leidenschaftlich, diese hemmungslosen Augenblicke, in denen es in seinen Händen gezuckt hatte, auslöschen und vergessen zu können. Er bat um Beistand, um sich in Zukunft in Ruhe üben zu können. Er flehte um Geduld. Er flehte um Selbstbeherrschung. Und schließlich, nachdem er zwei Tage seiner kostbaren Zeit auf diese Art und Weise verbracht hatte, ließ er sich in seinem Sessel nieder und sagte sich, daß der Haupteinwand gegen das Beten, wenn er das mit aller geziemenden Ehrfurcht so sagen dürfe, in seiner Einseitigkeit bestand. Es ist ein Monolog, sagte sich der Bischof – wieder mit aller geziemenden Ehrfurcht –, aber in solchen Nöten, in denen er jetzt steckte, braucht man die Gewißheit, erhört zu werden. Er glaubte freilich nicht, erhört zu werden, denn soviel er auch betete, so heftig er in seiner Zurückgezogenheit auch mit sich kämpfte, er wollte unablässig nur das eine, er wollte seine Tochter schütteln. Dann kam noch als zusätzlicher ständiger Ärger hinzu, daß die Verwaltung der Diözese immer mehr in hoffnungslose Unordnung geriet. In der ganzen Zeit, in der Ingeborg sich sündig vergnügt hatte und auch jetzt, wo sie zwar nicht fort war, aber auch nicht zur Verfügung stand, bis sie gehörig Abbitte geleistet hatte, stapelten sich seine Briefe zu unübersichtlichen Haufen, und seine Termine verschwanden in einer Wildnis, in der er allein und verlassen im Finsteren wandelte. Der Kaplan und der Schreiber taten, was sie konnten, aber sie waren nicht so lange bei ihm wie seine Tochter, und sie besaßen nicht die mechanische Hirnlosigkeit, die eine Frau zu so einem befriedigenden Sekretär macht.

Seine Tochter war nicht von Gedanken beschwert, weil sie nicht das besaß, was man als wachen Geist bezeichnen mochte. Dieser Mangel einer möglichen Freiheit störte sie jedoch nicht. Deshalb störte sie auch ihn nicht durch eigene Vorschläge. Sie war automatisch gewissenhaft. Sie achtete auf jede Kleinigkeit. Sie erinnerte sich an alles. Sie wußte nicht nur genau, was erledigt werden mußte, was ja leicht war, sondern vor allem, was genau als erstes an die Reihe kommen mußte. Die beiden, der Kaplan und der Schreiber, waren Männer mit Ideen, und statt ihm auf dem einen geraden und schmalen Pfad vorwärtszuhelfen, was einen als einziges wirklich ans Ziel bringt, selbst in den Himmel, wie der Bischof dachte, schielten sie ständig nach rechts und nach links, zweifelten, erwogen, zögerten. Der Kaplan hatte so viele Augen wie eine Fliege und betrachtete eine Frage von ebenso vielen Gesichtspunkten. Gerechtigkeit, Wünschbarkeit, das vermutliche Urteil der anderen Seite, die Gleichberechtigung beider Meinungen – diese Probleme stoben mit jedem Brief wieder auf, der zu beantworten war, brachten ein Zögern in den milden Ton der Stimme des wohlerzogenen unvoreingenommenen jungen Mannes, und das fand sein Echo und Unterstützung beim Schreiber, der ebenfalls aus Oxford kam. Obwohl sie Glück hatten, dem hervorragendsten aller Bischöfe in so jungen Jahren so nahe zu sein, daß die Milch der frommen Denkungsart noch nicht in den Winkeln ihrer geschwätzigen und zweifelnden Münder getrocknet war, wirkten all ihre Gedanken, wie es dem irritierten Bischof erschien, besonders schwächlich und mickrig.

Der Bischof hatte das Gefühl, wenn dieses noch lange so weiterging, würde die Arbeit in der Diözese zu einem Stillstand kommen. In zehn Tagen waren die Osterferien vorbei, er mußte zum House of Lords fahren, dort eine Rede halten, und sollte er zu Hause etwa so ein Durcheinander hinterlassen? Und wie sollte er wohl gemäß seines inneren Gesetzes seinen Seelenfrieden finden, die leere Klarheit des Geistes, wenn dieser unablässig nach Redchester schweifte, zum wachsenden Chaos auf seinem Schreibtisch?

Ingeborgs Spuren verließen ihn den ganzen Tag nicht. Als er

sich erhitzt und aufgewühlt vom Gebet wieder in seine Arbeit stürzte, konnte er auch nicht die geringste Kleinigkeit erledigen, ohne an ihre Abwesenheit erinnert zu werden. Er wurde gezwungen, in jedem Augenblick seiner Zeit an sie zu denken. Es war beschämend, aber ohne sie war er wie ein Schauspieler, der seine Rolle nicht gelernt hat, sich aber auf den Souffleur blindlings verläßt und sich nun allein auf der Bühne findet, derweil der Souffleur in seinem Kasten gestorben ist. Sie war tot für ihn, tot im Trotz der Sünde; und die Würde erforderte, daß sie tot blieb, bis sie aus eigenem Antrieb zu ihm kam und sagte, sie habe diese schreckliche Affäre mit dem ostpreußischen Pastor beendet. Er wußte nicht, ob er ihr dann vergeben konnte; er würde, nachdem er den Beistand des Himmels erfleht hatte, die Vergebung vermutlich als disziplinarische Maßnahme einsetzen; er würde sich jedoch gestatten, sie ein wenig aufzurichten, gerade genug, damit sie wieder jeden Tag an ihrem Schreibtisch sitzen und das Durcheinander entwirren konnte, das nur ihre Sündhaftigkeit verursacht hatte. Abends sollte sie dann, dachte er, jedenfalls für eine gewisse Zeit, wieder in ihr Grab gelegt werden.

An diesem Punkt war er wieder imstande, »Armes Mädchen!« zu sagen und Mitleid für sie zu empfinden.

Aber es dauerte bis zum Ende der Woche, als schon der Sonntag nahte, daß seine Gebete schließlich anfingen, erhört zu werden, und daß er seine Worte, wenn auch noch nicht seine Gedanken, soweit in der Gewalt hatte, um wieder bei seiner Familie erscheinen und nichts Unschicklicheres als Zurückhaltung zeigen zu können. Er schaffte es sogar, wenn er auch nicht mit ihr sprach, des Morgens und des Abends einen Kuß auf Ingeborgs Stirn zu drücken und des Abends das Kreuz über ihr zu schlagen, so wie er es seit ihrer frühesten Kindheit getan hatte. Sie erschien ihm kleiner denn je, fast gar nicht anwesend, und er mußte an ein leeres Kleid denken, das mit einem aufgesetzten Kopf herumschwebte. Er dachte über sie nach, wenn sie es nicht merkte, und sein Verlangen, sie zu schütteln, wurde schließlich durch die Erkenntnis verdrängt, daß es eigentlich gar nichts zu schütteln gab. Es wäre nur so, als ob er Kleider ausschüttelte, Hüllen, aus denen der Leib verschwunden war; das gäbe eine Staubwolke, aber kaum eine Befriedigung. Sie hatte offensichtlich gelitten, wie er mit leichter Genugtuung feststellte, denn nicht nur ihr Kleid schlotterte leer, auch ihr Gesicht schien kleiner geworden zu sein und bemerkenswert blaß. Sie kam ihm sehr unattraktiv vor, wie geschaffen von der Vorsehung für ein glückliches häusliches Leben. Wenn man daran dachte, daß dieses Nichts, diese erstaunliche Kleine – gut. Armes Mädchen.

Am Sonntagnachmittag beschloß er, ihr zu helfen, indem er von der Kanzel aus mit ihr in Berührung kam. An diesem Tage hatte er sich vor der Predigt immer wieder beschworen, daß sein einziges Gefühl in dieser betrüblichen Affäre aus Mitleid und Kummer bestand. Wenn er erst einmal auf der Kanzel stand, das wußte er aus Erfahrung, befand er sich an einem Ort der Ruhe und des Trostes. Diese Beziehung zur Kanzel hatte den Bischof auch an die Spitze der Kirchenhierarchie gebracht. Auf der Kanzel war er am besten, weil er wußte, daß sie ein gesegneter Ort war, erhaben über Streitigkeiten, gereinigt von Widerspruch, ein Ort, an dem persönliche Gefühle keinen Boden finden, weil es die weise Regel der Predigt verhindert, daß die Gemeinde Einwände macht. Schlicht und mit einem Ausdruck seiner Schuljahre gesagt, konnte er auf der Kanzel die Fetzen fliegen lassen, und in dieser Stimmung wirkte der Bischof am gewaltigsten.

Er wandte sich an jenem Sonntag ausschließlich an Ingeborg, und er sagte sich, was geradewegs aus seinem Herzen käme, müsse direkt in ihres führen. Die Bibel war sehr klar. Sie machte keine Umschweife hinsichtlich der Gefahr, in der sich Ingeborg befand. Die Strafe für ihre Art von Sünde wurde immer wieder erwähnt und war schwer. Er hatte als Predigttext diese Passage – oder besser einen Teil dieser Passage, den er für bemerkenswert hielt, aus den Sprüchen Salomonis ausgewählt: ». . . das müssen die Raben am Bach aushacken und die jungen Adler fressen.« Nicht daß die Raben eines anderen Zeitalters und die Adler eines anderen Klimas wunderbarerweise in Redchester erscheinen würden, obgleich er auch das nicht ausschließen wollte, aber es gab, wie er erklärte, geistige Raben und Adler, die die allmächtige

Vorsehung auch für gegenwärtige Zwecke aussandte und deren Wirken viel gründlicher und zerstörerischer war. So flehte er die Schäfchen seiner Herde an, die sich der speziellen Sünden schuldig fühlten, auf die sich diese Stelle bezog, bei ihren Eltern Vergebung zu suchen, ehe der Himmel selbst eingriff. Er wies darauf hin, daß für Gläubige, die nur mit etwas Begeisterung zum Besseren streben, die Förderung das Wichtigste sei, und welche Förderung könne die volle und erlösende Vergebung übertreffen? Die Bibel, sagte er, verstünde dies sehr gut, und der Vater des verlorenen Sohnes hätte keinen Augenblick gezögert, so zu ermutigen und zu vergeben. Man könne sich vielleicht nur schwer vorstellen, den Aufwand des schönsten Gewandes, des Ringes, des Schuhes und des gemästeten Kalbes zu übertreffen, er sei jedoch fest davon überzeugt – ja, er wisse, daß es in diesem Augenblick Väter in dieser Stadt, selbst in dieser Kirche gäbe, die bereitwillig dieses und noch mehr geben würden. Wer wolle denn sein geliebtes Kind strafen, die Seele in des Vaters Hände gegeben, um sie rein und weiß zu halten für den Himmel? Man wußte doch aus eigener Erfahrung – alle, die einst Kinder gewesen waren, mußten es noch wissen –, wie leid es einem tat, wenn man gesündigt hatte, wie einem darüber das Herz blutete; aber gerade dann, gerade in diesem Augenblick der Reue und des Herzblutes brauchte man, um rasch wieder auf die Füße zu kommen und untadeliger zu werden denn je, nicht Strafe, sondern Vergebung. Eine Vergebung ohne Einschränkung und Vorbehalt, sagte der Bischof, und seine Stimme klang bei diesen Worten wunderbar, war eine der Hauptnotwendigkeiten des Lebens. Was die armen Kinder brauchen, die armen schwachen Kinder, die immer wieder stürzen, immer noch hilflos und ungelenk beim Aufrichten, ist ein beständiges Auslöschen und Vergessen der gestrigen Tage, ist es, daß von berufener Hand den Strauchlern von gestern täglich wieder das ersehnte Objekt vorgewiesen wird, die gereinigte und leere Schiefertafel. Ja, erklärte er, das edle Gesicht erglühend, wenn jemand unverdrossen arbeiten und seinen wohlgemuten Beitrag zur Glückseligkeit der Welt leisten solle, so wie ein tüchtiges und nahrhaftes Frühstück – die Gemeinde erschauerte bei diesem häuslichen Ton –, so war Verzeihen notwendig, Verschwendung war es jedoch, wenn man die Kräfte eines solchen wohlgemuten Menschenkindes durch Strafen lähmte. Wie grausam also, einen Vater durch Trotz zur Strafe zu zwingen; wie grausam und wie sündig, was er so freigebig darbot, ihn daran zu hindern, sein bestes Gewand, seinen Ring, sein gemästetes Kalb zu opfern. Was für eine schwere Verantwortung trugen die Kinder für ihre Väter, sagte der Bischof, der schon vor vielen Jahren aufgehört hatte, jemandes Kind zu sein. Dies, sagte er, sei eine Predigt für Kinder; für Kinder, die gefehlt hatten, für jene bedauernswerten Kinder, die in die Irre gingen. Wir alle sind Kinder, erklärte er, und wenn uns das Leben so lange geschenkt wird, daß wir keinen mehr finden können, den wir mit einiger Berechtigung Vater nennen können, so bleiben wir dennoch Kinder Gottes, bis zum Ende. Aber, fuhr er fort, obgleich jede Seele hier in dieser Kirche notwendigerweise eines Menschen Kind ist, kann nicht jede Seele eines Menschen Vater sein, und dennoch wolle er ein paar Worte besonders für die Väter sagen und sie an die unermeßliche Wirkung der Liebe erinnern. Wer sein Kind straft, läßt die Reue in seiner Seele sauer werden. Straft die Kinder deshalb nicht. Liebt sie. Liebe ist beständig und großmütig, auch hartnäckig, wenn es nötig ist; wie einst der Fels gespalten wurde, so bringt sie durch den Stab der Großmütigkeit jede Härte zum Bersten. Gebt ihr die Chance, sich in tätige Reue zu ergießen. Großmut bringt Großmut hervor. Liebe bringt Liebe hervor. Zeigt eure Liebe. Zeigt euren Großmut. Vergebt aus ganzem Herzen. O meine Brüder im Herrn, o meine Kinder, meine kleinen betrübten Kinder, was kann und was will der Mensch nicht für die Liebe tun?

Als der Bischof schloß, hatte er das Gesicht ins Licht des Westfensters gehoben. Seine Stimme bebte vor Gefühl. Er hatte die Raben und die Adler des Anfangs ganz und gar vergessen, denn er gestattete seinen Anfängen nie, seine schönen Schlüsse zu verderben, weil er ganz genau wußte, daß sie seine Gemeinde auch vergessen hatte. Er beherrschte die hohe Kunst, das Herz der einfachen Menschen zu berühren. Dazu verhalf ihm alles – sein gutes

Aussehen, seine Stimme und die sichtbare Art und Weise, in der ihn seine eigenen Worte erschütterten.

Und der Schreiber, der mit dem Kaplan über die Gänseblümchen des Hofes zum Palast zurückging, sah sich außerstande, dem Kaplan darin zuzustimmen, daß dem Bischof jetzt noch ein Kurs in Oxford über logische Beweisführung sonderlich helfen könnte. Der Schreiber war der Ansicht, das würde ihn ganz und gar verderben; und er wettete mit dem Kaplan zwanzig zu eins, daß Redchester an diesem Nachmittag von reuevollen Kindern wimmelte, die ihren Vätern durch ihren Wunsch nach Vergebung den Sonntag verdürben.

Er hatte recht; eines der Kinder war Ingeborg.

10

Sie trat ihm nach dem Tee auf der Treppe entgegen.

»Vater«, sagte sie schüchtern, als er schweigend an ihr vorüberschritt.

»Ja, Ingeborg?« fragte der Bischof mit gravitätischer Aufmerksamkeit, während er stehenblieb.

»Ich – ich wollte dir sagen, wie leid es mir tut.«

»Ja, Ingeborg?«

»Es tut mir so leid, ich schäme mich so, daß ich – daß ich so einfach an dieser Reise teilgenommen habe. Es war ganz falsch von mir. Und ich bin für dein Geld gereist. Oh, es war widerwärtig. Ich – ich hoffe, daß du mir verzeihen kannst.«

»Aus ganzem Herzen, Ingeborg. Es wäre wirklich betrüblich, wenn ich beim Vergeben hinter unserem großen Vorbild herhinkte.«

»Dann – darf ich dann meine Arbeit wiederaufnehmen?«

»Wenn du mir berichten kannst, daß du dein heimliches Verlöbnis gelöst hast.«

»Aber Vater –«

»Da gibt es kein Wenn und kein Aber, Ingeborg.«

»Aber in deiner Predigt hast du gesagt –«

Der Bischof schritt weiter.

In ihrem Eifer legte ihm Ingeborg die Hand auf den Arm, um ihn zurückzuhalten, eine in diesem geordneten und maßvollen Haushalt geradezu unerhörte Vertraulichkeit.

»Aber deine Predigt – du hast doch in deiner Predigt gesagt –, wie kann die Vergebung, die aus dem Herzen kommt, Bedingungen stellen –« (Und das ihm, der schon durch sein hohes Amt in Reue, Buße und Vergebung ein absoluter Fachmann war; armes Mädchen, armes, armes Mädchen.)

»– du hast doch selbst den verlorenen Sohn erwähnt – sein Vater hat ihm alles vergeben, und wahrscheinlich hat er viel schlimmere Dinge angestellt als eine Reise nach Luzern –«

»Es steht nicht geschrieben, Ingeborg, daß wir uns heimlich verloben sollen«, sagte er und setzte seinen Weg verzögert, aber, wie er sich später erleichtert erinnern konnte, ruhig und gelassen fort.

»Aber du weißt doch davon – wie kann eine Verlobung denn heimlich sein, wenn du Bescheid weißt?«

»Noch einmal, Ingeborg, kein Wenn und Aber.«

»Und warum soll ich keinen guten und anständigen Mann heiraten?«

Sie folgte ihm wirklich einige Stufen hinauf, ihre Hand immer noch auf seinem Arm, und ihr Gesicht, so unattraktiv in ihrem Eifer, ganz dicht an seinem.

»Warum muß mir verziehen werden, daß ich einen rechtschaffenen und guten Mann heiraten will? Alle heiraten gute Männer. Mutter hat es getan, und du hast es ihr nie verboten. Oh, oh –«, fuhr sie fort, während die Tür seines Ankleidezimmers ihr leise vor der Nase zugedrückt wurde, »das ist überhaupt keine Verzeihung, die aus dem Herzen kommt – das hast du nicht gesagt – das hast du nicht gesagt – du redest von Bedingungen . . .«

Und wie sie dort auf der Türmatte stand, schwoll ihre Stimme fast zu einem Schrei, ohne Rücksicht darauf, daß Wilson wahrscheinlich lauschte.

Wie froh war er, daß er sie noch ruhig hatte zur Seite schieben und sich, immer noch beherrscht, in sein Ankleidezimmer zurückgezogen hatte. Wie unangenehm und neu waren diese tollkühnen Ausbrüche aus ihrer Zurückhaltung. Und ihre Streitsucht, wie zutiefst bedauerlich. Sie wollte, bejammernswertes Weib, das sie war, die Vorteile und Privilegien der Vergebung genießen, während sie in der Sünde verharrte, die diese Vergebung erst nötig machte. Sie hat den Wunsch, dachte er, wenn auch in gelehrten Ausdrücken, ihren Kuchen aufzuessen und gleichzeitig zu behalten. Aber war es nicht sonnenklar, daß nur dem vollständig vergeben werden kann, der auch vollständig bereut? Es konnte ja keine Sondervereinbarungen für die verschiedenen Sündenzweige geben. Alle mußten gestutzt werden. Und dieser ostpreußische Pastor stellte einen Zweig dar, der mit dem schärfsten und endgültigsten Schritt abgehauen werden mußte, ehe ein wirklicher Aufruhr entstand.

Aber so sehr der Bischof auch den Anschein der Ruhe bewahrt hatte, so tief war er doch innerlich verletzt, wie er jetzt in seinem Ankleidezimmer stand. Seine Predigt hatte ihr Ziel nicht erreicht. Das Mädchen mußte aus Stein sein. Er hatte ihr doch, dachte er zutiefst verstört, fast eine Woche zur ungestörten Gewissenserforschung gegönnt, und heute hatte er sich ihr von der Kanzel aus mit allen Hilfsangeboten genähert, die in seiner Macht standen. Das beides hatte er getan, aber sie war ihrer Besserung keinen Schritt näher als zuvor. Galt die Erziehung denn gar nichts? Bedeutete die Umgebung nichts? Bedeutete Blutverwandtschaft nichts? Bedeutete das Blut der Bischöfe nichts, das von allen doch die meiste Macht besitzen mußte, die Nachkommen auf allen Wegen zu behüten?

Am folgenden Nachmittag fand eine Gesellschaft im Bischofspalast statt, von Mrs. Bullivant noch in den Tagen des ungestörten Vertrauens vorbereitet, ehe sie erfuhr, wie Ingeborg wirklich war. Es war ein Brautempfang für Judith, und ganz Redchester und die ganze Grafschaft waren eingeladen worden. Dieses Fest konnte nicht mehr abgeblasen werden, nur durch einen plötzlichen Todesfall im Haushalt – jeder Todesfall hätte genügt, selbst der von Richard, aber niemand dachte daran zu sterben, und die bedrückte Hausfrau überlegte sich bang, wie sie den Nachmittag hinter sich bringen sollte; und als sie um Viertel vor vier auf ihr Sofa kroch, um sich von Richard die Falten in die vollendete Form streichen zu lassen, und genau wußte, daß um Punkt vier eine gewaltige Woge von Freunden über ihr zusammenschlagen würde und daß sie drei Stunden lang heiter und glücklich über Judith sein und voller Mitgefühl Auskunft über Ingeborg geben müsse – die jedoch insgesamt so merkwürdig aussah, daß man es nicht mehr mit einem ohnehin schon längst vergangenen Zahnarztbesuch erklären konnte –, da fühlte sie sich so elend, daß sie ganz gegen ihren Willen immer daran denken mußte, was für ein Jammer es doch war, daß die Todesfälle nicht ein wenig häufiger eintraten. Besonders bei den Dienstmädchen. Besonders bei den Dienstmädchen, die sich mit den Kissen so ungeschickt anstellten . . .

Und der Master von Ananias war schon vor dem Lunch im Hause eingetroffen, und das war wirklich erschöpfend. Sie hatte ihn größtenteils allein unterhalten müssen, weil sich der Bischof immer bis zu dieser Mahlzeit zurückzog, und Ingeborg, die sonst für die Konversation in der Familie zuständig war, hatte das nicht übernehmen können, weil sie sich noch in Ungnade befand, und Judith, das liebe Kind, sagte ja nie sehr viel auf einmal. Und der Master war sehr überschwenglich gewesen; seine Vitalität, erfreulich natürlich, aber in seinem Alter doch ein wenig überwältigend, hatte sie daran erinnert, daß sie Pflege brauchte. Wie schwierig war es gewesen, ihn hinaus in den Garten zu bringen, an einen Ort, an dem sie nicht war. Das war ihr erst um halb drei gelungen, und bis dahin war er pausenlos seit zwölf Uhr in sprudelnder Laune gewesen, und selbst dann hatte sie erst einen Birnbaum in voller Blüte erfinden müssen, von dem sie gar nicht genau wußte, ob es ihn überhaupt gab, und mußte ihn beschwören, er müsse ihn sich unbedingt betrachten, weil sie gehört hatte, daß er so einen traumhaften Anblick bot. Wie schwierig war das gewesen! Judith hatte offensichtlich keine Lust gehabt, ihm den Birnbaum zu zeigen, und er wollte ihn sich nicht anschauen, wenn sie ihn nicht begleitete. Schließlich hatte sich Judith bereit erklärt, aber mit einer Miene, als ob sie Gott weiß was zu erdulden hätte, und kein Mädchen sollte sich vor seiner Heirat solche Gedanken vom Gesicht lesen lassen. Und dann waren wegen des Empfanges eine unglaubliche Anzahl von Kleinigkeiten zu erledigen gewesen, Dinge, um die sich Ingeborg immer gekümmert hatte, was diesmal nicht ging, weil sie in Ungnade war, und wie lästig war das alles gewesen. Dennoch empfand Mrs. Bullivant entschieden, wenn auch unbestimmt, daß jemand, der gerade eine Zeitlang sündig war, keinem der ständig und unerschütterlich Rechtschaffenen helfen sollte. Solche Personen, fand sie, sollten aus dem Wege und an einen Ort geschafft werden, der Raum genug für Reue bot und deshalb von allen Verpflichtungen geleert werden mußte. In der ganzen Woche seit der Heimkehr ihrer Tochter hatte sie ihr nicht einmal gestattet, Tee einzuschenken, weder wenn die geschlagene Familie unter sich war, noch wenn Besucher zum Gratulieren kamen. »Die arme Ingeborg fühlt sich nicht recht wohl«, hatte sie gemurmelt und so die natürliche Neugier der Besucher verdrängt. Sie hatte schon an jenem ersten Abend, als sich das grauenvolle Ausmaß der Taten ihrer Tochter enthüllte, bei sich beschlossen, daß sie sie um gar nichts bitten wollte, nicht einmal um Tee.

Das machte natürlich Schwierigkeiten. Sie fühlte sich völlig niedergeschlagen, als sie sich, ganz aufgelöst vor Aufregung über die bevorstehenden Begegnungen, um Viertel vor vier auf ihr Sofa verzog und in die rechte Lage brachte und mit geschlossenen Augen auf die nächste Woge des Lebens wartete, die sie überschwemmen würde. Und es passierte alles genauso, wie sie es vorausgeahnt hatte – sie mußte ununterbrochen Erklärungen über Ingeborg abgeben. Ein Gast nach dem andern trat mit der vorschriftsmäßigen Miene zu ihr heran, die man von jemanden erwartet, der zu einem Freudenfest eingeladen ist, aber alles Lächeln und Lobpreisen über Judith, die wirklich wieder ein Muster von Schönheit war, endete mit einer Frage nach Ingeborg. Was hatte sie bloß gemacht? (Die schreckliche

Ahnungslosigkeit dieser Frage!); wie entsetzlich elend sah sie doch aus; arme kleine Ingeborg; war das wirklich nur dieser lästige Zahn?

Und während Mrs. Bullivant auf diesen endlosen Strom des Mitgefühls von pensionierten Offizieren, ihren Ehefrauen und Töchtern, von kirchlichen Würdenträgern und ihren Ehefrauen und Töchtern und den Ehefrauen und Töchtern der Grafschaft, die ohne ihre Männer gekommen waren, weil diese Männer nicht hatten mitkommen wollen, alles als Antwort murmelte, was ihr nur einfiel, empfand sie es unbestimmt, aber quälend als irgendwie unrecht, daß Ingeborg zwar eine Sünderin war, aber gleichzeitig so viel Zuneigung empfing. Sie hatte kein Recht, fand ihre verletzte Mutter, so schmal und geschlagen aussehen. Ihre Eltern hatten sie mit vollem Recht aus dem Schoß der Familie gestoßen, bis sie die Auflösung ihrer Verlobung mit diesem gräßlichen Deutschen verkündete und sich endlich entschuldigte, daß sie sich überhaupt verlobt hatte. Aber es schickte sich nicht, daß sie nun auch noch wie jemand aussah, der aus dem Schoß der Familie ausgestoßen war. Sie schien es geradezu herauszuschreien, daß sie ausgestoßen war. Das war schlechter Stil. Es war wirklich das allerletzte, wenn nun auch noch eine Sünderin das Aussehen derjenigen annahm, gegen die sie sich versündigt hatte; so verletzt; so unverhohlen bedrückt. Aber ein Mädchen, das so etwas Unangenehmes und wirklich Verachtenswertes getan hatte, so heimtückisch und vulgär, konnte von seiner Familie doch nicht mehr wie vorher behandelt werden. Das einzig Gute an dieser unseligen Affäre war jedoch, wie Mrs. Bullivant fand, daß die Familie dieser Situation in musterhafter Haltung begegnet war. Keiner hatte auch nur in Andeutungen noch einmal jene unwürdige Szene erwähnt, die sie ihnen an diesem ersten Nachmittag gemacht hatte. Keiner hatte sie ausgefragt, keiner hatte ihr auf irgendeine Art und Weise Vorwürfe gemacht. Sie hatte sich vollkommen frei fühlen können, aber keiner hatte auch nur den geringsten Anspruch an ihre Zeit gestellt, so bitter nötig es auch gewesen wäre. Ihr Vater hatte ihr regelrecht Ferien gegönnt und ihr nicht gestattet, sein Arbeitszimmer zu betreten, und immer, wenn sie etwas für ihre Mutter oder für den Haushalt hatte erledigen wollen, wurde nach Richard geläutet. Judith, das liebe Kind, schien immer instinktiv das Richtige zu tun, und sie war Ingeborg ohne ein Wort von der Mutter aus dem Wege gegangen; sie war in diesen Dingen so delikat, besaß ein so feines Gefühl dafür, daß hier irgend etwas nicht ganz in Ordnung war, daß sie an den ersten ein oder zwei Tagen immer errötet und still in ein anderes Zimmer gegangen war, wenn Ingeborg versucht hatte, mit ihr zu sprechen. Die letzten Tage der Woche hatte Ingeborg im Garten verbracht, völlig frei, von niemandem belästigt, von niemandem beansprucht. Und nun war sie trotzdem hier, stand mitten zwischen den Menschen herum, saß allein in irgendeiner albernen Ecke, dünn, bleich, ohne ein Lächeln, ein lebendiger Vorwurf. Durch eine Lücke in der Menge konnte Mrs. Bullivant gerade sehen, wie jemand auf sie einsprach, der früher einmal General gewesen war, jetzt aber, nach seiner Pensionierung, seinen ganzen Drang nach Disziplin an Bienen ausließ. Sie bekam gerade noch mit, wie ihre Tochter bei dieser plötzlichen Anrede zusammenfuhr und errötete – gräßliche Manieren, zusammenzuzucken und rot zu werden –, dann schloß sich die Menge wieder. Einen Augenblick machte sie die Augen zu und fühlte sich vollkommen ohnmächtig. Wer weiß, wohin Ingeborgs katastrophales Benehmen noch führen mochte und was sie gar in diesem Augenblick zu diesem Fremden sagte.

Der General sagte ihr jedenfalls, und zwar mit der herzlichen Freundlichkeit eines Vaters von anderen Töchtern zu Töchtern anderer Väter – und das schickte sich in der Tat, wie der Bischof bemerkte, der dieses Gespräch auch von Ferne verfolgte und sich den Trost einer kurzen Bitterkeit gestattete, für jedes weibliche Geschöpf, wenn es nur die Güte besaß, nicht die eigene Tochter zu sein –, der General sagte also, er könne es gar nicht ertragen, wie sie aussehe.

»Ach, wie denn?« fragte Ingeborg rasch und zuckte wieder zusammen und errötete; denn diese eine Woche als Ausgestoßene hatte ihre Lebenskraft so geschwächt, daß sie tödliche Angst hatte, ihr Gesicht sei in eine Art Kristall verwandelt worden, in dem jedermann den Rigi und sie selbst bei ihrer Verlobung auf seinem Gipfel sehen könnte.

»Blaß wie Buttermilch um die Kiemen herum«, sagte der brave Mann und beugte sich über sie, die Tasse in der Hand und immer von den Hacken zu den Zehen schaukelnd, weil seine Stiefel quietschten und weil es ihm unbewußt Spaß machte, sie quietschen zu lassen. »Sie müssen mal nachmittags vorbeikommen und tüchtig Tennis mit Dorothy spielen. Sind viel zu lange eingesperrt gewesen, haben viel zu lange über dieser Schreiberei gehockt, viel zu schwer mit diesen Briefen geschuftet, das ist die Wahrheit, meine liebe junge Dame.«

»Ach, ich wünschte – ach, ich wünschte, es wäre so gewesen«, sagte Ingeborg, preßte die Hände zusammen und schaute zu ihm auf, ganz überwältigt vor Dankbarkeit über diese wenigen freundlichen Worte.

»Wir denken oft an Sie, wie Sie dasitzen und schreiben und schreiben«, fuhr der wackere Mann fort, wobei ihm wichtiger war, was er sagte, als das, was sie sagte, »Vaters rechte Hand, Mutter immer leidend, na ja, Sie wissen ja. Ich habe Dorothy gesagt –«

Ingeborg wand sich auf ihrem Stuhl. »Oh«, sagte sie, »sagen Sie Dorothy nichts, sagen Sie ihr nur nicht –«

»Was soll ich ihr sagen? Sie wissen ja gar nicht, was ich noch sagen wollte.«

»O doch, das weiß ich wohl, daß Töchter nämlich so sein sollen, so wie ich. Und Dorothy ist so lieb und so gut, sie wäre nie auch nur auf den Gedanken gekommen, einfach fortzulaufen –«

Sie hielt inne, gerade noch zur rechten Zeit, und spähte erschrocken zu ihm empor.

Fast hätte sie alles gestanden. Der General starrte sie jedoch nur mit freundlicher Verständnislosigkeit an. Sie ließ den Kopf ein wenig sinken und starrte versonnen seine Schuhspitzen an, die sich auf dem Teppich rhythmisch hoben und senkten. »Niemand weiß wirklich, wie es in einem anderen aussieht«, schloß sie kläglich.

»Sie kommen vorbei und spielen Tennis«, sagte er und klopfte ihr auf die Schulter. Und später sagte er zum Bischof, und zwar in seinem herzlichen Wunsch, alles in Ordnung und am rechten Fleck zu wissen, die Jugend gehöre an die frische Luft, alte Leute an ihren Schreibtische, blasse Gesichter nur zu Invaliden, blühende Rosen auf die Wangen der Mädchen, und daß er seine kleine Tochter sich nicht überarbeiten lassen dürfe.

»Überarbeiten!« rief der Bischof aus, voll grimmiger Erinnerungen an eine leere Woche.

»Bißchen raus in die Sonne mit ihr, Bully, mein Junge«, sagte der General, dem der Bischof in Eton als einer der jüngeren Schüler hatte alle möglichen Dienste leisten müssen. »In die Sonne!« rief der Bischof aus, der ihr sechs gottverlorene Tage lang vom Fenster aus zugeschaut hatte, wie sie in der Sonne faulenzte.

»Wenn man sie immer einsperrt, dann kann man von Mädchen genausowenig erwarten wie von einer Biene. Gibt dann auch keinen Honig.«

»Honig!« rief der Bischof aus.

Die Schwester jener Herzogin, die es gern gesehen hätte, wenn ihr ältester Sohn Judith geheiratet hätte, schlug Ingeborg, während sie mit ihrer Tochter im Schlepptau an ihr vorüberging, leicht mit dem Sonnenschirm an den Arm und sagte: »Kleines blasses Kind, kleines blasses Kind«, schüttelte den Kopf über sie, runzelte die Stirn und lächelte und flüsterte Pamela zu, das sähe sehr nach Eifersucht aus, worauf Pamela »Unsinn!« sagte und versuchte, zurückzubleiben und sich mit Ingeborg zu unterhalten. Aber ihre Mutter, von einer Gier nach Erfrischungen getrieben, die alle Personen befällt, die auf Empfänge gehen, zerrte sie hinter sich her, dorthin, wo sie die Erfrischungen vermutete, und auf diesem Weg erblickte sie der Bischof, der sofort die alte Dame stehenließ, die sich gerade mit ihm unterhielt, um Lady Pamela mit seiner Fürsorge zu umgeben und sie in einer Wolke kleiner Aufmerksamkeiten – Sessel, Eis, Früchte – herumzuführen; denn er hatte sie nicht nur konfirmiert, er fühlte sich auch auf ganz besondere Weise von ihrer ganz besonderen klargliedrigen intelligenten Schönheit angezogen. Er hatte ihr aus seiner Sammlung von Konfirmationskreuzen dasjenige überreicht, das ihm am besten gefiel. Er war fest davon überzeugt, daß in jener weichen Wiege, unter Musselin und kostbaren Spitzen, nichts gegen einen fremden und verbotenen Ring klirrte.

»Tragen Sie es immer noch?« fragte er und senkte dabei seine wunderbare Stimme, wie es dem Gegenstand angemessen war, aber voller Gefühl, während er ihr mit eigener Hand eine Tasse Tee überreichte; doch er stutzte etwas, fühlte sich ein wenig enttäuscht, als sie ihn anlächelte, ihre grauen Augen auf einer Ebene wie seine, so hochgewachsen war sie, und fragte: »Was soll ich tragen?«

Und noch etwas, was diese junge Frau an jenem Nachmittag tat, ließ ihn stutzen und enttäuschte ihn – sie zeigte eine Neigung, ihn zu umsorgen; und kein Bischof von sechzig, wahrscheinlich auch kein anderer aufrichtiger Mann von sechzig hat das gern. Sie hält mich für alt, dachte er mit plötzlicher und peinlicher Überraschung, als sie ihn liebenswürdig bat, doch Platz zu nehmen, da ihn das Stehen sicher anstrenge, und liebenswürdigerweise ein Fenster hinter ihnen schloß, damit er nicht im Zug stand, und später, als er sie in den Garten hinunterführte, um ihr den Birnbaum zu zeigen, sich liebenswürdig umdrehte und ihn über die Schulter fragte, ob sie ihm auch nicht zu schnell ginge. Sie hält mich für alt! dachte er; und das erfüllte ihn mit Staunen, denn voriges Jahr war er doch erst neunundfünfzig gewesen, noch ein Fünfziger, und ein Fünfziger zu sein, so war doch die allgemeine Meinung, bedeutete wirklich noch gar nichts.

Er wurde über Lady Pamela sehr ärgerlich. Er fand, daß das Birnbaumzeigen einen großen Teil seines Reizes eingebüßt hatte, er fand das erst recht, als er beim Einbiegen in den Pfad zu dem verschwiegenen Winkel, für den der Birnbaum so berühmt war, Ingeborg dort sitzen sah.

Sie war allein.

»Warum bleibt sie immer so allein?« fragte Lady Pamela, die – wie sich der Bischof nicht verkneifen konnte anzumerken – fast ununterbrochen taktlos war.

Er gab ihr keine Antwort. Er war zu tief verletzt. Wenn nun

abgesehen von allem anderen auch noch plötzlich die eigene Tochter vor einem auftauchte . . .

»Ingeborg!« rief Lady Pamela und schwenkte ihren Sonnenschirm, um sie auf sich aufmerksam zu machen, während sie sich ihr mit dem Bischof näherte, denn Ingeborg saß ganz versunken unter dem Baum, hatte das Kinn auf die Hand gestützt, starrte ins Leere und signalisierte durch ihre Haltung, wie Mrs. Bullivant angemerkt haben würde, mehr denn je, daß sie aus dem Schoß der Familie ausgestoßen war.

»Ich glaube«, sagte der Bischof und blieb stehen, »wir sollten vielleicht lieber zurückgehen.«

»Sollten wir das? Warum denn? Hier ist es entzückend. Ingeborg!«

»Ich glaube«, sagte der Bischof, durch diesen ständigen Versuch, seine Tochter einzubeziehen, aufs äußerste gereizt – als ob man Töchter jemals vernünftig einbeziehen könne –, da es doch ein so poetisches Zwiegespräch zwischen Schönheit und Jugend auf der einen Seite hätte geben können und Erfahrung und außergewöhnliche Gaben auf der anderen, ja, vielleicht auch Schönheit, genauso groß in ihrer männlichen Reife wie die ihre in ihrer Mädchenhaftigkeit –, »ich glaube, daß ich auf jeden Fall umkehren muß. Meine Frau –«

»Ingeborg! Wach auf! Wovon träumst du denn?«

Lady Pamela hörte ihm offensichtlich gar nicht zu.

Er machte auf der Stelle kehrt und ließ sie weiter mit ihrem Sonnenschirm vor seiner Tochter herumfuchteln, wenn es das war, woran sie Spaß hatte, kehrte zum Haus zurück und dachte darüber nach, wie mangelhaft die Vorstellungskraft der Frauen beschaffen und was das für ein großer Jammer ist. Selbst dieses, dieses wohlerzogene, sorgfältig gebildete strahlende Wesen besaß ein so beschränktes Vorstellungsvermögen, daß sie tatsächlich den Grund nicht erkannte, warum die erwachsene Tochter eines Mannes . . . Wirklich, ein so beschränktes Vorstellungsvermögen lief auf Dummheit hinaus. Er gestand es sich ungern ein, aber er mußte zugeben, daß Lady Pamela dumm und beschränkt war. Und es war schon richtig, daß Frauen kein Stimmrecht besaßen.

Er ging in den Hauptgarten zurück, den Weg entlang, der von großen Blumenbeeten gesäumt war, auf denen jetzt die Tulpen in voller Blüte standen und der Mai sich in seiner ganzen reinen Pracht enthüllte. Er hatte die Augen zu Boden geschlagen und dachte, wie anders alles verlaufen wäre, wenn er als Hilfspfarrer nur so viel Verstand besessen hätte, nicht zu heiraten. Wie klar läge sein Leben jetzt vor ihm, wenn er das nicht getan hätte! Es gäbe keine aufs Sofa hingegossene Gestalt, keine erwachsenen aufsässigen Töchter, er selbst stünde noch in voller Lebenskraft, distinguiert, von allen als Gatte begehrt, mit der gemäßigten – freilich nicht allzu gemäßigten – Weisheit des mittleren Alters dazu begabt, genau diejenige zu erwählen, die am besten die Vorteile mit ihm zu teilen verstand, die er ihr zu bieten hatte. Nicht einmal Lady Pamela hätte ihn dann für alt gehalten. Es war seine Familie, die ihn festlegte: seine grauhaarige Frau, seine erwachsenen Töchter. Ach, die Dummheit der Hilfspfarrer! Die rabenschwarze Torheit der Hilfspfarrer war nicht mehr gutzumachen. Und in diesem trübseligen Augenblick vergaß er ganz, was er sonst stets mit einem Seufzer anerkannte, daß es nämlich immer die Vorsehung gewesen war, die selbst jetzt unablässig am Werke war, um ihn zu führen, und daß Mrs. Bullivant und die Mädchen nur einen ihrer unerforschlichen Wege darstellten.

Der gemeinere Teil des bischöflichen Gehirns schlug ihm gerade ein anderes Wort für »führen« vor, als die Rettung nahte – von der Vorsehung gesandt, wie ihm der edlere Teil seines Gehirns sofort zuflüsterte –, indem er wieder auf die Herzogin stieß.

Sie schritt langsam am Rande der Blumenrabatte entlang und musterte die Pflanzen mit dem Interesse einer Gartenliebhaberin, dabei zeigte sie einem Mann, den der Bischof für einen ihrer Begleiter hielt, die schönsten Exemplare mit Hilfe ihres Sonnenschirms. Er war ein großer Mann in schlechtsitzendem blankem Schwarz, der irgend etwas von einem der umstrittenen Kabinettminister an sich hatte, aber in Wirklichkeit Herr Dremmel war; doch außer Herrn Dremmel wußte das niemand. Er war an jenem Nachmittag angekommen, nur von dem einzigen Zweck getrieben, Ingeborg so rasch wie möglich zu heiraten und umgehend zu seiner Arbeit zurückzukehren; deshalb war er vom Bahnhof geradewegs zum Palast marschiert, wo ihn keiner angehalten hatte, so daß er mit allen anderen Gästen Einlaß fand. Nachdem er sich im Wohnzimmer umgeschaut und eine Weile auf Ingeborg gewartet hatte, war er in den Garten hinausgeschlendert, wo er sofort an die Herzogin geraten war, die sich gerade über einen Pfründner mit kriecherischen Manieren ärgerte, der darauf bestand, daß der lateinische Name für die Prophetenblume stimmte, den sie genannt hatte, obgleich sie die ganze Zeit wußte, daß sie sich irrte.

»Jetzt sagen Sie mir das«, sagte sie und wandte sich an Herrn Dremmel, der sie gerade betrachtete.

»Was soll ich Ihnen sagen, meine Gnädigste?« fragte er, riß sich mit einem höflichen Schwung den Filzhut vom Kopf und machte eine bildschöne Verneigung.

»Das da. Wie heißen die? Ich habe es vergessen.«

Herr Dremmel, der sich sehr für Botanik interessierte, sagte es ihr sofort.

»Natürlich!« sagte die Herzogin. »Ich wußte ja, daß es die Arnebia war, obgleich ich etwas ganz anderes gesagt habe. Sie gehört zur Borretschfamilie.«

»Arnebia echinoides, meine Gnädigste«, sagte Herr Dremmel und faßte die Pflanze genauer ins Auge, »kommt aus Armenien.«

»Und die werden uns natürlich besiegen«, sagte die Herzogin zu dem Pfründner.

»Natürlich«, pflichtete er ihr bei und trottete weiter hinter ihr her, obgleich er keine Ahnung hatte, was sie meinte, denn er lebte schon lange von Pfründen und war etwas langsam im Kopfe.

Die Herzogin aber ließ ihn fallen und wandte sich ganz Herrn Dremmel zu, der zwar noch nie so eine Blumenrabatte gesehen hatte, ihr jedoch durch reine logische Schlußfolgerungen sehr genau angeben konnte, was der Bischof – den er für denjenigen hielt, der im Garten arbeitete – im vorigen Herbst auf welche Art und Weise vorbereitet und welche Mengen und Arten von Dünger er verwendet hatte.

Sie schlug auf der Stelle vor, er solle sie an diesem Nachmittag noch nach Coops begleiten und dort unbegrenzt lange bleiben, so anregend kam ihr sein Wissen über das vor, was ihr Garten und Bauernhof brauchten, nämlich eine Behandlung, die er als Fremdbefruchtung bezeichnete. Er jedoch unterbrach sie – was ihr noch nie im Leben passiert war, wenn sie gerade eine Einladung nach Coops aussprach – und erkundigte sich, warum sich so viele Menschen im Wohnzimmer und auf dem Rasen befanden.

Die Herzogin starrte ihn an. »Das ist ein Empfang«, sagte sie, »um die Verlobung zu feiern. Wußten Sie das nicht?«

»Ich bin zutiefst dankbar«, sagte Herr Dremmel, »die Eltern so offensichtlich entzückt zu finden. Es fügt dem einen Segen hinzu, was bereits so voller Zauber war. Aber hätte es das Ganze nicht erst richtig abgerundet, wenn sie auch mich eingeladen hätten?«

»Da kann ich Ihnen nur zustimmen«, antwortete die Herzogin, »sehr viel abgerundeter. Na gut, aber jetzt sind Sie ja irgendwie hier. Meinen Sie, daß mein Boden Nitrogen braucht?«

»Gewiß, meine Gnädigste, und zwar in Form von Rapskuchen und Ammoniakdüngung – aber mit organischem Dünger kombiniert. Kunstdünger allein kann besonders in der Sommerhitze – wer ist das?« Er brach ab und deutete mit seinem Schirm auf den Bischof, der ihnen auf dem Gartenweg entgegenkam, die Augen zu Boden geschlagen, in grimmige Gedanken versunken.

»Wie?« fragte die Herzogin, die seine Ratschläge gerade emsig in ihr Notizbuch eintrug.

»Der«, sagte Herr Dremmel.

Die Herzogin schaute auf. »Na, natürlich der Bischof. Fahren Sie fort mit der Sommerhitze.«

»Ihr Vater!« sagte Herr Dremmel, und dann schritt er, den Hut in der einen Hand, die andere zu einer herzlichen Begrüßung ausgestreckt, auf ihn zu.

Die Herzogin folgte ihm. »Bischof«, sagte sie, »dies ist ein Mann, der alles weiß, was man wissen muß.«

Und der Bischof, der ihn nach dieser Vorstellung für einen ihrer Freunde hielt, erwiderte Herrn Dremmels Begrüßung mit der gleichen Herzlichkeit.

Das war die letzte Herzlichkeit zwischen ihnen.

»Mein Herr«, sagte Herr Dremmel, »es ist mir eine große Freude, Ihre Bekanntschaft zu machen. Mein Name ist Dremmel. Robert Dremmel.«

Der Bischof besaß genug Selbstbeherrschung, um seine Hand nicht zurückzureißen, sondern gestattete Herrn Dremmel, sie weiter zu halten und zu drücken. Seine Gedanken jedoch begannen im Kreuz zu springen. Wie konnte man die Herzogin loswerden? Wie konnte man Herrn Dremmel ohne Aufsehen aus dem Hause scheuchen? Wie konnte man verhindern, daß Ingeborg in diesem Augenblick in Gesellschaft von Lady Pamela hinter ihnen auf dem Gartenweg auftauchte?

»Wir haben jeden Grund, mein Herr«, sagte Herr Dremmel und hielt des Bischofs Hand in festem Griff, »einander zu gratulieren, ich Ihnen für den Besitz einer solchen Tochter, Sie mir –«

»Ja, nicht wahr, ist sie nicht ein reizendes Geschöpf«, sagte die Herzogin, für die in dieser Familie nur Judith existierte, »würden denn Rapskuchen und dieses andere Zeugs allen meinen Blumen nützen, oder ist es nur für den Mangold gut?«

Mangold! dachte der Bischof. Rapskuchen! Und er warf einen gehetzten Blick auf den Gartenweg.

»Mein Herr«, sagte Herr Dremmel, der dem Bischof wohlgefällig sein wollte und deshalb der Herzogin etwas abwinkte, »gestatten Sie mir, auch Ihnen zu gratulieren –«

»Haben Sie schon Tee getrunken?« fragte der Bischof verzweifelt die Herzogin, indem er sich ihr zuwandte und versuchte, seine Hand zu befreien.

»Ja, aber gewiß, besten Dank. Also, Mr. Dremmel? Unterbrechen Sie ihn doch nicht, Bischof, er ist so überaus interesssant.«

»– zu den Resultaten«, fuhr Herr Dremmel fort, an den Bischof gewandt, »Ihrer herbstlichen Aktivitäten. Diese Blütenpracht ist ein ausreichender Beweis für die Hingabe, den unermüdlichen Fleiß –«

»Sie bilden sich doch nicht etwa ein, er hätte das selber gemacht, oder?« fragte die Herzogin.

»Und Ihr Gewand, mein Herr«, fuhr Herr Dremmel fort, nur

auf den Bischof konzentriert und aufrichtig bemüht, ihm zu gefallen, »verrät ein ganz besonderes und familiäres Interesse für das, was diese Dame mit Recht die Dinge genannt hatte, die man wissen und können muß.«

»Aber er muß das doch tragen«, sagte die Herzogin.

Wieder wehrte sie Herr Dremmel ab, diesmal noch ungeduldiger. »Es ist ein für die Gartenarbeit höchst angemessenes Gewand«, fuhr er fort, »selbst die Gamaschen sind gartengemäß, und der Schurz erinnert so erfreulich an die Unschuld unserer ersten Eltern. So hätte Adam gekleidet sein können –«

»Ach, Sie müssen wirklich nach Coops kommen«, rief die Herzogin, »Bischof, er begleitet mich nach Hause.«

»Mein Herr«, fragte Herr Dremmel mit leisem Schrecken, denn er hielt die Herzogin allmählich für verrückt, »ist diese Dame die werte Frau Gemahlin?«

»O nein!« kreischte die Herzogin, während Herr Dremmel sie mißbilligend musterte und der Bischof sich beherrschen mußte, um ihn nicht zu erwürgen.

»Mein liebster Bischof«, sagte die Herzogin und rieb sich die Augen, »das ist das schönste Kompliment, das ich jemals bekommen habe. Den am besten aussehenden Bischof im ganzen Königreich –«

»Bitte kommen Sie doch herein«, flehte er, »ich kann Sie wirklich hier nicht so herumstehen lassen –«

»Danke, danke, ich bin nicht im geringsten müde. Fahren Sie fort, Mr. Dremmel.«

»Mein Herr, kann ich Sie alleine sprechen?« fragte Herr Dremmel, der nun keine Zweifel mehr am Geisteszustand der Herzogin hatte, »bei einem Anlaß wie diesem scheint es mir doch angemessen zu sein, vor der allgemeinen Freude und Festlichkeit zuerst nur unter uns zu sein, falls diese Dame nicht die Mutter Ihrer Tochter ist –«

»Oh! Oh!« schrie wieder die Herzogin.

Der Bischof stand kurz vor einem Wutanfall und konnte sich kaum noch beherrschen. »Jawohl, mein Herr, das können Sie«, stieß er hervor, »folgen Sie mir in mein Arbeitszimmer –«

»Was? Sie wollen ihn mir doch nicht etwa wegnehmen?« rief die Herzogin.

»Meine liebe Herzogin, wenn er Geschäftliches mit mir zu erledigen hat –«, sagte der Bischof, »aber ich werde Sie zuerst hineinführen«, unterbrach er sich und bot ihr seinen Arm. »Dieser Herr« – er warf ihm einen schiefen Blick zu, und Herr Dremmel, der keine Übung im Umgang mit Feindseligkeit besaß, wunderte sich etwas über seinen Gesichtsausdruck – »wird hier warten. Nein, nein, das wird er nicht. Er wird uns begleiten –«, denn hinter den Büschen vorm Birnbaum sah der Bischof die Röcke von Damen aufleuchten und sich nähern. »Nun kommen Sie schon, mein Herr –«

»Aber –«, protestierte die Herzogin, als der Bischof ihren Arm hastig durch den seinen zog und sie mit einer Geschwindigkeit neben sich herrennen ließ, wie sie seit Jahren nicht mehr gerannt war.

»Los, los, mein Herr –«, rief der Bischof nach hinten, zischte es fast Herrn Dremmel zu.

»Augenblick!« sagte Herr Dremmel und hob die Hand, wobei er starr auf das blickte, was hinter den Büschen auftauchte.

»So kommen Sie doch, mein Herr!« rief der Bischof. »Ich kann nur unter vier Augen mit Ihnen sprechen, wenn Sie mir auf der Stelle folgen –«

Herr Dremmel aber kümmerte sich nicht um ihn. Er beobachtete die Büsche.

»Kommen Sie nun?« fragte der Bischof, blieb stehen und stampfte mit dem Fuß auf, während er die Herzogin fest im Griff behielt.

»Ach«, sagte Herr Dremmel, ohne ihn zu beachten, »aber ja – das ist sie – ach, hier hab ich endlich mein kleines Zuckerlamm!«

»Das kleine was?« fragte die Herzogin, riß ihren Arm energisch aus der Umklammerung des Bischofs und setzte sich die Brille auf. »Gütiger Himmel, er kann doch nicht Pamela meinen?«

Es antwortete ihr jedoch niemand; und es war auch nicht notwendig, denn Herr Dremmel war den Gartenweg mit einer Geschwindigkeit entlanggeeilt, die einen bei seiner Erscheinung verblüffte, und hatte bereits in Anwesenheit von ganz Redchester und fast der ganzen Grafschaft Ingeborg in die Arme geschlossen.

»Natürlich«, sagte die Herzogin zum Bischof, während sie die Szene und die selige Erlösung durch ihre Brille beobachtete, »natürlich werden sie uns besiegen.«

11

Und so geschah es, daß Herr Dremmel, nur mit seiner Einfalt gewappnet, den ganzen Widerstand der weltlichen und kirchlichen Mächte besiegte und mit Ingeborg von ihrem Vater und in seinem eigenen Dom getraut wurde. Alles geschah so rasch, wie es das Gesetz erlaubte, nicht nur, weil es Herr Dremmel so verlangte, sondern weil der Bischof seine täglichen Brautbesuche von Coops, wo er untergebracht war, schon bald nicht mehr ertragen konnte. Und dann drängte ihn auch der Master von Ananias, der durch Dremmels Erfolg, alles zu beschleunigen, selber in ungewohnte Tätigkeit verfiel und darauf hinwies, daß die Verlobung lange genug gedauert hatte und daß er am gleichen Tage heiraten wolle.

So geschah es dann schließlich auch, und Ingeborgs Hochzeit war, weil sie gleichzeitig die von Judith war, unvermeidlicherweise prachtvoll. Der Bischof mußte sich auf der ganzen Linie überwinden. Selbst das Hochzeitskleid mußte für die eine Tochter genauso schön sein wie für die andere; und niederträchtigerweise sah er sich gezwungen, derjenigen genausoviel zur Aussteuer zu geben, die für den Rest ihres Lebens in Armut und eine unbekannte Ferne verschwinden würde, wie jener, die vermutlich schon bald, auf jeden Fall nach Gottes weisem Ratschluß, als hervorragend versorgte Witwe dastehen würde. Nach diesen Ereignissen hatten sich seine Gefühle für die Herzogin entscheidend verändert. Ohne die geringste Ahnung von den Umständen zu haben, von der verborgenen Schande dieser Affäre, von der schieren Unerwünschtheit eines solchen Schwiegersohnes und schließlich von den außergewöhnlich unangenehmen pekuniären Einbußen, die sich durch Ingeborgs Heirat ergaben, hatte sie Herrn Dremmel auf eine Art und Weise zu sich gezogen, mit der sie sich fast lächerlich machte, wenn das bei einer Herzogin, selbst als Mensch, überhaupt möglich war, und hatte ihn der Grafschaft so serviert, daß zum Schluß alle glaubten, Ingeborg habe sich den besseren Ehemann gesichert. Dieses Gerücht sickerte natürlich auch durch die Mauern des Bischofspalastes, und Judith, die ohnehin nicht viel sprach, machte den Mund überhaupt nicht mehr auf, sondern zog sich immer mehr zurück, vor allem und ganz entschieden vor den Liebkosungen des Masters, der nicht nach Coops eingeladen worden war. Sie verbrachte die meiste Zeit in ihrem Zimmer, wo sie sich zwang, keinen Blick auf ihre Aussteuer zu werfen, und im Palast wurde es so ungemütlich, was mit noch diesem und jenem und vor allem dem Zwang, dem in der Huld der Herzogin stehenden Herrn Dremmel stets ruhig und gelassen entgegenzutreten, einen so starken Druck erzeugte, daß der Bischof schließlich ganz besessen davon war, die Hochzeit hinter sich zu bringen und fieberhaft alles unterstützte, was die Sache noch beschleunigen und ihn wieder erleichtern konnte.

Mit Ingeborg sprach er überhaupt nicht, er wandte sich vielmehr mit der gleichen kalten Abscheu wie der Rest der Familie von den Fenstern ab, wenn sie verfolgen mußten, wie sie an so unschicklichen Orten wie zum Beispiel mitten auf dem Rasen mit offensichtlich schrecklicher deutscher Gründlichkeit umworben wurde. Er konnte nicht mehr in seinem eigenen Garten lustwandeln, ohne auf ein verschlungenes Paar zu stoßen; und obgleich er Herrn Dremmel mit, wie er fand, wirklich bewunderswerter Zurückhaltung darauf hingewiesen hatte, daß diese öffentlichen Zurschaustellungen Anlaß zu unpassendem Gerede geben könnte, hatte Herr Dremmel nur erwidert, da ja Ingeborg seine Braut sei, könne es sehr viel mehr Anlässe zu unpassendem Gerede, ja zu berechtigten Klagen geben, wenn er sie weniger herzlich und liebevoll behandelte.

»Aber in England zeigen wir nicht –«, begann der Bischof, unterbrach sich jedoch gleich wieder, weil er fürchtete, seine Haltung zu verlieren. Und Herr Dremmel und Ingeborg fuhren fort, langsam durch den Garten zu schlendern, wobei sie immer wieder ihre Schritte aneinander angleichen mußten, weil es sehr schwierig ist, engumschlungen auf einem schmalen Pfade vorwärts zu kommen – der Bischof und Mrs. Bullivant begaben sich zum Trost und zur Erholung in die erlesene Atmosphäre um die liebliche zurückgezogene Judith. Daß der Master zu Liebkosungen neigte, war nur natürlich, weil es für einen Mann eben natürlich ist. Aber sie wußten sehr wohl, daß eine Frau, wenn sie dem Ideal der wahren Weiblichkeit entsprechen will, gar nicht vorsichtig genug sein kann, um jede Natürlichkeit zu vermeiden. Und sollte sie zu einem Ausdruck der Zuneigung zu ihrem Geliebten überlistet oder verlockt werden, gar zur Erwiderung seiner Zärtlichkeiten, so mußte sie zumindest Abscheu zeigen. Und da war nun Ingeborg, marschierte wie eben beschrieben im Garten herum, ließ sich in aller Öffentlichkeit mitten auf dem Rasen an der Hand halten und sah dabei auch noch vergnügt aus.

Das war letztklassig.

Ingeborg war wirklich vergnügt. Sie war darüber hinaus unaussprechlich glücklich. Sie fühlte sich plötzlich nicht mehr in Ungnade gefallen und boykottiert, war kein schlimmes Mädchen mehr, sondern ein Geschöpf, das seltsamerweise wieder Mut schöpfte, wieder Selbstvertrauen gewann, war ein kleines Zukkerlamm. Wie traulich, ein Zuckerlamm zu sein! Sie war so kreuzunglücklich gewesen. Sie hatte sich durch so kalte, karge Tage schleppen müssen. Sie war zu solch schrecklichem Nichtstun gezwungen gewesen, mitten auf der Bühne ihrer üblichen Tätigkeiten, und sie hatten ihr so eiskalt, so schneidend unter die Nase gerieben, daß sie etwas zu Schreckliches angerichtet hatte, um jemals wieder mit gesitteten Menschen zusammensein zu dürfen. Und Robert – sie hatte sich unter dem Einfluß der Bekehrungsversuche ihrer Familie rasch angewöhnt, ihn so bei sich zu nennen, hatte ihr keinen einzigen Brief geschrieben.

»Aber er kam persönlich«, sagte Herr Dremmel, den sie darüber aufklärte, was für eine Woche sie hatte hinter sich bringen müssen. Und ihr Vater wollte nicht mit ihr reden, wollte sie nicht einmal anschauen.

»Altes Schaf«, sagte Herr Dremmel gutmütig.

Und Judith schien völlig außer sich zu sein, wurde rot, wenn sie mit ihr sprechen wollte.

»Dumme Pute«, sagte Herr Dremmel seelenruhig.

Und allmählich kam es ihr so vor, daß sie gar nicht so verzweifelt hätte sein, daß sie mehr Vertrauen hätte zeigen müssen.

»Wovon hat mein Kleinchen nicht genug?« fragte Herr Dremmel; denn er wollte nie seine Zeit vergeuden, und deshalb ließ er seine Gedanken sinnvoll arbeiten, während sie ihm alles erzählte, und überschlug die möglichen Ergebnisse einer Düngung von sagen wir drei Morgen Zuckerrüben mit schwefelsaurem Kali, schwefelsaurem Ammoniak beziehungsweise salpetersaurem Natron, das alles zu vierhundert Pfund einfacher Schlacke gerechnet – aber wäre schwefelsaures Ammoniak als stickstoffhaltiger Dünger nicht wesentlich effektiver als salpetersaures Natron, zumindest bei Zuckerrüben, deren Wurzeln kürzer waren und dichter an der Oberfläche als die vom Mangold?

»Davon sollten kleine Frauen nie genug kriegen«, sagte er und glitt von seinen Zuckerrüben in eine herzhafte Umarmung; denn unterdessen waren sie unter dem Birnbaum angekommen, den Ort, den Ingeborg nur selten aufsuchte, weil sie trotz seiner Versicherungen, daß das noch kommen würde, noch keinen rechten Geschmack an Umarmungen entwickelt hatte und deshalb den einzig ungefährlichen Fleck des Gartens vorzog, nämlich den Mittelpunkt des Rasens.

Ich möchte wirklich wissen, dachte sie, während sie damit beschäftigt war, ob ich mich daran gewöhnen kann . . . Und weiter, während sie immer noch damit beschäftigt war: Mutter muß ja auch geküßt worden sein, und sie ist noch am Leben . . .

Und nach einer Weile, während sie weiter damit beschäftigt war: Sehr lebendig ist Mutter allerdings nicht – wenn ich an das Sofa denke –, vielleicht ist das der Grund . . .

Robert liebte sie jedenfalls; irgendwie; und dieses Wie interessierte sie nicht. Ob es nun eine Zuneigung auf geistiger Ebene war oder ein Gefühl, zu dem leidenschaftliche Phasen mit heftigen Umarmungen gehörten, das kümmerte sie nicht mehr, denn es war Wärme, menschliche Wärme, die er ihr bot, und sie war vor Kälte fast zugrunde gegangen. Was spielte es für eine Rolle, daß sie nicht verliebt war? Schulmädchen träumen von Liebe. Das Leben war anders. Das Leben war voller Freundlichkeit und glückseliger Zuneigung; Liebe, jedenfalls von seiten der Frau, war überhaupt nicht nötig. Der Bischof hätte sich gewundert, wenn er geahnt hätte, wie sehr sie sich seinem Ideal der Weiblichkeit angenähert hatte. Sie wolle einfach gut sein, sagte sie sich und auch Herrn Dremmel, das Herz voller Dankbarkeit und fröhlicher Erlösung – ach, wie gut! Sie würde sich nie wieder Hoffnung und Zuversicht austreiben lassen. Sie wollte drüben arbeiten, wollte hart bei allen möglichen herzerfrischenden Aufgaben der Gemeinde mitarbeiten, auch unter den Armen und Kranken, und wenn er es erlaubte, wollte sie Robert bei seiner Arbeit helfen, und wenn er es nicht erlaubte, wollte sie ihm helfen, wenn er damit fertig war – helfen beim Spielen und Ausruhen. Sie würden zusammen lachen und zusammen reden und zusammen wandern, und er würde ihr seine Experimente erklären und ihr Verständnis wecken. Und als allererstes würde sie so gut wie möglich Deutsch lernen, damit sie all seine Briefe schreiben konnte und, falls nötig, auch seine Predigten, das sparte seine kostbare Zeit.

»Das«, sagte Herr Dremmel, der bei dem wonnesamen Geschäker ganz und gar vergessen hatte, was ihn als erstes so angezogen hatte, nämlich eine gewisse blendende geistige Leere, »das werden ja niedliche kleine Jux-Predigten, die sich mein Schneckchen ausdächte.«

»Du wirst schon sehen«, sagte Ingeborg zuversichtlich; und plötzlich warf sie die Arme in die Höhe und wandte ihr Gesicht zur Sonne empor und zu dem Blau, das durch die kleinen Blätter brach, und zu all dem Licht und den Verheißungen der Welt und reckte und streckte sich in höchster Zufriedenheit. »Ach«, seufzte sie, »was ist das alles schön – ist das nicht wirklich schön –«

»Ja«, stimmte Herr Dremmel zu, »aber längst noch nicht so

schön wie bald, wenn wir von unseren lieben Kinderchen umgeben sind.«

»Kinder?« fragte Ingeborg.

Sie ließ die Arme fallen und schaute ihn an. An Kinder hatte sie noch gar nicht gedacht.

»Denn mein kleines Weibchen wünscht sich doch nicht wirklich, nur Briefe zu schreiben oder Predigten zu entwerfen.«

»Warum?« fragte Ingeborg.

»Weil du eine glückliche Mutter werden wirst.«

»Aber können glückliche Mütter nicht auch –«

»Du wirst voll und ganz damit beschäftigt sein, unsere Kinder anzubeten. Nichts anderes auf der Welt wird dich mehr interessieren.«

Ingeborg stand auf und schaute ihn verwundert an. »Ach«, machte sie, »werde ich das?« Dann setzte sie hinzu: »Aber ich habe noch niemals Kinder gehabt.«

»Damit war auch nicht zu rechnen«, antwortete Herr Dremmel.

»Woher weißt du denn dann, daß mich nichts anderes auf der Welt mehr interessieren wird?«

»Kleines Närrchen«, sagte er und nahm sie in die Arme, seine Augen feucht vor Zärtlichkeit, denn er wußte, daß er hier die Mutter aller Dremmels in zarter Jugendgestalt an seine Brust drückte, und diese Vorstellung rührte ihn tief. »Kleines Närrchen, ist es nicht ganz natürlich, daß jede Mutter an nichts anderes als an ihre Kinder denkt?«

»Wirklich?« fragte Ingeborg voller Zweifel, weil ihr eine Reihe von Erinnerungen wie Schnappschüsse vor dem inneren Auge tanzten. Aber sie war trotzdem nur allzu bereit, ihm zu glauben.

Sie schaute ihn einen Augenblick nachdenklich an. »Aber –«, sagte sie, indem sie ihm die Hände vor die Brust stemmte und sich etwas von ihm abschob.

»Was denn, mein Schneckchen?«

»Das wären dann doch deutsche Kinder?«

»Fraglos«, antwortete Herr Dremmel stolz.

»Alle miteinander?«

»Alle miteinander«, wiederholte er.

»Nicht wie bei einer Ehe zwischen Katholiken und Protestanten, also halb deutsche und halb englische Kinder?«

»Ganz gewiß nicht«, erwiderte Herr Dremmel nachdrücklich.

»Aber Robert –«

»Weiter, weiter, kleines Häschen.«

»Wie sind denn deutsche Kinder?«

Nun war Herr Dremmel an der Reihe, mit großer Zuversicht zu sagen: »Du wirst ja sehen.«

Eine Woche später waren sie verheiratet; und der Bischof verfolgte mit unergründlicher Miene von der Türschwelle aus, wie Ingeborg von kundigen Händen in die Decke des Wagens gewickelt wurde, der sie zum Bahnhof bringen sollte, schaute zu, wie ihr Kissen an die richtigen Stellen in den Rücken geschoben wurden, wie ein Fußbänkchen umsichtig unter ihre Füße gestellt und jede ihrer Regungen bemerkt und sofort berücksichtigt wurde, und richtete das Abschiedswort an seine Tochter – und wie es sich ergab, war es das letzte, was sie jemals von ihm hören sollte.

»Wilson wird dir fehlen«, sagte er und kehrte erheblich erleichtert in seinen Palast zurück.

Sie sah ihn niemals wieder.

TEIL II

12

Während ihrer Flitterwochen, die nur so lange dauerten, wie man brauchte, um von Redchester nach Kökensee zu kommen, abgesehen von einem Tag in Holland, wo sie einen kurzen und unbeschreiblich förmlichen Besuch bei dem berühmten De Vries gemacht hatten, der ihnen eigentlich eher eine Audienz gewährte, sagte sich Ingeborg immer wieder, wie daheim unter dem Birnbaum, in einer nun schon weit entfernten Vergangenheit: Vielleicht werde ich mich daran gewöhnen. Aber noch ehe sie am vierten Tage ihrer Ehe Kökensee erreicht hatten, war sie zu der Erkenntnis gekommen, wenn auch etwas zögernd, weil alle Welt so davon schwärmte, daß sie wahrscheinlich keine Begabung für Flitterwochen besaß.

Robert schien seine Flitterwochen glücklicherweise zu genießen und war vollkommen glücklich und zufrieden und schnarchte des Nachts in den Zügen im Schlaf. Alle Mahlzeiten verliefen vergnügt und heiter. Hinter Bromberg wachte er auf und schenkte der Landschaft, durch die sie fuhren, seine Aufmerksamkeit; hier, in seinem angestammten Teil der Welt, erging er sich in vielen Gesprächen, deutete auf etwas hin und erklärte die unverkennbaren Anbaumethoden der verschiedenen Güter entlang der Eisenbahnlinie.

Ingeborg trank alles eifrig in sich hinein. Sie war begierig zu lernen und fest entschlossen, in allem hilfreich zu sein. Hatte er sie nicht in Redchester befreit, wo sie fast erstickt wäre? Ihre Dankbarkeit war unermeßlich; so wie das Land in seiner erfrischenden Weite; keine Hecken, keine Begrenzungen zwischen den Feldern, überhaupt keine Begrenzungen, nur der Himmel und der blaue dunstige Saum, auch nicht von dem niedrigsten Hügelchen unterbrochen, wie sie sie um Redchester herum kannte. Es war alles ein großer Schwung, eine große Woge von der Erde zum Himmel empor und vom Himmel zur Erde zurück, rein und frei, und die Luft von einer strahlenden Klarheit, die ihr nach dem Muff, nach dem dumpfen Klima daheim geradezu anbetungswürdig vorkam. Und einmal, als der Zug wieder anfuhr, vernahm sie hoch oben im Blauen den Ruf eines Falken. Ab Allenstein benutzten sie eine Bimmelbahn mit Spielzeugwagen und einer winzigen Lokomotive und fuhren durch endlose Roggenfelder und ein anscheinend unbewohntes Land bis zu der Haltestelle, die Kökensee am nächsten lag, das war ein Ort namens Meuk, mit einiger Übertreibung als kleine Stadt zu bezeichnen, in deren Zentrum sich eine riesige Kirche erhob und die, wie Herr Dremmel erklärte, außer anderen Sehenswürdigkeiten seine Mutter beherbergte.

»Ach?« sagte Ingeborg überrascht. »Du hast eine Mutter?« Denn er hatte ihr irgendwie einen vollkommen mutterlosen Eindruck gemacht.

»Alle Menschen, mein Schatz«, sagte Herr Dremmel geduldig, »haben Mütter.«

»Ja«, sagte sie, nahm seinen Hut aus dem Gepäcknetz und setzte ihn sorgfältig auf seinen Kopf, »aber sie erzählen auch davon.«

»Sicher. Früher oder später. Ich kann mich jedoch gut daran erinnern, wie ich dir gesagt habe, daß mein Vater tot ist. Daraus konnte man leicht schließen, daß meine Mutter lebt. Sie ist eine einfache Frau. Nicht mehr jung. Wir werden sie auf unserer Fahrt durch die Stadt besuchen.«

Draußen vor dem Bahnhof stand ein hoher Leiterwagen bereit, der sie nach Kökensee bringen sollte. Er wurde von zwei langschweifigen Pferden gezogen, eines so viel höher und länger als das andere, daß es, wenn man sie von der Seite her sah und keine Ahnung von diesem Unterschied hatte, immer so ausssah, als ob das eine gerade ein Rennen gewann.

»Dies«, sagte Herr Dremmel und stellte sie ihr mit einer Handbewegung vor, »ist mein Wagen. Und dies«, fuhr er fort und stellte ihr auf gleiche Art und Weise den Kutscher vor, »ist mein treuer Diener Johann. Er ist schon fast ein Jahr bei mir.«

Ingeborg schüttelte Johann sehr höflich die Hand, nachdem er vorsichtig über die Säcke mit Kalium- und Magnesiumsulfat herabgeklettert war, die die vordere Hälfte des Wagens ausfüllten.

»Bleiben sie alle so lange?« murmelte sie Herrn Dremmel zu.

»Alle? Außer ihm hab ich nur meine Witwe, und sie plustert schon ihr Gefieder für die Flucht. Sowie sich mein Kleinchen eingerichtet hat, wird sie sicher schleunigst in ein anderes Junggesellennest flattern.«

»Mag sie das denn?« fragte Ingeborg. Denn sie hatte durch die häufige Lektüre der Bibel eine gewisse Vorstellung von Witwen entwickelt, zerbrechlich, äußerst hilfsbedürftig. Und sie hatte ein flüchtiges Bild von dieser, die mit schwarzen Schwingen über die ostpreußischen Felder flog, ihrer Heimat beraubt, verzweifelt und niedergeschlagen, vielleicht vom endlosen Gekreisch der Verwünschungen verfolgt, die ihre Spur bezeichnen.

»Natürlich wird sie eingeschappt sein. Sie ist mir auch sehr treu gewesen. Sie ist nun schon fast acht Monate bei mir. Aber es hätte sie auch getroffen, wenn es nicht so lange gewesen wäre. Witwen«, fuhr er abgelenkt fort, weil er zwischen den Säcken mit Kalium- und Magnesiumsulfat nach dem Chilesalpeter Ausschau hielt, der offensichtlich nicht da war, »Witwen sind immer beleidigt.«

Johann erklärte – er war eine trübselige Gestalt, im Dienste verbraucht und grau geworden, wie Ingeborg vermutete –, daß die kostbare Ware nicht mit dem Zug angekommen zu sein schien, und Herr Dremmel stieg wieder aus und erkundigte sich ärgerlich und aufgebracht beim Stationsvorsteher, während Ingeborg nur dastand und Johann freundlich und ununterbrochen anlächelte, um ihren Mangel an Wörtern auszugleichen. Gleichzeitig dachte sie darüber nach, wie ihr Gepäck noch in diesem Wagen Platz finden sollte, der schon mit Säcken überladen war.

Am Ende gelang das auch nicht, und das Gepäck mußte auf unbestimmte Zeit im Bahnhof bleiben. Und so rasselte Ingeborg über die dicken Pflastersteine von Meuk davon, wobei sie ihre Kleidertasche mit der einen Hand festhielt und sich mit der anderen am eisernen Geländer des Leiterwagens festklammerte. Johanns Peitsche knallte, Hunde bellten, und die Hufe der Pferde klapperten auf dem Kopfsteinpflaster, während sich ihre langen Schweife immer wieder in den Zügeln verhedderten. Die Bretter des Wagenbodens ächzten und bogen sich unter ihren Füßen. Die Pferde rutschten in die Spurrinnen und trappelten wieder hinaus. Ihr Hut wollte sich selbständig machen, aber sie wagte es nicht, auch nur eine Hand loszulassen und ihn festzuhalten. Sie zog den Kopf ein und versuchte ihn dadurch festzuhalten. Ihre Haut spannte und juckte von der Schüttelei. Flüchtige Bilder von roten Häusern flogen an ihr vorbei, Häuser ohne Zäune, direkt an der Straße; ein oder zwei kleine Läden; Leute, die stehenblieben, um sie anzustarren; Strohhalme, Papierfetzen und Staub, die im Wind aufgewirbelt wurden.

Herr Dremmel nutzte diese flüchtigen Eindrücke für weitere Erklärungen, ließ seine Stimme über den Tumult erschallen und schrie ihr zu, daß die drei Säcke vorn im Wagen nicht nur Säcke seien, sondern viel mehr, geheimnisvolle Magensäcke, in denen die Zukunft steckte. Sie versuchte ihn zu verstehen, verstand aber nur hin und wieder ein einzelnes Wort, wenn sie gegen ihn prallte – »wunderbare Wiederkäuer – üppig gedüngte Wegraine – potentielle Energie –« Sie fand es schwierig, ihm einigermaßen vernünftig zu antworten, besonders weil er sich ständig nach vorne beugte und nach den Pferdefliegen schlug, die sich auf Johanns Nacken niederließen. Bei jedem Schlag fuhr Johann zusammen, und die Pferde keilten aus.

»Treuer Diener« – rief er ins Ohr – »fast ein Jahr – darf nicht gestochen werden –«

Als sie schließlich die Einfahrt des Hauses der älteren Frau Dremmel erreichten, war Ingeborg vollkommen durchgerüttelt und atemlos und versuchte, sich den Staub aus den Augen zu wischen.

Die Tür stand angelehnt, und ihr Mann stieß sie auf und rief laut nach seiner Mutter. »Sie versteckt sich schon wieder, sie versteckt sich«, sagte er mit einem ungeduldigen Blick auf die Uhr und verstärkte seine Rufe.

»Erwartet sie uns denn?« fragte Ingeborg schließlich, die ihre aufgelösten Haare wieder hochzustecken versuchte.

»Sie ist eine einfache Frau«, sagte er, »infolgedessen erwartet sie niemals jemanden.« Und er zog eine Tür auf, die nichts als Dunkelheit und einen Schwall kalter Luft entließ. »Da ist meine Mutter nicht«, stellte er fest und schlug sie wieder zu.

»Weiß sie denn, daß wir heute nach Hause kommen?« fragte Ingeborg, weil sie plötzlich Zweifel erfaßten.

»Sie ist eine einfache Frau. Infolgedessen weiß sie nie etwas. Mutter! Mutter!«

»Weiß sie, daß du geheiratet hast?« fragte Ingeborg, deren Zweifel immer unheimlicher wurde.

»Sie ist eine einfache Frau. Infolgedessen –«, er brach ab und schaute nachdenklich zu ihr hinab. »Ist es denn möglich, daß ich vergessen habe, ihr Bescheid zu sagen?« fragte er.

Offensichtlich war es möglich, denn in diesem Augenblick kam Frau Dremmel am Ende des Ganges langsam ein paar Stufen aus einem tiefer gelegenen Teil des Hauses herauf, erblickte ihren Sohn und eine fremde junge Frau, blieb still stehen und sagte keinen Ton.

»Mutter, dies ist meine Frau«, sagte Herr Dremmel, haschte nach Ingeborgs Hand und führte sie zu der reglosen Gestalt.

»Ach«, sagte Frau Dremmel regungslos.

»Küß sie, Kleinchen«, befahl Herr Dremmel.

»Ja, ja«, antwortete Ingeborg, errötete tief und trat zögernd etwas näher.

Frau Dremmel musterte sie, ohne zu blinzeln, mit trüben Augen, die so farblos wie Kieselsteine waren. Sie trug eine große dunkelblaue Schürze, die ihr von der Taille bis zu den Füßen reichte. Sie war gänzlich schmucklos. Das schwarze Kleid schloß am Hals ohne Bündchen oder Kragen und wurde einfach zugehakt, ihr Haar war zu seinem straffen und winzigen Knoten gezwirbelt. Ingeborg kam sich plötzlich ganz aus Falten und Rüschen vor – ein frivoles Ding, mit einem weißen Kragen und einem Hütchen aufgeputzt, das sie bisher ganz brav gefunden hatte, nun aber zugeben mußte, daß es monströser überflüssiger Plunder war, noch dazu schief und verdrückt auf den unordentlich hochgesteckten Haaren.

»Hast du sie geheiratet?« fragte die ältere Frau Dremmel und ließ ihre Kieselsteinaugen langsam von einem zum anderen wandern.

»Zweifelsohne«, sagte Herr Dremmel und in Englisch zu Ingeborg: »Gib ihr einen Kuß, Kleinchen, damit wir nach Hause kommen.«

Er legte selbst den Arm um die Schultern seiner Mutter und gab ihr einen hastigen Kuß.

»Meine Frau ist Engländerin«, sagte er, »sie spricht und versteht unsere Sprache noch nicht. Küsse sie, Mutter, dann fahren wir weiter nach Hause.«

Es schien jedoch nicht möglich zu sein, die beiden Frauen dazu zu bringen, sich zu küssen, Ingeborg schob sich noch ein schüchternes Schrittchen näher. Frau Dremmel blieb reglos stehen.

»Das da«, fragte Frau Dremmel, wobei sie ihre trägen Augen über Ingeborg wandern ließ und dann auf ihren Sohn heftete, »soll die Frau eines Pastors sein?«

»Zweifelsohne. Es tut mir leid, daß ich vergaß, dich zu benachrichtigen, Mutter, aber jeder vergißt einmal etwas.« Und in Englisch zu Ingeborg: »Sie ist eine einfache Frau. Infolgedessen –«

»Aber ich habe davon gehört«, sagte Frau Dremmel, »durch deine Haushälterin. Und andere. So hab ich davon gehört. Von der Hochzeit meines einzigen Sohnes. Ich, eine Witfrau.«

Ingeborg, die kein einziges Wort verstand, lächelte nervös. Sie hatte das Gefühl, daß bei einer solchen Gelegenheit wenigstens eine Person lächeln müßte, fühlte sich aber nicht wohl dabei: Die Erstarrtheit von Frau Dremmel, die nichts als ihre Augen bewegte, der dunkle karge Gang, der Schwall kalter Moderluft, der aus dieser einen Tür entwichen war, der freudlose Hauch der Armut, der ihre Schwiegermutter umgab und ihr das Lächeln erschwerte – einer Armut, die sich auf merkwürdige Art und Weise als Tugend empfand, aus keinem anderen Grunde als ebendieser Armut. Aber sie war eine Braut; wurde gerade heimgeführt; wurde gerade denen vorgestellt, die zu ihrem Gatten gehörten. Irgend jemand, fand sie, mußte dabei doch lächeln, und weil ihr der Vater beigebracht hatte, die Dinge zu erledigen, zu denen kein anderer Lust hatte, lieferte sie das ganze Begrüßungs- und Willkommenslächeln selber.

»Ach bitte, Robert, sag doch deiner Mutter, wie leid es mir tut, daß ich mich nicht mit ihr unterhalten kann«, sagte sie, »bitte sag ihr, ich wünschte, ich wäre nicht so dumm.«

»Wieviel hat sie?« fragte Frau Dremmel über diese Worte hinweg.

»Genug, genug«, erwiderte ihr Sohn, setzte den Hut auf und schickte sich an, wieder fortzugehen.

»Aha. Ich soll nichts wissen. Noch mehr Geheimnisse. Soll alles wie bisher draufgehen für die gottlose Herumpfuscherei im Erntesegen des Herrn.«

Herr Dremmel drückte seiner Mutter einen zweiten Kuß irgendwo auf die Stirn. Er hörte ihren Worten schon seit einem Vierteljahrhundert nicht mehr zu.

»Nichts für die Mutter«, fuhr sie fort, »nein, nein. Die Mutter ist nur Witfrau. Sie spielt keine Rolle. Aber dein seliger Vater –«

»Leb wohl, und Gott behüte dich«, sagte Herr Dremmel und rannte den Gang entlang, wobei er in seiner Eile, seine Braut nach Hause zu führen, ganz und gar vergaß, sie mitzunehmen.

Einen Augenblick lang stand sie ihrer neuen Verwandten allein gegenüber. Sie stürzte sich in einen endgültigen Entschluß und griff, wobei sie wieder errötete, nach der schlaffen Hand ihrer Schwiegermutter.

Sie hatte sie küssen wollen, aber als sie ihr in die Augen blickte, merkte sie, daß Küssen nicht in Frage kam. Sie murmelte verschüchtert ein englisches Lebwohl und lief mit einem unbeschreiblich elenden Gefühl aus dem Haus.

»Man muß sie eben hinnehmen«, war Herrn Dremmels einziger Kommentar.

Kökensee lag drei Meilen entfernt an der Landstraße zwischen

Meuk und Wiesenhausen, und sie konnten schon auf dem ganzen Weg den Turm seiner kleinen Kirche hinter den Feldern erkennen. Die Straße, die mit sowenig Kurven wie möglich angelegt war, stieg und senkte sich sanft zwischen den Roggenfeldern. Sie war von beiden Seiten ordentlich mit Vogelbeerbäumen gesäumt, die an jenem Tag in voller Blüte standen, und war so weiß und fest, als ob es schon lange nicht geregnet hättet. Der Wind fuhr heiter über den Roggen; der Himmel war von kleinen weißen Wolken gesprenkelt. Ingeborg konnte meilenweit sehen. Da lag der dunkle Saum der Wälder, da leuchteten Streifen, wo der Raps blühte, dazwischen blitzte Wasser, Lerchen jubilierten, auf jeder noch so bescheidenen Anhöhe klapperte eine fleißige Windmühle, und die ganze Welt schien zu lachen und zu schweben und zu singen.

»O ist das schön – o wie schön!« sagte sie.

»Schön? Ich will dir sagen, was wirklich schön ist, Kleinchen – die fette rote Erde deiner Kinderheimat. Der fette rote Boden und das ständige Nieseln, ein wahrer Segen von oben.«

Damit beugte er sich vor und fragte Johann, wann es das letzte Mal geregnet hätte. Als er erfuhr, das sei drei Wochen her, wurde er ganz niedergeschlagen und murmelte etwas auf deutsch vor sich hin. Es schien nicht gerade ein Predigttext zu sein, denn Ingeborg sah, wie sich Johanns Ohren nach oben schoben, was sicher auf ein Grinsen schließen ließ.

Ein verwitterter Wegweiser deutete mit einem einzigen Arm krumm und schief auf einen Feldweg, der im rechten Winkel von der Landstraße abbog. Mit Ächzen und Kreischen bogen sie ein. Sofort veränderten sich alle Geräusche. Sie konnte jetzt außer den Lerchen viele andere kleine Vögel singen und zwitschern hören – Finken, Meisen, Goldammern, Dompfaffen. Die Räder des Wagens mahlten sich langsam durch den tiefen Sand, zwischen dem Roggen hindurch, der mit jedem weiteren Meter immer dünner wurde. Die Pferde waren vollkommen erschöpft und schweißbedeckt. Vor ihnen, auf einer Bodenwelle, lag Kökensee, eine langgestreckte Straße mit niederen Hütten, gerade vorm Sonnenuntergang, dahinter die Kirche und neben der Kirche zwei Lindenbäume, und sie wußte, weil er ihr so oft davon erzählt hatte, daß es die beiden Bäume vor ihrem Hause waren.

Ingeborg spürte, wie es an ihrem Herzen riß. Dies war der Ort, der ihre ganze Zukunft barg. Alles, was sie erleben und empfinden würde, dachte sie, fände hier statt. Die Jahre lagen wie gewaltige leere Leinwände vor ihr ausgebreitet, auf die sie nun bald die Bilder ihres Lebens malen konnte. Es soll ein wunderschönes Bild werden, sagte sie sich, mit einem heftigen Aufwallen von stolzer Zuversicht; nicht schön, weil sie irgendwelche besonderen Gaben oder Geschicklichkeiten hatte, denn es gab kaum eine Frau, die so unbegabt war wie sie, sondern wegen all der unermüdlichen kleinen Tupfen, der unermüdlichen Hingabe ans Detail, der geduldigen Korrekturen von Fehlern; und jeder Strich und jeder Tupfer sollte in den strahlenden Farben des Glücks leuchten. Hymnische Stellen aus dem Meßbuch, dem Buch, das sie am allerbesten kannte, klangen ihr in den Ohren – Erhebet die Herzen . . . Wir haben sie beim Herrn . . . oh, diese wunderbaren Worte, die wunderbare Welt, die Wunder und das Licht des Lebens!

»Als der Satan«, sagte Herr Dremmel, der das Getreide zu beiden Seiten des Weges mit wachsender Niedergeschlagenheit gemustert hatte, »unseren Erlöser auf einen hohen Berg führte, um ihn dadurch zu versuchen, daß er ihm die Königreiche der Welt bot, da muß er verflixt aufgepaßt haben, daß er Kökensee unter seinem Schwanz versteckt hat, weil es so armselig ist und so häßlich.«

»Ach – der Satan«, erwiderte Ingeborg und zuckte voll Verachtung die Schulter, und ihr Gesicht strahlte noch von dem, was sie gerade gedacht hatte.

Sie wandte sich ihm zu und lachte: »Was das ist, kann aber kein Teufel wissen«, sagte sie, schob ihm die Hand unter den Arm und reckte ihm das Gesicht in einer Art stolzem Mutwillen entgegen.

Er lächelte zu ihr hinab. »Mein kleiner Schatz«, sagte er, und es wurde ihm ganz klar und bewußt, was für ein strahlendes Wesen er gewonnen und nun zu sich heimgeführt hatte.

Der Wagen rollte mit einer letzten Anstrengung des Gespanns

durch eine Öffnung zwischen zwei Katen vom sandigen Feldweg auf die gepflasterte Dorfstraße, holperte zwischen verschiedenen Schlaglöchern hindurch zu einem offenen Tor auf der anderen Seite. Da war ein Hof mit Schuppen, einem Pflug, einem Misthaufen, einigen Gänsen und Hühnern, einem Schwein, den beiden Lindenbäumen und zwischen den beiden Lindenbäumen, hinter einem Drahtzaun, ein einstöckiges Gebäude wie ein echtes Landhaus, das ihr nun, während sie vorfuhren, Herr Dremmel vorstellte: »Mein Haus«, sagte er mit einer ausholenden Armbewegung.

13

Für Ingeborg folgte eine Zeit überraschenden Glücks. Es war das Glück eines Kindes, das die Schule schwänzt und nun im Grünen herrlich frei von Zwang und Strafe sein Frühstück essen kann. Die Witwe, das ist wahr, trübte ein wenig den Glanz des Anfangs, weil sie sich nur schwer verabschieden konnte. Sie war, wie sie erklärte, die letzte der Witwen des Pastors, die in einer übellaunigen Kette bis zu jenen Tagen zurückreichte, in denen er sprühend vor Jugend nach Kökensee gekommen war, um die Seelsorge zu übernehmen, und weil sie am längsten bei ihm ausgeharrt hatte, mußte sie, das war klar, die beste sein. Sie blieb aus trägem Trotz noch einige Tage unter dem Vorwand im Pfarrhaus, daß sie Ingeborg in den Haushalt einführen müsse, und jedesmal, wenn Herr Dremmel, der sich vor Auseinandersetzungen mit ihr etwas zu fürchten schien, die Abfahrtszeiten von Zügen erwähnte, brach sie in seiner Gegenwart in laute Gebete aus und flehte für ihn darum, daß er niemals erfahren müsse, was es bedeutet, verwitwet zu sein. Schließlich zog sie jedoch aus, und danach herrschte nichts als seliger Frieden.

Ingeborg war jung genug, um eine Haushaltung fast ohne Dienstboten für einen reizenden Spaß zu halten. Herrn Dremmel kümmerte es überhaupt nicht, wann oder was er zu essen bekam. Es war Frühsommer und das reinste Vergnügen, in der Morgenfrühe aufzustehen und in der Küche mit dem Backsteinfußboden herumzuwirtschaften, ehe die Tageshilfe kam – ein Mädchen, das in Kökensee Müllers Ilse genannt wurde –, den Wasserkessel aufs Feuer zu stellen, den Kaffee zuzubereiten und einen hübschen kleinen Frühstückstisch irgendwo im Garten zu decken und mit frisch gepflückten Blumen zu schmücken, das Butterstück auf frische Blätter zu legen und das Honigglas so hinzustellen, daß sich ein Sonnenstrahl, der durch das Laub brach, gerade darin fing und es in ein Wunder aus goldenem Licht verwandelte. Ein Frühstückstisch wie aus einem Bilderbuch, und Herr Dremmel pflegte wie eine Naturkatastrophe über seine zerbrechliche Schönheit hereinzubrechen, und nach ein paar erdbebenartigen Augenblicken waren nur Krümel und Kaffeeflecken übrig. Dann pflegte er sich die Gamaschen zu wickeln und mit Johann zu seinen Versuchsfeldern davonzumarschieren, während Ingeborg sich eifrig ihren Tagespflichten widmete.

Sie konnte sich zuerst nicht mit Ilse verständigen, einem stämmigen Mädchen mit überraschend dicken Beinen, denn obgleich sie immer mit einer deutschen Grammatik in der Hand herumlief, mußte sie feststellen, daß nichts von dem, was sie gelernt hatte, dazu ausreichte, um zu sagen, was sie wollte. Ilse, immer in kurzen Röcken, trug niemals Strümpfe, und als ihr Ingeborg durch Gesten und durch das Vorzeigen von Strümpfen zu erklären versuchte, daß es gut wäre, solche anzuziehen, erhob Ilse ihre Stimme und sagte, sie hätte kein Geld, um sich damit einen Mann zu verschaffen, aber Gott sei Dank diese beiden schönen Beine, und wenn die Frau Pastor verlangte, daß sie sich versteckte und damit ihre Chancen verlöre, dann solle sich die Frau Pastor doch lieber ein Dienstmädchen mit krummen oder dürren Beinen suchen, ein Mädchen, das sie sich aus diesen Gründen nur zu gern verhüllte. Ingeborg, die kein Wort verstanden hatte, wohl aber einen starken Widerstand spürte, lächelte wohlwollend und legte die Strümpfe fort, und Ilses Beine blieben nackt. Sie arbeiteten in großer Eintracht zusammen, weil sie sich nicht streiten konnten.

Und weil sie sich auch nicht unterhalten konn ten, sangen sie miteinander. Ingeborg sang Kirchenlieder, weil sie nichts anderes auswendig konnte, und Ilse sang mit lauter Stimme endlose Balladen, wobei sie mit einer Art getragenem Geheul eine Strophe auf die andere folgen ließ. Selbst die Gänse hielten auf ihrem Weg zum Teiche inne und lauschten.

Die Hauptmahlzeit, die Ingeborg aus Bequemlichkeit in einem einzigen Topf zubereitete, kochte friedlich und leise ab zwölf Uhr auf dem Herd vor sich hin. Jeder, der Hunger verspürte, bediente sich davon. Man warf Kartoffeln und Reis hinein und etwas Fleisch und Mohrrüben und Kohl und Fett und Salz, und fertig war die Laube. Worin bestanden nur diese geheimnisvollen Schwierigkeiten eines Haushalts, grübelte sie, über die die Leute immer mit dem Kopf schüttelten? Ihre Mahlzeiten waren immer nahrhaft, schmeckten besonders gut, wenn man Hunger hatte, und sie blieben anständig heiß. Sie blieben so heiß wie ein Breiumschlag, und als Ilse einmal das Mißgeschick hatte, von einer Wespe in eine ihrer strammen Waden gestochen zu werden, ergriff Ingeborg geistesgegenwärtig den Kochtopf, leerte ihn in ein sauberes Leintuch und band dieses um die geschwollene Wade. Als nun gegen zwei Uhr Herr Dremmel auftauchte und sein Essen haben wollte, an jenem Tag zufällig besonders hungrig, wurde ihm gesagt, es befände sich an Ilses Bein und er müsse mit Butterbroten vorliebnehmen. Er konnte nicht umhin, Ingeborgs Tüchtigkeit zu bewundern, aber er mußte erst ein paar Butterbrote verschlingen, ehe er ihr auf die Schulter klopfen und »Mein kleiner Schatz!« sagen konnte.

Es war eine geschäftige und glückliche Zeit. Jede Minute des Tages war erfüllt. Es war Leben aus erster Hand, nicht durch das Medium der Dienstboten gefiltert und seiner elementaren Frische beraubt. Welche Wonnen hatte das Leben zu bieten, die diese noch übertreffen konnten: eine kleine Küche ganz für sich zu haben, wirklich Herrin über jeden Winkel des Hauses zu sein, das Entstehen der Gerichte von Anfang an zu verfolgen, hinaus in den Garten zu laufen und alles aus der Erde zu ziehen, was man in diesem Augenblick gerade haben wollte, an der Hintertür zu stehen, den Rock voller Körner und die eigenen Hühner herbeizulocken und zu füttern, selber die Eier zu suchen, die komischen kleinen düsteren Stuben mit Blumen zu füllen und den steingepflasterten Gang für einen Läufer auszumessen, den sie demnächst in dem einzigen Teppichgeschäft bestellen wollte, zu dem sie Vertrauen hatte und das in Redchester war. Vieles war etwas unordentlich, aber was spielte das für eine Rolle? Man konnte auch der Sklave der Dinge werden, konnte das Leben vor lauter Vorbereitungen für das Leben versäumen.

Und das Wetter war so herrlich – das fand wenigstens Ingeborg. Die Sonne brannte so heiß wie nie, der Wind ging so kühl, und nachts funkelten die Sterne so hell und klar. Es ist wahr, wenn Robert des Abends als letztes den nackten Himmel musterte und morgens als erstes auf das Thermometer vor dem Fenster starrte, dann sagte er, das sei ein wahres Teufelswetter, und wenn es nicht bald Regen gäbe, dann seien all seine Düngemittel, all seine Mühen und all seine Ausgaben für nichts und wieder nichts vergeudet. Das warf zwar jeden Morgen für einen Augenblick einen leisen Schatten auf ihre Freude, schmälerte aber nicht ihr Entzücken über das Licht. Wenn sie zum Beispiel draußen im Garten war, unten jenseits der Linden an seiner Grenze, wo man in der Lücke der Fliederhecke stehen und geradewegs auf die Roggenfelder blicken konnte, diese endlosen Roggenfelder, Wellen und Wogen, zartes Grau, zartes Grün, gleißend im Sonnenlicht, dunkler unter einer Wolke, rastloses Auf und Ab, weiter und weiter, bis sie am Ende der Welt auf den Horizont trafen, nur gehalten vom eigenen Schwung – wenn sie dort draußen war, die Hand vor Augen, um sie vor der zu blendenden Helle zu schützen, wie konnte sie mit irgend etwas hadern? Was konnte sie tun außer schauen und sehen, daß alles gut war? Ach, es war wirklich gut. Sie hätte am liebsten das Te Deum gesungen oder das Magnificat, am allerliebsten aber jene Hymne: Wir loben dich, wir preisen dich, wir beten dich an, wir danken dir für deine großen Gnaden ...

Immer wenn sie eine halbe Stunde erübrigen konnte, wie zwischen Mittagessen und Tee, lief sie hinaus zu den Linden, schritt in dieser Blätterlaube aus Stachelbeersträuchern und Gemüse auf und ab, wobei sie gelegentlich die Gartenblumen streifte, die zwischen ihr und der Rückseite des Hauses in der Sonnenhitze lagen, und paukte deutsche Vokabeln. Sie lernte sie aus ihrer Grammatik, sagte sie wieder und wieder laut und mechanisch auf, während ihre Gedanken in die Zukunft tanzten, aus der unmittelbaren Zukunft der Pläne für morgen zu der Zukunft eines Nachmittags, vielleicht im Boot zwischen den Weiden, vielleicht mit ein paar Ruderschlägen bis dorthin, wo der Wald begann, und dann zu der unbestimmten, aber verantwortungsschwereren Zukunft der nächsten Monate, wenn sie das Deutsche beherrschte und endlich anfangen konnte, sich um die Armen zu kümmern und sie in der Gemeinde zu besuchen und sich mit den Bauernfamilien anzufreunden und endlich eine richtige Pastorenfrau zu werden. Sie wünschte sich ganz besonders, ihrer Schwiegermutter näherzukommen. Das schien ihr die vornehmste Pflicht zu sein. Unermüdlich trottete sie hin und her und wiederholte die deutschen Wörter für Riesen, Regenschirme, Schlüssel, Brille, Wachs, Finger, Donner, Bärte, Prinzen, Ruderboote und Schultern. Unablässig bewegten sich ihre Lippen, während ihre Augen den Vögeln folgten, die in die Fliederhecke hineinschlüpften und wieder herausflatterten und die dort zwischen den Bröseln herumhüpften, wo sie gefrühstückt hatten. Und zwischen all ihren Riesen, Regenschirmen, Schlüsseln, Brillen und Wachs gelang es ihr, kein einziges Wort der Goldammern zu verpassen, die sich die heiteren Strophen und Kehrreime ihres Liedes zuzwitscherten: ein kleines bißchen Brot und kein bißchen Miiiiilch.

Um vier pflegte sie wieder hineinzugehen und etwas Kaffee nach der einfachsten Methode zuzubereiten, indem sie das Kaffeemehl mit kochendem Wasser vereinigte und sich beides friedlich in der Kanne auf der Matte vor Herrn Dremmels verschlossener Tür setzen ließ. Wenn Herr Dremmel nämlich erst einmal in seinem Laboratorium war, wünschte er nicht gestört zu werden, und so huschte sie auf Zehenspitzen den Gang entlang und biß sich vor lauter Konzentration auf die Unterlippe, daß nichts auf dem Tablett klapperte und klirrte und an seine Ohren drang.

Wenn er im Hause war, wurde nicht gesungen. Sie hatte es so arrangiert, daß Ilse in dieser Zeit ihre Arbeiten außerhalb des Hauses erledigte – das Hühnerhaus ausmisten, die Kuh melken, ob sie nun gemolken werden wollte oder nicht, und das Schwein versorgen. Johann war den ganzen Tag lang draußen auf den Versuchsfeldern, und Ilse stapfte mit ihren nackten Beinen durch das Durcheinander auf dem Hof herum und freute sich ihres Lebens, denn sie konnte machen, was sie wollte, keiner schimpfte mit ihr, und der Hof war nur durch einen niedrigen Holzzaun von der Dorfstraße getrennt, und wenn die jugendfrische Männerwelt von Kökensee vorüberkam, konnte sie stehenbleiben und sich auf den Zaun lehnen und von ihrer Art und Weise, das Schwein zu verwöhnen, auf die Annehmlichkeit der Verwöhnung schließen zu lassen, die auf ihren Ehemann wartete.

Um sieben ging Ilse heim, und Ingeborg bereitete ein Abendbrot zu, das dem Frühstück so sehr ähnelte, daß niemand hätte wissen können, ob es Morgen oder Abend war, außer daß der Sonnenstrahl aus Westen und nicht aus Osten in den Honig fiel und es außerdem noch Käse gab. Bei dieser Mahlzeit war Herr Dremmel, den Kopf noch voll von Düngemitteln, meist in einem Zustand völliger Abwesenheit. Er trank seinen Kaffee, der ihn wieder kräftigte und beruhigte, und verschlang dicke Käsebrote in undurchdringlichem Schweigen. Ingeborg warf den Vögeln Brotkrumen hin und schaute zu, wie der Himmel am Rande der Welt zuerst in einem ungeheuren Rot entflammte, dann verblaßte und dann in einem klaren Grün aufleuchtete; und lange nachdem die Schatten unter den Lindenbäumen schon schwarz geworden waren und die Sterne und die Fledermäuse herausgekommen waren und die Frösche unten in den Binsen am Teich und das gelegentliche Kreischen der Dorfpumpe die einzigen Geräusche waren, die man in dieser ungeheuren Lautlosigkeit vernahm, pflegten sie immer noch dort sitzen zu bleiben, Herr Dremmel schweigend mit Rauchen, Ingeborg schweigend mit ihren Plänen beschäftigt.

Manchmal stand sie auf und ging zu ihm hinüber und beugte ihr Gesicht dicht zu seinem hinab und versuchte, ihm im Dunkeln in der Seele zu lesen. »Der Lärm, den du machst . . .«, sagte sie dann, hauchte ihm einen Kuß übers Haar; so sehr gewöhnt einen die Ehe an Dinge, die man sich nicht hätte träumen lassen, und er tauchte aus seinen Gedanken auf und lächelte und tätschelte ihr die Schulter und sagte ihr, sie sei ein braves kleines Weibchen.

Das machte sie stolz. Genau das wollte sie sein – ein braves kleines Weibchen. Sie wollte ihn zufriedenstellen, wollte ihm ebenso nützlich sein wie ihrem Vater in den Tagen vor ihrer Ungnade; eigentlich noch viel hilfreicher und nützlicher, weil er so viel freundlicher war, so lieb. Für diese außergewöhnliche Seligkeit, für diesen köstlichen Schutz vor Mißachtung, für diese freien, furchtlosen und wunderbaren Tage wollte sie ihm alles geben, was sie besaß, alles, was sie war, alles, was sie aus sich machen konnte. Gegen zehn Uhr kehrte Herr Dremmel fast immer in sein Laboratorium zurück und arbeitete dort bis nach Mitternacht weiter; sie lag dann in dem merkwürdig kahlen Schlafzimmer am anderen Ende des Ganges so lange wach, wie sie konnte, um nicht zuviel Leben mit Schlafen zu vergeuden, und genoß voller Wonne die zarten süßen Düfte, die von den vielen Blumen des schlummernden Gartens hereinwehten. Und die Sterne schimmerten durchs offene Fenster herein, sie sah das blasse Weiß der Blüten einer Heckenrose vorm dämmernden Vorhang der Nacht. Wenn Herr Dremmel kam, machte er das Fenster zu.

Sonntags wurde alle vierzehn Tage um zwei Uhr ein Gottesdienst gehalten. An den Sonntagen dazwischen wurde Herr Dremmel von Johann zu einem anderen Dorf kutschiert, das drei Meilen entfernt lag, aber noch zu seiner Gemeinde gehörte, und hier hielt er die Predigt, die er in Kökensee am vorhergehenden Sonntag gehalten hatte. In seinen Predigten befolgte er eine rigorose Sparsamkeit, das hatte den Vorteil, daß ein begeisterter Zuhörer – den es freilich nicht gab – nur eine Woche warten und drei Meilen laufen müßte, die größte Strecke freilich im tiefen Sand, um das noch einmal zu vernehmen, was ihn vor einer Woche so erschüttert hatte. Wenn er jedoch ein ganzes Jahr wartete, so konnte der gleiche begeisterte Zuhörer, falls er wieder in die Kirche kam, sich alles noch einmal anhören, denn Herrn Dremmels Predigten waren von eins bis sechsundzwanzig durchnumeriert und so geplant, daß sie am 1. Januar mit der Vorstellung im Tempel begannen und dann in Vierzehntagesprüngen durch das Jahr setzten und in schöner Ordnung mit einer Extrapredigt zu Weihnachten endeten. Selbst wenn ein Gemeindemitglied nicht aufpaßte, so lernte es doch im Laufe der Jahre jede Predigt kennen. Es waren gewichtige Predigten, die je nach Jahreszeit praktische Ratschläge gaben oder im Donnertone zur christlichen Pflichterfüllung mahnten. Eine kam ihm in jedem Jahr zu der Zeit zupaß, wenn das Dreschen begann, das war der Text aus Micha 6,13: »Darum mache dich auf und drisch, du Tochter Zion!« Ein Text, nach dem er mit geduldiger Genauigkeit die neuesten Methoden dieses Vorgangs beschrieb. Dann gab es die jährliche Predigt zu Erntedank über Matthäus 13,26: »Da nun aber die Saat wuchs und Frucht brachte, da fand sich auch das Unkraut.« Immer nach einem neuen Jahr dickköpfiger Weigerung seiner Gemeinde, Kunstdünger zu verwenden. Dann folgte die Predigt über Jeremia 9,20: »Der Tod ist zu unseren Fenstern hereingestiegen und in unsere Häuser gekommen.« Diese Predigt hielt er jedes Jahr an einem der letzten Sonntage nach Trinitatis, wenn der kalte, beständige Herbstregen die schwachen Stellen der Großeltern in seiner Gemeinde herausfand und die Bauern sich davor drückten, den Arzt zu holen, solange sich das nur irgendwie einrichten ließ, weil sie längst herausbekommen hatten, daß es dem Kranken immer wieder gutging, nachdem man erst mal den Arzt gerufen hatte, und daß man den auch noch bezahlen mußte, weshalb sie sich verdrossen fragten, wie man denn leben solle, wenn man dem Tod den Riegel vorschöbe. Und wenn das jährliche Schweineschlachten heranrückte, war die Adventspredigt an der Reihe, über Jesaja 65, der Teil des vierten Verses: »sie . . . essen Schweinefleisch . . .«

Diese Predigt füllte die Kirche. Trotz der schlechten Meinung über Schweine, die sowohl im Alten wie auch im Neuen Testament vorherrschte, wo sie, wie Herr Dremmel auf der Suche nach passenden Textstellen bemerkt hatte, kaum erwähnt wurden, und wenn als Teufelstiere, weckten sie im Leben seiner Gemeinde die einzigen gefühlsähnlichen Regungen, auf jeden Fall die einzigen edlen Empfindungen wie Dank, Liebe, Staunen. Der Bauer, der das rosige Gefäß seiner künftigen Freuden betrachtete, diesen geheimnisvollen Schmelztiegel auf vier Stelzen, in den man jeglichen Abfall und Rest hineinwerfen konnte, den allerletzten Dreck, nach dem nicht einmal sein verhungerter Hund schnappen würde, und der dennoch zu Weihnachten wieder als Wurst auftauchte, konnte nicht umhin, seinem Schwein wenigstens etwas Zuneigung zu zeigen, zumindest ein wenig Hochachtung. Während seine Verwandtschaft krank war und entweder einen Arzt oder eine Beerdigung brauchte, manchmal zu seiner Erbitterung auch beides, und während sie in gesunden Tagen ernährt und gekleidet werden mußten, stapfte sein Schwein rosig und nackt herum, machte keinen Ärger, verursachte keine Ausgaben, verwandelte das in aller Seelenruhe in den Speck künftiger Festmahlzeiten, was im anderen Fall nur ein stinkender Abfallhaufen für Fliegen und Verderbnis gewesen wäre. Herrn Dremmels Schweinepredigt war voll Innigkeit und ortsbezogener Warmherzigkeit. Er übertraf sich selbst, er war großartig. Es war die Predigt des Jahres, in der die Kirche immer bis zum letzten Platz gefüllt war, und es war der Tag, an dem Kökensee spürte, daß der Pastor sein Dorf ganz und gar verstand.

Ingeborg ging fleißig zur Kirche, wann auch immer ein Gottesdienst stattfand. Sie erklärte Herrn Dremmel, sie hielte es als Pastorenfrau für ihre Pflicht, in dieser Sache ein Beispiel zu geben, und er kniff ihr ins Ohr und erwiderte, das könne auch gut für ihr Deutsch sein. Von ihren Pflichten als Pastorenfrau schien er nicht viel zu halten; und als sie vorschlug, sie solle vielleicht damit anfangen, jetzt schon ihre Runde durchs Dorf zu machen und nicht erst darauf warten, bis ihr Wortschatz größer würde, bemerkte er nur, die einzige Pflicht eines kleinen Frauchens bestünde darin, seinen Gatten glücklich zu machen.

»Aber tue ich das denn nicht?« fragte sie zuversichtlich und hielt sich mit beiden Händen an seinem Überrock fest.

»Natürlich. Sieh doch nur, wie schlank ich werde.«

»Aber ich kann doch noch außerdem etwas machen.«

»Kaum etwas Besseres. Nichts, was halb so gut wäre.«

»Aber Robert, das eine schließt doch nicht das andere . . .«

Herr Dremmel hatte schon wieder aufgehört, ihr zuzuhören. Seine Gedanken waren schon wieder fortgeglitten. Sie schien sich in seinem Bewußtsein auf einem Hügel zu befinden, den er gelegentlich erklomm, um sie zu liebkosen. Bei diesen Stippvisiten versuchte sie eifrig, ihn mit Worten und Fragen festzuhaken, so daß er länger blieb, doch schon wenn sie noch an ihm hing, wurde sein Blick abwesend und glitt in die Ferne, und sie blieb zurück und blickte ihm über den Hügelrand nach, erfüllt mit einer merkwürdigen Mischung aus Zuneigung, Achtung vor seiner Arbeit, Stolz auf seine Leistung und Amüsement.

Man könnte genauso versuchen, dachte sie, Wasser in einem Sieb zu schöpfen; und dann lachte sie und kehrte zu dem zurück, mit dem sie sich gerade beschäftigt hatte, beseligt von diesem Idealzustand, dieser perfekten Unabhängigkeit voneinander, dieser grenzenlosen Freiheit, genau das zu tun, was einem behagte. Und die unermeßliche Zeit, über die sie verfügte! Wie köstlich war diese Muße nach dem vollgestopften Terminkalender zu Hause im Arbeitszimmer ihres Vaters. Wenn sie erst einmal die ersten Schwierigkeiten mit der deutschen Sprache bewältigt hatte und sich ihr nicht mehr den größten Teil des Tages widmen mußte, wollte sie Bücher aus England kommen lassen und lesen; alles, was sie immer hatte lesen wollen, aber nicht hatte lesen dürfen. Ach, wie herrlich, verheiratet zu sein, dachte Ingeborg und schlug die Hände zusammen, dieser Reichtum an Freiheit! Sie wollte des Morgens mit dem Ruderboot voller Bücher aufbrechen und lange lässige Stunden im Wald verbringen, auf dem grünen elastischen Teppich der Bickbeeren liegen und lesen. Sie wollte mit großem Fleiß daran arbeiten, ihren leeren Geist zu füllen. Sie wollte ihm mit großer Strenge die Sprunghaftigkeit abgewöhnen.

Alle Bücher, die sie besaß, hatte sie mitgebracht und im Wohnzimmer verteilt: die Hochzeitsgeschenke, die ihr Hardy und Meredith und Kipling und Tennyson und Ruskin beschert hatten, dazu ihre eigenen Bücher, die aus ihrer Mädchenzeit stammten. Das waren nur drei: Das ›Christliche Jahr‹, das sie zur Konfirmation von ihrem Vater bekommen hatte, die Gedichte von Longfellow, die sie zum achtzehnten Geburtstag von ihrer Mutter erhalten hatte, und ›Tulipe Noire‹ von Dumas, was sie als Preis für Französisch gekriegt hatte, weil Judith diese Sprache nicht beherrschte, und zwar in einem Sommer, in dem eine französische Gouvernante in den Palast eingeführt worden war, was der Bischof im nachhinein als unbedacht bezeichnet hatte. Die Dame war nach kurzer Zeit wieder behutsam aus dem Bischofspalast entfernt worden, wonach ihr Zimmer peinlich genau von Richard desinfiziert wurde, der in jedem Winkel stöberte, aber nichts außer einem Buch in einem gelben Schutzumschlag entdeckte, ›Bibi et Lulu: Sittenbild des Montparnasse‹, und selbst das war nicht in ihrem Zimmer gewesen, sondern in dem von Judith unter einem Berg Strümpfen.

Herr Dremmel hob eines der Hochzeitsgeschenke auf, als ihm die Bücher zum ersten Mal im Wohnzimmer auffielen, und schlug es auf. Es war ›The Shaving of Shagpat‹.

»Tz, tz«, sagte er nach einer Weile und legte es wieder hin.

»Wieso, Robert?« fragte Ingeborg, begierig, zu erfahren, was er dachte.

Aber er tätschelte sie nur geistesabwesend, schon wieder in anderen Regionen der Wirklichkeit, den Regionen, in denen sein Hirn unablässig an allen nur möglichen chemischen Kombinationen arbeitete und seine Frau so vollkommen vergaß, daß es ihn manchmal selber wunderte. Er fand es jedoch immer erfreulich, wenn er sich bei der Rückkehr aus seinen Gedanken ihrer wieder erinnerte.

Sie bat, seine Versuchsfelder gezeigt zu bekommen, und an einem glühendheißen Morgen nahm er sie bereitwillig mit und versprach ihr, alles zu erklären; aber sowie er sie erreicht hatte, schweiften seine Gedanken ab. Und nachdem sie eine Stunde lang am Rande eines Lupinenstreifens unter einer mickrigen kleinen Föhre, die in dieser gleißenden Hitze das einzige bißchen Schatten spendete, auf einem Stein gesessen und ihm zugeschaut hatte, wie er mit Johann die Furchen abschritt und jede einzelne

Pflanze prüfte, schien es ihr vernünftig zu sein, nach Hause zu gehen und das Mittagessen vorzubereiten, und nachdem sie ihm zum Abschied zugewinkt hatte, was er gar nicht bemerkte, ging sie fort.

Ein oder zwei Tage später fragte sie, ob es nicht gut und nett wäre, wenn seine Mutter bald einmal zum Tee zu ihnen käme.

Er erwiderte freundlich, es sei weder gut noch nett.

Sie fragte ihn, ob es nicht ihre Pflicht sei, sie einzuladen. Er dachte darüber nach und erwiderte: »Vielleicht.«

Sie sagte, er müsse seine Mutter doch lieben.

Er erwiderte sofort: »Nein.«

Da ging sie zu ihm und setzte sich auf seine Knie und faßte ihn bei beiden Ohren und zog seinen Kopf in die Höhe, damit er sie anschauen konnte.

»Aber Robert«, sagte sie.

»Ja, mein Schäfchen?«

Seit ihrer Hochzeit hatte er instinktiv damit aufgehört, sie als Lämmchen zu bezeichnen. Das Universum, das sie für eine Weile auf nichts als eine Bühne für ein kleines weibliches Ding hatte reduzieren können, hatte sich wieder in seine alte Ordnung gefügt; das Lamm war ein Schaf geworden – ein kleines Schaf, das aber nicht mehr und nie wieder ein Lamm sein konnte. Er war froh, daß er so leidenschaftlich verliebt gewesen war. Er war froh, daß er sofort das Heilmittel der Ehe angewandt hatte. Seine Zuneigung zu seiner Frau war völlig befriedigend: Sie war ruhig, sie war tief, sie kam nichts anderem in die Quere. Sie nahm die ehrenvolle Position ein, mit der er selbst in seinen stürmischsten Momenten gerechnet hatte, die Position nämlich, die ihm im Leben am teuersten war und die gleich nach dem Dünger kam. Sein Haus, so lange vermufft von Witwen, war durch sie zu einem heiteren Ort geworden. Poetisch ausgedrückt kam sie ihm wie ein kleiner emsig herumflatternder Vogel im Frühling vor. Es erfüllte ihn immer mit Freude, wenn sie angeflogen kam und sich auf seinen Knien niederließ.

»Nun, mein Schäfchen?« fragte er und lächelte sie an, während sie ihm forschend in die Augen schaute.

Ihr Gesicht war so aus der Nähe in jeder feinen Einzelheit, in seiner jugendlichen Farbe und Frische bezaubernd. Beim Blick in ihre Augen stellte er wieder mit Befriedigung fest, wie klug sie waren. In einer kleinen Weile würden stämmige Buben im Garten herumkrabbeln und genau die gleichen Augen haben, grau und aufrichtig und klug. Seine Söhne. Die die Arbeit, die er begonnen hatte, sehr viel erfolgreicher fortführen würden.

»Ja, mein Schäfchen?« fragte er, plötzlich gerührt.

»Muß man seine Mutter nicht lieben?« fragte sie.

»Vielleicht. Aber man tut es nicht immer. Oder tust du's?«

»Ach, arme Mutter«, sagte Ingeborg rasch.

Ihre Mutter, so weit entfernt, wurde bereits eine ziemlich trübselige und ganz zärtliche Erinnerung. All diese Tage und Jahre auf einem Sofa, und all diese Tage und Jahre, die noch kamen. Jetzt wußte sie besser, nachdem sie selbst geheiratet hatte, was es bedeuten mußte, mit einem Bischof vermählt zu sein, zwanzig Jahre lang mit einem echten unverfälschten Bischof. Über das Sofa wunderte sie sich gar nicht mehr. Sie hatte volles Verständnis dafür und Mitgefühl.

»Am Anfang tut man es wohl zweifelsohne«, sagte Herr Dremmel.

»Und hört dann auf damit. Werden dazu all die Kinder geboren, daß sie aufhören sollen, uns zu lieben?«

Da wurde er vorsichtig. Er hatte vom Allgemeinen und vom Individuellen gesprochen. Von vielen Müttern und von einigen Müttern. Von den Müttern der gegenwärtigen Generation – er nannte sie Gewesene – und von den Müttern der Generation, die noch geboren werden mußten – er nannte sie die Werdenden –, und nach einer Weile, während sie immer noch rätselhaft stumm auf seinen Knien saß, entwickelte er wieder Zuneigung zu seiner Mutter, erklärte, sie sei vermutlich immer dagewesen, aber wie viele andere gute Gaben des Lebens in geschäftigen Zeiten, wenn ein Mann keine Zeit mehr fand, sich darum zu kümmern, ein wenig verstaubt und eingeschlafen; jetzt aber fand er, ja, er erkannte es ganz genau, daß es hervorragend wäre, sie zu drängen, so bald wie möglich herüberzukommen und einen Nachmittag zu bleiben – oder vielleicht lieber einen Vormittag.

»Aber morgens bist du doch gar nicht hier«, sagte Ingeborg.

»Ah – das stimmt. Ich bin aber zum Mittagessen da.«

»Da weiß aber niemand, wann das ist.«

»Ich könnte vielleicht einmal früher kommen.«

So kam es, daß die ältere Frau Dremmel als Witwe des traditionellerweise hochgeschätzten Vaters ihres treulosen Sohnes, die ihren Stolz zu wahren hatte und es sich deshalb niemals hätte gestatten können, das zu unternehmen, was sie in ihren Grübeleien den ersten Schritt nannte, etwa sieben Wochen nach der Hochzeit die Schwelle des Hauses ihrer Schwiegertochter überschritt.

14

Der Besuch sollte am kommenden Freitag um vier Uhr stattfinden, denn Ingeborg zog die Stimmung des Nachmittags der Wärme wegen allem vor, was man vom Vormittag erwarten konnte, und Johann fuhr nach Meuk, um Frau Dremmel rechtzeitig abzuholen. Es sollte zuerst einmal Tee im Garten geben, weil Tee Barmherzigkeit und Nächstenliebe fördert, und danach, mit Hilfe eines Wörterbuches, Konversation. Ingeborg hatte Zeit genug gehabt, um über ihre Schwiegermutter nachzudenken, und ihr Entschluß stand fest, daß sie keine künstliche Barriere wie zum Beispiel die Sprache daran hindern sollte, eine herzliche Beziehung zu entwickeln. Zur Not konnte sie die deutschen Wörter für Riesen, Regenschirme, Schlüssel und Brillen zur Gesprächseröffnung in einem Satz unterbringen und damit ihre Schwiegermutter prüfen; und wenn Frau Dremmel auf diese Gegenstände nur schwach reagierte, konnte sie zu Wachs, Fingern, Donner und Bärten übergehen und mit Prinzen, Boten und Schultern schließen. Das wären dann schon drei Sätze. Damit, so mußte sie denken, platzten sie fast vor Möglichkeiten zu interessanten Gesprächen. Sie bekäme auf jeden Fall drei Antworten; und weil sich Frau Dremmel ja in ihrer eigenen Sprache bewegen konnte, würde sie das Gesagte erweitern. Dann konnte Ingeborg ihr Wörterbuch öffnen und die fremden Begriffe der Erweiterung nachschlagen, und wenn sie diese entdeckt hatte, würde sie zurücklächeln, verständnisvoll und zuvorkommend.

Dies alles, vermutete sie, würde mitsamt dem Teetrinken etwa fünfzig Minuten dauern. Dann konnten sie im Schatten ein wenig lustwandeln, konnten sich gegenseitig auf die Roggenfelder hinweisen, und daraus ergäben sich dann vielleicht weitere zehn Minuten. Gegen fünf würde Frau Dremmel dann vermutlich um den Wagen bitten, einsteigen und fortfahren. Ingeborg nahm sich fest vor, sie zum Schluß zu küssen, sobald der Besuch das Abschiedsstadium auf der Türschwelle erreicht hatte. Dazu, dachte sie, konnte man sich überwinden. Die Türschwelle war ihr als Bühne für Gefühle wohlbekannt.

Sie und Ilse stürzten sich sofort in Vorbereitungen, die den ganzen Vormittag beanspruchten und sie beide mit der Begeisterung von Kindern erfüllte, die eine Puppengesellschaft vorbereiten. Aber was da ins Haus stand, war eine lebendige Puppe, und sie backten echte Kuchen, die man wirklich essen konnte. Das Gebäck war verschieden in Form und Zusammensetzung, der Kaffee von festlicher Stärke, die Sandwiches sollten elegant und hauchdünn sein, wurden aber unter dem Küchenmesser dick und sperrig – das muß an der kräftigen deutschen Luft liegen, dachte Ingeborg, die verblüfft verfolgte, wie sich die Brotscheiben aufführten – und dann gab es die ersten Stachelbeeren.

Als sie den Tisch unter den Linden gedeckt und mit einem Rosenstrauß vollendet hatte, betrachtete sie ihr Werk voll Bewunderung. Je weiter sie sich davon entfernte, desto entzückender sah es aus. Aus der Nähe betrachtet war es auch sehr attraktiv, wirkte aber eher wie die Traumvorstellung eines Teetisches bei Schulfesten. Vielleicht, dachte sie, war das Angebot zu groß, vielleicht lag es an den zu gewaltig geratenen Sandwiches. Aber unten vom Ende des Gartenweges aus sah der Tisch so bezaubernd aus, daß sie ihn am liebsten aquarelliert hätte – die großen Bäume, das gedämpfte Sonnenlicht, der Blick auf die alte Kirche auf der einen Seite und auf der anderen zum Teich, der sich in die

Wiese schmiegte, und dann in der Mitte so wunderhübsch gedeckt, so traumhaft sauber und frisch gewaschen der Tisch ihrer ersten Teegesellschaft.

Frau Dremmel erschien in einer schwarzen Trauerhaube, an der vorn eine malvenfarbene Blume steckte, um anzudeuten, daß zehn Jahre dazu beigetragen hatten, ihren Kummer zu lindern. Als ihr Sohn den Wagen über die Pflastersteine und die Schlaglöcher der Dorfstraße heranrattern hörte, kam er aus seinem Laboratorium und stand an der Tür, um ihr herauszuhelfen. Er war in tiefes Schweigen versunken, denn er war mitten aus dem Zählen und Wiegen von Getreidemustern herausgerissen worden, verschieden behandelte Roggensorten, und er würde später mit der letzten Schale noch einmal von vorne beginnen müssen. Neben seiner Schweigsamkeit sah Ingeborg in ihrem weißen Kleid und den Schnallenschuhen ihrer Kindheit, Sonnenlicht auf der sommersprossigen Haut und dem bloßen Hals, die Lippen zum Begrüßungslächeln gekräuselt, wie ein Kind aus. Auf jeden Fall wirkte sie nicht wie eine Ehefrau und am allerwenigsten wie die Ehefrau eines deutschen Pastors.

Frau Dremmel ließ wieder wie an jenem Tag in Meuk ihre Augen langsam über Ingeborgs ganze Gestalt wandern, während sie den abwesenden Kuß ihres Sohnes empfing; sie sagte aber nichts, nur »Guten Tag« zu ihrem Sohn, duldete es aber, daß Ingeborg ihre beiden Hände schüttelte, die in schwarzer Baumwolle steckten, wie es sich für eine Witwe schickte.

»Sag doch was, Robert«, murmelte Ingeborg, »sag doch, wie ich mich freue. Sag ihr all das, was ich sagen würde, wenn ich es sagen könnte.«

Herr Dremmel starrte seine Frau einen Augenblick an und versuchte seine Gedanken zu sammeln.

»Warum soll man etwas sagen?« fragte er. »Sie ist eine einfache Frau. Sie ist nicht mehr jung. Meine Frau«, sagte er zu seiner Mutter, »möchte, daß ich dich in ihrem Namen willkommen heiße.«

»Ach«, antwortete Frau Dremmel.

Ingeborg begann, sie durch den Gang zur Hintertür und zum

Garten zu führen. Frau Dremmel drehte jedoch auf der halben Strecke ab und marschierte ins Wohnzimmer.

»Oh, doch nicht hier«, rief Ingeborg, »wir wollen den Tee im Garten trinken, Robert, sag ihr doch bitte –«

Als sie sich aber hilfesuchend umschaute, merkte sie, daß Robert verschwunden war, und hörte nur noch das Geräusch eines Schlüssels, der sich im Schloß drehte.

Frau Dremmel hatte unterdessen vom Wohnzimmer Besitz ergriffen. Ehe sie daran gehindert werden konnte, hatte sie sich auf dem Sofa aufgepflanzt. »Aber Tee«, sagte Ingeborg und lief gestikulierend hinter ihr her, »Tee, wissen Sie. Da draußen – im Garten –«

Sie deutete zur Tür, und sie deutete zum Fenster. Frau Dremmel zog langsam die Handschuhe aus und rollte sie zusammen, zog die Schleifen ihrer Trauerhaube auf und schaute zur Tür und zum Fenster und wieder auf ihre Schwiegertochter, rührte sich aber nicht. Da beugte sich Ingeborg in einem Aufwallen heiterer Herzlichkeit und in der festen Überzeugung, daß gefühlvolle Gesten alles sagen, wenn Worte fehlen, über die Gestalt auf dem Sofa und schloß sie in die Arme. »Willst du nicht mitkommen?« fragte sie; setzte noch den Satz hinzu, den sie sich besonders bemüht hatte, auswendig zu lernen: »Liebe Schwiegermutter?«, lächelte weiter und zupfte sie – freilich recht schüchtern, als sie sie wirklich berührte, und mit klopfendem Herzen – sachte am Ärmel.

Frau Dremmel starrte zu ihr empor, ohne sich zu rühren.

»Liebe Schwiegermutter – Tee – Garten – viel schöner«, sagte Ingeborg, immer noch lächelnd, aber mit glühendem Gesicht. Sie konnte sich an kein einziges deutsches Wort mehr erinnern, nur »Liebe Schwiegermutter«.

Endlich bekam sie Frau Dremmel mit Drängen und Locken aus dem Hause und in den Garten und an den Stachelbeerbüschen entlang bis dorthin, wo der Teetisch stand und ein Sessel, auf dem extra für sie ein Kissen lag. Sie ging mit offensichtlichem Widerstreben. Sie hörte nicht auf, ihre Schwiegertocher anzustarren. Ihr Blick konzentrierte sich ganz besonders auf ihre

Füße. Ingeborg versuchte sie zu verstecken, als ihr das auffiel, aber man kann schlecht Füße verbergen, mit denen man geht, und als sie sich hinsetzte, um den Kaffee einzugießen, merkte sie, daß ihr kurzer Rock erst recht nichts von dem verhüllen konnte, was unterhalb ihrer Knöchel lag.

Sie wurde nervös. Sie verschüttete die Milch und ließ einen Teelöffel fallen. Neben der steinernden Figur im Sessel kam sie sich schrecklich zapplig und unbeherrscht vor. Die Wange, die sie ihrer Schwiegermutter zuwandte, war heiß und rot. Sie wußte genau, daß ihre Schwiegermutter das registrierte, und das ließ die Röte noch brennender werden. Wenn sie nur, flehte Ingeborg insgeheim, woanders hinschauen oder etwas sagen würde. Frau Dremmels Augen hinter dem Tassenrand wanderten jedoch unablässig auf und ab und kreuz und quer über dieses seltsame Geschöpf, das ihr Sohn geheiratet hatte. Der Rest blieb völlig regungslos. Ingeborg hatte in ihrer Nervosität schon drei Tassen schwarzen Kaffee getrunken, ehe Frau Dremmel mit einer halben fertig war. Schließlich schoß ihr ein deutsches Wort durch den Kopf, an das sie sich sofort klammerte. »Schön, wunderschön«, rief sie und machte mit den Armen eine umfassende Geste.

Einen Augenblick lang löste Frau Dremmel die Augen von dem warmen und bebenden Körper ihrer Schwiegertochter, um zu sehen, wohin sie deutete, konnte aber nichts Besonderes erkennen und ließ den Blick zurückkehren. Sie hatte nichts zur Landschaft zu sagen. Ihre Miene blieb völlig ungerührt, und Ingeborg begriff, daß die Roggenschläge wohl nicht zur Unterhaltung dienen konnten.

Sie konnte aber nicht noch einmal »Schön« sagen, und so verlief die Mahlzeit in Schweigen. Frau Dremmels Eßmethode bestand darin, daß sie von allen Kuchenstücken einmal abbiß und sie dann sofort wieder hinlegte. Das kränkte Ingeborg, die ihre Kuchen besonders gut geraten fand. Um Frau Dremmels Platz herum – sie hatte sich den Sessel dicht an den Tisch gezogen – häuften sich die angebissenen und abgelegten Kuchenstücke. Dafür verschlang sie zahlreiche Sandwiches, die ihr auch das einzige

Wort entlockten, das sie während der ganzen Teemahlzeit zu Ingeborg sagte. »Fleisch«, sprach Frau Dremmel, löste die Augen einen Augenblick lang von Ingeborg, richtete sie auf die Sandwiches, die ihr angeboten wurden, und lüftete mit einem schmuddeligen forschenden Zeigefinger den Teil von jedem Sandwich, den man als Deckel bezeichnen kann.

»Ja, ja«, beeilte sich Ingeborg zuzustimmen, von diesem schwachen Lebenszeichen ganz hingerissen.

Es blieb jedoch das einzige. Danach senkte sich ein vollkommenes und undurchdringliches Schweigen auf Frau Dremmel. Sie sagte auch nichts zu ihrem Sohn, als er nach einer halben Stunde auftauchte und den Kaffee suchte, nachdem er sich vergebens auf seiner Fußmatte umgeschaut hatte. Ihre Erziehung verbot ihr, bei ihrer ersten Visite nach seiner Eheschließung und in seinem eigenen Hause die unangenehmen Wahrheiten von sich zu geben, die den vernachlässigten Müttern so leicht über die Lippen quellen; und abgesehen davon hatte sie ihm nichts zu sagen. Herr Dremmel erwartete auch nichts. Seine ständig arbeitenden Gedanken ließen ihm nur Raum für einfache Schlichtheit. Er war hungrig, also aß er; durstig, also trank er. Die schweigende Gestalt am Tisch, deren Gegenwart Ingeborg mit jeder Faser ihres Wesens empfand, rief in ihm nicht den Hauch eines Gefühls hervor.

»Robert – sag doch deiner Mutter, daß ich mich wirklich gerne mit ihr unterhalten würde, wenn ich es nur könnte«, sagte Ingeborg und preßte die Hände im Schoß zusammen und drehte und knäulte ihr Taschentuch. Auf ihren Oberlippen standen winzige Perlen. Die Löckchen an ihren Schläfen waren ganz feucht.

Er warf einen Blick auf seine Mutter, die stocksteif in ihrem Sessel saß, und sie schwenkte ihre Augen sofort auf ihn und nahm ihn unverwandt in den Blick.

»Kleinchen«, sagte er, »ich habe dir gesagt, sie ist eine einfache Frau, sie ist nichts gewohnt, und sie versteht auch nichts von gesellschaftlichem Schliff. Sei selber schlicht und einfach, dann ist alles gut.«

»Aber ich bin doch schlicht und einfach«, protestierte Ingeborg, »ich bin dumm; ich bin ein unbeschriebenes Blatt; wie kann ich denn noch einfacher sein?«

»Dann ist ja alles gut. Gib mir Kaffee.«

Er aß und trank in Schweigen, dann stand er auf, um wieder fortzugehen.

Frau Dremmel schaute ihn an und sagte keinen Ton.

»Will sie den Wagen?« fragte Ingeborg.

»Sie will hinein«, antwortete Herr Dremmel.

»Ins Haus?«

»Sie sagt, sie mag keine Mücken.«

Er drehte sich um und ging ins Haus. Es blieb nichts anderes übrig, als ihm zu folgen. Als sie die Hintertür erreichten, schlug die Uhr auf dem Kirchturm fünf, aber mit einem Blick auf das ausdruckslose Gesicht ihrer Schwiegermutter merkte Ingeborg, daß ihr dieses Geräusch nichts bedeutete. Sie folgte ihr ins Wohnzimmer und schaute hilflos zu, wie sie sich wieder aufs Sofa pflanzte.

Als die Uhr halb sechs schlug, saß sie immer noch da. Sie schien auf etwas zu warten. Worauf wartete sie wohl? fragte sich Ingeborg, deren Taschentuch unterdessen die Form einer festen Kugel in ihren nervösen Händen angenommen hatte. Es war unmöglich, sich zu rühren, es war unmöglich, mit ihr zu sprechen. Starr und steif saß sie da, die Augen musterten die Stube und jeden Gegenstand darin, ohne auch nur für eine Sekunde die Bewegungen ihrer Schwiegertochter außer acht zu lassen. Ingeborg griff nach ihrem Wörterbuch und der Grammatik und machte einen letzten verzweifelten Versuch, um daraus eine Brücke zu schlagen, auf der sich ihre Seelen vielleicht doch treffen könnten, aber Frau Dremmel schien nicht einmal den Sinn dieser Anstrengungen zu begreifen und starrte sie nur mit wachsender Verständnislosigkeit an, während ihr Ingeborg einen Satz aus der Grammatik vorlas, der sich mit dem Wetter befaßte, das sie gerade hatten oder nicht hatten. Worauf wartete sie nur? Es schlug sieben, und sie wartete immer noch. Die Uhr in der Stube tickte sich durch die Minuten, und alle halbe Stunde konnten sie die Kirchenuhr schlagen hören. Ingeborg brachte ihr ein Fußbänkchen; brachte ihr ein Kissen; brachte ihr in ihrer Verzweiflung ein Glas Wasser, begann ein zerrissenes Staubtuch zu stopfen; hörte wieder mit dem Stopfen auf; blätterte nervös in der Grammatik herum; vertiefte sich in ihr Wörterbuch, und ununterbrochen beobachtete sie Frau Dremmel. Sie mußte den Drang unterdrücken, ihre Schwiegermutter als ein Gespenst zu betrachten. Um sieben Uhr hörte sie, wie Ilse singend nach Hause ging – glückliche Ilse, sie konnte fort. Kurz darauf versank sie selber in Reglosigkeit, gab auf, saß nun genauso still auf ihrem Stuhl, kein Rot mehr auf den Wangen, blaß und verkrumpelt. Es war allmählich ihre und Roberts Abendbrotzeit. Bald würde es ihre Schlafenszeit sein. Und bald wäre es Morgen. Und dann nächste Woche. Und dann bräche der Winter herein . . . Sollte dieser Besuch denn niemals enden?

Um acht Uhr wurde ihr plötzlich klar, daß das, worauf Frau Dremmel wartete, wahrscheinlich das Abendbrot sein mußte. Das war schrecklich, denn es gab gar keins. Es gab immer nur die Wiederholung von Tee und Frühstück, was das Leben von ihr und Robert so gesund machte. Sie hatte den Besuch nur zum Tee berechnet, hatte nur dafür, aber um so umfangreichere Vorbereitungen getroffen. Eine halbe Stunde harrte sie noch aus und hoffte, sie hätte sich geirrt. Sie wußte nicht, daß man in Ostpreußen bis zum Abendessen bleibt, wenn man zum Tee eingeladen wird. Aber um halb neun sah sie ein, daß ihr nichts anderes übrigblieb, als eins auf den Tisch zu bringen.

Als die Reste derselben Mahlzeit, die ihr schon einmal serviert worden war, zum zweiten Male angeboten und unbeholfen auf dem ungewohnten Wohnzimmertisch zwischen den beiseite geschobenen Kiplings und Meredith' aufgedeckt wurden, Knochen eines abgenagten Skeletts, zögernd und direkt unter ihren Augen wieder zusammengefügt, und als Ingeborg endlich aufhörte, herein und hinaus zu rennen, um Sachen zu holen, sondern sich auf einen Stuhl sinken ließ und verkündete, das sei nun alles, da öffnete Frau Dremmel den Mund, nachdem sie abermals noch ein wenig gewartet hatte, und erschreckte ihre Schwiegertochter zutiefst, indem sie sprach.

»Bratkartoffeln«, sagte Frau Dremmel.

Ingeborg richtete sich rasch auf. Nach den Stunden des Schweigens war das geradezu berauschend.

»Bratkartoffeln«, wiederholte Frau Dremmel.

»Hast du – hast du gesprochen?« fragte Ingeborg und starrte sie an.

»Bratkartoffeln«, sagte Frau Dremmel ein drittes Mal.

Ingeborg sprang auf und eilte den Gang entlang zur Tür des Laboratoriums.

»Robert – Robert«, rief sie und rüttelte an der Klinke, »komm – komm rasch – deine Mutter – sie spricht, sie sagt etwas –« In ihrer Stimme klang die gleiche Aufregung und das gleiche Staunen wie in der einer Mutter, deren Kind plötzlich und zum ersten Mal Papa gesagt hat.

Herr Dremmel kam sofort heraus. Der Ton dieser Stimme sagte ihm, daß etwas passiert sein mußte.

Sie packte ihn am Arm und zerrte ihn ins Wohnzimmer. »So, jetzt hör zu«, sagte sie, und hielt ihn so, daß er zum Sofa blickte.

Herr Dremmel machte ein verdutztes Gesicht. »Was ist denn los, Kleinchen?« fragte er.

»Hör nur, sie wird es gleich wieder sagen!« antwortete Ingeborg eifrig.

»Was ist denn, Mutter?« fragte er auf deutsch.

Frau Dremmel ließ die Augen über den Tisch wandern, ohne den Kopf zu bewegen.

»Es gibt nicht mal – nicht mal –«, begann sie und brach dann ab. Sie kämpfte offensichtlich mit einem Gefühl.

»Donnerwetter!« sagte Herr Dremmel und schaute von einer Frau zur anderen. »Was ist denn hier los?«

Aber nach Stunden des Wartens auf ein Abendessen, das ihr in jeder Einzelheit als eine ausgeklügelte Beleidigung von ihrer Schwiegertochter zu sein schien, konnte es Frau Dremmel nicht mehr ertragen, unwirsch von ihrem Sohn behandelt zu werden. Sie zog ihr Taschentuch heraus, das endlos zu sein schien und bis zu ihren Augen reichte, während es ihr noch in der Tasche steckte, und begann zu schluchzen.

Ingeborg war außer sich. Sie stürzte zu ihr, warf sich neben ihr auf die Knie und flehte sie in Englisch an, doch zu sagen, was los sei. Sie nannte sie wieder und wieder »Liebe Schwiegermutter«. Sie streichelte ihr den Ärmel, sie tätschelte sie, sie legte ihr sogar den Kopf auf den Schoß.

Aber Frau Dremmel nahm sie zum ersten Mal gar nicht wahr. Sie stammelte abgebrochene Sätze in ihr Taschentuch, die alle ihrem Sohn galten.

»Eine Witwe«, weinte Frau Dremmel, »eine Witwe, seit zehn Jahren. Wenn ich nur an deinen geliebten Vater denke. Wie viel er von mir gehalten hat. Mein erster Besuch. Mein Besuch nach deiner Hochzeit. Und behandelt, als ob ich ein Niemand wär. Werde gezwungen, Kaffee im Freien zu trinken. Wie ein obdachloses Tier. Kein Sofa. Kein richtiger Tisch. Wolken von Stechmücken. Kein Abendbrot. Überhaupt kein Abendbrot. Nichts vorbereitet für mich. Für die Mutter. Für die Gattin deines seligen Vaters. Sein heißgeliebtes Weib, schon lang bevor eine auch nur an dich dachte. Und wenn es mich nicht gäbe, könntest du hier gar nicht sein. Sie auch nicht. Ohne Essen muß ich nach Hause. Ohne daß sich jemand um mich kümmert. Nicht die geringste Kleinigkeit, auf die man doch ein Recht hat. Nicht einmal das, was der ärmste Bauer jeden Abend kriegt. Nicht einmal« – wieder sagte sie das magische Wort – »Bratkartoffeln –«

»Ruhig, ruhig«, sagte Ingeborg tröstend und streichelte sie ängstlich, »ruhig, ruhig. Robert, was ist Bratkartoffel?«

»Aber kümmer dich nicht um mich. Kümmer dich nicht«, sagte Frau Dremmel und rieb sich die Augen, nur um abermals in Tränen auszubrechen, »bald werde ich bei ihm sein. Wieder bei ihm. Bei deinem geliebten Vater. Und dies – dies gilt mir gar nichts, ganz und gar nichts. Es ist nur der Wille Gottes.«

»Ruhig, ruhig«, sagte Ingeborg und streichelte sie bange.

15

Den Grund für die Tränen ihrer Schwiegermutter entdeckte sie erst ein paar Tage später.

Von Herrn Dremmel bekam sie keinerlei Informationen. Bei diesem Gegenstand hielten sich seine Gedanken auch nicht eine Minute auf. Er fegte ihre Fragen mit einem energischen Schwung des Arms beiseite, so wie man den Abfall seiner Umgebung beiseite fegt, und das einzige, was sie ihm aus der Nase ziehen konnte, waren Allgemeinplätze über das wenige Gute, das man von der Verwandtschaft bekommt. Als aber Ingeborg eines Nachmittags weiter spazierte als üblich, der sengenden Sonne standhielt und den Fliegen und dem Sand der Landstraße jenseits des Dorfes, um herauszubekommen, wohin sie führte, statt wie üblich nur Fußwege in den Wald zu erforschen, da stieß sie nach allerlei Hitze und Anstrengung auf ein Wäldchen, das nicht aus Fichten oder Föhren bestand, sondern aus grünen, kühlen Bäumen, Eichen und Akazien und Silberbirken, und als sie dieses Wäldchen auf einem grasbewachsenen Weg durchquerte und sich mit ihrem Hut Luft zufächelte, während sie in dem angenehmen Schatten spazierte, fand sie den Weg von einem weißen Gartentor abgeschnitten, las auf einem Schild, daß der Durchgang nicht gestattet war, und sah einen Garten. Jenseits der Blumenbeete und der ungepflegten Rasenflächen dieses Gartens sah sie ein großes Haus mit einem tiefgezogenen Dach, das sich hinter einer Terrasse erhob. Auf dieser Terrasse lag ein Hund und hechelte, und die Zunge hing ihm aus dem Maul. Sonst war keine Menschenseele zu sehen, und es gab auch keine Geräusche, nur das Blätterrascheln über ihrem Kopf und das feine Zirpen, das die Vögel im Juli von sich geben.

»Wer wohnt in diesem großen weißen Haus da drüben?« fragte sie Herrn Dremmel, als sie ihn das nächste Mal sah, was erst am Abend beim Essen war; und sie nickte mit dem Kopf nach Norden, weil sie die Kaffeekanne mit beiden Händen hielt. Herr Dremmel war ganz aufgebracht. Er hatte seit dem Frühstück in Gemeindegeschäften gesteckt, denn es war der Tag seiner Verabredungen, der alle vierzehn Tage wiederkehrte, und an dem er dank einer geschickten Organisation alles erledigte. Infolgedessen erschien ihm die Welt an jedem zweiten Dienstag als Narrenhaus. Die Menschen wurden geboren und lebten in uralten Narrheiten. Die ihrer Eltern, schon ranzig, als sie sie ererbt hatten, wurde unversehrt weitergereicht und – dachte Herr Dremmel – nicht der schwächste Strahl einer Ahnung von anderen und besseren Dingen schoß durch sie hindurch. Die Schulkinder lernten immer noch alles über Bismarcks Geburtstag, die Kirchenältesten weigerten sich immer noch, die Turmspitze rechtzeitig reparieren zu lassen, die Konfirmationsklasse ließ immer noch Erklärungen und Ermahnungen in brütender Gleichgültigkeit über sich ergehen, die kirchlichen Autoritäten verlangten immer noch detaillierte Berichte über Fortschritte, die es nicht gab und gar nicht geben konnte, Brautpaare vergaßen immer noch, rechtzeitig zu heiraten und schrien erst im allerletzten Augenblick mit der üblichen Hast und Eile danach, Kinder wurden immer noch überstürzt getauft, bevor sie die gleichen Verwahrlosungen dahinrafften, die schon jene Kinder hatten sterben lassen, die ihre stolzen und glücklichen Großeltern hätten werden können, und Bauern schlurften immer noch aus der Kirche, sowie Dünger und gesunder Menschenverstand auch nur erwähnt wurden.

Er war außergewöhnlich aufgebracht, denn während er mit diesen verschiedenen Ärgernissen und Mängeln hatte kämpfen müssen, war seine wahre Arbeit draußen in der Sonne und im Laboratorium liegengeblieben und ein ganzer Tag mit zwölf kostbaren Stunden für nichts und wieder nichts verstrichen; und dann fragte Ingeborg noch: »Wer wohnt in diesem großen weißen Haus?« Herr Dremmel, seinen vergeudeten Tag hinter sich, die gnadenlose Glut des Himmels über sich und dann noch diese Beharrlichkeit der Mückenschwärme unter den Bäumen, starrte sie einen Augenblick lang an und sagte dann, während er mit den Händen heftig auf den Tisch schlug: »Hölle und Teufel!«

»Wer?« fragte Ingeborg.

»Wir müssen ihnen sofort einen Besuch machen.«

»Wem?«

»Meinem Patronatsherrn. Er wird schon wütend sein, daß ich dich nicht längst vorgestellt habe. Ich habe ihn vergessen. Wieder ein verlorener Tag. Diese Fesseln, die gesellschaftlichen Fesseln –«

Er stand auf und rannte erregt um den Tisch herum.

»Kaum«, sagte er und musterte den Fußboden mit gerunzelter Stirn, »kaum hat man das eine erledigt, da taucht das andere auf. Heute den ganzen Tag lang die armen Schlucker, morgen den ganzen Tag lang die reichen ...«

»Dauert der Besuch denn den ganzen Tag?«

»... beide genauso dickköpfig, beide genauso fest eingeschnallt von Kopf bis Fuß, in ihrem undurchdringlichen Panzer aus geistigem Hochmut. Sag mir nur«, fragte er und wandte sich mit dem ganzen ohnmächtigen Zorn eines überforderten Schwerarbeiters an sie, »wie soll ein Mann tätig sein, wenn er ständig in diesen gesellschaftlichen Wirbel hineingerissen wird?«

Ingeborg betrachtete ihn verwundert. »Gar nicht«, antwortete sie, »aber – wirbeln wir denn, Robert? Ist der einzige Besuch, den wir zu machen haben, schon ein Wirbel?«

»Was denn sonst? Wenn ich meine Arbeit heute wegen der Armen liegenlassen muß und morgen wegen der Reichen?«

»Aber wird es denn den ganzen Tag dauern?«

»Der Mensch muß sich vorbereiten. Er kann nicht so gehen, wie er ist. Er muß sich«, sagte Herr Dremmel gereizt und mit finsterer Miene, »waschen.« Und dann setzte er mit noch größerer Gereiztheit und Verdrießlichkeit hinzu: »Er muß sich auch ein frisches Hemd anziehen.«

»Aber –«, begann Ingeborg.

Er brachte sie mit einer Handbewegung zum Schweigen. »Ich kann«, sagte er mit einem ausholenden Schwung seines Armes, »saubere Hemden nicht leiden.«

Sie starrte ihn gespannt und mit leicht geöffnetem Munde an.

»Ich fühle mich in ihnen nicht heimisch. In einem sauberen Hemd bin ich mindestens zwei Stunden lang nicht ich selber.«

»Dann lassen wir den Besuch«, sagte Ingeborg, »wir sind ja auch so glücklich.«

»Ach nein«, sagte Herr Dremmel, durch diese Unterstützung seines Unverstandes sofort zur Besinnung gebracht, »wir müssen sie besuchen. Es gibt Pflichten, die kein anständiger Mann vernachlässigen darf. Und ich bin ein anständiger Mann. Ich werde ihnen einen Boten senden und anfragen lassen, ob es ihnen genehm ist, wenn wir sie morgen besuchen. Dann ziehe ich mein Hemd gleich in der Frühe an, damit ich mich dran gewöhne. Und ich werde durch unablässige Liebenswürdigkeit während der ganzen Visite mein Bestes tun, damit mein Patronatsherr vergißt, daß ich ihn vergessen habe.«

Herr Dremmel hatte sich in der Vergangenheit schon ein paar Mal darin geübt, seinen Patronatsherrn zu vergessen. Dieser Ausweg war ihm nach verschiedenen hitzigen Meinungsverschiedenheiten als der einfachste und bequemste erschienen. Der Patronatsherr, Baron Glambeck auf Glambeck, war ein wahrer und strenger Christ, der die Ansicht vertrat, daß die Armen – wie ein gewaltiger Rührteig – immer in Bewegung gehalten werden sollten, und der sich nur schwer mit einem Pastor abfinden konnte, der diese Bewegung außer in der Kirche und an jedem zweiten Dienstag vermied. Wegen dieser Unterlassung war Herr Dremmel jedoch in seiner Gemeinde so beliebt. Vor seiner Zeit war der Pastor wie ein ständiger Nieselregen gewesen, vor dem man sich keinen Augenblick sicher fühlen konnte. Auf der Kanzel mochte der Herr Pastor Dremmel wettern und toben, außerhalb aber verhielt er sich ruhig; er glich einem guten Wachhund, wie wild im Zwinger, aber ganz friedlich, wenn man ihn frei laufen läßt. Kökensee hatte sich wie ein Mann geweigert, den Patronatsherrn zu unterstützen, als er vor geraumer Zeit die Entlassung von Herrn Dremmel ins Gespräch hatte bringen wollen. Dieser Pastor ging nicht von Haus zu Haus und drängte seinen Rat auf. Dieser Pastor blieb unsichtbar und für sich. Das waren bei einem geistlichen Herrn hohe Tugenden, auf die man nicht leichthin verzichten sollte. Da gegen den Widerstand der Gemeinde nichts unternommen werden konnte, behielt Kökensee seinen Pastor; Baron Glambeck aber hörte auf, in Kökensee den Gottesdienst zu besuchen, und vor Ingeborgs Antrittsbesuch hatte er seit drei Jahren nicht mehr mit Herrn Dremmel gesprochen.

Die Dremmels hatten sich für vier Uhr angesagt, und als sie durch die weiße Pforte auf dem schattigen Grasweg vor dem Hause vorfuhren, wartete auf den Stufen der Terrasse ein Diener auf sie, wie Wilson dies in Redchester getan hätte. Auf der obersten Stufe stand der Baron Glambeck, fest in Schwarz geknöpft, förmlich, ernst. Etwas hinter ihm, unter dem Glasdach der Terrasse stand seine Frau, auch fest in Schwarz geknöpft, förmlich, ernst. Sie waren beide, was Ingeborg nicht wußte, den Sitten ihrer Umgebung entsprechend peinlich korrekt. Beide zeigten sich schlicht und schmucklos, glatt wie frisch gebügelt, die Baronin fast zu gewandt in ihrer Glätte, er ganz knapp und karg in seiner; und sie begrüßten Ingeborg mit genau der Höflichkeit, die dem Empfang der neuen Gattin ihres Pastors angemessen war, der sie schon längst hätte vorstellen müssen, was freilich eine Unterlassung war, die man nicht ihr ankreiden konnte, die jedoch zu allem anderen kam, was es an Unerfreulichkeiten in Zusammenhang mit diesem Pastor gab – also mit einer eisigen Höflichkeit. Würde und Wappen beherrschten das Haus. Monogramme mit Kronen waren auf alles gestickt oder gemalt, worauf man saß oder was man berührte. Die Geweihe der Rehböcke und Hirsche, die der Baron geschossen hatte, hingen dicht an dicht an den Wänden, jedes mit Datum und Ort der Jagd versehen. Alle Dienstboten, die sie sahen, waren männlich.

»Nehmen Sie doch bitte den Hut ab«, sagte die Baronin in Englisch, wobei sie sich mühte, ihrer Stimme den gehörigen Hauch Kälte zu verleihen.

Ingeborg erschrak fast.

Sie wäre noch mehr erschrocken gewesen, hätte sie der Bischof nicht zur Bedeutungslosigkeit erzogen. Durch diesen Drill hatte sie jedoch schon vor Jahren ihre Schüchternheit abgelegt. Sie besaß eine so geringe Meinung von sich, daß kein Raum für Selbstbewußtsein blieb; und zu den Glambecks war sie in ihrem üblichen Zustand aufgesetzter Natürlichkeit gekommen, bereit, über alles zu sprechen, bereit, sich mit allem zufriedenzugeben und sich interessiert zu zeigen. Aber sowie sie die Baronin und dieses gewisse Erstaunen in ihren Augen sah, beschlich sie das Gefühl, falsch angezogen zu sein. Und schon die Bitte oder der Vorschlag oder der Befehl – sie wußte noch nicht genau, worum es sich wirklich handelte –, den Hut abzusetzen, hatte ihr deutlich gemacht, daß sie sich auf fremdem Boden befand, an Orten, wo sich die Fallstricke unbekannter und merkwürdiger Sitten dicht wie ein Gespinst vor ihren Füßen spannten.

Einen Augenblick lang packte sie wirklich fast die Panik. »Es wird für Sie bequemer sein«, sagte die Baronin, »ohne Ihren Hut.«

Sie nahm ihn gehorsam ab, und während sie die Hutnadeln herauszog, musterte sie unter den Augenwimpern die glatte schwarze Frisur der Baronin und ihre faltenlose schwarze Figur und begriff dabei blitzartig, daß sie genauso hätte aussehen sollen. Schlanker natürlich, weil die Jahre sich bei ihr noch nicht durchgesetzt hatten, aber eben ein Entwurf mit der gleichen Ausstrahlung, nur in schmal. Sie beschloß in ihrem absoluten Verlangen, ihre Pflicht zu erfüllen, sich ein schwarzes Kleid und Übung zu verschaffen.

Sie hielt es für das Gescheiteste, nicht darüber nachzudenken, wie ihre Haare ohne Hut aussehen mußten, denn sie hatte nicht damit gerechnet, hutlos zu sein; sie wußte nur zu genau, wie ungebärdig sie waren, wie sie dazu neigten, sich aus dem Zwang der Haarnadeln zu lösen und sich nach eigener Laune zu wellen und in Locken zu ringeln, die um so mehr auffielen, als sie in der Farbe den Bärten ihrer Vorfahren ähnelten – sonnengeküßten Wikingern, die kraftvoll über die Erde schritten –, Bärte, die je nachdem, wie das Licht sie traf, die Farbe von Flammen und Aprikosen oder Honig besaßen. Nun gut, wenn man sie zwang, den Hut abzunehmen ...

In der Zeit, die sie brauchte, um das Sofa in der Halle zu erreichen, hatte sie sich wieder so weit gesammelt, daß sie zu ihrer üblichen Form der Natürlichkeit zurückfand, nahm Platz, zeigte Interesse und vergaß sich selbst. Die Baronin ließ die Augen über sie wandern, genauso und mit dem gleichen Blick wie ihre

Schwiegermutter. Und immer, wenn sie bis zu ihren Füßen kamen, zögerten sie. Ingeborgs Rock reichte wieder nur bis zu den Knöcheln. Keiner ihrer Ausgehröcke war länger. Aber ich kann es doch nicht ändern, daß ich Füße habe, dachte Ingeborg, als sie den Blick bemerkte. Ihre Füße waren von Natur aus klein, und die Kunst des Londoner Schuhmachers, der zu ihrer und zu Judiths Aussteuer beigetragen hatte, ließ sie noch zierlicher erscheinen. Sie versuchte nicht, sie wie damals unter Frau Dremmels starrendem Blick zu verstecken. Bei Frau Dremmel hatte sie das lastende Schweigen nervös gemacht. Ihre Gastgeber redeten, und das Englisch der Baronin war erfreulich gut.

Keine, dachte die Baronin, und der Baron dachte im selben Moment das gleiche, keine Ehefrau eines Pastors durfte solche Füße haben – so zierliche verspielte Füße. Sie paßten genaugenommen zu keiner anständigen Frau. Solche Füße hatte man als kleines Kind, dann wuchs man heraus und kriegte sie nie wieder. Die Pflichten des Haushalts, den man zu führen hatte, das ewige Treppenlaufen, die Stunden, die man auf dem kalten Steinfußboden des Dienstbotentraktes verbringen mußte, weil man darauf achten mußte, nicht beschwindelt zu werden, die zahllosen Ehrenämter dieses geachteten und blühenden Frauenlebens, das alles erforderte große bequeme Schuhe. Ehrliche Ehefrauenfüße sollten genug Platz haben, um sich auszubreiten und platt zu werden. Füße gehörten zu den zahlreichen Teilen des Menschenkörpers, die vom allwissenden Schöpfer zum Nutzen und nicht zum Vorzeigen entworfen worden waren.

Was die übrige Erscheinung der Frau Pastor anbetraf, so mußte man zugeben, daß es eine Reihe von jungen Damen in der Umgebung gab, die sich in diesem Sommer ähnlich kleideten, aber das waren Damen aus der Gesellschaftsklasse der Glambecks, Damen von Adel oder solche, die eingeheiratet hatten. Daß die Person, die ihren Patronatspastor geheiratet hatte, einen Mann mit einem Vater von obskurer Herkunft und Lebensführung, den selbst sein Tod vor zehn Jahren kaum ehrenhafter hatte machen können, daß sich also diese Person so zu kleiden wagte, war eine Katastrophe. Sie hatten schon zu viel darunter zu leiden gehabt, wie sich ihr unchristlicher Pastor mit dem losen Mundwerk aufführte; und jetzt, statt ihnen eine nette Frau in Schwarz zu präsentieren, eine nette Frau vielleicht mit einer goldenen Kette um den hochgeschlossenen schwarzen Kragen, weil es ja ein offizieller Anlaß war und sie schließlich frisch verheiratet – aber natürlich eine ganz dünne Kette, und geerbt, nicht gekauft –, in einem anständig langen Kleid, das bis zum Boden reichte und alles verhüllte, was sie an Fesseln oder Knöcheln oder Hals und Kehle besaß, jetzt hatte er die unpassendste Frau angeschleppt, die er hätte erwischen können – außer wenn er eine Jüdin geheiratet hätte. Und was ihr Haar anbetraf –. Als die Baronin aber bei diesem Haar ankam, gerieten ihre Gedanken durcheinander. Dieser kleine und schmale und zerzauste Kopf, ungebändigt wie ein Knabenschopf, an eine Flamme erinnernd, die aufloderte, als sie den Hut abnahm . . .

Der Kaffee wurde auf dem großen Tisch vor dem Sofa serviert. Die Baronin saß neben Ingeborg, und der Baron und Herr Dremmel setzten sich auf Stühle ihnen gegenüber. Der Kaffee war gut, und es gab einen einzigen ausgezeichneten Kuchen. Keine Stachelbeeren, keine Blumen, keine sperrigen Sandwiches; nur Schlichtheit und ausgezeichnete Qualität.

Die beiden Männer redeten miteinander, aber nicht mit den Damen, der Baron zurückhaltend und auf der Hut, Herr Dremmel von dem eisernen Willen beseelt, zuvorkommend zu sein und niemanden zu beleidigen. Die Erinnerungen an alte Auseinandersetzungen hingen zwischen ihnen, aber auch das Bewußtsein der drei Jahre, in denen der Baron und seine Frau infolge der letzten und erbittertsten Meinungsverschiedenheit dem Gottesdienst in einer Kirche beigewohnt hatten, zu deren Sprengel sie nicht gehörten. Sie hatten Kökensee ganz und gar geschnitten. Seit drei Jahren war das Patronatsgestühl oben auf der Galerie der Kirche, in der ihre Vorfahren alle vierzehn Tage Gott gefürchtet hatten, zum Spielplatz für die Mäuse geworden. Ihre Bank war verstaubt; ihre Gesangbücher, allmählich vergilbt, lagen immer noch so aufgeschlagen, wie sie die Glambecks nach dem letzten Lobpreis verlassen hatten. Jeden anderen Gemeindepfarrer hätte eine solche Mißbilligung in ein Leben voller Verzweiflung und Trübsal gestürzt. Herr Dremmel aber bemerkte es kaum. Er hatte keinerlei Ehrgeiz. Es freute ihn, daß sein Nachbarkollege vorgezogen wurde. Er kümmerte sich nicht um das Gerede der Leute, und er hatte kein Auge für Schulterzucken und hämisches Lächeln. Er brauchte seine Augen und seine Gedanken ganz und gar für seine Arbeit; und es erleichterte ihn, es ersparte ihm mindestens eine Unterbrechung, daß ihn sein Patronatsherr völlig in Ruhe ließ.

Als er jedoch auf der Fahrt zu den Glambecks daran dachte, daß er ihnen drei friedliche Jahre lang keinen Besuch hatte abstatten müssen, fühlte er sich wirklich dankbar, und er zeigte diese Dankbarkeit, indem er nun ein wahres Muster der Geselligkeit war. Er stimmte überschwenglich allem zu, was der Baron sagte. Welcher Gegenstand auch berührt wurde – sehr vorsichtig, denn der Baron mißtraute allen Dremmelschen Gegenständen –, er zog ihn sofort aus den gefährlichen Untiefen des Hier und Jetzt zu einer kosmischen Höhe und Entfernung, einer so enormen Höhe und Distanz, daß selbst die jüngsten Äußerungen des Kaisers nur noch ein schwacher Glockenton waren, und Gewissen und Dogma schweigend davonzitterten. Er setzte dem Baron auseinander, der vorsichtig »vielleicht« sagte, daß, obgleich die Menschen, genau betrachtet, lauter verschiedene Ansichten hatten, man diese nur ausführlich genug ausbreiten müsse, weit genug von sich wegschieben, hoch genug achten, tief genug darüber nachdenken, unbeschränkt von Grenzen und Details, käme man dann schon zu der übergeordneten Mutter der Philosophie, in deren gewaltigem Schoß sich die Menschheit zufrieden einnisten könne wie die glücklichen Geschöpfe, die sie ja in Wahrheit waren, und dann könnten sie sich umarmen und küssen und im friedlichsten Einvernehmen dem Schlummer hingeben.

»Vielleicht«, sagte der Baron.

Persönlichkeiten, gegenwärtige Probleme, Pflichten, Alltagsleben, das alles versank in den gewaltigen Meeren, in denen Herr Dremmel den Baron höflich, aber entschieden schwimmen ließ. Man brauche nur, wiederholte er, von dem Wunsche erwärmt, in geräumigen Regionen zu bleiben, zwei beliebige Meinungen weit genug zu ihrer Quelle zurückverfolgen, wie sehr verschieden sie auch wären, dann erreiche man endlich den Punkt, wo sie sich innig küssen.

»Vielleicht«, sagte der Baron.

»Man braucht nur«, fuhr Herr Dremmel fort und schwenkte seine Arme wie zu einer allumfassenden Umarmung.

Da räusperte sich aber der Baron und begann, die Gegenbeispiele aufzuzählen.

Herr Dremmel stimmte sofort zu, daß er darin recht habe und distanzierte sich wieder etwas von der Sache mit dem Kuß. Der Baron verfolgte ihn mit weiteren Gegenargumenten.

Herr Dremmel stimmte abermals zu und zog sich weiter zurück. Auf diese Art und Weise landeten sie schließlich im Garten Eden, über den der Baron nicht mehr hinausgehen wollte, weil das, wie er fand, keinem Christen zustand; und selbst dort bestritt er den Kuß. Er war der festen Ansicht, obgleich er sie verbarg, daß sich in keiner Epoche der menschlichen Entwicklung zum Beispiel seine und Herrn Dremmels Gedanken geküßt hätten.

Aber es war eine freundliche Vorstellung, und Herr Dremmel war äußerst höflich und offensichtlich dem Frieden zugeneigt, und als das der Baron feststellte, ließ sein Mißtrauen nach. Er trug zum Schluß sogar einen eigenen Gedanken bei, nachdem er sich nur negativ geäußert und Herrn Dremmels Gedanken auseinandergenommen hatte, und sagte, daß es seiner Meinung nach die Details seien, die das Leben schwierig machten.

Die Baronin, die ihn liebte und den letzten Satz mitbekommen hatte, sorgte ganz aufgeregt dafür, daß er danach noch einen Kaffee mit viel Milch bekam.

»Männer«, erklärte sie Ingeborg in ihrem behutsamen Englisch, während sie ihm den Kaffee eingoß, »brauchen gute Ernährung, wegen all dieser Kopfarbeit.«

»Ja, vermutlich«, antwortete Ingeborg.

»Ich kann mich daran erinnern, als ich jung verheiratet war, lagen mein größter Stolz und meine größte Freude darin, daß ich endlich jemanden zu eigen hatte, den ich ernähren konnte.«

»Ach?« sagte Ingeborg.

»Das ist ein Instinkt«, sagte die Baronin, die eine lehrhafte Art hatte, »in jeder echten Frau. Sie möchte gern nähren. Und natürlich ist die Freude, zwei zu ernähren, doppelt so groß wie die Freude, einen zu ernähren.«

»Wahrscheinlich«, antwortete Ingeborg, die ihr nicht ganz folgen konnte.

»Als mein Erstgeborener –«

»O ja«, sagte Ingeborg, voll Freude, daß sie folgen konnte.

»Als mein Erstgeborener in meine Arme gelegt wurde – ach, ich kann gar nicht ausdrücken, Frau Pastor, was für ein Glück ich empfand, weil mir ein zweites menschliches Wesen zum Nähren gegeben war.«

»Das war sicherlich entzückend«, sagte Ingeborg und zeigte höfliches Mitgefühl.

Die Augen der Baronin fuhren einen Moment forschend von Ingeborgs Gesicht über ihren Körper.

»Sechs Jahre lang«, fuhr sie nach einer Pause fort, »hatte ich immer pünktlich zu Weihnachten neuen Grund zur Freude.«

»Hier sind die Weihnachtsfeste sicher wunderschön«, sagte Ingeborg, »wie in den Bilderbüchern. Mit Bäumen.«

»Bäume? Natürlich haben wir Bäume. Aber ich hatte vor allem Babys. Sechs Jahre lang gelang es mir, zu jedem Weihnachtsfest meinem geliebten Gatten ein Baby zu schenken.«

»Was?« fragte Ingeborg und riß die Augen auf. »Immer ein neues?«

»Natürlich war es neu. Man hat kein Baby zweimal.«

»Nein, natürlich nicht. Aber – wie konnte Sie das bis Weihnachten verbergen?«

»Das konnte ich natürlich nicht«, antwortete die Baronin steif, »eine Überraschung kann ein Baby nicht sein, wohl aber ein Geschenk, und es war trotzdem aus den üblichen Gründen bis Weihnachten verborgen. Genau an dem Tag erst kam es auf die Welt.«

»Ach, ich glaube, das muß wunderbar gewesen sein«, sagte Ingeborg, von einer solchen Ordnung wirklich entzückt. Sie beugte sich in ihrer Begeisterung vor und schlang die Hände um die Knie.

»Ja«, sagte die Baronin, bei so viel schmeichelhafter Bewunderung fast entspannt, »ja. Das war es wirklich. Manche Menschen würden es Zufall nennen, aber wir, als Christen, sind gewiß, daß es die Fügung des Himmels war.«

»Aber so pünktlich«, sagte Ingeborg hingerissen, »so ordentlich.«

»Ja. Ja«, sagte die Baronin in Gedanken versunken und wurde in der Wärme der Erinnerung noch lockerer, »das waren glückliche Zeiten. Glückliche, glückliche Zeiten. So sind meine Kleinen gekommen und gegangen –«

»Ach? Nicht nur gekommen, sondern auch gegangen?« fragte Ingeborg und senkte die Stimme voll Mitgefühl.

»Von meinen Knien, meine ich, und aus dem Haus.«

»Ach so«, erwiderte Ingeborg erleichtert.

»Jedes Jahr haben die Weihnachtskerzen ihr Licht auf eine Bereicherung unserer Schätze geworfen. Jedes Jahr haben sich die anderen Geschenke der vergangenen Weihnachtsfeste wieder um den Baum versammelt, größer und kräftiger, statt verlorengegangen oder zerbrochen worden zu sein, was das Schicksal von allen anderen Gaben gewesen wäre.«

»Aber was geschah, als nichts mehr zu geben war?«

»Da schenkte ich meinem Gatten Zigarrenetuis.«

»Oh!«

»Das müssen schließlich alle Frauen in ihrem Leben überstehen. Ich habe nicht gegrollt. Als der Himmel aufhörte, mich mit einem Geschenk für ihn zu beglücken, da wußte ich mein Haupt in Demut zu beugen und fuhr in die Stadt und kaufte eines. Bei Wertheim in Königsberg gibt es hervorragende Zigarrenetuis, falls Sie dem Herrn Pastor zu Weihnachten eines schenken möchten. Sie lösen sich nicht schon im nächsten Juli oder August an den Ecknähten auf wie diejenigen, die man in anderen Geschäften kauft. Ach ja, glückliche Jahre. Glückliche, glückselige Jahre. Erst die sechs Jahre der großen Freude, meine Familie um mich versammelt zu sehen, dann die Jahre des Glücks, sie aufwachsen zu sehen. Sie lieben Kinder natürlich auch?«

»Ich habe noch nie welche gehabt.«

»Natürlich nicht«, erwiderte die Baronin und wurde wieder steif.

»Deshalb weiß ich das nicht«, erwiderte Ingeborg.

»Aber jede wahre Frau liebt kleine Kinder«, sagte die Baronin.

»Aber dazu müssen sie erst einmal da sein«, sagte Ingeborg.

»Man hat gottgegebene Instinkte«, sagte die Baronin.

»Aber man muß etwas haben und sehen, damit man sie ausprobieren kann«, sagte Ingeborg.

»Eine wahre Frau ist durch und durch Liebe«, verkündete die Baronin mit einer Stimme, in der ein Vorwurf lag.

»Vermutlich«, antwortete Ingeborg, die das Gefühl hatte, daß sie noch keine kennengelernt haben konnte. Sie hatte die Vision von etwas durch und durch Weichem und Nachgebendem und Fruchtbarem und gleichzeitig sinnverwirrend Schönem. »Haben Sie noch Kinder zu Hause?« fragte sie, weil ihr plötzlich einfiel, daß sie ihre Instinke an den jüngeren Glambecks ausprobieren könne.

»Sie sind erwachsen und fort. Hinaus in die Welt gegangen. Einige weit fort in andere Länder. Ach ja. Dann bleibt man allein«, die Baronin ging zu einem edlen Ton der Klage über. »Das ist das Los der Eltern. Einsam und allein. Ich hatte fünf Töchter. Es war eine große Erleichterung, sie alle unter die Haube zu bekommen. Weil es so viele waren, bestand natürlich die Gefahr, daß einige von ihnen für immer bei uns blieben.«

»Aber dann wären Sie doch nicht allein gewesen«, wandte Ingeborg ein.

»Aber dann, Frau Pastor, wären sie nicht vermählt gewesen.«

»Nein. Und dann«, sagte Ingeborg voll Interesse, »hätten Sie sich nicht einsam fühlen können.«

Die Baronin blickte sie an.

»Ja, diese Gefühle sind herrlich, wissen Sie«, sagte Ingeborg und beugte sich wieder ganz angeregt vor, »es gefällt einem irgendwie – traurig sein, meine ich, und der Gedanke, wie verlassen man ist. Natürlich ist das Glück viel köstlicher, aber unglücklich zu sein hat auch seine Reize. Es gibt einen Duft . . .«, sie forschte in ihrem Gedächtnis nach dem richtigen Vergleich, »wie an einem Regentag. Alles sieht trübselig und düster aus, verglichen mit dem, was gestern war, aber irgendwo steckt ein Entzükken. Und alles«, sie zögerte und tastete wieder nach Worten, »alles scheint zu wachsen. Alles mögliche. Und alles in Schönheit . . .«

Die Baronin aber, die ihr nicht folgen konnte und wollte, weil es nicht ihre Aufgabe war, dem Geschwätz ihrer Pastorenfrau zuzuhören, ließ ihre forschenden Augen wieder über Ingeborgs Körper wandern und schnitt ihre Neigung, mehr zu reden, als ihr in ihrer Position zustand, durch die Bemerkung ab, sie sei noch sehr dünn.

Nachdem sie so lange gesessen hatten, bis der Kaffee kalt geworden war, schickte sich Ingeborg an, in einer Gesprächspause aufzustehen.

Die drei anderen starrten sie reglos an. Selbst ihr Robert machte ein verständnisloses Gesicht. Es kam ihr irgendwie lahm vor, den anderen erklären zu müssen, daß sie es an der Zeit fand, nach Hause zu fahren, aber genau das flüsterte sie schließlich der verblüfften und regungslosen Baronin zu.

»Fühlen Sie sich nicht wohl?« fragte die Baronin.

»Was ist denn, Ingeborg?« fragte Herr Dremmel. Der Baron ging zu einem Fenster hinüber und machte es auf. »Gewiß ein kleines Unwohlsein«, sagte er und fügte eine Bemerkung über junge Ehefrauen hinzu.

Die Baronin fragte sie, ob sie sich hinlegen wolle.

Herr Dremmel wurde ganz lebendig und interessiert. »Was ist denn, mein Kleinchen?« fragte er wieder und stand auf.

»Ich glaube, es wäre das beste, wenn sich die Frau Pastor vor dem Abendbrot ein wenig ausruhte«, sagte die Baronin und erhob sich ebenfalls.

»Aber gewiß«, sagte Herr Dremmel ganz aufgeregt und mit einem merkwürdigen Gesichtsausdruck.

Ingeborg schaute von einem zum anderen.

»Aber Robert«, sagte sie, über seine Grimassen erstaunt, »sollten wir nicht aufbrechen?«

»Liebe Frau Pastor«, sagte die Baronin mit Wärme, »gleich

werden Sie sich besser fühlen. Glauben Sie mir. Wir haben noch eine Stunde bis zum Abendessen. Kommen Sie nur mit mir, Sie müssen sich etwas hinlegen und ausruhen.«

»Aber Robert –«, sagte Ingborg verwirrt.

Sie wurde jedoch fortgeführt, fast als ob man sie aus dem Wege fegte, durch Glastüren, einen getäfelten Gang ohne Teppiche entlang, in ein leeres Schlafzimmer hinein, und dann wurde ihr befohlen, sich auf das hohe weiße Bett zu legen, den Kopf etwas tiefer als die Füße.

»Aber«, sagte sie, »warum denn?«

»Bis zum Abendbrot wird es Ihnen wieder bessergehen. Ach, damit weiß ich Bescheid«, sagte die Baronin, die die Fenster öffnete und plötzlich ganz freundlich geworden war, »ist Ihnen übel?«

»Übel?« Sie überlegte sich, ob die Baronin fand, sie habe zuviel Kuchen gegessen. Sie hatte sich zwei Stück genommen. Vielleicht gab es eine strenge lokale Sitte, die einem nur ein Stück zugestand. Sie hatte wieder das Gefühl, als ob sie sich in einem Gespinst aus Regeln bewegte, die ihr keiner erklärte. Die Baronin schien ganz enttäuscht zu sein, als sie ihr versicherte, sie empfände keine Spur von Übelkeit. Mußten sich Gäste elend fühlen? War das eine subtile Methode, auf die Ungenießbarkeit der Speisen der Gastgeber hinzuweisen? Dann kam ihr plötzlich der Gedanke, daß in dieser ländlichen Gegend die Sitte herrschen konnte, Gäste mitten im Besuch für eine Stunde ins Bett zu stekken und daß ihre Schwiegermutter in Tränen ausgebrochen war, weil sie das bei ihr versäumt hatte. Auf jeden Fall fand sie, daß das Bett fast so gut war wie der Aufbruch nach einer kurzen Visite, wie es in England üblich war.

Diese Erklärung, daß es sich um eine Sitte handeln mußte, machte sie sofort wieder nachgiebig. Unter Aufbietung ihrer ganzen Höflichkeit beeilte sie sich, die aufgeplusterten Federkissen und die weiße Steppdecke zu erklimmen. Als sie darin einsank, umwehte sie ein Duft nach Naphtalin, der Geruch des umsichtigen Feldzugs, der unablässig gegen Motten geführt wurde.

Die Baronin ließ davon ab, immer mehr frische Luft ins Zimmer strömen zu lassen, und musterte Ingeborg. »Ich bin sicher«, sagte sie, »daß Sie sich elend fühlen.«

»Ja, vielleicht, ein wenig«, sagte Ingeborg bereitwillig, um sie zu befriedigen.

Das waren offenbar die richtigen Worte, denn das Gesicht ihrer Gastgeberin strahlte auf. Sie eilte flink aus dem Zimmer und kehrte mit einer Flasche Kölnisch Wasser und einem Fächer zurück.

Ingeborg beobachtete sie mit hell funkelnden Augen über den Rand der Federgebirge hinweg, wie sie einen kleinen Tisch herbeirückte, zum Bett schob und diese Gegenstände gefällig darauf ordnete.

Wie merkwürdig, dachte sie, war aber höchst interessiert. Ob der Baron nun gleichzeitig Robert in irgendeinem anderen Zimmer ins Bett steckte? Sie hatte das Gefühl, daß sie plötzlich geliebt wurde, daß sie schließlich alles richtig machte. Im Vergleich zu der hochmütigen Kälte während der ersten Besuchshälfte war das Benehmen der Baronin jetzt ganz menschlich und warm. Sie schob den Tisch noch dichter ans Bett und sagte ihr, das Beste, was sie jetzt machen könne, wirklich das Allerbeste sei der Versuch, ein wenig zu schlafen; wenn sie irgend etwas brauche, solle sie nur klingeln, dann käme Tina, das Dienstmädchen.

»Ach ja«, sagte sie zum Abschluß und blieb noch einmal stehen, um mit einem tiefen Seufzer auf Ingeborg hinabzublicken, der ihr irgendwie lustvoll klang, »ach ja. Wenn man A gesagt, liebe Frau Pastor, dann muß man auch B sagen. Ach ja.« Damit ging sie auf Zehenspitzen hinaus, schloß leise die Tür und ließ Ingeborg in einem Zustand höchster Neugier und mit vielen unbeantworteten Fragen zurück. Wenn jemand A sagt, dann muß er B sagen . . . Warum muß er das? Und was bedeutete das B? Und vor allem: Was war mit dem A gemeint?

Sie lauschte einen Augenblick, stützte sich auf den Ellbogen, die leuchtenden Haare durch das Begräbnis in den Kissen noch verstrubbelter als vorher, dann ließ sie sich auf den glatten Boden gleiten und huschte auf den Strümpfen zu einem der großen, sperrangelweit offenen Fenster.

Sie schaute in einen verwucherten Garten hinunter, in eine Art Wildnis aus Fliederbüschen und Pfeifensträuchern und ungepflegten Rosen und hohem Gras und Wiesenschierling, gleich hinter dem Haus. Keine Menschenseele war zu sehen, und sie schwang sich auf die Fensterbank und blieb dort entzückt mit baumelnden Füßen sitzen, denn am Ende des langen heißen Tages duftete alles überwältigend süß, bis sie meinte, daß die Stunde, die gesegnete Stunde fast verstrichen war. Dann schlich sie zurück und legte sich wieder vorsichtig im Bett zurecht.

Das ist wirklich eine herrliche Art, Besuche zu machen, dachte sie, schob sich die Steppdecke bis unters Kinn und wartete darauf, was sie wohl als nächstes mit ihr machen würden.

16

Vor neun Uhr abends kamen sie nicht davon.

Um sieben Uhr gab es Abendbrot, eine ausschweifende Mahlzeit, zu der sie anderthalb Stunden brauchten. Dann gab es wieder Kaffee, auf der Terrasse von Dienern in weißen Baumwollhandschuhen serviert, und eine halbe Stunde später, kurz vor ihrem Aufbruch, Tee und Butterbrote und Gebäck und Früchte und Bier.

Ingeborg war es jetzt sonnenklar, warum ihre Schwiegermutter in Tranen ausgebrochen war. Sie konnte sich lebhaft vorstellen, wie schrecklich ihr Benehmen gewirkt haben mußte. Dieser üppige Abendbrotstisch, dieses weitere Auftragen von mehr und immer noch mehr Gerichten, als sich das Ende des Besuches näherte, und dann die Bett-Erfrischung in der Mitte ... »Ich werde sie noch einmal einladen«, sagte sie plötzlich, fest entschlossen, alles wiedergutzumachen.

Als sie das sagte, hatte sie der Wagen glücklich von den mittlerweile ganz herzlichen Glambecks entfernt, sie waren außer Sicht- und Hörweite, und die Räder quälten sich jenseits des Tors durch den Sand des finsteren Waldweges.

»Wen will mein Kleinchen einladen?« fragte Herr Dremmel und beugte sich zu ihr. Er hatte seinen Arm um sie geschlungen, und beim schlimmsten Rütteln und Stoßen packte er sie fester und hob sie etwas an. Seine Stimme klang zärtlich, und als er sich zu ihr hinabbeugte, hüllte er sie in seinen Geruch nach Zigarren und Wein, mit etwas Gummi vermengt von seinem Regenmantel.

Ingeborg wußte, daß sie aus irgendeinem Grunde nicht herausbekommen würde, was sie so beliebt gemacht hatte. Sie hatte das deutliche Gefühl, plötzlich, mitten im Besuch, ein Erfolg geworden zu sein. Und sie war, wie sie spürte, immer noch ein Erfolg. Aber warum? Robert behandelte sie außerordentlich aufmerksam. Eigentlich zu aufmerksam, denn ach, was war es für eine wunderbare Nacht mit all den Sternen und den warmen Düften, jetzt, nachdem sie wieder im Freien waren – was für eine Nacht, das Bild einer Nacht. Und als er sich über sie beugte, war es ausgelöscht. Guter Robert. Sie liebte ihn. Aber drüben auf jener Uferwiese, weit weg dort drüben, wo der weiße Nebel über den moorigen Stellen hing und die Rohrkolben, die am Rande des Sees wuchsen, wie silberne Speere im Mondlicht standen, dort drüben konnte man sich in dem feuchten kühlen Hauch, den man mit jedem Schritt durchs Gras aufrührte, die vollkommene Einsamkeit vorstellen und die vollkommene Stille. Bis auf die Rohrdommel. Denn es gab, wie sie entdeckt hatte, in diesen Sümpfen eine Rohrdommel. Wenn sie jetzt dort drüben wäre, ganz still auf einer höhergelegenen Stelle am See läge, ganz ruhig und alleine, dann könnte sie ihren klagenden Ruf bald hören.

»Wen will mein Kleinchen denn einladen?« fragte Herr Dremmel und beugte sich vor der ganzen Milchstraße hinab, vor jeden einzelnen der zahllosen Düfte, die die Nacht ihr sachte ans Gesicht warf.

Er küßte sie sehr zärtlich und ungewöhnlich lange. Der Kuß dauerte so lange, daß ihr der süße Duft eines ganzen Kleefeldes entging.

»Deine Mutter«, sagte Ingeborg, als sie wiederauftauchte.

»Donnerwetter«, sagte Herr Dremmel.

»Ich weiß jetzt, was ich gemacht habe – oder eben nicht. Ich weiß jetzt, warum sie immer Bratkartoffel gesagt hat. O Robert, sie muß schrecklich verletzt gewesen sein. Sie muß sich eingebildet haben, daß sie mir gar nichts bedeutet. Und ich habe so sehr gewünscht, sie glücklich zu machen. Warum hast du mir denn gar nichts gesagt?«

»Was denn, mein Schäfchen?«

»Daß man Gäste auch zum Abendbrot behält und daß man sie ins Bett steckt.«

»Ins Bett?«

»Hat der Baron dich denn nicht zu Bett gebracht?«

»Der Baron? Zu Bett?«

Herr Dremmel beugte sich abermals zu ihr hinab und schaute ihr etwas ängstlich in das, was er im Mondlicht von ihrem Gesicht erkennen konnte. Es wirkte ganz normal; nicht im geringsten rot oder im Fieber. Er legte seine Finger an ihre Wange. Sie war kühl.

»Kleinchen«, sagte er, »was ist das für ein Bettengeschwätz?«

»Ach, es würde so viele schreckliche Sachen verhindern, wenn du mir vorher nur einen klitzekleinen Hinweis geben könntest, was von mir erwartet wird. Es würde nicht mal eine Minute dauern. Ich will deine Arbeit ja auch gar nicht unterbrechen, aber in den Pausen dazwischen – beim Frühstück zum Beispiel oder während du dich rasierst –, wenn du dann nur ein einziges Wort über solche Sachen wie die Betten sagen würdest. Von alleine kommt man da nicht drauf, weißt du. In Redchester war das nicht üblich. Und es ist wirklich eine herrliche Einrichtung. Ach«, sie umarmte ihn plötzlich heftig, »ich bin so froh, daß ich einen von euch geheiratet habe!«‹

»Einen von wem?«

Herr Dremmel warf ihr wieder einen besorgten Blick zu.

»Einen von euch wunderbaren Menschen – euch großartigen, weitherzigen Menschen. In Redchester sind wir die Schwierigkeiten nur losgeworden, weil wir sie ignoriert haben. Hier blickt man ihnen ins Gesicht und überwindet sie. Gar keine Frage, was edler ist.«

Er nahm seine Zigarre aus der Hand, die er um ihre Schulter legt hatte, und fühlte ihr mit der rechten gespreizten Hand die Stirn. Sie war ganz kühl.

»Wer«, fuhr Ingeborg begeistert fort und schüttelte sich seine Hand vom Gesicht, »könnte es ohne Widerspruch ertragen, daß ein Anstandsbesuch fünf Stunden dauert? Du bist viel zu wohlerzogen, um aufzubegehren. Nein, das tust du nicht. Du denkst dir einfach einen Ausweg aus, wie so ein Besuch erträglich wird, und du kommst auf den allerhübschesten Trick. Ach, was habe ich die Stunde im Bett genossen. Wenn ich das nur damals schon gewußt hätte, als deine Mutter zu uns kam! Die Erleichterung ...«

»Aber meine Mutter«, begann Herr Dremmel verwirrt. Dann setzte er mit einer gewissen Strenge hinzu: »Deine Bemerkungen, mein Schatz, entsprechen kaum deinem üblichen Geschmack. Du vergißt, daß meine Mutter eine Witwe ist.«

»Ach? Tun Witwen das nicht?«

»Was sollen sie nicht tun?«

»Zu Bett gehen?«

»Könntest du mir nun einmal freundlicherweise sagen«, erwiderte er mit einer Ungeduld, die er hinter einer gewissen Gelassenheit verbarg, weil er gehört hatte, daß ein Gatte, der friedlich Vater werden will, sich in allerlei Launen zu schicken habe, »wovon du redest.«

»Na, darüber, daß du mir nichts rechtzeitig erklärst.«

Was denn?«

»Daß deine Mutter zu Bett gehen muß.«

»Warum sollte meine Mutter denn zu Bett gehen?«

»Ach, Robert – weil es so Sitte ist.«

»Nicht die Spur. Wie kommst du denn darauf?«

»Was? Wo ich doch selber im Bett gewesen bin? Du hast mich doch weggehen sehen.«

»Ingeborg –«

»Ach, nenn mich nicht Ingeborg – «

»Ingeborg, das ist wirklich kindisch. Ich bin völlig darauf vorbereitet, in bezug auf Nahrungsmittel und Launen sehr vieles zu ertragen – aber muß ich mich neun Monate lang mit Albernheiten befassen?«

Sie starrte ihn an.

»Du bist zu Bett gebracht worden, weil es dir schlechtging«, sagte er.

»Das stimmt nicht«, sagte sie beleidigt. Bildete er sich etwa auch ein, sie hätte sich beim Anblick des Kuchens nicht beherrschen können?

»Was? Dir ging's nicht schlecht?«

In seiner Stimme klang eine so heftige Enttäuschung, daß nun sie ihm ins Gesicht starrte.

»Könntest du mir jetzt freundlicherweise sagen, Robert«, sagte sie und zupfte leicht an seinem Ärmel, »worüber wir uns wirklich unterhalten?«

»Hast du dich nicht schwach gefühlt? Geht's dir etwa gut? Ist dir überhaupt nicht übel gewesen?«

Wieder der Ton fast erschrockener Enttäuschung.

»Warum sollte ich mich denn schlecht fühlen?«

»Aber warum hast du denn sonst darum gebeten, heimzufahren, obwohl wir gerade erst gekommen waren?«

Zum ersten Mal vernahm sie Ärger in seiner Stimme, Ärger und eine große Bestürzung.

»Gerade erst gekommen? Wir sind schon Stunden dagewesen. Du hast mir doch gar nicht gesagt, daß ein Teebesuch auch Abendessen bedeutet.«

»Allmächtiger Himmel!« rief er aus. »Muß ich mich denn über jede lächerliche Kleinigkeit des Lebens auslassen? Muß ich dich höchstpersönlich Schrittchen für Schrittchen an der Hand führen? Betrachtest du mich als Klippschule? Kannst du nicht deinen Grips benutzen? Kannst du nicht die Wahrscheinlichkeiten abschätzen? Kannst du nicht eine Art Suchlicht der Logik in deinem eigenen Kopf installieren und damit die Umrisse zumindest der nächsten paar Stunden beleuchten?«

Sie schaute ihn einen Augenblick verwundert an.

»Aha«, sagte sie.

Wenn ihr Vater ihr auch nur eine dieser Fragen mit einer solchen Stimme gestellt hätte, so hätte sie nicht antworten können, wäre erschlagen gewesen, vernichtet. Aber Robert hatte sie nicht seit ihrer frühesten Kindheit ständig in Schrecken versetzt. Er konnte ihr nicht wie eine drohende Rute ständig vorhalten, daß sie ihm das Leben selbst verdankte. Er konnte keine ewige Dankbarkeit für diese ferne gewaltige Gabe fordern, die ihr zu einer Zeit aufgebürdet worden war, an die sie sich kaum erinnern konnte. Er war ein freundlicher Fremder, von der Kirche dazu verpflichtet, Hand in Hand mit ihr den Pfad des Erwachsenenlebens entlangzuschreiten. Er hatte sie bewundert und geküßt, und während ihrer Verlobungszeit hatte er sich oft ihr zu Füßen geworfen. Und sie hatte ihn bei gewissen Augenblicken gesehen, zum Beispiel beim Rasieren.

»Mir scheint«, sagte sie nach einer weiteren erstaunten Pause, »daß du mit mir schelten willst. Und du schiltst mich, weil du mit mir böse bist, und du bist mit mir böse – Robert, ist es möglich, daß du mir böse bist, weil mir nicht übel war?«

Er warf seine Zigarre fort, zog sie in die Arme und begann, ihr leidenschaftlich etwas ins Ohr zu flüstern.

»Wie bitte?« fragte sie immerzu. »Wie bitte? Du kitzelst mich – was? Ich kann dich nicht verstehen –«

Aber zum Schluß verstand sie sehr wohl und zog sich ein wenig von ihm zurück, um ihn mit neuem Interesse zu betrachten. Wie merkwürdig, daß ein Mann wie er, so vielbeschäftigt, meist so geistesabwesend, immer so weit von der Oberfläche des Lebens entfernt, so völlig in seine Arbeit versunken, daß er sich kaum noch an seine Frau erinnern konnte, daß sich also dieser Mann noch ein zweites Geschöpf seiner Art als Ergänzung wünschte, ein Kind; und wie merkwürdig, daß ausgerechnet sie, die ganz und gar auf der Oberfläche lebte, die den echten Geschmack jeder Minute des Tages kannte und jede einzelne Minute genoß, die niemals die Gegenwart aus dem Bewußtsein verlor und keinen Augenblick das Gefühl für das sichtbare Hier und Jetzt, daß also sie so frei von diesem Verlangen war.

»Aber«, sagte sie, »wir sind so glücklich. Wir sind so glücklich, so wie es ist.«

»Das ist nichts im Vergleich zu dem Glück, das wir dann empfinden.«

»Aber ich habe noch nicht einmal angefangen, mich an dieses Glück zu gewöhnen – an das, was wir haben.«

»Dir wird das, was kommt, unendlich viel lieber sein.«

»Ach, Robert – hetz mich doch nicht so. Laß uns nicht immer so schnell weiterjagen. Laß uns doch das alles erst einmal genießen –«

Er schaute sie mit tiefem Ernst an. »Wir sind schon zwei Monate verheiratet«, sagte er, »ich mache mir schon Sorgen. Heute abend – ich kann dir gar nicht sagen, wie froh ich war und dann – war gar nichts.«

Sie schaute ihn an, mit dem Gefühl einer neuen Verpflichtung. Er hatte die letzten Worte in einem Ton gesagt, den sie nicht kannte, mit gebrochener Stimme.

»Robert«, sagte sie rasch, streckte die Hand aus und streichelte die seine leise.

Sie war über alles von dem Wunsch beseelt, ihn vollkommen glücklich zu machen. Es hatte ihr immer gefallen, Menschen glücklich zu machen. Und sie war ihm so dankbar, so dankbar für die Freiheit, die sie durch ihn gewonnen hatte, daß sie schon allein aus dieser Dankbarkeit heraus, selbst wenn sie ihn gar nicht geliebt hätte, ihm alles sein wollte und alles für ihn zu tun versucht hätte, was er sich nur wünschte. Aber sie liebte ihn auch, sie liebte ihn wirklich. Und hier schien es nun etwas zu geben, nach dem er über alle Maßen verlangte und das sie allein ihm verschaffen konnte.

Er wandte seinen Kopf ab; und sah sie dabei nicht etwas in seinen Augen glitzern, so wie etwas Feuchtes glitzert?

Im Nu hatte sie die Arme um ihn geschlungen. »Aber natürlich will ich – natürlich will ich ein Kind«, sagte sie und rieb ihre Wange an seinem Regenmantel, »ein paar – ganze Scharen – natürlich wollen wir die kriegen – alle Welt hat ja Kinder – natürlich will ich auf der Stelle damit beginnen – denk nicht mehr daran, daß ich heute abend gar nicht elend gewesen bin – es tut mir so leid – mir wird schon übel werden – liebster Robert – ich habe ja nicht geahnt, daß mir schlecht sein sollte – aber ich werde schon bald so weit sein – ich bin fest davon überzeugt, daß ich das sein werde – ich – ich habe wirklich das Gefühl, als ob mir schon gleich schlecht würde –«

Er tätschelte ihr das Gesicht, das Gesicht immer noch abgewandt. »Braves kleines Frauchen«, sagte er, »braves kleines Frauchen.«

Sie fühlte sich ihm näher denn je, so eng in Zuneigung und Einverständnis verbunden. Sie hatte Tränen gesehen, die Tränen eines Mannes. Für welche ungeheuren Gefühlstiefen mochten sie ein Zeichen sein? Die Formulierung »eines starken Mannes Tränen« tauchte plötzlich in ihrem Geiste auf und setzte sich dort fest. Sie umarmte ihn heftig in dem leidenschaftlichen Wunsch, ihn ganz und gar glücklich zu machen, ihn vor zu vielen Gefühlen zu bewahren. Sie hielt ihn ganz fest, ihre Wange an seinem Arm, an dem sie sich manchmal rieb, um ihm zu zeigen, wie gut sie ihn verstand, bis sie nach Hause kamen. Als er sie vor ihrer Haustür vom Wagen hob, schob sie ihm die Hand um den Nakken und ließ sie dort einen Augenblick mit zartem Druck liegen.

»Liebster Robert«, flüsterte sie mit den Lippen an seinem Ohr, während er sie zu Boden setzte; und in diesen Worten klang schon die Mutter-Gewißheit mit, der sehnliche Mutter-Trost: »O mein Kleiner, mein kleines Männlein, ich werde auf dich aufpassen.«

Sie stand noch zwischen Flur und Wohnzimmer, während er, wie er sagte, nur einen Sprung ins Laboratorium machen wollte, nur einen letzten Blick in die Runde, und sie wartete in einem seltsam beschwingten glühenden Zustand auf ihn, ganz einig mit ihm, plötzlich sehr intim, fest davon überzeugt, daß er, nachdem er sie so etwas Heiliges wie seine Tränen hatte sehen lassen, nichts dringlicher wünschte, als den Rest des Abends mit ihr zu verbringen, um weiter getröstet und bestätigt zu werden, dicht an ihrem Herzen, während sie im dunklen ruhigen Garten Liebesworte tauschten.

Aber da standen sechs Untertassen mit verschieden behandelten Roggenkörnern aus der letzten Ernte auf dem Laboratoriumstisch und warteten darauf, gezählt und gewogen zu werden. Herr Dremmel erblickte sie und vergaß die Welt. Er begann zu zählen und zu wiegen. Er fuhr fort, sie zu zählen und zu wiegen. Und schließlich hatte er sie alle gezählt und gewogen; und die Morgendämmerung graute, ehe es ihm selber, zufrieden und über den verlorenen Nachmittag hinweggetröstet, zu dämmern begann, daß es wohl schon über die Schlafenszeit hinaus war.

17

Der Winter kam, ehe Ingeborg nach manchem falschen Alarm, der ihrer extremen Ungeduld zuzuschreiben war, Robert das Glück zu verschaffen, das er sich so wünschte, ihrem Gatten mit Gewißheit versichern konnte, er würde nun bald Vater. »Und ich«, sagte sie, indem sie ihn mit einer Art verblüfftem Schauer anblickte, weil es ihr gerade erst selber klar geworden war, »ich werde dann vermutlich Mutter.«

Herr Dremmel erwiderte trocken, er nähme an, daß das wohl so sei, und weigerte sich, mehr Begeisterung zu zeigen, ehe nicht mehr Gewißheit bestünde.

Er war im Lauf des Sommers genug enttäuscht worden. Es waren so oft nur die unreifen Stachelbeeren gewesen; es war so oft nur der Anfang eines Schnupfens gewesen, den sie sich durch ihre Zuneigung zu dem leckenden Boot und durch Froschjagden in unzureichendem Schuhwerk am Rande des Teiches zugezogen hatte. Ihr heißes Bestreben, seinen Wünschen zu entsprechen, ließ sie schon bei dem leisesten Zeichen eines Unwohlseins aufspringen und triumphierend zu seinem Laboratorium rennen, an der versperrten Tür rütteln, sich nicht um seine Abgeschlossenheit zu kümmern und ihm die große Neuigkeit verkünden. Sie stand dann strahlend da und sagte Sachen, die wie Verse aus der Heiligen Schrift klangen, und fast das erste Deutsch, das sie wirklich lernte und benutzte, waren die deutschen Wörter, die jedem Haushalt so vertraut sind, wenn jemand dort in guter Hoffnung ist oder in gesegneten Umständen.

Eine Zeitlang begrüßte Herr Dremmel diese Botschaften mit heftiger Aufregung; als aber der Sommer weiterwanderte, als es Birnen und Pflaumen in Hülle und Fülle, in unreifem und in überreifem Zustand gab, als die Sonne heiß vom Himmel brannte und die Melonen nur gepflückt zu werden brauchten, da unterbrach er ihre Ankündigungen mit der barschen Frage, was sie gerade gegessen hätte. Er war unterdessen so mißtrauisch geworden, daß sie im Dezember zweimal in Ohnmacht fallen mußte, ehe er zu überzeugen war. Dann war seine Freude freilich rührend und dauerte fast einen ganzen Tag. Man kann so eine Freude jedoch nicht für ewig empfinden, und Ingeborg mußte feststellen, daß sich die Dinge nach diesem kurzen Gefühlsausbruch wieder in die alte Ordnung fügten, abgesehen davon, daß sie sich ständig und außergewöhnlich elend fühlte.

Nun gut, sie hatte einen wunderbaren Sommer verbracht; sie hatte das alles in den Ärmel ihrer Erinnerung gestopft, und als die Tage Regen brachten und sie sich kränklich fühlte und fror, konnte sie alles wieder herauskramen und sich daran ergötzen. In jenem Jahr war der Sommer in Ostpreußen lang und trocken gewesen, ein endloses Baden in Sonnenschein, und Ingeborg hatte ihn in der Ekstase der Freiheit ausgekostet. Ihr Körper, leicht und vollkommen im Gleichgewicht, vollbrachte Höchstleistungen, während sie die tiefen Wälder erforschte, die nördlich vom Kökensee begannen und sich ununterbrochen bis zum Meer erstreckten. Sie bereitete Roberts Essen in aller Frühe zu, packte ein paar Butterbrote und eine Gurke samt ihrer deutschen Grammatik in einen Rucksack, paddelte mit dem Boot über den See und vertäute es dort am Ufer, wo der Wald begann. Dann brach sie auf. Nichts schien sie zu ermüden. Sie pflegte auf den endlosen Forstwegen meilenweit zu wandern, so angepaßt an diese Waldwelt, so im kreatürlichen Einklang mit Sonnenlicht und Luft wie die weißen Schmetterlinge, die die mächtigen Fichtenstämme umflatterten. Von Zeit zu Zeit ließ sie sich, aus schierer Wonne, auf den köstlich elastischen Teppich der Kronsbeerbüsche fallen und lag dann ganz still und beobachtete die blaugrünen Wipfel der Föhren, die sich leise hoch über ihr im klaren nördlichen Himmel hin und her wiegten. Sie seufzten leise im Wind. Das war das einzige Geräusch, außer dem gelegentlichen Ruf eines Spechtes oder dem unbeschreiblich fernen Schrei eines Habichts.

Niemand außer ihr schien die Wälder zu nutzen. Ganz selten stieß sie auf einen Holzfäller oder Kinder, die Blaubeeren pflückten. In diesen Fällen wurde sie immer ausgiebig angestarrt. Die Wälder lagen ganz aus dem Weg von Fremden oder Touristen, und die fleißigen Hausfrauen waren zu sehr beschäftigt, um den Anker lösen und im Walde herumstreifen zu können, selbst wenn sie die Wälder liebten. Und wenn jene, die ihre Arbeit in die Waldeinsamkeit trieb, auf ein anderes Lebewesen stießen, daß zu jener Klasse gehörte, die sich jeden Tag nach Belieben ein warmes Mittagessen in einem festen Haus leisten kann, oder das zu dem Geschlecht gehörte, das dieses Mittagessen zubereiten sollte, dann konnte man wohl staunen.

Die junge Dame schien aber so glücklich und vergnügt zu sein, daß alle lächeln mußten, wenn sie sie sahen. Sie vermuteten, sie sei wohl in der Stadt so käsebleich geworden, und nun habe man sie für die Sommerwochen bei einem der Förster eingemietet. Das erklärte ihre Ungebundenheit, ihren Rucksack und die Farbe ihrer Haut. Auf jeden Fall wurde ihr eintöniger Tag schon interessant, wenn sie nur vorüberging; und sie schauten ihr immer nach, wie ihr Kleid zwischen den Bäumen immer wieder aufleuchtete, bis sie kaum noch von den weißen Schmetterlingen zu unterscheiden war und in der Ferne verschwand.

Wenn sie erhitzt war, ließ sie sich an sorgfältig ausgewählten Stellen nieder, möglichst in der Nähe von einem Laubbaum, einem Ahorn oder einer Vogelbeere, die ihr lebhaftes Grün vor dem besonderen staubigen Ton aus Grau und Rosa entfalteten, der um die Föhrenstämme spielte; ein Baum, der zwischen diesen Riesen ganz zierlich wirkte, ihnen kaum bis zu den Knien reichte, und dennoch, wenn sie darunter stand, so waren diese

Bäume fast so groß wie die Linden im Kökensee-Garten. Sie setzte sich nicht in den Schatten dieser Laubbäume. Sie entfernte sich etwas von ihnen, so daß sie gut sehen konnte, wie ihre Blätter im Lichte bebten, lehnte sich mit dem Rücken an einen Föhrenstamm und aß ihre Butterbrote und ihre Gurke und spürte, wie sehr sie Gott liebte und ihn lobpreisen mußte.

Es war unmöglich, dieses Gefühl zu ergründen. Es war einfach da. Es schien sie in diesem Sommer auf allen Wegen zu begleiten. Jeder Schritt war gesegnet. Es muß am Licht liegen, dachte sie, und schaute sich um, an diesem wunderbaren Licht, dem matten Glanz des Waldes; es war in der Luft, die warm und zugleich frisch war, duftdurchschwängert und bitter; es lag in dem Gefühl der Tannennadeln und der trockenen spröden Zapfen vom letzten Jahr, die krachten, wenn sie darauf trat; es lag in den Moospolstern, so grün und kühl, daß sie stehenblieb, um sie zu streicheln, oder in den reifen Flechten, die absprangen, wenn ihr Fuß eine Baumwurzel streifte; es lag daran, jung und gesund zu sein und sein Essen zu haben und in aller Ruhe dasitzen zu können und sich auszuruhen und genau zu wissen, daß die Stunden, die vor ihr lagen, von keiner Hast bemessen waren; es lag an all diesen Dingen, überall und ringsherum. Sie zog dann immer ihre deutsche Grammatik in dem raschen Aufflackern eines Verlangens heraus, etwas dafür leisten zu wollen, etwas, das ihr wirklich Mühe machte – muß man nicht irgendwie danke sagen? –, und sie prägte sich bei diesen Expeditionen gewaltige Textstücke ein, lernte ganze Seiten auswendig und sagte sie mit lauter Stimme den Föhren und den Spechten auf.

Wenn die Sonne sich zu senken begann, brach sie wieder auf und machte sich auf den Heimweg, verirrte sich manchmal eine Weile, und dann mußte sie sich beeilen wegen Roberts Abendbrot, und dann geriet sie ins Schwitzen; und diese Kombination aus Hitze und Hast und Gurke, zu der sich zum Schluß auch noch Erschöpfung gesellte, endete dann in einem dieser triumphalen Auftritte in seinem Laboratorium, an die er sich allmählich gewöhnte.

Im Januar, als sie sich nur noch elend fühlte, dachte sie an diese

Tage wie an etwas, das zu schön war, um wirklich geschehen zu sein.

Sie hatte von Anfang an keinerlei Scheu, über Babys zu sprechen. In ihrem früheren Leben hatte sie gar nicht darüber nachgedacht, denn im Bischofspalast wurde nicht von Babys gesprochen – natürlich nicht, dachte sie in der Rückerinnerung, denn es hatte dort keine gegeben, und es wäre genauso sinnlos gewesen, dort über Babys zu sprechen, wo es keine gab, wie es in Kökensee sinnlos gewesen wäre, über Bischöfe zu sprechen, die es dort nicht gab. Sie traf deshalb völlig frei von Vorurteilen in Kökensee ein, und weil sie nun auf eine Atmosphäre stieß, die babyschwanger war, schickte sie sich in ihrer gewohnten Anpassungsfähigkeit sofort und ohne viel zu fragen in die dort herrschende Haltung und sah erst recht keinen Grund zur Verlegenheit.

In der Nachbarschaft wartete man nicht, bis die Kinder geboren wurden, sondern redete gleich über sie. Man hielt die Kinder nicht erst für erwähnenswert, wenn sie getauft und ein Christenmensch waren. Sie waren wichtig, das Allerwichtigste im Leben der Frauen, und es war nur natürlich, daß man sich gründlich darüber austauschte. Die unfruchtbare Frau war ein bedauernswertes Geschöpf. Die Frau mit den meisten Kindern das stolzeste. Mochte sie arm sein und unter dem Kindersegen leiden, so war sie doch reicher als ihre Nachbarinnen. Ilse hatte sich rechtzeitig erkundigt, welche Stube das Kinderzimmer werden sollte. Das ausgewiesene Vorbild an Rechtschaffenheit und Würde, Baronin Glambeck, redete über Geburten mit einer Detailkenntnis und einem Interesse, das nur von dem Interesse für Todesarten übertroffen wurde. Geburten schienen ihr der angemessenste Gesprächsgegenstand mit jungverheirateten Frauen zu sein; und als sie den Dremmels vierzehn Tage nach ihrem Antrittsbesuch einen Gegenbesuch abstattete, war sie wie vor den Kopf geschlagen und ärgerlich, daß das Thema gegenstandslos geworden war, weil sich Ingeborg der besten Gesundheit erfreute.

Dieses Versagen von Ingeborg verdarb genaugenommen die ganze Visite. Die Baronin, bei ihrer Ankunft freundlich und entgegenkommend, zog sich wie jemand wieder in ihre Kälte zurück, der meint, sich etwas vergeben zu haben, weil er bei der vorigen Gelegenheit unter falschem Vorwand aufgetaut war. Unmöglich, mit der Frau ihres Pastors – und wie seltsam sie aussah, was sie für freie Manieren hatte! – gesellschaftlich zusammenzukommen, außer auf dem sicheren christlichen Fundament im Zusammenhang mit Geburten und Tod. Die Frau eines Pastors gehörte zu der Klasse, der man nur im Leid oder bei Verfehlungen Freundlichkeit erweisen konnte. Die Baronin war beleidigt, mußte jedoch den Besuch durchstehen und lenkte die Unterhaltung deshalb zu Fragen, die an der Grenze der Feindseligkeit lagen: Wo konnte man nur solche Schuhe kaufen? Und hielt die Frau Pastor so eingezwängte Zehen wirklich erstrebenswert für den Kreislauf und die Hausarbeit?

Ingeborg mochte kaum glauben, daß dies die mütterliche Dame war, die an jenem Tag in Glambeck so ein Gewese um ihr Bett gemacht hatte. Sie fühlte sich zurückgestoßen, weit weg, ans andere Ufer eines Golfes. Zum ersten Male dämmerte es ihr, daß sie durch ihre Heirat eine andere soziale Stellung bekommen hatte, daß der Golf hier in Deutschland sehr breit war. Sie war die Frau eines Pastors; und wenn sie nach ihrer Familie gefragt wurde, was bei diesem Besuch sehr bald und ausführlich der Fall war, konnte sie nur weitere Gottesmänner bieten.

»Aha, das ist das gleiche, was wir Superintendent nennen«, sagte die Baronin mit langsamem Kopfnicken, nachdem sie erfahren hatte, daß Ingeborgs Vater ein Bischof war; und nach einer Reihe von weiteren Fragen nach der Familie, in die die Schwester der Frau Pastor hineingeheiratet hatte, nickte sie abermals ein paarmal mit dem Kopf und informierte Ingeborg darüber, daß derjenige, den ihre Schwester geheiratet hatte, ein Schulmeister war. »Wie Herr Schultz«, sagte die Baronin. Herr Schultz war der Dorfschulmeister.

Auf dem Tisch stand eine Fotografie von Judith, die das Interesse der Baronin erregte und auch das des Barons, noch wesentlich lebhafter, aber verstohlen. Es zeigte Judith in voller Schönheit in tief ausgeschnittener Abendrobe, perfekt.

Ingeborg griff in dem natürlichen Stolz danach, etwas so Liebliches als Schwester zu besitzen, und reichte es der Baronin. »Das ist sie«, sagte Ingeborg strahlend vor Stolz.

Die Baronin starrte das Bild in unverhüllter Bestürzung an. »Was?« fragte sie. »Das ist die Frau eines Schulmeisters? Das ist die Schwester unserer Pastorin? Ich dachte –«

Sie brach ab, legte die Fotografie mit einer grimmigen Geste wieder auf den Tisch und verkündete, sie könne nicht zum Abendbrot bleiben.

Danach hatten sie keinen Umgang mehr mit den Glambecks gehabt, und die Baronin hatte keine Ahnung von der befriedigenden Wendung der Dinge, bis sie am Heiligen Abend von ihrem Patronatssitz aus, den sie und der Baron beschlossen hatten, anläßlich der hohen christlichen Feiertage wieder einzunehmen, um anzudeuten, daß sie Herrn Dremmels Besserungswünsche anerkannten, während der endlosen Strophen eines Chorals sah, wie Ingeborg seitlich auf ihre Kirchenbank kippte und dort reglos wie ein Bündel liegenblieb, das Gesangbuch schief auf dem Pult vor ihr, scheinbar vollkommen gleichgültig, ob sich das schickte oder nicht. Die Baronin stieß den Baron nicht an, weil man in ihrer Position so etwas nicht tut, aber instinktiv hätte sie ihn am liebsten angestoßen.

Herr Dremmel konnte nicht erkennen, was geschehen war, denn der Sitte nach verschwand er während des Gemeindegesanges in einer Holzklause zu Füßen der Kanzel, wo er sich sofort in Gedanken über seine landwirtschaftlichen Experimente vertiefte. Solange er nicht herauskam, wurde weitergesungen; und angenommen, dachte die Baronin, er vergißt, herauszukommen? Einmal war das geschehen, wie sie erfahren hatte, er war in seiner Klause geblieben, weil ihm dort unglücklicherweise ein Gedankenblitz in bezug auf Pottasche durch den Kopf geschossen war, der ihn erst nach knapp einer Stunde wieder verließ, derweil die Gemeinde den Choral fünfzehnmal mit schließlich fast ersterbender Stimme wiederholt hatte. Die Baronin wußte, daß es fast eine Stunde gedauert hatte, ahnte aber nichts von der Pottasche. Wenn er also wieder in eine Meditation geriet? Es gab keinen Küster, Kirchendiener, Almosensammler oder irgendeine andere

Amtsperson, die eingreifen könnte. Die Gemeinde würde von sich aus nichts unternehmen, was außerhalb von Vorschrift und Regel lag. Es gab keine weiblichen Verwandten, die über Weihnachten bei der Frau Pastor hätten bleiben können, wenn die Frau Pastor das gewesen wäre, was sie von Rechts wegen hätte sein müssen und was alle anderen Pastorenfrauen so treu und redlich waren, nämlich eine Deutsche. Und was sie selbst betraf, so wäre es vor den Augen von ganz Kökensee eine zu große Herablassung gewesen, wenn sie hinuntergestiegen und geholfen hätte, außerdem hätte es nur unnötige Schwierigkeiten mit der Frau des Försters und der Frau des Glambecker Schulmeisters gegeben, der gleichzeitig die Poststelle betrieb und die alle beide auf der gleichen gesellschaftlichen Ebene wie Frau Dremmel standen und voll Eifersucht jede leiseste Abweichung von der Regel belauern und gleich als Bevorzugung mißverstehen würden. Herr Dremmel kam jedoch rechtzeitig heraus, stieg auf die Kanzel, schlug sein wohlbekanntes Manuskript auf und las den wohlbekannten Text, und die Gemeinde platzte fast vor Aufregung und konnte es kaum erwarten, bis sein Auge auf seinen eigenen Kirchenstuhl und dessen Inhalt fiel. Würde er den Gottesdienst unterbrechen, um aus der Kanzel zu steigen und seine Frau hinauszutragen? Mußte die Gemeinde warten, bis er zurückkam, oder war es ihnen erlaubt, sich schon zu ihren Weihnachtsbäumen und Weihnachtsfreuden zu verteilen? Herr Dremmel las ungerührt weiter, erläuterte die unschuldige Weihnachtsgeschichte, beschwor ihre weiße Kulisse aus Schafen und Engeln und Jungfrauen und Sternen mit der Donnergewalt einer Strafpredigt, wie es ihm unterdessen bei allen Predigten zur Gewohnheit geworden war. Er hatte sich »Frieden auf Erden und den Menschen ein Wohlgefallen« als Text ausgewählt, und als er die Stelle vorlas, ließ er aus schierer Gewohnheit die geballte Faust auf sein Pult poltern und rief es der Gemeinde wie eine Drohung zu.

Er schaute nicht in die Richtung seiner Frau. Er dachte gar nicht an sie. Er wunderte sich etwas über die lautlose Stille und die Aufmerksamkeit seiner Zuhörer. Niemand hustete. Niemand schuffelte mit den Füßen. Die Schulkinder hingen reglos und gespannt über das Emporengeländer vor der Orgel. Baron Glambeck war nicht eingeschlafen.

Nach dem Gottesdienst mußte Herr Dremmel der Sitte nach in seiner Klause bleiben, bis alle die Kirche verlassen hatten, und erst dann, als er durch das leere Kirchenschiff zum einzigen Ausgang schritt, bemerkte er Ingeborg. Im ersten Augenblick glaubte er, sie erwartete ihn in einer unangemessen kindischen Haltung und wollte ihr schon Vorwürfe machen, als es ihm plötzlich wie Schuppen von den Augen fiel, daß er, weil es das zweite Mal in zehn Tagen war, wahr und wahrhaftig und ohne den geringsten Zweifel der glücklichste Mann auf Erden war.

Trotz des bitterkalten Windes, der über den Kirchplatz pfiff, waren alle, die in der Kirche gewesen waren, draußen stehengeblieben und warteten darauf, ihren Pastor herauskommen zu sehen. Die Glambecks und die Kirchenältesten hätten am Heiligen Abend ohnehin auf ihn gewartet, um mit ihm Glück- und Segenswünsche auszutauschen, aber in diesem Fall warteten sie nicht nur in Geduld, sondern aus Neugier, und die gesamte Kirchengemeinde wartete auch.

Sie wurden reich belohnt, denn nach einer Weile sahen sie, wie er noch im Ornat in der Kirchentür auftauchte und das Bündel, die immer noch ohnmächtige Frau Pastor, so zärtlich wie ein Baby trug, sein Gesicht vor Stolz und Freude strahlend. Das war genauso eine schöne Unterhaltung wie eine Beerdigung. Doppelte Glückwünsche regneten auf ihn nieder, doppelt und dreifach wurde ihm die Hand geschüttelt, die er zu diesem Zwecke unter Ingeborgs schlaffem Körper hervorschob, und als er sich für die reichen Segenswünsche der Menge bedankte, beschlug ihm die Brille mit dem Dunst seiner glücklichen Tränen.

Dies war die erste allgemeinverständliche und anerkannte Geste, die Ingeborg seit ihrer Ankunft vollführt hatte. Was sie auch mit Witz und Vorbedacht geplant hätte, nichts wäre imstande gewesen, ihr so dramatisch die Gunst und Liebe der ganzen Gemeinde zu verschaffen. Der Tag war der passendste Zeitpunkt im ganzen Jahr. Das Warten hatte sich gelohnt, dachte ihr überglücklicher Robert, wenn man so ein Weihnachtsgeschenk erhält. Die Baronin, die sich genauso wie der Baron überaus herzlich zeigte, fühlte sich geschmeichelt, als ob ihr Beispiel als Vorbild gedient und befolgt worden wäre, freilich nicht so vollkommen, denn sie hatte es ja geschafft, ihre Kinder pünktlich für den Weihnachtsbaum zur Welt zu bringen. Das Dorf schaute voll Dankbarkeit zu, wie eine ohnmächtige Frau Pastor durch seine Mitte getragen wurde, und ihr schlaffer Körper hatte alle Qualitäten einer Leiche. Jedermann war bewegt und erfreut; und als Ingeborg endlich nach vielen Ermunterungen auf dem Sofa im Wohnzimmer des Pfarrhauses wieder zu sich kam, erlebte sie den glückseligsten Tag ihres Lebens, den Tag von Roberts höchstem Entzücken an ihr, den Tag seiner Fürsorge und seiner Ergebenheit, seines Stolzes und seiner Zärtlichkeit.

Wieder gelang es ihr, diesmal einen ganzen Tag lang, die Düngemittel zu übertreffen, und das Laboratorium war ein vergessener Ort. Sie wurde verwöhnt. Sie lag auf dem Sofa, fühlte sich wieder ganz wohl, blieb aber gehorsam liegen, weil er ihr es befahl und weil sie es himmlisch fand, von ihm umsorgt zu werden. So verfolgte sie mit seligen Augen, wie er ungeheuer zu wirtschaften begann. Er schmückte den Baum für sie fertig, steckte die Kerzen auf und unterbrach sich immer wieder, um zu ihr herüberzukommen und ihr die Hände zu küssen und sie zu streicheln. Wärmende Strahlen schienen von ihm auszugehen und bis in ihr innerstes Wesen zu dringen. In einem Lande, in dem in der Heiligen Nacht alle Heime im Kerzenlicht strahlen, glänzte sein kleines Heim am hellsten. Die Kerzen am Tannenbaum warfen ihr Licht auf Ingeborg, die in der Sofaecke eingekuschelt lag, voll Heiterkeit schwatzte und lachte, aber trotzdem einen unbeschreiblichen Stolz und eine ernste Freude im Herzen spürte, so daß er schließlich glaubte, sie begebe sich nun wirklich auf den Pfad der strengen Pflicht und schicke sich endlich dazu an, auch etwas zu geben, eine Gegenleistung für all diese Glückseligkeit, die ihr durch ihn und von ihm zugefallen war.

Ilse wurde hereingerufen und kam, noch ganz rot und blank im Gesicht vom gründlichen Waschen, und empfing ihre Geschenke. Für Ingeborg gab es Überraschungen – sie mußte die

Augen schließen, während sie zurechtgestellt wurden –, die sie rührten und verwunderten, weil Robert in den letzten Wochen für alles außer seiner Arbeit blind gewesen zu sein schien – ein Topf mit Hyazinthen in einer rosa Crêpemanschette und Seidenschleifen, die er mit großer List und Schwierigkeiten beschafft und vor ihr verborgen gehalten haben mußte, ein Band Gedichte von Heine, ein Paar Pelzhandschuhe, ein silbernes Kettenarmband und ein lächelndes Marzipanschwein mit einem Zettelchen am Halse, auf dem »Ich bringe Glück« stand. Sie, die noch nicht begriffen hatte, was in Deutschland das Weihnachtsfest bedeutet, hatte nur ein Zigarrenetui für ihn; und als sie dalag, den Schoß voller Geschenke und ihr Handgelenk mit dem Armband geschmückt, auf das er in zurückhaltender Weise stolz war und ihr umständlich den Trick mit dem Verschluß erklärte und beteuerte, daß es echtes Silber sei und er ja wisse, wie sich die kleinen Frauchen zu gerne mit diesen barbarischen Schmuckstücken behängten – da schlang sie ihm den Arm um den Hals und entschuldigte sich für ihre schreckliche Ahnungslosigkeit in bezug auf diese Sitten und ihren Mangel an Einfallskraft und das einsame, überhaupt nicht überraschende jammervolle Zigarrenetui, und als sie das tat, ihre Wange auf seinem dichten Haarschopf, da zog er sie innig an sich und segnete sie. Segnete seine kleine Frau und das größte Geschenk, das sie im darbringen konnte. Sie hatten beide feuchte Augen, als dieser Segen, in tiefem Ernst ausgeteilt und empfangen, vorüber war. Er wurde in Ilses Gegenwart gespendet, und sie schaute wohlwollend zu und trat danach näher und schüttelte ihnen die Hände und fügte ihrem Dank für die Weihnachtsgeschenke ihre Glückwünsche zu dem frohen Ereignis im kommenden Sommer hinzu.

»Juli«, sagte Ilse nach einem Augenblick der Überlegung. »Dann müssen wir das Zimmer einrichten«, setzte sie hinzu.

Ingeborg hatte das Gefühl, als ob ihr selbst die Knochen schmölzen vor lauter Glück.

18

Aber diese hochgestimmten Augenblicke, in denen man in den wärmsten Empfindungen schwimmt, dauern nicht an, wie Ingeborg feststellen mußte; sie sind nicht endlos, sie bleiben, wie sie in ihrem Überschwang gedacht hatte, kein Dauerzustand eines tiefen Verständnisses und der wolkenlosen Liebe, den man schließlich erreicht und in dem man glücklich ruht. Sie stellte vielmehr fest, daß die geringsten Kleinigkeiten alles beenden konnten, so etwas Geringfügiges zum Beispiel wie das Schlafengehen reichte schon aus, und danach kehrte die Hochstimmung nie wieder zurück, ja, sie kehrte nicht nur nicht wieder, sie schien vergessen zu sein.

Das merkte sie am folgenden Morgen beim Frühstück, und es überraschte sie zuerst sehr. Sie hatte noch rosig und warm von der Glut des vorigen Abends den Kaffee fertiggemacht, dachte immer noch »lieber Robert« und konnte es noch gar nicht fassen, den Kopf beim Brotschneiden etwas schiefgelegt – Ilse war nach dem vielen Marzipan etwas unpäßlich – und ein Lächeln auf den Lippen, wieviel Glück das Leben faßte, und als er kam, lief sie auf ihn zu, strahlte ihn an und war bereit, die himmlische Stimmung genau dort aufzunehmen und fortzusetzen, wo sie gestern abend durch die Schlafenszeit unterbrochen worden war. Herr Dremmel aber war seitdem im Geiste Tausende von Meilen gereist. Er nahm sie kaum wahr. Er küßte sie mechanisch und setzte sich zu Tisch. Für ihn war sie wieder so alltäglich und gewöhnlich wie das Brot und der Kaffee zu seinem Frühstück. Sie war seine Frau, die in einer Weile Mutter werden würde. Das war normal, unerheblich und befriedigend; und nachdem die Sache sicher war und die angemessenen ersten Gefühle der Freude und der Rührung vorbei, konnte er sich mit sehr viel mehr Konzentration als bisher seiner Arbeit widmen, denn nun gab es nicht mehr diese aufrührenden Zwischenfälle, die in den letzten sechs Monaten so häufig gewesen waren, als der Zustand seiner Frau, oder besser die Tatsache, daß es kein Zustand gewesen war, mit der Hartnäckigkeit eines unausrottbaren Krautes durch seine Gedanken gewuchert war. Diese Angelegenheit war nun abgeschlossen; und er schob sie beiseite, so wie jeder Arbeiter das Erledigte ablegt. Gerade an diesem Morgen war er vollkommen in die Funktion der Pottasche bei der Entstehung von Kohlenhydraten versunken. Er war gestern noch lange aufgeblieben – lange nachdem Ingeborg zu Bett gegangen war, mit einem Gefühl, als hätte sie sich in einen Stern aufgelöst und wonnig gewiß, daß sich auch Robert sternenhaft fühlte – und hatte über Pottasche nachgedacht. Er wollte den Stärkeanteil seines Getreides erhöhen und den Zelluloseanteil im Stroh. Sie hatte noch nicht den Gang überquert, hatte noch nicht ihre Schlafstube betreten, da waren seine Gedanken schon bei der Pottasche. Mehr Stärke im Korn, mehr Zellulose im Stroh, weniger Pilzbefall auf seinem Mangold . . .

Beim Frühstück waren seine Gedanken so mit Glukose und Rohrzuckerprozenten der verdaulichen Kohlenhydrate verklebt, daß er sie kaum voneinander lösen konnte, um die Zeitung zu lesen, er saß nur schweigend da, kaute sein Butterbrot und starrte auf den Teller.

»Nun, Robert?« sagte Ingeborg und lächelte ihn um die Kaffeekanne herum an, und in diesem Lächeln schwebte noch die freudenvolle Bedeutsamkeit des vergangenen Abends.

»Ja, mein Kleinchen?« fragte er abwesend, ohne sie anzuschauen.

»Nun, Robert?« fragte sie abermals und mit Betonung.

»Was ist denn, Kleinchen?« fragte er und blickte mit der leichten Gereiztheit eines Menschen auf, der gestört wird.

»Was? Freust du dich denn gar nicht mehr?« fragte sie und spielte die Gekränkte.

»Freuen? Über was denn?«

Sie starrte ihn an, jetzt nicht mehr gespielt. »Über was?« wiederholte sie, und der Mund klappte ihr auf.

Er hatte es vergessen.

Das kam ihr wirklich sehr ungewöhnlich vor. Sie goß sich langsam eine Tasse Kaffee ein und dachte nach. Er hatte es vergessen. Das, was er sich am sehnlichsten wünschte, wie er so oft beteuert hatte, konnte er sofort vergessen, innerhalb einer Nacht, sowie die Erfüllung sicher war. Die Kerzen am Weihnachtsbaum dort in der Ecke waren genauso niedergebrannt und verschwunden wie sein zärtlicher Gefühlsausbruch des vorigen Abends. Ja, das war typisch Robert. Das war natürlich die Art und Weise kluger Männer. Aber – seine Tränen? Er hatte so tief empfunden, daß ihm Tränen kamen. Es gab gar keinen Zweifel daran, daß er ungeheuer bewegt gewesen war. Wie merkwürdig war es dann, dachte sie, während sie sich langsam Zucker in die Tasse rieseln ließ, daß er sogar die Erinnerung daran auslöschen konnte!

Das war aber auch typisch Robert. Er klammerte sich nicht so wie sie an den Augenblick, sondern ging mit überlegenem Geist an ihm vorüber; und es war einfach töricht von ihr, daß sie meinte, jemand mit seinem Verstand würde sich aufhalten lassen, würde ewig mit ihr herumtrödeln und sich ewig in Wonne wälzen.

Sie ließ ihren Kaffee stehen und erhob sich und ging zu ihm hinüber und küßte ihn. »Liebster Robert«, murmelte sie, wieder im Einklang mit ihm, sogar stolz auf ihn, weil er sich selbst mit profanen Gedanken so ausschließlich befaßte, daß er darüber sogar ein wahrhaft wichtiges Ereignis vergaß. Denn war es nicht etwas Großes und Wichtiges, daß ein Kind geboren werden sollte, daß ein neues Leben begann? Trotzdem, seine Gedanken, die Gedanken ihres Mannes, waren wichtiger. »Liebster Robert«, murmelte sie und küßte ihn stolz.

Doch trotz ihres festen Entschlusses, glücklich zu sein und allen Grund zum Stolz zu haben, war dieser Winter eine Zeit, durch die sie sich nur mühsam hindurchquälte. Sie, die niemals über ihren Köprer nachgedacht hatte, für die er nichts als ein perfektes Instrument war, das sich nach ihrem Willen bewegte, mußte nun fast ständig an ihn denken. Er beherrschte sie. Sie mußte ihn ununterbrochen ermuntern, damit sie ihn ein wenig benutzen konnte. Sie schien ihn ständig zu einem Sofa schleppen zu müssen, dort in waagerechte Lage zu bringen und gar nichts tun zu lassen. Sie schien ihn ebenso unablässig überreden zu müssen, sich nicht um den Gestank des Schweins zu kümmern oder um den Geruch, der bei einem bestimmten Wind von Glambeck herüberkam, wenn sie dort den Kartoffelschnaps brannten. Wenn diese Gerüche durch die Fensterritzen drangen, mußte sie die Augen zukneifen und fest an den Duft der Rosen und Levkojen denken, an den zarten Orangenduft der orangefarbenen Lupinen, die sie im Sommer überall hatte wachsen sehen; aber diese Beschwörungen endeten zuverlässig über kurz oder lang in steigender Kälte, in eisigen Schweißausbrüchen, Schwäche und Übelkeit.

Im Lauf der Monate reagierte ihr Körper genauso heftig selbst auf alltägliche und unvermeidliche Gerüche, die beim Kaffeerösten oder Kartoffelbraten anstanden; und das war besonders unangenehm, wenn man diese Dinge selber erledigen mußte; und es geschah oft, daß Ilse, wenn sie frisch und energiegeladen aus der Spülküche oder vom Hof kam, ihre Herrin zusammengesunken auf einem Stuhl fand, Kopf auf dem Küchentisch, in einem so elenden Zustand, daß man meinen konnte, sie sei krank, obgleich ihr alle beteuerten, eine Schwangerschaft sei keine Krankheit.

Ilse betrachtete sie dann mit einer Art amüsiertem Mitgefühl. »Bevor's der Frau Pastor wieder bessergeht, wird's ihr noch viel schlimmer gehen«, pflegte sie fröhlich zu sagen; und wenn es ganz schlimm stand und sich Ingeborg, bleich und verschwitzt, in dem stummen Kampfe an sie klammerte, sich nicht bleich und verschwitzt zu fühlen, benutzte sie die Redensart, die sie zuerst aus dem Munde der Baronin Glambeck gehört hatte, nickte also aufmunternd, wenn auch nicht ohne eine leichte Spur Schadenfreude, und sagte: »Ja, ja, wer A sagt, muß auch B sagen.«

In Augenblicken tiefster Niedergeschlagenheit in diesem aussichtslosen Kampf ließ Ingeborg den Kopf sinken, schloß die Augen und merkte, wie sie es haßte, wie sie es in ihrer Schwäche elend und erbittert haßte, dieses B.

Im Lauf der nächsten Monate ließ das Vergnügen am eigenen Hausstand und daran, alles selbst zu erledigen, ganz erheblich nach. Sie sprang nicht mehr munter aus dem Bett, um sich wieder ihren Pflichten zu widmen, sie begrüßte nicht mehr den Anfang jeden Tages, indem sie ihrem Mann einen heiteren und bezaubernden Frühstückstisch deckte. Sie fühlte sich schwer; zu träge, sich selbst an die Arbeit des Ankleidens zu machen; denn sie konnte sich darauf verlassen: Kaum stand sie auf den Füßen, wurde ihr schon wieder übel. Sie sprach davon, noch einen Dienstboten einzustellen, eine Köchin; und Herr Dremmel, der ihr diese Entscheidungen ganz und gar überließ, stimmte sofort zu.

Als jedoch die notwendigen Schritte unternommen werden mußten, eine Anzeige aufgeben oder nach Königsberg zu einer Agentur fahren, erlahmte ihre Kraft wieder, und sie tat gar nichts. Es war alles so schwierig. Vielleicht wurde sie auf der Reise ohnmächtig. Vielleicht mußte sie sich übergeben. Und sie mochte Robert nicht um Hilfe bitten, weil sie nicht wußte, was für ein Problem, vor dessen triumphaler Lösung er vielleicht gerade stand, sie damit zunichte machte. Es kam ihr als ein ungeheuerlicher Übergriff vor, einen Mann aus seinen Gedanken zu reißen; ihre Kette zu unterbrechen; vielleicht mit der Forderung, eine Anzeige für eine Köchin aufzusetzen oder sie gar selber zu suchen, diesen besonderen Gedankengang für immer zu unterbrechen. Und da in der näheren Umgebung keine Köchin zu finden war, weil jede Frau und Mutter außer Damen wie die Baronin Glambeck diese höheren häuslichen Pflichten selbst erledigte, unternahm sie gar nichts. Sie fügte sich in ein Schicksal, das sie schließlich mit allen anderen in Kökensee teilte. Es war leichter, nachzugeben, als zu handeln. Ihr Wille wurde weich und gummiartig. Einmal betete sie wegen des Kochens, bat darum, nie wieder Essen sehen und riechen zu müssen; brach das Gebet jedoch plötzlich ab, weil es ihr eiskalt zu Bewußtsein kam, daß sie nur der Tod von der Küche befreien konnte.

Herr Dremmel war so freundlich und nett wie immer zu ihr. Er merkte nichts, weil es auch nichts zu merken gab, und wenn es ihm zufällig einfiel, so tröstete und ermunterte er sie nach besten Kräften. Wenn er zu den Mahlzeiten aus seinem Laboratorium kam und sie nicht am Tisch, sondern auf dem Sofa fand, das Gesicht zur Wand gedreht und in eine Orange vergraben, damit die Essengerüche zumindest in einem geringen Grade abgeschwächt und überdeckt würden, klopfte er ihr oft auf den Rücken, ehe er mit seiner Mahlzeit begann, und sagte: »Armes kleines Frauchen.« Man kann jedoch nicht neun Monate lang ständig armes kleines Frauchen sagen, und es muß Pausen in solchen Gefühlsbezeugungen geben; aber er verschob die Rückkehr zu seiner Arbeit mindestens zweimal um ein paar Minuten, um sie durch die Beschreibung des großen Glücksgefühls aufzuheitern, das am Ende dieser mühseligen Monate auf sie wartete, dieses überwältigenden Augenblicks, der – wie er gehört hatte – von keinem anderen im Menschenleben übertroffen werden konnte, wenn nämlich die junge Mutter ihr Neugeborenes erblickt.

»Ich sehe mein kleines Weibchen schon, so stolz, so glücklich«, sagte er immer; und jedesmal verschwamm ihm das Bild vor Augen, und er mußte sich über sie beugen und ihr die Haare streicheln.

Dann vergaß sie jedesmal, wie elend sie sich fühlte, lächelte und schämte sich, daß sie sich so angestellt hatte. Das höchste Gut – was wollte man nicht alles auf sich nehmen, selbst Elend, um dieses höchste Gut zu gewinnen?

»Und er wird genauso klug sein wie du«, pflegte sie zu bemerken, zog seine Hand von ihrem Haar herab und küßte sie und lächelte zu ihm empor.

»Und ich werde mein Herz doppelt so groß machen müssen«, entgegnete Herr Dremmel, »damit es Platz für beide Lieben hat.«

Dann lachte Ingeborg vor Freude, und es gelang ihr eine ganze Weile, ihre Übelkeit fast zu genießen.

Um den März herum, als der Schnee, der den ganzen Winter hindurch zu beiden Seiten des Gartenweges zu einem hohen Wall aufgeschippt worden war, zu tauen begann und schmutzig wurde, als des Mittags die Eiszapfen an den Regenrinnen tauten, als die Sonne zum ersten Mal wieder warm wurde und mächtige Stürme die ganze Welt stöhnen und krachen ließen, wurden die Dinge besser. Sie spürte nicht mehr die Schwäche so am Herzen nagen. Sie sah nicht mehr so farblos und spitznäsig aus. Eine wachsende Würde beherrschte ihre Schritte, die jede Woche langsamer und schwerer wurden. Nachdem sie monatelang das Essen nicht einmal hatte anschauen mögen, wurde sie nun erstaunlich hungrig, geradezu heißhungrig, und aß pausenlos.

Ilse zeigte weiter ein amüsiertes Interesse. Ihre Mutter hatte vierzehn Kinder geboren und kriegte immer noch mehr, so daß Ilse mit all diesen Stadien wohlvertraut war. Es stimmte freilich, daß die Frau Pastor unter jeder dieser Phasen mehr zu leiden hatte, mehr von ihnen beeinträchtigt war als Ilses Mutter oder andere Frauen in Kökensee, aber über den Daumen war es immer dieselbe Geschichte. »Das nächste Mal wird es leichter werden«, prophezeite Ilse mit Begeisterung; doch der Gedanke an das nächste Mal, ehe das erste hinter ihr lag, vermochte Ingeborg eher zu deprimieren, als zu begeistern.

Sie hatte nach Hause nach Redchester geschrieben, um die große Neuigkeit zu verkünden, und sie hatte von Mrs. Bullivant einen Antwortbrief bekommen, der sich durch äußersten Mangel an Begeisterung auszeichnete. Das künftige Kind wurde vielmehr als die Nebensächlichkeit abgehandelt, die es indirekt ja auch war, denn wenn geschriebene Wörter flüstern könnten, bestand der ganze Brief nur aus einer gehauchten Klage. »Dein Vater ist überarbeitet«, fuhr der Brief fort und entfernte sich so flink wie möglich von etwas so Indezentem wie einem ungeborenen deutschen Baby, »er hat zuviel zu tun. So schwach wie ich bin, würde ich ihm doch glühend gerne bei seiner Korrespondenz helfen, wenn ich nur könnte, aber ich fürchte, daß mir die Belastung zuviel wäre. Er hätte vollkommene Erholung und einen Luftwechsel bitter nötig. Aber ach, so beschränkt, wie seine Mittel jetzt sind, und so, wie wir zum Sparen gezwungen sind, besteht keinerlei Aussicht darauf.«

Daraufhin schrieb Ingeborg sofort zurück und schlug in liebevollen und enthusiastischen Worten einen Besuch in Kökensee vor, weil das der vollständigste Luftwechsel wäre, den sie sich vorstellen konnte, und billig noch dazu.

Als die Antwort darauf kam, bestand sie aus einem außergewöhnlich hochmütigen Nein.

An einem schönen Nachmittag im April kam die Baronin Glambeck herübergefahren und fragte, was sie schon für Vorbereitungen getroffen hätte. Als sie merkte, daß gar nichts geschehen war, geriet sie ganz außer sich.

»Aber meine liebe Frau Pastor!« rief sie und hob die beiden Hände, die in gelben Glacéhandschuhen steckten.

»Was müßte denn da sein?« fragte Ingeborg, die in ihrem schwer beeinträchtigten Zustand gerade mit ihren Alltagspflichten zurechtkam und sich nicht imstande fühlte, an weitere Aufgaben zu denken.

»Aber natürlich eine Babyausstattung. Windeln, Luren, Hemdchen, Wickeltücher. Ihre Mutter – was ist denn mit Ihrer Mutter, daß sie Ihnen gar nichts gesagt hat?«

»Mutter ist sehr zart«, sagte Ingeborg und errötete leicht.

»Und einen Wickeltisch brauchen Sie auch –«

»Einen Wickeltisch?«

»Natürlich. Um das Kind darauf zu wickeln. Und eine Wiege. Und einen Kinderwagen. Und vielerlei für Sie selbst – unbedingt notwendige Dinge, auf die man nicht verzichten kann.«

»Was für Dinge denn?« fragte Ingeborg schwach.

Sie hatte kaum noch Energie. Sie war jeden Tag erschöpfter. Schon das Problem, die Hausarbeit zu erledigen, in Kleidern ordentlich auszusehen, die jedesmal, wenn sie sie anzog, geschrumpft zu sein schienen, verbrauchte die ganze Kraft, die sie hatte. Sie hatte keine Reserven mehr. »Was für Dinge denn?« fragte sie; und ihre Hände, die ihr lustlos im Schoß lagen, wurden schlaff und feucht.

Da entströmte der Baronin, einer Kennerin auf dem Gebiete der Gesundheit und Erholung, eine endlose und verwirrende Liste. Als ihr Englisch nicht mehr ausreichte, fuhr sie auf deutsch fort. Ihre Liste begann mit dem Wickeltisch, einer offenbar besonders wichtigen Einzelheit, und schloß mit einer Hebamme.

»Haben Sie schon mit ihr gesprochen?« fragte sie.

»Nein«, antwortete Ingeborg, »ich wußte nicht – wo ist sie denn?«

»In unserem Dorf. Frau Dosch. Ein Glück für Sie, daß sie nicht weiter weg wohnt. Manchmal ist meilenweit keine zu finden. Sie ist eine sehr ordentliche Person. Unterdessen ein bißchen alt, aber sie ist zumindest sehr gut gewesen. Sie sollten sie sofort aufsuchen und alles festlegen.«

»Ja?« fragte Ingeborg, die das Gefühl hatte, der einzige Segen im Leben bestünde nur noch darin, sich irgendwo verkriechen zu können und nie mehr etwas festlegen zu müssen.

Aber es wurde ihr danach doch klar, daß sie zweifelsohne gewisse Vorbereitungen treffen mußte, und sie wappnete sich, um mit Ilse nach Meuk und für einen Einkaufstag mit der Bahn nach Königsberg zu fahren.

Mit Butterbroten in der Tasche und tausend Ängsten im Herzen brach sie auf, um zum ersten Mal in deutscher Sprache einzukaufen. Ilse war sich ihrer Wichtigkeit voll bewußt, hatte sich erstaunlicherweise Strümpfe und ihr neues Frühlingskleid angezogen und saß nun neben ihr, wobei sie die Augen verstohlen nach rechts und links huschen ließ, um sich zu vergewissern, ob man ihren Staat auch wahrnahm. Herr Dremmel hatte sie immer wieder streng ermahnt, auf ihre Herrin zu achten, und zwischen diesen suchenden Blicken tat sie ihr Bestes, sich mit lauter Stimme nach dem Wohlbefinden der Frau Pastorin zu erkundigen. Das Wohlbefinden der Frau Pastor bestand darin, lebensgefährlich durchgerüttelt zu werden. Bis sie das Kopfsteinpflaster von Meuk hinter sich hatten, klammerte sie sich mit der einen Hand am Geländer und mit der anderen an Ilses Arm fest und atmete dankbar auf, als sie den Bahnhof erreichten und sie irgendwie, mit einer beschämenden Schwerfälligkeit, aus der hohen Kutsche steigen konnte. Unglaublich, wenn sie daran dachte, daß sie das letzte Mal, als sie an diesem Bahnhof gewesen war, leicht wie ein Vogel in denselben Wagen gesprungen war. Sie fühlte sich gedemütigt, ihr verunstalteter Körper war ihr peinlich. Sie zerrte den lächerlich kleinen losen Mantel und den Schal, den sie angezogen hatte, nervös vor sich zusammen. Die Leute starrten sie an. Sie schien die einzige Frau zu sein, die ein Kind erwartete; alle anderen waren freie, ungebundene und kraftstrotzende Gestalten wie Ilse. Es war, als ob sie plötzlich alt geworden wäre, diese Langsamkeit, diese Furcht, den Karren und Gepäckträgern nicht rechtzeitig ausweichen zu können ...

In Königsberg war der Lärm in den Einkaufsstraßen ohrenbetäubend. Alle Rollwagen der Welt schienen sich an diesem Tag verabredet zu haben, wie wild über Pflastersteine und Straßenbahnschienen zu rasseln, so daß die Kästen mit den leeren Bierflaschen oder den blechernen Milchkannen oder den langen kreischenden Eisenträgern nur so klapperten und klirrten, während endlose Straßenbahnzüge wütend ihre Klingeln schrillen ließen.

Ingeborg klammert sich entsetzt an Ilses Arm. Nach dem einsamen Leben zwischen den Feldern von Kökensee, nach der gemessenen Lautlosigkeit von Redchester trommelte ihr der Lärm wie Hammerschläge auf den Schädel. Es waren nicht viele Menschen unterwegs, aber die wenigen blieben wie angewurzelt vor den beiden Frauen stehen und starrten sie unverwandt an, um sich nichts entgehen zu lassen. Sie starrten Ingeborg an. Ilse war eine vertraute Gestalt, nichts als ein sonnenverbranntes Mädchen vom Lande mit Pomade im Haar und im Sonntagsstaat; Ingeborg war eine Fremde, etwas zum Staunen. Männer und Frauen blieben stehen, Kinder lungerten um sie herum, Jugendliche pfiffen und schrien sich Bemerkungen zu, die sie in ihrem unvollständigen Deutsch nicht verstehen konnte. Sie wurde rot und wieder blaß und klammerte sich noch mehr an Ilse fest. Wahrscheinlich sah sie noch schrecklicher aus, als sie gefürchtet hatte. Sie schob alles auf ihren Zustand, denn bei diesem ersten Gang durch eine deutsche Provinzstadt ahnte sie noch nicht, daß der ganze Aufstand seine Ursache darin hatte, daß sie eine Ausländerin war, etwas anders gekleidet, etwas anders frisiert. Sie steuerte, um diesen Leuten zu entgehen, so schnell wie möglich auf einen Laden zu, vor Anstrengung kleine Schweißperlen auf der Oberlippe, den Blick starr geradeaus gerichtet und im Kampf mit dem schrecklichen Verlangen, in Tränen auszubrechen; so sank sie voller Dankbarkeit in der ruhigen Mittagsleere im Kaufhaus Berding und Kühn in der Abteilung für Wäsche und Weißwaren auf einen Stuhl.

Die junge Verkäuferin hinter dem Ladentisch starrte sie auch an, aber sie war schließlich nur eine einzige Person. Sie nannte

Ingeborg sehr höflich gnädige Frau und erkundigte sich, ob das Kind ein Knabe oder ein Mädchen wäre.

»Gütiger Gott«, schrie Ilse, »wie sollen wir das denn wissen?«

Ingeborg erwiderte jedoch mit Würde und Entschiedenheit, es handle sich um einen Knaben.

»Dann«, sagte die junge Verkäuferin, »brauchen Sie blaue Bänder.«

»Ach ja?« fragte Ingeborg, völlig bereit, ihr alles abzunehmen.

Die junge Verkäuferin zog winzige Kleidungsstücke aus grünen Kalikoschachteln mit der Aufschrift »Fürs Erstgeborene«. Es gab kleine Jäckchen, kleine Hemden, kleine Mützchen, alles, was man für die obere Körperhälfte eines Babys brauchte.

»So«, sagte die junge Verkäuferin und schob Ingeborg diesen Kleiderstapel quer über den Tisch zu.

»Ach Gott, ach Gott«, schrie Ilse, ganz begeistert über diese Winzigkeit, bohrte ihren rechten Daumen durch eins der zarten Ärmelchen und hielt ihn hoch, um zu zeigen, wie knapp es saß. »Nicht wahr«, stimmte die junge Verkäuferin zu, allerdings ohne jegliche Aufregung.

»Aber«, sagte Ingeborg und versuchte verzweifelt, zwischen ihren wenigen Wörtern die richtigen zu finden, »das Baby hört hier doch nicht auf, hier in der Mitte. Es geht doch weiter. Es wird doch ein ganzes Baby sein. Es wird Beine und das andere haben. Was zieht man ihm denn unten an?«

Sie schaute Ilse hilfesuchend an.

»Es wird doch eine untere Hälfte haben, Ilse?« sagte Ingeborg und wandte sich auch an sie. »Diese Sachen da, sind nur Gewänder für Engel.«

»Ach so«, sagte die junge Verkäuferin, bei der der Groschen gefallen war, und sie drehte sich um, fegte fleißig weitere grüne Schachteln herab, klappte die Deckel auf und zog Stoffquadrate von verschiedener Qualität heraus, Leinen, Flanell und einen weichen weißen Flaum.

»Windel«, sagte sie und hielt eine in die Höhe.

»Windel?« fragte Ingeborg.

»Windel«, bestätigte Ilse.

Und als Ingeborg den Gegenstand nur anstarrte, ging der jungen Verkäuferin allmählich ihre vollständige Ahnungslosigkeit auf, und sie zog eine kleine Matratze in einem weißen spitzenbesetzten Leinenüberzug heraus, bückte sich unter den Tisch, tauchte mit einer verstaubten Puppe wieder auf, die sie energisch bis unter die Achseln in die weißen Tücher wickelte, so weit in den Leinenüberzug stopfte, daß nur der Kopf herausschaute, und dann mit Bändern festband. »So«, sagte sie und gab diesem ordentlichen Paket einen ermunternden Klaps. Dann hob sie es auf und tat so, als ob sie es zärtlich in den Armen wiegte. »Schauen Sie sich das Erstgeborene an«, sagte sie.

Danach lieferte sich Ingeborg ganz und gar diesen erfahrenen Händen aus. Sie kaufte alles, was ihr eingeredet wurde. Sie kaufte sogar die Puppe zum Üben – »Sie kann natürlich nicht alles«, erklärte die junge Verkäuferin. Das einzige, was sie sich zu kaufen weigerte, war eine Nähmaschine, um eigene Windeln zu nähen, was ihr die sparsame Ilse vorgeschlagen hatte. Die junge Verkäuferin war auch dagegen, weil man diesen Gegenstand nur in einem anderen Geschäft kaufen konnte; sie sagte, echte Damen zögen es immer vor, Berding und Kühn solche Sachen für sie erledigen zu lassen. Ilse sagte, wahre Mütter machten so was immer selber, und es sei, wie sie behauptete, eine der Hauptfreuden dieser gesegneten Zeit, jeden Tag sehen zu können, wie sich das Haus immer mehr mit Windeln füllte.

Daraufhin schürzte die junge Verkäuferin die Lippen, zuckte die Schultern und versank in abwartende Gleichgültigkeit.

Ilse, die sich darüber ärgerte, erkundigte sich hitzig, was sie denn schließlich vom Mutterglück wisse.

Daraufhin war die junge Verkäuferin aus irgendeinem Grunde eingeschnappt, obgleich es ja auf der Hand lag, daß ebendiese Kenntnis von Mutterglück bei Berding und Kühn eine sofortige Kündigung bedeutet hätte. Dieses Gezänk quer über den Tisch wurde erst dadurch abgebrochen, daß sich Ingeborg ganz und gar auf die Seite der jungen Verkäuferin und ihrer Firma stellte und, wie die Baronin empfohlen hatte, zehn Dutzend von allen fertig genähten Rechtecken bestellte.

»Ich würde sterben, wenn ich zehn Dutzend von jeder Sorte säumen müßte«, gestand sie Ilse als Entschuldigung.

Es war für Ilse, die doch nur das Beste gewollt hatte, sehr bitter, als sie sehen mußte, wie ihr die junge Verkäuferin mit hochgehobener Nase einen überlegenen Blick zuwarf. Ihr blieb, wenn sie ihre Würde wahren wollte, nur übrig zu schmollen, auch wenn sie innerlich bei diesem aufregenden und unüblichen Ausflug gar keine Lust zum Schmollen hatte. Sie war jedoch durch ihre eigene Vorstellung von dem, was die Leute von ihr dachten, dazu gezwungen, und sie tat es aus Leibeskräften, schmollte gründlich, finster, den Rest des Tages und den ganzen Heimweg; und weder Kuchen noch Schokolade oder Eis, mit denen sie Ingeborg emsig und pausenlos beim Konditor traktierte, wurden gestattet, ihre finstere Verbohrtheit aufzuhellen.

»Aber ich nehme an«, sagte sich Ingeborg, als sie am Abend in dieser niedergedrückten Laune ins Bett kroch, die man gern philosophisch nennt, weil Ilse ihr Stab und ihre Rettung war, und es sie bekümmerte, daß sie nicht mehr mit ihr gesprochen hatte und daß sie auch noch beleidigt zu sein schien – »ich nehme an, das ist alles nur ein Teil von B. Oh, oh«, setzte sie in einem plötzlichen Aufbegehren hinzu, das jedoch rasch in Reue erstarb. »Ich glaube nicht, daß mir B gefällt – ich glaube nicht, daß mir B gefällt . . .«

19

Mit diesem neuen fremden Zustand war nichtsdestoweniger eine solche intensive Versunkenheit und eine derartige Aufregung verbunden, die ihr keinen Augenblick erlaubte, teilnahmslos zu bleiben. Auch wenn sie sich elend fühlte, krank, erschöpft, so blieb doch immer ihre Neugier wach. Ein ungeheures Ereignis lag vor ihr, und all ihre Tage arbeiteten darauf zu. Sie lebte in Erwartung. Jede ihrer Empfindungen war eine Vorbereitung, ein Fortschritt. Es war notwendig, weil etwas entstand, weil es wuchs und sich vollenden mußte; das Leben war voller Bedeutung, und diese Bedeutung war klar, sie verstand sie und erkannte überall Gründe für das, was mit ihr geschah. So mußte es sein, wenn man nach der höchsten Krönung verlangte, und ihr Anteil bei diesem Werk war wirklich sehr einfach, sie mußte nur geduldig sein. Sie fühlte sich oft niedergeschlagen, aber nur, weil sich die Monate so endlos hinzuziehen schienen und weil es ihr reichte, so belästigt zu sein – niemals weil sie Angst hatte. Sie fürchtete sich nicht, weil sie keine Erfahrung besaß. Sie betrachtete den letzten Teil des Abenteuers, den Teil, den Ilse heiter als ihre schwere Stunde umschrieb, mit der vollkommenen Seelenruhe der Ahnungslosigkeit. Im großen und ganzen war sie völlig frei von den Launen, gegen die sich Herr Dremmel schon gewappnet hatte, und fuhr unverdrossen fort, keine Ansprüche an ihn zu stellen. Sie hatte keine Beispiele von mehr umsorgten und verwöhnten Frauen vor Augen, die ihre Zufriedenheit hätten erschüttern können, sie sah dagegen mit ihren eigenen Augen, wie die Bauersfrauen in der gleichen Lage an ihren Waschbütten und auf den Feldern bis zum letzten Augenblick schuften mußten. Außerdem war ihr eine gesunde Selbstbeherrschung anerzogen worden.

Sie weinte nur ein einziges Mal, aber das war der Februar, der jedem die Tränen in die Augen treiben konnte, mit dem Eisregen, der ans Fenster prasselte, und dem Sturm, der um das kleine Haus herum heulte. Sie schob es auf den Februar, auf den Monat, von dem sie nie viel gehalten hatte, und gestand es sich selber kaum ein, als sie sich die Tränen hastig wieder abwischte – wo kamen sie nur alle her? –, daß sie herzzerbrechend weinte, weil sie schon so lange alleine war, weil Ilse irgendwo hingegangen war, ohne um Erlaubnis zu fragen, und weil Robert schon tagelang nicht mit ihr gesprochen hatte und weil keiner da war, um ihr die Lampe zu bringen, nur sie selber, und sie traute sich nicht, weil sie sich so komisch fühlte und die Lampe fallen lassen konnte, und wonach sie am meisten auf der Welt verlangte, war eine Mutter. Nicht eine Mutter, die irgendwo anders war, weit entfernt in Redchester, sondern eine wirkliche weiche warme

Mutter, die hier in dieser Stube neben ihr saß, mit ihrem, dem mütterlichen, Arm unter ihrem, Ingeborgs, Kopf, und ihr, Ingeborgs, Gesicht ruhte an ihrem, dem mütterlichen, Busen. Eine Mutter im Daunengefieder, wie eine nette Henne, wäre schon sehr schön, aber wenn es das nicht gab, so fiel ihr das weiche schwarze Kleid plötzlich wieder ein, das ihre Mutter manchmal trug, mit schöner alter Spitze, die nicht kratzte, und was wäre es für ein Trost, ach, was für ein Trost, wenn sie ihre Wange auch nur eine halbe Stunde daran lehnen könnte und kein Wort sagen müßte.

Und dann weinte sie immer herzzerbrechender und sagte sich gleichzeitig immer heftiger, wie in einem Wutanfall, daß der Februar eben gar kein richtiger Monat sei. Als Herr Dremmel aus seinem Laboratorium kam, um sich zu erkundigen, warum ihm keiner seine Lampe gebracht hätte, und merkte, daß nirgendwo Licht war und keine Ilse auftauchte, soviel er auch rief, da war er ganz verwirrt; aber als er sich dann selber eine Lampe geholt hatte und auf den Tisch stellte, wo ihr Licht auf Ingeborgs verschwollene und blinzelnde Augen fiel, da war er noch mehr verwirrt.

»Was ist das für ein Unfug«, sagte er und starrte einen Augenblick auf sie hinab, »du schadest nur meinem Kind.«

Daraufhin weinte sie nie wieder.

Am Ende der Schwangerschaft fühlte sie sich schwindlig und schwach, doch obgleich ihre Nächte entweder schlaflos oder von besonders schrecklichen Angstträumen erfüllt waren, wurden ihre Tage ruhig, ruhig und schwer, alles Unbehagen verschwand, und sie wurde fast träge. Der Frühling hatte die Straßen fast trocken gemacht, aber sie dachte gar nicht daran, ihren schwerfälligen lächerlichen Körper – ja, sie wußte, er war heilig und gesegnet, aber sie konnte ja selber sehen, daß er auch beschämend lächerlich war – zu Spaziergängen zu bewegen, denn das hätte sie unweigerlich durchs Dorf geführt. Statt dessen verbrachte sie Stunden im knospenden Garten und ging immer auf einem der beiden vorhandenen Wege auf und ab, auf dem einen am Rande der Roggenfelder, die jetzt im frischesten Grün standen, oder auf dem anderen an der Südseite des Hauses vorbei, unter Roberts Laboratoriumsfenstern vorbei, wo der Flieder wuchs.

Sein Tisch stand im rechten Winkel zum äußersten Fenster, und sie stand oft auf dem Weg und beobachtete ihn, den Kopf in einer Versunkenheit über die Arbeit gebeugt, die Stunden und Stunden andauerte. Er hielt die Fenster geschlossen, weil ihn der Frühling störte. Er fuhr ihm zu fordernd und frech in seine Papiere, warf eine Handvoll Fliederblüten auf seine Roggenproben oder ließ eine fleißige Biene um ihn herum brummen.

Ingeborg schritt diesen Gartenweg jeden Tag auf und ab und auf und ab, wie es ihr die Baronin Glambeck als Übung empfohlen hatte, und gerade dieses Stück Weg war drei Wochen lang die schönste Stelle der Welt, denn auf der einen Seite standen die alten Fliederbüsche, und nach dem schütteren und mageren Flieder in den Gärten daheim war es für sie wie eine Überwältigung, als sich hier die Knospen öffneten. Über ihrer leise sich wiegenden duftenden Lieblichkeit aus Licht und Farbe und Form konnte sie jedesmal Roberts zweifarbigen Kopf im Rahmen des Fensters sehen, wie er sich über seinen Tisch beugte, wenn sie ans Ende ihres Pfades kam und wieder umdrehte. Das war der schönste Teil der ganzen neun Monate, diese drei Wochen voll Flieder und klarem Frühlingswetter auf diesem duftenden Gartenweg, und dazu konnte sie Robert sehen, wie er emsig und zufrieden schrieb. Es gefiel ihr, daß sie ihn sehen konnte, es war ein geselliges Gefühl.

Als der Juni kam, war alles fertig. Das Kinderzimmer war eingerichtet, die Wiege überzogen, ein blaßblauer Kinderwagen versperrte den Gang, ordentliche Stapel aus winzigen Kleidungsstücken füllten die Fächer, und Frau Dosch, eine grauhaarige Person mit ungeschminkter Sprache, war gefragt worden und stand auf Abruf bereit. Die Idee, sich auch mit einem Arzt zu besprechen, damit auch er auf Abruf bereitstünde, wäre Ingeborg nie von allein in den Kopf gekommen, weil sie keiner darauf brachte. Baronin Glambeck, deren hilfsbereite Anteilnahme im Lauf der Monate gestiegen war und sie des öfteren vorbeigeführt hatte, mochte die Möglichkeit einmal flüchtig erwähnt haben, die aber nur dann einträte, wenn die Patientin nach Ansicht der Hebamme den Zustand erreichte, den die Baronin als extrem bezeichnete. In diesem Fall schrieb das Gesetz offensichtlich der Hebamme vor, nach einem Arzt zu schicken. »Es ist jedoch ein großer Unterschied«, erklärte die Baronin, »zwischen dem, was einem selbst als extrem vorkommt und was es wirklich ist.« Und die Patientin, führte sie weiter aus, bildete sich natürlich immer ein, in so einer Situation zu sein, und neigte dazu, vorschnelle Schlüsse zu ziehen. Deshalb befahl es die Klugheit, solche Entschlüsse einer Hebamme zu überlassen.

»Ja«, sagte Ingeborg ergeben.

»Natürlich«, fuhr die Baronin fort, »ist dies ganz anders als bei anderen Krankheiten, weil es keine ist.«

»Ja«, erwiderte Ingeborg ergeben.

»Und wenn ich von einer Patientin spreche, so meine ich eigentlich keine Patientin, weil man ohne Krankheit ja keine Patientin sein kann.«

»Nein«, antwortete Ingeborg ergeben.

»Und ohne eine Patientin kann es auch keine Krankheit geben.«

»Nein«, antwortete Ingeborg ergeben.

Sie lehnte sich in einem niedrigen Sessel zurück und schaute zu, wie das Sonnenlicht in den Wipfeln der Lindenbäume über ihr sank, denn es war Ende Juni, und sie saßen im Garten. Alles schien zu aller Zufriedenheit zu sein. Niemand war krank, niemand würde krank werden. Es würde einige recht unangenehme Augenblicke geben, die man mit Geduld und der Hilfe von Frau Dosch ertragen und hinter sich bringen würde, aber keine Krankheit, nur die Natur, die ihren Regeln folgte, und dann – es schien fast zu wunderbar zu sein–, dann würde, jetzt ganz bald, vielleicht in ein oder zwei Wochen, in Wirklichkeit jeden Tag ein Baby da sein. Und sie würde es mit dieser leidenschaftlichen Liebe lieben, die nur Mütter kannten, und es würde ihr Leben aufs schönste erfüllen, bis zum Rande, und es würde so glücklich machen, daß sie sich darüber hinaus nichts wünschte.

Das hatte man ihr immer wieder erzählt. Von sich aus hatte sie diesem Bild noch hinzugefügt, daß das Baby genauso klug wie Robert sein würde, aber mehr Muße hatte; daß es seinen Verstand besäße, aber nicht sein Laboratorium; daß es nicht imstande wäre, aber auch gar nicht den Wunsch empfände, aus seinem Kinderwagen zu klettern und davonzulaufen und sich vor ihr einzuschließen und seine Roggenkörner zu wiegen; und daß es nichts dagegen hätte, daß es ihm sogar lieber wäre, wenn man es aus seinen Gedanken risse und zu sich lockte und abküßte.

Ewigkeiten, aber sicher jahrelang wäre es ihr liebster und engster Freund, ihr Rudergeselle auf dem Teich, ihr Wandergeselle in Gottes eigenen Wäldern. Ihre Augen wurden sanft vor Seligkeit, wenn sie daran dachte, wie bald sie dieses kostbare Geschöpfchen auf den Arm nehmen und mit ihm leicht und beschwingt in den Garten laufen konnte. Sie wäre wieder schlank und geschmeidig und konnte seinen noch leeren erstaunten Augen die überwältigende Schönheit der Welt zeigen. Die Roggenfelder wollte sie ihm vorführen und den großen aufgetürmten Himmel. Sie würde ihm die Frösche vorstellen und auch die Rohrdommel. Sie würde ihm zeigen, was es für einen Spaß machte, dort bäuchlings im Grase zu liegen, wo die Thymianpolster wuchsen, und das emsige Leben zwischen Stengeln und Wurzeln zu beobachten. Sie würde darauf bestehen, daß er die Störche in ihren Nestern auf dem Stalldach beobachtete und sah, wie leicht sie auf ihren weißen Schwingen davonschwebten und wie das Rot ihrer Beine dem Rot der Kopfweiden glich, wenn sie im März wieder ausschlugen. Und nachts, wenn er so töricht war, nicht zu schlafen, würde sie ihn aufnehmen und zum Fenster tragen und sein weiches Gemüt mit tausend funkelnden Sternchen beeindrucken. Was für eine wonnesame Vorstellung, daß sie noch vor dem Verglühen der orangefarbenen Lupinen, dieser Augustschönheiten, wieder draußen bei ihnen sein würde, diesmal nur mit ihrem Sohn, ihrem eigenen Fleisch und Blut, ihrem Robertchen.

Die Baronin schaute ihr forschend ins Gesicht, wie sie so dalag, den Blick in die sonnigen Baumkronen gerichtet, ein Lächeln auf den Lippen, das ihre heiteren Gedanken verriet. Es war klar, daß die Frau Pastor ihre Gegenwart vollkommen vergessen hatte; doch selbst die Tatsache, daß ihre schwere Stunde so nahe war, erklärte diesen gesellschaftlichen Lapsus nicht oder entschuldigte ihn gar. Wirklich, die Frau Pastor empfing ihre Besuche so gelassen und selbstverständlich, merkte so gar nicht, welche Ehre ihr damit erwiesen wurde, daß sie fast die Grenzen dessen überschritt, was man noch verzeihen konnte. Sie benahm sich immer, als ob sie auf gleicher Stufe stünden, als ob sie vollkommen ihresgleichen wäre. Man konnte einer Person, die nicht nur aus England kam – wo es, wie die Baronin gehört hatte, ziemlich rüde zuging –, sondern auch noch kurz vor ihrer ersten Geburt stand, natürlich viel nachsehen. Wenn das erst einmal vorbei war, mußte man die gesellschaftlichen Beziehungen in aller Strenge wieder zurechtrücken, aber im Augenblick konnte man wirklich nicht mit ihr schelten; schon ihre verblüffende und schreckliche Ahnungslosigkeit über die einfachsten Tatsachen des Lebens und dann auch noch ihre Schwangerschaft, das machte es ganz unmöglich, ärgerlich mit ihr zu sein. Sie erinnerte die Baronin an ein Schaf, das friedlich zum Schlachten geht, das sich über den Spaziergang freut und keine Vorstellung von dem besitzt, was am Ende wartet. Hielten denn englische Mütter ihre Töchter über diese große Bestimmung der Frauen so vollkommen im dunkeln?

Aus irgendeinem Grunde reizte die Baronin dieser Ausdruck des entspannten Glücks auf Ingeborgs Gesicht, wie sie dort schweigend lag und die Baumwipfel betrachtete und sich ausmalte, was sie mit ihrem Baby unternehmen würde.

»Sie wissen ja, es wird weh tun«, sagte sie.

Ingeborg holte ihren Blick langsam zur Erde zurück und betrachtete sie einen Augenblick.

»Wie bitte?« fragte sie.

»Es wird weh tun«, wiederholte die Baronin.

»O ja«, antwortete Ingeborg, »ich weiß. Aber das ist ganz natürlich.«

»Gewiß ist es natürlich. Nichtsdestotrotz –«

Die Baronin unterbrach sich grimmig, kniff die Lippen zusammen und schüttelte mit schrecklicher Bedeutsamkeit dreimal den Kopf.

Ingeborg schaute sie an, und plötzlich fuhren ihr Worte aus der Zeit durch den Kopf, in der sie in Redchester in die Kirche gegangen war. Sie hatte sie vollkommen vergessen, aber jetzt begann ihr Gedächtnis, sie wieder zusammenzusetzen. Sie wußte genau, daß sie aus dem Gebetbuch stammten, standen sie in der Litanei? Nein, aber irgendwo in diesem Buch der Wahrheit, dem Buch von Gottes Lob und Preis standen sie bestimmt, und sie lauteten – ja, das war es: die große Not des Gebärens. Ja, und dann auch: das Weib soll in Schmerzen gebären.

Sie wurde plötzlich rot, und zum ersten Mal kam ein Anflug von Angst in ihren Blick. Sie richtete sich auf, stützte sich auf beide Hände und starrte die Baronin an.

»Ist es wirklich so schlimm?« fragte sie.

Die Baronin schüttelte nur den Kopf.

»So schlimm kann es ja gar nicht sein«, sagte Ingeborg und forschte in der Miene der Baronin nach Bestätigung, »sonst gäbe es ja keine Mütter mehr.«

Die Baronin schüttelte weiter mit verkniffenem Munde den Kopf. »Es muß doch erträglich sein«, sagte Ingeborg wieder, etwas ängstlich.

Die Baronin wollte sich nicht äußern.

»Wenn nicht, dann würden sie ja sterben – ich meine: die Mütter. Aber es scheint doch so« – ihre Stimme bebte ein wenig, weil es sie so sehr nach der Zustimmung der Baronin verlangte–, »als ob es noch ziemlich viele Mütter gäbe.«

Sie hielt inne, aber die Baronin äußerte sich noch immer nicht. »Ich kann alles aushalten«, sagte Ingeborg voller Stolz und mit zittriger Stimme, »wenn es – wenn es angemessen ist.«

»Es ist nicht angemessen«, entgegnete die Baronin, »es ist der Wille Gottes.«

»Ach, das ist das gleiche, das ist das gleiche«, sagte Ingeborg, warf sich wieder in die Kissen zurück und zupfte nervös an einigen weißen Levkojen, die sie schon in Stücke gebrochen hatte.

Sie schämte sich ihrer Angst. Aber ihr Körper, ihr verunstalteter Körper – sie brauchte ihn ja nur anzusehen, um sich auszurechnen, daß es zu höchst eingreifenden Veränderungen kommen mußte, wenn er wieder so wie vor neun Monaten werden sollte. Wie blind war sie doch gewesen, daß ihr das nicht vorher klargeworden war.

An jenem Abend war sie ununterbrochen ruhelos und nervös, kämpfte mit diesem neuen Gefühl der Angst. Sie konnte nicht stillhalten, mußte im Wohnzimmer immer hin und her laufen, während Robert am Tisch saß und sein Abendbrot aß, preßte ihre kalten Hände zusammen und versuchte sich wieder mit Vernunftgründen zur Ruhe zu bringen. Konnte es nicht manchmal so unerträglich sein, daß man es wirklich nicht ertragen konnte und starb? Was für eine Art und Weise zu sterben! Was für eine Art und Weise . . .

Sie blieb einen Augenblick stehen und betrachtete Roberts unerschütterlichen Rücken, während er sich über sein Essen beugte. Da machte sie impulsiv einen Schritt auf ihn zu, verstrubbelte ihm mit beiden Händen rasch die Haare, die lange nicht geschnitten waren, so daß sie ihm zu Berge standen.

»Da«, sagte sie, »jetzt siehst du richtig niedlich aus.«

Dann beugte sie sich vor und küßte ihn sehnsüchtig auf den Nacken. Er war ihr so nah, er war lebendig, sie konnte sich an ihm ein wenig festhalten, bevor sie sich alleine in die Eiseskälte und den Schrecken des Unbekannten begeben mußte, das auf sie wartete.

»Braves kleines Frauchen«, sagte er und fuhr zu essen fort, umschlang sie aber mit der Linken, während seine Rechte weiter das vollführte, was zum Abendbrot notwendig war, und er blickte dabei nicht auf.

Seine Zuneigung hatte sich unterdessen in eine freundliche Theorie verflüchtigt. Er sah in ihr keine Frau mehr, obgleich er sie so nannte, sondern eine werdende Mutter, und das, sagte sich Herr Dremmel immer wieder, wenn ihn die Länge dieser Monate zu sehr zu langweilen begann, ist ein höchst ehrenwerter, verdienstvoller und achtbarer Zustand; doch für einen Zustand kann sich eben kein Mann erwärmen. Sein kleines Schäfchen war in den gewaltigen Ausmaßen der werdenden Mutter verschwunden. Er würde froh sein, wenn es ihm wieder zurückgegeben wurde.

Am nächsten Tag erhielt sie einen Brief von Mrs. Bullivant, abgesandt vom Haus des Masters, Ananias College, Oxford.

»Es interessiert dich vielleicht zu erfahren«, schrieb Mrs. Bullivant, »daß deine Schwester eine kleine Tochter bekommen hat. Das Kind wurde heute früh bei Tagesanbruch geboren. Ich bin von der Nachtwache ganz erschöpft. Es ist ein hübsches kleines Mädchen, und es geht Mutter und Kind sehr gut. Mir geht es gar nicht gut. Wir hatten diesen exzellenten Dr. Williamson, wofür ich unbeschreiblich dankbar bin, denn ich weiß wirklich nicht, was wir ohne ihn gemacht hätten. Es ist unserer liebsten Judith gnädigerweise erspart geblieben, irgend etwas mitzubekommen, denn sie wurde ständig unter Chloroform gehalten. Aber ich, ich habe alles mitbekommen, und ich fühle mich zutiefst erschüttert. Ich wünsche nur, ich hätte in diesen schweren Stunden auch Chloroform bekommen. Ich leide augenblicklich noch sehr unter diesen Aufregungen, und es wird lange dauern, ehe ich mich erholt habe. Dr. Williamson sagte, daß er bei diesen Gelegenheiten besonders die Mütter der Mütter bemitleidet. Dein Vater ...«

Doch an dieser Stelle ließ Ingeborg den Brief zu Boden flattern und setzte sich nachdenklich hin.

Als Robert an jenem Tag spät zum Mittagessen kam, verschwitzt und befriedigt direkt von seinen Feldern, die sich nach den warmen Regengüssen verschiedener Gewitter genau zur rechten Zeit besonders gut entwickelten, servierte sie ihm sein Essen und wartete, bis er damit fertig war und zu rauchen begann. Dann fragte sie ihn, ob sie Chloroform bekommen könne.

»Chloroform?« wiederholte er und starrte sie an, während er seine Gedanken vom angenehmen Schweifen durch die Felder zurückholte. »Warum?«

»Damit ich überhaupt nichts mitbekomme. Mutter schreibt, daß Judith Chloroform bekommen hat. Sie hat ein kleines Mädchen.«

Herr Dremmel nahm seine Zigarre aus dem Mund und starrte sie an. Sie hatte an ihrem Ende beide Ellbogen auf den Tisch gestützt, das Kinn auf die Hände gelegt und strahlte ihn mit funkelnden Augen an.

»Aber das ist Feigheit«, antwortete er.

»Ich hätte aber gerne Chloroform«, sagte Ingeborg.

»Das ist gegen die Natur«, sagte Herr Dremmel.

»Ich hätte aber gerne Chloroform«, sagte Ingeborg.

»Du hast«, sagte Herr Dremmel und zwang sich zur Geduld, »einen völlig natürlichen Vorgang vor dir, so natürlich wie abends das Einschlafen und am nächsten Morgen das Aufwachen.«

»Es mag ja natürlich sein«, sagte Ingeborg, »aber ich glaube nicht, daß es angenehm ist. Ich möchte gerne Chloroform.«

»Was! Nicht angenehm? Wenn es dich zur höchsten Glückseligkeit auf Erden führt –«

»Ja, ich weiß. Aber ich – ich habe das Gefühl, es führt mich ziemlich gewalttätig. Ich hätte gerne Chloroform.«

»Gott der Herr«, sagte Herr Dremmel mit großem Ernst, »hat es so eingerichtet, und es steht uns nicht zu, Ihn zu kritisieren.«

»Das ist das erste Mal«, sagte Ingeborg, »daß du wie ein Bischof redest. Du könntest ein Bischof sein.«

»Wenn es um die höchsten Dinge geht«, sagte Herr Dremmel mahnend, »und dies ist die heiligste und äußerste Tat, die ein Menschenkind vollbringen kann, dann werden alle Männer gläubig.«

»Das glaube ich gerne«, antwortete Ingeborg, »aber die anderen – diejenigen, die keine Männer sind, sie hätten gerne Chloroform.«

»Das braucht keine gesunde, normal gebaute Frau«, sagte Herr Dremmel, der durch ihre Beharrlichkeit ganz aus der Fassung gebracht wurde. »Kein Arzt würde es anwenden. Außerdem wird gar kein Arzt da sein, und die Hebamme wird sicher nicht damit umgehen können. Aber was ist denn, ich erkenne ja mein kleines Weibchen gar nicht wieder, mein kleines kluges Frauchen, das doch wissen muß, daß nur das von ihr erwartet wird, was andere Frauen tagtäglich leisten.«

»Ich weiß nicht, was die Klugheit damit zu tun hat«, erwiderte Ingeborg, »und ich hätte gerne Chloroform.«

Herr Dremmel musterte beunruhigt ihre blanken Augen und ihre geröteten Wangen. Bis jetzt hatte sie, wann immer er davon sprach, ihre Umstände freudig ertragen, und er konnte auch keinen Grund für eine andere Einstellung erkennen; sie hatte offensichtlich in dieser ganzen Zeit sehr wenig Unangenehmes zu erleiden gehabt, keine von diesen Beschwerden, über die andere Frauen manchmal klagten, sie war gesund gewesen, ohne Komplikationen. Manchmal Anfälle von Launen, das ist wahr, und er hatte sie auch manchmal müßig auf dem Sofa liegen gesehen, aber in diesen Zeiten wurden Frauen eben träge. Alles war normal verlaufen und würde zweifelsohne auch weiter normal bleiben. Warum dann dieses Zurückzucken in der elften Stunde, diese Unfähigkeit, genauso tapfer zu sein wie jede x-beliebige Bauersfrau hier im Dorfe? Das war wirklich eine unglückselige und unangenehme Marotte, die unglückseligste, die sie sich hatte aussuchen können. Er war auf Grillen dieser Art vorbereitet gewesen, hatte aber immer gehofft, es handele sich mehr um eingemachte Ananas. Er dachte natürlich nicht daran, sie darin zu bestärken. Dazu stand zu viel auf dem Spiel. Er hatte gehört, wie schädlich Narkotika in solchen Fällen sein konnten, schädlich und vollkommen überflüssig. Das weitaus beste für das Kind war die Abwesenheit von allem außer der Natur. In dieser Situation sollte man der Natur freien Lauf lassen. Sie war nicht immer weise, das wußte er von seinen Experimenten auf seinen Feldern, aber auf diesem Gebiet, so hatte er gehört, sollte sie vollkommen sich selbst überlassen bleiben. Wenn seine Frau zu schwach war, um ein wenig Schmerzen zu ertragen, was für Söhne konnte sie ihm dann schon bescheren? Eine Memmen-Brut; eine Brut von blassen Mickerlingen. Also er, er hatte nicht einmal um das Gas gebeten, als er sich vor zwei Jahren drei Zähne auf einmal hatte ziehen lassen – es war der Zahnarzt gewesen, der darauf bestanden hatte –, und das waren nur Zähne, Gegenstände, die nachher keinen Wert mehr besaßen. Aber seinen eigenen Sohn von

Anfang an zu benachteiligen, nur weil seine Mutter nicht selbstlos genug war, um seinetwegen ein wenig zu leiden . . .

Ingeborg stand auf und kam zu ihm hinüber und schlang ihm die Arme um den Hals und flüsterte: »Ich habe – ich habe Angst, Robert, ich habe Angst.«

Da nahm er sie auf die Knie, oder besser: er versuchte es, und weil er merkte, daß das nicht mehr möglich war, legte er den Arm um sie, führte sie zum Sofa und zog sie neben sich, während er ihr ins Gewissen redete. Er setzte ihr alles mindestens zwanzig Minuten lang auseinander, gab sich dabei große Mühe und blieb geduldig. Er erklärte ihr, in Wirklichkeit habe sie gar keine Angst, das sei nur ihre physische Kondition, die ihr so lange etwas vorgaukelte, bis sie sich einbildete, es sei so.

Ingeborg fand das sehr interessant und gab bereitwillig zu, daß es so sein könne.

Er erzählte ihr von der schlichten Tapferkeit der anderen Frauen in Kökensee, und Ingeborg stimmte zu, denn das hatte sie selber gesehen.

Dann erzählte er ihr, wie Gott der Herr es so eingerichtet hatte, daß sie in Schmerzen gebären müsse, aber da wehrte sie sich und begann wieder von Bischöfen zu reden.

Er sagte ihr, es seien nur Schmerzen, die ein paar Stunden dauerten, vielleicht sogar weniger, und daß sie dafür die lebenslange Freude an ihrem Kinde eintauschte.

Sie hörte allem aufmerksam zu, schwieg danach ein paar Minuten lang still und schob ihm dann die Hand unter den Arm.

Er sagte ihr, wenn sie sich der Angst hingäbe, könne sie ihr Kind gefährden, und ob sie sich in diesem Falle später jemals wieder vergeben könne?

Daraufhin setzte sie sich aufrecht hin und begann, entschlossen und mutig auszusehen.

Schließlich sagte er ihr, daß diese Narkosemittel, die sie vielleicht für eine Weile betäubten, ihr danach aber Unannehmlichkeiten einbringen könnten, den Geburtsvorgang verlängern, ihrem Kinde schaden und es vielleicht sogar erstickt zur Welt kommen lassen würden.

Das rundete die Behandlung ab. Statt ihrer Verzagtheit erfüllte sie ein mächtiger Mut. Sie erhob sich in einer so überschäumenden Tapferkeit von ihrem Sofa, so glühend vor Verwegenheit, daß sie am liebsten sofort bewiesen hätte, wieviel sie heiteren Gemüts erdulden konnte.

»Als ob«, sagte sie mit hochgerecktem Kinn, »als ob ich nicht auch ertrüge, was andere Frauen aushalten – als ob ich nicht lieber alles ertrüge, als mein Kind zu verletzen!« Dann warf sie den Kopf in der stolzesten Verachtung alles dessen zurück, was vor ihr liegen mochte.

Ihr Baby; ihr Mann; ihr glückliches Heim; dafür zu leiden wäre wunderschön, wenn es nicht so geringfügig wäre, fast zu wenig, um auf ihrem geliebten Altar geopfert zu werden. Ihre hochgestimmten Gedanken hätten sie sicher verklärt, wenn sie noch irgend etwas hätte verklären können, aber so edel und klar ihre Gedanken auch waren, diesen betrüblichen Körper konnten sie wahrhaftig nicht durchdringen. Ihr Umfang entsprach nicht dem für heroische Attitüden. Sie hatte nicht nur ein Doppelkinn, sie schien sich überall verdoppelt zu haben. Am ganzen Leibe plump und ungestalt, füllig, ältlich, häßlich, so stand sie da und drückte leidenschaftlich ihre Bereitschaft zum Beginnen aus; und Herr Dremmel, der das nur noch flüchtig wahrnahm, schon ungeduldig, weil er das Offensichtliche so lang und breit hatte erklären und eine kostbare halbe Stunde vergeuden müssen, um eine Frau wieder zur Vernunft zu bringen – warum konnten sie das niemals selber tun? –, Herr Dremmel verschwendete nun kein Wort mehr, weil er sie dort hatte, wo er sie haben wollte, sondern hauchte ihr hastig einen Kuß aufs Haar und entschwand mit einem Blick auf die Uhr.

Am nächsten Tage, gerade als sie die Kartoffeln in den Eintopf tat, der ihr das Kochen so vereinfachte, stieß sie einen schwachen Schrei aus und wandte sich hastig mit einem erschrocken fragenden Gesicht an Ilse.

»Geht's los?« fragte Ilse und hörte auf, einen hölzernen Kochlöffel abzutrocknen.

»Ich – ich weiß nicht«, antwortete Ingeborg und keuchte etwas. »Nein«, setzte sie nach einer Minute hinzu, in der sie sich nur stumm angestarrt hatten, »es war wohl nichts.« Damit wandte sie sich wieder ihren Kartoffeln zu.

Doch als bald darauf abermals ein kurzer zitternder Aufschrei ertönte, legte Ilse entschlossen ihr schmuddeliges Küchentuch aus der Hand, suchte nach Johann, weil Herr Dremmel noch nicht hereingekommen war, befahl ihm, die Pferde anzuspannen und Frau Dosch zu holen.

»Zuallererst«, sagte Frau Dosch, die zwei Stunden später eintraf, erstaunlich frisch und geschäftig in Anbetracht ihres Alters und der Hitze, »zuallererst müssen Sie Ihr Haar in zwei Zöpfe flechten.«

Und von Anfang an bis später, als Ingeborg längst aufgehört hatte, so zu tun oder auch nur zu versuchen, sie selbst zu sein, als Mut und Selbstlosigkeit und Gelassenheit und der Wunsch, Robert zu gefallen – wer war Robert? –, nur noch Figuren auf einem Spielbrett waren, beiseite gefegt in diesem Handgemenge mit dem Tod, als sie zu nichts als einem sich windenden Tier erniedrigt war, nichts als ein wimmerndes Wesen ohne Seele, ohne Sinn, nichts als ein schrecklicher, scheußlicher Leib, da nickte Frau Dosch nur weise mit dem Kopf, während sie die wohlbestückten Tabletts leer aß und trank, die ihr Ilse unablässig brachte, und sagte in regelmäßigen Abständen:

»Ja, ja – was sein muß, muß sein.«

Das waren die Tröstungen der Frau Dosch.

20

Das begann am Dienstag zur Mittagstunde; und Mittwoch nacht, so spät, daß Motten und Fledermäuse durch den Garten und manchmal auch durch die Stube flatterten, klopfte Frau Dosch, deren Haare sehr strähnig und deren Kleidung etwas mitgenommen aussah, leicht auf ein kleines Windelbündel, das neben Ingeborg auf dem Bett lag und aus dem ein kleines rotes Gesicht hervorlugte, und sagte erschöpft, aber triumphierend: »Da!«

Der große Moment war gekommen: der höchste Augenblick im Leben einer Frau. Herr Dremmel war anwesend, zerrauft und mit feuchten Augen, Ilse war anwesend, glühend und verschwitzt. Es war ein Junge, ein prächtiger Knabe, wie Frau Dosch verkündete, und die drei standen da und warteten auf die ersten Strahlen des Mutterglücks, die erste Erleuchtung, die das Gesicht auf dem Kissen erhellen sollte.

»Da«, sagte Frau Dosch; aber Ingeborg öffnete die Augen nicht. Sie lag auf der Seite, eine verkrümmte, zusammengeschrumpfte Gestalt, eine Hand hing über dem Bettrand, die Augen waren geschlossen, der Mund stand offen, die Haare, zerdrückt und feucht und dunkel, fielen ihr über das weiße gleichgültige Gesicht.

»Da«, sagte Frau Dosch abermals, hob das Bündel auf, legte es schräg auf Ingeborgs Brust und sprach sie mit sehr lauter Stimme an. »Frau Pastor – raffen Sie sich zusammen – betrachten Sie Ihren Sohn – ein prachtvoller Knabe – schon fast ein Mann.«

Sie nahm Ingeborgs Arm und legte ihn um das Bündel.

Er glitt herab und rutschte wieder über den Bettrand.

»Tut, tut«, sagte Frau Dosch, der es allmählich unheimlich wurde; und sie schrie, indem sie sich niederbeugte, in Ingeborgs Ohr: »Frau Pastor – wachen Sie auf – schauen Sie Ihren Sohn an – ein prächtiger Bursche – mit einer Brust, also ich sage Ihnen – ach, der wird die Herzen der Mädchen brechen, der wird –«

Immer noch leere Gleichgültigkeit auf dem Antlitz auf dem Kissen.

Herr Dremmel kniete sich hin, um in der gleichen Höhe zu sein, nahm die kraftlose feuchte herabhängende Hand in die seine und tätschelte sie.

»Kleines Weibchen«, sagte er auf deutsch, »es ist alles vorbei. Öffne deine Augen und freu dich mit mir über unser neues Glück. Du hast mir einen Sohn geschenkt.«

»Ja eben«, sagte Frau Dosch begeistert.

»Du hast meinen Becher mit Wonne gefüllt.«

»Ja eben«, sagte Frau Dosch noch lauter.

»Schlag deine Augen auf und heiße ihn im Herzen seiner Mutter willkommen.«

»Ja eben«, sagte Frau Dosch beleidigt.

Da machte Ingeborg langsam die Augen auf – sie schien die schweren Lider kaum heben zu können – und schaute Robert wie aus einer ungeheuren Entfernung an. Ihr Mund blieb offen stehen; ihr Gesicht war leer.

Frau Dosch griff nach dem Bündel und schaukelte es mit gakkernden Geräuschen zwischen den Gesichtern der Eltern so auf und ab, daß die Augen seiner Mutter darauf fallen mußten. Sein krebsroter Inhalt begann zu schreien.

»Aber jetzt – jetzt werden wir mal sehen!« rief Frau Dosch aus, die sich schon insgeheim Sorgen gemacht hatte, weil das Neugeborene beim Waschen und Windeln keinen Kommentar von sich gegeben hatte.

»Der erste Schrei unseres Sohnes«, sagte Herr Dremmel und küßte Ingeborgs Hand voll tiefer Bewegung.

»Aber jetzt werden wir mal sehen«, wiederholte Frau Dosch, legte das Baby noch einmal auf Ingeborgs Brust und ihren Arm darüber. Diesmal aber hielt sie den Arm der Mutter zur Vorsicht selber fest. »Ach, das schöne Kindchen!« rief sie aus. »Frau Pastor, was sagen Sie denn zu Ihrem ältesten Sohn?«

Frau Pastor sagte jedoch gar nichts. Die Lider sanken ihr wieder über die Augen und schlossen die Welt und all ihre gewalttätigen Kräfte aus. Das Geräusch dieser Menschen um ihr Bett herum drang nur wie von ganz weit her zu ihr. In ihren Ohren war ein Singen, in ihrer Seele eine schwarze Verlassenheit. Irgendwo fern, jenseits des endlosen Meeres der Leere, in dem sie zu versinken drohte, und durch den singenden Ton in ihren Ohren hindurch kam ein schwaches Stimmengeflüster, ferne Wörter. Sie wollte darauf hören, sie wollte darauf hören, warum unterbrachen diese Leute sie nur – immer dieselben Wörter, wieder und wieder, im schwachen Schlag eines Rhythmus, wie jener der Räder der Eisenbahn, die sie in einer langen Nacht, vor langer langer Zeit quer durch Europa in ihr deutsches Heim getragen hatte, nur sehr viel entfernter, kaum zu hören, erstickt – »für alle Gefallenen in der Schlacht –« Ja, das hatte sie verstanden, »für alle Frauen in Geburtswehen« – ja – »für alle Kranken« – ja – »und kleine Kinder« – ja, weiter, nur weiter – »der Vater im Himmel bewahre uns« – o ja, bitte . . . Der Vater im Himmel bewahre uns – bitte – bitte – bewahre uns . . .

»Vielleicht ein Schlückchen Branntwein?« schlug Herr Dremmel verstört vor.

»Branntwein! Wenn sie ihr eigener Sohn nicht aufmuntern kann – weiß der Herr Pastor denn nicht, daß man einer Dame im Wochenbett zuerst nichts als Wassersuppe gibt?«

Herr Dremmel, der gar nichts wußte, ließ die Idee mit dem Branntwein fahren. »Ihre Hand ist aber ziemlich kalt«, sagte er, fast wie eine Entschuldigung, denn wer weiß, vielleicht sollte sie so sein.

Frau Dosch gab zu verstehen, daß sie sie nicht kalt fand und wenn, so war sie sicher nicht so kalt wie ihr Herz. »Schauen Sie doch bloß«, sagte sie, »schauen Sie sich diesen strammen Knaben an, der seine Mutter in der einzigen Sprache anredet, die er beherrscht, und sie wirft nicht einmal einen Blick auf ihn. Komm, mein kleines Kerlchen – komm, komm –, wir sind hier unerwünscht – komm zu Tante Dosch – zur alten Tante Dosch –«

Damit nahm sie das Baby von Ingeborgs passiver Brust, und nachdem sie ein paarmal mit ihm in der Stube auf und ab gelaufen war und ihm dabei aufs gewindelte Hinterteil geklopft hatte, was, wie sie die Erfahrung gelehrt hatte, das Schreien förderte, legte sie es in das blaßblaue Körbchen, das schon auf zwei Stühlen bereitstand.

»Na gut«, sagte Herr Dremmel und stand wieder auf, weil ihm die Knie weh taten, und warf einen Blick auf seine Uhr, »Zeit für uns alle, zu Bett zu gehen. Es ist nach Mitternacht, morgen, wenn sie geschlafen hat, wird meine Frau wieder zu sich gekommen sein.« Er ging zur Tür, von Ilse mit einer der beiden Petroleumlampen gefolgt, die die erstickende Hitze der Stube noch gesteigert hatten, blieb dann stehen und schaute noch einmal zurück.

Ingeborg lag da wie zuvor.

»Sind Sie sicher, daß es nur Wassersuppe sein soll?« fragte er zögernd. »Wird das denn – wird das, bis es meinen Sohn erreicht hat, ihn ausreichend ernähren können?«

Als einzige Antwort kam Frau Dosch schwerfällig auf ihn zu und schloß die Tür.

Sie war todmüde. Sie hatte keine Lust, ihre Methoden mitten in der Nacht vor einem Ehemann zu rechtfertigen. Sie verriegelte die Tür und begann, ihr Kleid auszuziehen. Sie konnte sich kaum noch auf den Beinen halten. Es war eine von diesen vollkommen normalen Geburten gewesen, die sich trotzdem endlos hinziehen und eine ehrliche Hebamme, die auch nicht mehr die jüngste ist, halb umbringen können. Bevor sie sich auf das Bett fallen ließ, das für sie vorbereitet war, warf sie einen letzten Blick auf das Objekt in der Wiege, das lautlos schlief, und dann auf das zweite Objekt im Bett, das dalag wie zuvor. Na gut, wenn die Frau Pastor vorzog, sich wie ein Klotz statt wie eine stolze Mutter zu benehmen – Frau Dosch zuckte die Schultern, zog über ihren Unterrock eine bunte Flanelljacke an, schleuderte die Schuhe von den Füßen, legte sich samt Strümpfen und Haarnadeln ins Bett und schlief auf der Stelle ein.

Das Leben im Pfarrhaus brachte Herrn Dremmel in den nächsten Wochen ganz durcheinander. Er hatte damit gerechnet, daß auf den Geburtsvorgang die einfachen Freuden eines wahren Familienglücks folgen. Das war eine vernünftige Erwartung. So verlief es in anderen Häusern. Er hatte neun Monate lang Geduld gezeigt, in dieser Endlosigkeit stets von dem Gedanken getröstet, daß ihm nach ihrem Verlauf alles, was er jetzt zu erdulden hatte, tausendfach von einem entzückenden jungen Weibchen vergolten würde, das ihm in Schlankheit und Gesundheit wiedergegeben wurde, und das singend durchs Haus eilte, einen gesunden Sohn in den Armen. Der Sohn war da und schien befriedigend geraten zu sein, aber wo steckte das gesunde junge Weibchen? Und was das durchs Haus eilen anbelangte, so machte Ingeborg nach dem fünften Tag, dem Tag, an dem andere Frauen in der Gemeinde aufstanden und wieder herumzuwirtschaften begannen, keinerlei Anstalten, das auch nur wahrzunehmen, was von ihr erwartet wurde. Bei seinem Vorschlag schaute sie ihn nur vage an, genauso vage und interessenlos, wie sie stundenlang dalag und zum Fenster hinausstarrte, den Mund immer etwas offen, ihre Lage immer die gleiche, wenn nicht Ilse hereinkam und sie etwas verrückte.

Frau Dosch hatte sie am Morgen nach der Geburt verlassen und kehrte nach der Gewohnheit der Hebammen an jedem Morgen der drei folgenden Tage wieder, um Mutter und Kind zu waschen, und danach hatte Ilse diese Pflichten übernommen und sie, soweit es Herr Dremmel beurteilen konnte, mit Fleiß und Eifer erfüllt. Alles, was getan werden konnte, war getan geworden; warum blieb Ingeborg nur so apathisch und uninteressiert im Bett und machte sich nicht einmal die Mühe, den Mund zuzuklappen?

Er war verwirrt und enttäuscht. Die Tage verstrichen, und nichts änderte sich. Er konnte diese Beweise einer fehlenden Entschlußkraft, die sich ausgerechnet bei der Mutter seiner Kinder zeigten, nur mit Mißbehagen betrachten. Wenn auch nur die geringste Anstrengung von ihr verlangt wurde, brach sie sofort in Schweiß aus. Soviel er wußte, hatte sie bis jetzt noch kein einziges Mal ihre Arme freiwillig um seinen Sohn gelegt – Ilse mußte sie um ihn legen und festhalten. Sie hatte auch noch nichts über ihn gesagt. Er hätte auch ein Mädchen sein können, so wenig Stolz zeigte sie. Und jene heiligste Funktion einer Mutter, das Stillen ihres Kindes, bereitete offenbar zunehmende Schwierigkeiten, statt eine immer größer werdende Freude zu sein. Wann immer sein Sohn zu trinken wünschte und zu diesem Zweck zu seiner Mutter gebracht wurde, hieß sie ihn nicht im geringsten eifrig willkommen, sondern wurde rot, schreckte zurück und schloß die Augen, geriet in heftigen Schweiß, während er trank, lag mit abgewandtem Kopf da und krallte beide Hände ins Laken, als ob sie etwas auszustehen hätte.

»Ingeborg«, sagte er zu ihr, als er das erste Mal Zeuge dieses sonderbaren Verhaltens war, »was ist denn?«

»Tut weh«, keuchte sie – so undeutlich, daß er sich tief über sie beugen mußte, um sie zu verstehen.

Er hatte ihr bedeutet, daß sie sich das einbilden müßte, denn es war nicht nur das höchste Privileg einer Mutter, ihr Kind zu stillen, sondern es war auch eine allseits bekannte Tatsache, daß es ihr die höchste und heiligste Befriedigung bereitete. Er hatte sie daran erinnert, daß auf allen Gemälden, die eine Mutter darstellen, diese entweder ihr Kind gerade stillt oder eben gestillt hat und daß auf ihrem Gericht noch jene befriedigte Würde liegt, die diese Erfüllung einer natürlichen Funktion begleitet.

Sie hatte keine Antwort gegeben, ihr Gesicht blieb abgewandt und rot und schweißüberströmt. Ilse hielt das Baby, wie er feststellte; seine Frau hatte bedauerlicherweise vollkommen den Halt verloren.

Und sie schien auch Wahnvorstellungen zu haben. Sie bildete sich zum Beispiel ein, daß die Butterbrotstückchen, die Ilse auf einen Teller legte und ihr zur Teezeit neben das Bett stellte, am Teller festgeklebt seien. Er hatte sie eines Nachmittags dabei ertappt, wie sie damit kämpfte und bei dem Versuch in Hitze geriet, eines von diesen Stückchen vom Teller zu nehmen. Weil Ilse nicht in der Stube war, hatte er sie gefragt, was sie da mache. Wie üblich hatte sie geflüstert – auch das gehörte zu ihren Verrücktheiten, daß sie sich nämlich einbildete, sie hätte ihre Stimme verloren –, und als er sich niederbeugte, vernahm er, wie sie das Wort festgeklebt murmelte.

Er hatte das Stückchen hochgehoben, um ihr zu beweisen, daß sie sich irrte, und dann hatte er den Teller geschüttelt und alle Brotstückchen herauf herumtanzen lassen, und sie hatte ihm zugeschaut und dann doch wieder begonnen, sich so zu benehmen, als ob sie sich keines nehmen könnte.

Dann hatte sie die Hände auf das Laken fallen lassen, zu ihm emporgeschaut und wieder etwas geflüstert. »Schwer«, hatte sie geflüstert, aber nicht, wie er erfreulicherweise sagen konnte, ohne die Andeutung eines leichten Lächelns, womit sie wohl sagen wollte, daß sie genau wußte, wie kindisch sie sich aufführte, und als Ilse hereinkam, hatte sie die Brotstückchen genommen und sie gefüttert, als ob sie das Baby wäre und nicht sein Sohn.

Deshalb war Herr Dremmel beides, verwirrt und besorgt. Seine Verwirrung und Besorgnis stiegen jedoch noch an, als Ilse genau eine Woche nach der Geburt zu ihm kam und meldete, die Frau Pastor rüttelte so in ihrem Bett herum, daß sie Angst hätte, wenn das so weiterginge, müßte das Bett zusammenbrechen, weil das doch wegen der beiden geflickten Beine so wackelig sei, wie der Herr Pastor wohl wisse. Sie hätte die Frau Pastor daran erinnert, aber das schiene die gar nicht zu kümmern, und sie zitterte weiter.

»Das gute Bett«, sagte Ilse, »so ein anständiges Bett. Das beste, das wir im ganzen Hause haben. Ob der Herr Pastor wohl herüberkommt?«

Der Herr Pastor kam herüber und fand Ingeborg mit einer so erstaunlichen Heftigkeit am ganzen Leib zittern, daß das Bett wahrhaftig so lebensgefährlich krachte, wie es Ilse beschrieben hatte.

Auf seine Fragen hin berichtete ihm Ilse, weil Ingeborg viel zu stark mit Zittern beschäftigt war, um etwas erklären zu können, daß gar nichts passiert sei, daß die Frau Pastor nur gesagt hätte, sie sei durstig und hätte gern ein Glas kaltes Wasser, und daß sie es frisch von der Pumpe geholt hätte und daß Frau Pastor gebeten hatte, es hochzuhalten, damit sie trinken konnte, und daß sie es in einem Zuge ausgetrunken hätte und dann sofort umgefallen wäre und mit diesem Zittern begonnen hätte.

»Ingeborg, was ist denn?« fragte Herr Dremmel mit deutlicher Strenge, denn er hatte gehört, daß Strenge zum Beispiel auf alle, die sich schütteln müssen, beruhigend wirkte.

Als Ingeborg jedoch, statt wie ein vernunftbegabtes Wesen zu antworten, nur fortfuhr zu zittern und seine Anwesenheit gar nicht wahrzunehmen schien, und als er sie berührte und merkte, daß sie trotz des Zitterns vor Hitze glühte, schickte er Johann nach Frau Dosch, die nach einem einzigen Blick auch nur dazu raten konnte, daß Johann nach Meuk fuhr und den Arzt holte.

So kam es, daß sich Ingeborg, die plötzlich aus einem schrillen und wilden Durcheinander, in dem sie seit Erschaffung der Welt herumgehetzt zu sein schien, wiederauftauchte, mitten in der Nacht befand, denn alle Lampen brannten, und um ihr Bett herum standen Menschen, viele Menschen, und einer war ein Mann mit einem kurzen schwarzen Bart, den sie nicht kannte. Und sie kannte ihn doch. Er war der Arzt. Das wurde ihr sofort klar. Dann war sie also wirklich in Nöten. Das hatte jene Frau gesagt, jene große Frau, die sie manchmal in ihrem Garten zu besuchen pflegte, vor langer Zeit. Und Ilse – das war Ilse, die zu Füßen des Bettes stand und schluchzte. Wenn man in Nöten lag, so etwas schluchzten Ilsen immer. Sie merkte, daß sie den Bart des Arztes streichelte und ihn anflehte, sie nicht gehen zu lassen. Weil der Arzt sich zurückzog, fiel ihr wieder ein, daß es nicht üblich war, den Bart eines Arztes zu streicheln, aber es kam ihr dumm vor, sich nicht den Bart streicheln zu lassen, wenn das Bedürfnis danach bestand. Sie hörte sich sagen: »Lassen Sie mich nicht gehen – bitte – lassen Sie mich nicht gehen – bitte«, aber es kam ihr so vor, als ob er sie nicht halten könne, denn sie geriet fast immer sofort wieder in dieses schrille, heiße, hetzige Durcheinander, fuhr hoch hinauf in die höchsten Töne, in den Diskant, wo alle Geigen auf einmal immer wieder auf einem einzigen dünnen wackligen Ton beharrten . . .

»Das ist unglaublich«, sagte der Arzt, ein Doktor aus Königsberg, frisch verheiratet und kürzlich erst in Meuk niedergelassen, und warf einen Blick auf Frau Dosch, »dies hier hätte nicht passieren dürfen.«

Und darauf erklärte er Herrn Dremmel, daß alles in Ordnung gewesen wäre, wenn die Haut seiner Gattin nicht so dünn und empfindlich wäre und wenn diese Empfindlichkeit rechtzeitig beachtet worden wäre. Man mochte einem menschlichen Wesen, das ansonsten völlig normal war, so eine dünne Haut gar nicht zutrauen, sagte er, aber da waren die Tatsachen, und die zwangen einen dazu. Der Säugling, hungrig und mit einem harten Gaumen, hatte die Frau Pastor bei seiner ersten Mahlzeit gebissen –

»Nein«, sagte Frau Dosch, »ich war ja dabei.«

Der Arzt zuckte die Schulter. Es war eigentlich unmöglich, sagte er, den Biß nicht sofort zu erkennen, aber trotzdem – er schaute Frau Dosch an, die die Lippen zu einem dünnen trotzigen Strich zusammenkniff – war das Unmögliche geschehen. Schmutz war in die Wunde gekommen. Jetzt hatte sich ein Abszeß gebildet. Er mußte vielleicht operieren. Auf jeden Fall mußte das Kind in Zukunft aus Dosen ernährt werden.

»Was!« rief Herr Dremmel aus.

»Dosen«, wiederholte der Arzt.

»Dosen? Für meinen Sohn? Wozu gibt es denn die Kühe auf der Welt? Kühe, die Müttern doch sehr viel ähnlicher sind als Dosen?«

»Dosen«, wiederholte der Arzt mit fester Stimme. »Herr Pastor, Kühe sind genauso lauenhaft wie Frauen. Sie ernähren sich ohne jegliche Vernunft und verfallen spornstreichs in Launen. Weil ihnen aber die Gabe der Sprache versagt ist, können sie ihre Launen nicht in Worte fassen, und weil an einem Ende diese Hemmung besteht, weichen sie zum anderen aus und ergießen ihre Bosheit in die Milch.«

Herr Dremmel schwieg. Die Komplikationen und Schwierigkeiten des Familienlebens wurden in einem Bild zusammengerafft, das er nur voll Ekel betrachten konnte. Im Bett warf Ingeborg ihren Kopf rastlos von einer Seite zur anderen und rieb die Hände schwach über das Laken, auf und ab und auf und ab.

Während er mit dem Arzt sprach, beobachtete er sie. Frau Dosch stand da und schaute mit fest zusammengekniffenem Mund zu. Ilse schluchzte. Das Baby wimmerte.

Der Arzt sagte, er würde Johann, wenn er ihn zurückführe, ein paar Dosen Patentnahrung mitgeben; wenn es zu lange dauerte und der Säugling unruhig sei, sagte der Arzt, etwas Wasser . . .

»Wasser? Meinem Sohn Wasser als Nahrung?« rief Herr Dremmel aus. »Der Himmel bewahre uns, das soll ein echter rechter Deutscher zu essen bekommen? Dosennahrung und Wasser statt Blut und Eisen?«

Der Arzt zuckte die Schulter, und nachdem er Ingeborgs Hand sanft wieder niederlegte, die er einen Augenblick gehalten hatte, weil er sehen wollte, ob er sie beruhigen konnte, schickte er sich an zu gehen, wobei er sagte, daß er auch eine Schwester schicken wolle.

»Ach«, sagte Herr Dremmel sehr erleichtert, »Sie kennen eine gute Amme mit viel Milch?«

»Vollkommen ohne Milch. Für Frau Pastor. Sie kann unmöglich ohne Pflege bleiben. Sie muß verbunden werden. Es muß

Pünktlichkeit herrschen und –«, er schaute Frau Dosch an, »Sauberkeit, Zuverlässigkeit« – bei jedem dieser Wörter schaute er Frau Dosch an. »Ich werde morgen wiederkommen. Vollkommen normal, vollkommen normal«, wiederholte er, während er in den Wagen stieg und Herr Dremmel reuevoll auf der Schwelle stand, »aber, wie ich schon gesagt habe, eine empfindliche Haut.«

Die Krankheit nahm ihren vollkommen normalen Verlauf. Aus dem Stadtkrankenhaus von Königsberg kam eine Schwester, und das aus den Fugen geratene Haus wurde auch sofort wieder vollkommen normal. Ilse kehrte in ihre Küche zurück, das Baby bekam seine wissenschaftliche Diät und wurde friedlich, Ingeborgs Bett wurde glatt und sauber, ihre Schlafstube ruhig, niemand knallte mehr beim Vorübergehen an das Bettende oder ließ die Dielenbretter und sie selber bei jedem seiner schweren Tritte erzittern. Sie wurde nicht mehr mit derselben Muskelkraft behandelt, die den Küchenboden sauber und das Schwein glücklich macht; Verbände, Salben und Desinfektionsmittel standen säuberlich aufgereiht, saubere weiße Decken lagen auf den Tischen, die Fenster standen Tag und Nacht weit offen, die Lampen wurden genau so hingestellt, daß sie nicht in die Augen blendeten. Alles war normal, ebenso wie der Abszeß, der seine gewohnte Entwicklung nahm, sich durch nichts beeilen oder stören ließ, das der Arzt mit ihm zu tun versuchte, der langsam reifte, seinen Höhepunkt erreichte, wieder zurückging, alles in einer Reihenfolge und einem an die Ursache gebundenen Gehorsam, der jenen bewundernswert vorkommen mußte, die so etwas zu bewundern verstanden. Alles war normal, außer der Tiefe von Ingeborgs Gemüt.

Dort lauerte die Angst in ihrem schwarzen Versteck. Ingeborg wußte nicht mehr, was sie vom Leben halten sollte. Sie hatte in jener schrecklichen Nacht und dem Tag und abermals einer Nacht der Wehen das Vertrauen zum Leben verloren. Sie kannte es jetzt. Überall lauerte der Tod. Tod und Grausamkeit. Tod und namenlose Qual. Der Tod in Verkleidung, der Tod im Versteck, dort wartete er nur, um abermals grausam zu sein, um sie wieder zu packen und das nächste Mal wirklich zu erwischen. Was sollte dieses ganze Geschwätz von Leben? Es war ja nur der Tod. Die andern ahnten das nicht. Sie aber wußte Bescheid. Sie hatte es gesehen und mitten drin gesteckt. Sie war tief im Tal der Schatten gewesen, ohne Beistand. Ihre Augen waren bei jedem Schritt weit offen gewesen. Jeder Schritt auf diesem Weg hatte sich tief in ihr Gedächtnis gegraben. Sie hatten ihr nichts geschenkt. Sie wußte Bescheid. Die raschelnden Blätter draußen im Garten sahen hübsch aus, und die Sonne schien heiter, und die Blumen, die sie so zutraulich geliebt hatte, wirkten freundlich und schön. Sie waren aber der verkleidete Tod. Oh, dorthin sollte man sie nie mehr kriegen. Sie kannte sogar jeden Laut. Wie oft, als sie in jenem Fieber lag, hatte sie ihn über den Hof kommen hören, die Stufen herauf, den Gang entlang, dann hatte er draußen vor ihrer Tür gezögert, war immer wieder umgekehrt, aber nur für eine kleine Weile. Er würde wiederkommen. Mit seinem ganzen Schrecken. Der Schrecken und der Fluch, leben und auf ihn warten zu müssen. Der Fluch, genau zu wissen, wie Liebe mit ihm endete, wie neues Leben nur wieder Tod bedeutete. Furchtsam lag sie da und hatte die Wahrheiten vor Augen, die sie allein in jenem Haus erkennen konnte. Und sie konnte hören, wie ihr Herz schlug – wenn sie nur das nicht hätte hören müssen, ihren eigenen Herzschlag –, es schlug in kleinen unregelmäßigen Schlägen, es flatterte, und dann gar nichts – und dann ein plötzliches Klopfen – ach, diese schwache, schwache Ohnmacht – und nichts auf dieser Welt, an das man sich halten konnte, nirgendwo – selbst das Bett stand nicht auf festem Boden – sie stürzte immer nach unten, nach unten, durch alles hindurch, weg und fort . . .

Manchmal kam die Schwester und blieb neben ihr stehen und strich ihr mit einer großen heilsamen Hand das Haar aus der zergrübelten und gefurchten Stirn. »Was sind das denn für Gedanken?« fragte sie dann und beugte sich mit einem Lächeln herab.

Aber diese Gedanken sprach Ingeborg niemals aus.

Herrn Dremmel riet die Schwester zur Geduld.

Er erwiderte, die habe er nun zehn Monate lang gehabt.

»Sie brauchen sie noch etwas länger«, antwortete die Schwester, »aber dann wird alles wieder in Ordnung kommen.«

Und nach und nach geschah das auch. Ganz langsam begann Ingeborg, den Hang zum Leben wieder emporzuklimmen. Es war eine lange und immer wieder erlahmende Anstrengung, aber dann war die Zeit da, in der sich ihr Blick wieder zuverlässig auf ständig wachsende Ausschnitte der Wirklichkeit heftete. Sie entglitt ihr wieder für einige Stunden, als ihr zum ersten Mal Fleisch zum Mittagessen serviert wurde. Als sie am nächsten Tag wieder Fleisch bekam, kniff sie den Mund zu. Am folgenden Tag schlich sich ein Gefühl der Scham über ihre finstere Verzweiflung in ihr Gemüt und setzte sich dort fest. Am Tag danach, als sie nicht nur abermals Fleisch bekam, sondern auch ein neues Tonikum, verlangte sie nach Robertchen und schloß ihn von ganz allein in die Arme. Da huschte die Schwester hinaus und holte Herrn Dremmel; und als er herbeistürzte und sie, von Kissen gestützt, aufrecht im Bett sitzen sah, wie sie sein Kind hielt und so zu ihm hinablächelte, wie er es sich immer vorgestellt hatte, da ließ er sich abermals neben dem Bett auf die Knie fallen und nahm die ganze Gruppe, Mutter, Säugling und Federkissen, in die Arme und brach offen und unumwunden in Freudentränen aus.

»Kleines Schaf... kleines Schaf...«, sagte er ununterbrochen. Und Ingeborg, die den Punkt der Rekonvaleszenz erreicht hatte, an dem man keine Gelegenheit zum Weinen ausläßt, stimmte sofort in seine Tränen ein; und erst als Robertchen zu schreien begann, löste die Schwester, die fröhlich lachte, die Gruppe auf.

Danach wurde alles mit jedem Tag besser. Man konnte sehen, wie sich Ingeborg erholte; fast in jeder Stunde konnte man verfolgen, wie sie einen neuen Schritt zu ihrem ursprünglichen Ich zurückmachte. Sie klammerte sich an die Schwester, die auch noch lange nach dem Genesungsstadium blieb, in dem sie sie in die nächstgelegene Stube getragen hatte, und sie erst verließ, als Ingeborg wieder ganz vergnügt im Garten herumspazierte und alles das mit Robertchen zu tun begann, was sie sich einst vorgenommen hatte. Sie schien nach den langen Monaten der Unansehnlichkeit hübscher denn je zu sein. Sie war so froh, so dankbar, wieder ins

Leben zurückgekehrt zu sein, und ihre Freude ließ sie strahlen. Es war auch so wunderbar, sich wieder in der hellen Welt der freien Bewegung zu befinden, bald wieder rudern zu können, bald wieder einen Tag in den Wäldern zu verbringen, Dinge arrangieren zu können, klaren Geistes über ihre Zeit und ihren Körper zu verfügen. Diese Köstlichkeit der Gesundheit, diese Wonne, einfach normal zu sein, ließ sie strahlen.

Der September jenen Jahres schenkte ruhige und goldene Tage der Reife. Weder Herr Dremmel noch Ingeborg waren jemals so glücklich gewesen. Er liebte sie so glühend wie vor der Heirat. Er entdeckte so viele Kleinigkeiten, wie die zarte Beschaffenheit ihrer Haut und die Schönheit ihres Nackens und die Art und Weise, wie sich ihre Haare gerade an dieser Stelle kräuselten. Sie war, so sagte er sich, der schönste Schmuck und die höchste Vollendung für das Haus eines Mannes, unabhängig mit ihrem Kind und ihrem Haushalt beschäftigt, sie störte ihn nicht, er mußte nicht an sie denken, wenn er in seinem Laboratorium arbeiten wollte, sie war ganz in weibliche Aufgaben versunken, heiter, liebevoll und umsichtig mit dem Kind. Es war entzückend, sie wieder auf den Knien sitzen zu haben, entzückend, sie den süßen und manchmal amüsanten Unsinn schwatzen zu hören, von dem ihr Kopf ziemlich voll zu sein schien, entzückend, ihre plötzliche Ernsthaftigkeit zu beobachten, wenn es irgend etwas für Robertchens persönliches Wohlergehen zu erledigen gab.

»Was sind wir doch glücklich!« sagte Ingeborg eines Abends, als sie nach dem Essen durch die Roggenfelder schlenderten, und die alte Furchtlosigkeit und Zuversicht zum Leben stiegen wieder in ihr auf. »Hast du schon einmal so etwas erlebt?«

»Du bist nur du, mein kleiner Sonnenschein, mein kleines liebes Schaf«, sagte Herr Dremmel und blieb stehen, um sie so heftig zu küssen, als ob er unter dem Birnenbaum in des Bischofs Garten stünde, »das bist nur du.«

»Und bald«, sagte sie, »werde ich auch etwas Vernünftiges tun – ach, Robert, lauter tüchtige und vernünftige Dinge. Zuerst einmal will ich endlich eine richtige Pastorenfrau sein und mich richtig um die Leute im Dorf kümmern. Und außerdem will ich –«

Sie hielt inne und warf die Arme in einer vertrauten Geste in die Luft.

»Ja was denn, mein kleiner Hase?«

»Ach, ich weiß nicht – aber ist es nicht herrlich, zu leben? Ich habe das Gefühl, als ob ich nur die Arme zu den Sternen hochzurecken brauchte, und schon könnte ich so viele pflücken, wie ich haben möchte.«

Und kaum war die Schwester verschwunden und der Haushalt zu seiner normalen Ordnung zurückgekehrt, kaum war das Wohnzimmer nicht mehr von Herrn Dremmels Notliege verunziert, kaum verlief das Leben wieder in klaren Bahnen, so daß man nur den gütigen Gott lobpreisen konnte, der alles so groß und weise eingerichtet hatte, da wurde sie schwanger mit dem zweiten Kind.

TEIL III

21

Wenn man nur fünf Minuten über den See ruderte, um eine Landnase herum, kam man zu einer kleinen Bucht, die nur durch das Schilfschneiden entstanden war. Man führte das Boot um große Büschel aus Binsen herum, schon lag da ein kurzes Strandstück aus Muschelsand, auf der einen Seite von einer Eiche mit halb freigespülten Wurzeln überschattet, oben am Rand des Hanges von grobem Gras gesäumt. Dort konnte man sitzen und dem schwachen Klatschen des Wassers lauschen, das einem an die Füße schlug, und das Sonnenlicht beobachten, das auf den Schwingen der zahllosen Möwen blitzte. Kökensee konnte man nicht mehr sehen, und Kökensee konnte einen nicht erblicken, und man schlang die Hände um die Knie und dachte nach. Hinter einem lagen die Roggenfelder. Gegenüber erstreckte sich der Wald. Es war ein Ort der Stille, des hellen Nachmittagslichtes, der klaren Farben – Silber und Blau, und das blasse Gold, das das Schilf im Oktober annimmt.

Ingeborg nahm Robertchen zu diesem Ort niemals mit. Sie beschloß, nachdem ihr vier Monate engstes Zusammensein mit ihm die falschen Erwartungen aus dem Kopf getrieben hatten, daß er zu jung dazu war. Weil ihr alle Träume von dem, was sie mit ihm unternehmen wollte, noch so lebhaft in Erinnerung waren, konnte sie noch nicht zugeben, daß sie lieber allein sein wollte. Sie konnte nicht zugeben, daß sie ihn nicht im geringsten innig liebte. Er war so brav. Er brüllte nie. Er tat auch nie das, was sie für das Gegenteil des Brüllens hielt: gurren. Er brüllte nicht, und er gurrte nicht. Er beklagte sich nicht, und er zeigte keine Zustimmung. Er aß mit gutem Appetit und schlief dann pünktlich ein. Man konnte zuschauen, wie groß und kugelrund er wurde. Mußte man ihn nicht bewundern? Sie bewunderte und schätzte ihn, schätzte ihn vielleicht mehr, als sie jemanden geschätzt hatte; aber die innige

Liebe, die eine Mutter für ihren Erstgeborenen empfand – wie ihr alle Leute bestätigten –, war immer noch etwas, das sie sich mit einem »natürlich« einreden mußte.

Robert war ein ernsthafter Säugling; sie tat ihr Bestes, ihn durch spaßige Gesten und heitere ermunternde Töne an Fröhlichkeit zu gewöhnen, aber ihre Anstrengungen trugen keine Früchte. Dann kam der Tag, an dem sie sich über ihn beugte und ihn zart an den nackten Rippen kitzelte, um ihn zum Lächeln zu verlocken. Dabei schaute sie ihm direkt in die Augen und fuhr sofort zurück und starrte ihn voll Abscheu an, denn es hatte sie plötzlich die Angstvorstellung überfallen, daß sie ihre Schwiegermutter kitzelte.

Das war das erste Mal, daß ihr die unverkennbare Ähnlichkeit auffiel, die überwältigend war, wenn man sie erst einmal wahrgenommen hatte. Sie fand, als sie ihn jetzt zitternd untersuchte, nichts von Robert oder von sich selbst; und was ihre eigene Familie anbelangte, was war aus dieser wirklichen Schönheit geworden, dem guten Aussehen des Bischofs, der reizenden Schönheit von Judith und der sanften Harmonie ihrer Mutter?

Robertchen sah Frau Dremmel so ähnlich, wie es eigentlich nur möglich gewesen wäre, wenn ihn Frau Dremmel durch einen Zaubertrick völlig allein und ohne fremde Hilfe produziert hätte. Die Ähnlichkeit war lächerlich. Sie wuchs mit jedem Fläschchen. Er hatte die gleichen unverwandt starrenden Augen. Er zeigte das gleiche längliche Schweigen. Seine Nase war eine Kopie. Sein kahler Kopf glich mehr dem von Frau Dremmel, dachte Ingeborg, als es Frau Dremmels eigener überhaupt nur konnte, und wenn ihm jemals Haare wuchsen, sagte sie sich, während sie ihn mit weit aufgerissenen Augen betrachtete, würden sie sich sofort zu einem Dutt kringeln. Als die Tage gemächlich verstrichen und sich die Ähnlichkeit immer mehr zeigte, überfiel sie allmählich beim Windelwechsel und wenn sie ihm die vielen Fältchen puderte, ein Gefühl ständiger Indiskretion, und sie prophezeite Herrn Dremmel, der mit Verständnislosigkeit reagierte, daß Robertchens erstes Wort sicherlich »Bratkartoffel« sein würde.

»Wieso?« fragte Herr Dremmel, der in einer ganz anderen Welt von Assoziationen lebte.

»Du wirst schon sehen«, sagte Ingeborg und nickte mit verstörtem Gesicht.

Robertchens erstes Wort, und lange Zeit sein einziges, war jedoch das »Nein«. Sein nächstes, das er ihm aber erst nach ein paar Monaten beigesellte, war »Adieu«, was im Deutschen für auf Wiedersehen verwendet wird, und was er jedem sagte, der zu ihnen kam.

Sehr gastfreundlich ist er nicht, dachte Ingeborg, und dann fiel ihr mit einem kalten Schauer ein, daß ihre Schwiegermutter sie seit der Hochzeit noch kein einziges Mal zu sich nach Meuk eingeladen hatte. Aber dann entschuldigte sie das im selbem Atemzug. Jeder, ermahnte sie sich, fühlt sich am Anfang ein wenig gehemmt . . .

Zu diesem wunderschönen Seewinkel – denn an diesen milden Herbstnachmittagen war er wirklich schön – ging sie nur, wenn Robertchen seinen Mittagsschlaf hielt, um das zu tun, was sie zu Ende denken nannte; dann setzte sie sich auf die Müschelchen, schlang die Hände um die Knie, starrte quer über das ruhige Wasser auf den verblichenen Schilfsaum am anderen Ufer und dachte. Nach geraumer Zeit stellte sie jedoch fest, daß ihr Denken mehr ein allgemeines geistiges Unbehagen war, vielleicht von willkürlichen Gedankenblitzen durchzuckt, als etwas, das man mit klarem logischem Denken bezeichnen konnte. Die Dinge wollten gar nicht durchdacht werden – oder zumindest nicht von ihr; sie fühlte sich auch schon wieder übel; und wie, so fragte sie sich, können Menschen, die vollauf mit ihrer Übelkeit beschäftigt sind, über die Übelkeit hinaus noch etwas sein. Außerdem weigerten sich die Dinge, durchdacht zu werden. Ihre Augen wurden wieder blank vor Angst, wenn einer dieser Gedankenblitze auf das fiel, was nun wieder vor ihr lag. Als ob ein scharlachroter Speer aus Angst plötzlich auf ihr Herz zuzischte . . .

Nein, dachte Ingeborg, wandte sich rasch ab, plötzlich eiskalt und zittrig, lieber nicht nachdenken; lieber einfach in der Sonne sitzen und daran denken, wie Robertchen wohl später aussah, wenn er weiter darauf bestand, Frau Dremmel wie aus dem Gesicht geschnitten zu sein und trotzdem das Alter für die ersten Hosen erreicht hatte, und was passieren würde, wenn das nächste ebenfalls wie Frau Dremmel aussah, und ob sie dann zu angemessener Zeit einer ganzen Riege von kleinen Schwiegermüttern die Kinderlieder beibringen müßte. Die Vorstellung von Frau Dremmel im Plural, winzig klein und in Socken und Spielschürzen, brav neben ihr aufgereiht, um im Chor die Wörter und die Melodien zu lernen, das ließ sie in Gelächter ausbrechen. Sie lachte und lachte, und sie hörte erst damit auf, als sie merkte, daß sie in Wirklichkeit weinte.

»Vielleicht will ich in Wirklichkeit reden und gar nicht denken«, sagte sie schließlich zu Herrn Dremmel, nachdem sie von einer dieser vergeblichen Expeditionen zur Sache nach einem Sinn zurückgekehrt war.

Sie sagte es etwas gedrückt, denn sie bedeutete ihm schon wieder weniger als in jenem kurzen Intervall der Gesundheit, und sie wußte, daß es mit jedem Monat weniger werden würde. Es war merkwürdig, wie sehr sie seiner sicher war, wenn sie kein Kind erwartete, wie leicht sie dann auf seine Liebe bauen konnte, und wie er ihr sofort entglitt, sobald sie schwanger wurde. Obwohl sie es erst seit kurzem wußte, war er schon meilenweit von der heiteren lebendigen Laune entfernt, in der er sie in die Arme genommen und sein kleines Schaf genannt hatte.

Herr Dremmel, der gerade zu Abend aß und den Zusammenhang nicht begriff, empfahl das Denken. Nach einer Pause fügte er hinzu, daß nur eine Frau so eine Unterscheidung treffen konnte. Ingeborg gab ihm nicht die naheliegende Antwort, sagte vielmehr, sie glaube, wenn sie mit jemanden sprechen könne, zum Beispiel mit Robert, und wenn er dabei ihre Hand in seiner hielt, ganz fest und die ganze Zeit, während sie sich unterhielten, dann könne sie sich vielleicht sicher fühlen, käme sich nicht ganz so verloren und verlassen vor in dieser so schrecklich grenzenlosen Welt –

Herr Dremmel blickte auf seine Uhr und sagte, vielleicht hätte er nächste Woche ein bißchen Zeit, um ihre Hand zu halten.

Ein paar Tage später sagte sie, ebenfalls ohne ihm einen Einblick in den Zusammenhang zu gönnen: »Es ist der Segen im anderen Gewande, das ist es nämlich.«

Herr Dremmel, der gerade wieder zu Abend aß, gab keine Antwort, sondern wollte erst einmal abwarten.

»Der Segen, der nur so tut, als ob er Grausamkeit wäre. Eben überhaupt keine richtige Grausamkeit.«

Herr Dremmel wartete lieber noch ein wenig.

»Zuerst habe ich es nämlich für Grausamkeit gehalten«, sagte sie, »aber jetzt kommt es mir so vor – vielleicht ist es ein Segen.«

»Was ist dir als Grausamkeit vorgekommen, Ingeborg?« fragte Herr Dremmel, dem schon die Wiederholung eines solchen Wortes nicht behagte.

»Daß ich dieses nächste Kind so bald bekomme – ohne Zeit zum Vergessen.«

Ihre Augen wurden blank.

»Grausamkeit, Ingeborg?«

Herr Dremmel sagte, es schicke sich nicht für die Frau eines Geistlichen, die Vorsehung zu verdammen.

»Aber das habe ich doch gerade gesagt«, entgegnete sie, »zuerst hielt ich es für Grausamkeit, aber jetzt habe ich erkannt, daß es wirklich viel besser ist, zwischen den Kindern keine Zeit zu vergeuden, weil es einem dann für den Rest des Lebens gutgehen kann. Es – es wird danach ein ziemlicher Gegensatz sein, wenn man die ganzen Schmerzen hinter sich hat, herrlich.«

Sie schaute ihn an und preßte die Handflächen gegeneinander. Sehr lebendige Erinnerungen ließen ihre Augen zucken. »Aber ich würde auf diese herrlichen Kontraste nur zu gerne freiwillig verzichten«, flüsterte sie, das Gesicht plötzlich vor Angst verzerrt.

Herr Dremmel entgegnete, daß das Familienleben stets nicht nur wegen seiner Schönheit, sondern auch wegen seiner Notwendigkeit als Grundlage des Staates gepriesen werde.

»Du hast mir gesagt«, entgegnete Ingeborg, die die Gabe besaß, die viele tüchtige Männer manchmal etwas reizt, daß sie nämlich nichts von dem vergaß, was sie jemals gesagt hatten, »die Grundlage des Staates sei der Dünger.«

Ja, sagte Herr Dremmel, das stimme. Aber das Familienleben

auch. Er wolle sich, informierte er sie, nicht in Wortklaubereien einlassen. Er habe ihr nur klarmachen wollen, daß es kein Familienleben ohne Familien geben könne, die es führten.

»Nennt man denn dich und mich und Robertchen nicht schon eine Familie?« fragte sie.

»Ein Kind?« rief Herr Dremmel. »Du willst die Familie auf ein einziges Kind beschränken? Das ist ein höchst unchristliches Betragen.«

»Aber das christliche Betragen scheint so weh zu tun«, murmelte Ingeborg, »ach ja, ich weiß ja, daß es noch Geschwister geben muß«, antwortete sie rasch, bevor er den Mund aufmachen konnte, »und es ist wirklich am gescheitesten, das hinter sich zu bringen und dann erledigt zu haben. Es ist nur, wenn ich – ich denke nur manchmal, Robertchen reichte als Familie bis – bis ich Zeit gehabt habe, zu vergessen ...«

Wieder flackerte die Todesangst in ihren Augen auf. Sie wußte, daß die Angst da war. Sie starrte auf ihren Teller, um sie zu verbergen.

Danach kam sie noch zweimal von ihren Meditationen am See zu ihm und versuchte, sich mit ihm über Leben und Tod zu unterhalten. Herrn Dremmel langweilte das Thema Leben und Tod, wenn es nicht ihn betraf. Er gab jedoch geduldige Antworten. Sie keuchte, als sie kam, denn zum Haus ging es den Hügel hinauf, und es verlangte sie verzweifelt danach, alles im Gespräch mit ihm zu klären, damit sie neuen Mut schöpfen konnte, aber er nahm schon diese Duldermiene an, ehe sie begonnen hatte. In Gegenwart dieser vorzeitigen Resignation brach sie ab, stotterte und schwieg. Was sie sagen wollte, verwirrte sich zu lächerlichen Sätzen – sie hörte schon, wie töricht sie waren, als sie sie noch kaum über die Lippen hatte. Kein Wunder, daß er so resigniert aussah. Sie hätte vor Kummer über ihre Sprachlosigkeit weinen können, über ihren Mangel an richtiger Erziehung, ihre Unfähigkeit, die Gedanken sauber zu entwirren und heil und sicher in Sätze fließen zu lassen. Und da stand Robert und wartete und machte dieses gewisse engelsgeduldige Gesicht ...

Aber wie merkwürdig es doch war, dieser Unterschied zwischen seinen Gesprächen vor ihrer Schwangerschaft und jetzt sein Schweigen – ein offensichtlich resigniertes Schweigen. Sie wünschte, sie wüßte besser über Ehemänner Bescheid. Sie wünschte, sie hätte zu Hause nicht nur jahrelang Diözesanbriefe geschrieben, sondern auch erwachsene Gedanken über Vermählte gehegt.

Als die Zeit fortschritt, wurde ihre Sehnsucht nach einem Gesprächspartner und ihre Furcht, mit ihren Angstvorstellungen und plötzlichen Erinnerungen allein zu sein, fast unerträglich. Sie ging schließlich, von Panik ergriffen, zu den Müttern im Dorf, fragte sie ängstlich, wie sie sich gefühlt hatten, wie sie es geschafft hatten, und sie machte ihre Runden an Tagen, an denen es ihr besserging. Aber es kam nichts dabei heraus. Die Haltung war überall die gleiche, eine dumpfe Ergebenheit, ein Schulterzukken, eine träge Erschöpfung.

Dann besuchte sie die Frau des Posthalters, die besonders mütterlich und vergnügt wirkte, und stellte fest, daß sie keine Kinder hatte. Eines Tages traf sie den Förster im Wald und war schon so zermürbt, daß sie fast auch ihm ihre angstvollen Fragen gestellt hätte, weil er noch mütterlicher wirkte als selbst die Posthalterin.

Dann besuchte sie die Baronin Glambeck, die ihr vor Robertchens Geburt auf so praktische Weise geholfen hatte – sollte sie nicht erst recht in diesen Seelennöten helfen können? So stapfte sie eines Nachmittags im November mühselig durch den tiefen nassen Sand hinüber, wollte sich ihr so nackt und bloß nähern wie ein Christenmensch dem anderen, nicht verstrickt in die Zwänge von Zurückhaltung und Konventionen. Aber gerade an jenem Tage war die Seele der Baronin alles andere als nackt. Sie war standesgemäß gekleidet, bis zu den Handschuhen und der Haube. Es gab auch keine Zwänge, denn Hildebrand von Glambeck war da, der einzige Sohn unter sechs Geschwistern und derjenige, der das meiste Geld geheiratet hatte, und seine Mutter steckte jetzt in festlicher Seide und goß ihm stolz den Kaffee ein.

Es entsprach ganz und gar nicht dem guten Ton, wenn eine Pastorenfrau so einfach hereinmarschiert kam, ohne sich vorher erkundigt zu haben, ob ihr Besuch auch paßte; und als die Baronin die sandverkrustete und zerzauste Gestalt durch den langgestreckten Raum auf sich zukommen sah, war sie nicht nur gereizt, sondern erzürnt. Sie hatte dieses ihr Lieblingskind seit sechs Monaten nicht gesehen, und seit seiner Ankunft am vorhergegangenen Abend war dies die erste Gelegenheit, mit ihm alleine zu sein, denn er hatte einen Freund aus Berlin mitgebracht, und dieser Freund war erst nach dem Lunch zur allseitigen Zufriedenheit draußen im Park untergebracht worden, wo er sofort entschieden verkündet hatte, so lange bleiben zu wollen, wie das Sonnenlicht auf eine bestimmte Buche fiel. Sie wollte nun ihren Sohn nach Herzenslust ausfragen. Sie hatte schon den Baron zu einem Ritt über die Felder gebracht, um in Ruhe fragen zu können. Sie wollte alles über sein Leben in Berlin wissen, das ihr so fremd und so voller Einschränkungen vorkam, trotzdem so verlockend, ein hochgestelltes, gefährliches, weniger echt aristokratisches Leben als diese vornehme Stagnation in der gottgesegneten Provinz, aber vor allem erleuchtet durch die Anwesenheit ihres Kaisers und Königs.

Und jetzt, nachdem sie sich gerade diese eine Stunde mit soviel List für Hildebrand gerettet hatte, um all diese intimen Details seines Lebens zu erfahren, die eine Mutter zwar gerne hört, über die sie aber nicht so gerne vor ihrem Gatten spricht, diese eine Stunde, um alles von seinem Kind zu erfahren, seinen Mahlzeiten, seinem Geld, dem gesellschaftlichen Erfolg seiner lieben Frau und ihrer Vorstellung bei Hof, dank der Einheirat in den Adel, über seine eigene Gesundheit, seine schlechte Verdauung, die seit jeher seinen Frieden störte – der arme Junge! –, und ob er die arme Emmi gesehen oder etwas von ihr gehört hatte, von seiner ältesten Schwester, die unglückseligerweise nur sechstausend Mark pro Jahr geheiratet hatte und unter ganz unmöglichen Umständen in Spandau lebte und nicht zugeben mochte, daß ihr das nicht behagte; gerade als ihre Neugier über all diese Dinge befriedigt werden sollte, kam diese exzentrische und aufdringliche Frau Pastor daher und verdarb alles. Hildebrand war mitten in einer dieser traurigen Skandalgeschichten, die man gar nicht hören, dann aber natürlich doch das Ende erfahren will.

Die Enttäuschung der Baronin war so groß, daß sie am liebsten so getan hätte, als ob sie die Frau Pastor gar nicht erkennen könnte, bis diese buchstäblich den Kaffeetisch berührte.

»Ach«, sagte sie dann, wobei sie nicht aufstand, sondern nur langsam die Hand ausstreckte, um die zu ergreifen, die ihr geboten wurde, und außerdem ein Gesicht zog, als ob sie sich darauf besinnen müsse, wo und wann sie sie schon einmal gesehen hatte, »ach, Frau Pastor? Das ist ja wirklich eine Ehre.«

»Würdest du mich bitte vorstellen, Mama«, sagte Hildebrand, der auf die Füße gesprungen war, sowie Ingeborg auf der Schwelle erschienen war. Nach dieser Zeremonie ließ er sich wieder in seinen Sessel fallen und rührte keinen Finger mehr. Er wurde von seiner Mutter bedient und überließ es ihr, dafür zu sorgen, daß ihre Besucherin Sahne und Zucker und Gebäck bekam, bis zu dem Augenblick, in dem Ingeborg durch die Blume, aber unmißverständlich bedeutet wurde, daß sie störte, und sich hastig anschickte, wieder aufzubrechen. Da schoß er wieder in die Höhe, nahm Haltung an und knallte die Hacken zusammen.

»So, und was hat dann ihr Mann gemacht?« fragte die Baronin und wandte sich wieder an Hildebrand, sowie sie Ingeborg mit dem Kaffee in einem Sessel untergebracht hatte, weil sie ganz versessen darauf war, das Ende der Geschichte zu erfahren.

»Meine liebste Mutter«, antwortete Hildebrand und zog die Schultern bis zu den Ohren hoch, »was konnte er denn schon tun?«

»Er hat sie erschossen?«

»Natürlich.«

»Selbstverständlich«, sagte die Baronin und nickte zustimmend. »War sie tot?«

»Nein. Schwer verwundet. Aber das hat gereicht. Seine Ehre war wiederhergestellt.«

»Und sie wird«, sagte die Baronin grimmig, »diese Tricks nicht noch einmal versuchen.«

Ingeborg raffte sich mit aller Anstrengung auf, um etwas zu sagen. Sie war außerordentlich enttäuscht und aus dem Konzept gebracht, weil sie die Baronin nicht alleine vorgefunden hatte. »Warum hat er sie erschossen?« fragte sie. Es kam ihr in ihrer Erschöpfung als ein viel zu großer Aufwand vor.

Die Baronin warf ihr einen eiskalten Blick zu. »Weil, Frau Pastor«, antwortete sie, »sie seine Ehefrau und eine Sünderin war.«

»Ah«, machte Ingeborg, und in dem nervösen Wunsch, noch einen Augenblick, ehe sie endgültig aufbrach, ein paar unverbindliche Worte zu wechseln, fügte sie die Frage hinzu, ob man sich in Deutschland immer gegenseitig erschoß, wenn man gesündigt hatte.

»Nicht gegenseitig«, antwortete die Baronin mit ernster Stimme, »nicht im geringsten, nicht wenn es sich um einen Gatten und seine Frau handelt. Er ist derjenige, der schießt.«

»Oh«, sagte Ingeborg und dachte darüber nach.

Sie saß erschöpft in ihrem Sessel, hielt ihre Kaffeetasse schief und war viel zu abgelenkt, um daraus zu trinken.

»Und führt das dazu, daß sie ihn wieder liebt?« fragte sie mit ihrer leisen müden Stimme.

Die Baronin gab ihr keine Antwort.

»Nur Blut«, erwiderte Hildebrand, »kann die befleckte Ehre eines Mannes wieder reinwaschen.«

»Wie eklig!« sagte Ingeborg betrübt.

Das ganze Leben schien aus Blut zu bestehen. Sie beugte sich über ihre Tasse und dachte an die Grausamkeit, die sich hinter Dingen wie Betrug versteckt. Die Baronin und Hildebrand wandten sich nach einem bedeutsamen Schweigen von ihr ab und fuhren fort, von jemandem zu reden, den sie arme Emmi nannten. Ingeborg saß allein mit ihrer Tasse da und überlegte sich, wie sie davonkommen konnte, ehe sie in Tränen ausbrach.

Schrecklich, wie leicht sie jetzt weinte. Sie mußte sich mehr Taschentücher kaufen. Sie schienen in der letzten Zeit immer in der Wäsche zu sein.

Sie raffte sich abermals auf. Sie mußte wirklich etwas sagen. Wie immer, wenn sie verwirrt und zermürbt war, griff sie nach dem ersten Gedanken, der ihr durch den Kopf schoß. »Warum war Emmi denn arm?« fragte sie mit ihrer leisen erschöpften Stimme.

Wieder breitete sich ein vielsagendes Schweigen aus.

Um es abzukürzen, fragte Ingeborg, ob Emmi die Frau sei, auf die geschossen worden war, »die Sünderin«, erklärte sie, als keiner antwortete.

Das Schweigen wurde so unheilvoll, daß sie erschrocken aufblickte. Der Gesichtsausdruck der beiden und ein allgemeines Gefühl für Stimmung sagte Ingeborg, daß wohl niemand etwas dagegen hätte, wenn sie aufbräche.

Sie erhob sich, wobei ihr der Teelöffel von der Untertasse fiel. »Ich – ich glaube, ich muß jetzt gehen«, sagte sie, »der Heimweg ist lang.«

»Ihr Besuch scheint sich kaum gelohnt zu haben«, sagte die Baronin mit außerordentlicher Kälte.

Darauf antwortete Ingeborg, noch ganz mit der Enttäuschung beschäftigt, weder Hilfe noch Trost gefunden zu haben, niedergeschlagen und aufrichtig: »Nein, wirklich nicht.«

Draußen war die Sonne gerade hinter den Baumwipfeln verschwunden, und sie würde rasch gehen müssen, wenn sie vor der Dunkelheit zu Hause sein wollte. Der Nebel stieg schon aus den Wiesen hinter den Gartenbäumen und begann sich mit dem Rot und Violett des Himmels zu vermengen. Die Sandstraße, die sie an jenem heißen Julitag entlang gekommen war, als sie Glambeck zum ersten Mal entdeckt hatte, lag ihr in unzerstörter Schönheit in ihrem letzten Gewand des Jahres zu Füßen, einem sehr zarten, fast schon durchsichtigen: Das welke Laub der Buchen, das schon fast ganz abgefallen war, verwandelte die Straße in ein Band aus rotem Gold. Ein Novembergeruch aus Feuchtigkeit und Torfrauch aus den Schornsteinen des Dorfes erfüllte die Luft. Ein brütender Frieden lag über der Welt, als ob in jedem Hause, in jeder Familie, die brüderliche Nächstenliebe die Nöte sanft beschwichtigte.

Sie stieg vorsichtig die Treppe hinunter, weil sie bereits etwas schwerfällig geworden war, und schritt die goldene Allee entlang. Sie versuchte nicht zu weinen, den wunderschönen Abend nicht mit ihrer eigenen Enttäuschung zu verderben. Wie töricht, daß sie angenommen hatte, nur weil sie reden wolle, müsse die Baronin schon bereit sein, ihr zuzuhören. Flüchtige Launen hatten nichts mit Konventionen zu tun. Sie schritt energisch aus und tupfte sich jede Träne schon mit dem Taschentuch ab, ehe sie ihr über die Wange rinnen und sie beschämen konnte. Später einmal würde ihr die Baronin Glambeck vielleicht leidenschaftlich gern zuhören wollen – vorstellen konnte man sich das ja –, und sie hätte dann überhaupt keine Lust zu reden. Wie albern das alles war! Man mußte auf seinen eigenen Füßen stehen. Es hatte keinen Sinn, herumzurennen und um Hilfe zu rufen. Und weinen hatte erst recht keinen Sinn. Irgendwann, wenn sie unerschütterlich diese Karriere der Mütterlichkeit fortsetzte, die für sie vorgezeichnet zu sein schien, würde sie selber glücklich dasitzen, einem erwachsenen und erfolgreichen Mann-Kind den Kaffee eingießen, und all ihre Ungeduld und ihre Unruhe waren längst vergessen. Aber man konnte ein erwachsenes Mann-Kind ganz offensichtlich nur lieben und bewundern, wenn man rechtzeitig damit begonnen hatte. Man mußte wirklich rechtzeitig damit beginnen, sonst war man vielleicht zu alt für eine so schrankenlose Bewunderung. Sie marschierte so rasch wie möglich die Allee entlang, ließ die Gedanken kühn und weit schweifen, fühlte sich aber in der tiefsten Seele vollkommen verloren. Wie angenehm und herzerfrischend mußte es sein, wenn man irgendwo von Freunden und Verwandten umgeben lebte, wo man zum Beispiel bei der eigenen Mutter Tee trinken konnte, wenn man sich so einsam und verlassen fühlte . . .

Ein Mann, der allerlei Undefinierbares schleppte, kam ihr auf der Allee entgegen. Sie warf ihm nur einen flüchtigen Blick zu, weil sie noch ganz in Gedanken war. Der Baron war es nicht, und außer ihm kannte sie keinen. Als sie noch ein oder zwei Meter von ihm entfernt war, schienen sich plötzlich ein ganzer Stapel Papierblätter, lange dünne Pinsel und andere merkwürdige Gegenstände, die ihr unbekannt waren, explosionsartig von seinem Körper zu lösen und sich aufs Buchenlaub zu verstreuen.

»O verdammt«, sagte der Mann, der noch versuchte, sie zu erwischen.

Ingeborg, die immer hilfsbereit war, begann ungelenk, das aufzuheben, was vor ihr lag. Ein Faltstuhl hing ihm an einem Arm, außerdem etwas, das wie ein Regenmantel aussah, und dann war er noch mit anderem bepackt.

»Hören Sie mal, lassen Sie das lieber«, rief er und kämpfte mit diesem Gepäck, das sich offensichtlich auch selbständig machte.

»Ach, wie schön!« sagte Ingeborg und hielt eines der Papierblätter, die sie aufgehoben hatte, am ausgestreckten Arm in die Höhe und starrte mit ihren rotgeweinten Augen auf das Bild einer Buche, einer fast göttlichen Buche, die in einem solchen Herbstfeuer stand, daß sie nicht mehr irdisch sein konnte, solche Bäume hatten sie nur im Himmel. Von nahem sah man nur Farbflecken; man mußte es von sich weghalten, um es ganz erkennen zu können. Sie pustete einige Sandkörner ab, die daran hafteten, und dann hielt sie es noch einmal so weit von sich ab, wie es ihr Arm erlaubte. »Ach, wie wunderschön!« sagte sie abermals. »Schauen Sie – leuchtet es nicht geradezu?«

»Natürlich leuchtet es. Genau das hat es getan«, sagte er, trat näher und musterte die Skizze eine Minute lang über ihre Schulter, die Hände voll von Sachen, die er vom Boden aufgelesen hatte, »sie haben gesagt, sie wollten mir für diese Sachen einen Diener schicken, aber das haben sie nicht gemacht. Ich hasse es, Sachen schleppen zu müssen.«

»Ich kann ja was nehmen«, sagte Ingeborg.

»Unsinn. Und Sie gehen ja in die andere Richtung.«

»Ich bin da gewesen. Aber wenn Sie wollen, gehe ich bis zur Treppe zurück.«

»Unfug. Ich lasse alles unter diesem Baum hier liegen. Der Diener wird das schon finden.«

»Aber dieses nicht – das dürfen Sie nicht liegenlassen«, sagte sie und betrachtete immer noch die Skizze.

»Nein. Das nehme ich selber mit. Und ich begleite Sie ein kleines Stück, weil ich mir gar nicht denken kann, wohin Sie zu dieser Tageszeit gehen könnten, wenn nicht zu den Glambecks, und ich bin neugierig. Außerdem macht es mir Spaß, daß Sie Engländerin sind.«

»Das macht mir bei Ihnen auch Spaß«, sagte Ingeborg und zog einen Bleistift aus einer Sandfurche und legte ihn auf den Stapel, den er zwischen den Wurzeln der nächsten Buche aufgehäuft hatte. »Und ich gehe nur nach Hause.«

»Nach Hause?«

Er zog den Stapel noch einmal auseinander und begann von vorne. Er hatte es falsch angefangen. Der Faltstuhl mußte natürlich zuunterst liegen, darauf die kleineren Gegenstände, alles, was wegflattern konnte, darauf dann der Regenmantel, ordentlich gefaltet und überall gut druntergesteckt. Sie mußte eine englische Gouvernante sein oder eine Kinderschwester aus einem der Nachbargüter, da sie von zu Hause sprach. In diesem Fall wollte er sie nicht begleiten; er konnte sich nichts Langweiligeres vorstellen als eine englische Gouvernante oder eine Kinderschwester.

Dann war er fertig damit, den Regenmantel festzustopfen, und drehte sich um und nahm ihr die Skizze ab. Er war, wie sie feststellte, ein großer Mann mit einem hageren Hals und einem kurzen roten Bart. Sie war, wie er feststellte, jemand in einem bemerkenswert schlechtsitzenden Tweedkostüm, eine Person mit rot geriebener Nase und trüben Augen.

»Also«, sagte er, »ich begleite Sie bis zum Ende der Allee. Wo ist Ihr Zuhause?«

»Kökensee«, antwortete Ingeborg und setzte sich in Trab, um an seiner Seite zu bleiben, »das ist das nächste Dorf. Ich bin die Frau des Pastors.«

Ingram – denn er war jener berühmte Künstler, damals fünfunddreißig, schon in ganz Europa bekannt für seinen besonderen Stil und, abgesehen von seinen kleinen, aber exquisiten Arbeiten, ein überraschender, ja ein erschütternd überraschender Portraitist – schaute zu ihr hinab und schritt noch kräftiger aus.

»Das ist etwas Amüsantes«, sagte er, »und etwas ganz Neues.«

»So neu ist es gar nicht. Das bin ich seit achtzehn Monaten. Wieso finden Sie es amüsant?«

»Es ist anders als alles andere. So jemand ist mir noch nie begegnet – Pastorenfrau in – wo haben Sie gesagt?«

»Kökensee.«

»Kökensee. Kökensee. Das gefällt mir. Sie sind der einzige Mensch, der in Kökensee lebt. Das hat kein anderer geschafft.«

»Es war gar keine Kunst. Ich habe es einfach geschehen lassen und wurde hergebracht.«

»Und sie hatten nichts dagegen?«

»Wer denn?«

»Ihre Familie. Ihr Vater und Ihre Mutter. Oder sind Sie Melchisedek und haben nie welche gehabt?«

»Warum sollten sie etwas dagegen haben?«

»Weil Sie so weit weg sind. Das ist ja fast das Ende der Welt. Fast an der russischen Grenze.

»Das wollte ich so.«

»Natürlich. Ich nehme ja auch nicht an, daß Sie quer durch Europa an den Haaren nach Kökensee geschleppt worden sind. Ich begleite Sie ganz und gar. Ich möchte Kökensee einmal sehen.«

»Dann rennen Sie bitte nicht so«, keuchte Ingeborg, »ich kann einfach nicht so rasch laufen.«

Er verlangsamte seine Schritte und musterte sie. »Ist das die Wirkung von Kökensee?« fragte er. »Warum können Sie nicht mehr richtig laufen? Sie sind doch nur ein Mädchen.«

»Ich bin überhaupt kein Mädchen. Ich bin eine Ehefrau, eine Mutter. Ich bin wirklich schon alles, nur noch keine Schwiegermutter und noch keine Großmutter. Das ist das, was mir noch übrigbleibt. Ich glaube, das ist beides ziemlich langweilig.«

»Wenn Sie soweit sind, werden Sie Ihre Meinung ändern.«

»Das ist ja das Schlimme.«

»Das ist ein freundlicher Trick, den die Zeit für uns parat hat. Sind Sie eine echte Pastorenfrau, die als leuchtendes Beispiel durch die Gemeinde wandelt?«

»Noch nicht. Aber das werde ich sein.«

»Was – in achtzehn Monaten noch nicht damit angefangen? Aber was treiben Sie denn den ganzen Tag?«

»Zuerst einmal koche ich, und dann wieder – dann koche ich nicht.«

Sie waren jetzt in offener Landschaft, auf dem Stück der Straße, das sich zwischen den Wiesen verlief. Ingram blieb stehen und schaute mit einer plötzlich ganz gesammelten Aufmerksamkeit auf etwas zu ihrer Linken. Sie folgte seinem Blick, konnte aber nicht viel sehen – ein Nebelstreif über dem Gras, aus dem nur die höchsten Zweige einer Weide herausragten, darüber der blasse Himmel. Er sagte nichts, und nach einer Weile schritt er schneller aus als vorher.

»Gehen Sie doch bitte etwas langsamer«, bettelte Ingeborg mit vor Anstrengung klopfendem Herzen.

»Sie wissen, glaube ich, ganz genau«, sagte Ingram, der seine Schritte wieder den ihren anpaßte, »daß Sie imstande sein sollten, besser zu laufen als so.«

»Ja«, sagte Ingeborg.

»Wahrscheinlich ist das die Gefahr von solchen Orten wie Kökensee – man läßt sich gehen.«

»Ja«, sagte Ingeborg.

»Das sollten Sie aber nicht, wissen Sie. Stellen Sie sich nur vor, Sie verlören Ihre Form. Denken Sie nur an diese gräßlich verschwommenen Umrisse einer dicken Dame.«

»Ja«, sagte Ingeborg. »Malen Sie viel?« fragte sie dann, weil ihr diese Wendung des Gesprächs unerträglich wurde.

Er schaute sie an und lachte.

»Ziemlich viel«, antwortete er. Dann setzte er hinzu: »Ich bin Ingram.«

»Ist das Ihr Name? Meiner ist Dremmel.«

»Edward Ingram«, sagte er und ließ sie nicht aus den Augen. Es war unvorstellbar, daß sie den Namen nicht kannte.

»Ingeborg Dremmel«, erwiderte sie, als ob es ein Spiel wäre.

Er schwieg einen Augenblick. Dann blieb er mit einem Ruck stehen. »Ich glaube, weiter komme ich nicht mit«, sagte er, »die Glambecks werden sich schon wundern, was aus mir geworden ist. Glambeck hat mich für ein paar Tage mit hergebracht, und ich kann nicht die ganze Zeit abwesend sein.«

»Aber Sie wollten doch Kökensee sehen –«

»Liest jemand in Kökensee?«

»Lesen?«

»Zeitungen? Bücher? Artikel? Kritiken? Was sonst in der Welt an Millionen Orten passiert, außerhalb von Kökensee? Über die Menschen? Was gedacht und was erschaffen wird?«

Er sah merkwürdig aufgebracht aus.

»Robert hält die *Norddeutsche Allgemeine Zeitung*, und ich habe Kipling gelesen.«

»Kipling! Na, dann gute Nacht.«

»Aber ist Kipling nicht – also, bis ich verheiratet war, hatte ich nur das Meßbuch.«

»Wozu um des Himmels willen denn das?«

»Das und das Gesangbuch und so was. Danach hab ich mich richtig leer gefühlt.«

»Das kann ich mir vorstellen. Da würde ich aber keine Zeit verlieren und meine Leere ausstaffieren. Auf Wiedersehen.«

»Ach bitte, gehen Sie nicht – warten Sie noch einen Augenblick. Es ist so eine Ewigkeit her, seit ich – wie denn ausstaffieren? Was muß ich denn –«

»Lesen, lesen, lesen – alles, was Sie in die Hände kriegen können.«

»Aber hier ist doch nichts, was ich in die Hände kriegen könnte.«

»Meine werte Dame, gibt es denn keine Postkarten? Schreiben Sie doch nach London, und lassen Sie sich Kataloge schicken. Das bringt Sie auf Namen und Ideen. Auf Wiedersehen.«

»Ach – wollen Sie sich wirklich nicht Kökensee anschauen?«

»Das ist ein finsterer Ort. Ich fürchte, dort würde ich nichts zu sehen haben.«

»Aber morgen wird es wieder hell werden –«

»Morgen fahre ich mit Glambeck wieder nach Süden. Ich bin nur für einen Tag gekommen. Ich war neugierig auf die deutschen Provinz-Interieurs. Auf Wiedersehen.«

»Ach, aber ob Sie –«

»Mein Rat ist sehr strikt, das wissen Sie. Man kann nicht die Augen schließen und einfach vor sich hin dösen, während der Marsch der Männer und Frauen, die die Welt in Gang halten, an einem vorüberzieht, außer« – seine Augen wanderten über ihr vernachlässigtes Äußeres, über den unordentlich zusammengerafften Umhang–, »außer man läßt sich vollkommen gehen.«

»Aber ich will doch«, rief Ingeborg, »das wäre das letzte, daß ich mich gehenließe –«

»Dann tun Sie was dagegen. Auf Wiedersehen.«

Er nahm seinen Hut ab und hatte sich schon einige Schritte von ihr entfernt, als er ihn wieder aufsetzte. Dann drehte er sich um und rief der verlassenen kleinen Gestalt zu, die er mitten auf der Sandstraße hatte stehen lassen, schon von einem grauen Nebelvorhang umwallt: »Jeder hat wirklich die Pflicht, wenigstens einen Zipfel von dem mitzukriegen, was auf der Erde passiert.«

Damit verschwand er in Richtung Glambeck in der Dämmerung. Sie blieb noch eine lange Weile stehen und schaute auf die Stelle, wo ihn die Dunkelheit verschlungen hatte. Wie wunderbar, jemanden getroffen zu haben, der wirklich mit einem redete, der einem wirklich sagen konnte, was man tun mußte. Sie ging nach Hause und schmiedete sofort allerlei Pläne, war plötzlich wieder kühn und hochgemut, reckte das Kinn in die Luft. Krank oder nicht krank, sie dachte gar nicht daran, sich geschlagen zu geben. Sie wollte keinen einzigen Tag mehr vergeuden, wollte sofort ihren dummen Kopf mit Weisheit füllen. Es war ungeheuerlich, wie beschränkt sie war, wie ungebildet. Woraus war sie gemacht, aus welchem billigen schäbigen Stoff, daß ihr nichts Gescheiteres einfiel, als zu heulen, weil sie sich nicht so gut wie sonst fühlte? Was konnte man alles tun, selbst wenn es einem schlechtging. Hatte sie nicht selber von Kranken gehört, deren Geist so herrlich über ihrem gebrechlichen Fleisch triumphierte, daß sie, obgleich ans Bett gefesselt, wahre Vorbilder für die ganze Gemeinde waren?

Noch in jener Nacht schrieb sie an Mudie, forderte fast wütend Kataloge an und bestellte als erstes gleich den *Spectator* und das *Hibbert-Journal*, die in Redchester beide in ihrer Gegenwart als angemessene Lektüre bezeichnet worden waren. Als sie eintrafen, studierte sie sie emsig von vorn bis hinten und bestellte dann noch alle Monatszeitschriften, die in ihnen annoncierten. Sie abonnierte sofort die *Times* und eine Wochenzeitschrift namens *Clarion*, weil sie in einer der anderen Zeitschriften sehr gelobt wurde, sie ließ einen Regen aus Postkarten auf Mudie niedergehen, denn alle Bücher, von denen sie las, wollte sie sofort kaufen, weil sie meinte, ein Anfang sei so gut wie der andere. Und sie hatte noch keine Woche mit dem Zeitunglesen begonnen, da stieß sie auf den Namen von Edward Ingram.

Endlich ging ihr das große Licht auf. »Oooh«, stieß sie mit ersterbender Stimme hervor und glühte plötzlich; und es wurde ihr klar, daß sie gerade die weitaus wichtigste Zufallsbekanntschaft in ihrem Leben gemacht hatte.

22

In sieben Jahren bekam Ingeborg sechs Kinder. Sie stellte das vollkommene Ideal des Psalmisten vom Lohn eines gottgefälligen Mannes dar und war nichts als die fruchtbare Rebe an den Mauern seines Hauses. Sie war ununterbrochen fruchtbar. Sie trug reiche Ernte. Sie sah sich, zuerst mit erstauntem Widerwillen und dann ergeben, bis zu den Traufen ihres kleinen Hauses wuchern, emsig und pausenlos, mit üppiger Fülle fast die Kamine zu verstopfen. Anfangs bedauerte sie den ununterbrochenen Überschwang, denn es blieb ihr nicht verborgen, daß das Familiendach darunter etwas verrottete, und manchmal, obgleich sie schwache Anstalten machte, es zu verhindern, drang ein recht unangenehmer Regen des Mißbehagens durch und trübte den Glanz der Dinge. Für einen Haushalt mit einem solchen Gewimmel bekam man keine guten Dienstboten. Die Kinder, die schon da waren, wurden durch die Kinder beeinträchtigt, die erst kommen sollten. Es war ein Jammer, dachte sie, daß man zu jedem neuen Kind nicht auch gleichzeitig eine neue Mutter produzieren konnte, so daß es genausogut wie das Erstgeborene versorgt werden konnte. Sie konnte ihre Strümpfe stopfen, weil sie das erledigen konnte, während sie auf dem Sofa lag, aber über alles andere, was sie betraf, war sie nicht so genau im

Bilde, und es gab so vieles zu bedenken, so endlos viele lebenswichtige Dinge, die man berücksichtigen mußte, wenn die Kinder gedeihen sollten. Und als die Älteren größer wurden und sie mit diesen intimen Expeditionen und gemeinsamen Spielen hätte beginnen können, die sie sich so liebevoll ausgedacht hatte, da stellte sie fest, daß es unmöglich war, weil sie so emsig damit beschäftigt war, sie mit weiteren Geschwistern zu versorgen, daß sie sich gar nicht bewegen konnte.

Die Tage zwischen ihrem ersten und zweiten Kind waren die besten. Sie war immer noch kräftig genug, um Robertchen jeden Abend zu füttern und ins Bett zu bringen und meistens ein wachsames Auge auf ihn zu haben. Er war außerdem nur ein einziges Kind und einfach zu behandeln. Er war in allem so genau und pünktlich, daß er ihr wie eine Uhr vorkam, die man in regelmäßigen Zeitabständen aufzieht und sich darauf verlassen kann, daß sie von selber funktioniert; dementsprechend blieben auch seine Anziehsachen immer heil und nett und brauchten kaum geflickt zu werden; außerdem war noch Ilse da, die erst ein Jahr später heiratete; auch hatte sie beschlossen, denn man muß sich manchmal zu etwas entschließen, daß es nach diesem Kind erst einmal eine Pause geben würde. Dieser Entschluß und die wenigen Ermahnungen, die ihr Edward Ingrim an jenem Nachmittag an den Kopf geworfen hatte, halfen ihr außerordentlich. Ihr Mut und ihre Begeisterung konnten so leicht geweckt werden, daß sie bei der neuen Aufgabe, den Geist über den Körper triumphieren zu lassen, die meisten ihrer Ängste und Unpäßlichkeiten verdrängen konnte, und in jenem Winter und Frühling arbeitete sie sich durch einen erstaunlichen Berg von Lesestoff; und als schließlich im folgenden Mai ihre Stunde kam, marschierte sie, die Haare schon zu zwei Zöpfen geflochten und über die Schulter geworfen, mit hocherhobenem Kopf und weit aufgerissenen glänzenden Augen in jene unheilschwangere Schlafstube, wo der Tod schon lauerte, um herauszufinden, ob er sie diesmal nicht erwischte; so sehr war sie von dem Geist erfüllt, den sie sechs Monate lang gehegt und gepflegt hatte, dem entschlossenen Geist, sich nicht besiegen zu lassen. Sie wurde aber natürlich besiegt. Und zwar dadurch, daß es keine Pausen gab. Sie war unaufhörlich in gesegneten Umständen. Ihre Blutarmut stieg ständig an. Da gleichzeitig ihre Kräfte schwanden, weil ein Kind nach dem anderen daran zehrte, hörte sie auf zu lesen, wobei sie die schwierigen Dinge zuerst aufgeben mußte. Das *Hibbert-Journal* wurde fast sofort abbestellt. Bald darauf traf die *Times* nur noch ein träger Blick und wurde nicht einmal geöffnet. Die *National Review* verursachte ihr Ohrenreißen. Nach einer Weile war sie selbst für den *Spectator* zu weit von allem entfernt. Der *Clarion* hielt sich am längsten, doch ein steigender Widerwillen gegen seinen Stil führte schließlich dazu, daß sie ihn auch aufgab. Denn sie war dabei, ausgesprochen fromm zu werden; sie hörte auf, Kritik zu üben oder warum zu fragen, sie pflegte stundenlang dazusitzen und über die Schönheit der Demut nachzudenken. Das schenkte ihr eine kraftlose Befriedigung. Je blutärmer sie wurde, desto leichter schien ihr die Frömmigkeit zu werden. Es war eben das Einfachste, passiv zu sein, nachzugeben, nicht zu denken, nichts zu entscheiden, niemals Erklärungen zu verlangen, und alle Welt lobte sie. Wie nett das war! Die Baronin Glambeck war einverstanden, Frau Dosch war lauthals einverstanden. Die ältere Frau Dremmel kam jedes Jahr zweimal herausgefahren und war stillschweigend einverstanden mit einer Mutter, deren Sprößlinge der Großmutter wie aus dem Gesicht geschnitten waren; und was Kökensee anbelangte, dort betrachtete man sie mit dem Respekt, den man einer Person schuldet, die alle Ansprüche buchstabengetreu und vorbildlich erfüllt. Es stimmte freilich, daß Robert sie eher weniger als mehr zu lieben schien, obwohl sie doch offensichtlich verdiente, eher mehr als weniger geliebt zu werden, nun, da sie sich der Vorsehung ganz ergeben hatte; aber es war wahrscheinlich schon ungerecht, das auch nur auszusprechen, weil niemand freundlicher als er sein konnte, wenn er nicht gerade beschäftigt war. Und er war vom Morgen bis in die Nacht beschäftigt. Wie nett das war, dachte sie und faltete ihre Hände; sie hatte es immer nett gefunden, wenn er beschäftigt war. Von ihren sechs Kindern gedieh Robertchen, und es gedieh auch seine Schwester, die ihm gefolgt war. Die nächsten beiden starben, wobei sich das erste die Freiheit nahm, den Mumps nicht zu überleben, was noch nie dagewesen war und den Arzt höchlichst interessierte, der dem Knaben eine bemerkenswerte Zukunft voraussagte, falls er eine haben würde; das andere Kind fiel, wesentlich normaler, aus dem Ruderboot, statt sich im Boote festzuklammern. Dann folgten die Totgeburten; das geschah zweimal hintereinander, und nach dem zweiten Mal hatte Ingeborgs Lebenskraft den Tiefstpunkt erreicht, und sie brachte keinen Satz über die Lippen, der nicht vom Himmel handelte. Als sie nach zwei Monaten wieder aufstand und sich anzog, aber immer noch auf dem Sofa lag und sich an ihre Frömmigkeit klammerte, dachte sich Herr Dremmel, der zwar geduldig war, dem sich aber doch allmählich diese Atmosphäre der Frömmelei in seinem Wohnzimmer jedes Mal aufs Gemüt legte, wenn er, ein braver Mann, frisch und hungrig zum Essen hereinkam, daß es vielleicht besser wäre, wenn dieser Arzt aus Meuk, der ihm unterdessen ein vertrauter Anblick geworden war, wieder einmal herüberkäme und ihnen einen Ratschlag gäbe. Die Folge davon war, daß Ingeborg nach Zoppot reiste, diesem so eleganten und schönen Seebad in der Nähe von Danzig, wobei sie ihr Heim zum ersten Mal seit ihrer Hochzeit verließ und wirklich nur so wider ihren Willen, wie es eine willenlose Person gerade schaffte. Der Arzt aber schickte sie ungeachtet ihrer schwachen Einwände fort und gestattete ihr nicht einmal, Robertchen und Ditti mitzunehmen. Sie reiste im Schutz der Schwester, die ihr nach Robertchens Geburt beigestanden hatte, und sie sollte den ganzen Juni und den ganzen Juli bleiben, falls nötig auch noch August und September.

»Aber was werdet ihr denn ohne mich machen?« fragte sie immer mit schwacher Stimme. »Und meine Pflichten – wie kann ich denn alles liegenlassen?« Bei ihrer Abfahrt strömten ihr die Tränen übers Gesicht. Den beiden Dienstboten gab sie Abschiedsgeschenke. Sie schickte nach dem Küster, mit dem sie unterdessen auf freundlichem Fuße stand, versuchte zu sprechen, bekam aber kein Wort über die Lippen. Sie zog das duldsame Robertchen und Ditti so oft ans Herz, daß die beiden fast zu etwas bewegt wurden, das einer Reaktion und einem Widerstand ähnelte. »Eure Gebete – ihr vergeßt doch nicht, was Mami euch gelehrt hat?« schluchzte sie, als ob es ein Abschied für ewig wäre. »Liebster Robert«, schluchzte sie dann und klammerte sich auf dem Bahnsteig in Meuk, wohin er sie gebracht hatte, krampfhaft an ihm fest, ihre Wange an der seinen, »vergib mir, daß ich dir so eine schlechte Frau gewesen bin. Ich hab mir solche Mühe gegeben. Du vergißt doch nicht – nicht wahr – du wirst doch nicht vergessen, daß ich mir solche Mühe gegeben habe?«

Die Schwester gab ihr einen Eßlöffel Brands Fleischgelee. Die Reise war eine Fahrt zwischen Kummer und noch mehr Fleischgelee, denn jeder Rückfall in Wehklagen wurde sofort durch das Gelee unterbrochen; und erst am Abend erreichten sie die kleine Pension auf der Düne, die für zwei Monate ihr Heim sein würde, und als Ingeborg ans offene Fenster trat, stieß sie einen kleinen Schrei aus, weil die Luft so frisch und salzig war, und nahm tief die volle Schönheit in sich auf, die sie regelrecht überfiel, so daß die Schwester den Rest Fleischgelee fortwarf und ihr ganzes Vertrauen auf das Meer setzte.

Herr Dremmel kehrte in sehr nachdenklichem Zustand in sein frauenloses Haus zurück. Während er in demselben Fuhrwerk, das nur noch etwas klappriger geworden war, die Straße entlangratterte, in dem er seine Braut vor sieben Jahren heimgeführt hatte, verharrte er zuerst in tiefer Verwunderung über das Auf und Ab im Leben der Frauen; dann richteten sich seine Überlegungen auf die höhere Zuverlässigkeit der Chemikalien, und dann mußte er wieder daran denken, daß das Leben eines Mannes dennoch am Rande verziert sein sollte und daß ein Weib und eine Familie der zufriedenstellendste Schmuck waren. Ingeborg war ihm trotz allem Auf und Ab eine gute Ehefrau gewesen, und er bereute nicht im geringsten, sein Leben mit ihr verziert zu haben, aber er hatte schließlich auch seine Rolle gut gespielt und war ihr ein treuer Gatte gewesen. Wenige Ehen, dachte er, waren wohl so harmonisch und erfolgreich wie seine. Er liebte sie so, wie ein ehrenwerter Mann seine Frau lieben soll – in den entsprechenden Intervallen. Immer aber empfand er Zuneigung zu ihr, hatte sie gerne um sich, wenn es ihr gutging. Ihr Geld – jede

Ehefrau sollte über etwas Geld verfügen – hatte ihm viel geholfen, hatte genaugenommen die meisten der Erfolge ermöglicht, von denen sein Forscherfleiß gekrönt worden war. Und sie hatte ihm jedes Jahr ein Kind geschenkt, was, wie er wohl wußte, die maximale Leistung darstellte, und ihn persönlich mit Stolz erfüllte. Daß es vier von diesen Kindern nicht gelungen war, am Leben zu bleiben, und daß die beiden Überlebenden die Züge seiner Mutter trugen, einer, wie er wußte, unintelligenten Person, war kein Glück, aber man durfte nicht mit seinem Unglück hadern; man wandte ihm den Rücken, entfernte sich von ihm und arbeitete weiter. Der Mittelpunkt des Lebens, sein innerster glänzender Kern, sagte er sich immer, wenn er nach Hause kam, seinen Hut im Gang aufhängte und sich seelisch darauf vorbereitete, sich mit neuer Lust in sein Laboratorium zu begeben, war die Arbeit; aber, setzte er hinzu, während er an der offenen Tür des Wohnzimmers vorüberkam und durch die Unordnung an sein häusliches Leben erinnert wurde, weil man sich gelegentlich von der Hitze dieses großen zentralen Lichtes zurückziehen und in einer linderen Umgebung erfrischen mußte, brauchte man einen Ort der Entspannung, wo der Druck etwas geringer war, eine vergleichsweise gemäßigte Zone um das strahlende Zentrum des Lebens herum, und diese Zone wurde durch eine Einrichtung, die man allgemein als Familie bezeichnete, aufs beste dargestellt. Je härter er arbeitete, je leidenschaftlicher er nach Wissen strebte, desto dringlicher brauchte ein Mann diese Phasen in den gemäßigten Zonen. Man suchte sein kleines Weibchen heim und ruhte sich das Gehirn aus; man zog seinen Sohn aufs Knie; man zupfte vielleicht am Zopf seiner Tochter. Das Leben war für Herrn Dremmel gleichzeitig groß und schlicht. In den sieben Jahren seiner Ehe hatte es sich immer mehr in diese Richtung entfaltet. Es hatte davor Zeiten gegeben, an die er sich noch gut erinnern konnte, in denen er in einer Konfusion aus Zweifel und Zagen diese Wahrheit aus den Augen verloren hatte, Perioden, in denen er ständig gezweifelt hatte, Momente, über die er nachträglich nur noch staunen konnte, wenn zum Beispiel der Flieder im Garten aufgebrochen war und die junge Saat im warmen Frühlingsregen aus der Erde schoß, war ihm sein Laboratorium, dieser Ort der Hoffnungen und Visionen, nur noch als ein Ort der Knochenarbeit erschienen. Die Ehe hatte diese Geistesverwirrungen ganz und gar verbannt, und er hatte sieben Jahre lang im unbeschränkten erhabenen Bewußtsein der Größe und Schlichtheit des Lebens verbracht. Die Einzigartigkeit seines Zwecks hatte ihn wie eine Rüstung geschützt. Aus dieser Rüstung kam er nie heraus und mußte sich niemals klein und unbedeutend fühlen. Kein einziges Mal, wenn Ingeborg in einem fernen Winkel des Hauses sich mit der Furcht quälte, daß sie ihn verletzt, beleidigt oder hatte denken lassen, sie liebte ihn nicht, war er wirklich verletzt oder beleidigt gewesen oder hatte irgend etwas in dieser Art gedacht. Er war in große Themen vertieft, verfolgte große Interessen und hohe Werte. Da war in seinen Gedanken kein Platz für die Betrachtungen geringer Dinge. Die Tage dauerten ohnehin nicht lange genug für die große Aufgabe, die sie fassen sollten, und es wäre ihm nie in den Sinn gekommen, auch nur ein Stückchen ihres ohnehin beschränkten Platzes für die Frage freizuräumen, ob er verletzt worden sei. Seine forschenden Augen, die Phänomene sorgfältig untersuchen, vergleichen und kritisch beurteilen mußten, hatte keine Zeit für Selbsterforschung. Während die Jahre vergingen und sich die Erfolge seiner Geduld einstellten, wurde seine Versunkenheit und seine Hingabe an seine Arbeit noch tiefer; denn einem Mann steht nur eine bestimmte Anzahl von Jahren zur Verfügung, und in dieser kurzen Zeitspanne kann er nicht wißbegierig genug sein. Herr Dremmel rang der Natur, die nur Antworten gibt, wenn man sie dazu zwingt, in jedem Jahr mehr ab. Er häufte Wissen und Kenntnisse von so hohem Wert und so hoher Bedeutung auf, daß alles andere daneben verblaßte. Der gegenwärtige Tag war im Interesse des folgenden schon vergessen. Es war die Zukunft, mit der sich sein Hirn ständig beschäftigte, und ein Auge, das mit zunehmender Schärfe über zunehmend klare und genauere Visionen schweift, kann sich nicht auf die Fluktuationen der Stimmungen in einer Familie oder einer Gemeinde, zum Beispiel, richten, das wäre eine Unterbrechung, eine Vergeudung von Forscherzeit. Ihre Frauen, Kinder und Gemeinden sind Hemmschuhe, Verpflichtungen, aber auch Lebenselixier. Sie stellen das dar, was ein Mann auch hat, aber eben nur auch. Herr Dremmel hatte im Lauf dieser Jahre seine Gemeinde so erzogen, daß sie ihn nicht störte, weil er sie nicht störte; und trotz der gelegentlichen Angriffe des Barons Glambeck war er im Herzen seiner Gemeinde, die nur in Ruhe gelassen werden wollte, fest verankert, obwohl dieser nicht davon abließ, von Zeit zu Zeit und mit dem Hinweis, daß die Gemeinde dem Heidentum verfiele und auch noch Gefallen daran habe, die kirchlichen Autoritäten zu überreden, ihn zu versetzen. Und was sein Weib und seine Kinder anbelangte, so betrachtete er sie wohlwollend als das notwendige Fundament seiner Existenz, die luftigen Kellerräume, die seine darüber liegende Fabrik trocken hielten und mit süßen Düften füllten. Ja, wie Kellerräume, man mußte sie haben und man war auch froh, wenn sie gut angelegt waren, aber man lebte nicht darin. Als ein weiser Mann, der eine gute Arbeit vollbringen will, ehe ihm der nahende Tod die Kraft dazu nimmt, hatte er sein Leben so angelegt, daß er über einen ausreichenden Vorrat von Liebe verfügen konnte und sich deshalb nicht mehr darum zu kümmern brauchte. Wie er im Lauf seiner Ehe genau bemerkt hatte, ging es nicht darum, ohne auszukommen, sondern sich den Kopf vom Wunsch danach vollkommen frei zu machen; denn nur ein derart unbelasteter Geist kann etwas zu der großen Aufgabe beitragen, der Welt schneller zum Fortschritt und zum Licht der Wahrheit zu verhelfen.

Nach Ingeborgs Abreise war ihm ihre Abwesenheit in den ersten Wochen gar nicht aufgefallen. Es war Juni, dieser arbeitsreichste Monat für ihn und seine Versuchsfelder; die geringen heimischen Unregelmäßigkeiten wie zum Beispiel schlecht zubereitete und unpünktliche Mahlzeiten und Stuben, in denen der Staub immer mehr wuchs, wurden überhaupt nicht von ihm wahrgenommen. Er pflegte nach einer anständigen Morgenarbeit in genau dem gleichen Geiste aus seinem Arbeitszimmer aufzutauchen, in der ein Bräutigam die Brautkammer verläßt, ein Mensch, den Kleinigkeiten nicht belästigen können, pflegte friedlich alles zu essen, was er vorfand, und war schon wieder auf den Feldern, ehe Robertchen und Ditti endlich ihre Lätzchen umgebunden bekommen und ihr Gebet gesprochen hatten.

Die Kinder nutzten es jedoch nicht im geringsten aus, daß sie auf diese Art und Weise alleingelassen wurden. Robertchen stürzte sich nicht auf Ditti und schnappte ihr das Essen weg, weil sie ein Mädchen war; Ditti steckte sich nur brav ihren Anteil am Nachtisch in die Schürzentasche, um sich damit über die leeren Nachmittagsstunden hinwegzutrösten. Sie saßen schweigend da, arbeiteten sich durch ihre Mahlzeit, aßen mit den Messern statt mit den Gabeln, weil es in ihrer Natur lag, Messer mehr zu mögen als Gabeln, und es war ihnen ganz gleich, daß die Brocken, die sie immer vorsichtig auf dem Teller herumschoben, zum Schluß über den Tellerrand aufs Tischtuch fielen. Sie waren geduldige Kinder, und deshalb sagten sie nichts dazu, sondern ließen ihr Messer auch aufs Tischtuch fallen und aßen mit den Fingern weiter. Zum Schluß sprach Ditti das Dankgebet, das ihr die Mutter beigebracht hatte, während Robertchen das Bittgebet vorm Essen zu erledigen hatte. Sie standen dann beide mit geschlossenen Augen hinter ihren Stühlen und bedankten sich auf deutsch beim Herrn Jesus, der so gnädig gewesen war, ihr Gast zu sein, und wenn sie das Amen erreicht hatten, in das Robertchen einstimmte, stürzten sie nicht aufeinander und zankten sich, wie es andere unbehütete Kinder, vollgestopft mit Fleisch und Nachtisch, vielleicht getan hätten, sondern verließen die Eßstube im Gänsemarsch und gingen brav in die Küche und baten Rosa, die ihre Kinderfrau gewesen wäre, wenn sie eine gehabt hätten, sie ins Schlafzimmer zu begleiten und das Zähneputzen zu überwachen.

Sie verbrachten auch die Nachmittage, ohne ungezogen zu sein. Herr Dremmel hatte dank dieser Gesundheit und Unauffälligkeit seiner Kinder und seiner eigenen Unverwöhntheit über keinerlei häuslichen Kummer zu klagen, der andere Männer mit abwesenden Ehefrauen beschwerte. Und es dauerte bis zum Juli, als ihm eine lange Periode der Trockenheit unfreiwillige Muße aufzwang, so daß Ingeborgs Bild sich allmählich zwischen die Gegenstände seiner Arbeit schob.

Zuerst war es das Bild einer Mutter, einer Schwangeren, die sich ewig auf Unwohlsein vorbereitete oder gerade davon erholte; allmählich aber stand sie als Frau in seinen Gedanken, als seine Frau, als angemessene Ergänzung und als Erholung von seiner ewigen Schufterei, eingesperrt im öden Arbeitszimmer. Wenn er so an sie dachte, schien sie immer heller und strahlender zu werden, und als er einen Brief erhielt, in dem sie fragte, ob sie noch vierzehn Tage bleiben könne, um das zu vollenden, was dann eine gründliche Erholungskur wäre, leuchtete sie in seinem Geist so hell, daß er sich tief enttäuscht fühle. Er schrieb ihr und gab ihr die Erlaubnis zu bleiben, aber er machte die Entdeckung, wie leer sein Haus wirkte und wie lange vierzehn Tage waren. An den heißen Abenden lief er unruhig im Garten herum, rauchte unter den Linden, wo sie am Anfang so vergnügt gefrühstückt hatten, und vergaß ganz und gar, wie träge sie in den letzten Jahren geworden war, wie wenig er wirklich von ihr gesehen hatte, wie sehr sich seine Einstellung zu ihr in Geduld erschöpft hatte; und als er zum Abendessen hineinging, das er plötzlich nicht mehr mochte und an dem er herummäkelte, merkte er, daß er sich nicht nach der Gestalt sehnte, die er immer schweigend auf dem Sofa hatte liegen sehen, sondern nach dem flinken, anmutigen, zarten Ding, das gelacht und ihn an den Ohren gezupft hatte, nach der Ingeborg des Anfangs, nach seinem kleinen Schaf. Und dann kam sie eines Tages heim, und obgleich es mitten in der Ernte war und die ersten Proben der Jahresernte schon auf seinem Tisch lagen und darauf warteten, untersucht zu werden, opferte er den Nachmittag und fuhr nach Meuk, um sie abzuholen und wartete mit einer ungeduldigen Sehnsucht auf dem Bahnsteig, die er seit Jahren nicht gespürt hatte.

»Es tut einem Mann nicht gut, wenn er alleine ist«, waren seine ersten Worte, als er sie schon in der Abteiltür heftig umarmte, während der Gepäckträger, der nur darauf lauerte, ihr Handgepäck herauszuzerren, um weiterzurennen und die anderen Reisenden bedienen zu können, so lange warten mußte, bis er fertig war. »Kleines Schaf, wie hast du nur so lange von deinem alten Schäfer fortbleiben können?«

Sie sah, wie er fand, prächtig aus – braungebrannt und mit lauter neuen Sommersprossen, etwas molliger, strahlend jung, ein süßes kleines Weib, das endlich zu ihm, zu seinem lange, lange vereinsamten Gatten heimgekehrt war. Er hob sie stolz in den Wagen und hielt sie im Arm, während sie durch Meuk fuhren, winkte mit dem anderen dem Arzt zu, der auf seinem eigenen hohen wackligen Wagen an ihnen vorbeiratterte, und rief: »Geheilt!«

Der Arzt schien jedoch überrascht zu sein, als er Ingeborg sah, und erwiderte das Lächeln nicht, sondern schaute die beiden unergründlich an.

Sie fragte, wie es den Kindern ginge und ob sie sich auch die Ohren ordentlich gewaschen hätten.

»Ohren?« rief Herr Dremmel aus. »Was haben, bitte schön, die Ohren anderer Leute mit der Wiedervereinigung eines Ehepaares zu tun?«

Sie hoffte, setzte sie etwas hastig hinzu, daß Rosa und die Köchin nett zu ihnen gewesen wären.

»Rosa und die Köchin?« rief er. »Was ist das für ein Geschwätz von Rosa und der Köchin? Wenn du nicht auf der Stelle mit diesen Haushaltsdingen aufhörst, küsse ich dich hier mitten auf der Hauptstraße in aller Öffentlichkeit.«

Sie sagte, sie hätte sich noch gar nicht richtig dafür bei ihm bedankt, daß er sie nach Zoppot geschickt und so lange dort gelassen hatte.

»Viel zu lange, Kleinchen«, unterbrach er sie und zog sie dichter an sich. »Ich habe fast vergessen, was für eine herzige kleine Frau ich habe.«

»Das werde ich jetzt alles wieder gutmachen«, sagte sie, »und härter arbeiten als in meinem ganzen Leben.«

»Und du wirst den guten Robert glücklich machen«, sagte er und kniff sie ins Ohr.

»Und werde mich den Kindern widmen. Schrecklich, wenn ich daran denke, wie lange sie ohne mich haben auskommen müssen. Sind sie brav gewesen?«

»Brav wie Fische.«

»Aber Robert – Fische?«

»Sie sind gesund, mein Kleinchen, und sie sind glücklich. Das reicht für Kinder. Erzähl mir lieber von dir, wie du deine Tage verbracht hast.«

»Ich habe Spaziergänge gemacht, ich bin gesegelt, ich bin geschwommen, ich habe in der Sonne gelegen, und ich habe Entschlüsse gefaßt.«

»Ausgezeichnet. Diesen Entschlüssen sehe ich voll Interesse entgegen.«

»Hoffentlich gefallen sie dir. Ich weiß bestimmt, daß sie sehr gut für die Kinder sind.«

Sie machte so ein ernsthaftes Gesicht, daß er es am Kinn zu sich drehte und betrachtete. So aus der Nähe war sie immer am hübschesten, das lag am Zauber und der Zartheit ihrer weichen hellen Haut, und nachdem er sie einen Augenblick mit einem glücklichen Lächeln betrachtet hatte, beugte er sich nieder und küßte sie nun wirklich.

Sie errötete und wich zurück.

»Was«, fragte er amüsiert, »wird meine kleine Frau wieder jungfräulich?«

»Du hast meinen Hut ganz zerdrückt«, sagte sie und hob die Hände, um ihn wieder zu richten, »Robert, wie steht das Getreide?«

»Ich will nicht von Getreide reden. Ich will über dich reden.«

»Ach Robert. Weißt du«, setzte sie nervös hinzu, »in Wirklichkeit geht es mir noch nicht so gut. Ich muß immer noch diese langweiligen Sachen einnehmen, du weißt schon, dieses Tonikum. Der Arzt dort hat gesagt, daß ich immer noch blutarm bin –«

»Dann werden wir sie mit tüchtigen Portionen vom stärksten Ochsen füttern.«

»Und deshalb mußt du nicht traurig sein, wenn ich – wenn ich –«

»Ich bin über nichts mehr traurig, wenn ich nur mein kleines Frauchen wieder zu Hause habe«, sagte Herr Dremmel, und als er ihr vor der Pfarrhaustreppe herunterhalf, wo Robertchen und

Ditti schon steif und ordentlich nebeneinander standen und reglos darauf warteten, daß ihnen ihre Mutter nah genug käme, so daß sie ihr die Blumensträußchen überreichen konnten, die sie fest in den Händen hielten, da küßte er sie abermals, kniff sie abermals ins Ohr und lobte Gott mit lauter Stimme, daß seine Strohwitwertage vorüber waren.

Sie tranken Tee, eine Mahlzeit, die schon seit langem das gewichtigere Kaffeetrinken abgelöst hatte, in einem Wohnzimmer, das Rosa und die Köchin mit Blumen geschmückt hatten, und selbst der Kuchen, extra für diese Gelegenheit gebacken, war mit Blumen bestreut. Herr Dremmel thronte auf dem Sofa hinter dem Tisch, sah zutiefst zufrieden aus und hatte einen Arm um seine Frau gelegt, während Robertchen und Ditti gegenüber saßen, ganz geblendet von dem herrlichen Aufwand zu Ehren der Heimkehr ihrer Mutter und von ihren besten Sonntagskleidern und ihren fleckenlosen Lätzchen und waren noch braver als sonst. Von ihrer Tischseite starrten sie unverwandt auf die beiden Leute auf dem Sofa – auf ihren behaglich entspannten und fröhlich wirkenden Vater, den sie sonst immer so anders kannten, weil er immer in Eile war und woanders hin mußte, auf ihre Mutter, die sehr aufrecht dasaß, den Schleier gerade über die Nase gezogen, und Tee eingoß und sie anlächelte und ihnen unaufhörlich mehr Marmeladenbrote und Milch und Kuchen anbot, selbst noch nachdem sie, die genau merkten, daß sie fast am Platzen waren, immer wieder ängstlich das Wort satt wiederholten hatten, das sie aber gar nicht zu vernehmen schien, und obwohl sie schon in einem höchst gefährlichen Zustand waren. Sie wunderten sich auch unbewußt darüber, daß ihre Hand beim Tee einschenken so zitterte, daß sie etwas verschüttete.

»Ich werde mich jetzt«, sagte Herr Dremmel, nachdem die Mahlzeit beendet war und er aufstand und sich die Krümel aus den vielen Falten klopfte, die für seine Anzüge so typisch waren, »einen Moment in mein Laboratorium zurückziehen.«

Er schaute Ingeborg an und lächelte. »Stell dir das nur vor«, sagte er, »die knochigen Arme meines Laboratoriums sind in den zweieinhalb Monaten meine einzige Zuflucht gewesen. Jetzt habe ich sie satt. Es ist gut, sein Frauchen wieder zu Hause zu haben. Ein Mann, der seine Arbeit verrichtet, braucht einen Ausgleich im Leben, muß in jeder Hinsicht wohl versorgt sein. Wenn er nicht auch eine Frau hat, kommt ihm sein Laboratorium knochig vor, aber wenn er nicht auch ein Laboratorium hat, reichen die Knochen seiner Frau nicht aus. Starke Knochen und keine Knochen, starke Knochen und keine Knochen – so schwingt das Pendel im Leben eines klugen Mannes.« Damit beugte er sich über sie und hob ihr Gesicht wieder, indem er ihr den Finger unters Kinn schob. »Stimmt das nicht, Kleinchen?« fragte er sie lächelnd.

»Ich glaube schon«, antwortete Ingeborg.

»Du glaubst es!«

Er lachte und zupfte an einem ihrer Löckchen, das sich selbständig gemacht hatte, und dann ging er zufrieden von dannen und vertiefte sich glücklich in die Untertassen mit jungen Getreidekörnern, die darauf warteten, gewogen und gezählt zu werden.

Es war ein schöner Augustnachmittag, die Fenster standen offen, denn es ging kein Wind, der seine Unterlagen weggeweht hätte, und es gefiel ihm, als er nach einer Weile aus dem Augenwinkel seine Frau sah, die herausgekommen war und unten auf dem Gartenweg so hin und her spazierte, wie sie das vor der akuten Sofa-Periode und vor ihrer Hinwendung zum Leben nach dem Tode immer getan hatte.

Er sah sie gerne dort draußen. Vom Weg her hob sich eine Rasenschwelle gerade bis unter sein Fenster, und wenn man auf Zehenspitzen darauf stand, und wenn man einen Arm so hoch wie möglich reckte, konnte man gerade an das Fenster klopfen. Es fiel ihm wieder ein, wie sie das in der ersten Zeit ihrer Ehe immer getan hatte; wenn das Wetter schön war, hatte sie versucht, ihn von seinen Pflichten weg zu einem Schäferstündchen unter dem Flieder zu verlocken. Amüsiert stellte er fest, daß er fast hoffte, sie würde es wieder tun, denn es hatte lange keine Schäferstündchen mehr gegeben, und er hielt es für eine gute Gelegenheit, so zur Normalität zurückzukehren, ein wenig Geschäker im Garten wäre dabei nicht unangemessen.

Aber obgleich Ingeborg fast eine halbe Stunde herumschlenderte, schaute sie kein einziges Mal auf. Sie wanderte im kühlen Schatten hin und her, den das Haus am Nachmittag auf den Gartenweg warf, hatte den Hut abgenommen, schien offensichtlich nur die Schönheit eines Sommertages zu genießen, der sich zum Abend neigte, und nach einer Weile vergaß er sie auch über dem lebhaften Interesse an dem, was er gerade erledigte; deshalb sah er ihr mit der überraschten Miene eines Menschen entgegen, der etwas vergessen hatte und sich vergeblich wieder darauf zu besinnen versucht, als sie nach schüchternem Anklopfen, das er gar nicht gehört hatte, zu ihm hereinkam und sich an die Ecke seines Tisches stellte und wartete, bis er mit dem Zählen – was er immer mit lauter Stimme tat – der beiden Körnerreihen fertig war, mit denen er sich gerade beschäftigte.

Als er danach die Resultate notiert hatte und zu ihr aufschaute, waren seine Gedanken immer noch hauptsächlich bei den Körnern, ließen aber gerade noch genug Raum für ein leichtes Staunen darüber, daß sie hier drinnen stand. Sie war seit Jahren nicht in sein Laboratorium eingedrungen. Nach einer Periode von ständigem Aufbegehren hatte sie sich zur Achtung seiner Unantastbarkeit bezähmen lassen, aber in diesem Augenblick störte es ihn gar nicht, unterbrochen zu werden; im Gegenteil, nachdem er vollständig aus seinen Gedanken aufgetaucht war, freute er sich sogar. An diesem Nachmittag war Herr Dremmel von einer großen Wärme durchdrungen, die ihn dazu brachte, sich an nichts zu stoßen. »Na, mein Kleinchen?« fragte er.

Darauf begann sie etwas hervorzustoßen, was Wörter sein mochten. Er schaute sie verwundert an. Sie schien sich in einem Zustand hochgradiger Erregung zu befinden; sie redete hastig und mit einer zitternden Stimme auf ihn ein; sie war ganz rot im Gesicht, und sie klammerte sich am Rande des Tisches fest. Das war so plötzlich und so überstürzt, wie die Explosion aus einer fest verkorkten übervollen Flasche, und er starrte sie so fasziniert an, daß er zuerst gar nicht begreifen konnte, was sie ihm mit diesem Wortschwall sagen wollte.

Als ihm das endlich gelang, hatte sie schon das Wort Ruinen erreicht.

»Ruinen?« wiederholte Herr Dremmel.

»Ruinen, Ruinen. Es muß einfach aufhören – es kann so nicht weitergehen. Ach, in den letzten Tagen in Zoppot habe ich das so klar erkannt. Ich glaube, es war der Seewind, der mir den Kopf so frei gepustet hat. Unsere Existenz, Robert, unsere anständige glückliche Existenz in einem anständigen glücklichen Heim mit anständig versorgten Kindern –«

»Aber«, unterbrach sie Herr Dremmel und hob die Hand, »einen Augenblick, was muß denn aufhören?«

»Ach, siehst du denn nicht, daß alles um uns herum zu Trümmern fallen wird, nichts als Ruinen, Robert, unser ganzes glückliches Leben, wenn das so weitergeht, in diesem schrecklichen Tempo, dieser ungezügelten Mutterschaft?«

Herr Dremmel glotzte sie an. »Ungezügelt?« begann er; dann wiederholte er, weil ihn die Verblüffung völlig aus der Fassung gebracht hatte, »dieses schreckliche Tempo einer – Ingeborg, hast du wirklich gesagt: ungezügelten Mutterschaft?«

»Ja«, antwortete Ingeborg und preßte die Hände zusammen, offenbar außergewöhnlich erregt, »ich habe das in Zoppot auswendig gelernt, zu dem Zweck, es dir zu sagen. Ich habe genau gewußt, wenn ich das nicht sofort sage, sowie ich diesen Raum betreten habe, vergesse ich wieder alles, was ich sagen wollte. Ich weiß, es klingt lächerlich, ich meine, die Art und Weise, wie ich es sage –«

»Ungezügelte Mutterschaft?« wiederholte Herr Dremmel, »aber – bist du nicht die Ehefrau eines Pastors?«

»Ach ja, ja, ich weiß ja, ich weiß. Ich weiß, daß es die Pflicht und die Vorsehung gibt, aber mich gibt es auch, mich gibt es auch. Und, Robert, begreifst du das denn nicht? Wenn ich gesund bin, werden wir wieder glücklich sein. Wir werden zwei ganze Personen sein statt nur einer und ein bißchen von der anderen – du und ein klägliches Ding auf dem Sofa –«

»Ingeborg, du nennst eine Frau und eine Mutter, die dabei ist, ihre Pflicht zu erfüllen, ein klägliches Ding auf einem Sofa?«

»Ja«, sagte Ingeborg und stürzte sich auf den allerwichtigsten Satz derer, die sie in Zoppot vorbereitet und auswendig gelernt hatte, fest entschlossen, sich eisern daran festzuklammern, ehe Roberts Fragen ihren Mut unterminierten und ihren Entschluß umnebelten. »Ja, und ich bin nach reiflicher Überlegung zu dem Schluß gekommen – nach reiflicher – ja –, daß das Austragen von den – von den – ja, von den bereits Verschiedenen«, (tot schien ihr das falsche Wort zu sein, zu unfreundlich, fast gemein), »doch nur Vergeudung ist, und daß – und daß – ach Robert«, rief sie, streckte die Hände aus und ließ alles fahren, was sie auswendig gelernt hatte, »glaubst du nicht auch, daß diese ewige Elternschaft jetzt endlich aufhören könnte?«

Er starrte sie völlig fassungslos an.

»Es – es tut mir nicht gut«, sagte sie mit tränenerstickter Stimme und feuchten flehenden Augen.

»Soll ich damit verstehen –«

»Irgendwie kann ich nicht weiter«, schluchzte sie und verschränkte die Finger wie in Todesangst, »es ist auch so wenig von mir übriggeblieben, mit dem ich weitermachen könnte. Ich werde jeden Tag beschränkter. Ich habe gar keinen Verstand mehr. Ich habe gar nichts mehr. Du siehst ja, ich habe kaum noch so viel Mut, um mit dir darüber zu sprechen. Ach Robert«, flehte sie, »es macht dich ja auch gar nicht wirklich glücklicher; du nimmst von den Kindern, wenn sie erst da sind, ja kaum wirklich Notiz; nein, es ist wirklich nicht so, als ob sie jemanden wirklich glücklich machen – und – und – es tut mir schrecklich leid, aber ich bin erledigt.«

Damit ließ sie sich neben ihn zu Boden fallen, preßte ihre Wange an seinen Ärmel und versuchte ihren vernichtenden Angriff auf diese unbegreiflich furchterregende Kombination von Pflicht und Vorsehung, die ihr Leben so umklammerte, durch Küssen und Umarmungen wiedergutzumachen. »Wenn du doch nur nichts dagegen hättest –«, sagte sie immer.

Herr Dremmel war jedoch zum ersten Male, seit er sie kannte, zutiefst verletzt und beleidigt. Sie hatte sein Schutzschild an der einzigen verletzlichen Stelle getroffen. Sie hatte gegen seine Männlichkeit gefrevelt; und schon waren seine Freundlichkeit, seine Geduld und seine Zuneigung verschwunden und vergessen. Er starrte auf ihren Kopf an seinem Arm mit einer Miene hinab, in der sich verletzter Stolz und Zorn, Schockiertheit über eine ungeheuerliche Pflichtverletzung und ungläubiger Kummer eines Mannes, dessen gute Gaben und Segenstaten nicht erwünscht sind, miteinander stritten. Dann, als sie sich immer weiter an ihn klammerte und unaufhörlich bettelte, er solle doch nichts dagegen haben, stand er auf, nahm sie an der Hand, half ihr auf die Füße und führte sie zur Tür; und nachdem er sie, die offene Tür in der Hand, einen Moment lang schweigend betrachtet hatte, wie sie blinzelnd und mit flehenden Augen vor ihm stand, sagte er mit schrecklicher Stimme: »Offensichtlich liebst du mich nicht und hast mich nie geliebt.«

23

Ingeborg schlich den Gang entlang, und das Geräusch des Schlüssels, der sich hinter ihr im Schloß drehte, dröhnte ihr in den Ohren.

Sie war vernichtet. Daß Robert wirklich denken konnte, sie hätte ihn nie geliebt, daß er sich nicht einmal anhören mochte, wie sehr sie ihn geliebt hatte und immer noch liebte! Sie starrte durch das kleine Fenster zu Füßen der Treppe auf die ungepflegten Gemüsepflanzen draußen im Garten. Genau das war das Leben; Rosenköhlchen und eine Tür, die hinter einem versperrt wird. Alles war nichts als grau und kompliziert und tragisch. Sie hatte Robert verletzt, hatte ihn tief beleidigt. Er saß nun dort drinnen und bildete sich ein, sie liebte ihn nicht. Seine Worte waren deshalb so niederschmetternd, weil sie aus einem Munde kamen, der immer freundlich gewesen war. Aber was hätte sie denn sonst machen können? Es stand, wie ihr schien, nichts anderes als Tod zur Wahl; und wenn die Kinder überlebten, würde es den Tod des Geistes bedeuten, den Untergang und Verfall aller Schönheit ihres Heims, und das ganze Licht würde verlöschen; es würde Mangel herrschen, Apathie, alles würde zugrunde gehen. Sie fühlte sich plötzlich schuldig und voller Reue. Sie war nicht mehr so fest davon überzeugt, daß sie recht hatte. Vielleicht war es ja wirklich ihre Pflicht, wie bisher weiterzumachen, vielleicht war sie ja wirklich selbstsüchtig und grausam. Die Klarheit ihrer Vision, die sie in Zoppot beherrscht hatte, verschwamm; sie war verwirrt und zutiefst verzweifelt. Durch diese Verzweiflung und Verwirrung zuckte jedoch immer etwas wie ein kleiner Pfeil aus Licht, und er wies unbeirrt in diese eine Richtung . . .

Sie stand neben dem offenen Fenster an die Wand gelehnt, im erbarmungswürdigen Widerstreit von Zweifel und Überzeugung, Reue und Entschlossenheit. Ihr ganzes Leben lang war sie unterwürfig gewesen, unterwürfig mit den seltenen plötzlichen leidenschaftlichen Ausbrüchen, zu denen gerade gewisse Naturen neigen, die in der Unterdrückung gehalten werden, jähe Stürme, weitaus verheerender als der ständige Kleinkrieg echter Rebellen. Aber deren Aufstände waren immer epochemachend. Sie schafften es, das Schicksal ganzer Familien zu ändern. Väter und Gatten waren an nichts anderes als an beständige Nachgiebigkeit von beständig Nachgiebigen gewöhnt. Soweit es die Ingeborgs betraf, meinten sie, friedlich in ihren Betten schlafen zu können. Dann aber tauchte so ein gehorsames Ding, dieses fügsame Etwas, das niemals Widerworte kannte, plötzlich von einer heimlichen Reise ins Ausland wieder auf, mit einem vollkommen unbekannten Ausländer verlobt, und heiratete ihn auch noch irgendwie, trotz aller strikten Verbote; und was diesen zweiten Vulkanausbruch anbelangte, auch vollkommen ohne Vorwarnung, da weigerte sie sich unverblümt – und diese Unverblümtheit war Herrn Dremmels Haupteindruck von ihrem Gefasel – weiter mit ihrem Gatten als seine Ehefrau zu leben.

Hinter der verschlossenen Tür war sein Zorn genauso groß wie vor der Tür ihre verzweifelte Konfusion. Sie war seine Frau und doch nicht seine Frau. Unter seinem Dach. Ein ständiges Ärgernis. Sie hatte es bestimmt, diese Frau, die gar nichts zu bestimmen hatte, daß es keine weiteren Dremmels geben sollte. Die Entrüstung des verhinderten Familienoberhauptes machte ihm zu schaffen. Ihre moralische Einseitigkeit schockierte ihn, ihre Blindheit für das Nehmen und Geben, das notwendig ist, wenn eine zivilisierte Gesellschaft weiter funktionstüchtig bleiben soll. Wie sollte er denn arbeiten, wenn ihn immer jemand in seinem Hause an seine verlorene Seelenruhe erinnerte? Es hatte ja schon begonnen; diese Gereiztheit; diese Behinderung; hier saß er, mitten vor seinen Mustern, und machte Fehler beim Wiegen, rechnete falsch zusammen, kam deshalb bei jedem Nachzählen der Körner zu beschämend unterschiedlichen Resultaten.

Der Druck dieser Klemme, in der er steckte, machte ihn ungerecht, deshalb dachte er mit bitterer Zuneigung an jene Witwen, die ihm vor seiner Heirat die Vergangenheit so verfinstert hatten, ihm aber mit ihrer knochigen Verstaubtheit, ihren Häubchen und ihrer Schmuddeligkeit den emotionalen Frieden garantiert hatten. Sie waren, wie er jetzt erkannte, wie ein dunkler Vorhang gewesen, der seine Augen vor dem schmerzhaften Glanz einer zu intensiven Häuslichkeit abgeschirmt hatten. Selbst die Zänkischsten dieser schwarzen und verfluchten Schar waren immer noch besser gewesen als dieser gefährliche Überschwang an Herzensnähe. Keine einzige hatte sich jemals zwischen ihn und seine stetig fortschreitende Arbeit geschoben. Keine einzige hatte ihn je dazu gebracht, seine Getreidekörner zweimal zu zählen. Ein Mann, der arbeiten will, sagte er sich, muß sein Leben von Frauen säubern; von allen Frauen, außer – weil es gewisse elementare Tätigkeiten gibt, die mit Töpfen und Bettenmachen verbunden sind, auf die sich nur Frauen verstehen – außer Witwen. Eine Frau, die keine Frau ist und die trotzdem darauf besteht, so zu tun, als ob sie eine wäre, stellt für einen anständigen Mann nur einen Stachel und eine Bürde dar. Entweder sollte sie verbraucht und erledigt aussehen oder weiter ihre ehrsamen Funktionen erfüllen, bis zu der Zeit, in der sie die körperliche Reizlosigkeit entwickelt hatte, die sie endgültig auf die Liste der respektablen Frauen brachte. Daß sich Ingeborg für ihren Aufstand gegen Pflicht und Vorsehung gerade den Augenblick ausgesucht hatte, in dem sie jünger und lieblicher denn je aussah, kam ihm in seinem ersten Zorn wie eine absichtliche Heimtücke vor. Er war wirklich verblüfft. Er konnte wahrhaftig nicht glauben, daß er aus seiner bedeutsamen und ernsthaften Arbeit herausgerissen wurde, ausgerechnet jetzt, wo alles so gut lief, nur um beleidigt zu werden, um mit dem qualvollen Schmerz Bekanntschaft zu machen, und das alles ausgerechnet von ihr, die er sonst immer – war er denn nicht stets zärtlich zu ihr gewesen? – sein kleines Schaf genannt hatte. Von seinem Schäfchen so verletzt zu werden! So tief von ihm verletzt zu werden, daß die Schläge genau im Augenblick der größten Zuneigung trafen, mitten in der Freude über seine Heimkehr, als man die Hände gerade voll Vertrauen in sein tröstlich weiches Fell gewühlt hatte! Herr Dremmel war wirklich fassungslos.

In dieser Verfassung blieb er bis zum Abendessen in seinem Laboratorium; dann vertiefte er sich während der Mahlzeit in ein Buch, das er aufgeschlagen vor sich an den Brotlaib lehnte, während ihn Ingeborg mit dem Eifer derer bediente, die unter Gewissensbissen leiden, und aus den Winkeln ihrer geröteten Augen auf ein Zeichen der Vergebung lauerte.

Nach dem Abendbrot blieb er bis nach Mitternacht in seinem Laboratorium, immer noch fassungslos, aber allmählich so weit gefaßt, daß er die unermüdlichen Versuche aufgab, ein für allemal die Ursachen zu klären, und statt dessen darüber nachdachte, wie er seine Frau am besten wieder zur Vernunft bringen konnte.

Dieses Geschäft, eine Frau wieder zur Vernunft zu bringen, war ihm stets als ganz spezielle Zeitvergeudung vorgekommen. Stundenlang diskutieren, streiten, erklären, drohen oder raten zu müssen, nur um zu dem Punkt zurückzukehren, von dem sich keiner hätte entfernen müssen, war wirklich die dümmste aller dummen Notwendigkeiten. Wieder kochte er bei dem Gedanken, daß er ein widerspenstiges pflichtvergessenes Weib bei sich hatte, wieder erkannte die dringliche Notwendigkeit, frei von allen weiblichen Kindischkeiten, von ihrer Eigenliebe und ihrer unberechenbaren Sprunghaftigkeit zu sein, wenn er in Ruhe arbeiten wollte. In seinem erregten Zustand kam es ihm schließlich geradezu ungeheuerlich vor, daß plötzlich die ganze Welt ausgelöscht sein konnte, die ganze weite Welt mit ihren großartigen Möglichkeiten und weitgesteckten Zielen, vielleicht einen Tag lang, ja selbst nur eine Stunde, und zwar durch eine Macht, die ihn beunruhigte, eine Macht, die ihn zwang, seine Gedanken auf einen lächerlichen Gegenstand zu richten, auf eine kleine Frau.

Um halb eins ging er in das gemeinsame Schlafzimmer, fest entschlossen, diesem Unsinn ein Ende zu bereiten. Er wollte sie auf der Stelle und auf dem kürzesten Wege zur Vernunft bringen. Er würde zur Not Gewalt anwenden, und damit wäre die Sache dann erledigt. Er war ihr Herr und Meister, und wenn sie ihn zwang, diese Tatsache unter Beweis zu stellen, dann wollte er das tun.

Er trug die Petroleumlampe mit den festen Schritten eines Mannes ins Schlafzimmer, der aufgehört hatte, vor etwas zurückzuschrecken.

Das Schlafzimmer war jedoch leer. Es war genauso eisig leer von allen weiblichen Zeichen, wie es seit Anfang Juni gewesen war.

Das ist schäbig, dachte Herr Dremmel, und es kam ihm so vor, als ob die Beleidigung so gewaltig war, daß sie schon das Lächerliche streifte; und weil er nun fest entschlossen war, herauszubekommen, in welchen Winkel sie sich geflüchtet hatte und sie auf der Stelle herauszuzerren, tappte er mit der Lampe in der Hand durch das ganze Haus und suchte nach ihr, wobei er mit der gründlichen Geduld eines gewohnheitsmäßigen Forschers in der Küche begann, wo ihn die scheuen Heimchen hinter den Tischbeinen her anstarrten, und er durchsuchte das Wohnzimmer, stickig von den Ausdünstungen eines zu Ende gegangenen Tages, drang in einen Raum ein, in dem Rosa und die Köchin sich in ihren Betten aufrichteten und ihn mit unaussprechlichem Entsetzen anschauten, und stolperte schließlich die enge Treppe hinauf, wo Robertchen und Ditti den Schlaf der unerschütterlich Gerechten schliefen.

Hier, in einem dritten schmalen Bett, einer Feldliege, ruhte sein pflichtvergessenes Weib, das Gesicht zur Wand, die Glieder betont entspannt und reglos.

»Ingeborg!« rief er und hob die Lampe hoch über seinen Kopf. Sie regte sich nicht.

»Ingeborg!« rief er abermals.

Noch nie schlief eine Frau so fest.

Er ging zum Bett hinüber und beugte sich über sie, betrachtete im Licht der Lampe forschend ihr Gesicht. Es war größtenteils im Kissen vergraben, aber das eine einzige sichtbare Auge war so fest geschlossen, schlief so ungeheuer tief, wie kein anderes Auge, das er je gesehen hatte.

Daß sie so gleichgültig gegen alles schlafen konnte, während ihr Gatte, völlig von Sinnen, sie überall suchte, empörte ihn. Ohne einen weiteren Versuch, sie zu wecken, machte er auf dem Absatz kehrt, knallte die Tür hinter sich zu und ging hinunter.

»Nu sind doch Diebe da«, bemerkte Ditti, die sie seit Jahren erwartet hatte und durch das Türenknallen aus ihren Träumen, guten Träumen, aufgescheucht worden war.

»Ja«, sagte Robertchen, auch aus Träumen gerissen, die äußerst wohlerzogen waren.

»Wir müssen uns unter den Laken verstecken«, sagte Ditti, die schon vor langer Zeit zu dem Ergebnis gekommen war, daß das das Vernünftigste wäre.

»Ja«, antwortete Robertchen.

»Das braucht ihr nicht«, sagte Ingeborg aus der Dunkelheit heraus, und beide erschraken, weil sie ihre Anwesenheit ganz vergessen hatten, »das war nur Papa.«

Doch die Vorstellung von Papa, der mitten in der Nacht in ihre Schlafstube kam und mit der Tür knallte, kam ihnen sehr sonderbar vor und jagte ihnen einen viel größeren Schrecken ein; Diebe wären ihnen lieber gewesen; und nachdem sie eine Weile ruhig und brav dagelegen hatten, kroch ein Kind nach dem anderen mäuschenleise und so tief unter die tröstlichen Bettdecken, wie es ging, und wartete dort wieder geduldig auf das nächste, was dem Papa einfallen mochte, bis, halb erstickt, aber ohne zu jammern, abermals einschlief.

In dem Pfarrhaus von Kökensee folgten nun einige spannungsreiche Tage.

Herr Dremmel zog sich in ein extremes Schweigen zurück, machte keine weitere Bemerkung zu diesen bedauerlichen Zwischenfällen, wurde während der Mahlzeiten zu einer bloßen Gestalt hinter einer Zeitung und war oftmals auch gar nicht da.

Er hatte beschlossen, seine Energien nicht für Streitigkeiten zu vergeuden. Bei nächster Gelegenheit wollte er nach Meuk fahren, den Arzt aufsuchen, ihm zuerst die Wirkung von Zoppot beschreiben, einem Ort, der seine Frau hätte heilen sollen, und ihn dann bitten, ihr eine Kur gegen die Kur zu verschreiben. Es war Ingeborgs Sache, zu ihrem Gatten zu kommen und um Vergebung zu bitten, und er wollte ihr in diesen Tagen dazu Gelegenheit geben. Falls sie es nicht tat, so würde er nach der Konsultation beim Arzt jedenfalls wissen, welchen Kurs er einschlagen mußte – ob in Strenge oder ob er nicht doch von seiner Männlichkeit absehen mußte, weil es ein Fall für gutes Zureden war. Er war schließlich kein Unmensch und ging, falls es medizinisch nicht ratsam wäre, Szenen lieber aus dem Wege. Vielleicht brauchte sie ja nur ein Korrektiv für Zoppot. Es gab ja auch so etwas wie ein Zuviel an Heil- und Nebenwirkungen.

Nachdem er sich dazu durchgerungen hatte, fühlte er sich schon ruhiger und konnte auch in der festen Überzeugung wieder arbeiten, daß ihm in ein paar Tagen mit der Hilfe eines Arztes klar sein würde, was zu tun war; und Ingeborg hatte sich über nichts zu beklagen, außer daß er nicht reden wollte. Sie versuchte verschiedene Male, das so hastig abgebrochene Thema wieder aufzunehmen, kam aber angesichts seines monumentalen Schweigens nicht über das »Aber Robert –« hinaus. Sie machte mit den Kindern Ausflüge in den Wald, und während sie nicht vergnügt miteinander schwatzten und während sie keine Spiele spielten, dachte sie sich unaufhaltsam neue Wege aus, auf denen sie ihn wirklich taktvoll zu einer vernünftigen Diskussion verlokken konnte. Sie wußte genau, daß ihr erster Auftritt in der Rolle einer sich zurückziehenden Mutter ziemlich jämmerlich verlaufen war, aber es ist eben sehr schwer, objektiv zu diskutieren, wenn einen die Gefühle überwältigen. Und dann auch noch diese Tränen. Frauen weinten, was war das für ein Handicap. Ehe man das erste Semikolon in einem lebenswichtigen Diskurs mit seinem Gatten erreicht hatte, zerfloß man schon in Tränen, dachte Ingeborg, beschämt und reumütig; und Robert wurde immer so ruhig und geduldig, so nervenzerfetzend ruhig und geduldig, wenn er sich Tränen gegenüber sah; er saß da wie ein große Götze, unberührt von menschlicher Verzweiflung, und wartete auf die Rückkehr der Vernunft. Ja, er weinte manchmal auch, aber nur über ganz merkwürdige Dinge wie den Heiligen Abend und Söhne, wenn sie noch ganz neugeboren waren – Dinge, die eigentlich unter die Kategorie »fröhlich« fielen, höchstens »fröhlich gerührt«; er weinte aber nie bei diesen wirklich großen und wichtigen Gelegenheiten, bei diesen Dingen, an denen das ganze Glück hing. Das Leben wäre leichter, wenn Eheleute denselben Tränengeschmack hätten!

Vier Tage nach ihrer Heimkehr bat sie ihn um Verzeihung. Es war nach dem Abendessen, er hatte gerade sein Buch vom Brotlaib genommen und erhob sich, um wieder hinauszugehen, da stürzte sie sich mit der Hast der Verzweiflung auf ihn, packte ihn bei beiden Ärmeln und sagte: »Vergib mir.« Er schaute mit einem Aufblitzen im Auge zu ihr hinab; er würde nun doch nicht nach Meuk fahren müssen.

»Ach bitte«, bettelte sie, »tu's doch, Robert. Du weißt doch, daß ich dich liebe. Ich bin so unglücklich, weil ich dich verletzt habe. Laß uns doch wieder Freunde sein. Wollen wir?«

»Freunde?« wiederholte Herr Dremmel und fuhr zurück. »Ist das alles, was du mir zu sagen hast?«

»Ach, sei doch wieder mein Freund. Ich kann dies nicht ertragen.«

»Ingeborg«, sagte er mit der Heftigkeit der Enttäuschung, befreite seine Ärmel aus ihren Händen und schritt zur Tür, »ist dir noch niemals aufgefallen, daß ein echter Gatte und sein Weib niemals Freunde sein können?«

»Ach, wie schrecklich!« antwortete Ingeborg, ließ die Hände fallen und starrte ihm nach.

Am Ende der Woche, als ihre ziel- und ratlosen Überlegungen immer noch nichts ergaben, was die Schande abwaschen konnte, die nun wohl ewig auf ihr haften würde, beschloß sie, nach Meuk zu fahren, um sich Rat beim Arzt zu holen. Er war immer nett mit ihr gewesen, freundlich und verständnisvoll. Sie wollte eher im Geiste einer Beichte als einer Visite zu ihm gehen und wollte ihn in allem Ernste fragen, was sie zu ihrer Errettung machen müßte.

Sie fand den Zustand zu Hause unerträglich. Wenn der Arzt ihr sagte, es sei ihre Pflicht, weitere Kinder zu bekommen, und es sei auch reiner Zufall, daß die beiden letzten tot geboren waren, so wollte sie auf diesem Wege bleiben. Es war ein jammerhafter Weg – schrecklich und verflucht, aber längst nicht so elend wie der Zweifel, ob man selbst nicht doch die Böse war und Robert vollkommen im Recht. Nicht umsonst war sie die Tochter eines Bischofs und hatte zweiundzwanzig Jahre lang die Vorteile eines christlichen Heims genossen. Außerdem wußte sie genau, daß sie die öffentliche Meinung von Kökensee und Glambeck in dieser Aufruhrangelegenheit gegen sich hatte, und sie fühlte sich zu schwach, um ganz alleine diesen starken Kräften standzuhalten. Sie hatte es nie geschafft, es lange gegen andauernde Mißbilligung auszuhalten; und sie hatte es nie ertragen können, wenn die Menschen um sie herum nicht glücklich waren. Am Ende der Woche war sie so gebrochen und voller Zweifel, daß sie entschied, ihr Vertrauen in Meuk zu setzen und dem Urteilsspruch des Arztes zu folgen; so geschah es also, daß sie an demselben Tag zu dem Fünfmeilenmarsch aufbrach, an dem Herr Dremmel auch dorthin fuhr.

Er war am Vormittag mit Butterbroten für sich und den Kutscher in Richtung Versuchsfelder fortgefahren und hatte ihr gesagt, daß er vor dem Abend nicht zurückkäme, weshalb sie die günstige Gelegenheit ergriff, sich auch mit Butterbroten ausrüstete und kurz nach zwölf nach Meuk aufbrach. Die Sprechstunde des Arztes war, wie sie wußte, zwischen zwei und drei, und wenn sie pünktlich um zwei bei ihm war, konnte sie ihm alles sagen, über ihr Schicksal entscheiden lassen und um vier zum Tee zurück sein.

Sie marschierte also an den abgeernteten Roggenfeldern entlang, aß ihre Butterbrote im Gehen und vermied es, in diesen kurzen anderthalb Stunden an die Komplikationen des Lebens zu denken. Sie war der Sache müde. Sie wollte sie für diesen einzigen Spaziergang beiseite schieben. Es war einer der strahlendsten Augustmittage. Die Welt schien mit allen Elementen der Glückseligkeit erfüllt zu sein. Einige Leute, wahrscheinlich Freunde der Glambecks, jagten auf den Stoppelfeldern Rebhühner. Die Lupinenfelder standen in voller Pracht, und ihr besonderer Orangenduft überfiel sie immer wieder auf dem ganzen Weg. Zuerst war eine Meile Sandweg zu durchwaten, dann kamen vier gute Meilen, eine Landstraße mit festem weißen Belag, die zwischen Vogelbeeren, die sich schon röteten, nach Meuk führte. Während sie in dieser frischen Wärme, zwischen diesen kräftigen Farben und diesen süßen Gerüchen dahinschritt, konnte sie gar nichts dagegen tun, daß sie allmählich zu glühen begann, und wie geknickt ihre Seele auch gewesen sein mochte, bis sie das Haus des Arztes erreicht hatte, war der Rest ihrer Person so rosig geworden, daß der Diener, der ihr die Tür öffnete, sie am Wartezimmer vorbei zum anderen Ende des Flures zu komplimentieren versuchte, weil er fest davon überzeugt war, daß sie nicht den Arzt aufsuchen, sondern der Frau des Doktors eine Visite abstatten wollte. Sie betrat das Wartezimmer, einen trüben Ort, so wie ein Lichtstrahl durch den Nebel dringt; und dort fand sie, am Tisch sitzend und zerlesene uralte Wochenillustrierte durchblätternd, Herrn Dremmel.

Einen Augenblick lang starrten sie sich gegenseitig an. Außer ihnen war keine Menschenseele da, durch Schiebetüren konnten sie das Gemurmel eines Patienten hören, der im Nachbarraum untersucht wurde. In Meuk gab es gewöhnlich kaum Kranke, und in neun Fällen von zehn las der Arzt zwischen zwei und drei Uhr friedlich seine Tageszeitung. Dies war der zehnte Fall, und obgleich es gerade erst zwei geschlagen hatte, war schon ein Patient bei ihm.

Herr Dremmel und Ingeborg starrten sich einen Augenblick sprachlos an. Dann sagte er, gereizt, weil ihm gerade auffiel, daß sie nach Meuk gegangen war, ohne ihn um Erlaubnis zu fragen: »Du hast mir nicht gesagt, daß du herkommen willst.«

»Nein«, antwortete Ingeborg.

»Warum bist du gekommen?«

Sie ließ sich so unbefangen wir möglich auf der Kante eines Stuhles im Winkel nieder und umklammerte ihren Sonnenschirm. Robert hier anzutreffen war wirklich scheußlich.

»Ich – mir war so danach«, murmelte sie.

»Du siehst nicht krank aus. Dir ist es heute früh nicht schlecht gegangen.«

»Es ist – es ist psychologisch«, murmelte Ingeborg zermürbt und griff dabei nach dem ersten Wort, das ihr durch die unbeherrschten Gedanken schoß.

»Psycho –?«

Sie fragte, plötzlich ängstlich. »Warum bist du denn hier?«

»Das, meine liebe Frau, ist meine Sache«, entgegnete Herr Dremmel, der sich durch ihre Gegenwart ganz besonders gereizt und verwirrt fühlte.

»Oh«, murmelte Ingeborg. Sie hatte noch nie gehört, daß er sie seine liebe Frau nannte, und fühlte sich aufs entschiedenste an ihren Platz verwiesen.

Er schlug die Seiten der *Fliegenden Blätter* um; sie klammerte sich noch fester an dem fest, was ihr einziger Freund zu sein schien: an ihrem Sonnenschirm.

»Bist du zu Fuß gegangen?« fragte er nach einer Weile so scharf wie aus der Pistole geschossen.

»Ja, ja«, antwortete Ingeborg hastig und gedrückt.

Weswegen war sie nur gekommen? dachte Herr Dremmel, der die Seiten noch schneller umblätterte. Lächerlich so zu tun, als ob sie einen Arzt bräuchte. Wie sie da saß, mit ihren ungewöhnlich rosigen Wangen, sah sie wie eine blühende Sechzehnjährige aus – höchstens wie achtzehn.

Weswegen war er nur gekommen? dachte Ingeborg, die sich wünschte, daß das Leben nicht so schrecklich mit Zufällen spielte, und die Augen zur Vorsicht nicht vom Teppich hob. Dann aber griff ihr eine jähe Angst ans Herz – wenn er nun krank war? Wenn bei ihm nun eine von diesen schweren, unheilbaren und geheimnisvollen Krankheiten ausgebrochen war, die Männer wie mit der Sense niederzumähen schienen, und aus der Welt eine Heimstätte für Witwen machen? Sie hatte beobachtet, daß auf einen Witwer in Kökensee und Umgebung etwa zehn Witwen kamen. Die Frauen schienen sich nur durchs Leben zu quälen, ständig von diesem oder jenem zu Boden geworfen, aber sie blieben wenigstens lebendig; die Männer dagegen, die jahraus, jahrein zur Arbeit gingen und kräftig schufteten, starben nach dem ersten Schlag. Vielleicht haben sie keine Übung im Überleben, dachte sie und warf Robert unter den Augenwimpern einen besorgten Blick zu, wobei sie mit dem Wunsch kämpfte, zu ihm hinüberzugehen und ihn anzuflehen, ihr doch zu sagen, was los wäre. Im nächsten Augenblick hätte sie nachgegeben, wäre ihrem Impuls gefolgt, wenn die Schiebetür nicht aufgestoßen worden und der Arzt mit einer Verbeugung erschienen wäre.

»Darf ich bitten?« sagte er zu Herrn Dremmel, weil er Ingeborg gar nicht wahrnahm, die hinter der zweiten Türhälfte verborgen blieb. »Ach – der Herr Pastor«, setzte er etwas weniger förmlich hinzu, als er ihn erkannte, und ging mit ausgestreckter Hand auf ihn zu. »Hoffentlich ist es nichts Ernstes bei Ihnen, mein Freund!«

Herr Dremmel gab keine Antwort, griff jedoch nach seinem Hut und machte eine Bewegung auf das Untersuchungszimmer zu; als sich der Arzt umdrehte, um ihm zu folgen, erblickte er Ingeborg in ihrem Winkel hinter der Tür.

»Ach – die Frau Pastor«, sagte er, verneigte sich wieder und streckte abermals die Hand zur Begrüßung aus. »Wer von Ihnen«, setzte er hinzu und schaute von einem zum anderen, »ist denn der Patient?«

Die Hinteransicht von Herrn Dremmel, der energisch in das Nachbarzimmer strebte, wies ihn jedoch auf die dringliche Notwendigkeit zur Hilfe hin, die in der zurückweichenden Geste seiner Frau nicht zu erkennen war.

»Sie werden mir doch die Wahrheit über ihn sagen, nicht wahr?« flüsterte sie ihm ängstlich zu. »Sie werden mir doch nichts verbergen?«

Der Arzt machte ein ernstes Gesicht. »Ist es so schlimm?« fragte er, eilte Herrn Dremmel nach und schloß die Tür.

Ingeborg saß da und wartete, wie ihr schien, eine lange Zeit. Sie hörte ununterbrochenes Murmeln, und oft murmelten beide Stimmen gemeinsam, was ihr rätselhaft erschien. Manchmal gaben sie sogar das Murmeln auf und erhoben sich so, daß sie verständlich wurden – »Sie lassen vollkommen außer acht, daß ich ein christlicher Pastor bin«, hörte sie Robert sagen, aber dann senkten sich die Stimmen wieder, obgleich sie niemals innehielten, niemals von diesem kurzen Schweigen unterbrochen wurden, bei dem man sich hätte vorstellen können, wie Robert die Zunge zeigen mußte oder an verdächtigen Stellen seines Körpers untersucht wurde. Sie saß da, sorgte und ängstigte sich, und bei den furchtsamen Gedanken über ihn waren ihre eigenen Angelegenheiten vollkommen vergessen; als sich dann schließlich die Tür wieder öffnete und beide Herren herauskamen, stand sie eifrig auf und fragte: »Nun?«

Herr Dremmel zog eine grabesernste Miene, sehr viel ernster, als sie ihn je gesehen hatte; fast so, als ob er schon jene Krönung des Manneslebens, jene endgültige Vollendung, jene letzte Gabe an die Welt entehrt und befleckt hätte: Witwe und Waisen. Die Miene des Arztes war vorsichtig nichtssagend. »Nun?« fragte Ingeborg abermals, tief erschrocken.

»Wünscht mich die Frau Pastor ebenfalls zu konsultieren?« fragte der Arzt.

»Ja, das wollte ich. Aber jetzt spielt es wirklich keine Rolle mehr. Robert –«

Herr Dremmel setzte sich den Hut sehr fest auf den Kopf und ging zur äußeren Tür der Praxis, ohne sich vom Arzt zu verabschieden. »Ich warte draußen auf dich und fahre dich heim, Ingeborg«, sagte er, ohne sich umzuschauen. Sie starrte hinter ihm her.

»Ist er sehr krank?« fragte sie und wandte sich an den Arzt.

»Nein.«

»Nein?«

»Nein«, sagte der Arzt mit Nachdruck.

»Aber –«

»Und Sie sehen auch prachtvoll aus. Bleiben Sie bitte so. Nach dem Eindruck, den Sie auf mich machen, besteht keine Notwendigkeit, mich weiter zu konsultieren. Ich werde mir erlauben, Sie zum Wagen zu bringen.«

»Aber –«, sagte Ingeborg, doch es wurde ihr nur ein Arm geboten, und sie wurde förmlich hinter Robert hergeführt.

»Nehmen Sie Ihr Tonikum, halten Sie sich viel in der Sonne auf und ändern Sie nichts an Ihrer gegenwärtigen Lebensweise«, sagte der Arzt.

»Aber Robert –«

»Der Herr Pastor erfreut sich ausgezeichneter Gesundheit und wird sich mit mehr Eifer denn je in seine Arbeit stürzen.«

»Aber warum ?«

»Und die Frau Pastor wird ihre Pflicht erfüllen.«

»Ja.«

Sie blieb stehen und schaute ihm ins Gesicht. »Ja«, sagte sie, »das will ich, aber – was ist meine Pflicht?«

»Meine liebe Frau Pastor, jetzt gibt es nur noch eine einzige. Die anderen haben Sie erledigt. Ihre einzige Pflicht besteht jetzt darin, sich an Leib und Seele gesund zu halten, Ihren beiden Kindern eine leistungsfähige Mutter und Ihrem Gatten eine Gefährtin von der intelligenten Liebenswürdigkeit zu sein, die einer guten Gesundheit entspringt.«

»Aber Robert?«

»Er hat mich Ihretwegen konsultiert. Ich kann nicht gestatten, daß Sie ihn, der das allerbeste Schicksal verdient, zu einem unglückseligen Geschöpf machen, zu einem Witwer.«

»Ach? Also wirklich – ?«

Er machte die Haustür für sie auf. »Ja«, antwortete er, »wirklich.«

Damit half er ihr auf den Sitz neben Herrn Dremmel und winkte ihnen bei ihrer Abfahrt freundlich nach. Und Ingeborg, die nun begriff, daß der wahre Grund für Roberts übernatürliche Bedrückung von der Angst kam, sie zu verlieren, und nicht von der, sie zu verlassen, war tief erschüttert und ganz von dem Wunsch erfüllt, ihm ihre Teilnahme auszudrücken. Sie schob ihm die Hand durch den Arm und benutzte die Zeit zwischen Meuk und Kökensee, ihn ernsthaft zu trösten und aufzurichten.

Er mußte, wie sie ihm eifrig versicherte, durchaus kein Witwer werden. Schweigend ließ er ihren Trost über sich ergehen.

24

Weil er ein kluger Mann war, vergeudete Herr Dremmel keine Zeit, über das Unvermeidliche zu jammern und zu klagen; und nachdem er das Urteil des Arztes vernommen hatte, das dieser in einem einzigen Wort mit fester Stimme zusammengefaßt und ihm wie in einer Serie von Schlägen immer wieder verpaßt hatte: »Ausgeschlossen!«, löschte er Ingeborg in seinen Gedanken als Ehefrau aus und begann sich daran zu gewöhnen, sie als Schwester zu betrachten. Nach einer kurzen Periode der Niedergeschlagenheit, denn er war sich nicht sicher, ob diese Umgewöhnung nicht qualvoll und eine schmerzliche Beeinträchtigung seiner Arbeit wäre, erfüllte ihn wieder die Seelenruhe, weil es zu seiner Befriedigung ganz leicht ging. Der Ärger darüber, daß er seine Frau für pflichtvergessen gehalten hatte, der Kummer darüber, daß er geglaubt hatte, sie wolle ihn absichtlich verletzen, alles war verschwunden. Er stand der einfachen Tatsache gegenüber, daß es nichts mit dem Charakter zu tun hatte. Es war zwar ungeschickt, daß er eine Person geheiratet hatte, die, wie er doch denken mußte, so leicht umzupusten war, aber andererseits war er schließlich sehr viel weniger von häuslichen Freuden abhängig als die meisten anderen Amtsbrüder dieser so besonders mit Abhängigkeiten verbundenen Kirche, weil er Kopf und Verstand besaß. Er war überrascht, wie leicht sich seine Beziehung – nachdem er sich in das Unvermeidliche geschickt hatte – wieder ordnen ließ, wie leicht und bequem er vergessen konnte. Die Krise schien von ihm wie ein welkes Blatt im Herbst vom Baum abzufallen, ein leichtes Etwas, dessen Loslösung von der großen verbleibenden Kraft im ewigen Auf und Ab gar nicht bemerkt wurde. Er rüstete seinen Geist mit frauensicheren Fächern aus. Er, der so gezittert hatte, daß er von diesen Dingen besessen sein könnte, hörte einfach auf, Ingeborg so zu sehen, wie sie war, so hübsch, so sanft, so süß. So wie er bei ihrer ersten Begegnung zu seinem Entzücken und hochinteressiert festgestellt hatte, daß er sich verlieben konnte, war er jetzt durch die Feststellung entzückt und interessiert, daß man sich, falls es vernünftig und notwendig war, auch wieder entlieben konnte. Er war offensichtlich ein Meister seiner Gefühle. Leidenschaften waren seine Diener, und sie erschienen nur, wenn er nach ihnen läutete. Das einzige, was er jetzt also bewältigen mußte: nicht nach der Glocke zu greifen. Mit Befriedigung verfolgte er, wie in einer emotionalen Krise (so konnte man es seiner Meinung nach gerechterweise nennen) das Training seines Geistes und die Aufmerksamkeit, die er diesem Training von Jugend an zugebilligt hatte, nicht nur Früchte trug, sondern ihm eine Ernte im Überfluß bescherte. Ingeborg verwandelte sich unter seinen Augen in dankenswerter Geschwindigkeit in eine Schwester, eine sanfte Mädchenschwester, die an der Stelle seiner Frau den Haushalt übernommen hatte; und wenn er ihr des Abends freundlich gute Nacht sagte, merkte er, daß er ihr den Kuß ganz selbstverständlich auf die Stirn drückte. Er sagte ihr nicht, daß sie eine Schwester geworden war; er richtete sein Leben nur nach diesen neuen Maßstäben anders ein; und er warf sich, wie es der Arzt vorausgesagt hatte, mit mehr Eifer denn je in seine Arbeit und war schon bald wieder ganz von dieser köstlichen Stille durchdrungen, der heiteren Gemütsruhe, den unvergleichlichen Harmonien, die dem zufallen, der sich fleißig und unverdrossen seinen Interessen hingibt.

Ingeborg dagegen, die ihren Verstand in der Jugend vernachlässigt hatte und deren Geist infolgedessen ein undiszipliniertes Krautfeld war, verbrachte ihre ersten Wochen als Schwester in einem Zustand, den man nur als flockig bezeichnen konnte. Sie griff nach einem Zipfel ihres Lebens, der irgendwo herauszuragen schien und stopfte ihn wieder hinein, griff nach einem anderen Zipfel, der ebenfalls herauszuragen schien und stopfte ihn ebenfalls fest und betrachtete dann alle beide und ließ sie wieder fahren. Sie wußte bei der grenzenlosen Freiheit, die ihr plötzlich zur Verfügung stand, gar nicht, wo sie beginnen sollte. Das Leben schien so viele Zipfel zu haben, und alles stand ihr so frei zur Wahl, daß sie blinzeln mußte. So verfügte sie nun schließlich über ihre Tage, saubergefegt und leer. Und so konnte sie nun großzügig sagen: »Nächsten Monat werde ich dies und das machen«, weil sie ihrer Monate sicher war, sie konnte sich darauf verlassen, daß sie verfügbar waren, sich nach ihrem Willen einrichten ließen, nicht nur schwere schwarze Bleigewichte darstellten, die sie immer unentrinnbarer ans Sofa fesselten. Und sie konnte nicht nur zuverlässig sagen, was sie im nächsten Monat machen wollte, sondern sie konnte auch – und diese Kleinigkeit kam ihr wie viele andere Kleinigkeiten dieser Art erstaunlich neu und entzückend vor – zuverlässig wissen, was sie anziehen wollte. All diese gräßlichen Teekleider, die sie durch die sieben Jahre ihrer Ehe geschleppt hatte, dunkle Gewänder, deren einzige trübselige Funktion im Verhüllen bestanden hatte, wurden jetzt Ilse geschenkt, ihrem ersten Mädchen, das einen armen Mann geheiratet hatte und die Kleider nun sparsam auftrennte und unter bitteren Klagen Hosen der verschiedensten Arten für ihren Mann daraus nähte; Ingeborg aber zog aus längst vergessenen Schränken wieder ihre schmalen hübschen Kleider heraus, Teile ihrer noch unbenutzten Aussteuer, kurze Kleider, waschbar und appetitlich, und sie brauchte sie nur anzuziehen, schon erwachte ihre Selbstachtung wieder, und sie kam sich als ein normales menschliches Wesen vor.

Diese Tage hielten zuerst eine ganze Reihe von solchen neuen Empfindungen für sie bereit, oder besser: Erinnerungen an solche Empfindungen, die in ihrer Kindheit ganz unerheblich gewesen waren, ihr jetzt aber unbeschreiblich kostbar erschienen. Sie lief wie ein randvoller Kelch vor Dankbarkeit für die großen alltäglichen Gaben des Lebens über: Schlaf, Hunger, Beweglichkeit der Glieder, Freiheit von Angst, Freiheit von Schmerzen. Ihre wiederkehrende Gesundheit rann ihr wie ein köstlicher Wein durch die Adern. Sie war mittlerweile dreißig Jahre alt und hatte sich noch nie so jung gefühlt. Wie war es herrlich, morgens zu einem Tag des Wohlbehagens zu erwachen. Wie war es herrlich, in einer Welt leben zu dürfen, die so überaus schön war, so voll von

Möglichkeiten. Sie empfand die ganze Dankbarkeit, die ganze zarte vertrauensvolle Hingabe ans Leben wie eine Rekonvaleszentin. Sie war schon glücklich, an klaren Morgen einfach in der Sonne auf der Türschwelle zu sitzen und alles in sich einsinken zu lassen. Robertchen und Ditti waren noch nie soviel geküßt und geherzt worden; Rosa und die Köchin waren noch nie so oft nach ihren leidenden Müttern gefragt worden; Kökensee war noch nie so nah daran gewesen, eine Reihe von Unterhaltungen aufs Programm gesetzt zu bekommen. Selbst die Katze wurde in einem neuen Gefühl der Verbundenheit gestreichelt, und der Wachhund, einst als grämlich und bissig verdächtigt, ganz neu geliebt; und wenn sie über den Hof ging, versäumte sie es nie, einen Augenblick innezuhalten und das Schwein mit absichtlich sonniger Freundlichkeit zu betrachten.

Aber obgleich sie leidenschaftlich wünschte, jeden und alles glücklich zu machen, als Antwort auf Roberts Güte, als Antwort auf die freundliche Art und Weise, mit der er ihrer Meinung nach ihre Entscheidung akzeptiert und ihr nach diesem ersten Ausbruch keine Vorwürfe mehr machte, war sie doch zu lange an ein einziges bestimmtes Verhalten gebunden gewesen, um nicht zuerst etwas zu schwanken, als sie freigelassen wurde. Sie tändelte unbestimmt um die Zipfel des Lebens herum, betastete sie und versuchte die Stelle zu entdecken, an der sie sich am besten festhalten und sich wieder mitten hineinschwingen konnte.

Das aber war merkwürdig schwierig.

Lag es daran, daß sie so viele Jahre lang völlig ausgeschieden gewesen war? War sie etwa ein Spezialist geworden? Als die ersten Wochen vergingen und auch das erste schiere Entzücken über ihr Wohlbefinden verging, weil es sich ständig wiederholte, fühlte sie sich zunehmend verwirrter. Einfach alles begann sie zu verwirren – ihr eigenes Ich, Robert, die Kinder, die Dienstboten. Ganz besonders setzte sie Robert in Verwirrung. Immer wenn sie früher glücklich gewesen war, ein heiter singendes Ding, hatte er sie geliebt. Sie erinnerte sich genau. Sie mußte nur vergnügt sein, so vergnügt, daß es sie nicht kümmerte, ob er es mochte, wenn sie sich auf seine Knie setzte und darauf bestand, daß er ihrem Geplauder zuhörte; und er tauchte aus den Tiefen seiner Gedanken auf, gab sich halb im Ernst und halb amüsiert den größeren, unbestimmteren und windigeren Aspekten des Lebens hin und lachte darüber und liebkoste sie. Nun holte ihn nichts mehr aus seinen Gedanken. Er war vollkommen unbeteiligt. Er schien sich jenseits ihrer Reichweite zu befinden, an irgendeinem Zufluchtsort, wo sie ihn nicht zu fassen bekam. Sie hatte sich noch nie so weit entfernt von ihm gefühlt. Er war aber offensichtlich nicht ärgerlich, er war überaus freundlich. Sie konnte nicht vermuten, daß diese unerschütterliche kühle Freundlichkeit der natürliche Ausdruck seiner Bruder-Einstellung war.

Aber er liebt mich doch, sagte sie sich, vollkommen ahnungslos, wie winzig der Fleck auf der Welt nur war, der für so unbedeutende Personen wie Schwestern reserviert war – er liebt mich doch.

Das sagte sie, als die Wochen vergingen, jeden Tag ein paarmal und umarmte sich dabei genau wie ein Kutscher, der oben auf seinem Bock zu frieren beginnt und der in Ermangelung von etwas anderem immer mal wieder die eigene Brust umschlingt, um die Blutzirkulation in Gang zu halten; und sie sagte es ganz besonders dann, wenn sie nach dem Gutenachtkuß auf ihrem Weg hinauf zum Dachboden war.

Trotz dieser festen Überzeugung stellte sie fest, daß sie allmählich zu zögern begann, ehe sie ihn anredete oder berührte, und sich mißtrauisch fragte, ob er es mochte. Sie versuchte diese wachsende Scheu abzuschütteln und strich ihm ein- oder zweimal mutig übers Haar: Aber sein Haupt, über sein Essen oder sein Buch gebeugt, schien das, was sie tat, gar nicht wahrzunehmen, und es war ihr unmöglich, ihn weiter zu streicheln.

Aber er liebt mich doch, sagte sie sich.

Dann dauerte es auch gar nicht mehr lange, da entdeckte sie endgültig, daß sie aufgehört hatte, ihn zu amüsieren, und in dem gleichen Augenblick, in dem sie dies merkte, hörte sie auf, amüsant zu sein. Ihre Munterkeit verlosch wie ein Licht.

Aber er liebt mich doch, sagte sie sich trotzdem.

Er nannte sie jetzt immer Ingeborg, nie wieder Frau oder Kleinchen, und es war bald unvorstellbar geworden, daß er jemals mein Schatz gesagt haben sollte oder Schnecke oder Schaf. Er sprach ihren Namen jedoch sehr freundlich aus, ohne den geringsten Anflug eines Vorwurfes, der sonst damit verbunden war.

Aber er liebt mich doch, sagte sie immer noch zu sich.

In ihrer Verwirrung durchforschte sie ihr Gehirn, um sich etwas auszudenken, was ihm gefiel, und sie versuchte, sein Haus so perfekt und angenehm für ihn zu führen, wie es nur möglich war; sie stürzte sich mit einer solchen Gründlichkeit auf jede Pflicht, die sie nur entdecken oder erfinden konnte, daß der Vorrat schon um elf Uhr erschöpft war. Herr Dremmel war jedoch weder durch Ordnung noch gutes Essen zu erreichen; der Mangel an beidem war ihm nie aufgefallen, und deshalb nahm er auch von ihrer Anwesenheit keine Notiz. Sie sah nach einer Weile selber ein, daß die Summe seines Glücks durch diese beiden Zutaten nicht zu vermehren war. Wie konnte sie ihn nur glücklich machen? Was konnte sie anstellen, damit sein Leben hell und klar wurde?

Es war ein Schock für sie, eine ungeheure und erschütternde Überraschung, als sie eines Tages merkte, wie glücklich er in Wirklichkeit die ganze Zeit gewesen war. Sie ging an jenem Tage lange im Garten spazieren, hielt sich diese neue Entdeckung vor Augen und dachte verwundert nach.

Aber er l . . ., begann sie und hielt schon inne.

Liebte er sie wirklich? Was hatte es für einen Sinn, das immer zu wiederholen, wenn es gar nicht stimmte? Hatte das irgendwie bei ihm – und vielleicht auch bei anderen Ehemännern, was wußte sie schon von Ehemännern? – mit der Vaterschaft zu tun? War das, was er an jenem Tage zu ihr gesagt hatte, als sie ihn um seine Freundschaft bat, vielleicht wahr: Konnten ein Ehemann und seine Frau niemals Freunde sein? Sie fühlte sich ganz und gar dazu imstande, Robert zu lieben, zärtlich und aus ganzem Herzen zu lieben, ohne ständig im Begriff zu sein, wieder Mutter zu werden. Vielleicht konnten Ehefrauen Freundschaft halten, Ehemänner aber nicht. Sie wünschte, sie wüßte mehr über diese Dinge. Sie hatte den Verdacht, daß sie manches nicht richtig verstand; und sie vermutete, während sie in dem feuchten Oktobergarten hin und her schritt, daß es keine ausreichende Vorbereitung für das Dasein einer Ehefrau war, die Tochter eines Bischofs zu sein. Das hält den Geist vernebelt. Man wird dazu erzogen, nicht so genau hinzuschauen. Wenn man wirklich etwas sehen wollte, mußte man es verstohlen machen und dem Leben über eine Hecke hinweg zuschauen oder über den Rand des Gebetbuchs, und dabei kam man sich sündig und verworfen vor, und einen guten Ausblick hatte man auch nicht. Alle Bischofstöchter, sagte sie sich, während sie rascher ausschritt, weil in ihrem Kopf ein wahrer Tumult entstand, sollten unvermählt bleiben; oder wenn sie denn Not litten, wie der heilige Paulus gesagt hatte, sollten sie zumindest Bischöfe heiraten. Keine Vikare, keine Kuratsgeistlichen, nicht so etwas geheimnisvoll Undefinierbares wie deutsche Pastoren, sondern ausschließlich Bischöfe. Das waren Leute, an die sie gewohnt waren. Leute, die sie verstanden.

Nein, keiner konnte Robert vorwerfen, daß er nicht zuverlässig wäre. Aber sie hielt ihn, weil sie die Ursache von Herrn Dremmels Verhalten noch nicht begriffen hatte, für unverständlich. Mit dem schlichten Vertrauen einer Frau, diesem Vertrauen, das gegen jede Aufklärung besteht und das hauptsächlich der Eitelkeit entspringt, hatte sie fest darauf gebaut, daß die süßen und bewundernden Liebesschwüre, die er ihr gesagt hatte, immer und unverändert so weitergehen würden, daß sie alles aushielten; sie hatte sich eingebildet, ihn besser zu kennen und zu verstehen als er sich selbst; daß sie nur die Hand ausstrecken müßte, jederzeit, wann sie wollte, um wieder mehr von seiner Liebe erlangen zu können. Dieses Vertrauen auf sich selbst und ihre Macht, ihn jederzeit bezaubern zu können, hatte sie ihr Vertrauen zu ihm genannt. Es kostete sechs Wochen beständiger milder Gleichgültigkeit von Herrn Dremmels Seite, sechs Wochen friedlicher Unempfindlichkeit für alle Annäherungen leidenschaftlicher Natur, sechs Wochen unübersehbaren leidenschaftlichen Genusses seiner Arbeit, leidenschaftlicher, als er es je gezeigt hatte, bis ihr schließlich die Wahrheit aufging; und um so größer war ihre Überraschung. Er war glücklich, er war ohne sie vollkommen glücklich.

Aber das, sagte sich Ingeborg, die diesem unausweichlichen Schluß, der sich ihr aufdrängte, nicht mehr widerstehen konnte, das ist keine Liebe.

Sie blieb einen Augenblick unter den leise tropfenden Bäumen stehen, nahm ihre Strickmütze ab und klopfte sie aus, denn sie hatte unabsichtlich einen überhängenden Zweig gestreift, an dem noch das nasse Sommerlaub hing.

Sie zog ihr Taschentuch heraus und tupfte ihre Mütze nachdenklich trocken. Es hatte den ganzen Morgen geregnet, und jetzt, am späten Nachmittag, war der Garten ein ruhiger grauer Ort, voll mit abgefallenem Laub, der sich verdichtenden Dämmerung und gelegentlich einem kleinen Schauer aus den Bäumen, wenn sich ein Vogel lautlos auf die nassen Zweige niederließ. Einige Tropfen fielen ihr auf den unbedeckten Kopf, während sie ihre Mütze trocknete. Sie hob automatisch die Hand und rieb sich ab. Dann rieb sie wieder an ihrer Mütze herum, die schon längst trocken war, so tief war sie in Gedanken versunken.

»Ich habe keine Ahnung, was es ist«, sagte sie nach einer Weile mit halber Stimme, »aber ich weiß genau, was es nicht ist.«

Sie setzte sich die Mütze auf, zog sie sich mit beiden Händen tief über die Ohren und starrte dabei auf eine Nacktschnecke vor ihr auf dem Gartenweg.

»Und was es nicht ist«, fuhr sie nach einer weiteren Pause fort, wobei sie den Kopf schüttelte und ihr Gesicht zu einer Grimasse der absoluten Verneinung verzog, »das ist Liebe.«

»Na gut«, setzte sie immer noch verwundert hinzu.

Und dann durchfuhr sie die Erkenntnis wie ein Blitz: »Das liegt daran, daß er arbeitet.«

Und dann, mit dem heftigen Wunsch, die Wunde vor ihrer Eitelkeit zu verbergen: »Wenn er sich nicht in seine Arbeit vertieft, würde er sich daran erinnern, daß er mich liebt; das Dumme ist nur, er vergißt es.«

Dann, mit einem rücksichtslosen Anfall von Wahrhaftigkeit: »Er ist etwas Größeres als ich.«

Dann, mit der alten Bereitwilligkeit zum Helfen: »Deshalb ist es meine Pflicht, dafür zu sorgen, daß er in glücklichem Frieden groß und bedeutend sein kann.«

Dann traf sie die Erinnerung mit kalter flacher Hand. »Aber er ist doch glücklich.«

Dann: »Und was spiele ich für eine Rolle?«

Dann, mit einem großartigen aufrichtigen Akzeptieren der Wahrheit: »Ich spiele gar keine Rolle.«

Dann wieder ein Schwanken, ein rascher offener Trotz: »Warum sollte ich mir denn wünschen, eine Rolle zu spielen? Was ist das denn schon? Oh«, sie stampfte mit dem Fuß auf den Boden, »das ist die schlichte Wahrheit, die nackte Wahrheit, nachdem ich alle albernen Gewänder abgerissen habe: Ich will ihn nur glücklich wissen, wenn ich es bin, die ihn glücklich macht, und damit bin ich nichts als ein – ich bin nur –« sie drehte und wand sich, wedelte mit den Armen, suchte verzweifelt das ganz genaue ungeschminkte Wort, »ich bin nichts als ein gemeiner Tyrann.«

Als es Teezeit war, konnte man ihre Verfassung am besten, wenn auch nicht ganz treffend, als reumütig bezeichnen.

25

Obgleich sie tapfer versuchte, standzuhalten und sich mit leiser Verachtung über ihre selbstsüchtige Eitelkeit hinwegzuhelfen: Sie spürte eine große Leere um sich herum, eine tiefe Kälte.

Es war unmöglich, sich an diese neue Erkenntnis zu gewöhnen, nach sieben Jahren in der Überzeugung, geliebt zu werden, war das ein zu starker Schlag. Das war es auch dann, wenn man bedachte, daß es erst im August gewesen war – man konnte die Tage noch nachzählen –, kurz nach ihrer Heimkehr von dieser Reise, daß ihr Robert noch so zahlreiche Beweise seiner Liebe gegeben hatte. Es war diese Abruptheit, dieses Radikale, als ob das Licht gelöscht wurde. Eben stand man noch hell beleuchtet, einen Augenblick später tappte man im Dunkeln. Denn sie tappte wahrhaftig. Sie tappte nach Gründen. Es kam ihr lange Zeit so unglaublich vor, daß ihre ganze Bedeutung, ihr ganzer Wert als Mensch nur davon abhängen sollte, ob sie als echte Ehefrau bezeichnet werden konnte oder nicht, daß sie lieber weiter blind herumsuchte, als sich an diese Erklärung zu halten.

Sie war sich Roberts so sicher gewesen. Sie war so vertraut mit ihm gewesen, so ohne Furcht. Wenn sie an ihre Tage zu Hause dachte, an ihre ständige Angst vor dem Vater, an ihre Nichtswürdigkeit, dann hatte sie das Gefühl, als ob Roberts Liebe und Bewunderung sie emporgehoben hatte, von einem armseligen Kriechtier zu einem Wesen mit ganz hellen tapferen Schwingen. Er war plötzlich in ihr Leben getreten und nannte sie süßes Kleines, und schon war sie ein süßes Kleines geworden. Und jetzt sah er sie nicht einmal mehr so; er hatte sie wieder fallengelassen, und sie war bereits in den alten Zustand zurückgekehrt, sie zitterte vor dem Herrn des Hauses. Sie widmete sich den Kindern und dem Haushalt und suchte eine Aufgabe, die sie in der Gemeinde erfüllen konnte, damit sie zumindest keine Zeit vergeudete, während sie versuchte, das von Robert verursachte Durcheinander in ihrer Seele wieder zu glätten. Wenn sie ihm schon nicht mehr nützte, so konnte sie doch vielleicht jemand anderem von Nutzen sein, der weniger unabhängig war. Sie war in diesen Augenblicken ganz bescheiden und demütig und wäre schon einem Hund dankbar gewesen, wenn er ihr freundlicherweise erlaubt hätte, ihn zum Schwanzwedeln zu überreden. Sie hatte in jeder Schwangerschaft immer ihre Hoffnung darauf gesetzt, daß sie gleich danach wieder auf den Beinen sein und Gutes tun würde. Und jetzt war es soweit, sie stand wieder auf den Beinen, mit zwei Kindern, die von ihrer Mutter noch nicht viel gehabt hatten, zwei Dienstboten, deren Dasein vielleicht etwas reizvoller gestaltet werden konnte; draußen vor dem Gartenzaun lag ein ganzes Versuchsfeld für ihre christlichen Taten der Nächstenliebe und unbeschränkte Mengen an Zeit. Sie mußte nur mit irgend etwas anfangen.

Aber es war wie eine verspätete Auferstehung. Die Lücken

hatten sich gefüllt. Jeder schien sich daran gewöhnt zu haben, in Ruhe gelassen zu werden, und so etwas wie Gemeindebesuche, die in Redchester ganz selbstverständlich waren, schienen in Ostpreußen unbekannt zu sein. Die Frau eines Landpastors hatte so viele Pflichten in ihrem eigenen Hause, wie eine einzige Frau an einem einzigen Tage nur erfüllen konnte, und keiner wollte sie in die anderen Häuser gehen sehen, um dort zu trösten und zu erheben. Außerdem, dachten sich die Bauern, warum soll denn unsereiner getröstet und erhoben werden? Die sozialen Unterschiede zwischen den Bauern und dem Pastor waren so gering und beruhten so oft einzig und allein auf der Ausbildung, daß es genauso natürlich gewesen wäre, falls man in diesem Falle überhaupt von natürlich sprechen wollte, wenn die Frau eines Bauern herumliefe, um die Gemeinde zu trösten und zu erheben. Wer verlangte schon in Kökensee nach Mitgefühl? Sicherlich nicht die Männer, und die Frauen waren mit der Versorgung der Familie viel zu beschäftigt, mit diesen vielen niederschmetternden Pflichten, die sie trotzdem in Schwung und am Leben interessiert hielten, um noch Zeit für Tröstungen zu haben. Und diejenigen mit der schwersten Last, mit den meisten Kindern, die sterben, mit den meisten Ehesorgen, mit dem meisten Kummer und Leid wurden gerade aus diesem Grunde am höchsten geachtet und waren im Dorfe beliebter als jene mit dem meisten Geld. Ingeborg selbst war beliebt gewesen, solange ihre Kinder aus Nachen stürzten und ertranken, am Mumps starben oder tot geboren wurden, aber jetzt, da ihr nichts mehr zustieß und sie, nachdem sie sechs Kinder geboren hatte, immer noch schlank wie eine Tanne herumlief, musterte ganz Kökensee sie voll Mißtrauen und mit kalten Augen. Als sie sich um niemanden kümmerte und in einem ungepflegten schwarzen Teekleid auf dem Sofa lag, war sie hochgeachtet worden. Hübsch, adrett und begierig, jemandem von Nutzen zu sein, wurde sie von allen abgelehnt. Wenn sie ihre Runde machte, um die Frauen zu kleinen Zusammenkünften zu bewegen, die der Gemeinde in den Wintermonaten einmal alle vierzehn Tage etwas Unterhaltung bringen sollten, schüttelten sie über ihren Waschbütten die Köpfe und tuschelten nach ihrem Verschwinden einander zu, das sei nur, weil sie sich zwei Dienstboten hielte. Hausfrauen, die ihre Arbeit nicht alleine erledigten, sagten sie mit heftigem Kopfschütteln und vielen Ja-Jas, mußten ja ins Unglück rennen. Von einer Pastorenfrau verlangten sie einzig und allein, daß sie sich um ihren eigenen Dreck kümmerte und ihre Nase nicht in den anderer Leute steckte. Sie marschierten ja auch nicht in ihr Wohnzimmer; warum sollte die Frau Pastor dann in ihres kommen? Sie dachten ja auch nicht daran, ihren Winter mit Abwechslungen zu verschönen; warum sollte die Frau Pastor dann ihren verschönen. Die Frau Pastor solle sich ein Beispiel an ihrem Ehemann nehmen, sagten sie, der nie auf den Gedanken kam, jemanden zu besuchen. Aber eine Frau, die sich zwei Dienstboten hielt und die nach sechs Kindern immer noch Röcke trug, die kürzer waren als bei einer Konfirmandin – ja ja, das kommt davon.

Und zu Hause hatten sich die Lücken auch geschlossen. Rosa und die Köchin waren so lange daran gewöhnt, allein zurecht zu kommen, und waren vollkommen von der Vorstellung besessen, daß die Frau Pastor eine halbe Leiche war und ihr einziger Lebenszweck im Herumliegen bestand, daß sie ihre plötzlich so häufigen Auftritte in der Küche mit einer Befangenheit und einem Mißbehagen betrachteten, als ob sie eine Geistererscheinung wäre. Und sie wußten auch genauso wenig wie mit einem Geist mit ihr anzufangen. Sie kam ihnen, fern von ihrem Schlafzimmer und ihren kräftigenden Fleischbrühen, gar nicht wirklich vor. Sie konnten nicht mit ihr arbeiten. Sie kriegten jedesmal einen Schreck, wenn sie aufschauten und sie plötzlich erblickten, weil sie mit ihren merkwürdig leichten Bewegungen so vollkommen lautlos hereingekommen war. Sie kriegten Zustände, wenn sie sie in versteckten Winkeln auf den Knien liegen und mit Staubwedeln herumfuhrwerken sahen. Es lief ihnen kalt über den Rücken, wenn sie sahen, wie sie Kartoffeln auf die Feuerstelle schob, Fleisch abwog und sich wie selbstverständlich mit Zwiebeln zu schaffen machte.

Es kam ihnen schrecklich gespenstisch vor.

Es war, sagte Rosa im Flüstertone, als ob man das Essen kochen und die Betten machen müßte, mit der Hilfe von – Seite an Seite mit –

»Mit was denn?« kreischte die Köchin mit vorgetäuschtem Mut, während sie die gleiche Angst packte, die sie auf Rosas Gesicht sah.

»Mit einem Lazarus«, flüsterte Rosa hinter der vorgehaltenen Hand.

Die Köchin stieß einen Schrei aus.

Sie kündigten jedoch nicht, denn sie waren anständige Mädchen und darauf gefaßt, vieles zu ertragen, aber dann sahen sie ihre Namen in roter Tinte in einem mit dem Lineal gezogenen Rechteck auf einem Notizblatt, das sich die Frau Pastor im Wohnzimmer über ihren Schreibtisch an die Wand geheftet hatte.

Ein oder zwei Tage lang zitterten sie vor Angst und Furcht, denn die Tinte war rot. Als sie dann aber entdeckten, was die Zahlen über den Rechtecken bedeuteten, nämlich 3–4, da war die ganze Angst verflogen und verwandelte sich in Ärger, denn die Zahlen bezogen sich auf die Stunde nach Tisch, in der sie gewöhnlich stopften oder strickten oder miteinander schwatzten, und es hatte den Anschein, als ob die Frau Pastor beabsichtigte, sich in dieser Stunde zu ihnen zu setzen und ihnen vorzulesen.

»Nette Bücher sind so – so nett«, sagte Ingeborg, um ihre Idee zu erklären. »Meint ihr nicht, daß euch nette Bücher gefallen würden?«

Der Ausdruck auf ihren Gesichtern ließ sie innehalten.

»Da is noch das Schwein«, sagte die Köchin verzweifelt.

»Das Schwein?«

»Es muß zwischen drei und vier gefüttert werden.«

»Ach, um Schweine kümmern wir uns einfach nicht«, sagte Ingeborg mit etwas angestrengter Heiterkeit.

Am nächsten Tag kündigten sie.

Der Stundenplan, der im Wohnzimmer an der Wand hing, hatte jedoch außer dieser einen Stunde nichts mit Rosa und der Köchin zu tun; er war nur wegen Robertchen und Ditti entworfen worden.

Ingeborg hatte tagelang darüber gesessen, hatte mit einem Lineal ordentliche Rechtecke gezogen und alle wichtigen Wörter mit roter Tinte geschrieben, ihre Haare hatten sich bei dieser geistigen Anstrengung gelöst, und ihre Wangen glühten. Der Winter war hereingebrochen, und Sturm und Regen hatten es bereits unmöglich gemacht, sich draußen aufzuhalten, bis auf die täglichen mutigen Märsche nach Tisch, mit den Kindern, in Regenmänteln und Galoschen, und sie hatte sich gedacht, daß sie die langen Monate bis zum Frühling mit ein wenig Planung verkürzen und vergnüglicher gestalten könnte. Die Kinder waren so passiv. Sie schienen, wie sie fand, die Welt um sich herum kaum richtig wahrzunehmen. Würden sie nicht mehr Freude haben, wenn man sie lehrte, die Dinge richtig zu betrachten? Ihre Ähnlichkeit mit der älteren Frau Dremmel war verblüffend, aber natürlich nur oberflächlich. Der Grund für ihre Apathie lag darin, daß sie in ihrem Leben so wenig von ihrer Mutter gehabt hatten. Sie war nur imstande gewesen, ihnen ihre Gebete und etwas Anstand beizubringen, und den Rest hatte sie dem lieben Gott überlassen müssen. Jetzt wollte sie jedoch das Ruder wieder übernehmen und ihnen alles beibringen, was sie wendig, flink, aufgeweckt und fröhlich machte.

Was aber konnte Robertchen und Ditti wendig, flink, aufgeweckt und fröhlich machen? Sie grübelte lange und tief über diese Frage nach, hatte die Finger voll roter Tinte, das Ende ihres Federhalters ganz zerbissen und den Fußboden voll zerknäultem Papier, ehe sie ihre Antwort hatte.

Gegen Ende des Winters fürchtete sie jedoch, es könne nicht die richtige Antwort gewesen sein. An ihrer Erziehung war irgend etwas falsch. Die Geschwister waren unbeschreiblich geduldig gewesen. Sie hatten unbeschreiblich brav bei ihrer Mutter ausgeharrt. Doch nachdem der Plan einen ganzen Winter lang befolgt worden war, wußten sie nur, wie man »Katzen« und »Hunde« buchstabiert, und das einzige Staunen, das sie nach sechs Monaten mütterlicher Mühe, sie zu dieser wichtigen Voraussetzung für das Wissen zu bewegen, empfanden, bestand in einer dumpfen Verwunderung, daß man so etwas Alltägliches wie Haustiere buchstabieren muß.

Betrüblicherweise ließen sie sich auch nicht für die Himmelskörper begeistern. Es war vollkommen sinnlos, daß ihre Mutter sie an klaren Abenden, wenn der ganze Himmel funkelte, nachdrücklich darauf hinwies. In den Sonnenuntergängen, die die weiße Winterwelt in eine riesige Schatzkammer aus glitzernder Farbe verwandelten, sahen sie von Anfang an nichts als ein Zeichen, daß es bald Teezeit war. In den großen Sternennächten konnte sie kein einziges Mal dazu gebracht werden, vor der Endlosigkeit des Raumes zu erschauern. Auch die Tatsache, daß sie in unvorstellbarer Geschwindigkeit durch diese Unendlichkeit flogen, konnte sie nicht aus ihrer Ruhe bringen; und es war ihnen vollkommen gleichgültig, daß der Mond so und so viele Meilen entfernt war. In der Tanzstunde tanzte nur Ingeborg. In der Turnstunde wurde nur sie gelenkig. Die deutsch-englische Plauderstunde geriet zu einem Monolog, weil weder Robertchen noch Ditti auch nur die geringste Fähigkeit zum Plaudern besaßen; und in der Unterrichtsstunde »Einführung über die Insekten, im Hause gesammelt« war es nur Ingeborg, die Fliegen fing.

Sie waren jedoch äußerst brav. Das änderte sich bei keinem Unterrichtsgegenstand. Wenn ihre Mutter trotz der Enttäuschungen unverdrossen damit fortfuhr, taten sie es auch. Wenn sie draußen eine Schneeballschlacht mit ihnen veranstalten wollte, standen sie wie die Ölgötzen da, bis es ihr reichte. Sie zeigte ihnen, wie man einen Schneemann baut, und sie schauten gehorsam zu. Sie schenkte ihnen zu Weihnachten kleine Schlitten und erklärte ihnen, was es für einen Spaß macht, darauf die Hänge hinunter zu sausen, und sie ertrugen es ohne aufzumucken, als sie bei ihrer ersten Abfahrt vom Schlitten fielen, zeigten dann aber in aller Seelenruhe eine Vorliebe dafür, sich auf den ebenen Gartenwegen hin- und herzuziehen, während ihre Mutter auf dem anderen Schlitten alles das anstellte, was Kinder allgemein von einer Mutter erwarten, die immer wieder hinter dem Hang verschwindet und bäuchlings zum zugefrorenen See hinunterrodelt.

Es ist wirklich sehr schwierig, dachte Ingeborg manchmal, während sich der Winter hinzog.

Da saß sie dann des Abends unter dem ganzen Gewicht der

Fakten über Fliegen und Sterne und Entfernungen, die sie in ihren Vorbereitungsstunden der Enzyclopaedia Britannica entnahm, welche zu diesem Zweck extra aus London bestellt worden war – das ganze Pfarrhaus stöhnte darunter –, und sehnte sich danach, sich dieses Gewichtes wieder zu entledigen, war aber nicht dazu imstande, weil die beiden Gefäße, die all das Wissen hätten aufnehmen sollen, so fest verschraubte Deckel hatten.

Und sie schienen immer verschlossener zu werden. Und immer ruhiger. Die letzte Stunde des Tages hatte sie auf ihrem Plan mit »Schoß« gekennzeichnet. Das sollte, wie sie meinte, mit Leichtigkeit eine wundervolle Stunde werden, etwas, an das sich ihre Kinder noch nach Jahren erinnern würden, ganz und gar reine Innigkeit, mit Küssen und Geschichten über Engel und den besten und schnellsten Weg, in den Himmel zu kommen, während Robertchen Montag, Mittwoch und Freitag auf ihrem Schoße sitzen durfte, während Ditti am Dienstag, Donnerstag und Samstag an der Reihe war, weil ja nur ein Schoß zur Verfügung stand. Doch es wurde von Anfang an eine Stunde des Halbschlafes, die Kinder starrten benommen in die Ofenglut, dösten vor sich hin und warteten auf das, was ihre Mutter als nächstes machen oder sagen würde.

Ingeborg war immer nahe daran, in dieser Stunde zu verzweifeln. Es war die letzte Stunde des Kindertages, und dieser Tag war lang gewesen. Da war nun alles, das Ofenfeuer, der Schoß der Mutter und ihre Knie, die Mutter selbst, nur zu bereit, Küsse und Geständnisse auszutauschen über ihre Entdekkungen, die sie im Reich des Wissens gemacht hatten, aber nichts geschah. Robertchen und Ditti glotzten entweder unverwandt in die Glut hinter der offenen Ofentür oder auf Ingeborg, aber was sie auch anstarrten, es geschah in tiefem Schweigen.

»Woran denkt ihr denn?« fragte sie sie manchmal, um ihre traumlosen Träume zu unterbrechen, ihre selige Freiheit vom Denken, und dann antworteten sie immer gemeinsam: »An nichts.«

»Ach, sagt es mir doch, ihr könnt doch nicht wirklich an gar nichts denken. Das ist unmöglich. Gar nichts ist«, sie stolperte über ihre eigenen Wörter, »ist doch immer etwas –«

Als sie aber das nächste Mal dieselbe Frage stellte, antworteten sie genau wie das vorige Mal einstimmig: »An nichts.«

Dann fiel ihr plötzlich ein, daß sie vielleicht zuviel von ihrer Mutter hatten. Das geschah auch in der Stunde namens »Schoß«.

Eine Mutter, dachte sie, während sie beide Kinder nach Plan im Arm hielt, muß manchmal eine wahre Plage sein. Sie blickte mit neuer Zuneigung auf Dittis Kopf hinab, der nach Plan an ihrer Schulter ruhte.

»Ganz besonders, wenn es eine ergebene Mutter ist.« Sie schmiegte ihre Wange an das glatte schwarze Haar, gescheitelt und zu zwei Zöpfen geflochten, und Roberts blondem Wuschelkopf genauso unähnlich wie dem ihren, weil es dem der älteren Frau Dremmel so ähnlich war.

Eine ergebene Mutter, fuhr Ingeborg in Gedanken fort, die Augen auf das glühende Herz des Ofens gerichtet und ihre Wange auf Dittis Köpfchen, ist eine Person, die ihre ganze Zeit dem Versuch widmet, ihre Kinder zu etwas Besonderem zu machen.

Ich bin eine ergebene Mutter, setzte sie nach einer Pause hinzu, in der sie ihr Gewissen erforscht hatte.

Wie gräßlich! dachte sie.

Sie begann, Dittis Kopf zärtlich zu küssen.

Wie wirklich fürchterlich, in der Gewalt von einem anderen Menschen zu sein, von jemandem, der flink ist, wenn man selber nicht flink ist, oder beschränkt, wenn man selber nicht beschränkt ist, auf jeden Fall ganz alt, uralt im Vergleich mit einem selbst, und dann soll man sich nach diesem Bilde richten! Wie würde mir das denn behagen, wenn ich in der Gewalt meiner Schwiegermutter wäre, wenn sie jahre- und jahrelang an mir herumhacken würde, damit ich so werde, wie sie meint, daß ich sein müßte? Und herauskäme ihr eigenes Ebenbild, oder so, wie sie zu sein versucht. Natürlich. Man kann sich außer dem eigenen Ich nichts vorstellen.

Sie zog die Kinder fester an sich. »Ihr armen kleinen Würmer!« rief sie laut, weil sie plötzlich von der Vorstellung überwältigt wurde, wie es sein mußte, wenn man sich den ganzen Winter hindurch mit einer Person abgeben mußte, die einem selber so vollkommen fremd war; und sie küßte sie nacheinander ab, umschloß ihre Gesichter innig mit den Händen und drückte sie in leidenschaftlicher Reue an die eigenen Wangen.

Selbst in diesem Ausbruch, der ganz neu war und mit einer ganz anderen Stimme stattfand, hatten sie nichts zu erwidern, sondern warteten geduldig auf das, was ganz gewiß als nächstes geschehen würde.

26

Als nächstes geschah dieses: Sie kamen in die Schule.

Gerade als sich Ingeborg ganz schüchtern bestimmte Fragen – denn sie schätzte sie sehr hoch – über den Wert der Erziehung und die Anforderungen einer freien Entwicklung zu stellen begann, trat der Staat auf den Plan, entriß ihr Robertchen und Ditti und nahm sie in seinen kompetenten Gewahrsam. Im gleichen Augenblick, so kam es ihr danach vor, als sie in dem leeren Haus nichts mehr zu tun hatte, als ihre Spuren zu beseitigen, war sie vollkommen verlassen.

»Du hast mir nie gesagt, daß Müttern so etwas passiert«, sagte sie an dem Tag zu Herrn Dremmel, an dem die kurze Anordnung des Schulinspektors eintraf.

Herr Dremmel ärgerte sich, daß er seine väterlichen und staatsbürgerlichen Pflichten vergessen hatte, ärgerte sich noch mehr, weil es April war und seine Felder soviel Aufmerksamkeit beanspruchten wie ein neugeborener Säugling oder wie eine junge Frau, die aus Liebe heiraten will, und weil es väterliche und staatsbürgerliche Pflichten gab, an die man denken mußte, und deshalb war er grob zu ihr.

»Jeder Deutsche muß im Alter von sechs Jahren zum Unterricht«, sagte er.

»Aber sie werden doch schon unterrichtet«, erwiderte Ingeborg, deren Kopf immer noch von allem voll war, was sie sich beigebracht hatte.

Das wischte er beiseite.

»Aber Robert – meine Kinder – es gibt doch sicherlich einen Weg, sie zu unterrichten, ohne sie von mir wegzureißen?«

Er wischte das ebenfalls beiseite.

Also bestand kein Zweifel darüber: Die Kinder mußten gehen, und sie gingen auch.

Von den anderen Möglichkeiten, daß sie nämlich zu Hause von einer Person unterrichtet wurden, die eine Staatsprüfung gemacht hatte oder die Dorfschule besuchten, wollte Herr Dremmel nichts wissen. Zwischen ihm und dem Dorfschulmeister gab es Differenzen persönlicher Natur, weil sich dieser nämlich mit einer Dickköpfigkeit, die Herrn Dremmel in Wut versetzte, einzusehen weigerte, daß er ein Schafskopf war, während Herr Dremmel die Ansicht vertrat und immer wieder geduldig erläuterte, daß ein Mann, der ein geborener Schafskopf ist, frank und frei dazu stehen solle und sich nicht ständig so benehmen dürfe, als ob er keiner sei; und was einen Hauslehrer anbelange, das sei ganz und gar unmöglich, weil es im Hause keinen Platz gäbe.

»Es gibt doch das Laboratorium«, bemerkte Ingeborg todesmutig, der alles besser erschien, als die Kinder fortzulassen.

»Das Lab . . .?«

»Nur zum Schlafen«, erklärte sie eifrig – »nur zum Schlafen, weißt du. Tagsüber brauchte sich der Lehrer drinnen gar nicht aufzuhalten, zum Beispiel.«

»Ingeborg –« begann Herr Dremmel, besann sich dann aber eines besseren und hielt ihr nur seine Tasse hin, um noch einen Schluck Tee zu bekommen. Man mußte die Frauen wirklich bedauern. Ihre totale Unfähigkeit, selbst zu einem simplen Wertbegriff zu kommen . . .

Die Geschwister gingen in Meuk zur Schule. Sie wohnten bei ihrer Großmutter und sollten an nicht genau festzulegenden Sonntagen nach Hause kommen, wenn das Wetter gut war und Herr Dremmel die Pferde nicht brauchte. Ingeborg konnte es gar nicht fassen, daß sie so vollkommen aus ihrem Leben gefegt werden sollten. Sie liebte Robertchen und Ditti mit einer extremen und seltsamen Zärtlichkeit. Es steckte etwas schlechtes Gewissen darin und ein leidenschaftlicher Wunsch, jemanden zu beschützen. Es war die Liebe, die man manchmal bei denen findet, die den ganzen Liebesaufwand allein betreiben müssen. Es war ein gefährdetes und schwankendes Gefühl. Nach ihren Erfahrungen im Winter zweifelte sie daran, daß sie wirklich die Belehrung brauchten. Sie hatten nicht die Schule nötig, dachte sie, sondern sie sollten wild und frei herumrennen können. Sie wußte, daß es wahrscheinlich schwierig geworden wäre, sie dazu zu bringen, auf diese Weise herumzurennen, aber sie meinte doch, wenn sie sie nur etwas länger gehabt und ihren Plan gründlich revidiert hätte, wenn sie das ganze Wissenschaftliche gestrichen und statt dessen durch verschiedene Spielarten der Wildheit ersetzt hätte, dann hätte sie sie vielleicht dazu verlocken können. Sie hätte einen sorgfältig abgestuften Kurs in Wildheit entwikkeln können, dachte sie, hätte ganz ruhig mit dem Jäten der Gartenwege beginnen können und wäre dann Schritt für Schritt zu immer größerer Unabhängigkeit gekommen, zum Baumklettern, zum Suchen von Vogelnestern, zur mitternächtlichen Apfeljagd . . .

Und während sie in dem verlassenen Garten hin und her ging und sich einsam fühlte, bekamen Robertchen und Ditti in der Sicherheit ihres großmütterlichen Hauses jeden Tag die schönsten Knödel zu Mittag, die sich so warm und weich in jede Lücke ihres Leibes schmiegten, als ob es Teile ihres Körpers wären, die nun – nachdem sie künstlich von ihm getrennt gewesen waren – zu ihm zurückglitten und beide Kinder mit einer köstlichen Zufriedenheit sättigten. Und ihre Großmutter hob in regelmäßigen Abständen den Zeigefinger und sagte: »Meine Kinder, ihr dürft nie vergessen, daß ihr Deutsche seid.«

Für Ingeborg war nichts übriggeblieben, außer – wie sie Herrn Dremmel an dem ersten Sonntag sagte, an dem Robertchen und Ditti hätten nach Hause kommen sollen, dann aber aus irgendeinem unklaren Grunde doch nicht kamen, was er sie erst beim

Tee ziemlich taktlos zwischen seinem Buch und seinen Gedanken wissen ließ – außer ihrem eigenen Inneren. »Aber schließlich«, sagte sie, wie immer plötzlich und ein kostbares Schweigen unterbrechend, »bin ich ja noch da.«

Herr Dremmel erwiderte nichts, weil es eine dieser Feststellungen von Tatsachen war, die glücklicherweise keine Antworten erfordern.

»Das«, fuhr Ingeborg fort und warf ihren Kopf ein wenig in den Nacken, »kann mir keiner nehmen.«

Herr Dremmel erwiderte auch darauf nichts, hauptsächlich weil er nicht wollte. Nach einer tieferen Bedeutung zu suchen, die zweifelsohne gar nicht existierte, hatte er weder Zeit noch Lust.

»Was auch geschieht«, sagte sie, »ich habe immer noch mein eigenes Inneres.«

»Ingeborg«, sagte Herr Dremmel, »ich werde dich nicht fragen, was du damit meinst, falls du es mir sagen wolltest.«

Draußen herrschte immer noch die Trockenheit, und Herr Dremmel, der sich gerne seines Langmutes wegen pries, war nicht so geduldig wie sonst; deshalb verstummte Ingeborg und ging in den Garten, wo die Trockenheit die Welt in Gold und Glanz versetzte und dachte darüber nach, daß nun ihr ganzes Glück allein von dem abhing, das sie ihr Inneres nannte. Es war sinnlos, sich auf andere zu verlassen; es war sinnlos, sich an andere zu hängen, die von ihr abhingen, was sie in ihrer lächerlichen Eitelkeit getan hatte. Außerdem hatte jedes Jahr seinen Mai, und die Vögel sangen. Sie würde das überflüssige Dienstmädchen entlassen und die Arbeit selber erledigen, wie ganz zu Anfang. Sie würde wieder damit beginnen, ihren Verstand zu schulen und noch heute abend nach London schreiben, um den *Spectator* zu bestellen. Irgend etwas, daran konnte sie sich noch genau erinnern, hatte sie in all diesen Jahren nach ihrer Begegnung mit Ingram erwärmt und ermuntert – war das der *Spectator* gewesen? Sie würde Pläne schmieden. Sie würde sich mit roter Tinte Stundenpläne zeichnen. Es gab tausenderlei, was sie studieren konnte. Es gab zum Beispiel Fremdsprachen.

Sie spazierte im Garten hin und her. Wenn sie sich diesmal wieder in Gleichgültigkeit und Minderwertigkeitskomplexe zurückstoßen ließ, wäre sie erledigt. Es gab keinen, der sie retten konnte. Sie würde immer tiefer stürzen; und zwar nicht in die friedliche Korpulenz der anderen dicken Damen in Deutschland, die, von den Kindern befreit, sich nur eine Stufe über jenen befanden, die in der Waschbütte das Gefäß ihrer Erlösung sahen; nicht in nachmittägliche Schlummerstündchen und wohltätige Handarbeiten wolliger Art, an denen die Hände selbständig strickten, während der Verstand schon bald so fest wie im Tode ruhte; aus ihr würde eine mürrische und reizbare Person werden, erstarrt und mit einem verdorrten, leeren, immer mehr zusammenschrumpfenden Spatzengehirn.

Bei dieser schrecklichen Vorstellung wurden ihre Augen immer größer. Jetzt war der letzte Moment, dachte sie, dies zu verhindern; jetzt in dieser Pause ihres Lebens, jetzt sollte sie vielleicht nach England reisen und ihre Familie besuchen und sich mit ihr austauschen und erfrischt nach Kökensee zurückkehren und ein neues Kapitel aufschlagen. Seit ihrer Hochzeit war sie, außer nach Zoppot, nicht aus Kökensee herausgekommen, und wenn sie an England dachte, zog sich ihre Kehle zusammen. Aber der Bischof hatte ihr die Vermählung nie verziehen; und aus den seltenen Briefen ihrer Mutter konnte man herauslesen, daß auch die Geburt ihrer sechs Kinder keinen vorteilhaften Eindruck auf ihn gemacht hatte. Es hatte ihn genaugenommen aufgeregt. Ein solches Benehmen war ihm zu ausgesprochen deutsch erschienen, um es einfach so hinnehmen zu können; und als sie diese Geschmacksverirrung der vielen Geburten auch noch damit übertraf, daß sie die Kinder nicht am Leben halten konnte – was der Bischof geradezu kriminell fand – zog sich der Palast nach viermaliger immer vorwurfsvoller werdender Kondolenz in eine tiefe Mißbilligung zurück, die nur durch ebenso tiefes Schweigen angemessen ausgedrückt werden konnte.

Und ein Besuch bei Judith kam gar nicht in Frage. Dazu hätte sie die richtige Garderobe haben müssen, und die besaß sie nicht; zumindest hatte sie nur Kleider, die älter als acht Jahre waren; ihre gewaltige unbenutzte Aussteuer, die sie durch all die Jahre geschleppt hatte – denn Judith gab in der Residenz des Masters viele Gesellschaften, brillante Einladungen, wie ihre Mutter sie in ihren seltenen Briefe nannte, zu denen ganz London geströmt kam, Premier und andere Minister so gut wie die edelste Blüte der Aristokratie und ein paar auserwählte Geister aus der Welt der Literatur und Kunst – einmal schrieb ihre Mutter, daß Ingram, der berühmte Maler, bei der letzten Gesellschaft gewesen und von Judiths Anmut so hingerissen wäre, daß er um die Gunst gebeten hätte, sie malen zu dürfen, und nun zu Judiths Füßen läge.

Nein, England war nichts für sie. Ihr Platz war in Kökensee, und ihre Aufgabe bestand nun darin, das zu tun, was ihre Gouvernante immer das »Schulen des Geistes« genannt hatte.

Wenn sie ihn ausreichend geschult hatte, würde sich Robert vielleicht manchmal mit ihr unterhalten, und diesmal nicht auf der Basis vom kleinen Schätzchen, sondern auf dem soliden Boden intellektueller Partnerschaft. Ob sie am Ende nicht eine richtige Hilfe für ihn werden konnte? Eine Person, die allmählich lernte, still und analytisch und geschickt mit Getreidekörnern umzugehen?

Sie ging ins Haus und schrieb auf der Stelle nach London, erneuerte das längst ausgelaufene Abonnement für die *Times*, den *Spectator*, den *Clarion*, das *Hibbert-Journal* und die übrigen Zeitschriften. Sie bat um einen Katalog der Neuerscheinungen, abgesehen von Romanen, ihr Entschluß war für Romane viel zu ernst und erhaben, bestellte auf jeden Fall die »First Principles« von Herbert Spencer, denn sie hatte das Gefühl, daß sie Prinzipien brauchte, ganz besonders die ersten und besten, und sie schrieb schließlich, sie sei für jeden kleinen Hinweis dankbar, den ihr der Buchhandelsvertreter hinsichtlich dessen geben könne, was eine Dame wissen müsse; dann verbrachte sie den Rest des Abends und die beiden folgenden Tage damit, daß sie die Grundlage für die intellektuelle Partnerschaft durch die Lektüre des Artikels Dünger in der Enzyclopaedia Britannica studierte und anschließend in die Alltagssprache übersetzte, was in ihren Ohren, als sie es drei Tage später beim Tee an Herrn Dremmel ausprobierte, so gescheit klang, daß sie selber verblüfft war.

Sie war jedoch noch verblüffter, als Herr Dremmel, nachdem er aufmerksam zugehört hatte, nur bemerkte, ihre Tatsachen seien falsch.

»Aber das ist doch nicht möglich«, begann sie; aber dann brach sie ab, weil sie merkte, in welch seltsamer Lage sie steckte: Wenn sie mit ihm argumentieren wollte, mußte sie sofort die Enzyclopaedia Britannica verraten.

27

Das war im Mai. Bis zum Ende des nächsten Mais hatte Ingeborg so viel gelesen, daß sie sich ganz unbehaglich fühlte.

Ihre Lektüre war anspruchsvoll, aber konfus, Ruskin geriet mit Mr. Roger Fry durcheinander, und Shelley landete im Schoß von Mr. Masefield. Der Verlagsvertreter, der schon viele Jahre auf dem Buckel haben mußte, schickte ihr ununterbrochen früh- und vorviktorianische Literatur; und da sie sich selber Bücher bestellte, die sie in den Wochenzeitschriften angezeigt sah, fand sie sich infolgedessen an einem Tag in den friedvollen Armen der Dichter der englischen Hochromantik und wurde am nächsten von Mr. Marinetti an die Kandare genommen, vertrieb sich den einen Tag ohne Ziel und Absicht mit Lamb und geriet am nächsten in die hochgestochenen Intrigen von Mr. Henry James. Sie las Reisebücher, sie lernte Gedichte auswendig, sie entwickelte ein großes Geschick, Lektüre und Kochkunst zu verbinden, sie lehnte Keats auf die Kommode und konnte mitten in der Zubereitung eines Nachtischs zu ihm stürzen und wieder eine Zeile lesen, ohne daß es den Nachtisch verdroß. Sie lernte alles laut, weil sie es liebte, die wunderschönen Wörter auch zu hören, und so war die Küche voll von freundlichen Tönen, die Sonette summten wie die Fliegen, und die Dienstboten gewöhnten sich daran.

Aber obgleich sie sich mit großer Ernsthaftigkeit in dieses neue Leben stürzte – denn war sie nicht eine einsame und verlassene Frau, deren Gatte aufgehört hatte, sie zu lieben und deren Kinder ihr entrissen waren? –, schlich sich die Lebensfreude wieder herein. Jeder Tag hatte einen verheißungsvollen Morgen, und das war das Haupthindernis jeder dauerhaften Trübsal. Sie war außerdem leicht zu begeistern, was einen unwiderstehlich aus allen frömmelnden Anwandlungen reißt, und entwickelte ein hübsches Talent zum Schwärmen. Sie geriet schon beim geringsten Anlaß in Entzücken, freute sich über ein Gedicht, bewunderte ein Gemälde schon nach einer Beschreibung und geriet bei jedem Bericht über etwas Schönes außer sich – ob es die Schönheit der französischen Kathedralen war, die Wunder aus farbigem Glas, in Stein und Blei gefaßt, die ihr nach den Beschreibungen eher aus einem Atemhauch Gottes entstanden zu sein schienen, als mühsam mit Menschenhand gemacht; ob es die Schönheit von Landschaften und Orten war, die Lagunen um Venedig herum, bei Sonnenaufgang; die Wüste im Abendlicht; ob es die Schönheit der Liebe war, Treue und himmlische Liebe; ob es all die Schönheiten waren, die Menschen mit ihren Händen schufen, aus kleinsten Kleinigkeiten oder aus gewaltigen Steinblökken, aus Glas und aus Stoff, so lange bearbeitet, bis es der Vision entsprach, die einem einzigen Kopf entsprungen war und dann für immer in der Vollendung von Form und Farbe verewigt. Sie sehnte sich danach, über all diese wunderbaren und erschütternden und lebendigen Dinge zu sprechen, von denen das Leben außerhalb von Kökensee nur so zu funkeln schien. Wie mußte das den Menschen vorkommen, die das alles kannten und gesehen hatten? Wie wäre es, wenn man das selber sehen könnte, wenn man reiste, nach Frankreich und seinen Kathedralen, im Frühling nach Italien, wenn man die Schätze der Welt im Rahmen des klaren Himmels und der üppigen Blütenpracht betrachten konnte? Oder im Herbst, wenn in Kökensee alles grau war und unter Regenstürmen ächzte; wie wäre es, wenn man sich dann in diese gelassene Heiterkeit begeben könnte, wo die Sonne die Kastanien den ganzen Tag zu Gold verbrannte und wo die Luft nach reifenden Weintrauben duftete? Sie aber hatte nur den Rigi gesehen.

Ja ja, das war auch etwas, und es schien irgendwie zu einer Pastorenfrau zu passen. Sie wandte sich wieder ihren Büchern zu. Sie mußte froh über das sein, was sie besaß, und sie hatte außerdem im Dorf eine alte Frau entdeckt, die nichts dagegen hatte, getröstet zu werden, so daß nun zu allem anderen auch noch die Dankbarkeit kam.

In diesem Frühling schien ihr wirklich eine Freude nach der anderen vergönnt zu werden, denn zu allem kam plötzlich noch eine weitere, die Freude, von der sie so lange geträumt hatte, die Freude, sich mit einem Gegenüber unterhalten zu können. Und mit was für einem Gegenüber, dachte Ingeborg, durch ihr Glück ganz benommen, denn dieses Gegenüber war Ingram.

Sie war am Nachmittag wie üblich über den See gerudert, ein Stapel Bücher zu Füßen, und bog gerade um die kleine Halbinsel aus Schilf herum, die ihre versteckte Bucht umschloß, als sie plötzlich merkte, daß ihr kleiner Stand nicht mehr leer war; sie hielt verblüfft inne, das Paddel in der Luft, und schaute hinüber, da erkannte sie inmitten verstreuter Utensilien, die offensichtlich etwas mit Malen zu tun hatten, Ingram, wie er mit den Ellbogen auf den hochgezogenen Knien und dem Kinn auf den Händen dasaß.

Er tat gar nichts. Er starrte nur vor sich hin. Sie kam hinter dem Schilf hervor, glitt lautlos quer über das Wasser zur Mitte der Bucht, schnitt seinen Blick.

Einen Augenblick starrte er sie reglos an, während sie, das Paddel immer noch über dem Wasserspiegel, genauso reglos zu ihm hinüberblickte. Dann griff er nach seinem Skizzenbuch und begann wie wild zu zeichnen. Sie war jetzt mitten in der Sonne und trug keinen Hut. Ihre Haare hatten vor dem Hintergrund aus Wasser und Himmel eine zauberische Farbe, wie eine Lärche im Herbst, etwas Besseres fiel ihm nicht ein. Sie schien das lebendigste Wesen zu sein, bahnte sich einen Weg durch die schwankenden Farben und Schatten von Reet und Wasser und durch den wolkenüberwehten nördlichen Himmel.

»Nicht bewegen!« rief er in einer Sprache, die er für Deutsch hielt, und zeichnete wie rasend weiter.

»Dann sind Sie es wirklich?« rief sie auf englisch zurück, und ihre Stimme sank.

»Ja ja, ich bin's«, antwortete er, und sein Bleistift flog. Er erkannte sie nicht. Er hatte in diesen sieben Jahren zu viele Menschen gesehen, um die neblige Gestalt jenes fernen Novemberabends noch in der Erinnerung zu haben.

»Ich komme an Land«, rief sie und tauchte ihr Paddel ins Wasser.

»Stillsitzen!« rief er.

»Aber ich will mich mit Ihnen unterhalten.«

»Stillsitzen.«

Da blieb sie ruhig sitzen, beobachtete ihn und konnte ihr Glück kaum fassen. Und wenn er nur einen einzigen Tag hier wäre und sie nur eine einzige Stunde mit ihm reden könnte, was wäre das schon für eine Erholung, was für ein Entzücken! Mit jemandem Englisch zu reden, mit jemandem zu sprechen, der Judith gemalt hatte; sich mit jemandem zu unterhalten, der so wunderbar war; überhaupt mit jemandem zu reden! Sie war etwas scheu, so wie man auf einer einsamen Insel gegen jeden schüchtern wäre, selbst Königen, die nach Jahren auf dem verborgenen Strand auftauchten.

»Nun?« rief sie, nachdem sie geduldig, wie sie meinte, eine halbe Stunde ausgeharrt hatte, während es aber nur fünf Minuten waren.

Er gab keine Antwort, war völlig in das vertieft, was er gerade tat.

Sie wartete abermals eine halbe Stunde, jedenfalls kam es ihr so vor, und drehte das Boot dann zum Ufer.

»Ich komme an Land«, rief sie, und als er nicht antwortete, ruderte sie über die Bucht.

Er starrte sie an, den Kopf etwas zur Seite geneigt, während sie näher kam. »Was machen Sie da?« fragte er, als er sah, wie sie das Boot zu der Ecke unter der Eiche steuerte.

»Anlegen«, antwortete Ingeborg.

Er stand auf, griff nach der Kette, die an der Bootsnase angebracht war, und zog es auf den Strand.

»Wie geht es Ihnen?« fragte sie, sprang heraus und reichte ihm die Hand. »Mr. Ingram«, setzte sie hinzu und schaute mit einem Gesicht zu ihm auf, das vor Freude ganz ernst war.

»Gut gut, aber wer um des Himmels willen sind Sie?« fragte er, während er ihr die Hand schüttelte und sie anstarrte. Jetzt, da sie ihm gegenüberstand, sah er, wie merkwürdig sie gekleidet war – in ein Gewand wie aus einem alten Witzblatt. »Bei den Glambecks wohnen Sie nicht, und außer bei den Glambecks kann man hier in der Gegend nirgendwo wohnen.«

»Aber ich sagte Ihnen doch schon, ich bin die Frau des Pastors.«

»Ach wirklich?«

»Das letzte Mal. Und das bin ich immer noch.«

»Aber wann war das letzte Mal?«

»Können Sie sich denn nicht mehr daran erinnern? Sie haben damals auch bei den Glambecks gewohnt.«

»Aber ich bin seit Ewigkeiten nicht mehr bei den Glambecks gewesen. Das sind sicher zehn Jahre.«

»Sieben«, korrigierte Ingeborg, »siebeneinhalb. Es war im November.«

»Da müssen Sie noch in Kinderschürzen gesteckt haben.«

»Und Sie sind mit mir durch die Allee gegangen. Können Sie sich nicht mehr daran erinnern?«

»Nein«, antwortete Ingram und starrte sie an.

»Und Sie haben mich gescholten, weil ich nicht so schnell wie Sie laufen konnte. Können Sie sich nicht daran erinnern?«

»Nein«, sagte Ingram.

»Und Sie haben gesagt, wenn ich nicht aufpaßte, ginge ich sicher zugrunde. Können Sie sich nicht daran erinnern?«

»Nein«, sagte Ingram.

»Und ich hatte einen Rock an und meinen grauen Mantel. Können Sie sich nicht daran erinnern?«

»Nein, nein, nein«, sagte Ingram und schlug sich gegen die Stirn, »und ich glaube Ihnen kein einziges Wort. Das denken Sie sich einfach aus. Schauen Sie«, sagte er dann und räumte seine Utensilien beiseite, um Platz für sie zu schaffen, »Sie setzen sich jetzt hier hin, dann können wir uns unterhalten. Sind Sie ein Geschöpf aus Fleisch und Blut?«

»Aber ja, und ich lebe in Kökensee, nur um die Ecke, hinter dem Schilf. Aber das habe ich Ihnen schon damals erklärt«, sagte Ingeborg.

»Und Sie sind wirklich lebendig?« fragte er, während er immer noch herumräumte. »Sie sind kein feuerköpfiger kleiner Traum, der gleich wieder verschwinden wird?«

»Ich heiße Dremmel. Frau Dremmel. Aber das habe ich Ihnen schon damals gesagt.«

»Was ein Mann alles vergißt!« rief er aus und breitete ein seidenes Halstuch über das grobe Gras. »Hier, nehmen Sie Platz.«

»Sie machen sich über mich lustig«, sagte sie und setzte sich, »aber das macht mir gar nichts aus. Ich bin viel zu froh, daß ich Sie getroffen habe.«

»Falls ich lache, lache ich nur aus Vergnügen«, sagte er und musterte ihre Wirkung vor dem blassen Grün des Schilfes. Wo hatte er das doch erst kürzlich gesehen, diese skandinavischen Farben, dieses gewisse flammende Licht in den Haaren? »Es ist so amüsant, daß Sie Frau Sowieso sind.«

Sie lächelte ihn mit der Offenheit eines fröhlichen Knaben an.

»Also, Sie sind wirklich sehr nett«, sagte er und lächelte zurück.

»Das haben Sie damals nicht gefunden. Sie haben mich werte Dame genannt und sich erkundigt, ob ich denn nie ein Buch läse.«

»Na und? Haben Sie auch nicht gelesen?« fragte er und ließ sich auch nieder, aber etwas entfernt von ihr, um ihre Wirkung studieren zu können.

»Nein, aber nun setzen Sie sich doch endlich richtig hin. Dann habe ich nicht so eine schreckliche Angst, daß Sie gleich wieder gehen.«

»Wieso? Ich habe Sie doch gerade erst entdeckt.«

»Aber das vorige Mal sind Sie fast sofort im Nebel verschwunden, und da hatten Sie mich auch gerade erst entdeckt«, sagte sie und schlang die Hände um die Knie, ihr Gesicht war das eines vollkommen glücklichen Menschen.

»Danach scheine ich in sieben Jahren einen gewissen Fortschritt gemacht zu haben«, sagte er. »Damals muß ich noch blind gewesen sein.«

»Nein, das lag an mir. Ich war fast unsichtbar –«

»Unsichtbar?«

»Ach, mottenzerfressen. Aufgelöst. Eine graue Maus. Und ich hatte geweint.«

»Sie? Aber hören Sie, niemand mit Ihren Farben sollte jemals weinen. Das ist eine Sünde. Ganz im Ernst, es wäre höchst verzweiflungsvoll, wenn Sie jemals weniger weiß wären als in diesem Augenblick.«

»Da sehen Sie mal, wie nett es ist, wenn man kein Maler ist«, sagte Ingeborg. »Mir ist es ganz egal, ob Sie weiß sind oder nicht, Hauptsache Sie sind's überhaupt.«

»Aber warum gefällt es Ihnen denn, daß ich es bin?« fragte Ingram, der trotz aller Gewöhnung immer für Schmeichelei empfänglich war und sich jetzt wie ein Kater fühlte, der sanft hinterm Ohr gekrault wurde.

»Weil Sie«, erwiderte Ingeborg ernsthaft, »jemand Wunderbares sind.«

»Ach, Sie bringen mich wirklich zum Schnurren«, erwiderte er.

»Und ich lese Ihren Namen mindestens einmal in der Woche in den Zeitungen«, fuhr sie fort.

»Das ist der Ruhm!«

»Und Berlin hat zwei von Ihren Gemälden bekommen. Gekauft für die Nation.«

»Ja, wahrhaftig. Und sie haben darum gefeilscht, bis es fast geschenkt war.«

»Und meine Schwester haben Sie auch gemalt.«

»Was?« fragte er rasch und starrte sie wieder an. »Ach natürlich. Das ist es. Daran haben Sie mich erinnert. Die bewundernswürdige Judith.«

»Sind Sie so befreundet?« fragte sie überrascht.

»Na ja, die Gattin des Masters von Ananias. Ehre, wem Ehre gebührt. Sie ist die durch und durch schönste Frau, die ich je gesehen. Aber –«

»Aber was?«

»Ach Gott. Ich habe ein sehr anständiges Portrait von ihr gemalt. Dem alten Knaben hat es nicht gepaßt.«

»Welchem alten Knaben?«

»Dem Master. Er hat zu verhindern versucht, daß ich es ausstelle. Der andere alte Knabe genauso.«

»Welcher andere alte Knabe?«

»Der Bischof.«

»Aber wenn es so gut war?«

»Das war ja der Grund. Es war genau. Es war das lebendige Weib. Es war ein Portrait von reinem, köstlichen Fleisch.«

»Aha«, sagte Ingeborg.

»Na ja, Bischöfe kennen Sie ja«, er zuckte die Schultern. »Jetzt hat es Italien. Es hängt in Venedig. Der Staat hat es gekauft. Wenn Sie das nächste Mal dort sind, müssen Sie es sich wirklich anschauen.«

»Ganz bestimmt«, lachte sie, »das allernächste Mal.« Und in ihrem Gelächter klang reine vergnügte Fröhlichkeit.

Ingram war damals dreiundvierzig oder vierundvierzig und hagerer denn je. Seine Schultern waren schmal, sein dünner Hals ragte weit aus dem Kragen hervor und war vorne von einem kurzen roten Bart verdeckt. Seine Haare, dunkler als der Bart, lagen ihm dicht am Schädel. Er hatte sehr helle, durchdringende Augen und eine Nase, die Ingeborg gefiel. Sie mochte alles.

Sie mochte seinen Tweedanzug und seine großen dünnen Hände – die wunderbaren Hände, die diese wunderbaren Bilder schufen – und seine langen dünnen flinken Beine. Sie mochte seine Art, herumzukramen, und die Behendigkeit seiner Bewegungen. Und sie glühte vor Stolz bei der Vorstellung, daß sie neben einem Mann saß, der mindestens einmal in der Woche in den Zeitungen erwähnt wurde und dessen Bilder von Ländern gekauft wurden, und sie strahlte vor Glück, weil er dieses Mal gar nicht so versessen darauf zu sein schien, sofort zu den Glambecks zurückzukehren; aber am allermeisten glühte sie vor Glück, vor schierem himmlischen Glück, daß jemand mit ihr redete.

»Und Sie sind also ihre Schwester«, sagte er und betrachtete sie, »das ist wirklich erstaunlich.«

»Es kann doch nicht jeder so schön sein.«

»Eine Schwester von ihr, hier in der Einöde versteckt. Es ist nämlich wirklich eine Einöde. Ich bin hierhergekommen, weil ich eine Einöde brauchte – man kriegt manchmal zu viel vom Gegenteil. Aber ich werde wieder fortgehen, während Sie darin existieren. Was haben Sie in all diesen Jahren getrieben, seit ich das letzte Mal hier gewesen bin?«

»Ach, ich bin – ich war beschäftigt.«

»Aber doch nicht hier? Nicht die ganze Zeit hier?«

»Doch, die ganze Zeit.«

»Was, überhaupt nicht fort gewesen?«

»Einmal bin ich nach Zoppot gereist.«

»Zoppot? Wo ist Zoppot? Von Zoppot habe ich noch niemals gehört. Ich glaube nicht, daß Zoppot viel Sinn hat. Wollen Sie damit wirklich sagen, daß Sie seit meinem letzten Besuch kein einziges Mal in einer Stadt gewesen sind, an einem Ort, wo Menschen etwas sagen und etwas hören und sich ganz lebendig näherkommen?«

»Also, Pastorenfrauen kommen mit keinem in nähere Berührung.«

»Das ist ja unglaublich. Das ist wie der Tod. Warum denn nicht?«

»Weil ich nicht konnte.«

»Als ob es nicht möglich wäre, sich wenigstens dann und wann einmal loszureißen.«

»Sie sollten einmal eine Pastorenfrau sein.«

»Aber wie haben Sie es geschafft, so lebendig zu bleiben? Denn, wissen Sie, Sie strahlen. Wenn ich an das alles denke, was ich in der Zeit gemacht habe«, er brach ab und schaute von ihr fort, quer über den See. »Na ja. Meist elendes Zeug, wirklich.«

»Wunderbare Gemälde«, sagte Ingeborg, beugte sich vor und wurde rot vor Begeisterung, »das haben Sie gemacht.«

»Ja. Man malt und malt. Aber dazwischen – es sind diese Pausen zwischen den Arbeitsanfällen. Was machen Sie in den Pausen?«

»Den Pausen zwischen was?«

»Zwischen dem, was Sie am Morgen treiben, und dem, was Sie des Abends machen.«

»Ich genieße das Leben.«

»Ja. Ja. Das täte ich auch gern.«

»Und Sie tun es nicht?«

»Ich kann es nicht.«

»Was – Sie können es nicht?« fragte sie, »aber Sie leben in Schönheit. Sie schaffen Schönheit. Sie gießen sie über die ganze Welt –«

Sie brach plötzlich ab, weil ihr ein Gedanke durch den Kopf schoß. »Ich bitte um Vergebung«, sagte sie, »ich weiß ja eigentlich gar nichts. Vielleicht – vielleicht sind Sie in Trauer?«

Er schaute sie an. »Nein«, antwortete er, »ich bin nicht in Trauer.«

»Oder vielleicht – nein, krank sind Sie nicht. Und arm können Sie auch nicht sein. Also dann, warum in aller Welt genießen Sie das Leben nicht?«

»Langweilen Sie sich nie?« fragte er.

»Dazu sind die Tage nicht lang genug.«

Er warf einen Blick auf die leere Landschaft und schauderte. »Hier. In Kökensee«, sagte er. »Jetzt ist es Frühling. Aber wie ist es an den Regentagen, den Sturmtagen? Was ist mit diesen unberechenbaren Monaten wie dem Februar? Wirklich«, er wandte sich zu ihr, »Sie müssen ein richtiges kleines Kochkesselchen sein, voll von unbändigem Glück, das wahre Blasen der Selbstzufriedenheit wirft.«

»Ein kleines Kochkesselchen hat mich noch keiner genannt«, sagte Ingeborg und umschlang ihre Knie mit funkelnden Augen, »was für ein Vergleich für eine ehrbare Ehefrau.«

»Was für ein Geschenk, sollten Sie sagen. Das größte von allen. Das eigene Glück mit sich herumtragen.«

»Aber genau das tun Sie doch auch. Verstreuen Sie nicht

Freude bei jedem Schritt? Gießen Sie sie nicht in alle Galerien der Welt? Haben Sie nicht überall dort, wo Sie waren, Schönheit hinterlassen?«

Er drehte sich so herum, daß er ausgestreckt liegen und zu ihr emporblicken konnte. »Was sagen Sie für entzückende Sachen!« sagte er. »Wie gerne würde ich glauben, daß Sie es ernst meinen.«

»Ernst meinen?« rief sie aus und errötete wieder. »Glauben Sie etwa, ich vergeude diese kostbaren Minuten, indem ich Sachen sage, die ich nicht meine? Ich habe mich wirklich seit Jahren mit keinem Menschen unterhalten – mit keinem, der auf mich eingegangen wäre. Und jetzt sind Sie da. Ach, es ist zu schön. Als ob ich davon auch nur eine einzige Sekunde verschwenden würde!«

»Sie sind wahrhaftig eine verrückte Überraschung, und das hier am Ende der Welt«, sagte er und blickte zu ihr auf, »und jetzt scheint die Sonne durchs Laub genau auf Ihre Haare. Sind Sie immer so voller Begeisterung für fremde Leute?«

»Nur für Sie.«

»Was soll ich denn nur zu diesen Lobeshymnen sagen?« rief er aus.

»Sie sind an dem Tag in meinen Kopf gekommen, als ich Sie getroffen habe, und seitdem stecken Sie da drin. Ich war in einem jämmerlichen Zustand und drauf und dran, mich völlig gehenzulassen. Sie haben mich wieder rausgezogen.«

Er starrte sie wieder an, das Kinn auf den Fäusten. »Das muß man sich mal vorstellen, ich ziehe irgend jemanden irgendwo heraus«, sagte er, »meistens ziehe ich allerdings jemanden in etwas hinein.«

»Zugegeben, ich habe Rückfälle gehabt«, sagte sie, »fünf Rückfälle.«

»Fünf?«

Sie nickte. »Seit damals fünf. Aber jetzt bin ich hier, ein Kochkesselchen, wie Sie gesagt haben, und Sie haben mich dazu gebracht, und ich glaube, ich brodele und siede jetzt so weiter, ununterbrochen, immer und ewig.«

Ingram streckte mit einer raschen Bewegung die Hand aus, als ob er den Saum ihres Kleides berühren wollte. »Lehren Sie mich zu wallen und zu sieden.«

»Das ist aber wirklich, als ob ein Regenwurm einem Stern das Funkeln beibringen sollte.«

»Herrlich«, sagte er sanft und nach einer kleinen Pause, »herrlich hier zu liegen und jemanden zu haben, der einem so süße Dinge sagt. Warum habe ich Sie nicht früher gefunden? Ich habe mich bei den Glambecks eine ganze schreckliche Woche langweilen müssen.«

»Ach, Sie sind schon eine Woche da?« fragte sie ängstlich. »Dann wollen Sie bald wieder fort?«

»Ich wollte morgen abreisen.«

»Genau wie das letzte Mal. Als ich Sie traf, waren Sie gerade im Aufbruch.«

»Aber jetzt werde ich bleiben. Ich werde bleiben und Sie malen.«

Sie fuhr zusammen. »Ach –«, rief sie ergriffen aus, »ach –«.

»Sie werde ich malen, Sie werde ich malen, und Sie werde ich malen«, sagte Ingram, »und dann werde ich sehen, ob ich mir selber etwas von Ihrem Glück beschaffen kann. Ob ich hinter Ihr Geheimnis komme. Ob ich herausfinde, wo das alles herkommt.«

»Aber es kommt von Ihnen – in diesem Augenblick ist es ganz und gar –«

»Das stimmt nicht. Es steckt in Ihnen. Und ich will so viel davon haben, wie ich kann. Ich bin verstaubt und verschwitzt, und es hängt mir alles zum Halse heraus. Ich werde kommen und in Ihrer Nähe bleiben und Sie malen, und Sie werden mich wieder kühl und rein machen.«

»Was Sie für einen Unsinn schwatzen!« sagte sie und beugte sich vor, das Gesicht voller Heiterkeit. »Als ob ich irgend etwas für Sie tun könnte. Sie machen die ganze Zeit nur Spaß mit mir. Aber es stört mich nicht. Es stört mich gar nichts, solange Sie nicht fortgehen.«

»Keine Angst, ich gehe nicht fort. Ich werde mich in Abgeschiedenheit und Frieden baden. Ich sage den Glambecks ade und besorge mir ein Zimmer in Ihrem Dorf. Dann komme ich jeden Tag und male Sie. Sie sind wie ein kleines goldenes Blatt, ein Buchenblatt im Herbst, das mir von Gott weiß woher auf den Weg geweht ist.«

»Jetzt bringen Sie mich zum Schnurren«, sagte sie.

»Sie sind wie alles, das klar und licht und kühl und frisch ist.«

»Ach«, murmelte Ingeborg strahlend, »und ich habe nicht mal einen Schwanz, mit dem ich wedeln könnte.«

»Ich habe schon das Gefühl, und dabei bin ich erst zehn Minuten bei Ihnen, als ob ich einen kalten, knackigen und taufrischen Salat äße.«

»Das ist längst nicht so nett. Ich glaube, ein Salatkopf möchte ich nicht sein.«

»Das stört mich nicht. Sie sind einer. Und ich werde Sie malen. Ich werde Ihre Seele malen. Jetzt nennen Sie mir ein paar Adressen von Privatpensionen«, sagte er und griff nach Papier und Bleistift.

»Es gibt keine.«

»Dann muß ich in Ihrem Pfarrhaus wohnen.«

»Dann müssen Sie bei Robert schlafen.«

»Was? Wer ist Robert?«

»Mein Mann.«

»Ach ja. Aber das klingt wirklich absurd.«

»Was denn?«

»Sie und ein Ehemann.«

»Ich weiß nicht, wie man als Ehefrau den Ehemann umgehen könnte.«

»Nein. Das ist unvermeidlich. Aber komisch ist es doch. Daß Sie die Frau von jemandem sein sollten, erst recht von einem Pastor. Und hier in Kökensee.«

Sie stand impulsiv auf. »Dann kommen Sie und lernen Sie ihn kennen«, sagte sie, »es wird nicht lange dauern. Kommen Sie gleich mit. Erlauben Sie mir, den Tee für Sie zu machen. Gönnen Sie mir die Ehre, den Tee für Sie zu machen.«

»Aber doch nicht in diesem Augenblick«, bettelte er, weil sie sich über ihn beugte und die Hand ausstreckte, um ihm aufzuhelfen.

»Doch doch. Jetzt ist er im Hause. Später wird er draußen auf seinen Feldern sein. Er wird sich schrecklich freuen. Wir wollen ihm von dem Bild erzählen. Ach, das haben Sie doch ernstgemeint, oder?« setzte sie, plötzlich ängstlich, hinzu. Er erhob sich widerwillig und grollend. »Ich habe keine Lust, Robert kennenzulernen. Warum soll ich Robert denn kennenlernen? Ich glaube wirklich nicht, daß ich ihn leiden mag«, murmelte er und schaute aus seiner stattlichen Höhe zu ihr hinab. »Und natürlich meine ich es ernst mit dem Bild«, setzte er in einem anderen Ton hinzu, rasch und interessiert, »es wird ein Pendant-Portrait zu dem Ihrer Schwester werden.« Er lachte. »Das wäre wirklich höchst amüsant«, sagte er und beugte sich nieder, um seine verstreuten Sachen ordentlich zusammenzupacken.

Ingeborg wurde rot. »Aber – ist das nicht ein grausamer Spaß, den Sie jetzt mit mir treiben?« murmelte sie.

»Was?« fragte er und richtete sich auf, um sie betrachten zu können.

Das Licht auf ihrem Gesicht war verschwunden.

»Was? Ach – habe ich nicht gesagt, daß mein Bild von Ihnen das Portrait eines Geistes werden wird?«

Er sammelte alles ein und belud sich damit.

»Nun kommen Sie mit«, sagte er ungeduldig, »und seien Sie vernünftig. Seien Sie um des Himmels willen vernünftig. Und nun kommen Sie. Ich muß vermutlich in diesen Nachen steigen. Was liegt denn da? Bücher, dutzendweise. Und was ist das da? Eucken? Keats? Pragmatismus? O Gott.«

»Wieso o Gott?« erkundigte sie sich, kletterte hinein und griff nach dem Paddel, während er dem Boot einen kräftigen Stoß gab und hineinsprang, während es bereits Fahrt aufnahm. Sie strahlte schon wieder. Sie war ganz kribbelig vor Stolz und Freude. Er meinte es mit dem Gemälde wirklich ernst. Er hatte sie nicht zum Besten gehalten. Im Gegenteil . . . »Warum o Gott?« wiederholte sie. »Das haben Sie auch gesagt, oder wenigstens so etwas ähnliches, weil ich das vorige Mal überhaupt nicht gelesen hatte.«

»Na gut, und dann sage ich es jetzt, weil Sie es tun«, erwiderte er, richtete sich am anderen Ende des Bootes ein und beobachtete ihre Bewegungen beim Rudern.

»Aber das scheint mir nicht sehr folgerichtig zu sein, oder?« sagte sie.

»Zum Teufel mit der Folgerichtigkeit. Ich will nicht, daß Sie verdorben werden. Und das werden Sie, wenn Sie sich all dieses Zeugs wahllos in Ihren kleinen Kopf stopfen.«

»Aber ich mag ihn lieber vollgestopft als leer.«

»Unfug. Wenn ich Einfluß darauf hätte, dan würde ich Sie mit allem aufhören lassen, was auch nur eine Haaresbreite von dem entfernt ist, was Sie im Augenblick machen.«

Dazu bemerkte sie, daß sie sich höchlichst amüsiere, während sie ihr Paddel hoch in die Luft hielt, wobei ihr Gesicht genauso funkelte wie die glitzernden Tropfen, die davon absprühten; und dann brachen sie beide in Gelächter aus.

Ingram wartete im Wohnzimmer, wo er ruhig stehenblieb und alle Einzelheiten dieses vernachlässigten, fast schäbigen kleinen Raumes mit aufmerksamen Augen in sich aufnahm, während Ingeborg zum Laboratorium lief, so glücklich und stolz, daß sie gar nicht daran dachte, wie sehr sie die Regeln brach, um Robert zu holen.

Robert wollte sich jedoch nicht holen lassen. Als sie eintrat, blickte er höchst vorwurfsvoll zu ihr empor, denn wie immer – bei diesen seltenen Gelegenheiten – schien ihr die Gewichtigkeit dessen, was sie zu sagen hatte, die Störung zu rechtfertigen, während er sich jedesmal einbildete, er hätte gerade in diesem Augenblick nach endlosem geduldigen Herumstöbern den Zipfel des so schwer zu fassenden Problems erwischt.

»Mr. Ingram ist da«, sagte sie atemlos.

Er schaute sie über seine Brille hinweg an.

»In der Wohnstube«, sagte Ingeborg, »er ist zum Tee gekommen. Ist das nicht herrlich? Er will nämlich –«

»Wer ist da, Ingeborg?«

»Mr. Ingram. Edward Ingram. Komm doch und unterhalte dich mit ihm, während ich den Tee zubereite.«

Sie hatte in ihrer Aufregung sogar vergessen, die Tür zu schließen, und ein Windstoß fuhr durchs offene Fenster herein, fing sich in Herrn Dremmels Papieren und wehte sie durcheinander.

Er versuchte sie einzufangen und bat sie mit mühsam beherrschtem Ärger, die Tür zu schließen.

»Ach, wie nachlässig von mir!« sagte sie hastig, zog sie jedoch mit unverdrossener Fröhlichkeit zu.

»Herrn Ingram«, sagte daraufhin Herr Dremmel und kämpfte mit seiner Ungeduld, »kenne ich gar nicht.«

»Aber Robert, es ist der Mr. Ingram! Edward Ingram! Der berühmteste Maler, den es jetzt gibt. Der große Portraitist. Berlin hat –«

»Besteht eine verwandtschaftliche Verbindung mit deiner Familie, Ingeborg?«

»Nein, aber er hat Judith gern . . .«

»Dann besteht auch keine Notwendigkeit, daß ich seinetwegen meine Nachmittagsarbeit unterbreche.«

Damit beugte sich Herr Dremmel wieder über seine Papiere.

»Aber Robert, er ist berühmt – er ist sehr berühmt –«

Herr Dremmel befeuchtete seinen Daumen und ordnete emsig die verwehten Blätter.

»Aber – ach, ich habe ihm doch gesagt, daß du ihn gerne kennenlernen würdest. Was soll ich ihm denn jetzt sagen, wenn du nicht kommen magst?«

Herr Dremmel, dessen Blick schon wieder von dem Satz gefangen worden war, den er eben geschrieben hatte, war schon wieder dabei, den Text mit großer unstillbarer Gier zu verschlingen.

»Der Tee«, sagte Ingeborg verzweifelt. »Es gibt Tee. Du kommst doch immer zum Tee heraus. In einer Minute wird er fertig sein –«

Er schaute zu ihr auf und ordnete sie in sein Bewußtsein ein. »Der Tee?« fragte er.

Aber schon bei diesen Worten glitten seine Gedanken wieder zu seinem Problem zurück, und ohne die Augen von ihr zu lösen, begann er methodisch einen anderen Aspekt zu berücksichtigen, der ihm in diesem Augenblick in den Kopf gekommen war.

Ihr blieb nichts anderes übrig, als fortzugehen. Und so ging sie fort.

28

Ingrams Besuch bei den Glambecks wäre am folgenden Tag ohnehin zu Ende gegangen, denn er hatte geplant, auf seinem Weg in den Kaukasus Königsberg zu besuchen, eine Stadt, von der er hoffte, daß sie ihn durch ihre Fremdheit zumindest eine Zeitlang aus der Langeweile reißen konnte, und der Baron und die Baronin waren höchst pikiert, als er ihnen mitteilte, er reise nicht zum Kaukasus, sondern statt dessen nach Kökensee.

Sie riefen wie aus einem Munde: »Kökensee?«

»Um die Haare der Pastorenfrau zu malen«, antwortete Ingram.

Der Baron und die Baronin klappten den Mund zu. Diese Erklärung befand sich jenseits aller Kommentare. Ihre Unverfrorenheit raubte ihnen die Sprache. Herr Ingram war natürlich ein allseits anerkannter Künstler – wenn er das nicht gewesen wäre, hätten sie sich ohnehin nicht bereit finden können, ihm ihre Kreise als einem Gleichgestellten zu öffnen –, er mochte also die Haare malen, von wem immer er wollte; aber gab es nicht irgendeinen Paragraphen im Kirchenrecht, der es verbot, daß die Haare der eigenen Patronatspastorengattin gemalt wurden? Sich die Haare malen zu lassen – das war für eine Pastorengattin ohnehin genauso skandalös, als ob sie sich die Haare gefärbt hätte. Herren und Damen aus guten Familien wurden gemalt, damit ihre Portraits von Generation zu Generation weitergegeben wurden, aber dazu mußte man eben auf Generationen zurückblicken können, man mußte einen guten Stammbaum haben, dem diese edlen Reiser entsprossen, und die Malerei mußte man nüchtern angehen, diskret, gut beraten, in der Furcht des Herren, denn das Ergebnis diente der Erbauung der Kinder, nicht einem flüchtigen Einfall oder einer sinnlichen Wirkung, was Herr Ingram in bezug auf die Haare der Frau Pastor wohl gemeint haben mußte, wenn er gewisse Körperteile dieser Person als merkwürdig schön bezeichnete. Merkwürdig schön? Sie schauten sich an, und dann hob die Baronin ihre großen und leise zitternden weißen Hände einen Augenblick aus ihrem schwarzen Schoß und ließ sie wieder fallen, und der Baron nickte in tiefem Einverständnis.

Ingram war im Dorfgasthaus in Kökensee untergekommen. Dieser Ort war für jemanden, der ihr Gast gewesen war, so unangemessen und unmöglich, daß sich der Baron und die Baronin wirklich darum sorgten, was ihre Dienstboten denken mußten, als sie hörten, wie er ihrem Kutscher in der Gegenwart ihres Butlers und ihres Dieners sein Ziel nannte, während er behende in den Wagen sprang, der ihn davon trug. Daraufhin schritt die Baronin sofort zur Tat und schrieb ihrem Sohn Hildebrand in Berlin, der Ingram ja in Glambeck eingeführt hatte, und teilte ihm mit, daß sie Herrn Ingram nicht gestatten könne, ein nächstes Mal bei ihnen zu wohnen. »Dir zu Gefallen«, schrieb sie, »habe ich ihn aufgenommen. Aber wie wahr ist doch das Wort, daß diese Künstler sich nicht über ihre gesellschaftliche Ebene erheben können! Sie bleiben eben Künstler! Ich habe jetzt genung von diesen künstlerischen Emporkömmlingen, wie begabt sie auch sein mögen. Schick mir in Zukunft bitte nur wirkliche Herren.«

Die Sache mit dem Haar erwähnte sie gar nicht, das hielt sie für überflüssig; und zum Baron sagte sie an diesem Abend, sie hoffe zuversichtlich, daß es sich bei diesem Bild nur um ein Aquarell handele. Wasserfarben, meinte sie, wirkten moralisch irgendwie einwandfreier als Öl.

Es erwies sich als unmöglich, ein ernsthaftes Bild von Ingeborg in dem düsteren kleinen Wohnzimmer im Pfarrhaus zu malen, und weil es dort keinen weiteren Raum gab, den sie hätten benutzen können, begann Ingram eine Serie von Skizzen von ihr im Freien, im Garten, im Boot, überall.

»Ich muß eine richtige Vorstellung von Ihnen gewinnen«, sagte er, weil er einsah, daß er für sein tägliches Kommen einen zureichenden Grund haben mußte. »Später gehe ich dann an das richtige Gemälde. In einem ordentlichen Studio.«

»Und wie meinen Sie, daß ich in ein ordentliches Studio komme?« fragte Ingeborg und lächelte.

»Ein sehr gutes habe ich in Venedig. Da sollten Sie mir sitzen.«

»Als ob das einfach um die Ecke wäre! Aber die hier sind schon wunderbar«, sagte sie und hob eines der Skizzenblätter auf, »ich wünschte, so wäre ich wirklich.«

»Es ist genau so, wie Sie in dem Augenblick gewesen sind.«

»Unfug«, sagte sie, aber sie glühte.

Sie wußte genau, daß es nicht stimmte, aber es machte ihr Spaß, irgendwie glauben zu können, daß er sie, durch irgendein Wunder, so sah. Die Skizzen waren ausgezeichnet; kleine Impressionen glücklicher Augenblicke, von einem Meister für die Ewigkeit festgehalten. Er konzentrierte sich immer auf ihren Kopf und ihre Kehle, nahm höchstens einmal den zarten Übergang zur Schulter dazu. An dem Tag, an dem sie seine Wiedergabe ihres Halses von hinten sah, errötete sie vor Vergnügen, weil er so anmutig aussah.

»Das bin nicht ich«, murmelte sie.

»Wirklich nicht? Ich glaube, es hat Ihnen noch niemand erklärt, wie Sie eigentlich sind.«

»Das war doch nicht nötig. Das kann ich ja selber sehen.«

»Augenscheinlich eben nicht. Höchste Zeit, daß ich gekommen bin.«

»Ach ja, das ist wahr«, stimmte sie ernsthaft zu.

Ihm kam ihre Offenheit, ihre ungezierte Art, das auszusprechen, was sie empfand, so erfrischend und überraschend wie eine Dusche in einem klaren kalten glitzernden Gebirgsbach vor. Er hatte noch nie ein weibliches Wesen getroffen, das der absoluten Einfachheit so nahe war. Er konnte ihr noch so viele extravagante Schmeicheleien sagen, sie hörte sie sich immer an und genoß sie dann mit einer Art objektivem Entzücken, das ihn zuerst außerordentlich interessierte. Dann begann es ihn zu reizen.

»Sie sind genausowenig selbstbewußt«, sagte er ihr eines Nachmittags etwas aufgebracht, nachdem er Himmel und Erde und die meisten Dichter nach Bildern durchforscht hatte, um Vergleiche für sie zu finden, während sie nur still vergnügt und mit gespitzten Ohren dagesessen und ihn von Zeit zu Zeit angestachelt hatte, doch fortzufahren, »wie ein Chorknabe.«

»Ach wie nett, so etwas Sauberem und Frischgewaschenem ähnlich zu sein«, sagte sie, »und sehr viel lebendiger als Salatköpfe.«

»Ich möchte wissen, ob Sie wirklich lebendig sind?« erwiderte er und starrte sie an, und sie betrachtete ihn mit schief gelegtem Kopf und teilte ihm mit, wenn sie nicht die Tochter eines Bischofs wäre und die Frau eines Pastors und als frommes Mädchen und von Kindesbeinen an dazu erzogen, sich sorgfältig an den schicklichen Sprachschatz für Damen zu halten, so würde sie ihm einfach zur Antwort gegen: »Und ob!«

»Aber das würde ich nur sagen, wenn ich vulgär wäre«, erklärte sie, »ich glaube wirklich, daß Vornehmheit die einzige Barriere zum Exzeß ist.«

»Sie und der Exzeß! Sie kleine komische, eiskalte Frühmorgenperson. Dann könnte man ja auch die Morgenröte und die Felder vor Sonnenaufgang und die kleinen Vögel und das zarteste grüne junge Laub mit einem Exzeß vergleichen.«

Er war in dieser ersten Woche fast so nah am vollkommenen Glück, wie er in seiner Erinnerung seit jenen Kindertagen nicht mehr gewesen war, in der die ganze Welt nur aus Mutter und Gänseblümchen bestand. Er genoß den Reiz des vollkommenen Gegensatzes, die Frische, die auf jedem Anfang ruht. Von dieser Abgeschiedenheit, von dieser verrückten deutschen intimen Szene aus erschien ihm sein gewohntes Leben als etwas völlig Närrisches, gehetzt, laut und ermüdend. All diese Frauen – gütiger Himmel, all diese Frauen! –, die sich auf seinen Wegen ansammelten und drängelten, was waren sie von hier aus betrachtet für gräßliche Wesen! Frauen, die er gemalt hatte, die dann aufstanden und ihm Vorwürfe machten, weil seine Vorstellungen von ihnen nicht mir ihren eigenen übereinstimmten; Frauen, in die er sich verliebt oder versucht hatte, sich davon zu überzeugen, daß er sich verliebt hätte, oder versuchte zu hoffen, sich in absehbarer Zeit davon zu überzeugen, daß er sich verliebt hätte; Frauen, die sich in ihn verliebt hatten, und nun um ihn herumschwebten und flatterten, Ungeheuer, die ihn in Zärtlichkeiten hüllten und erstickten; Frauen, denen er Unrecht getan hatte – was für ein absurdes Wort; Frauen, die Ansprüche an ihn stellten – Ansprüche an ihn! an ihn, der nur der Kunst gehörte und dem Universum. Und dann war da noch seine Frau – gütiger Himmel, ja, seine eigene Frau . . .

Vor all diesem Jammer und diesen Belästigungen, vor dem Geschrei der Welt, vor den Massen und dem Ruhm, der sich zwischen ihn und das Einzige geschoben hatte, das eine Rolle spielte, sein Werk, vor den Schauerlichkeiten des häuslichen Lebens, den Schauerlichkeiten der Gesellschaft und dem eitlen Gerede vom Genie, vor all den Leuten, die über Philosophie schwatzten und über Kunst und über den Weltgeist, vor Eifersucht und Krankheit, vor Lobhudelei und Leidenschaft, Sensationen und Langeweile fühlte er sich in Kökensee vollkommen sicher.

Mitten in der betriebsamen Leere von London zu sein – das war, als ob einem der faulige Gestank eines verlassenen Marktplatzes ins Gesicht blies. Hier zu sein in Kökensee – das war, als ob man ein einsamer Goldfisch in einem Glas mit klarem Wasser war. Das klare Wasser war Ingeborg. Und Kökensee war die Schale. Eine Woche lang schwamm er voll Wonne in diesem neuen Element; eine Woche lang fühlte er sich so gut und unschuldig, wie er da in der kühlen Durchsichtigkeit trieb, daß er sich fast wie ein Goldfisch mit einem Kinderlätzchen vorkam. Dann begann ihm Ingeborg auf die Nerven zu gehen; und sie reizte ihn aus genau dem gleichen Grunde, der ihn bis dahin so entzückt hatte, durch ihre seltsame Ähnlichkeit nämlich mit einem Knaben.

Diese frei gezeigte Zuneigung, dieses ungeschützte Vergnügen an seiner Gesellschaft, diese bereitwillige und ausschweifende Bewunderung, das hatte ihn zuerst gefangen und amüsiert und war ihm köstlich vorgekommen nach all dem faulen Zauber, der vorgetäuschten Frische, den Tricks und dem falschen Wagemut der Frauen, die er gekannt hatte. Sie waren wie ein Bad am Ende einer heißen Nacht; wie eine Bahnstation auf dem Land nach einer langen Reise in einem stickigen Zug. Aber man kann nicht den ganzen Tag in einer Badewanne sitzenbleiben, man kann nicht ewig auf dem Bahnhof bleiben. Man möchte weiterkommen. Man will, daß sich die Dinge entwickeln.

Es reizte Ingram, daß Ingeborg offensichtlich zu keinem Fortschritt fähig war. Es war ja alles schön und gut, es war auch reizend, eine Weile wie ein Knabe zu sein, aber darauf zu beharren, das war ermüdend. Nichts was er in Worte fassen konnte, nichts was er ihr im Gewande herzlicher und immer wieder neuer Gleichnisse zu verstehen gab, weckte auch nur die geringste Spur von Selbstbewußtsein in ihren Augen. Was konnte man mit einer Frau anfangen, dachte er, die nicht selbstbewußt sein will? Sie hörte sich seine Sprüche voll Vergnügen an, sie begrüßte sie mit Entzücken und Gelächter, und, was ihn ganz besonders verwirrte, sie schenkte ihm keine Antwort. Sie gab ihm alles mit der gleichen Herzlichkeit und mit der gleichen Lust am Spiel zurück – manchmal, wie er voll Unbehagen feststellen mußte, wenn sie ihn durch eine Formulierung übertraf, sehr viel treffender. Ihre Worte ließen vermuten, daß sie ihn fast liebte. Er würde es sicher angenommen haben, wenn er nicht gewußt hätte, wenn er es nicht so genau gemerkt hätte, daß es sich nicht um Liebe handelte. Sie sagte ihm zum Beispiel mit strahlendem Gesicht und mit freudiger Stimme, daß Gott sehr gütig zu ihr gewesen sei; und als er sie fragte warum, antwortete sie in allem Ernst: »Weil er Sie hierher gesandt hat.« Und dann setzte sie mit dieser ganz besonders süßen Stimme hinzu – sie hatte wahrhaftig, dachte Ingram, eine ganz besonders süße Stimme, etwas heiser, wieder ein wenig wie die eines Chorknaben, aber eines Chorknaben mit etwas angegriffenen Stimmbändern –, »ich habe Sie in all diesen Jahren schrecklich vermißt. Ohne Sie ist es so öde gewesen.« Und diese Aufrichtigkeit, die sie besaß; der ehrliche Ernst ihrer Augen, wenn sie so etwas sagte! Kein Chorknabe von mehr als zehn Jahren konnte einen noch mit einer so schrankenlosen Naivität anschauen.

Jeden Tag Punkt zwei, wenn im Pfarrhaus die tägliche Unruhe des Mittagessens und des Abwaschs erledigt war, kam er von seinem Gasthaus herüber, während sich die Klatschweiber von Kökensee hinter ihren Gardinen und angelehnten Türen das Maul zerrissen, und bildete sich mit einem Blick auf die friedliche Dorfstraße ein, daß dies die einsamste Gegend der Welt wäre, frei von Klatsch und Tratsch. Er ging durch das Dremmelsche Gartentor, wich den zahlreichen großen Pfützen im Hof aus, ging um die Hausecke herum, den Fliederweg unter den Fenstern des Laboratoriums entlang, bis zum Ende der Lindenallee, wo Ingeborg schon saß und wartete. Dann pflegte er sie zu skizzieren oder so zu tun, als ob er sie skizzierte, je nachdem wie seine Laune war, und sich mit ihr zu unterhalten.

Nach dem zweiten Tag wußte er alles über ihr Leben seit ihrer Heirat, über ihre sechs Kinder – sie überraschten und erschütterten ihn –, ihren Hunger nach Kultur, von ihm geweckt, ihren Haushalt, ihren Stolz auf Roberts Klugheit, ihre Einsamkeit, ihre Sehnsucht nach einem Gesprächspartner. Personen wie Ilse und Rosa, Frau Dremmel, Robertchen und Ditti konnte er sich ganz genau vorstellen. Während sie sprach, kritzelte er kleine Bilder auf den Rand seines Skizzenblattes. Nach dem zweiten Tage wußte er auch ganz genau über ihr Leben in Redchester Bescheid, über ihren töchterlichen Eifer, über die Pflichten, über die Schwierigkeiten, die aufgetaucht waren, als sie sich vom Bischof löste, und am anderen Ende seines Skizzenblattes tummelten sich winzige Gamaschen und körperlos flatternde Bischofsgewänder. Das einzige, was sie von den großen Ereignissen ihres Daseins noch verbarg, war Luzern, aber nach einer Woche wußte er sogar darüber Bescheid.

»Na also, Sie können ja etwas unternehmen«, sagte er und betrachtete sie mit einem neuen Interesse, »Sie können ganz echte Dinge unternehmen.«

»Ach ja. Wenn ich richtig dazu aufgestachelt werde.«

»Was meinen Sie wohl mit richtig aufgestachelt?«

»Na, das war es doch damals. Dadurch aufgestachelt, daß ich ununterbrochen und jahrelang an einen Ort gefesselt worden war.«

»Genau dasselbe geschieht jetzt mit Ihnen.«

»Ach, aber hier ist es anders. Ich bin in Zoppot gewesen.«

»Zoppot!«

»Und außerdem sind Sie jetzt hier.«

»Aber ich werde nicht ewig hier bleiben.«

»Oh, aber Sie bleiben doch immer irgendwo in derselben Welt.«

»Als ob Ihnen das etwas nützte.«

»Aber natürlich. Ich werde von Ihnen in den Zeitungen lesen.«

»Quatsch«, sagte er ärgerlich, »Zeitungen!«

»Und ich werde Sie immer in Erinnerung behalten.«

»Als ob ich schon gestorben wäre. Manchmal sind Sie wirklich maßlos lächerlich.«

»Das liegt wahrscheinlich daran, daß ich nichts gelernt habe«, sagte sie niedergeschlagen.

Herr Dremmel gesellte sich fast jeden Tag zur Teezeit zu ihnen, und dann wurde die Unterhaltung förmlich. Die Skizzen wurden vorgezeigt, und er bedachte sie mit höflichen Bemerkungen. Er unterhielt sich mit Ingram über Fragen der Kunst, und Ingram unterhielt sich mit ihm über Fragen der Düngung, und da keiner vom Fachgebiet des anderen etwas verstand, diskutierten sie kraft ihres Verstandes über Theorien. Ingeborg goß ihnen Tee ein und hörte voller Stolz zu. Sie dachte, die beiden müßten sich unglaublich schätzen und gegenseitig bewundern. Roberts gesunder Menschenverstand, sein knappes und oft majestätisches Englisch, seine so offensichtliche Leidenschaft für die Forschung mußten Ingram ihrer Meinung nach tief beeindrucken. Und den großen Ingram jeden Tag zu sehen und sich mit ihm zu unterhalten, das konnte Robert jetzt, da er wußte, um wen es sich handelte, natürlich nur eine ungeheure Befriedigung bereiten. So saß sie in ihrem altmodischen weiten weißen Kleid zwischen den beiden Männern und schaute bei ihren Worten rasch und stolz von einem zum anderen. Bei diesem Zusammenprall zweier großer Geister gab sie aus Ehrfurcht keinen Ton von sich, war aber ganz Ohr. Sie nahm jedes Wort in sich auf. Hier wurde ihr Verstand, wie sie meinte, noch mehr erweitert als durch die Lektüre des *Clarions*.

Ingram haßte die Teestunde im Pfarrhaus. Es bereitete ihm jeden Tag mehr Mühe, mit Herrn Dremmels Aufgeblasenheit einigermaßen höflich umzugehen, und sein wissenschaftlicher Durst nach Tatsachen über die Kunst langweilte Ingram maßlos. Er konnte die langen weichen Falten in seinen Anzügen nicht ausstehen, und die Art und Weise, wie sie geknöpft waren und zwischen den Knöpfen spannten. Er mochte ihn nicht, weil seine Jackenärmel und seine Hosenbeine zu lang waren. Er schauderte, wenn er an die sechs Kinder dachte. Es hing ihm zum Halse heraus, von Superphosphaten zu hören, und er grollte, weil er pünktlich an jedem Nachmittag so tun mußte, als ob ihn das Zeug interessierte; und er hatte Lust – und diese Lust wurde ihm allmählich lästig –, mit Herrn Dremmels Frau ins Bett zu gehen.

Herrn Dremmels ungeheurliche Ahnungslosigkeit in bezug auf solche Möglichkeiten brachten ihn ganz besonders auf. Auch seine offensichtliche Blindheit für Ingeborgs Reize. Er verdiente ganz gewiß nichts von dem, dachte Ingram, was ihm in den Schoß fiel. Es war ein Skandal, sich um so ein kleines Ding nicht mehr zu kümmern. Jeden Tag beim Tee geriet er wegen dieses Mangels an Zuneigung über Herrn Dremmel in Wut, und jeden Tag vor und nach dem Tee versuchte er, wenn man fruchtlose Versuche zum Flirten so nennen kann, diesen Mangel auszugleichen.

»Ach, sehen Sie«, sagte Ingeborg, als er eine Bemerkung über die langen persönlichen Abwesenheiten und Rückzüge von Herrn Dremmel machte, »Robert ist wirklich bedeutend. Er ist wunderbar. Was er nur mit Getreidekörnern zustande bringt. Und es ist ja natürlich: Wenn jemand etwas erreichen will, dann muß er jede Minute dafür opfern. Ach, selbst als er mich liebte, hat er kaum . . .«

»Selbst als er Sie liebte?« unterbrach Ingram. »Wieso? Tut er das nicht mehr?«

»O doch, doch«, erwiderte sie rasch und wurde rot, »ich meinte – natürlich tut er das. Und außerdem, seine Frau liebt man immer.«

»Nein, nicht im geringsten.«

»O doch, das tut man.«

Dabei beließen sie es.

Am Ende seiner zweiten Woche in Kökensee merkte Ingram, wie sich die Zahl seiner Adjektive und Sinnbilder und Vergleiche vermehrte, hektisch poetisch wurden, denn der Zauber der steten Nähe begann zu wirken, und der Drang, ständig mit dem anderen zu reden oder über ihn nachzudenken, und er war geradezu besessen von dem Wunsch, einen Funken Selbstbewußtsein in ihren freimütigen Augen zu erkennen, etwas, das dieses ständige Strahlen der bewundernden Freundlichkeit ergänzte oder verdrängte. Er fühlte sich jetzt stark von ihr angezogen und war deshalb fast ebenso stark durcheinander. Sie war schließlich eine Frau; und es war absurd, es war unglaublich, daß ausgerechnet er, Ingram, unter all diesen überaus günstigen Umständen nicht imstande sein sollte, sie aus dieser Anfangshaltung der reinen Bewunderung herauszureißen, die ihm als Künstler und als Berühmtheit galt.

Sie war so warmherzig und so freundlich und ihm in einem Sinne so nah, in einem anderen jedoch gar nicht; sie war so entgegenkommend, so rasch in der Reaktion, so bereitwillig, ihn mit den süßesten Worten der Schmeichelei und der Bewunderung zu überschütten, und so ahnungslos über die Tatsache, daß – ja, daß sie einfach da waren, er und sie. Und dann besaß sie einen Sinn für Humor, der ihn störte, einen Humor, den er bei einer Frau zu jeder anderen Zeit bewundert hätte, nur nicht gerade dann, wenn er sie umwarb. Sie war auch nicht bei der Sache; er konnte sie nicht festnageln; sie war geistig nicht gefestigt, und das stellte sich auch dem Fortschritt entgegen. Nicht daß ihn ihr geistiger Zustand auch nur die Bohne gekümmert hätte, er spielte für ihn nur in seiner Eigenschaft als Hindernis eine Rolle; es war jener andere Teil ihrer Person, ihre merkwürdige kleine Seele, die ihn so reizten, ihre Glückseligkeit und ihre Lebensfreude und natürlich auch die Anmut und die Harmonien ihrer Formen und Farben.

»Sie wissen vermutlich«, sagte er eines Abends zu ihr, als sie langsam den Weg durch das Roggenfeld zurückschlenderten und ihnen bei jedem Schritt die kühlen Düfte des zu Ende gehenden Sommertages ins Gesicht wehten, »daß ich hundert Tage eines Lebens in London oder Paris für eine einzige Stunde in dieser Atmosphäre geben würde, für diese Reinheit, die Sie umgibt.«

»Hundert Tage finde ich nicht viel. Ich würde alle dahingeben, um bei Ihnen zu sein. Hier. Jetzt. Im Roggenfeld. Ist es an diesem Abend nicht wunderbar – ist es nicht schön? Riechen Sie das?« Sie blieb stehen und hob witternd die Nase. »Jetzt gerade in diesem Moment? Das ist eine Winde.«

»Sie haben so ein Vertrauen zu meinen Göttern«, fuhr er fort, als er sie wieder von ihrer Winde losgerissen hatte, »so ein unerschütterliches Vertrauen, so ein kostbares unerschütterliches Vertrauen.«

»Ja, aber natürlich«, sagte sie und richtete ihre strahlenden Augen auf ihn, »wer würde nicht an Ihre Götter glauben? Kunst, Liebe zur Schönheit –«

»Es ist aber nicht nur die Kunst. Meine Götter sind alle süßen Dinge, alle feinen, edlen Dinge«, sagte Ingram, der in diesem Augenblick davon überzeugt war, daß er nie im Leben anderen als Göttern dieser zarten Art gehuldigt hatte, so gründlich hatte ihn das fromme Leben in Kökensee schon geläutert.

»Ach«, sagte Ingeborg mit ehrfürchtiger Begeisterung, »ist es nicht herrlich, daß Sie genau das sind, was Sie sind? Und es ist wirklich so klug von Ihnen«, setzte sie mit einer kleinen Handbewegung hinzu und lächelte zu ihm empor, »genau das zu sein, was Sie sind.«

»Und wissen Sie überhaupt, was Sie genau sind? Sie sind das offene Fenster im Gefängnis meines Lebens.«

Sie hielt einen Augenblick den Atem an. »Oh, wie schön!« sagte sie dann. »Wie wunderschön! Und wie freundlich von Ihnen, sich so ein Bild von mir zu machen. Aber warum ist es ein Gefängnis? Ausgerechnet Sie –«

»Ach sehen Sie, es ist nicht lebendig. Es existiert nur als Karikatur. Es ist so, als ob man ständig mit den Berühmtheiten aus dem Wachsfigurenkabinett zu Mittag äße oder mit irgend jemanden sonst, der genauso steif und tot und unwirklich ist.«

»Aber ich kann gar nicht verstehen, wie ein großer Künstler . . .«

»Sie sind wie ein offenes Fenster, wie der Himmel, wie die liebliche Luft, wie die Freiheit, wie ein geheimes Licht – «

»Ooh«, murmelte sie, beschämt, aber dennoch bezaubert.

»Wenn ich bei Ihnen bin, spüre ich einen unerträglichen Abscheu vor dem ganzen Geschwätz und der Oberflächlichkeit jenes anderen Lebens.«

»Und wenn ich bei Ihnen bin«, sagte sie, »habe ich das Gefühl, als ob – ach, als ob ich voll von Sternen wäre.«

Er schwieg einen Augenblick. Dann, fest entschlossen, sich nicht übertreffen zu lassen, sagte er: »Wenn ich bei Ihnen bin, beginne ich mich selbst wie ein Stern zu fühlen.«

»Als ob Sie das nicht immer wären.«

»Nein. Das sind nur Sie. Bis ich Sie gefunden habe, war ich nur eine zornige Kugel aus Lehm.«

»Aber – «

»Ein Verdurstender in einer stickigen Stube.«

»Aber – «

»Ein sinnloses, ein vor Sehnen heulendes, ein denaturiertes Geschöpf.«

»Ein was?« fragte Ingeborg, die das letzte Eigenschaftswort noch nie gehört hatte.

»Und Sie«, fuhr er fort, »sind das kühle Wasser, das mich erquickt, der Rosenduft, der in mein Zimmer strömt, das leuchtende Licht auf meinem Lehm.«

Sie holte tief Atem. »Das ist wunderbar, wunderbar«, sagte sie, »und es klingt irgendwie so echt – fast als ob Sie es ernst meinten. Ach, es macht mir gar nichts aus, wenn Sie mich auf diese Art und Weise necken, wenn Sie nur nicht aufhören, so hübsche Sachen zu sagen.«

»Sie necken? Haben Sie denn keine Ahnung, haben Sie wirklich keine Ahnung, wie süß Sie sind?«

Er beugte sich nieder und schaute ihr ins Gesicht. »Mit kleinen Küssen in Ihren beiden Augen«, sagte er und überprüfte sie gründlich.

29

In Redchester hatte niemand von Küssen gesprochen. So etwas wurde gar nicht erwähnt. Sie waren auch nur unter genau umrissenen Bedingungen gestattet – zum Beispiel nicht, wenn man selbst nicht küssen wollte oder es die andere Person nicht mochte –, und ihre Anwendung beschränkte sich auf die Verwandtschaft. Wie die Kirchenstühle in einer Gemeindekirche waren sie für die Familie reserviert. Tanten durften küssen, frei und ungehindert. Das taten sie besonders gerne, wenn sie einen Damenbart hatten – Ingeborg hatte so eine stoppelbärtige Tante. Mütter durften küssen; sie hatte ihre kühle Mutter einmal ein Neugeborenes mit einer Gier küssen sehen, die kannibalisch war. Bischöfe durften küssen, innerhalb eines streng begrenzten Kreises. Und was Ehemänner anbelangte, so küßten sie einfach und hörten nicht wieder damit auf bis zu dem Tage, an dem sie es plötzlich nicht mehr taten. Aber keiner, weder Tanten noch Mütter, weder Bischöfe noch Ehemänner betrachteten auch nur die Erwähnung eines Kusses als schickliche Basis der Konversation.

Wie erfrischend war es deshalb und wie rundherum entzükkend, daß Ingram so unbefangen war, und wie ihr der Gedanke gefiel, daß er, obgleich er das mit den kleinen Küssen in ihren Augen ja nur zum Spaß gesagt hatte, es für lohnend hielt, so zu tun als ob. Amüsiert, schelmisch und stolz überlegte sie sich, was Redchester wohl sagen würde, wenn man dort erfuhr, daß dieser berühmte Mann, der dort ja auch hochgeehrt wurde, in Wirklichkeit so schlicht und gleichzeitig so überwältigend freundlich war. Zum ersten Mal gab sie ihm keine Antwort; sie schwieg, in heitere und vergnügte Gedanken versunken. Und Ingram ging neben ihr her, die Hände in den Taschen, und beschwingten Schrittes, von einem Gefühl des Triumphes erfüllt, denn er bildete sich ein, er sei zu ihrem Selbstbewußtsein durchgedrungen, auf jeden Fall hatte es ihr die Sprache verschlagen.

Es war nun jedoch nicht so, daß ihm der Weihrauch nicht behagt hätte, den sie vor ihm verbrannte, auch nicht der ungeschützte Ausdruck ihrer Bewunderung, aber ein Mann braucht für sein Liebeswerben einen gewissen Raum, und wenn er sich erst einmal auf dieses erfreuliche Unternehmen eingelassen hat, mag er es nicht, wenn ihm das Wort aus dem Munde genommen wird. Ingeborg nahm ihm immer das Wort aus dem Munde und warf es ihm wieder zurück, nachdem sie ihm freilich sozusagen eine Blume hinters Ohr gesteckt hatte. Er war fest davon überzeugt, daß sie damit aufhören würde, wenn er nur erst einmal zu ihrem Selbstbewußtsein durchgedrungen sein würde, denn dann mußte sie gewahr werden, daß er ein Mann war und sie eine Frau. Dann würde sie passiv werden und mit der Einbildung Schluß machen, daß er ein Halbgott war und sie eine Art demütige Kirchendienerin oder was man eben in seinem Tempel auf dieser Stufe war. Jetzt aber war er ganz offensichtlich durchgedrungen, und wie sie mit niedergeschlagenen Augen neben ihm herging, kam ihm ihr Schweigen liebenswerter vor als alles, was sie je gesagt hatte.

Bevor sie jedoch die Lücke in der Fliederhecke erreichten, die von dieser Seite her den einfachen Eingang zum Dremmel-Garten darstellte, fing sie schon wieder an.

»In Redchester –«, begann sie.

»Ach«, unterbrach er sie, »wollen Sir mir jetzt eine Beschreibung der Stadt und ihrer Umgebung geben, um mich von einer Beschreibung Ihrer Person abzuhalten?«

»Nein«, sie lachte, »Sie wissen genau, daß ich Ihnen immer und ewig zuhören könnte.«

Dieselbe Offenheit, derselbe strahlende Blick. Ingram hätte am liebsten um sich getreten.

»Ich dachte gerade«, fuhr sie fort, »daß in Redchester keiner von Küssen gesprochen hat. Nicht einmal von kleinen.«

»Sind Sie deshalb schockiert?«

»Nein. Was für ein Wort! Ich kann immer noch nicht das Wunder fassen, daß Sie – Sie – so freundlich zu mir sind – ausgerechnet zu mir. Daß Sie so wundervolle Sachen sagen und so wundervolle Sachen denken.«

Dieser Trick mit der Dankbarkeit konnte einen wahrhaftig zur Raserei treiben.

»Dann erzählen Sie mir von Redchester«, sagte er kurzangebunden. »Küßt man sich dort nicht?«

»O doch. Aber man hat dort keine Küsse in den Augen.«

Er schüttelte sich.

»Und man erwähnt sie auch gar nicht, höchstens wenn man eine Tante ist. Und dann auch nicht so. Man könnte sich einfach keine Tante vorstellen, die dafür geschaffen wäre, denn das muß man ja sein, wenn man sich solche Sätze ausdenkt. Und wenn sie es wäre, dann würde ich, glaube ich, nicht zuhören wollen.«

»Wenigstens dann sprechen Sie vom Zuhören wollen.«

»Wollen? Spitze ich nicht bei jedem Wort, das Sie sagen, beide Ohren? Was für eine Gnade«, setzte sie voll Dankbarkeit hinzu, »was für ein wahres Geschenk und was für eine Erleichterung, daß Sie keine Tante sind!«

»Da sind Sie ja noch einmal mit knapper Not davongekommen«, sagte er grämlich, »tantenhaft komme ich mir nicht einmal andeutungsweise vor.«

Er schritt mit ihr durch die Dämmerung der Lindenallee und weigerte sich, zum Abendbrot zu bleiben. Warum konnte er sie nicht jetzt und hier an diesem einsamen, finsteren Ort in die Arme reißen und zwingen, endlich aufzuwachen und endlich damit aufzuhören, ein Chorknabe oder ein Kirchendiener zu sein? Oder schütteln. Das eine oder das andere. Das war ihm in diesem Augenblick vollkommen gleichgültig. Aber er war nicht dazu imstande. Er wußte auch, warum, denn sie würde dann so grenzenlos erschrecken, und dieser Schock würde ihn nicht näherkommen lassen, keinen Millimeter näher an das Ziel bringen, nach dem es ihn jetzt so verzweifelt verlangte. Sie könnte ihm sogar – ja, er war fest davon überzeugt – inniglich für diesen weiteren Beweis seiner Hochachtung danken, für seine Freundlichkeit, wie sie immer sagte.

»Sind Sie müde?« fragte sie und spähte in der duftenden Dämmerung zu seinem Gesicht empor, denn es war die Zeit der Lindenblüte, und er war so plötzlich stehen geblieben und sagte jetzt gute Nacht.

»Nein.«

»Es geht Ihnen gut?«

»Danke, ausgezeichnet.«

»Aber warum«, fragte sie, »warum gehen Sie dann fort?«

»Ich habe keine Lust. Ich habe nichts zu sagen. Ich würde Sie nur langweilen. Gute Nacht.«

Am nächsten Tag, nachdem ihm der Morgen fast unerträglich lang erschienen war, brachte er sie sofort, sowie sie alleine waren, auf das heikle Problem der Ehemänner.

»Es hat keinen Zweck, Ingeborg«, sagte er, »ja, ich werde jetzt Ingeborg zu Ihnen sagen – wir sind beide Pilger, Sie und ich, auf dieser steinigen Lächerlichkeit, die man Leben nennt, und bald werden wir sterben, und deshalb, meine Liebe, lassen Sie uns Freunde sein für diese kleine Weile –«

»Aber natürlich, natürlich –«

»Es hat keinen Zweck, wissen Sie, wenn man gewisse unübersehbare Themen aussperrt, nur dieser idiotischen Vorurteile wegen, die als guter Geschmack bekannt sind. Das einzig wirklich Lebendige steckt im schlechten Geschmack. All diese Präliminarien zur wahren Einheit, zu welcher Einheit auch immer, Körper oder Geist, bestehen doch nur darin, daß man mit diesen ganzen Vorbehalten und Rücksichten und Verschwiegenheiten Schluß macht, und jedes Drumherumgerede ist schlechter Geschmack. Wenn wir wirklich Freunde sein wollen, müssen wir das über Bord werfen. Den schlechten Geschmack. Den verfluchten schlechten Geschmack. Also –«

Er hielt inne.

»Ja?«

Sie schaute mit einem Hauch von Verstörtheit zu ihm auf. Dies war die längste Rede, die er je von sich gegeben hatte, und sie konnte sich nicht vorstellen, wohin sie führen mochte. Er arbeitete wieder wie rasend, warf ihr Abbild aufs Papier – die Anzahl der Skizzen, die er von ihr gemacht hatte, mußte unterdessen unglaublich angeschwollen sein – und warf ihr bei jedem Satz einen flinken und professionellen Blick zu.

»Jetzt reden wir über Ehemänner. Sagen Sie mir, was Sie von Ehemännern halten.«

»Von Ehemännern? Aber die sind doch kein schlechter Geschmack«, antwortete sie.

»Sagen Sie mir, was Sie von ihnen halten.«

»Nun, das sind Menschen, die man sehr gern hat«, antwortete sie und umschlang ihre Knie.

»Aha. Das ist Ihre Meinung.«

»Ja. Ihre nicht auch?«

»Ich habe nie einen gehabt.«

»Was für ein Glück, eine Frau zu sein. Ehemänner sind Menschen, die man gerne hat, ein für alle Male. Sie erretten einen aus Redchester. Sie sind gütig und freundlich. Sie helfen einem, Alltagserfahrungen zu einem Wollknäuel aufzuwickeln, und am Ende verwandeln sich all diese Erinnerungen in etwas Sanftes und Zärtliches. Und sie sind geduldig, selbst nachdem sie entdeckt haben, wie sehr man sie langweilt, bleiben sie geduldig. Und – man liebt sie.«

»Und – man liebt Sie.«

Sie wurde rot. »Natürlich«, erwiderte sie, »es ist niedlich, wenn Sie so von natürlich und ein für alle Male sprechen. In Wirklichkeit wissen Sie ganz genau, daß das Hirngespinste sind. Nichts folgt notwendigerweise auf das andere. Ich meine, nicht wenn es sich um menschliche Wesen handelt.«

Ingeborg wand sich. Ihr war die Unaufrichtigkeit ihrer Natürlichkeit sehr wohl bewußt; sie konnte sich noch zu gut daran erinnern, wie Roberts Liebe nach Zoppot ganz plötzlich ausgeknipst wurde. Aber der Rest war irgendwie dennoch wahr, dachte sie. Sie liebte ihn wirklich – lieber Robert! Der Unterschied zwischen ihm und einem so bewunderungswürdigen Freund wie Ingram bestand nach ihrer Meinung darin, daß sie sich für Ingram interessierte, ungeheuer interessierte, und daß sie sich für Robert nicht interessierte. Das mußte daran liegen, glaubte sie, weil sie Robert liebte. Wahre Liebe, belehrte sie sich lieber, lag darin, daß man ruhig und aufmerksam eine haarige Raupe betrachten konnte, eine ziemlich scheußliche Raupe, die einem den Weg entlang auf die Schuhe zugekrochen kam, weil wahre Liebe vieles ausschloß, zum Beispiel solche Ängste. Sie schloß zum Beispiel auch Unterhaltungen aus. Und Interesse, das man ja ohne Gespräche gar nicht recht entfalten konnte. Aber verglichen mit der Liebe war diese Neugier auf die Welt ein zweitrangiges Gefühl, und weil es zweitrangig war, brauchte es Aufwand, drückte sich mit einer Weitschweifigkeit aus, die nicht mehr nötig war, wenn man die höhere Ebene der Empfindungen erreicht hatte. Man liebte seinen Robert, und damit gab man Ruhe. Liebe war weitaus das höchste; aber – sie zog rasch die Füße unter sich – wie interessant war es doch, wenn sich jemand für einen interessierte!

»Na?« fragte er und schaute sie an. »Weiter!«

»Ach, ich kann doch nicht weiter. Ich bin fertig. Da gibt's nichts mehr.«

»Es handelt sich also um ein rasch erschöpftes Gesprächsthema.«

»Ja, weil es so einfach ist und so – einem so teuer. Man weiß mit Ehemännern, woran man ist.«

»Sie wollen damit sagen, daß Sie nirgendwo sind.«

»Ach«, sagte sie wieder, warf den Kopf zurück und schaute ihm mutig in die Augen, »wie wenig Sie doch begreifen. Und selbst wenn«, fügte sie hinzu, »selbst wenn das stimmte, wäre es ein unbeschreiblich friedlicher und geruhsamer Zustand.«

»Negation. Tod. Finden Sie es bei mir friedlich und geruhsam?«

»Nein«, antwortete sie rasch.

Er legte seine Pinsel hin und starrte sie an. »Was für ein Gnadengeschenk!« sagte er. »Was für ein Gnadengeschenk. Ich fürchtete schon, es wäre anders.«

Am Ende der dritten Woche geschah etwas Merkwürdiges. Er hatte es immer noch nicht geschafft, ihre äußere Hülle zu durchdringen und die Gefühle zu berühren, die sie vielleicht besaß, aber ihr war es erstaunlicherweise gelungen, zu ihm durchzustoßen. Ingrams äußere Hülle bestand zu jener Zeit und schon seit einigen Jahren darin, koste es, was es wolle, der Langeweile zu entkommen, irgend etwas fest in den Griff zu bekommen, das ihn zu erregen versprach, aus diesem mit Fleiß und zu seiner Zerstreuung alles bis zum letzten Tropfen herauszupressen, und es dann leer und zerdrückt wieder fallenzulassen. Das war eine Schutzschicht, die leicht zu Meinungsverschiedenheiten mit der eigenen Frau führen kann. Doch unter ihr steckte in einem Flammengewand das, was von Anfang an sein Wesen war, unberührbar und unzerstörbar: seine Schaffenskraft. Er wußte auch gar nicht, warum oder wie es geschehen war, aber in jener dritten Woche hatte Ingeborg diese Schutzschicht durchdrungen und verschmolz auf eine merkwürdige und vertrackte Art und Weise mit diesem flammenden verborgenen Ding in seinem Inneren.

Hoch über allem, unbeschreiblich hoch über allem Interesse, das er je für Frauen verspürt hatte, stand seine Arbeit. Seine verschiedenen Liebesaffären, die so zahlreich waren wie die verwitterten Grabsteine auf einem alten Friedhof, hatten sich höchstens bis zu seiner Türschwelle hingezogen. Er trat heraus zu der Dame, der Dame, die schon dazu bestimmt war, als Grabstein zu enden, er kam oft mit Leidenschaft, manchmal mit Illusionen und stets mit der unerschütterlich guten Absicht, sich vorzuspielen, daß es nun endlich das einzig Wahre sei, aber die Dame kam niemals herein. So wie er sie behandelte, konnte sie sich leicht erkälten, und das geschah auch oft, aber sie durfte niemals die Schwelle übertreten und anfangen sich einzumischen, zum Hemmschuh zu werden, sich dazwischenzuschieben. Am Ende wurde sie draußen immer allein stehen gelassen, allein mit dem Fußabkratzer, und fröstelte vor Kälte.

Und nun war Ingeborg durch die Tür geraten, aber sie mischte sich nicht ein und war auch kein Hemmschuh, sondern brachte ihn positiv weiter.

Darauf brachte ihn zuerst die steigende Qualität seiner Skizzen. Ihre Schönheit begann ihn zu verblüffen, unvermutet zu überwältigen, als ob es etwas außerhalb von ihm selbst wäre, unabhängig von seinem eigenen Willen. Er hatte im Menschlichen so wenig Schönes entdeckt, und seine Bilder waren immer der Ausdruck eines Vorwurfs gewesen, eine Herausforderung, die kindische und wunderbare Herausforderung eines Meisters im kleinen hinter den Kulissen eines tapferen Theaters. Vierzehn

Tage lang hatte er nun skizziert und mit Wasserfarben herumgeplanscht, und es war nur ein Vorwand gewesen, ein Vorwand zum Bleiben, weil er mit Ingeborg schlafen wollte, weil er sich an dieser unerwartet klaren kleinen Quelle eine Weile erquicken wollte. Er war bezaubert worden, irritiert, noch stärker irritiert, vollkommen verzweifelt, vollkommen bezaubert. Er hatte aufbegehrt, Entschlüsse gefaßt, zum Schluß fast Angst bekommen. Aber dieses Bad der Gefühle hatte draußen stattgefunden, draußen vor der Tür. Sie war nur ein Ersatz und auch nur ein zeitlich beschränkter Ersatz für den Kaukasus.

Dann merkte er in der dritten Woche, daß sie damit aufgehört hatte. Sie war nicht mehr ein komisches kleines Ding, war ihm nicht mehr ein anziehendes, köstliches kleines Wesen, das genau die Farben hatte, die ihm am besten gefielen, helle, weiße Töne, ein Wesen, das in unverdrossenem Eifer Weihrauch vor ihm aufsteigen ließ, ein Geschöpf voller Zufriedenheit und bereitwilliger Freundschaft. Das alles war sie immer noch, aber auch sehr viel mehr. Wie Adam, nachdem ihm Gott seinen Lebensatem eingehaucht hatte, war sie eine lebendige Seele geworden, und diese Verwandlung war sein Werk. Nicht nur ihre, sondern auch seine Seele hatte begonnen, in seine Skizzen von ihr einzugehen. Jede weitere Skizze enthüllte mehr an innerer Schönheit. Jede einzelne hielt ihre Qualitäten in Form und Farbe fest und brachte solche bei ihm hervor, von denen er gar nicht geahnt hatte, daß er sie besaß. Es war, als ob er bei jedem seiner raschen Pinselstriche verfolgen konnte, wie seine Hand von einem anderen gehalten und gelenkt wurde, von einem sehr viel größeren, sehr viel strahlenderen Meister aus einer anderen strahlenden Welt, der ihn so in der Hand hatte, wie man einen Lehrling hält, und ihm diese neuen Dinge zeigte und bei jedem frischen Pinselstrich sagte: »Schau – so ist sie wirklich, das ist ihr Wesen, ihr Geist ... Und schau, so bist du in Wahrheit, und deshalb kannst du sie erkennen.«

In jener dritten Woche schlenderten sie an einem späten Nachmittag zum See. Ingeborg ruderte lässig zur Mitte des ruhigen Wassers, auf den Sonnenuntergang zu, und Ingram saß am anderen Ende mit dem Licht im Rücken und verfolgte, wie sie sich in dem Maße verwandelte, in dem die Sonne schwand. Ganz am Anfang ihrer Bekanntschaft hatte er ihr empfohlen, nur Weiß zu tragen und Hüte als töricht und überflüssig bezeichnet; deshalb trug sie Weiß und saß ohne Hut im Boot. Das Licht blendete sie. Sie konnte von ihm nichts als einen dunklen Umriß vor dem Himmelsbrand erkennen. Aber als sie das Boot in den Schutz der Schatten entlang des Ufers lenken wollte, befahl er ihr sofort, zu stoppen und weiter direkt in die Sonne zu rudern.

»Ich kann aber nichts sehen«, protestierte sie.

»Aber ich. Es ist für mein Gemälde. Es wird eine Studie aus Licht.«

»Können Sie nach den Skizzen arbeiten?«

»Nein. Nach Ihnen.«

»Ach, Sie haben aber doch gesagt, hier ginge es nicht, weil es hier keinen richtigen Raum gibt.«

»Das stimmt. Ich werde in Venedig malen. In meinem Atelier.«

»Aber können Sie das denn nach der Erinnerung?«

»Nein. Nach Ihnen.«

Sie lachte. »Wie ich mir wünsche, daß das ginge!« sagte sie. »Ich verzehre mich danch, etwas anschauen zu können, nach Italien zu reisen –«

Sie seufzte. Die Traumvorstellung war unerträglich schön.

»Na, das müssen Sie ja auch. Nicht nur, weil es ungeheuerlich wäre, wenn Sie das versäumten; ungeheuerlich und schockierend und unglaublich, daß Sie hier in Kökensee versauern, Jahre und Jahre lang und nichts zu sehen und zu hören bekommen, nichts von den wichtigen Dingen kennenlernen, sondern vor allem, weil Sie mein großes Gemälde nicht verderben dürfen – das beste, das ich jemals malen werde.«

»Robert könnte seine Arbeit nie im Stich lassen.«

»Ich will ja auch gar nicht, daß Robert irgend etwas im Stich läßt. Ich will ja schließlich Sie malen. Und ohne Sie kann ich das nicht.«

»Das ist wirklich sehr merkwürdig«, sagte sie und lächelte, »weil Robert auch nicht ohne mich auskommen kann.«

Er ließ seinen Arm sehr heftig ins Wasser fallen, sprühte eine Handvoll hoch in die Luft und tauchte die Hand wieder ein.

Es war ihm in seinem ganzen Leben als selbstverständlich vorgekommen, daß man, wenn es um die höchsten Dinge ging, nicht nur selber alles dafür aufgibt, sondern daß auch andere Leute dazu verpflichtet sind. Die ganze Welt und die Jahrhunderte mußten bereichert werden – von seiner Rolle als Genie war er mehr als überzeugt –, und die Pflicht der Personen, die bei diesem Prozeß notwendig waren, bestand darin, sich ihm hinzugeben, mit Leib und Seele, was er für ein vollkommen gerechtfertigtes Opfer hielt. Wenn er jemanden für seine Arbeit brauchte, und sei es auch nur indirekt, um ihn zum Beispiel bei Laune zu halten, so daß er sein Bestes geben konnte, so war es eben die Pflicht dieser Person, ihm in allem ergeben zu sein. Das war eine gewaltige Aufgabe; größer als die Liebe zu Heim und Frau. Er würde –, davon war er fest überzeugt, genausoviel für einen anderen tun, falls es jemanden mit einer noch größeren Begabung geben sollte. Er war nun in einen Zustand der Unzufriedenheit und der Unruhe geraten, seit Jahren schon, und obgleich sein Ruhm immer noch stieg, waren seine Arbeiten längst nicht mehr das, was sie hätten sein können. Die Langeweile fraß an ihm, ein tiefer Ekel vor der Menschheit. Außerdem hatte es ärgerliche private Komplikationen gegeben. Seine Frau war zänkisch geworden und wollte ihn nicht mehr verstehen. Und jetzt hatte er das hier entdeckt, dieses Ding, dachte er, und betrachtete Ingeborg mit einer Art von Wut, die ihn immer ergriff, wenn er auch nur den leisesten Verdacht haben mußte, daß sich irgend etwas seiner Arbeit in den Weg stellte, wie dieses Ding aus Licht und Glut und Reinheit, dieses kleine verborgene Juwel, eigens für ihn im Verborgenen geblieben, nur in Erwartung auf ihn am Leben, damit er aus ihr ein erlesenes Kunstwerk machte. Und was tat sie? Sie schob ihm spießbürgerliche Hindernisse in den Weg, philisterhafte Probleme, absolute Nichtigkeiten – kurz und gut, Robert.

»Ist Ihnen eigentlich klar«, sagte er, beugte sich vor und starrte sie mit merkwürdig blassen Augen an, »was es bedeutet, von mir gemalt zu werden?«

»Mein höchster Ruhm«, antwortete sie, »mein höchster Stolz.«

Er wedelte ungeduldig mit der Hand. »Es bedeutet«, sagte er, »und in diesem Falle ganz besonders, daß zu den großen Kunstschätzen der Welt ein weiterer hinzukommen wird.«

»Ach«, sagte Ingeborg, und dann, nachdem sie wieder atmen konnte, »ach.«

Sie war starr vor Ehrfurcht. Seine Stimme drang aus dem schwarzen Schatten und zwischen zusammengebissenen Zähnen hervor, was ihr eine beschwörende Wirkung verlieh. Geblendet von der Sonne, im Angesicht dieser schwarzen Gestalt und dem Zauber dieser Stimme ausgesetzt, hatte sie das Gefühl, den Atem eines großen Geistes zu spüren. Ob es wohl noch schlimmer gewesen wäre – aber sofort korrigierte sie diesen Ausdruck, es war wirklich nur ein Versprecher – also: glorreicher und ergreifender, wenn sie zusammen mit Shakespeare oder Sophokles, mit Homer oder der gesamten Renaissance in einem Boot gesessen hätte? So unbedeutend ihr Paddel auch war – sie klammerte sich heftig daran fest.

»Es ist, es ist eine große Verantwortung«, sagte sie lahm.

»Natürlich«, erwiderte er, immer noch mit dieser zischenden Stimme. »Und sie muß in Größe ertragen werden.«

»Aber was habe ich –«

»Da ist dieses Bild – ich fühle es in mir, ich schwöre Ihnen, ich spüre es, und ich weiß genau, wie es aussehen wird – ich weiß vor allem, daß es die Krönung meines Werkes wird, noch in Generationen ein Abbild lebendiger Schönheit, Bildnis einer Dame – das wird die Blicke der Welt noch auf sich ziehen, wenn wir schon längst gestorben sind –«

Er brach ab. Er hörte auf, ihr seine Sätze entgegenzuschleudern. Er begann zu betteln.

»Ingeborg«, sagte er, »Sie haben mich während meines Besuches hier geläutert und reifen lassen wie der Sonnenschein, ohne im geringsten die Absicht zu haben, mich zu läutern oder reif werden zu lassen. Ohne Sie – ach, selbst an den Vormittagen hier, an denen ich nicht zu Ihnen kommen sollte, lag ich wie ein Schiff im Trockendock, war wie ein Flugzeug ohne Treibstoff, ein

Buch, dem die ersten und die letzten Seiten fehlen. Die Nachmittage aber sind wie ein strahlendes Bild, wie ein Traum. Es ist erstaunlich, wie tot die Dinge sind, wenn ich nicht bei Ihnen bin. Bevor ich Sie fand, habe ich schlecht gemalt – schlecht im Vergleich zu dem, wie ich malen könnte, und wenn ich ohne Sie arbeiten muß, werde ich gar nichts zustande bringen oder nur klägliche Bruchstücke. Das Malen bedeutet mir alles, und ohne Sie werde ich nicht mehr malen können. Nun können Sie mich auslachen, Sie können mich als einen Parasiten verspotten. Ohne Sie bin ich nur eine leere Hülle gewesen, jahrlang. Sie können mich nicht wieder gehen lassen. Sie können mich nicht meinen alten Ängsten ausliefern, nicht so tief stürzen lassen. Sie sind meine Muse. Sie sind meine Antwort auf das Leben, meine Wirklichkeit, Sie verleihen mir Ruhm, verwandeln mich in ein Genie. Und das Bild, das ich von Ihnen malen werde, nenne ich ›Das Portrait einer Dame, die ihm seine Seele wieder schenkte‹.«

30

Sie starrte seinen schwarzen Umriß hilflos an. Sie war überwältigt. Was konnte eine ehrbare Pastorenfrau auf so ein Geständnis erwidern? Es klang so aufrichtig, aber sie glaubte ihm natürlich nicht, denn wie konnte jemand wie Ingram in jemandem wie ihr all diese wunderbaren Dinge sehen? Aber sie befürchtete auch nicht mehr, daß er sich über sie lustig machte. Ein Fünkchen davon meinte er wirklich. Das Unausgesprochene, das spürte sie genau. Sie hatte Angst, und sie war gleichzeitig hingerissen. War es die Möglichkeit, daß am Ende doch jemand nach ihr verlangte, daß sie am Ende doch jemandem helfen konnte? Er verlangte nach ihr, ausgerechnet er, Ingram; dabei war es erst ein paar Wochen her, daß sie so unbeachtet und ungeliebt durch Kökensee lief, daß sie schon dankbar war, wenn ein Hund bei ihrem Anblick mit dem Schwanze wedelte.

»Es – es ist eine große Verantwortung«, murmelte sie zum zweiten Mal.

Das stimmte. Denn es gab Robert.

Robert, das empfand sie selbst in diesem verzückten Zustand, in dem ihr alles leicht und möglich erschien, würde sie nicht verstehen. Robert brauchte sie nicht selber, aber nach Venedig würde er sie nicht reisen lassen. Robert hatte außerdem nicht im geringsten begriffen, wie berühmt Ingram in der ganzen Welt war; das konnte man vermutlich auch nicht von ihm erwarten, weil er von Kunst gar nichts hielt. Robert, davon war sie ziemlich überzeugt, würde seine Arbeit auch nicht eine Stunde im Stich lassen, um sie irgendwohin zu begleiten, und wie käme sie ohne ihn nach Venedig? Man reiste nicht mit jemandem nach Venedig, mit dem man nicht verheiratet war.

Ja, in einem ganzen Waggon voller Leute, die einem gleichgültig wären – das ginge. Aber sowie man jemanden mochte, sowie es einem himmlisch vorkam, dorthin mitgenommen zu werden, die richtigen Wege gezeigt zu bekommen, verwöhnt und davor bewahrt zu werden, sich zu verirren – dann ging es nicht. Es war einfach, wie beim Küssen, es hing davon ab, ob man jemanden mochte. Die Gesellschaft schien auf Haß zu beruhen. Man durfte Leute küssen, die man gar nicht küssen wollte, man durfte mit beliebig vielen Fremden nach Venedig reisen, weil man Fremde gewöhnlich nicht mochte. Aber in so einem Fall – »Ach, ausgerechnet in so einem Fall«, rief sie plötzlich laut aus, warf das Paddel in das Boot und rang die Hände, ganz überwältigt von der Vorstellung der Herrlichkeiten, um die sie käme, »wenn es so wichtig ist, wenn es eine so entscheidende Rolle spielt – gerade dann von der Konvention geschnappt zu werden!«

Er hatte sie am Haken. Diese Erkenntnis durchfuhr ihn wie ein Blitz, während er flink den Fuß zurück zog, um nicht vom Paddel getroffen zu werden. Anders als anfangs geplant, weil sie immer noch unglaublich naiv war in Sachen der Sexualität; aber nach Venedig würde sie ihn begleiten, würde zu ihm kommen und ihm sitzen, und er würde sein Meisterwerk malen können, und der Rest ergab sich dann unvermeidlicherweise von selbst.

»Wie meinen Sie das?« fragte er und ließ sie nicht aus den Augen.

»Denken Sie doch nur an das große Bild, das nie gemalt werden kann.«

»Und warum nicht?«

»Wegen der Konvention, wegen all der verrückten Anstandsregeln –«

Sie rang wieder die Hände, so wie immer, wenn sie sich in höchster Erregung befand.

»Es ist ein Fluch«, sagte sie, »ein richtiger Fluch.« Dabei schaute sie ihn mit Staunen und Kummer und wahrhaftig – mit Tränen an.

»Ingeborg –«, begann er.

»Können Sie sich vorstellen, wie ich mich gesehnt habe, nach Italien zu reisen?« unterbrach sie ihn mit der gleichen kopflosen Impulsivität, die sie vor Jahren in Dent's Reisebüro getrieben hatte. »Wieviel ich darüber gelesen und wie ich daran gedacht habe, bis ich es vor Sehnsucht fast nicht mehr aushielt? Ach, ich habe mir schon die Zugverbindungen herausgeschrieben. Und worüber ich gelesen habe! Ich weiß alles über die Reichtümer dieses Landes – ach, nicht nur über seine Kunstschätze und die historischen Orte, sondern auch über die anderen Schätze, Licht und Farbe und Duft, das, was ich jetzt liebe, das, was ich nun kenne, wenn auch nur in armseligen kleinen Abbildungen. Ich weiß alles mögliche. Ich weiß, daß es auf dem Weg zur Kartause vor der Mauer eine ganze Hecke aus Wisterien gibt, Blüten über Blüten –«

»Welche Kartause?«

»Pavia – Pavia – und im April ist der freie Platz davor vom himmlischsten Duft erfüllt. Und ich weiß von diesen kleinen Monatsrosen, die im Januar den ganzen Campo Santo überwuchern, das ist in Genua im Januar – im Januar! Rote Rosen im Januar. Währenddessen hier . . . Und ich weiß von den Glühwürmchen in den Gärten um Florenz herum – im Mai, Anfang Mai, wenn wir hier noch am Ofen hocken, und ich weiß von den Kastanienwäldern, echten Kastanien, die man dann essen kann, oben auf den Steilhängen über den Seen, meilenweit, und auf dem Boden das grüne dicke Moos, und ich weiß von den merkwürdigen schwarzen Weintrauben, die einem auf der Zunge beißen und die Welt im September mit dem Duft nach Erdbeeren erfüllen, und wie die Via Appia im April aussieht, wenn sie unter dem tanzenden blühenden Gras verschwindet, das wie in Flammen zu stehen scheint, und ich kenne die Honigfarbe der Häuser in den ältesten Teilen Roms und weiß, daß die Schwertlilien, die sie auf der Straße verkaufen, wie rosig blasse Korallen aussehen – und um all das sehen zu können, muß man nur einen Zug in Meuk besteigen. Jeden Tag ist das möglich. Jeden Tag fährt er vorbei, aber man ist niemals da, und Kökensee würde wie ein Vorhang zurückfliegen, die Welt würde wie ein Kleid gewechselt werden. Erst legte man den alten Kittel ab, wie einen alten Fetzen, und dann steigt man in so etwas . . . Wenn man sich das auch nur vorstellt, was für ein Hintergrund, was für ein prachtvoller Hintergrund für die Entstehung des größten Gemäldes der Welt!«

Sie hielt inne und hob das Paddel wieder auf. »Ich möchte wirklich wissen«, sagte sie plötzlich niedergeschlagen, »warum ich Ihnen das alles erzähle.«

»Weil«, antwortete Ingram mit gesenkter Stimme, »weil Sie meine Schwester sind und meine Gefährtin.«

Sie tauchte das Paddel ins Wasser und drehte das Boot zum Haus.

»Na ja«, sagte sie, und alle Begeisterung hatte sie verlassen. Wenn man in diese Richtung fuhr, wirkten das Wasser und der Himmel und die Wälder am Ufer und der Kirchturm von Kökensee am Ende des Sees düster und trübselig. Zuerst war sie vom Licht aus der anderen Richtung so geblendet, daß sie gar nichts erkennen konnte, dann nahm alles schwarze Schattenformen an.

»Was man so redet«, sagte sie, »ich sage dies voller Begeisterung, und Sie sagen das in aller Nettigkeit – aber viel Sinn hat das alles nicht.«

»Aber doch. Denn wir reden nicht nur, wir werden auch handeln. Sie werden mit mir nach Venedig kommen, meine Liebe. Haben Sie nicht in diesen Reisebüchern gelesen, wie die Lagunen bei Sonnenuntergang aussehen?«

Sie machte eine ungeduldige Bewegung.

»Ingeborg, lassen Sie uns vernünftig miteinander reden.«

»Ich kann nicht vernünftig reden.«

»Na gut, dann hören Sie mir dabei zu.«

Und er redete vernünftig. Er redete während der ganzen Fahrt über den See, auf dem Weg durch den Roggen und später im Garten, als sie im Zwielicht unter den Linden hin und her spazierten. Herrlich, dachte er in jenem verborgenen Winkel seines Verstandes, in dem die Quälgeister der Selbstkritik lauerten und ihn verspotteten, die Mühe, die man sich am Anfang immer mit einer Frau machen muß.

Sie ließ ihn reden. Sie hörte ihm schweigend zu, die Hände auf dem Rücken verschlungen, und ihre Augen nahmen jede Kleinigkeit auf dem fahlen Sommerweg wahr, die abgebrochenen Zweige, die welken Wickenblüten, die sie am Nachmittag getragen hatte, die Ameisenkolonne, über die sie jedesmal vorsichtig einen großen Schritt machte. Er redete vernünftig, bis die Sterne herauskamen und sich die Eulen regten. Er redete von der Torheit der Konvention, der lächerlichen Art und Weise, wie sich Menschen selber in Ketten legen und wie sie sich an den Popanz einer Theorie von Gut und Böse klammern und sich nicht zu bewegen wagen, um nur ja ihre Ketten nicht zu verlieren oder sie gar beim ersten bescheidenen Abenteuer ganz und gar zu sprengen. Solche Leute, erläuterte er, waren im Kern ihres Wesens unheilbar unmoralisch, deshalb brauchten sie ein strenges Korsett, mußten sich das Gewissen mit hehren Werten ausstaffieren. Ihre einzige Hoffnung lag in Ketten.

»Mit diesen Kreaturen«, sagte er, »haben vernünftige Menschen wie Sie und ich nichts zu schaffen.«

Ja, aber die anderen, die freien Geister, deren es täglich mehr gab, von Grund auf anständig und sauber, die kein Korsett und keine Rettungsringe brauchten, die der Welt beharrlich vorführten, daß zwei Freunde, ein Mann und eine Frau, sehr wohl zusammen – sagen wir: reisen oder sich die Schönheiten der Welt betrachten, mit der Einfalt von Kindern oder der Unschuld von Bruder und Schwester und auch nach der längsten Abwesenheit ohne die gerinste Reue heimkehren konnten – wie stand es mit denen?

Also die, und schon hatte er Namen parat, bekannte Namen von Leuten, die, wie er sagte, sich in aller Offenheit bewegt hatten, energische Vorkämpfer für das allgemeine Recht auf das Natürliche und nicht Verlogene. Und dann gab es – und schon nannte er als Beispiel neue Namen, Namen von Leuten, von denen selbst Ingeborg gehört hatte, und weil er damit überraschenderweise Eindruck machte, erfand er mit wachsender Frechheit neue, nahm jeden, der nur einigermaßen bekannt war, so daß auch Ingeborg von ihm gelesen haben mußte, und schickte ihn in stiller Zweisamkeit nach Venedig. Er verkuppelte ihn mit der aberwitzigsten Partnerin, was ihm allmählich selber ein diebisches Vergnügen zu bereiten begann. Sie hatten sicher schon einmal diese Reise gemacht oder würden sie, wie er schätzte, über kurz oder lang wirklich unternehmen. »Da ist zum Beispiel Lilienkopf – sie wissen doch, dieser afrikanische Millionär. Also er ist mit Lady Missenden nach Venedig gereist.« Er warf den Kopf in den Nacken und lachte laut. Allein die Vorstellung von Lilienkopf und Lady Missenden . . . »Sie sind auch ohne eine Spur von Reue wieder heimgekommen«, sagte er und erstickte fast vor Lachen.

Sie beobachtete ihn mit ernster Miene. Sie kannte weder Lilienkopf noch Lady Missenden, und nach Lachen war ihr auch nicht zumute.

»Selbst Bischöfe gehen auf Reisen«, sagte Ingram, »sie unternehmen Wanderungen.«

»Aber doch nicht nach Venedig?«

»Nein. Zu Altären. Also die Domstädte wimmeln geradezu von heimlichen Pilgern.«

»Aber wieso heimlich? Sie haben gesagt –«

»Na, sagen wir: verstohlenen Pilgern. Pilgern, die sich verstohlen verabschieden. Gerade bei der Abreise kann man nicht vorsichtig genug sein, wissen Sie. Nicht aus Rücksicht auf die eigene Person, sondern um die anderen nicht zu kränken, die nicht vom Geiste der Pilgerschaft erfüllt sind. Zum Beispiel Robert.«

»Ach – Robert. Ich sehe schon sein Gesicht, wenn ich ihn bäte, mich auf eine Pilgerfahrt gehen zu lassen.«

»Aber Sie müssen ihn doch gar nicht bitten.«

»Was?« Sie blieb stehen und schaute zu ihm empor. »Ich soll einfach los?«

»Natürlich. So wie damals, als Sie nach Luzern ausgerissen sind. Wenn Sie jemanden gebeten hätten, wären Sie nie dort hingekommen. Und damals war es nur zu Ihrem Vergnügen, während dies hier . . .«

Er schaute sie an, und aller Spott verschwand aus seinem Gesicht.

»Dies hier«, sagte er nach einem tiefen Schweigen, »dies gibt mir meine Seele wieder. Ich brauche Sie, meine Liebe. Ich brauche Sie, wie ein finsterer Raum die Lampe braucht, ein kalter Raum das Feuer. Ohne Sie wird mein Werk nichts mehr taugen, wie auch, wenn mir das Licht fehlt, bei dem ich sehen kann? Alles würde leer sein und erstorben. So wie das Firmament ohne den Stern, der es erst so prachtvoll macht, das Heu ohne die Blumen, die ihm den Duft verleihen, der Mantel, den uns Gott schenkt, um die Kälte abzuwehren und die Bosheit abperlen zu lassen, so daß sie uns nicht das Herz zerfleischen kann . . .«

Sie begann sich wieder warm zu fühlen. Es war ihr bei seinem Hohngelächter über Lady Missenden und ihre Reise ohne Reue etwas kalt ums Herz geworden. Nach Italien zu reisen; überhaupt nach Italien zu reisen, und noch dazu unter solchen Umständen, ersehnt, erwünscht, unersetzbar für die Schöpfung eines Meisterwerks; das war sicher die sinnverwirrendste Freudengabe, die je einer Frau geboten wurde.

»Wie lange müßte ich denn fort sein?« fragte sie. »Wie lange brauchen Sie mindestens für ein Bild?«

Er antwortete obenhin, ein Monat würde reichen und reduzierte ihn auf ihren Schreckensruf hin sofort auf eine Woche.

Aber die Hin- und die Rückreise –«

»Na, sagen wir zehn Tage«, antwortete er, »zehn Tage lang werden Sie sich doch wohl freimachen können? Um«, setzte er mit einem Blick auf sie hinzu, »immer wieder aufgeschobene Einkäufe in Berlin zu erledigen.«

»Aber ich muß gar nichts einkaufen.«

»Ach Ingeborg, Sie fallen wirklich immer wieder in das Benehmen eines Chorknaben zurück. Natürlich müssen Sie gar nichts einkaufen. Natürlich wollen Sie gar nicht nach Berlin. Aber das werden Sie eben Robert sagen.«

»Ach?« sagte sie. »Aber ist das nicht – wäre das nicht eher – «

»Warum können Sie das nicht so unkompliziert machen wie damals mit Luzern? Sie wollten hin, also sind Sie gefahren. Sie haben Ihren Vater im Stich gelassen, der Sie unbedingt brauchte. Sie waren seine rechte Hand. Hier sind Sie die rechte Hand von niemandem. Ich bitte Sie um nichts, was Robert verletzen würde. Das einzige, was Sie machen müssen: alles so arrangieren, daß er über Berlin hinaus nichts ahnt. Er wird Sie doch wohl nach all diesen Jahren zehn Tage entbehren können?«

Sie ging schweigend neben ihm her, den Fliederweg entlang, bis zu dem Tor, das auf den Hof führte. Sie war aufgeregt, aber ihre Aufregung war mit Zweifeln gemischt. Was er sagte, klang so richtig, schien ganz offensichtlich richtig zu sein. Sie konnte keine vernünftigen Einwände dagegen erheben. Ihre Sehnsucht, fortzugehen, war fast unerträglich. Sie war auch fest davon überzeugt, daß diese Reise einem hohen und hehren Ziele diente. Und dennoch –

Die Fenster von Herrn Dremmels Laboratorium standen offen, denn der Abend war schwül und ruhig, sie konnten ihn im Licht der Lampe sehen, wie er sich mottenumflattert über seine Arbeit beugte.

»Gute Nacht«, rief Ingram mit jener besonderen Herzlichkeit, die speziell für Ehegatten reserviert war, zum Fenster hinein, Herr Dremmel war aber zu vertieft, um ihn zu hören.

Gegen zwei Uhr brach ein Gewitter aus, mit einem schweren Platzregen, und als Ingeborg am nächsten Morgen aufstand, mußte sie sehen, daß der Sommer vorbei war. Im Hause war es trübselig, kalt und düster, und es regnete stetig. Als sie von der Haustür aus den Hof betrachtete, der fünf Wochen lang so hell und staubig gewesen war, kam es ihr vor, als ob sie noch nie so etwas Verlassenes gesehen hätte. Der Regen rann wie ein Wasserfall am Efeu entlang. Das Schwein stand einsam im Schlamm und tropfte vor Nässe. Auf den Pfützen tanzten die Regentropfen wie tausend kleine Perlmuttknöpfe. Nach einem schweren Gewitter schlug das Wetter meistens für Tage, wenn nicht für Wochen um. Was sollten sie und Ingram jetzt machen? Was in aller Welt blieb ihnen jetzt übrig? Eingesperrt in die finstere kleine Wohnstube, wo er nicht arbeiten konnte, keine Spaziergänge mehr, keine Ruderfahrten – er würde natürlich die Koffer packen, und der Zauber war vorbei.

»So eine Woche«, sagte Herr Dremmel, während er aus seinem Arbeitszimmer trat und sich auf die Schwelle stellte und sich zufrieden die Hände rieb, »so eine Woche wird die ganze Situation retten.«

»Was für eine Situation retten, Robert?« fragte sie, die Gedanken so verworren und träge wie der trübe graue Himmel. Er schaute sie an.

»Ach ja«, sagte sie hastig, »natürlich – die Versuchsfelder. Ja, das haben sie wohl die ganze Zeit bei diesem himmlischen Wetter vermißt.«

»Es war ein Wetter«, antwortete Herr Dremmel, »das nichts mit dem Himmel zu tun gehabt hat, höchstens mit der Hölle. Sicher genau das richtige Klima für Teufel, da werden sie dick und fett und kriegen große Ohren, Teufel, die von der Trockenheit leben, aber sicherlich nicht von den gesegneten Früchten der Erde.«

Er gönnte sich einen kurzen Augenblick zum Nachdenken darüber, wie hoch die Mauer schon zwischen zwei Menschen geworden sein muß, wenn sie einen so verschiedenen Wettergeschmack entwickelt haben.

Ingram kam um zwei Uhr und befand sich in einem Zustand höchster Gereiztheit. Er stakte durch die Pfützen auf den Hof, hatte den Kragen seines Mantels hochgeschlagen und schwenkte voll Zorn seinen Schirm. In seiner Schlechtwetterlaune kam es ihm unglaublich absurd und sinnlos vor, bei strömendem Regen durch den Matsch eines ostpreußischen Bauernhofes zu waten, nur um neben einer Frau zu hocken. Er wollte sich an die Arbeit machen. Er war von seinem Gemälde wie besessen. Er war wie im Fieber vor Ungeduld, endlich anfangen zu können, das jeden Künstler nach einer müßigen Phase ergreift, das Fieber fortzukommen, sich endlich wieder mit etwas Wesentlichem beschäftigen zu können – das leidenschaftliche Fieber der Schöpfung. Er war bei seinen täglichen Besuchen noch niemals im Hause gewesen, und als er in den Flur trat, erschlug ihn fast der Geruch nach dem, was vor einer Stunde ein anständiges deutsches Mittagessen gewesen war. Der Geruch kam ihm entgegen, umhüllte ihn wie ein deftiger Willkommensgruß. Und er schlug im ganzen über ihn zusammen, fast zum Greifen, kräftig, unentrinnbar. Die Haustür stand offen, aber es hätte sehr lange Zeit vergehen müssen, um ein Haus bis zum Nachmittag von diesem bestimmten und durchdringenden Geruch zu befreien. Es schockierte ihn geradezu, daß er sich seine kleine Ikone aus lebendigem Elfenbein und Blattgold an solchen Tagen nur in diesen Dünsten vorstellen durfte, wie sie sich in ihnen hin und her bewegte, in ihnen saß, sie einatmete und wie er nur durch einen dicken Vorhang aus Kohlgestank und anderen üblen Gerüchen mit ihr kommunizieren konnte.

Die Düsternis dieses Hauses, das in seiner Nordecke nur von einem kalten Licht durchdrungen war, das auch fast sofort in der Küche und in den Dienstbotenkammern erstickte, kam ihm unglaublich vor. Was für ein Elendsquartier. Was für ein Ort für eine Frau! Was für ein Ort für eine Frau, um die sich keiner mehr kümmerte! Der Gedanke an Herrn Dremmels Gleichgültigkeit, diese Gleichgültigkeit, die seinen eigenen Aufenthalt unmöglich und unerfreulich machte, versetzte ihn in Wut. Wie konnte er das wagen? dachte Ingram und putzte sich erbittert die Stiefel ab.

Herr Dremmel, Kökensee, alles was außer Ingeborg mit diesem Ort zusammenhing, kam ihm in seiner veränderten Laune abscheulich vor. Er vergaß ganz und gar die Wochen voller Sonnenschein, die es gegeben hatte, die prachtvollen Nachmittage in Garten und Wald und Roggenschlägen, die langen Bootsfahrten auf dem ruhigen Wasser, und er haßte jetzt alles. Kökensee war ein gottverlassener Ort, fremd, häßlich, schmutzig, übelriechend. Selbst als nun Ingeborg aus dem Wohnzimmer durch den konzentrierten Kohldunst auf ihn zugelaufen kam, erschien sie ihm weniger strahlend, wurde gewöhnlich. Und seine Vorstellungskraft war so verhängnisvoll stark, so zerstörerisch, daß er sich einen entsetzlichen Augenblick lang vorstellte, sie hätte Kohl im Haar.

»Ingeborg«, sagte er, sowie sie im Wohnzimmer saßen, »das hier kann ich nicht aushalten. So etwas kann ich ganz und gar nicht aushalten, das müssen Sie verstehen.«

Er fuhr sich mit beiden Händen durchs Haar und biß auf seinen Zeigefinger und starrte sie ärgerlich und vorwurfsvoll an.

»Ich habe mir schon gedacht, daß es Ihnen nicht gefällt«, sagte sie entschuldigend und hatte irgendwie das Gefühl, sie wäre an diesem Wetter schuld.

»Gefallen! Und ich kann hier nicht mehr herumtrödeln. Sie können nicht von mir erwarten, daß ich mich hier noch länger aufhalte –«

»Oh, ich habe doch nie etwas erwartet«, unterbrach sie ihn hastig, überrascht und verzweifelt, daß sie so einen Eindruck hervorgerufen hatte.

»Ach, es kommt auf das gleiche heraus, diese Schwierigkeiten, die Sie wegen der Reise machen und dann, daß man Ihnen ununterbrochen zureden muß.«

Er unterbrach plötzlich sein Herumgerenne in der kleinen Stube und starrte sie an. »Nanu, Sie machen mir ja Kummer!« sagte er mit einer Stimme, die vor Verblüffung ganz hoch klang. Und als sie nur dastand, ihn mit leicht geöffneten Lippen anschaute, die Augen voll fremder und furchtsamer Fragen, begann er wieder hin und her zu laufen, kreuz und quer durch die muffige kleine Stube.

»Mein Gott«, sagte er beim Rennen, »wie ich Zimperlichkeiten hasse.«

Und es kam ihm wirklich vollkommen ungeheuerlich vor, daß sein großes Werk auch nur einen einzigen Tag lang von Skrupeln irgendwelcher Art aufgehalten werden konnte.

»Dieses graue Kopfweh von einem Himmel«, sagte er und trat für einen Augenblick ans Fenster, »dieser Matsch, diese klamme Kälte –«

»Aber –«, begann sie.

»Die Tage hier sind Striche – nur eine Dimension, keine Breite oder Tiefe, keine Substanz –«

»Aber sicherlich – aber bis heute –«

»Ich komme mir an diesem Ort wie in einem Brunnenschacht vor, abgeschnitten vom Anblick der Freundlichkeit und des Vertrauens – und Sie sind es, die alles ausschließen«, sagte er und wandte sich an sie, »und das machen Sie mit Absicht, Sie werfen den Deckel auf die Glorie des Lichtes und des Lebens, Sie sind eine Zerstörerin für nichts und wieder nichts, nur für ein Phantom, für eine Idee von Robert –«

»Aber sicherlich«, sagte sie.

»Ich ersticke hier vor Langeweile. Dieser Vormittag war eine Hölle. In diesem Zustand wage ich nicht einmal, eine Skizze von Ihnen zu machen. Sie würde mir mißraten. Und der Regen wird niemals aufhören. In diesem Loch kann ich nicht mehr bleiben. Ich würde rasend werden –«

»Aber natürlich können Sie hier nicht bleiben. Natürlich müssen Sie fort.«

»Fort! Wie kann ich denn ohne Sie arbeiten? Wo Sie mir alles geworden sind! In den Stunden, in denen ich nicht bei Ihnen bin, fahren mir alle kleinen Bemerkungen, die Sie mir gesagt haben, wie Sternschnuppen in einem eisigen Himmel durch die Seele, und ich schlüpfe in warme kleine Gedanken an Sie, so wie ein verfrorenes Wesen in sein warmes Nest schlüpft! Ich habe Sie gewarnt, ich bin ein Parasit. Ich habe Ihnen gesagt, daß ich von Ihnen abhänge. Ich habe Ihnen gesagt, daß Sie mir die Kraft zum Leben geben. Wie können Sie es wagen, mich betteln zu lassen? Wie können Sie ausgerechnet mich betteln lassen?«

Sie standen mitten im Zimmer, Angesicht zu Angesicht, und seine hellen Augen funkelten sie an.

»Sind Sie – sind Sie sicher, daß ich in zehn Tagen wieder zurück bin?« fragte sie.

Und er besaß die Geistesgegenwart, sie nicht ans Herz zu reißen.

31

Von dem Augenblick an, in dem sie gesagt hatte, daß sie mit ihm gehen wollte, war Ingram wie verwandelt. Er wurde lebhaft, geschäftig und vergnügt. Keine Spur mehr von dem verzweifelten durchnäßten Mann, der durch den Regen gestapft war, aber auch keine poetischen Ausbrüche mehr. Er war so beruhigend wie ein stolzer älterer Bruder, ein Bruder, der nur aus munterer Zustimmung bestand. Mit flinken Händen schob er das Durcheinander ihrer englischen Lehrbücher beiseite und breitete die Eisenbahnkarte des Reichskursbuches aus; und mit Hilfe eines alten Baedekers, den seine scharfen Augen in einer Ecke erspäht hatte, erläuterte er ihr, was sie machen mußte. Er schrieb ihr die Abfahrtszeiten ihres Zuges von Meuk nach Allenstein heraus und des Zuges von Allenstein nach Berlin, er sagte ihr, wo sie in Berlin übernachten sollte, eine Stadt, die er genau zu kennen schien; und er machte ihr eine Bleistiftskizze der Straßen, die vom Bahnhof dorthin führten.

»Die punktierte Linie hier«, sagte er, »sind Ingeborgs kleine Fußspuren.«

Sie sollte in einer dieser Unterkünfte für Damen mit beschränkten Mitteln, aber Verbindungen zur Kirche ein Zimmer nehmen, die es überall in Berlin gibt und Christliche Hospize genannt werden, wo man zum Frühstück neben dem Kaffee und Brötchen mit Gebeten und einem Harmonium versorgt wird. Am folgenden Tag sollte sie ihn am Anhalter Bahnhof treffen, diesem verheißungsvollen Sprungbrett nach Süden, und er wollte Kökensee sofort verlassen, vielleicht schon an diesem Abend, und sie in Berlin erwarten. Sie würden sofort nach Venedig weiterreisen, den Zug jedoch an einigen Orten verlassen, um sich bestimmte Dinge zu betrachten; da gab es zum Beispiel einen Spazierweg über die Hügel am Lago Maggiore, den er ihr unbedingt zeigen wollte.

»Aber ich habe nur zehn Tage!« erinnerte sie ihn.

»Ach, Sie werden schon sehen. Man kann viel unternehmen –«, und dann war da Bergamo, das er ihr zeigen wollte; Bergamo, versicherte er ihr, würde ihr sehr gefallen; und selbstverständlich würden sie nach Pavia fahren, vielleicht nur, um sich davon zu überzeugen, daß die Wisteria noch blühte.

Ihre Augen tanzten. Der Anblick der Landkarte und der Fahrpläne war schon genug. Sie hing ihm an den Lippen, folgte seinem Zeigefinger, wie er über Gebirge und Seen fuhr. Sie war wie ein Schuljunge, der zuschaut, wie die erste Klassenreise ins Ausland geplant wird. Sie war ganz und gar mit Wonne erfüllt. Jeder Name klang ihr wie Musik – Locarno, Cannobio, Luino, Varese, Bergamo, Brescia, Venedig. Sie verlor ganz und gar die höheren Ziele des Abenteuers aus den Augen: das Gemälde, ihre Position als unentbehrliche Assistentin bei der Schöpfung eines Meisterwerks; in ihrem Kopf summten nur die Bilder von Zügen und Städten und neuen Ländern und herrlichem Vergnügen. Nach den tatenlosen Jahren in Kökensee hätte es schon ausgereicht, nur in den Zug nach Berlin zu steigen, um ihr Blut in Wallung zu bringen, aber hier sah sie sich weiterreisen, weiter und immer weiter, in immer mehr Licht, in immer mehr Farbe und Wärme und Glanz, und dann noch all die neuen Dinge, bis sie es schließlich erreichte, das Herz der Welt, bis sie schließlich in Italien war.

»Oh«, murmelte sie, »das ist viel zu schön, um wahr zu sein –«

Und der Rigi, der ihr bisher als höchster Maßstab gedient hatte, schrumpfte zu einem kleinen blassen unbedeutenden Hügel.

Als das Mädchen mit dem Tee gegen die Tür zu bummern begann und sie hinausging, um ihm zu helfen, räumte Ingram jede Spur einer Reisevorbereitung sorgfältig beiseite, und als sich Herr Dremmel zu ihnen gesellte, gab es nirgendwo mehr ein verräterisches Zeichen, außer vielleicht der Glückseligkeit in Ingeborgs Augen. Sie tanzten unablässig. Ingeborg sehnte sich danach, aufzuspringen und Robert zu umarmen und ihm zu sagen, daß sie nach Italien reiste. Sie wollte ihre Freude mit ihm teilen, wollte ihn wissen lassen, wie froh sie war. Sie fühlte sich im Inneren ganz hell und heiter, im Gegensatz zu Ingram, der ausgesprochen grämlich wirkte. Er begann auch nach einer Weile, mißmutige Bemerkungen über den Wetterumschlag von sich zu geben, und nachdem er sich Herrn Dremmels Ansichten dazu angehört und Verständnis für seine Dankbarkeit gezeigt hatte, verkündete er, daß er, was ihn anbetraf, den Vorarbeiten für das Portrait von Frau Dremmel ein Ende gesetzt hatte und daß er deshalb am nächsten Morgen abreisen und die Gelegenheit ergreifen wolle, sich – ehe sich Herr Dremmel wieder in sein Laboratorium zurückzog – von ihm zu verabschieden.

Herr Dremmel äußerte ein höfliches Bedauern. Ingram sprach seinen höflichen Dank aus. Ingeborg fühlte sich plötzlich wie erloschen, ihre Augen tanzten nicht mehr. Es verlangte sie aus einem merkwürdigen Grunde danach, ihre Hand unter die von Robert zu schieben. Das wuchs und wuchs in ihr, dieser Wunsch, aufzustehen und sich dicht neben Robert zu setzen. Wenn er doch nur mitkommen würde, wenn er doch ein einziges Mal Ferien machte und mitkäme und sich all die Herrlichkeiten mit ihr zusammen betrachtete, wie glücklich würden sie dann alle sein! Es kam ihr entseztlich vor, ihn so mutterseelenallein im Regen zurückzulassen, während sie nach Italien davontändelte. Ach, aber er wollte ja nicht mit, er liebte den Regen, und er würde es auch ihr nicht erlauben, wenn sie ihn frei und offen darum bäte. Ihn würde weder das Beispiel der Lady Missenden noch das der anderen Berühmtheiten beeindrucken, das wußte sie genau. Er war zwar liberal und großzügig und spottete gern über Konventionen, aber sie war sich sicher, daß er nicht so liberal und großzügig wie Ingram war, und sie vermutete außerdem, daß die Konventionen, über die er spottete, nur jene waren, die ihn nicht betrafen. Sie konnte es also nicht riskieren, ihn zu fragen. Sie mußte einfach gehen. Sie mußte, sie mußte gehen. Und dennoch –

Sie stand impulsiv auf, und unter dem Vorwand, ihm die Teetasse abzunehmen, ging sie zu ihm hinüber und legte ihm die Hand mit einer zarten streichelnden Bewegung auf den Kopf. Herr Dremmel merkte das gar nicht, wohl aber Ingram; und nach dem Tee und bis zu seinem Abschied an diesem Abend, wonach er sie bis zu ihrem Treffen am Anhalter Bahnhof in Berlin nicht mehr sehen würde, benahm er sich erstaunlich natürlich, alltäglich und heiter, noch mehr wie ein Bruder als alle Brüder, die sie jemals gesehen oder sich vorgestellt hatte.

»Natürlich«, sagte er schließlich, indem er sich auf der Schwelle noch einmal umdrehte, ehe er sich in die Nässe des aufgeweichten Hofes begab, »natürlich kann ich mich doch auf Sie verlassen?«

Sie lachte. Sie stand auf der obersten Stufe, das Licht der Lampe im Flur hinter sich, eine kleine flammende Fackel aus Entschlossenheit und Abenteuerlust und befreiter Phantasie. »Ich fahre nach Italien«, sagte sie und streckte beide Arme aus, als ob sie das Land ihrer Träume umschlingen wolle; und so komplex sind Männer und so simpel in ihrer Komplexität, daß Ingram im regnerischen Zwielicht davonging und Gott in allem Ernste dankte.

Als jedoch der Augenblick kam, in dem Ingeborg Robert von Berlin und ihren Einkäufen sprechen mußte, schlug ihr das Herz etwas bänglich. Es war am nächsten Tag beim Tee. Sie hatte den ganzen Tag lang schon immer dazu angesetzt, aber ihre Zunge war wie gelähmt. Sie hatte es beim Frühstück versucht, sie hatte es beim Mittagessen versucht, war dazwischen zweimal zur Laboratoriumstür gelaufen und hatte auf der Matte gestanden, aber statt hineinzugehen, war sie auf Zehenspitzen wieder umgekehrt. Und unterdessen fuhr Ingram nach Berlin, kam in Berlin an, wartete und trat dabei ungeduldig von einem Fuß auf den anderen . . .

Beim Tee jedoch, nach einem Spaziergang durch Sturm und Regen, bei dem sie meilenweit durch eine aller Farben beraubte Wildnis gestapft war, rief sie ihre Götter zu Zeugen auf, daß die Sache am Nachmittag erledigt werden sollte, und dann brachte sie es auch endlich über die Lippen. Sie hatte sich vorgenommen, mit ungeheurer Selbstverständlichkeit einfach nur zu sagen, daß sie nach Berlin fahren wollte, um sich Stiefel zu kaufen. Sie hatte sich die Stiefel ausgedacht, weil es unkomplizierte Gegenstände waren, man konnte sie im Handumdrehen kaufen, und ein Paar sah wie das andere aus; das war nicht wie mit Hüten oder Kleidern, die später zu Erklärungen führen konnten. Und Stiefel brauchte sie wirklich. Sie wollte sich auch tatsächlich welche kaufen. Außerdem würde ihr das helfen, weil sie nur über das sprechen mußte, was stimmte.

Es bekümmerte sie aber so sehr, daß sie mit ihm, mit ihrem Robert, ihrem ja schließlich so freundlichen Robert über Stiefel reden mußte, statt über ihr Entzücken über Italien und ihre Entdeckungen vollkommen neuer herrlicher Gefühle, daß sie schlucken mußte, und als sie sich räusperte und dann wieder schlucken mußte und ihren Mund aufmachte, da merkte sie zu ihrem Entsetzen, daß sie weder von Stiefeln noch von Berlin redete, sondern sich mit dem zänkischen Klageton einer Suffragette an ihn wandte, die nach der Zwangsernährung das Stimmrecht fordert.

Er hatte sich wie üblich etwas zu lesen mitgebracht, und er saß über seine Tasse gebeugt und hatte das aufgeschlagene Buch an die Heißwasserkanne gelehnt. Sein Titel lautete ›Eliminierung der Minusvarianten‹, und es fesselte ihn offensichtlich wie alle Bücher, die er zum Essen mitbrachte, ganz ungemein. Das Prasseln der Regentropfen auf dem Efeu wurde nur von dem Geräusch unterbrochen, das Herr Dremmel beim Teetrinken machte, und in der Stube war es unter den tiefziehenden Wolken so dunkel, daß man fast eine Lampe brauchte.

»Also siehst du«, sagte Ingeborg, der alles Blut plötzlich ins Gesicht zu schießen schien, nach einem stummen Kampf von zehn Minuten, beugte sich quer über den Tisch und stürzte sich in das Unvermeidliche, »daß ich mich wegen einer solchen einfachen Kleinigkeit so unwohl fühle, zeigt das Maß der Unterdrückung der Frauen.«

Herr Dremmel hob den Kopf, aber noch nicht die Augen von seinem Buch, womit er seine höfliche Aufmerksamkeit allem gegenüber zum Ausdruck brachte, was sie zu sagen hatte, wobei er sich aber noch nicht von dem Satz löste, den er gerade las. Als er damit fertig war, schaute er sie über seine Brille hinweg an und erkundigte sich, ob sie etwas gesagt hatte.

»Warum soll ich nicht kommen und gehen können, ohne lange zu fragen?« rief sie, rot vor Ärger darüber, daß seine Vorurteile sie zu dieser beschämenden List von Stiefeln gegen Italien zwingen konnten. »Du tust es doch auch.«

Er musterte sie unbeteiligt. »Was tue ich auch, Ingeborg?« fragte er geduldig.

»Weggehen, wann es dir paßt, und heimkommen, wann du willst. Du bist schon ganz weit weg gewesen. Einmal bist du zu einem Ort hinter Berlin gefahren. Oh, ich weiß, es ist dein Geschäft, du mußt dorthin, aber ich glaube nicht, daß das die Sache besser macht – im Gegenteil, das ist gar keine Entschuldigung, denn es ist ja herrlich, zu reisen, schön und abwechslungsreich. Und ich muß dich auch gar nicht um Geld bitten. Ich nehme einfach etwas von den Hunderten, die du mir jedes Jahr gibst. Ich habe seit Jahren nichts davon ausgegeben. Meine Schublade oben ist ganz vollgestopft mit Geld.«

Er schaute sie an, weil er es aber unmöglich fand, in ihren Bemerkungen einen Sinn zu entdecken, begann er wieder zu lesen.

»Robert –«

Geduldig hob er wieder die Augen vom Buch und schaute sie an. Unter dem Tisch preßte sie die Hände zusammen und rang sie im Schoß.

»Ja, Ingeborg?« fragte er.

»Hältst du es nicht auch für erniedrigend, wie sich die Frauen für alles eine Erlaubnis holen müssen?«

»Nein«, antwortete Herr Dremmel, aber seine Gedanken waren wieder bei den Minusvarianten, und es war ein reiner Zufall, daß er nicht ja gesagt hatte.

»Wenn Ehemänner fortgehen, fragen sie ihre Frauen auch nicht um Erlaubnis, und es käme den Ehefrauen gar nicht in den Sinn, daß sie es müßten. Also – warum müssen dann die Ehefrauen ihre Männer bitten?«

Herr Dremmel starrte sie einen Augenblick lang an, und dann machte er eine energische und abschließende, aber ganz und gar freundliche Bewegung mit der Rechten. »Ingeborg«, sagte er, »ich bin nicht interessiert.« Und damit begann er weiterzulesen.

Sie goß sich noch eine Tasse Tee ein, trank sie hastig und ganz heiß aus und sagte dann mit einem heftigen Entschluß: »Das mit den Erlaubnissen ist Unfug. Ich – ich fahre nach Berlin.«

Dann wartete sie, das Herz schlug ihr bis zum Hals, sie hielt mit beiden Händen die Tischkante umklammert.

Es geschah jedoch nichts. Er las weiter.

»Robert –«, sagte sie.

Er versuchte abermals, seine Aufmerksamkeit auf sie zu richten und löste sie zögernd vom Buch. »Ja, Ingeborg?« fragte er.

»Robert – ich fahre nach Berlin.«

»Ach wirklich, Ingeborg?« fragte er mit unveränderter Freundlichkeit. »Warum?«

»Ich muß Besorgungen machen. Einkäufe.«

»Und warum Berlin, Ingeborg? Ist Meuk nicht näher?«

»Stiefel«, antwortete sie. »In Meuk gibt es keine. Ich habe wenigstens keine gesehen.«

»Und in Königsberg? Das ist doch auch näher als Berlin.«

»Du mußt doch schon einmal –«, sagte sie behutsam, weil sie wieder Angst hatte, was für Wörter ihr als erstes über die Lippen kämen, »von Berliner Wolle gehört haben. Also, mit den Stiefeln ist es genauso.«

Er starrte sie wie jemand an, der die Hoffnung aufsteigen fühlt, gleich mit jemandem von einem anderen Stern Kontakt aufnehmen zu können.

»Natürlich, also, wenn es notwendig ist, dann mußt du hin«, sagte er.

»Ja. Etwa zehn Tage.«

»Zehn, Ingeborg? Wegen Stiefeln?«

Sie nickte störrisch, die Hände unter dem Tisch zu einem Knäuel verschränkt.

Er stellte seine Gedanken auf diese Aussage ein.

»Zehn Tage für Stiefel?«

»Zehn, zehn«, sagte sie mutig und wappnete sich darauf, jedem Einwand tapfer zu trotzen. »Wenn ich schon da bin, will ich mir auch alles mögliche anschauen – die Museen zum Beispiel. Die Stiefel sind nicht alles. Ich habe mich seit unserer Heirat außer nach Zoppot noch nie von hier weggerührt – es ist höchste Zeit, daß ich einmal fahre –«

»Aber«, sagte Herr Dremmel mit der Bereitwilligkeit eines Menschen, dem die Sache gleichgültig ist und der keine Lust zu Auseinandersetzungen hat, »aber natürlich. Natürlich, Ingeborg.«

»Dann – dann hast du nichts dagegen?«

»Aber warum sollte ich etwas dagegen haben?«

»Und du – und du bist nicht einmal überrascht?«

»Aber warum sollte ich überrascht sein?« Und abermals dachte er darüber nach, wie schwankend sie in ihren Wertvorstellungen war.

Sie starrte ihn mit der Verblüffung eines Kindes an, das sich auf eine Strafe gefaßt gemacht hat, und das nun statt dessen gesegnet wird. Sie fühlte sich erleichtert, aber es war eine schmerzliche Erleichterung; eine kummervolle, fast ärgerliche Erleichterung; so wie jemand, der seine ganze Kraft sammelt, um einen schweren Kessel aufzuheben, und der dann merkt, daß er leer und leicht ist. Ihre Seele kippte sozusagen hintenüber und lag am Boden.

»Wie seltsam«, murmelte sie, »wie wirklich seltsam! Und ich habe Angst gehabt, es dir zu sagen.«

Er aber hatte schon wieder aufgehört, ihr zuzuhören. Sein Blick war auf einen Satz auf der Seite vor ihm gefallen, der ihn sofort interessierte, und er las auf der Stelle weiter, bis zum Ende des Kapitels. Dann stand er mit dem Buch in der Hand auf und ging zur Tür, tief in Gedanken über das Gelesene.

Sie saß da und schaute ihm nach.

»Ich glaube – ich denke – ich nehme an, daß ich morgen aufbreche«, sagte sie, während er sich die Tür öffnete.

»Aufbrechen?« wiederholte er geistesabwesend. »Warum mußt du aufbrechen?«

»Ach, Robert – wenn ich nicht aufbreche, komme ich nicht hin.«

»Wohin denn, Ingeborg?« fragte er, den Blick auf ihr ruhend, die Gedanken aber in unvorstellbarer Ferne.

»Ach, Robert – doch natürlich nach Berlin.«

»Berlin. Ach ja. Richtig. Berlin.«

Und damit versenkte er sich wieder tief in die neuen und vielversprechenden Möglichkeiten, die sich ihm beim Lesen gerade erschlossen hatten, und ging hinaus.

32

Als sie am nächsten Tag aus dem Fenster schaute, lag strahlender Sonnenschein auf der ganzen Welt, sie funkelte vor Frische, als ob sie ihr noch bestätigen wolle, was ihr ohnehin bewußt war, daß sie nämlich auf der Schwelle zu den zehn glorreichsten Tagen ihres Lebens stand. Die schweren Regenwolken, die sich aus dem Westen über Kökensee geschoben und es zwei Tage lang in düsteren Nebel gehüllt hatte, waren in Richtung Rußland verschwunden, und nur ein einziger purpurroter Strich erinnerte noch an sie. Der Garten glitzerte und lachte. Liebliche Düfte stiegen wie eifrige kleine Küsse von der dankbaren Erde zur Sonne empor. Wenn sie noch eine Bestätigung gebraucht hätte, so wäre es dieser heitere Morgen mit seiner Wärme und seinem Duft gewesen; aber jetzt, nachdem die Nacht vergangen war, diese Stunden der Zweifel, falls man von Zweifeln gequält wurde, und die trüben Tage, die die Tatsachen verschwimmen lassen, falls man Tatsachen verschwimmen lassen möchte, hatte sie weder Bedenken noch Angst vor der Zukunft – sie stand einfach am Anfang der herrlichsten Ferientage ihres Lebens.

Alles war so leicht. Nach einem zeitigen Frühstück brach Robert auf, um sich zu vergewissern, wie gut der Regen seinen Feldern nach achtundvierzig Stunden getan hatte, und ihre bevorstehende Abreise schien ihn nicht im geringsten zu stören; Karl berichtete ihr, daß eines der Pferde, das kürzlich lahmte, sich wieder erholt hatte und er sie nach Meuk fahren könne; Klara, das Mädchen, schien nur stolz darauf zu sein, daß sie nun allein die Verantwortung trug; und der Zug verließ Meuk zu einer so angenehmen Zeit, daß sie noch Zeit haben würde, Robertchen und Ditti auf dem Wege zum Bahnhof zu besuchen. Sie sang und packte ihren kleinsten Koffer, sie sang und stopfte Geldscheine, die so lange nutzlos in der Schublade gelegen hatten, in ihre Bluse, einen, zwei, drei, zehn blaue deutsche Hundertmarkscheine, während sie flüchtig überlegte, ob das wohl reiche, und ebenso flüchtig, ob es zuwenig wäre. Sie sang, während sie nach so ungewohnten Gegenständen wie Hut und Schleier suchte und ihre Handschuhe herauskramte; sie sang, als sie Klara die Schlüssel übergab; sie sang, als sie auf der Treppe stand und zuschaute, wie Karl die Pferde einspannte. Alle Vögel von Kökensee zwitscherten mit ihr, und selbst das Schwein, das sich genußvoll in Schlamm und Sonnenschein wälzte, sang auf seine Weise mit, und es war nicht seine Schuld, dachte sie entschuldigend, daß sein Gesang nur ein Grunzen war.

Das Leben ist wirklich etwas Himmlisches, dachte sie, während sie sich die Handschuhe zuknöpfte, ihr Gesicht vor lauter Freude ganz streng. Was es doch alles hinter der nächsten Ecke für einen versteckt hält! All diese wonnigen Überraschungen des Glücks! Und als ein paar Knöpfe absprangen, ärgerte sie sich gar nicht, sondern fand auch für sie eine Entschuldigung, daß sie nämlich nicht mehr daran gewöhnt waren, geknöpft zu werden, und ließ sie in ihrer Seligkeit einfach offen. An diesem Tage hätte sie allem und jedem vergeben.

Klara brachte ihr außer dem Gepäck und dem Paket mit Butterbroten einen kleinen Strauß aus regenfeuchten Blumen.

Wie freundlich alle sind! dachte sie und lächelte Klara an, wobei sie sich sogar überlegte, ob das Mädchen wohl etwas dagegen hätte, wenn sie ihm einen Kuß gäbe; so voll des Dankes war ihr Herz, daß sie am liebsten die ganze Welt umarmt hätte. Und dann, gerade als Karl fertig war und der Wagen buchstäblich vor der Tür stand und der kleine Koffer eingeladen wurde und ihr Schirm und die Butterbrote und der Blumenstrauß, da stürzte sie plötzlich ins Haus zurück, kritzelte eilig eine Nachricht für Robert auf einen Zettel und legte ihn im Briefumschlag so auf den Tisch im Laboratorium, daß er ihn gar nicht übersehen konnte, wenn er am Nachmittag wieder heimkam.

Ich kann es ihm nicht verschweigen – das war der Gedanke, der ihren Impuls beflügelte –, ich kann ihm an diesem himmlischen gottgeschenkten Tag nicht die Wahrheit verschweigen.

»Das mit den Stiefeln war nicht die ganze Wahrheit«, schrieb sie und verschmierte sich die Handschuhe mit Tinte, weil sie so hektisch und in Eile war, daß sie sie gar nicht erst auszog. *»Ich fahre mit Mr. Ingram nach Italien – nach Venedig – wegen seines Bildes – und natürlich auch wegen noch etwas anderem, auf der Reise dorthin – und ich glaube, wenn Du es richtig bedenkst, kannst Du gar nichts dagegen haben – ich muß sausen, sonst verpasse ich den Zug – Ingeborg«*

Dann stieg sie in den Wagen und fuhr davon, sehr erleichtert und voll Vertrauen darauf, daß Robert eine so offensichtlich vernünftige Sache schon verstehen würde, wenn man ihm nur genug Zeit und Ruhe ließe. Sie sagte sich außerdem, sie wolle ihm aus Berlin einen richtigen Brief schreiben und ihm ausführlich ihre und Ingrams Ansichten darlegen. Ja natürlich, das wäre richtig und angemessen. Und ein so hochintelligenter Mann wie Robert mußte diese Sache schließlich auch verstehen. Ihr Zug kam aber erst um elf Uhr in der Nacht in Berlin an, und als sie das Christliche Hospiz gefunden hatte, lag dort ein Brief von Ingram mit der Nachricht, daß sie am nächsten Morgen, Punkt neun, am Anhalter Bahnhof sein müsse, und obgleich sie sich fest vornahm, früh aufzustehen und diesen Brief zu schreiben, war sie so müde, daß sie statt dessen verschlief und erst aufwachte, als die leisen Töne eines Harmoniums sachte in ihr Zimmer und mit leisen lutherischen Liedern in ihre Ohren drangen, und sie stellte erschrocken fest, daß sie fast ihren Zug nach Italien verpaßt hätte.

Ohne Frühstück und Gebete, auch fast ohne ihre Rechnung bezahlt zu haben, stürzte sie aus dem Christlichen Hospiz, und ihre Kleider rochen noch nach Mottenpulver und den Mahlzeiten, die vor ihrer Ankunft dort gekocht worden waren, ein kalter abgestandener Geruch. Nach diesem Geruch zu schließen, dachte sie, während sie ihn zögernd und widerwillig einatmete und beide Fenster der Kalesche aufriß, gab es im Christlichen

Hospiz nur eine Kost aus Chorälen und Kohl, und sie konnte kaum unterscheiden, ob es an der Kalesche oder an ihren Kleidern lag, der Kohlgestank hatte sie jedenfalls bis hierher begleitet.

»Das ist der Geruch der Frömmigkeit«, erklärte sie Ingram hastig, nachdem sie ihn schließlich im Bahnhof getroffen hatte und er sie mit einer Miene musterte, die sie für forschende und etwas vorwurfsvolle Strenge hielt.

»Ihretwegen hätten wir fast den Zug verpaßt«, sagte er, packte sie am Ellbogen und zerrte sie über den Bahnsteig zu einer Tür, die noch geöffnet war und vor der eine zornige Amtsperson stand, die sie trotz des Trinkgeldes fürchterlich anfunkelte und nur darauf wartete, die Tür zuzuknallen.

»Es tut mir schrecklich leid«, sagte sie und ließ sich völlig außer Atem auf einen Fensterplatz dem seinen gegenüber fallen, während der Zug langsam aus dem Bahnhof rollte, »aber eher konnte ich nicht kommen.«

»Warum denn nicht?« fragte er, immer noch streng und vorwurfsvoll, weil er eine verzweiflungsvolle und unruhige halbe Stunde hinter sich hatte bringen müssen. »Sie mußten doch nur rechtzeitig aufstehen.«

»Aber das ging doch nicht, weil ich noch geschlafen habe.«

»Unfug, Ingeborg. Sie hätten sich wecken lassen können.«

»Das habe ich aber nicht getan.«

»Und warum haben Sie Ihre Handschuhe nicht zugeknöpft? Halten Sie still – ich mache das schon.«

»Das können Sie nicht. Da sind keine Knöpfe.«

»Was? keine Knöpfe?«

»Sie sind abgegangen.«

»Aber warum haben Sie sie um des Himmels willen nicht wieder angenäht?«

»Sind Knöpfe denn so wichtig? Ich habe mich so rasend beeilt, um fortzukommen.« Damit schenkte sie ihm ein Lächeln der reinen Seligkeit.

»Um zu mir zu kommen. Um zur mir zu kommen«, sagte er und senkte seine Augen in die ihren.

»Ja. Nach Italien.«

»Italien! Und trotzdem hätten Sie mich fast verpaßt. Was hätten Sie dann getan?«

»Ach, ich wäre nach Italien gereist.«

»Was, so oder so?«

»Italien ist Italien, finden Sie nicht? Schauen Sie sich doch diesen Himmel an. Ist er heute nicht prachtvoll, ist er nicht einfach wunderbar? Kann der Himmel in Italien noch blauer sein als dieser hier?«

Er machte eine ungeduldige Geste. »Chorknabe«, sagte er; und dann fragte er, weil sein Blick auf ihre Fingerspitzen fiel, »wie kommt denn die Tinte auf Ihren Handschuh?«

»Weil ich ihn anhatte, als ich Robert schrieb.«

»Wieso? Sie sind fortgegangen, ohne ihm etwas zu sagen?«

»O nein. Ich habe ihm alles von Berlin und meinen Einkäufen gesagt, und er hat gar nichts dagegen gehabt.«

»Na also – habe ich es Ihnen nicht vorausgesagt? Aber was haben Sie dann noch geschrieben?«

»Ach, nur die Wahrheit. Daß ich mit Ihnen nach Italien fahre.«

»Was? Das haben Sie geschrieben?«

»Ich konnte es schließlich doch nicht ertragen, mich so – so unaufrichtig davonzumachen.«

»Und Sie haben geschrieben, daß Sie mit mir reisen?«

»Ja. Und ich habe gesagt –«

»Und er findet den Brief, wenn er nach Hause kommt?«

»Ja. Er muß ihn einfach sehen. Ich habe ihn in sein Arbeitszimmer gelegt, mitten auf den Tisch.«

Ingram beugte sich vor, das Gesicht gerötet, die Augen funkelnd vor Triumph und Vergnügen, und griff nach ihrer rechten Hand im tintenverschmierten Handschuh.

»Anbetungswürdige Tintenflecke«, sagte er und schaute zuerst sie und dann Ingeborg an, »Sie kleine Brückenverbrennerin.«

Und als sie den Mund öffnete, um ihm ganz offensichtlich eine Frage zu stellen, überschüttete er sie so mit wohlgesetzten Worten, daß sie die Frage vergaß.

»Sie sind mein ganzes Glück«, sagte er mit einer Überzeugungskraft, die für halb neun Uhr morgens recht erstaunlich war. »Sie sind alles, was es an Musik und Farbe und Wohlgerüchen auf dieser Erde gibt.«

»Dann ist Ihnen dieser Kohlgeruch gar nicht aufgefallen?« fragte sie erleichtert.

Er ließ ihre Hand fahren. »Was für ein Kohl?« fragte er kurz angebunden, weil er es nicht mochte, in seinen Tiraden unterbrochen zu werden, und weil es ihn erst recht gereizt machte, wenn er mitten in einem Gefühlsausbruch gestört wurde.

Und als sie nun begann, das Innere des Christlichen Hospizes aufs lebhafteste zu beschreiben, unterbrach er sie.

»Heute will ich von nichts Häßlichem hören«, sagte er, »gerade heute nicht.« Und dann setzte er hinzu, indem er sich wieder vorbeugte und ihr in die Augen schaute: »Ingeborg, wissen Sie, was heute für ein Tag ist?«

»Donnerstag«, antwortete Ingeborg.

Der Schaffner kam, um ihre Fahrkarten zu knipsen. »Unser Zug hat einen Restaurantwagen«, sagte er auf deutsch, in preußischer Pflichterfüllung bestrebt, sich um das Wohlergehen seiner Passagiere zu kümmern, so umfassend, wie es seine vorgesetzten Behörden kraft ihrer Autorität eingeplant hatten.

»Ja«, antwortete Ingram.

»Sie brauchen nicht umzusteigen«, sagte der Schaffner und gab damit in weiterer preußischer Ordnungsliebe zu verstehen, daß sich seine Passagiere weder verlaufen noch zerstreuen mußten oder sollten.

»Nein«, antwortete Ingram.

»Nicht vor Basel«, fuhr der Schaffner drohend und offensichtlich streitlustig fort.

»Nein«, sagte Ingram.

»In Basel müssen Sie umsteigen«, sagte der Schaffner und faßte ihn scharf ins Auge, um jeden Widerspruch im Keime zu ersticken.

»Ja«, sagte Ingram.

»Sie werden heute nacht um elf Uhr vierzig in Basel ankommen«, sagte der Schaffner so, als ob er hinzusetzen wolle: Haben Sie verstanden! Da wird jetzt hingefahren und nicht lange gefakkelt!

»Ja«, sagte Ingram.

»In Basel –«

»Ach, scheren Sie sich doch zur Hölle!« sagte Ingram plötzlich wütend und in seiner eigenen Sprache.

Der Schaffner knallte sofort die Hacken zusammen und grüßte. Die äußerste Selbstbeherrschung des Herrn bewies ihm, daß es sich um einen hohen Offizier handeln mußte, aus Reisegründen in Zivilverkleidung, und er zog sich schweigend und bedeutungsvoll zurück.

»Wenn es einen Speisewagen gibt, kann ich vielleicht frühstücken?« fragte Ingeborg.

»Das haben Sie noch gar nicht getan? Ach, Sie armes kleines Ding. Kommen Sie mit.«

Sie folgte ihm zum Gang hinaus, er ging vor und bahnte ihr den Weg, und wenn sie von einem Anteil ins andere wechseln mußten, drehte er sich um und nahm sie an der Hand. Der Speisewagen war am Anfang des Zuges, und sie mußten auf dem schwankenden Weg sehr aufpassen und viele komplizierte Türen aufschieben, um ihn zu erreichen. Jedesmal, wenn er sich umdrehte, um ihr zu helfen und sie sich an seiner Hand festklammerte, während sie an die Abteilwände prallten und aneinanderstießen, schauten sie sich an und brachen in Gelächter aus. Was für einen Spaß das machte, dachte sie, und wie war das neu und himmlisch, so behütet zu werden, als ob sie eine Besonderheit wäre, eine wahre Köstlichkeit!

Er hatte in Berlin gefrühstückt; aber er saß da und schaute ihr mit einem wachen Interesse zu, das sich nicht die geringste ihrer Bewegungen entgehen ließ, wobei er in Haltung und Vergnügen ganz und gar an einen Kater erinnerte, der seine Maus nicht aus den Augen läßt, seine heißgeliebte, ganz besondere kleine Maus, nach der er sich seit Jahren verzehrt und unterdessen den Magen mit allerlei Mickermäusen gefüllt hatte, die ihm nur Bauchgrimmen verursachten – seine eigene Maus, die er nun endlich im sicheren Gewahrsam hatte und mit der er sich erst jetzt wieder als richtiger Kater fühlte; und deshalb strich er ihr Butter aufs Brötchen, goß ihr Tee ein und verwöhnte sie in allem so, wie es ein Kater tun würde, wenn er ein Mann wäre, freute sich daran, daß seine Maus schön mollig wurde, denn was sie von jetzt an aß und trank, würde am Ende sozusagen in der Familie bleiben.

Das strahlende Licht des Junimorgens, des letzten Junimorgens, fiel durch die langen Abteilfenster. Die Felder der Mark lagen im selben Licht gebadet. Es war immer noch früh, wurde aber schon heiß, und wenn sich die Bauern, die beim Heumachen waren, aufrichteten, um dem Zug nachzuschauen, wischten sie sich den Schweiß vom Gesicht, und die klugen Kühe drängten sich im Schatten der Bäume, und im Speisewagen summte und brauste der Ventilator, und der Kellner in seiner weißen Leinenjacke, der ihnen die Erdbeeren brachte – jede einzelne Beere von den betreffenden Ämtern in den eigens dafür in Berlin errichteten Gebäuden geprüft und als qualitativ einwandfrei bezeichnet –, machte dem preußischen Staate Ehre, nach dessen knappen und strikten Vorschriften ein Kellner kühl und appetitlich zu sein hat.

Als er die Rechnung brachte, zog sie einen der blauen deutschen Hundertmarkscheine aus ihrer Bluse, wobe ihr noch mehr herausrutschte.

»Was soll denn das um des Himmels willen?« fragte Ingram.

»Damit will ich bezahlen. Und Sie müssen mir noch sagen, wieviel meine Fahrkarte gekostet hat – haben Sie nicht gesagt, daß wir zuerst bis Locarno fahren?«

»Sie können doch nicht so mit diesen losen Geldscheinen herumlaufen. Geben Sie sie mir. Ich hebe sie für Sie auf.«

Sie überreichte sie ihm, neun blaue Scheine aus ihrer Bluse und das Wechselgeld vom zehnten, das sie in einer kleinen Tasche stecken hatte, die sie mitgenommen hatte, aber nicht gleich finden konnte, weil sie gar nicht mehr an kleine Taschen gewöhnt war.

»Ich hoffe, es reicht«, sagte sie, »und vergessen Sie bitte nicht, daß ich wieder zurückreisen muß.«

Er lachte und stopfte die Geldscheine in seine Brieftasche.

»Reichen? Das ist ein Vermögen. Damit können Sie bis ans Ende der Welt reisen«, sagte er.

»Ist das nicht alles herrlich? Ist das nicht zu schön, um wahr zu sein?« fragte sie mit strahlendem Gesicht.

»Ja, und das Herrlichste von allem ist jetzt, daß Sie nirgendwo hingehen können«, sagte er, steckte die Brieftasche in seine Brusttasche, klopfte dagegen und schaute sie lachend an, »nur mit mir.«

»Aber das will ich ja auch gar nicht. Ich reise am allerliebsten mit Ihnen. Es ist so unbeschreiblich süß von Ihnen, daß Sie mich mitnehmen wollen. Wissen Sie, ich kann es immer noch nicht so recht glauben.«

Er beugte sich über den Tisch. »Kleine Wonne meines Herzens«, murmelte er.

Der Kellner kam mit dem Wechselgeld zurück.

»Ich wünschte, Robert wäre auch hier«, sagte Ingeborg und schaute höchst zufrieden zum Fenster hinaus, »ich glaube, er hätte es wirklich genossen, wenn er sich hätte losmachen können.«

Ingram stieß den Stuhl mit einem Ruck zurück. »Ich glaube nicht, daß er es genossen hätte«, erwiderte er, und als sie jetzt durch den ganzen Zug zu ihrem Abteil zurückgingen, half er ihr zwar an allen schwierigen Stellen, streckte aber nur die Hand nach hinten, damit sie sich festhalten konnte, er schaute sich diesmal nicht um und blickte ihr nicht lachend in die Augen.

Im Laufe des Tages wurde es sehr heiß und außergewöhnlich staubig. Das Gewitter, das wie eine Sintflut über Ostpreußen hereingebrochen war, hatte nicht so weit gereicht, und so wie die Landschaft aussah, mußte es seit langem nicht geregnet haben. Der Staub stieg in Wolken auf, und sie mußten die Fenster schließen. Aber er drang trotzdem durch die Ritzen, senkte sich auf sie nieder und erstickte sie fast, nahm selbst auf so zierlichen Kleinigkeiten wie Ingeborgs Nase Platz. Ingram hatte sie veranlaßt, Hut und Schleier abzulegen, so daß sie jetzt vollkommen ungeschützt war, und er verfolgte mit einer merkwürdigen Gereiztheit, wie sie allmählich die Farbe des Staubes annahm. Er hätte sich am liebsten vorgebeugt und sie abgestaubt, weil es ihn geradezu unerträglich peinigte, verfolgen zu müssen, wie sich der Schatten des Schmutzes auf ihr Weiß legte. Lange Bahnreisen machten ihn immer unleidlich, aber obgleich es so heiß war, so unerträglich heiß, benahm sie sich so lebendig und rastlos wie ein Kind, sprang immer wieder auf und stürzte auf diesen geradezu glühenden Gang, um sich nicht entgehen zu lassen, was es auf der anderen Seite zu sehen gab.

Sie fuhren durch Weimar, und sie brach in eine hemmungslose Begeisterung über Goethe aus, schob das Fenster auf und beugte sich so weit wie möglich hinaus, um alles zu sehen, und zitierte »Kennst du das Land, wo die Zitronen blühn . . .« Zitierte es für ihn, der Gedichte selbst bei kühlem Wetter nicht ausstehen konnte.

Sie fuhren durch Eisenach, und wieder brach sie in diese überschwengliche und unangemessene Begeisterung aus, schwatzte von Luther und der Wartburg und dem Tintenfaß und dem Teufel und natürlich auch von der heiligen Elisabeth: Er hatte gewußt, daß sie bei der heiligen Elisabeth landen würde. Sie erzählte ihm von der Legende, ihm, der alle Legenden kannte, ihm, der Kopfschmerzen hatte und sich nur aufrecht halten konnte, wenn er in den Waschraum ging und den Kopf alle paar Minuten in kaltes Wasser tauchte, was sie vollkommen gleichgültig ließ. Sie beugte sich weiter aus dem Fenster hinaus und schaute sich um, und als sie sich wieder ins Abteil zurückzog, stand ihr das Haar in alle Himmelsrichtungen vom Kopfe ab, und ihr Gesicht war nicht nur staubig, sondern auch rußverschmiert.

In den heißesten Momenten dieses Tages hatte er die Wahnvorstellung, er sei nicht nur mit einem einzigen Chorknaben unterwegs, sondern mit dem ganzen Chor, der in die Sommerferien fuhr; aber das war erst nach dem Mittagessen im Speisewagen, einem Mittagessen, das ihm in seiner fiebrigen Phantasie wie verkohlte Holzscheite in Schwefel vorkam, und selbst der Kellner, der sie bediente, war trotz der strengen Dienstvorschriften fast am Zerfließen.

Ihren Tee tranken sie, als sie durch Frankfurt fuhren, und das

Abendessen wurde bei Heidelberg serviert. Hinter dem Schloß stieg ein großer Vollmond auf, und der Neckar war ein Band aus Licht. Der Sommertag neigte sich in tiefer Ruhe seinem Ende zu. Stille Straßen führten in die Wälder hinein und durch Obstgärten hindurch, zu beiden Seiten mit weißen Blüten gesäumt. In der Dämmerung leuchteten nur noch diese weißen Blüten, der Weißdorn, die Margeriten und Kamillen, die Schafsgarbe, und alle Farben des Tages, das Blau der Wegwarte und das zarte Lila der Weidenröschen, das strahlende Gelb des Löwenzahns und der rosige Hauch des Wiesenschaumkrautes waren schon für die Nacht verschwunden.

Ingeborg starrte wie ein glücklicher Waldschrat zum Fenster hinaus. Die Augen strahlten in ihrem verschmutzten Gesicht heller denn je, die Haare standen ihr zu Berge, und die losgelösten Strähnen tanzten im Zug. Der fürchterliche Tag, die Stunden und Stunden in Hitze und erstickendem Luftmangel hatten sie offenbar überhaupt nicht beeindruckt, nur schmutzig werden lassen, während Ingram gar nicht mehr wie ein Mensch in seiner Ecke hing und nichts anderes auf Erden wünschte, als auf eisigem Marmor zu liegen und mit kaltem Wasser begossen zu werden. Aber endlich ging die Sonne unter, der Tau fiel und beruhigte den Staub, und es war die letzte Reise zum Zugrestaurant unternommen worden; bei dieser Reise war es Ingeborg, die die Türen öffnete, und keiner half dem anderen über die Ziehharmonikabrücken. Er wankte hinter ihr, hatte die ganze Zeit ihr Kleid vor Augen, und es fiel ihm jetzt auf, wie unmöglich es war, wie aus einer längst überholten Nummer einer alten Illustrierten, die Ärmel irgendwie falsch, der Rock falsch, an bestimmten Stellen zuviel, an anderen zuwenig, aber meistens irgendwo zuviel, weil es eines aus den Jahren war, in denen die Frauen dürr wie die Heuschrecken sein mußten.

»In Italien müssen Sie sich ein paar neue Kleider kaufen«, sagte er beim Abendbrot zu ihr.

»Wozu?« fragte sie verblüfft.

»Wozu? Um sie anzuziehen«, antwortete er mit schwacher Bissigkeit.

Aber jetzt schließlich zwischen Straßburg und Basel, als sich die Glut verzogen hatte und die Lampe in ihrem Abteil zu einem dämmrigen Schimmer von ihm abgeblendet worden war, als die Fenster zur großen dunklen sternenübersäten Nacht weit offenstanden und als der Zug im Vorüberbrausen tausend taufeuchte Wohlgerüche in den Feldern aufwirbelte, da begann er sich besser zu fühlen.

Er hatte ihr vorgeschlagen, sich das Gesicht zu waschen, damit er sie, zart und blond wie sie war, im Abenddämmer wieder mit Befriedigung betrachten konnte. Und nach einer Weile, als wegen der Kurven, die der Zug nahm, das Mondlicht hell auf sie fiel, während er noch im Schatten saß, und ihr zu den Sternen emporgewandtes Gesicht wieder im Staunen über ihr Glück strahlte, kam sie ihm abermals als die verklärteste Frau vor, die ihm je begegnet war – ganz unbewußt vergeistigt, auf die edelste Art und Weise ungebunden und vollkommen in sich ruhend. Er beobachtete sie lang aus dem Schatten seines Winkels heraus, nahm jede Wölbung und jede Linie in sich auf, versuchte sich diesen ernsten Blick der reinen Zufriedenheit einzuprägen, diesen Ausdruck einer inneren Ruhe, einer seligen Hingabe an den Augenblick, den er bisher nur bei Kindern gesehen hatte. Ihr Anblick beruhigte ihn allmählich, und das Fieber und die Hast des Tages klangen ab. Wie üblich vergaß er seine vergangenen Launen, als ob es sie nie gegeben hätte. Während es kühler wurde und er sich in der zunehmenden Kühle der Nacht wieder behaglich fühlte, verschwanden seine Gereiztheit und seine Ungeduld, ja auch sein Wunsch, der im Laufe des Nachmittags ein paar Stunden lang übermächtig geworden war, räumlich wieder vollkommen von ihr getrennt zu sein, verschwand aus dem Gedächtnis. Ihre ruhige Haltung ließ ihn vergessen, daß sie jemals rastlos gewesen war, ihr eindruckvolles und schönes Schweigen, das sie ihn durch ihr Gerede irritiert hatte, und wie sie jetzt so rein und weiß vor ihm saß, hatte er auch völlig vergessen, wie schmutzig sie gewesen war. Sein Kopf ruhte jetzt gemütlich in den Kissen, ein überaus dankenswerter leiser Zug ließ seine Haare erfrischend flattern, und wie er sie so betrachtete, erinnerte sie ihn an die weiche Brust eines weißen Vogels. Sie war wie Quellwasser an einem durstigen Tag. Sie war wie sehr reiner köstlicher Weißwein. Ja, aber wem oder was glich sie am meisten?

Er durchforschte seine Gedanken, während er seine Augen auf ihr Gesicht heftete, und nach einer Weile fiel es ihm ein, und er beugte sich aus dem Schatten heraus zu ihr, um es ihr mitzuteilen.

»Ingeborg«, sagte er, und in diesem Augenblick meinte er es ehrlich, »Sie sind wie Gottes Frieden.«

33

In Basel mußten sie hetzen und sich beeilen, denn die halbe Stunde, die sie dort Aufenthalt haben sollten, war durch irgendeine unberechenbare Lockerung der Disziplin auf der deutschen Seite zu fünf Minuten geschrumpft. Als sie den Schaffner befragten, schob er es auf die Lokomotive und erklärte mit einem Achselzucken, das seine Scham über den Fehler der Unfehlbaren vertuschen sollte, Lokomotiven seien auch nur Menschenwerk. Wieder mußten sie auf würdelose Art und Weise Treppen hinunter- und Treppen hinaufrennen, Bahnsteige entlanghasten und sich schließlich vom Gepäckträger im letzten Augenblick in ein Abteil stoßen lassen, das schon voll von schlafenden Schweizern war.

Ingram ließ Ingeborg erst einmal auf ihrem Platz mit Schirm und Mantel und kleiner Tasche zurück, während er durch den Zug ging, um ein Abteil mit etwas mehr Platz zu suchen. Er wollte einfach nicht einsehen, daß ausgerechnet ihm so etwas zustieß, daß er gezwungen sein sollte, das Abteil bis Bellinzona mit vier schnarchenden Schweizern zu teilen; aber die Strecke schien sehr beliebt zu sein oder es stand ein nationaler Feiertag oder irgendein anderes Ereignis bevor, das die Leute in Scharen dazu brachte, bis nachts in der Gegend herumzureisen, auf jeden Fall waren alle Abteile besetzt.

Er kehrte in beleidigter Niedergeschlagenheit zu Ingeborg zurück. Die vier Schweizer schliefen in den vier Ecken, und das Abteil roch nach Essensresten. Er öffnete das Fenster, und schon wachten alle vier Schweizer auf einmal auf und schimpften wie die Rohrspatzen. Ingram, der fließend französisch sprach, antwortete ihnen mit gleicher Heftigkeit und stellte sich mit dem Rücken zum offenen Fenster, um es vor ihren Zugriffen zu schützen, während Ingeborg nur ängstlich zuschaute. Als der Schaffner jedoch auftauchte, stellte er sich unmißverständlich auf die Seite seiner vier Landsleute. Sie schliefen beruhigt und beschwichtigt sofort wieder ein, und Ingram, der zumindest keine Rücksicht auf ihre Füße nahm, trat auf den Gang hinaus, wo er sich ans offene Fenster stellte, die mitternächtliche Natur betrachtete und sich selbst verfluchte, daß er die Fahrt nicht in Basel unterbrochen hatte, während Ingeborg ängstlich um den Mantel und ihren Schirm herum seinen Rücken beobachtete.

Von Basel bis Luzern war er so aufgebracht und so erschöpft, daß er sie gar nicht wahrnahm, als ob sie sich nicht kennen würden. Dann stiegen in Luzern zwei von den Schweizern aus, und als er sich umwandte, sah er Ingeborg schlafen. Sie war etwas zur Seite gerutscht und umklammerte immer noch ihre Besitztümer. Sofort nahm sie ihren Platz in seinem Herzen wieder ein. Sie schlief sehr fest, trotz der höchst unbequemen Lage, war umgeknickt und saß jetzt zufällig wie ein Kind da oder wie ein junges Hündchen, und er trat in das Abteil und ließ sich neben ihr nieder und stützte vorsichtig ihren Kopf und nahm ihn sanft in seinen Arm.

Sie schlug die Augen auf und schaute wie verwundert und ohne sich zu regen an seinem Ärmel entlang zu ihm empor.

»Wir sind in Luzern«, flüsterte er und beugte sich über sie; wie weich sie war und wie klein!

»Wirklich? Ach, da sind ja Robert und ich . . .«

Und schon war sie wieder eingeschlafen.

Sie schlief, bis er sie in Bellinzona aufweckte, und so kam sie gar nicht dazu, den Augenblick zu genießen, auf den sie sich schon so gefreut hatte: den Augenblick, in dem sie in der Dämmerung eines Sommermorgens auf der anderen Seite des Gotthard-Tunnels in einem Land herauskamen, das trotz aller Schweizer Beteuerungen schon Italien war; und sie war noch gar nicht wach, als sie sich mechanisch den Hut aufsetzte und aufhörte, sich die Augen zu reiben, während er sie drängelte, sich zu beeilen, und sie konnte gar nicht begreifen, wo sie war. Dann aber schaute sie eifrig aus dem Fenster, fuhr aber sofort wieder zurück und drehte sich empört zu ihm um.

»Oh!« sagte sie.

»Ja«, sagte Ingram und fuhr sich rasch übers Haar, wie immer, wenn er ärgerlich war. Es regnete.

Sie stiegen aus und standen auf dem trübseligsten Bahnsteig der Welt, wie es ihnen vorkam, ein graues nasses Stück Asphalt unter einem grauen Himmel mit tiefziehenden Wolken, die das ganze Land bedeckten. Der Zug nach Locarno wartete, und sie gingen schweigend zu dem anderen Gleis. Es war dreiviertel sechs, eine unglückselige Tageszeit. Der Zug, fast leer, zuckelte langsam durch das Tal des Ticino. Die Regentropfen an den Fensterscheiben liefen um die Wette. Auf der Landstraße neben den Schienen, die auch nach Locarno führte und von braunen Pfützen gesprenkelt war, rollte manchmal ein Eselskarren, der von einer vermummten Gestalt unter einem gewaltigen Regenschirm gelenkt wurde. Wenn sie ein Stückchen vom See zu sehen bekamen, lag er unter Nebelschwaden.

Ingeborg schaute sich das alles schweigend an. Einfach unglaublich, daß dies Italien sein sollte – trotz aller Beteuerungen der Schweizer –, während jenseits der Alpen ganz Deutschland inklusive Kökensee im Licht lag und in allen Farben strahlte. Ingram saß in der hintersten Ecke des Abteils, die Hände in die Taschen gebohrt, den Hut über die Augen gezogen und starrte vor sich hin. Er war wütend und erbittert. Alles reizte und ärgerte ihn, selbst die lange Wasserspur, die von Ingeborgs nassem Schirm langsam auf ihn zukroch. Was sie jetzt auch gesagt oder getan hätte, es wäre nur der Funke gewesen, der seine Verzweiflung zu einer Stichflamme der Wut hätte hochfauchen lassen. Glücklicherweise sagte und tat sie gar nichts, sie saß nur schweigend da, das Gesicht zu den verschwommenen Fensterscheiben gewandt. Aber wenn sie auch nichts sagte und nichts tat, so war sie doch vorhanden; und obgleich er seine Augen kein einziges Mal von dem gegenüberliegenden Kissen löste, war er sich ihrer Gegenwart durchaus bewußt, jedes Details ihrer Person in diesem grauen und schrecklichen Licht, ihrer zerdrückten Kleider, ihrer unordentlichen Verschlafenheit, ihres verrutschten Hutes und ihrer aufgelösten Frisur. Er hatte ihr Italien zeigen wollen, er hatte ausdrücklich gewünscht, ihr Italien in seiner sommerlichen Pracht zu zeigen, und dann gab es nur – dies hier. Als Folge verlangte es ihn nun unwiderstehlich danach, ihr die heftigsten Vorwürfe zu machen. Warum? Das fragte er sich gar nicht.

Im Hotel in Locarno, wo sie baden und frühstücken wollten – ursprünglich hatte er geplant, ihr den wunderbaren Spazierweg von hier am See entlang bis nach Canobbio zu zeigen, aber jetzt hatte er bis auf Bad und Frühstück gar keine Pläne mehr –, sagte eine Person in Hemdsärmeln und einer grünen Schürze, die höchst unzureichend den Hausdiener ersetzte, weil es noch keine sieben war und der Hausdiener noch im Bett lag, unkluger- und unglückseligerweise zu Ingeborg »Monsieur votre père« und meinte Ingram, der in Hörweite stand.

Das brachte Ingram seltsamerweise am allermeisten auf. »Es liegt an Ihrem kurzen Rock«, sagte er mit kaum verhülltem Haß, »Sie müssen sich ganz entschieden anständige Kleider besorgen. So wie Sie aussehen, denkt man ja an Kinderwagen.«

»Aber dies hier ist mein bestes Kleid«, protestierte sie, »und es ist ganz neu. Ich meine, ich habe es noch nie angehabt, seitdem es für mich genäht worden ist.«

Und mit der unbedachten Taktlosigkeit derer, die das Fürchten noch nicht gelernt haben, schaute sie zu ihm auf und lachte. »Also wirklich«, sagte sie, »heute früh nennen Sie mich einen Kinderwagen und gestern nacht erst, ganz spät in der letzten Nacht, war ich der Frieden Gottes.«

Darauf traute er sich natürlich nichts zu erwidern, sondern verschwand nur mit einem Satz im Badezimmer.

Zum Frühstück erschien er zwar gesäubert, aber in einer Stimmung, die keine Belastung mehr ertrug. Am allerwenigsten gute Laune. Ingeborg war von Natur aus gut gelaunt. Sie saß schon da, heiter und erfrischt – sie hatte ja auch schließlich, dachte er vorwurfsvoll, fünf Stunden lang im Zug geschlafen, während er kein Auge zugemacht hatte – und versuchte fröhlich, in allem das Beste zu sehen. Sie wies auf die Stärke des Kaffees hin und auf die Knusprigkeit der Brötchen. Sie fragte ihn, ob er das Hotel nicht nett fände. Sie pflichtete ihm nicht bei, als er den Hausdiener als beschränkt bezeichnete. Sie prophezeite für elf Uhr einen Wetterumschlag und sagte, daß ihre alte Kinderfrau immer recht behielte, die nämlich behauptete, Regen um sieben bedeutete Sonne um elf.

Er haßte ihre alte Kinderfrau.

Er wußte ganz genau, wenn er nicht etwas Schlaf bekam, einen langen ununterbrochenen Schlaf, wäre er nichts als ein Nervenbündel. Als sie sich deshalb nach dem Frühstück mit der heiteren Miene eines Menschen erkundigte, der es gar nicht erwarten kann, was sie denn als nächstes unternehmen wollten, antwortete er barsch, er ginge schlafen.

»Ach? Muß ich das auch?« fragte sie enttäuscht.

»Natürlich nicht.«

»Dann«, sagte sie eifrig, »gehe ich aus und schaue mich um.«

»Was, bei diesem Regen?«

»Aber ich habe doch Galoschen.«

»Galoschen!« Er ergriff die Flucht und ging in sein Zimmer. Es hatte ihn aufs tiefste gekränkt, daß sie nicht nur notgedrungen, sondern geradezu begierig zu diesem ersten Spaziergang in Italien ohne ihn aufgebrochen war. Er warf sich ärgerlich aufs Bett, läutete und befahl der Person, die bei ihm eintrat, dem gleichen jungen Mann in Hemdsärmeln und grüner Schürze, der sie auch in Empfang genommen hatte, Madame doch auszurichten, daß sie nicht auf ihn warten solle, wenn er zu Mittag noch schliefe, sondern zur gewohnten Stunde essen solle.

Der junge Mann suchte Ingeborg in ihrem Zimmer auf. Sie zog sich gerade die Galoschen an, hatte einen Fuß auf einen Stuhl gestellt und war ganz rot im Gesicht vor Anstrengung und Vorfreude.

»Monsieur votre père –«, begann er.

»Er ist nicht mein Vater«, antwortete Ingeborg und schaute ihn amüsiert an, während sie an ihren Gummischuhen zerrte.

»Monsieur votre mari –«

»Was? Ach, keineswegs!« sagte Ingeborg, die sich trotz ihrer guten Noten in Französisch in dieser Sprache nicht sehr sicher fühlte, »er ist nicht mein Mann«, sagte sie nachdrücklich.

»Aha – Monsieur ist nicht der Gatte von Madame«, sagte der junge Mann versuchsweise.

»Richtig!« sagte Ingeborg, »mein Gatte ist zu Hause.«

»Ah – tiens«, sagte der junge Mann.

»Er ist mein Freund«, sagte Ingeborg.

»Ah – tiens, tiens«, sagte der junge Mann und übermittelte seine Botschaft plötzlich ganz locker und lässig.

Aber während sich sein Benehmen so gelockert hatte, wurde der Hotelbesitzer ganz starr und steif, nachdem ihm dieser kurze Dialog zu Ohren gekommen war. Denn auf dem Meldezettel hatte sich Ingram, der keine Ahnung hatte, was Ingeborg sagen würde, als Mr. und Mrs. Dopson eingetragen, woraufhin das Hotel, in dem Gottesdienste der englischen Kirche abgehalten wurden und in dem sich trotz der fortgeschrittenen Saison eine Reihe von unverheirateten englischen älteren Damen aufhielten, auch ein Geistlicher aus England mit seiner Frau und erwachsenen Töchtern, sehr ehrenwerte nette Damen, die zweimal am Tag mit ihm spazierengingen, einmal nach dem Frühstück und einmal nach dem Tee – das Hotel also entschied, nach einer langen Beratung im Zimmer des Geschäftsführers, daß es die Dopsons, natürlich taktvoll, zur Abreise bewegen wolle.

Im Augenblick konnte freilich nichts unternommen werden, denn die Dame war mit ihrem Regenschirm in die Nässe entschwunden, und der Herr, das konnte man hören, war eingeschlafen; und an diesem Zustand der Dinge änderte sich in den nächsten Stunden nichts, weil die Dame nicht zum Mittagessen erschien, sondern in der Nässe blieb, und weil der Herr weiterschlief, was man wieder hören konnte. Dann wurde jedoch registriert, daß die beiden ihren Tee tranken, und zwar in einem abgelegenen Winkel des verwilderten Wintergartens mit seinen Bambusmöbeln, der im Hotelprospekt als »unser entzückender Palmengarten« bezeichnet wurde. Man bemerkte außerdem, daß sie sich einen zweiten Tisch neben den gezogen hatten, auf dem ihnen ihr Tee serviert worden war, und daß sich auf ihm recht unerwünschte tropfende gelbe Ginsterzweige häuften, die hoch oben in den Bergen wuchsen, und dann wurde noch von den authentischen Hotelgästen, die ihren Tee meist im tiefen Schweigen der echten Ehepaare einnahmen, voll Mißtrauen bemerkt, daß sich dieser fremde Herr ganz im Gegensatz zu den normalen Sitten echter Ehemänner angeregt mit der Dame unterhielt, statt die *Daily Mail* zu lesen.

Das Hotel sah sich imstande, jedes Problem kompetent zu behandeln, und so gestattete es der Dame und dem Herrn, ihren Tee in Ruhe zu beenden. Dann schickten sie einen redegewandten jungen Mann zu ihnen, der sie darüber informieren sollte, daß ihre Zimmer unglücklicherweise schon vor Wochen vorbestellt worden seien und daß deshalb –

Doch bevor diese redegewandte Person auch nur Luft holen konnte, befahl der Herr, in einer halben Stunde eine Kutsche zu bestellen, weil er beabsichtigte, noch an diesem Abend abzureisen; so fand diese Trennung so höflich statt, wie es bei allen Trennungen der Fall sein sollte, der Geschäftsführer konnte seine übliche Abschiedsrede herunterrappeln und sich verneigen und ihnen eine angenehme Reise wünschen.

Die Dopsons reisten bester Laune ab, und die gelben Ginsterzweige zwischen ihnen nickten rhythmisch über den Rand der wasserfesten Decke hinweg, in die sie eingeknöpft wurden. Ingram hatte sieben Stunden fest geschlafen und fühlte sich wie neugeboren. Er führte sie nach Canobbio, auf dem Weg, auf dem er im Sonnenschein so gern mit ihr gewandert wäre. Doch Ingeborg, die in den Bergen herumgeklettert war, bis ihr das Blut in den Ohren rauschte, sah selbst in der Feuchtigkeit vielerlei Schönheiten und wollte nicht glauben, daß die Sonne alles noch lieblicher erscheinen lassen konnte. Außerhalb von Locarno, auf jener grasbewachsenen Ebene jenseits der Stadt, wo sich die hübschen kleinen Hügel etwas vom See zurückziehen und wo die Gänseblümchen so große Blüten haben und die Wege ganz weiß sind von abgefallenen Akazienblüten, hörte der Regen auf, und

Ingram ließ das Verdeck herunterklappen. Die Berge auf der anderen Seite des Sees waren indigoblau, und wollige Wolkenflokken schwebten ihnen zu Füßen über dem Wasser. Der See war stahlfarben, fast schwarz. Das Tal brütete in einer trägen Schwüle, und die Ginsterzweige, die sie mitgenommen hatten, fuhren wie goldene Messer durch den düsteren Hintergrund.

»Den einen Zweifel werde ich nicht los«, sagte Ingeborg und atmete die warme duftende Luft in tiefen Zügen ein, »daß alles viel zu schön ist, um wahr zu sein.«

»Nichts da«, sagte Ingram, endlich frei von den katastrophalen Auswirkungen von Erschöpfung, Schmutz und Kopfweh auf seine Laune, »es ist alles absolut schön und absolut wahr. Aber nur«, sagte er und wandte sich um und schaute sie an, »weil Sie hier sind, Sie liebe süße Schwester meiner Träume. Ohne Sie gäbe es hier nur einen grauen leeren Raum, in dem ich mich schrecklich einsam fühlte.«

»Nicht die Spur! Hier könnten Sie doch nur glücklich sein«, sagte sie und schaute sich um.

»Wenn Sie nicht hier wären, würde ich gar nichts bemerken«, sagte Ingram und glaubte auch fest trotz der Tatsache daran, daß seiner Aufmerksamkeit nie etwas entging. »Ich sehe dies alles nur durch Sie. Sie sind meine Augen. Ohne Sie tappe ich blind herum, wie im Dunkeln. Sie ahnen gar nicht, was Sie mir bedeuten, Sie kleiner funkelnder Kristall – Sie haben noch nicht einmal angefangen, es zu ahnen, meine Liebe, meine allerliebste Süße, die ich endlich gefunden habe.«

»Und heute morgen«, sagte Ingeborg und lächelte ihn an, wobei ihr herumschweifendes Lächeln allem galt, was es zu sehen gab, »haben Sie gesagt, ich erinnerte Sie an einen Kinderwagen.« Eine Weile fuhren sie in Schweigen, denn er fand es bedauerlich, daß sie ihn wieder an vergangene Launen erinnerte. Aber jenseits von Ascona, wo die Berge bis zum See reichen und der Straße nur eine schmale Spur lassen, erholte er sich wieder, weil ihm ihre Freude über die Schönheit der Fahrt erquickte und weil er ihre Glückseligkeit nicht ohne Wohlgefallen sehen konnte. Was er schließlich am meisten an ihr liebte, war das Wunder, daß sie im Herzen ein Kind blieb, ein Kind, dem manchmal die Weisheit wie eine Eidechsenzunge durch den Kopf zuckte, und das auch dann, wenn es sich töricht benahm, in seiner Torheit strahlte wie Silber und Sonnenschein. Und außerdem war da noch dieses Verborgene, an das er wie an das Herz einer Flamme denken mußte, das scheue Ding, von dem er sich so leidenschaftlich angezogen fühlte, das Ding, das er malen wollte, das Ding, an das sich sein eigenes geheimes Ich schmiegen wollte, weil es genau wußte, daß es dort, in ihrer geliebten kleinen Seele Wärme finden würde und Verständnis.

Der Abend in Canobbio war unbefriedigend. Ingeborg amüsierte sich offensichtlich, aber sie war so von dem, was sie sah, gefesselt, und er kam sich dabei so ausgeschlossen und überflüssig vor, daß er sich langweilte. Hier war nun alles vorhanden, was zwei Menschen nur zur trauten Zweisamkeit brauchen – Wärme, Dämmerung, der dichte Schatten der Platanen, spiegelglattes Wasser, romantisch funkelnde Lichter, das Lied einer fernen Gitarre, Gelächter und Gesang und die Glut des roten Weines auf den kleinen kerzenbeschienenen Tischen vor den Gasthäusern unter der Arkade der Piazza, und da war er, Ingram, schließlich ein bedeutender Mann, und er, Edward Ingram, saß zu ihren Füßen und bat sie flehentlich um Erlaubnis, ihr in allen Spielarten und immer wieder sagen zu dürfen, wie süß sie war. Sie aber war blind für all diese Verlockungen. Es gab vermutlich keine zweite Frau in ganz Europa, sagte er sich ärgerlich, die jetzt nicht geschmolzen wäre.

Nach dem Essen verließen sie ihr Hotel, einen rechteckigen rosafarbenen italienischen Albergo, der am Rande der Stadt über den See blickte und wie fast ganz Canobbio frei von durchreisenden Engländern war, und sie bummelten herum, um sich alles anzuschauen. Er schaute nicht allzu viel, denn er kannte diese italienischen Ansichten und Geräusche auswendig, und im Augenblick wollte er nur sie anschauen; aber schon die geringste Kleinigkeit raubte ihm ihre Aufmerksamkeit so vollkommen, so ausschließlich, da mochte er sagen, was er wollte. Sie hörte sogar dem Tuckern eines Dampfschiffes lieber zu als ihm, und sie unterbrach ihn mitten in einem intimen zärtlichen Satz und blieb mitten auf der Piazza stehen, um ihn zu fragen, was er von diesen Gerüchen hielt.

»Überhaupt nichts«, sagte er kurz angebunden.

»Ach, aber es gibt so viele!« rief sie aus und versuchte sie mit hochgereckter Nase voneinander zu unterscheiden. »Da riecht es nach Rosen und dort nach dem See, und da ist Bratfett, und da sind noch mehr Rosen, und dann gibt es noch Knoblauch, und dann ist da noch ein ganz schwacher Geruch und noch ein Hauch Ichweißnichtwas. Das ist wahrscheinlich echt italienisch. Ich habe noch nie so viel auf einmal gerochen«, schloß sie mit einer überwältigenden Geste.

Er versuchte, sie mit sich fortzuziehen. Er führte sie zu einer Bank unter einer Platane. »Kommen Sie und setzen Sie sich neben mich, ich will Ihnen etwas erzählen«, sagte er schmeichlerisch, »schauen Sie, da ist der Mond, der sich endlich von den Wolken befreit hat – und sehen Sie, wie die bunten Lichter des Dampfers, der gerade hereinkommt, wie eine leuchtende Leiter auf dem Wasser liegt? Und was halten Sie vom Gefühl der Luft, kleine Schwester? Ist sie nicht unbeschreiblich sanft und weich? Erinnert sie Sie nicht an etwas anderes Weiches und Zärtliches?«

»Aber das wunderbarste von allem sind die Gerüche«, sagte sie, immer noch hingerissen, »allein hier gibt es mindestens zwölf verschiedene.«

»Vergessen Sie sie. Ich möchte mich mit Ihnen unterhalten.«

»Aber sie sind so amüsant«, widersprach sie, »und so interessant, so aufregend, so wunderbar, so beunruhigend, so grauenhaft, so grenzenlos vollkommen, und sie jagen sich alle auf und ab und um uns herum.«

Er zündete sich eine Zigarette an. »So«, sagte er, »das wird das ganze Sammelsurium auslöschen und zu einem einzigen Geruch machen, und dann können Sie sich wieder vernünftig mit mir unterhalten. Lassen Sie uns doch reden, meine Liebe, solange wir das noch können. Nur noch eine kleine Weile, dann sind wir für immer und ewig tot für alle Gefühle.«

»Ja, dann verfaulen wir zu kleinen Fetzen«, sagte sie friedlich.

»Gott, der jeden Abend einen Sonnenuntergang verschwendet«, begann er und stand auf, um das Streichholz auszutreten, das er weggeworfen hatte –

»Wenn sie mir gehörten«, unterbrach sie ihn, »würde ich sie alle in einer Galerie aufheben oder in einer Ledermappe.«

» – versteht vermutlich«, fuhr er fort, während er sich wieder hinsetzte, »warum so etwas Kostbares wie dieser Abend, dieser Augenblick der Zweisamkeit enden und vergessen werden muß.«

»Solange wie ich lebe«, sagte sie ernsthaft, »werde ich es nicht vergessen. All meine anderen Erinnerungen werden wie eine Kette aus – ach, nur aus Holzperlen und Nüssen und Tannenzapfen sein, bis ich zu dieser hier komme, und dann hängt mir plötzlich ein funkelnder Edelstein an meiner Schnur.«

»Wirklich? Wirklich?« murmelte er und schaute ihr, überwältigt von diesen Worten, tief in die Augen, »wirklich, kleine Flamme meines Herzens?«

»Ach –«, sagte Ingeborg verträumt mit ihrer heiseren, zarten Stimme, »es ist doch die allerschönste Erinnerung, der allerschönste Edelstein. Meine erste italienische Stadt – Canobbio . . .«

Er war nicht mehr überwältigt. Er rauchte schweigend. Er war über die Wirkung von Italien so überrascht, weil sie ganz unerwartet kam. In Kökensee hatte sie sich ganz und gar auf ihn konzentriert, hatte ihm atemlos zugehört, jedes Wort getrunken, das er sagte, war ihm in Demut ergeben. Hier aber schien sie von jedem Eindruck und jedem Geräusch nur deshalb wie besessen zu sein, weil sie neu waren. Es hatte schon von Anfang an in Berlin Augenblicke gegeben, in denen er sich fast zweitrangig vorgekommen war, und das schien nun ein Dauerzustand zu werden. Das war verwirrend. Das war unglaublich. Das war grotesk. Vielleicht wäre es klüger, sie von den Seen fortzuführen, von all jenen Teilen des Landes, die die sensitive Seite ihrer Phantasie so tief beeindruckten. Vielleicht lieber etwas Mailand, mit seinen gepflasterten Straßen und den Museen . . .

»Geben Sie mir bitte etwas von diesem Geld?« fragte sie in seine Erwägungen hinein.

»Was für ein Geld?« fragte er und schaute sie an.

»Mein Geld.«

»Und wozu um alles in der Welt?«

»Ich möchte Robert eine Postkarte schicken.«

Er warf seine Zigarette fort. »Das wäre höchst unpassend«, sagte er und strich sich hektisch über die Haare. »Äußerst unpassend.«

»Unpassend?« wiederholte sie und starrte ihn an. »Robert eine Postkarte zu schicken?«

»Unangemessen. So was tut man einfach nicht.«

»Was? Robert keine – aber er würde doch sicher gerne wissen wollen, bis wohin wir gekommen sind.«

»Um des Himmels willen, reden Sie nicht von Robert!« rief er aus und stand hastig auf; die Idee mit der Ansichtskarte schokkierte ihn zutiefst.

»Nicht über ihn sprechen?« wiederholte sie und starrte ihn verwundert an. »Aber er ist mein Mann.«

»Genau. Das macht ihn ja so unpassend.«

»Was? Ach, ich dachte immer, Ehemänner wären gerade diejenigen, die niemals unpassend sein können.«

»Ingeborg«, sagte er und trabte ärgerlich vor ihrer Nase hin und her, »werden Sie auf dieser – dieser Reise von mir umsorgt oder nicht? Reisen Sie in meiner Begleitung oder nicht?«

»Ja, ich weiß schon, aber ich kann nicht einsehen, warum ich Robert keine Ansichtskarte . . .«

»Also, wenn Sie das nicht einsehen, dann müssen Sie es mir einfach abnehmen. Sie müssen mir einfach glauben, wenn ich sage, daß bestimmte Dinge unmöglich sind.«

»Aber Robert –«

»Grundgütiger Himmel, reden Sie nicht mehr von Robert. Wenn ich Sie anflehe, es sein zu lassen, wenn ich Ihnen schwöre, daß Sie damit alles für mich verderben, wenn ich Sie um eine Gnade bitte –«, er blieb vor ihr stehen. »Meine Liebste, meine kleine Gefährtin, mein Einundalles, das einzige, was unter Masken lebendig ist –«

»Ja, dann tue ich es wirklich nicht wieder. Ich will es wenigstens versuchen«, sagte sie und schaute ihn mit einem Lächeln an, in dem ebensoviel Überwindung wie Überraschung lag, »aber ich sehe wirklich nicht ein, warum eine Ansichtskarte –«

Der Dampfer, den sie schon so lange gesehen hatte, der letzte, der an diesem Tag von Arona nach Locarno fuhr, näherte sich jetzt der Anlegestelle, und auf der Piazza drängten sich plötzlich geschäftige Gruppen, die an Bord gehen oder jemanden verabschieden wollten.

»Kommen Sie fort«, sagte Ingram ungeduldig, »kommen Sie doch fort!« wiederholte er und stampfte mit dem Fuß auf. »Ich hasse dies Gedränge.«

Sie stand auf und ging mit niedergeschlagenen Augen neben ihm zum Hotel.

»Ich kann wirklich nicht einsehen, warum ich Robert –«

»Ach, Ihr verdammter Robert!« rief er heftig aus.

Sie schaute ihn an. »Verdammter Robert?« wiederholte sie verblüfft, »aber – mögen Sie Robert denn nicht?«

»Nein«, antwortete Ingram, »nein«, wiederholte er noch lauter. »Hier nicht. Jetzt nicht. Und bitte«, setzte er am Rande seiner Nervenkraft hinzu, weil er sah, daß sie schon wieder den Mund aufmachte, »fragen Sie mich bitte nicht warum, bitten Sie mich nicht um eine Erklärung. Gehen Sie schlafen, Ingeborg. Es ist allmählich höchste Zeit, daß alle Kinder unter zehn im Bett sind. Und stehen Sie bitte frühzeitig auf, denn wir wollen morgen als erstes nach – ach, gleichgültig, wir wollen irgendwohin.«

34

Ingram war nicht nur ein großer Maler, er war auch in verschiedenen kleineren Künsten geübt, zu denen die Kunst des Davonlaufens gehörte. Er hatte sie schon verschiedene Male praktiziert und allmählich darin Übung. Diese Übung nun erleichterte ihm die Sache so, daß man kaum noch von Laufen sprechen konnte, sondern eher vom Spazieren. Er spazierte davon, spazierte zum Schluß ganz müßig von einer kaum erwähnenswerten Ehefrau zu einer immer neuen Dame, deren Leidenschaft zu ihm schon so gewachsen war, daß ihr schon nichts anderes mehr übrigblieb als zu schrumpfen; und wenn sie wirklich geschrumpft war, durch verschiedene Tricks von ihm befördert und beschleunigt, so bestand der bevorzugte Abkühlungseffekt darin, daß er seine Ungeduld ausdrückte, sich endlich wieder seiner Malerei zu widmen, ohne von Unwesentlichem davon abgehalten zu werden – jede der Damen fand es ernüchternd, als unwesentlich bezeichnet zu werden –, aber dadurch umging er den Teil, der manchmal etwas heikel werden konnte, den Teil nämlich, in dem sich Vorwürfe wie dunkle Wolken vor den Sonnenuntergang schieben, in dem man die Damen, die nun, am Ende, eigentlich keine Liebhaberinnen mehr sind, sondern Patientinnen, durch vorsichtige Behandlung in eine Atmosphäre neuer Liebe zu ihrem Heim gelangen lassen muß. Sie sollten, mit List und Lüge, durstig werden, und – das war seine Kunst – sie dürsteten schließlich ganz echt und wahr nach Ehemann oder Vater oder wen sie auch verlassen hatten, nach Kummer, Katastrophen und Verachtung – nach allem, was nur nicht die Qual der Liebe übertraf. Sie schieden auf eine Weise beraubt, auf jeden Fall aber reicher an philosophischer Lebenserfahrung, ohne einen Hauch von Eifersucht auf das, was bei ihm als nächstes folgte, auch ohne Neid, sie ließen ihn unbehelligt tun, was er wollte, wenn sie nur nicht mehr beteiligt waren. Und bis er das nächste Mal von den strengen Pfaden der Kunst in der Hoffnung hinweggelockt wurde, doch noch die eine zu finden, die eigens für ihn geschaffene Gefährtin, genoß er von Herzen die Situation, in der er sich am glücklichsten fühlte, die Freiheit des Geistes, die auf die Liebe nur herabblickt.

Aber wie anders war dieser Ausbruch, als seine üblichen gemütlichen Exkursionen, die so voraussehbar und ereignislos in ihrer flüchtigen Erquickung verliefen wie eine Mahlzeit aus einem Schluck Milch und einem Butterbrot! Er war verzweiflungsvoll anders. Fast, obgleich ihm wirklich nicht nach Lachen zumute war, lächerlich anders. Der erste Schritt, die tatsächliche Entfernung von Kökensee nach Berlin, vom Ehrbaren ins Abenteuer, war erstaunlich glatt verlaufen, und er hatte natürlich angenommen, daß sie genauso glatt und ungezwungen in seinen Armen landete, wenn sie erst einmal alleine waren, denn das war ja das eigentliche Ziel des Ausbrechens, warum sollte man sich sonst die Mühe machen? Nichts schien ihr indes ferner zu liegen als dieses Ziel. Die einzige Folge ihrer Flucht waren bisher zwei verworrene und anstrengende Tage, in denen seine Laune mit jeder Stunde umschlug, schließlich fast mit jeder Bemerkung, die sie von sich gab. Die Großzügigkeit ihrer Überzeugungen und dessen, was sie billigte, setzte ihn in Erstaunen. Und in ihrer Begeisterung war sie genauso weitherzig. Sie glaubte ihm alles aufs Wort, was er ihr da hinten in Kökensee vorgeschwatzt hatte, wo ein Mann natürlich alles mögliche von sich geben muß, um erst einmal einen Anfang zu machen. Besonders das, was er sich über die freien und zwanglosen Reisen anderer Leute zurechtgesponnen hatte, war von ihr stürmisch bejaht worden, ja, es war lächerlich und engstirnig, daß man nicht frei und nach eigener Entscheidung mit jedermann überallhin reisen durfte. »Sind wir nicht Kinder des Lichtes, Sie und ich?« hatte er sie gefragt – was ein Mann eben so sagt! Aber so eine Bemerkung durfte doch jetzt nicht gegen ihn verwendet werden – ». . . und sollen wir uns in unserer freien Bewegung von den anderen, den Schwerfälligen, den dumpfen und blinden Kindern der Finsternis darin hindern lassen?« Denn durch all dieses Gerede war ihr das Gefühl dafür abhanden gekommen, daß sie etwas Unrechtes tat. Die Basis ihrer Reise war ihr unerschütterlicher Glaube an aufrichtige Kameradschaft. Sie hatte, wie er immer wieder beobachten konnte, nicht die geringste Schwierigkeit, ihm ständig so nahe zu sein, weil sie ja nur seine redliche Kameradin war. Sie fühlte sich in seiner Freundschaft so sicher und behütet, war so arglos, so frei von allen Nebengedanken, daß sie ihm Dinge antun und sagen konnte, die bei jeder anderen Frau in der gleichen Situation sofort im Bett geendet hätten. Ingram aber, der sehr empfindsam war, vermochte sie sowenig wie ein Kind ins Bett zu zerren, alles gewaltsam zu beginnen, ihr zu sagen, sie sollte endlich mit dem Theater aufhören, weil sie sich noch in diesem Zustand der Arglosigkeit befand. Er war darauf angewiesen, irgendein Echo zu spüren, sie mußte sich ihrer Lage bewußt sein. Ihre Ahnungslosigkeit aber war so entsetzlich klar und gesund, daß sie fast wie eine Krankheit wirkte; die schreckliche Seelenreinheit von Bischofstöchtern und Pastorenfrauen raubte ihm den Atem.

Drei Tage lang blieb das Wetter schwül, drückte ihm auf die Augen. Er schlief nicht, er war ein Nervenbündel. Am Morgen, eine Tageszeit, in der er sie noch nie erlebt hatte, weil sie in Kökensee nur nachmittags zusammen gewesen waren, übte sie eine Wirkung auf ihn aus, die anders und auf eine seltsame Art verwirrend war. Lag es daran, daß sie morgens mehr flackerte? Denn besser konnte man es nicht beschreiben – sie flackerte. Geistig flackerte sie ohnehin immer, weil ihre Gedanken jeden Gegenstand nur leicht berührten und dann zum nächsten huschten, und an den Nachmittagen und Abenden war dieses Flackern auch reizend und entzückend, kam ihm in diesen milden und zärtlicheren Stunden zumindest so vor, aber morgens war es das gar nicht. Morgens braucht ein Mann einen eindeutigen Partner, vernünftig und meinetwegen beschränkt. Vernünftig und am liebsten stumm, und wenn es etwas zu sagen oder einzuwenden gibt, dann kurz und knapp, so wie es zu Kaffee und Brötchen paßt. Beim Frühstück stellte er jedoch fest, daß er sich kaum mit ihr unterhalten konnte, so wahnsinnig ging sie ihm auf die Nerven – sie erschien immer frisch und ausgeruht, während er sich die ganze Nacht hin und hergeworfen hatte, sie war für jeden neuen Tag so grauenhaft aufnahmebereit, während er noch nicht einmal begonnen hatte, sich vom vergangenen zu erholen, und dann noch ihre ständige Begeisterung, ihre ewige Glückseligkeit. Aber jeden Abend erfüllte ihn wieder die Liebe zu ihr.

Er war vollkommen erschöpft. Diesen Aufenthalt mit ihr an italienischen Seen und auf italienischen Bergen hatte er sich so romantisch vorgestellt, und jetzt war es nichts als Aufregung; denn selbst am Abend, wenn er sie liebte – dieser Zustand setzte gewöhnlich nach dem Tee ein, konnte aber schon früher beginnen, falls sie zufällig einmal das Richtige sagte –, bestand diese Liebe aus Gereiztheit, und er wußte kaum noch, ob es ihn mehr erleichtern würde, wenn er sie schüttelte oder küßte. Aber sosehr ihn ihr reines Gewissen reizte und verblüffte, ihre hemmungslose Begeisterung über Italien reizte und verblüffte ihn noch mehr. Wen würde auch die Entdeckung nicht gallig machen, daß er zu einem Hintergrund verkommen war? Wer hätte auch nur vermuten können, daß sie, die ihn in Kökensee so angehimmelt hatte, so klar in seinem innersten Wesen erkannt hatte, die mit ihm durch die Roggenfelder lustwandelt war und ihn so süß beweihräuchert hatte, wie man es mit Worten nur konnte, wie konnte man auch nur auf die Idee kommen, daß sie, endlich frei in Italien, die Kulisse, die er für seine Verführungskünste so sorgfältig ausgewählt hatte, sozusagen ans Herz ziehen und in ihr aufgehen würde, sie so sinnlos bewunderte, daß er selbst zur Kulisse degradiert wurde? War das nicht unglaublich, daß er zum Hintergrund seines eigenen Hintergrundes wurde?

Als er sie in die Hügel hinaufgeführt hatte, an einsame Stellen, wo sich die Kastanienwälder meilenweit erstrecken und man auf niemanden als höchstens einen Köhler stößt, war er für sie überhaupt nicht vorhanden. Als er sie auf einem Segelboot mit aufs Wasser nahm und sie bewegungslos in der Flaute lagen, war er für sie genausowenig vorhanden. Als sie nach einem steilen Aufstieg Rast machten, tief versunken in einer Wiese, die die Schnitter noch nicht erreicht hatten, als sie durch die Stengel der bienenumsummten Blumen schauen konnten, durch die duftenden Skabiosen und die zarten Lichtnelken, als sie tief unter sich Teile vom See und den weißen Dörfern am Hang der gegenüberliegenden Berge erblickten konnten, als die ganze Welt nur darauf wartete, einen Rahmen für Liebe darzustellen, da fragte er sich, wo er wohl in diesem Bild, das nun in ihrem Kopf entstand und in ihren Augen funkelte, seinen Platz hatte? Er hätte sich nicht vorstellen können, so weit hinkte er seinen eigenen Entdeckungen des Neuen nach, daß etwas so gierig verschlungen werden konnte. Während er sie beobachtete, die ihrerseits alles außer ihn beobachtete, beschloß er, sie mit nach Mailand zu nehmen. Er wollte etwas Häßliches ausprobieren. Mailand und dieses schwüle heiße Wetter mußten sie ihm zurückgeben, sonst konnte nichts mehr nützen. Sie würden in einer Straße voll

Krach und Lärm und Straßenbahngerassel wohnen und ununterbrochen in Museen gehen. Sie würden immer auf Steinpflaster laufen und die Mahlzeiten in englischen Tea Rooms einnehmen. Während die Roßkur noch wirkte, konnte sie sich ein paar anständige Kleider kaufen, denn das, was sie anhatte, war wirklich zum Verzweifeln, und wenn das erledigt war und ihr alles vor Langeweile zum Halse heraushing, wenn sie ihn dann auch wieder richtig wahrnahm, dann wollte er sie schleunigst nach Venedig schleppen und endlich mit der Arbeit anfangen – Arbeit, das beste vom Leben, das einzige, dessen man niemals überdrüssig wird, das Höchste, das immer neu und voller Freude ist. Aber er hatte auch Angst vor Venedig. Venedig war zu schön. Sie würde nicht still in der Ecke sitzen, während er sie malte; sie würde hinausstürzen und sich alles betrachten wollen. Unmöglich also, sie dorthin zu nehmen, ehe sie nicht gelernt hatte, alles auf der Welt auszulöschen, mit Ausnahme seiner eigenen Person. Und ihm war klar, dieser Vorgang des Auslöschens mußte in Mailand stattfinden, und zwar sofort. Er verzehrte sich nach seiner Arbeit. Und so groß war sein Verlangen, mit dem berühmten Bild zu beginnen, daß unter all seinen anderen Wünschen und Emotionen und Launen eine drängende Ungeduld saß, die ihm im Unterbewußtsein ungerechterweise den Vorwurf lieferte, er werde nur von einem Rudel Weiber – wie er das nannte – von dieser Arbeit abgehalten.

Es war der Abend in Luino, an dem endgültig die Entscheidung für Mailand fiel.

Sie waren an jenem Tag die Waldwege entlanggewandert, die schließlich nach Ponte Tresa hinüberführten, und bei der Rückkehr nach Luino hatte sie vor einem Tabakgeschäft eine Drehsäule mit Ansichtskarten gesehen und einige entdeckt, die die Felswand und den Wasserfall zeigten, vor dem sie ihr Mittagsbrot verzehrt hatten. Und wieder hatte sie Robert eine Karte schicken wollen. Sie hatte es zwar nicht ausgesprochen, aber sie war mit diesem gewissen sehnsüchtigen Blick um die Säule herumgestrichen. Ansichtskarten schienen eine verhängnisvolle Anziehungskraft auf sie auszuüben; und was Ingram anbetraf, so war er an diesem Punkt der Reise schon so weit, daß ihr bloßer Anblick ihn rotsehen ließ. Und kaum hatte er ihr hungriges Herumstreichen bemerkt, da stürzte er sich schon blindlings in Vorwürfe, wobei er mehr den wütenden Schulmeister darstellte als den Liebhaber. Er hatte es selber gespürt und mit seiner flinken Wahrnehmungsgabe auch gleich gesehen, wie für einen Wimpernschlag lang mit Überraschung und Ungläubigkeit die Angst in ihren Augen stand.

»Ach, das ist doch nur, weil Sie immer an Robert denken«, zischte er ihr zu, wollte sich eigentlich entschuldigen und geriet statt dessen erst recht in Fahrt.

»Nicht immer«, sagte sie zurückhaltend und mit einem Lächeln, das zum ersten Mal beschwichtigend war. Wegen des unregelmäßigen Pflasters ging er ein paar Schritte vor ihr, und sie konnte seinen Rücken betrachten, seine hohen schmalen Schultern und die Ränder seiner Ohren, und sie erschrak, weil er ihr plötzlich vollkommen fremd vorkam.

Ein unbestimmter Gedanke tauchte auf und verschwand sofort wieder im Hintergrund ihres Bewußtseins, ein Gedanke wie ein Flüstern, kaum gehaucht und schon wieder fort – »Ich bin an Robert gewöhnt.«

Am nächsten Tag führte er sie nach Mailand. Diese laute und unruhige Stadt sollte sie durch ihre Hitze und ihre Öde auf ihn zurückführen, sollte sie aller anderen Interessen berauben und an seine Brust werfen. Als sie mit dem Dampfer über den See fuhren, stellte er sich taub, wenn sie ihn bei jeder Anlegestelle anflehte, er möge doch mit ihr aussteigen und dieses hübsche Städtchen besichtigen. Sie fand das so unvernünftig, denn warum reiste man schließlich zu diesen entzückenden Orten, kam so dicht an sie heran, daß man sie fast berühren konnte, und rauschte dann wieder davon, ohne etwas richtig gesehen zu haben? Und nachdem er sich mit ihr wegen der Borromäischen Inseln gestritten hatte, an denen der Dampfer unglücklicherweise anlegte, mußte sie unwillkürlich denken, was es für eine Gnade und für eine Wonne wäre, hier alleine herumreisen zu können – frei und imstande, bei jeder Insel auszusteigen, wie es ihr paßte.

»Ja, ja, das sind Inseln«, sagte er bei ihrem ersten bezauberten Blick, »ja, man kann dort an Land gehen, aber das werden wir nicht tun. Ja, ja, sie sind wunderschön – aber wir dürfen den Zug nicht verpassen.«

Allmählich begann sie, ihn etwas verwundert zu beobachten. War er wirklich so anders als in Kökensee? Und da glitten die Borromäischen Inseln davon, diese wunderbaren Eilande, und sie fuhren einfach vorüber, ließen sie aus ihrem Leben gleiten, denn es war unwahrscheinlich, daß sie sie jemals wiedersehen würde . . .

Ingram kam dieser bleierne Nachmittag auf dem See wie ein Sarg vor und die Inseln so unattraktiv und schäbig wie drei Sargnägel; für Ingeborg aber waren sie drei kleine Gotteswunder. Die Borromäischen Inseln waren schön, aber selbst wenn sie langweilig gewesen wären, hätte sie sich nach ihnen gesehnt. Schön oder häßlich, sie waren anders als alles in Kökensee; und daß der weitgereiste Ingram seine Hoffnungen auf Mailand setzte, zeigte nur, daß er nicht begriffen hatte, wie leicht sich Ingeborg nach der klösterlichen Abgeschiedenheit in Kökensee von allem beeindrucken ließ, das nur anders war. Der Bahnsteig von Arona, die ebenen Felder, durch die der Zug dann fuhr, die Fabriken und Vorstädte von Mailand, die lärmenden Straßen, in denen an jenem grauen und drückenden Nachmittag die Hitze stand, die Formen der Dinge, selbst der langweiligen Dinge, der Straßenbahn und Kaleschen und Wäscherinnen, die Schaufenster, das Benehmen und das fremdländische Aussehen der Hunde, das Benehmen der Kinder, die italienischen Augen, die sich überall auf sie richteten, die sie anstarrten – das alles faszinierte und verschlang sie wie die Stationen eines besonders lebendigen Traumes. Was waren das für Leute? Was hatten sie gerade vor? Was fühlten sie, was dachten sie und sagten sie? Wohin gingen sie, was hatten sie zum Frühstück gegessen, wie sahen die Zimmer aus, die sie gerade verlassen hatten, was hatten sie in ihren Schränken und Regalen stehen?

»Wenn mir nur ein einziger seinen Schrank leihen würde«, rief sie Ingram zu, »und mich mit seinem Inhalt alleine ließe, ich glaube, wenn ich damit fertig wäre, wüßte ich über Italien Bescheid. Alles, einfach alles: die Bedürfnisse von Leib und Seele, was gearbeitet und gespielt wird, was sie essen und was sie nach dem Tode erwarten.«

Und weil sie schweigend neben ihm hergegangen war, hatte er sich schon eingebildet, sie fände Mailand langweilig. Hastig führte er sie aus den betriebsamen Straßen heraus in einen englischen Tea Room, ließ sie mit dem Rücken zum Fenster Platz nehmen und bestellte ihr geröstetes Brot.

Doch obgleich sie ihre ganze Kindheit mit Toastbrot verbracht hatte, weil es im Bischofspalast natürlich hochgeschätzt war, erstens als Resteverwertung und zweitens, weil es ein sündiges Schlemmen und Prassen gar nicht erst aufkommen ließ, hatten die Toastbrote hier in Mailand nicht im geringsten den alten ernüchternden Effekt. Sie knusperte sie mit Vergnügen, und ihre Trockenheit wirkte sich auf keine ihrer wachen Interessen hinderlich aus, die Erinnerung an den Geschmack dämpfte sie nicht, auch nicht, als sogar noch die Kirchenglocken dazukamen, deren Klänge gerade über die Dächer schallten. Es war fast wie in Redchester, dieses Glockengeläut und dieses geröstete altbackene Brot. Ingram, der ihr in der verlassenen Teestube an einem Marmortischchen gegenübersaß, beschloß gerade, daß er ihr in Mailand nichts mehr servieren lassen würde, was verlockender war als diese Mahlzeit. Solange, wie sie ihn hier hielt, sollte sie alle Mahlzeiten außer dem Frühstück an diesem selben Platz einnehmen: bescheidene Mahlzeiten, solche, die die Unternehmungslust dämpften und auf die Dauer auch sicher minderten, denn das extravaganteste Gericht, das sie in dem Tea Room anboten, war Verlorene Eier.

Er veranlaßte sie, dort solange wie möglich sitzen zu bleiben, längst nachdem der Tee schon kalt geworden war, und er war durch den Aufschub, den die normale Entwicklung solcher Reisen auf Abwegen durch ihre seltsame Naivität erfahren hatte, so aufgewühlt, daß er ihr inmitten der Toastkrümel den Hof machte. Und was war das für eine Mühsal! Er mußte selber trokkenes Toastbrot essen. Er wollte ihr gestehen, daß er sie anbetete, aber auf der anderen Seite der Teekanne klang das nach bitteren Klagen über ihren Wankelmut. Er wollte ihr sagen, daß ihr Leib so zart wie Blüten und so entzückend wie die Morgenröte war, doch hinter der Teekanne klang es wie Kritik, Kritik an der Qualität und der Quantität ihrer Gefühlsausbrüche. Er wollte das Loblied ihres innersten Wesens singen, dieses unaussprechlich strahlenden und verständnisvollen und ganz und gar süßen Wesens, statt dessen aber zog er hämisch über ihre Kleider her.

Ingeborg hörte ihm nur mit einem halben Ohr zu. Ihre Augen funkelten vor Sehnsucht, wieder draußen auf der Straße zu sein. Sie zappelte und rutschte vor Ungeduld hin und her, diesen Laden wieder zu verlassen, und bedauerte nur, daß er sich ausgerechnet diesen Zeitpunkt ausgesucht hatte, um eine Zigarette nach der anderen zu rauchen. Selbst das junge Mädchen, das die Kuchen brachte, schien der Meinung zu sein, daß dieser Besuch, der sich nur auf Tee und Toastbrot beschränkte, nun allmählich lang genug gedauert hätte, und trat zu ihnen und räumte auf und fragte auf englisch, ihrer Muttersprache, ob sie ihnen nicht noch etwas bringen dürfe.

»Diese merkwürdige Mischung, die Sie darstellen«, sagte Ingram, der sie eigentlich mit dem Licht in der Finsternis hatte vergleichen wollen, aber sofort den Faden verlor, »diese merkwürdige Mischung aus Resten von Kindlichkeit und ersten Zeichen von Reife! In einem Augenblick sind Sie vollkommen impulsiv und hemmungslos, einen Augenblick vorher waren sie intelligent und vernünftig, und einen Augenblick später strahlen sie vor Kühnheit und Mut.«

»Wann habe ich vor Kühnheit und Mut gestrahlt?« fragte sie und wandte ihm etwas mehr Aufmerksamkeit zu.

»Als Sie Ihr Heim verließen und mit mir gekommen sind. Der Start war strahlend und kühn. Wer hätte sich auch nur träumen lassen, daß es so im Sande verlaufen würde – so wie hier.«

»Aber ist es denn im Sande verlaufen? Sie wollen doch nicht«, sie beugte sich etwas ängstlich über den Tisch, »Sie wollen mich doch nicht ausschelten?«

»Ganz im Gegenteil, ich versuche, Ihnen zu sagen, daß Sie mein ein und alles sind.«

»Ach«, sagte Ingeborg.

»Ich versuche irgendwie, mein Bewußtsein auf Ihre Lichtstreifen zu konzentrieren –«

»Lichtstreifen?«

»So wie die Bienen einen toten Eindringling mit Wachs umhüllen.«

»Ach – einen toten Eindringling?«

»Sehen Sie, ich kann einfach nicht an den vernichtenden Effekt eines einziges Ausbruchs glauben, auch nicht an den von mehr als einem –«

»Und Sie – Sie schimpfen wirklich nicht mit mir?« fragte sie wieder etwas ängstlich.

»Ganz im Gegenteil, ich glaube an Ihren geliebten inneren Kern, und ich halte mich daran.«

»Ach«, sagte Ingeborg.

»Und ich glaube, daß diese Lichtstreifen und Flecken und Flikken, die Ihr seelisches Ich aufweist, in ihrem ultimativen Effekt sehr gut sein mögen, uns vielleicht durch diese Mangelhaftigkeiten davon bewahren, in eine dieser Beziehungen aus Gewohnheit und Rücksichtslosigkeit zu gleiten.«

Sie starrte ihn an, und ihr Mund stand etwas offen. Er zündete sich die nächste Zigarette an.

»Aber es ist eher so«, sagte er und schnickte das Streichholz in eine Ecke, wohin ihm das junge Mädchen nachging und mit vorwurfsvollem Schmollen austrat, »es ist eher so, als ob man einen goldenen Krug in seinem Garten findet und nur manchmal einen verstohlenen Blick darauf werfen kann und dann wieder weg muß und für elf Shilling die Woche schwer zu arbeiten hat.« Sie fuhr fort, ihn schweigend zu betrachten.

»Und noch nicht einmal für elf Shillinge«, sagte Ingram, indem er sich alles ins Gedächtnis rief, was er schon hatte ausstehen müssen. »Schwer gearbeitet für nichts und wieder nichts.« Sie beugte sich wieder quer über den Tisch. »Ich bin niemals mit Absicht lästig gewesen«, sagte sie.

»Kleiner Stern«, sagte er hartnäckig.

»Ich habe es nie mit böser Absicht getan«, sagte sie und richtete ihren ganzen Ernst auf ihn, »ach, es ist wirklich so unabsichtlich gewesen – und ich weiß, daß ich scheußlich aussehe und alles Unvollkommene –«

Er klopfte die Asche mit einer solchen Heftigkeit von seiner Zigarette ab, als ob sie einem widerspenstigen Körper gehörte.

»Ich bin eine Närrin, ich bin ein Tölpel, ich bringe alles durcheinander und verpfusche es«, fuhr Ingeborg fort, die mit Wörtern immer gerne gründlich umging.

In seinem reizbaren Zustand ärgerte ihn diese absichtliche Herabsetzung genauso, wie ihn alles andere ergrimmte, was sie an diesem Tag gesagt und getan hatte. Er hätte mit größter Genauigkeit all ihre Schwächen aufzählen können, aber sie sollte sie nicht vor ihm erwähnen. Er wollte ihr huldigen, und sie funkte ihm immer dazwischen. Es war zum Verzweifeln, einen Gott zu haben, der sich weigerte, friedlich auf seinem Thron zu sitzen, sondern der darauf besteht, immer wieder herabzuspringen und einem seine Mängel zu zeigen und sich dann noch dafür entschuldigte. Wie konnte er sie lieben, wenn sie so etwas sagte?

»Liegt das am Sonntag?« fragte er. »Müssen Sie Ihre Sünden bekennen und bereuen? Sie geben mir das Gefühl, als ob gleich der Küster vorbeikommt und mich in eine Kirchenbank schiebt.«

»Naja, aber ich bin eine Närrin und ein Tölpel, und alles durcheinander bringe ich auch«, beharrte sie.

»Das stimmt nicht«, sagte er nervös, »habe ich Ihnen nicht gesagt, daß Sie mein Stern sind und mein Wunder?«

»Ja, aber –«

»Ich sage es Ihnen wieder«, sagte er und war entschlossen, seinen Worten zu glauben, »daß Sie ein wahres Bad für meine erschöpfte Seele sind.«

»Wie freundlich Sie sind!« sagte sie. »Sie sind so freundlich zu mir, als ob Sie mein Bruder wären. Manchmal finde ich wirklich, daß Sie wie mein Bruder sind. Ich habe nie einen gehabt, aber Sie sind ihm sehr ähnlich, so wie ich ihn mit immer vorgestellt habe.« Sie erwärmte sich für diese Vorstellung. »Ich habe das Gefühl, als ob mein Bruder –«, sagte sie und war schon wieder drauf und dran, sich in Begeisterung zu reden. Er aber unterbrach sie, indem er aufstand. »Ich halte es für reine Zeitverschwendung«, sagte er und griff nach seinem Hut, »über einen Bruder zu reden, den Sie gar nicht gehabt haben. Wollen wir gehen?«

Sie sprang sofort auf, wie jemand, der in Gnaden entlassen worden ist. Er konnte die Teestube nicht mehr ertragen, sonst wäre er lieber dort geblieben. Trübsinnig trat er mit ihr wieder auf die Straße und stellte fest, daß sie, falls das überhaupt möglich war, noch lebhafter und munterer als zuvor war – offensichtlich vollkommen erholt und ausgeruht. Trübsinnig stellte er im Lauf der nächsten ein oder zwei Stunden fest, daß sie ein Auge für Gebäude besaß, daß es jedoch immer die falschen waren. Trübsinnig entdeckte er bei ihr eine merkwürdige Vorliebe für Gußeisen, so minderwertig es auch war. Er bekam sie kaum durch einige der Eisentore des Palastes. Er haßte häßliche Tore. Sie aber hatte keinerlei Erfahrung, konnte also nicht vergleichen und das Erlesene nicht erkennen, und ihre Neugier war grenzenlos und unkritisch wie die eines Kindes. Er gab sich große Mühe, die Piazza del Duomo zu umgehen, aber durch einen falschen Schritt in dem Gassengewirr und durch eine momentane Unaufmerksamkeit stand er schließlich, der sich eingebildet hatte, von ihm fortzugehen, plötzlich genau davor. Er packte sie am Ellbogen und schob sie nervös und hastig quer über den Platz, in der Hoffnung, daß sie den Dom nicht sehen würde. Aber da man diesen Dom nur schwerlich übersehen kann, entging er ihrer Aufmerksamkeit nicht, und sie blieb, wie er gefürchtet hatte, wie angewurzelt stehen.

»Ingeborg«, rief er, »wenn Sie mir jetzt sagen, daß er Ihnen gefällt –«

»Ach, lassen Sie mich doch schauen, lassen Sie mich doch schauen«, rief sie und packte seinen Ärmel, während er versuchte, sie weiterzuzerren, »das ist so komisch – das ist so ganz anders –«

»Ingeborg«, flehte er fast, aber der Schritt von außen nach innen war nun unvermeidlich, und unvermeidlich war auch, daß es ihr drinnen die Sprache verschlug.

So mußte Ingram den Dom besichtigen, mußte zu Fenstern emporschauen, ihr in unterirdische Gewölbe folgen, Treppen hinaufsteigen – er rieb sich heftig über die Haare.

»Aber das ist einfach unerträglich«, schrie er lautlos in sich hinein, »ich werde noch den Verstand verlieren –«

Dennoch trabte er hinter ihr her und erwischte sie gerade noch am Arm, als sie in der Krypta verschwinden wollte.

»Ingeborg«, sagte er, und seine Augen funkelten sie mit blanker Verblüffung an, »wollen Sie mir etwa sagen, daß ich Sie niemals erreichen werde, daß ich nie zu Ihrem innersten Kern vordringe, außer wenn ich Sie male?«

Sie drehte sich in dem dämmrigen Schatten um und schaute zu ihm auf.

»Oh, ich weiß genau, daß ich Sie dann erkennen werde«, fuhr er aufgeregt fort, während der Kirchendiener ungeduldig mit den Schlüsseln rasselte. »Dann kann Sie nichts mehr vor mit verbergen. Ich male nämlich nicht von selber –«

Sie starrte zu ihm empor.

»Dieses ganze Herumgerenne, all diese Ausflüchte – haben Sie denn ganz und gar das Bild vergessen?«

Es war, als ob er sie plötzlich wachgeschüttelt hätte. Sie starrte ihn an, und mit einem Schlag kam die Erinnerung zurück. Natürlich – das Bild. Oh, wie unglaublich, aber sie hatte es vollkommen vergessen. Vollkommen vergessen, im wilden Rausch des Reisens, überall, an jedem neuen Ort hatte sie verweilen wollen, und sie hatte doch nur zehn Tage zur Verfügung, sie, die nur des Bildes wegen hierhergekommen war, des großen Bildes wegen, das das erste wirklich Bedeutsame ihres Lebens war. Und hier stand sie nun mit ihm, seinem wartenden Schöpfer, zerrte ihn durch die Gegend, der die künftige Schönheit der Kunst in seinen begnadeten Händen hielt, folgte der eigenen dummen, ungebildeten Neugier, vergeudete seine Zeit, verhinderte auf lächerliche Art und Weise, daß etwas Großes entstand.

Sie war vollkommen ernüchtert. Sie war vollkommen überwältigt von der Torheit ihrer banalen Begeisterung.

»Ach«, sagte sie und starrte zu ihm empor, hellwach, tief beschämt, »wie geduldig sind Sie mit mir gewesen!«

Und da er sie immer noch am Arm hielt, da sie seine Augen von der obersten Stufe zur Krypta herab anfunkelten, gab es keine andere Möglichkeit, um ihre Beschämung und Zerknirschung auszudrücken: Sie beugte den Kopf und legte ihre Wange in seine Hand.

35

Da standen sie nun, und dem Kirchendiener unten in der Krypta kam es wie eine Ewigkeit vor, die Dame, offensichtlich niemand besonderes, die Wange in die Hand des Herrn geschmiegt, und er, ein ehrlicher Mann, der nur auf sein Trinkgeld wartete, mußte derweil dumm rumstehen und konnte nur leise fluchen und mit den Schlüsseln rasseln. Ja, es war Sommer, aber in der Krypta war es kalt, und das würden seine Füße auch bald sein, und wo kommen wir denn hin, wenn die Leute sich nun schon in der Krypta betätscheln? Und weil ihn diese Rumsteherei ganz rasend machte, verfluchte der Kirchendiener sie, in Gegenwart, Vergangenheit und Zukunft, rundherum und gründlich, aber, wie es sich für seine Stellung ziemte, ohne die Heiligen zu bemühen und nur im stillen.

»Es tut mir so leid, so unendlich leid«, murmelte Ingeborg, die nichts nur halb erledigte, weder Reue noch Demut oder Dank.

»Mein angebetetes Kind«, flüsterte Ingram, durch ihren jähen Wandel unbeschreiblich berührt und selber verwandelt, nur durch die Zartheit ihrer Wange in seiner Hand.

»Sollten wir nicht heute abend noch nach Venedig reisen?« fragte sie, immer noch in dieser merkwürdig rührenden Haltung der Beschämung.

»Nicht heute abend.«

»Aber wie kann ein Bild in so kurzer Zeit gemalt werden?«

»Ach, Sie wissen ja, im Malen bin ich gut.«

»Aber ich kann keine Minute länger als bis Donnerstag bleiben. Samstag muß ich spätestens wieder zu Hause sein.«

»Sie werden schon sehen, das wird sich ganz von selbst richten.«

»Wie konnte ich das Bild nur vergessen!« sagte sie und schaute immer noch erschrocken zu ihm empor, während sich die alte Demut, die ihr der Bischof so geduldig anerzogen hatte, abermals auf sie senkte, wie ein Gewand, das seit dem letzten Tragen weiter und faltenreicher geworden ist.

Aus irgendeinem Grunde hatten sie sich nur im Flüsterton unterhalten, und der aufgebrachte Kirchendiener, der die Selbstbeherrschung verlor, begann unterdessen vernehmlich zu fluchen. Und da er wußte, daß die Touristen kaum richtig Italienisch können, sagte er genau, was er dachte; das aber war so ungeheuerlich, so unpassend für Kirchendiener und die Atmosphäre in einer Krypta, ganz abgesehen davon, daß es unverschämt und gemein war, daß es Ingram in Wut versetzte, der viel besser Italienisch als die meisten Kirchendiener konnte und auf diesen nun einen plötzlichen Feuersturm aus weißglühendem Zorn herniedergehen ließ. Danach drehte er sich auf dem Absatz um, hielt Ingeborgs Hand weiter fest, führte sie wieder die Stufen hinauf und ließ den Kirchendiener am Boden zerstört zurück, geschrumpft, versengt und verlassen.

Dann dachten sie nicht mehr an Krypten und Kirchendiener. Sie schauten weder nach rechts noch nach links. Ingram hielt sie den ganzen Weg durch den Dom fest an der Hand, und als sie auf die Piazza traten, fand Ingeborg das Durcheinander von schreienden Männern und klingelnden Straßenbahnwagen und lautstarken Souvenirsverkäufern nur noch laut und lästig. Ganze Leporellos aus Postkarten wurden ihr vor der Nase entfaltet und blieben unbeachtet. Das Ziel ihrer Reise war das Bild. Es war wirklich ein Wunder, daß sie es aus den Augen verloren hatten, samt dem Stolz und dem Staunen, daß sie dafür gebraucht wurde – einmal, daß sie, die es sich so sehnlich gewünscht hatte, überhaupt für etwas notwendig war, und dann: als richtiger Mitarbeiter, wenn auch passiv und demütig, für eine solche grandiose Schöpfung.

Er schob sie in eine Kutsche und fuhr mit ihr aus dem Durcheinander und dem Gedrängel heraus. Sie war wieder erlesen und kostbar für ihn, grenzenlos anbetungswürdig. Die Erinnerung an die zänkischen und hitzigen Gereiztheiten des Tages waren durch jene andere Erinnerung an ihre süße Reue auf den Stufen zur Krypta so ausgelöscht, als ob sie nie bestanden hätten. Er befahl dem Fahrer, denn es war unterdessen gegen Abend, sie zu jenen Gärten zu fahren, die in den Reisehandbüchern als die vermutlich schönste öffentliche Parkanlage Italiens bezeichnet wurden, und als sie dort schließlich in den abgelegeneren Teilen lustwandelten, sank die Dämmerung wie ein Vorhang zwischen ihnen nieder, und die sonntäglichen Besucherscharen sammelten sich bei den Springbrunnen. Hohe Bäume, Buchsbaumhecken und Rosenbüsche verbannten alles außer dem Geheimnis, und an diesem ruhevollen Ort, zwischen dämmrigen Blüten und murmelndem Wasser, begannen sie sich wieder wie in Kökensee zu unterhalten, zärtlich, köstlich und über nichts als ihn. Das war wie der kühle Schatten eines gewaltigen Felsens auf dürstendem Land. War unsägliche Erquickung und Erholung.

Sie sprach über das Bild, voll Andacht und Bewunderung. Sie gestand ihm, wie sie im Rausch der neuen Eindrücke alles vergessen hatte, was wichtig war, nicht nur das Allergrößte, sondern auch anderes, das sie ihm zu verdanken hatte – denn Italien, diesen unerwarteten Urlaub, verdankte sie ja nur ihm. Sie sagte mit ihrer heiseren Stimme, die vor Anerkennung weicher denn je klang: »Sie haben mir nichts als Glück beschert. Mit beiden Händen haben Sie mich mit Glück überhäuft.« Sie sagte, wobei sie nach Wörtern suchte, die ihrem Gefühl ausreichend entsprachen: »Ach wissen Sie, ich könnte weinen, wenn ich an das alles denke – an das, was Sie mit bedeuten, seit Sie nach Kökensee gekommen sind. Wenn ich wieder dort bin wird mit diese Zeit mit Ihnen wie ein verborgener kostbarer Edelstein vorkommen, und wenn ich elend und hilflos bin und wenn ich glaube, daß das Leben nur Trübsal ist, dann werde ich ihn hervorholen und anschauen, und er wird mir die Seele mit seinen Farben und seinem Licht erleuchten.«

»Wenn Sie so reden«, sagte Ingram in großer Bewegung,

»dann ist es, als ob ein einsamer und verlassener Leib wieder lebendig wird.«

»Wirklich?« murmelte sie ganz entzückt, daß sie ihm zu gefallen vermochte, vollkommen hingeschmolzen in den einen einzigen Wunsch, ihm etwas zu bieten.

»Wenn Sie so reden«, sagte er, »wird das Leben etwas so Herrliches, daß es geradezu strahlt. Sie haben die Seele, die ich immer suche, das, was wie ein Licht durch beschlagene Scheiben auf mich fällt und in meinem Herzen eine sanfte Glut entfacht.«

»Und Sie«, sagte Ingeborg und nahm sein Bild auf, was ihn sooft geärgert hatte, jetzt aber gar nicht mehr, und warf es ihm mit frischem Schwung zurück, »der Gedanke an Sie, die Erinnerung an Sie wird mir später, wenn ich in mein Alltagsleben zurückgekehrt bin, wie ein rosenumranktes Fenster in einer grauen Mauer vorkommen.«

»Als ob wir uns jemals trennen können. Als ob die Liebe zu jemandem, der meilenweit entfernt ist, nicht eine unerträgliche Qual wäre. Oh, mein Herz, warum schauen Sie mich so an?« fragte er sie mit einer so großen Schlichtheit der Gebärde, daß sie sich sofort ihrer Überraschung schämte, »weil ich von Liebe rede? Warum sollen sich zwei Menschen nicht einfach lieben und es einander auch gestehen? Und wenn ich Sie liebe, so nicht mit der gierigen besitzergreifenden Liebe, die ich früher für Frauen empfand, sondern so, als ob sich das Gefühl für Schönheit in allem Tiefen und Wahren verkörpert und durchgeistigt hätte.«

Sie machte eine schwache abwehrende Geste. Er war fast zu liebenswürdig zu ihr, zu liebenswürdig. Aber niemand konnte wohl vernünftigerweise etwas dagegen einzuwenden haben, wenn man mit einem Licht hinter beschlagenen Scheiben verglichen wird. Robert konnte gewiß nichts dagegen haben.

Sie zerbrach sich den Kopf nach neuen Antworten, nach glänzenden Redensarten, die zu seinen Bildern paßten, aber er entdeckte sie immer zuerst. Es war unmöglich, mit ihm Schritt zu halten.

»Sie sind so zart und fein wie durchschimmerndes Gold«, sagte er, »und Sie sind so tapfer, so wandelbar, so lebendig. In meinem ganzen Leben wird mir auch nicht im entferntesten die Gelegenheit geboten werden, noch einmal so ein reines und tiefes Glück wie mit Ihnen zu finden, und deshalb lege ich mein Herz ein für allemal in Ihre geliebten kühlen kleinen Hände.«

Sein Großmut drückte sie fast nieder, sie, die so eine Nervensäge gewesen war, und nicht nur das, sie hatte auch gezweifelt, grundlos, wie sie jetzt erkannte, aber beim Frühstück hatte sie zum Beispiel mitten in ihrer lächerlichen Begeisterung für Italien Zweifel daran gespürt, ob sie ihm genügte.

»Ich erkenne jetzt«, fuhr er fort, »daß ich niemals richtig geliebt worden bin. Ich habe mit Puppen gespielt, habe mich mit Attrappen begnügt – wie ein Knabe mit einem Ball, der einfach damit spielen muß, und der ihn, wenn er keinen Spielkameraden hat, an eine Mauer wirft und wieder auffängt. Aber Sie werfen mir den Ball zurück, mein lebendiges geliebtes Herz –«

Allmählich breitete sich ein seliges Staunen in ihr aus. Was sie alles bewirkt hatte, ohne es zu ahnen! Alles war offenbar richtig gewesen, alles zur rechten Zeit – ihre Widerworte hatte er erwartet, genauso ihr Verhalten vor den Borromäischen Inseln, und auch die Szene mit den Ansichtskarten und erst kürzlich mit Toastbrot und Tee waren ihm nicht im geringsten so wichtig gewesen, wie sie befürchtet hatte. Sie hatte es nur nicht richtig verstanden. Sie glühte vor Glück, daß sie es jetzt verstanden hatte.

»Das Leben hatte mich so enttäuscht und erschöpft«, fuhr er mit leiser bewegter Stimme fort. »Nichts als Eifersucht zum Schluß und Beschämung und Desillusionierung, die Arbeit, mit der es bergab geht, das ewige Kommen und Gehen der Leute, und ich inmitten, verletzt und angeschlagen. Und dann sind Sie gekommen, Sie, sind wie erfrischender Wind darüber gefahren, haben den Himmel geklärt, sind so rein wie eine Mondscheibe vor Sonnenuntergang. Als ob Sie einen Pinsel ergriffen und die alten häßlichen Stellen übermalt hätten, als ob Sie mir ein völlig neues Bild in durchscheinenden reinen Wasserfarben gemalt hätten.«

Ihr Staunen wurde immer größer und auch ihre Erleichterung darüber, daß sie mißverstanden worden war.

Diese Lichtstreifen, dachte sie, er hat das wirklich gemeint, was er von diesen Lichtstreifen gesagt hat –

»Dumm bin ich eigentlich nicht«, fuhr Ingram fort, »und doch sind meine Gefühle nur flach und starr gewesen. Jetzt fühle ich die Liebe wie einen tiefen starken Strom durch mein Herz fließen. Ich liebe jeden, weil ich Sie liebe. Ich kann jetzt wirklich Menschen glücklich machen, kann Edles und Großmütiges sagen und tun, weil die Liebe zu Ihnen mein Herz erhellt –«

Diesen Kirchendiener, dachte sie, er hat das gar nicht gemeint, was er dem Kirchendiener gesagt hat –

»Sie sind alles das, was ich mein Leben lang in Frauen gesucht habe«, fuhr er fort, »Sie sind der Traum, der Wirklichkeit geworden ist. Früher habe ich nur versucht, zu lieben. Aber sind Sie gekommen, haben mich die Liebe gelehrt, wovon wir alle träumen, und haben mir Liebe geschenkt, wonach wir uns alle sehnen –«

In ihr Vergnügen mischte sich ein leichtes Unbehagen, denn genaugenommen hatte sie ihm gar keine Liebe geschenkt. Pastorenfrauen schenkten nur ihren angetrauten Pastoren ihre Liebe. Freundschaft – ja; sie hatte ihm ihre herzliche Freundschaft angeboten, auch die unverhohlene Bewunderung seiner Gaben und Stolz und Dankbarkeit – ach, so viel Stolz und Dankbarkeit – dafür, daß er bei ihr war und ihr so hübsche Sachen sagte. Aber Liebe? Sie hatte gedacht, daß Liebe den Liebenden reserviert sei. Na gut, wenn er das andere Liebe nannte . . . Man durfte ja nicht zimperlich sein . . . Und es war so schrecklich nett von ihm . . . Und es kam ihr auch immer bezaubernder vor, was sie alles getan und gewesen und gegeben haben sollte, ohne davon eine Ahnung zu haben. Ihre plötzlich entdeckten Gaben verwirrten sie. Ist es denn möglich, dachte sie verwundert, daß ich klug bin?

Und als ob er in ihren Gedanken das Wort Liebende gelesen hätte, sprach er es aus.

»Andere Liebende«, sagte er, »verstricken sich ständig in kriecherische Adaptionen –«

»In was?«

Sie dachte, er hätte davon sprechen wollen, daß Liebe zu Verlobung oder Heirat führt, denn obgleich man sich in Redchester alle Mühe gegeben hatte, sie vor solchen Tatsachen zu behüten, hatte sie sehr wohl gewußt, daß es auf der Welt auch schlechte Menschen gibt, die die Liebe ohne Verlobung oder Hochzeit betreiben, manchmal sogar, ohne einander anständig vorgestellt zu werden, und die dann später von den Frommen und Gottesfürchtigen schrecklich dadurch gestraft werden, daß man sie nicht mehr zum Tee einlädt. Aber sie waren, wie der Bischof einmal einem besorgten Ratsuchenden gesagt hatte, ohne zu wissen, daß sie noch im Zimmer war, dank Gottes großer Gnade zahlenmäßig unbedeutend.

Aber Ingram kümmerte sich gar nicht um sie. »Außer uns«, fuhr er fort.

»Uns?« fragte sie wie ein Echo. Na ja, wenn man das Wort in seiner weitesten Bedeutung benutzte . . .

»Wir passen zusammen«, sagte er, »wir passen zusammen, und einer spiegelt sich im anderen. Ich in Ihrem Herzen, Sie in meinem, wie zwei Spiegel, die einander immer und ewig gegenüberhängen.«

Eine leise Unruhe über den Sinn dieser ganzen Rederei über Herzen und Liebe regte sich in ihrem Kopfe, aber sie beschwichtigte sie dadurch, daß sie sich vor Augen hielt, wieviel schlimmer das Hohe Lied war. »Und trotzdem völlig sittsam«, sagte sie und sprach ihre Gedanken auch aus, »weil sich alles auf die Kirche bezieht.«

»Was ist so sittsam? Kommen Sie, setzen Sie sich auf diese Bank neben dem Rosenstrauch«, sagte er, »sehen Sie doch nur – bei diesem schwachen Licht sind die Blüten so weiß und zart wie Sie.«

»Das Hohe Lied. Es – es ist mir nur durch den Kopf geschossen. Das passiert manchmal«, setzte sie hinzu und versuchte, ihn damit abzulenken, plötzlich nicht mehr unbefangen.

Sie ließ sich auf dem Rande der Bank nieder, zu der er sie geführt hatte.

»Das ist ja Stein«, sagte sie nervös und blickte zu ihm auf, denn er war einen Schritt zurückgetreten und betrachtete sie mit schiefgelegtem Kopf. »Glauben Sie wirklich, daß das gut für uns ist?«

»Sie wunderbare kleine Schönheit«, murmelte er und ließ sie nicht aus den Augen, »Sie entzückende kleine Geliebte.«

Sie klammerte sich krampfhaft an der Steinplatte fest. Ganz unverhofft empfand sie Sehnsucht nach Robert.

»Ach, aber –«, begann sie und geriet ins Stocken.

Sie versuchte es abermals. »Es ist so nett von Ihnen, aber – Sie wissen ja – aber ich glaube nicht –«

»Was denken Sie denn nicht, mein Liebling, meine Entdekkerin, meine Retterin, mein Heil und mein Segen –«

»Ach, ich weiß ja, daß es von Salomon ist«, stotterte sie und ließ den Stein nicht los, »er hat auch alles mögliche gesagt, und das hat etwas ganz anderes bedeutet, aber – ist das nicht ein Unterschied? Ein Unterschied, weil – also, einfach deshalb, weil ich nicht die Kirche bin? Es tut mir schrecklich leid«, setzte sie reuevoll hinzu, »daß ich nicht die Kirche bin – denn dann hätte das alles doch sicher gar keine Bedeutung?«

»Wollen Sie damit sagen, daß Sie nicht mögen, wenn ich Sie Geliebte nenne?«

»Ach, ich bin doch verheiratet«, sagte sie mit der Stimme eines Menschen, der sich schon dafür entschuldigt, daß er die Aufmerksamkeit eines anderen auf sich gezogen hat, »davon kommt man nicht los.«

»Aber wir haben uns schon davon gelöst«, antwortete Ingram, setzte sich neben sie und lockerte den verkrampften Griff der Hand, die ihm am nächsten war, und küßte sie, während sie ihn mit einer Unbehaglichkeit und einem Widerstreben musterte, die sich nur noch gesteigert hatten. »Genau das haben wir doch gemacht. Ach –«, fuhr er fort und küßte ihre Hand mit einer, wie sie fand, ganz unangemessenen Leidenschaft, »Sie tapferes, wunderschönes kleines Geschöpf, Sie müssen doch wissen – anders kann es doch gar nicht sein –, wie herrlich und vollständig Sie Ihre Brücken hinter sich verbrannt haben!«

»Brücken?« wiederholte sie.

Sie starrte ihn einen Augenblick an und setzte dann fast atemlos hinzu: »Welche Brücken?«

»Ingeborg, Ingeborg, meine Kraft und Festigkeit, meine Sicherheit, mein Liebling, meine Wirklichkeit, mein Mut!« sagte Ingram und küßte ihr nach jedem Wort die Hand.

»Ja«, sagte sie und ging darauf nicht ein, »welche Brücken?«

»Meine Stärke, meine Helferin, Freundin, Schwester, Geliebte, unverdiente Gefährtin –«

»Ja, aber können Sie nicht einen Augenblick damit aufhören? Es – es wäre wirklich angenehm, wenn Sie eine kleine Pause machen würden und mir das mit den Brücken erklärten.«

Er ließ sie los, schaute ihr in der Abenddämmerung in die Augen und sah, daß sie konzentriert und forschend auf ihm ruhten, von seiner Süßholzraspelei gar nicht berührt. »Kleine Brandstifterin«, sagte er und hielt ihre Hand immer noch fest, »haben Sie sich wirklich eingebildet, daß Sie zurückfahren könnten? Haben Sie das wirklich gedacht?«

»Wohin zurück?«

»Zu diesem abscheulichen Kohlhaufen Kökensee?«

Sie starrte ihn an. Ihre Gesichter, so nah beieinander, schimmerten in der Dämmerung weiß, und ihre Augen, weit aufgerissen, waren düster glimmende Punkte.

»Warum denn nicht?« flüsterte sie.

»Weil Sie, meine kleine Meisterin der Tollkühnheit, Ihre Brücken verbrannt haben.«

Sie machte eine ungeduldige Bewegung, und er packte ihre Hand noch fester.

»Bitte«, sagte sie, »können Sie mir das nicht erklären?«

»Eine Brücke war dieses hier.«

»Was war was?«

»Die Reise mit mir nach Italien.«

»Aber Sie haben doch gesagt, viele Leute . . .«

»Ach ja, ich weiß – was man dann so sagt. Und die nächste Brücke war der Brief an Robert. Sie hätten es eben bei den Stiefeln und bei Berlin belassen sollen!« Er lachte triumphierend und küßte wieder ihre Hand. »Aber das hätte auch nicht viel genützt«, fuhr er fort, »denn spätestens wenn die zehn Tage verstrichen und Sie noch nicht zu Hause gewesen wären, dann hätte er gewußt –«

»Nicht nach Hause gekommen?«

»Ach Ingeborg – kleine Liebste, kleiner Parsifal im Sommerkleid, allerliebste göttliche Unschuld und Ahnungslosigkeit – ich bete Sie an, daß Sie geglaubt, ich könne das Bild in einer Woche malen!«

»Aber Sie haben doch gesagt –«

»Ach ja, ja, ich weiß schon – am Anfang muß ein Mann immer alles mögliche sagen –«

»An welchem Anfang?«

»Von diesem hier! Von Liebe, Glück und allen Wonnen und Entzückungen, die Sie genießen werden –«

»Bitte schön, wenn es Ihnen nichts ausmacht, möchte ich gerne noch etwas hierüber reden: Warum sagen Sie mir immer, ich könne nicht zurückreisen, nicht heimfahren?«

»Sie würden Sie nicht mehr haben wollen. Ist es nicht lachhaft – ist das nicht herrlich?«

»Wieso, mich zu Hause nicht mehr haben wollen? Mich nicht mehr haben wollen? Wer denn? Da gibt es doch gar keine ›sie‹. Ich habe doch nur Robert –«

»Und gerade er würde Sie nicht mehr wollen. Nach diesem Brief könnte er das gar nicht mehr. Und Kökensee wollte und könnte genausowenig. Die Glambecks wollten und könnten erst recht nicht. Ganz Deutschland wollte und könnte nicht. Die ganze Welt treibt Sie in meine Arme. Sie sind jetzt meine Gefährtin für immer und ewig.«

Sie schaute ihm zu, wie er ihre Hand küßte, als ob sie nicht zu ihr gehörte. Sie kämpfte gerade mit einem neuen Gedanken, der sich wie ein eiskalter Speer in ihren Schädel bohrte, wollte ihn nicht einlassen, erkannte jedoch, daß sie ihn nicht von den anderen glückseligen Gedanken über Ingram und ihre Reise und seine Güte und die Schönheit des Lebens ausschließen konnte, auch wenn er zu viele dieser Erinnerungen zu rasch und zu grausam aufspießte. »Meinen Sie etwa –«, begann sie, hielt dann aber wieder inne, denn was hatte es für einen Sinn, ihn nach seiner Meinung zu befragen? Plötzlich wurde ihr alles klar.

Eine unermeßlich schleichende Kälte, ein eisiger Nebel schien sich auf sie zu senken und alles Glück zu ersticken. Und alles entglitt ihr, alles Vertraute, alle alltäglichen tröstlichen Kleinigkeiten, alles Warme und Sichere und Friedliche. »Also«, hörte sie sich mit einer merkwürdig klaren Stimme fragen, »dann bleibt nur noch Gott?«

»Wieso nur Gott?« fragte er und schaute sie an.

»Dann bleibt nur Gott, der weiß, daß es kein Ehebruch ist.« Das Wort aus ihrem Munde war ein Schock.

36

Danach saß sie schweigend da, und er redete weiter. Nach diesem einen so bedauerlich genauen Wort hatte sie gar nichts mehr gesagt; und Ingrams leidenschaftliche Erklärungen und Beteuerungen erreichten nur noch flüchtig ihr Ohr. Sie wollte nach Hause. Das war alles, woran sie noch denken konnte. Zu Robert zurück. Von Ingram fort. Irgendwie. Auf der Stelle. Robert würde sie aus dem Hause werfen – das hatte Ingram behauptet, und sie hatte es vernommen. Robert könnte sie töten – das hatte Ingram behauptet, und sie hatte auch das vernommen; er hatte freilich nicht töten gesagt, sondern mißhandeln, aber wen kümmerte der Unterschied? Dann würde sie wenigstens, dachte sie mit einer neuen Grimmigkeit, auf legale Art und Weise getötet werden. Sie wollte zurück zu Robert und ihn um Verzeihung bitten. Irgendwie. Dann mochte er mit ihr tun, was er wollte. Aber wie kam sie nur zu ihm? Ach, wie konnte sie nur zu ihm kommen? Ihre Gedanken jagten durcheinander. Ingram würde sie nicht loslassen, aber sie mußte gehen. Ingram hatte ihr Geld, aber sie mußte gehen. Noch in dieser Nacht. Ihre Gedanken rissen sie mit sich, wirbelten sie atemlos an düstere schrekkensvolle Orte. Und während sie mit ihnen wie im Sturmwind flog, küßte ihr Ingram weiter die Hände und überschüttete sie mit Redensarten, wie er es seit Ewigkeiten tat. Sie starrte ihn an und mußte sich erst mühsam an ihn erinnern. Ab und an schnappte sie ein Wort auf: durchsichtig leuchtend – sie machte ihm keine Vorwürfe. Sie hatte sich alles selber zuzuschreiben. Und es ging nicht um Ingram und das, was er gesagt oder nicht gesagt hatte, sondern einzig und allein um Robert. Und wie sie Robert erreichen konnte, wie sie sich dicht genug an ihn schmiegen und sagen konnte: »Schau mal, ich bin wieder da. Vernichtet und durch den Schmutz gezogen. Das glaubt wenigstens jeder. Und du wirst es auch glauben, obgleich ich dir schwöre, daß es nicht stimmt. Aber ob du es glaubst oder nicht, es ist dein Ruin. Du wirst diesen Ort verlassen müssen und damit deine Arbeit und all deine Hoffnungen. So töte mich also.«

»Ein Mann«, hörte sie Ingram gerade sagen, der immer noch leidenschaftlich das erklärte, was längst sonnenklar geworden war, »muß am Anfang immer so tun, als ob, um seine geliebte Frau zu erringen –«

»Ja, natürlich, natürlich«, erwiderte sie und nickte in hastiger Zustimmung, war in Gedanken aber längst auf dem Wege zu Robert – wen interessierten noch geliebte Frauen? –, und sie zerbrach sich nur den Kopf, wie sie vor ihm verbergen konnte, daß sie ihn verließ, wie sie sein Mißtrauen gar nicht erst wecken, wie sie ihn davon abbringen konnte, sie unablässig zu beobachten . . .

Ihr fiel der Speisewagen wieder ein, wie sie ihm das Geld gegeben hatte, das sie besaß, sich damit freiwillig an ihn gekettet hatte das Bild tanzte ihr höhnisch vor Augen, es war eine so selbstverständliche kleine Geste gewesen, so wichtig in ihrer Bedeutung, und dennoch so leicht und so rasch. Zufälle! Simple Kleinigkeiten, die zu den größten Zerstörungen führen. Sie warf den Kopf in den Nacken und stieß ein kurzes verblüfftes Lachen aus.

Sofort beugte sich Ingram vor und küßte ihr die Kehle.

»Ich – ich –«, keuchte sie und richtete sich schleunigst auf. »Es ist – es ist den ganzen Tag so heiß gewesen«, sagte sie mit einem kleinen reuevollen Blick, nur darauf bedacht, ihre Angst und ihren Jammer wie einen Mantel fest um sich zu raffen, damit er nichts davon spürte, damit ihm nicht einmal ein leises Flattern ihre Existenz verriet; denn dann würde er sie nicht aus den Augen lassen, und sie – sie preßte die Hände zusammen –, sie wäre verloren, ganz und gar verloren ...

»Ich glaube, ich bin müde«, sagte sie.

Er wurde sofort vernünftig, zeigte die ganze vernünftige Freundlichkeit eines Mannes, der alle Konfusionen beiseite geräumt hat und nun geduldig warten kann.

Er stand auch auf, stimmte in ihre Klage über die Hitze des Tages ein, wies darauf hin, wie lang er gewesen sei, welche Reisen über Land und Wasser er enthalten habe, und erinnerte sie an den kargen Imbiß aus Tee und Toastbrot, der ihre einzige Mahlzeit in den letzten sechs Stunden gewesen war. Kein Wunder, daß sie müde war. Er war nur Zärtlichkeit und Rücksichtnahme. »Armes kleines geliebtes Geschöpf«, flüsterte er, zog ihre Hand durch seinen Arm und hielt sie mit der anderen Hand fest, während er sie zum Ausgang führte und wieder mit ihr durch die Straßen ging, sie mahnte, sich nicht zu beeilen, weil es sie sonst noch mehr erschöpfte, und als er ein freundliches Restaurant erblickte, vor dem die Tische dicht gedrängt auf dem Bürgersteig standen, schlug er vor, sie sollten hier zu Abend essen.

Ingeborg erwiderte mit schwacher Stimme, sie sei so müde, daß sie fürchtete, mitten im Essen einzuschlafen; ob sie im Hotel nur eine Milch bestellen und gleich zu Bett gehen könne?

Seine Fürsorglichkeit für sie, während er die Milch zugestand, glich der einer Krankenschwester.

Aber er, murmelte sie, er mußte ein ordentliches Abendbrot essen – konnte er sie nicht einfach in eine Kutsche setzen und ins Hotel schicken und hierbleiben und sich etwas bestellen?

Nein, eine solche Kostbarkeit wie sie konnte er doch nicht einem gleichgültigen Kutscher anvertrauen, er würde sie selbstverständlich ins Hotel zurückbegleiten und dann dort vielleicht etwas essen.

»Aber das Hotel«, murmelte sie, »war so stickig«, ob es ihm hier nicht viel besser gefiele?

Nun ja, wenn er sie heil und sicher abgeliefert hatte, würde er vielleicht in eines dieser Straßenlokale gehen.

Als sie nun mit ruhigen Schritten durch die Straßen gingen, kam sie ihm so anschmiegsam und weiblich vor wie nie. Es war, als ob sie sich wunderbarerweise von einem Knaben in eine Frau verwandelt hatte, als ob sie dort in jenen Gärten plötzlich zur Frau erblüht wäre und als ob ihr jetzt die Glieder und der Geist in eine süße Müdigkeit der Hingabe schmölzen. In dieser Form fand er sie absolut anbetungswürdig. So nachgiebig, so ohne Widerspruch; sie nahm die Situation und seine Fürsorge und seine streichelnde Hand auf ihrem Arm und alle weiteren Erklärungen und Beschwörungen mit einer so erwachsenen Vernunft entgegen, die er noch nie bei ihr erlebt hatte. Die Folge war, daß er sie noch mehr verwöhnte und wie sein Besitztum behütete, ob es sich nun um Pfützen oder um Menschenmengen handelte. Und er streichelte ihre Hand, blickte ihr ins Gesicht, stellte Fragen und erhielt als Antwort ein hingebungsvolles Lächeln. Und er bat sie eindringlich, sich doch fest auf seinen Arm zu stützen, damit der Weg sie nicht so anstrengte. Kurz, er war zärtlich.

Sie waren in einem Hotel in der Nähe des Bahnhofs abgestiegen, in einer Nebenstraße jenseits des Bahnhofsplatzes, einem Hotel, das nur von Italienern der Mittelklasse und von Geschäftsreisenden frequentiert wurde, laut durch die Straßenbahnen und nicht sehr vielversprechend, was das Essen anbelangte. Ingram hatte an jenem Nachmittag Zimmer bestellt, als er noch den Plan verfolgte, es Ingeborg in Mailand besonders unbehaglich zu machen. Das tat ihm jetzt leid, denn die glückliche Wendung, die die Dinge genommen hatten, der große Schritt, der ihn dadurch Venedig nähergebracht hatte, daß er ihr die Augen für ihre Situation geöffnet hatte, machten diese Marterqualen jetzt völlig überflüssig. Aber sie hatten die Zimmer im ersten Stock bestellt, die fast in einer Höhe mit den pausenlos vorbeirasselnden Straßenbahnen lagen, sie hatten ausgepackt, und es war zu spät, in dieser Nacht noch umzuziehen.

Als er sie jedoch die wackelige Stiege hinauf bis zu ihrer Zimmertür begleitete, falls ihr ein munterer Handlungsreisender über den Weg lief und sie frech beäugte, hatte er ein ganz schlechtes Gewissen.

»Dies ist ein unwürdiger Ort für meine kleine strahlende Gefährtin«, sagte er, »aber Venedig wird alles wiedergutmachen. Meine Wohnung dort wird Ihnen gefallen – alle Zimmer sind hell und geräumig, und vom Fenster aus kann man den Sonnenuntergang jenseits der Lagune bewundern. Morgen brechen wir auf –« Er betrachtete forschend ihr Gesicht, während sie im kümmerlichen Licht der Hängelampe im Flur vor ihm stand. Natürlich war sie nach einem solchen Tag müde und erschöpft, aber er nahm noch eine andere Blässe an ihr wahr, fast eine Durchsichtigkeit, wie eine Lampe, deren Licht gerade erlöscht, und das bekümmerte ihn. Aber er wußte ja, das Licht würde wieder aufflammen und heller denn je leuchten, aber es bekümmerte ihn trotzdem, daß es auch nur für einen Augenblick matt wurde und zu verlöschen drohte; er schaute rasch rechts und links den Gang entlang, nahm ihre beiden Hände und küßte sie.

»Mein kleiner Liebling«, sagte er, »kleine Schwester, können Sie mir vergeben?«

»Ach ja, natürlich, natürlich«, erwiderte Ingeborg rasch und aus ganzem Herzen, und sie spürte einen Augenblick lang die ganze Verlassenheit des Lebens, die unvermeidlichen Verletzungen, die ewige Unmöglichkeit, wohin man sich auch wendet, irgend etwas tot zu treten, das auch gelebt hat und schön gewesen ist, dies oder das.

Als sie seinen Blick erwiderte, waren ihre Augen plötzlich von Tränen verschleiert. Sie dachte nicht mehr verzweifelt über einen Ausweg nach. Sie begriff, daß ihre Flucht, falls sie gelang, sie von etwas fortführte, das sie niemals wiederfinden würde, von einem Licht und einer Wärme, mochte sie auch launenhaft gewesen sein, und von einer Größe . . . Wenn er ihr Bruder gewesen wäre, hätte sie ihn umarmen und küssen können. Wenn sie seine Mutter gewesen wäre, hätte sie ihn in tiefem Ernst segnen können. So aber blieb ihr nichts als die jämmerliche Banalität, sich in ihr Zimmer zurückzuziehen und die Tür hinter sich zu schließen.

Sie hörte, wie sich seine Schritte auf dem Flur entfernten. Sie lief zum Fenster und sah ihn die Straße entlanggehen. Sie durfte keinen Augenblick verlieren – sie mußte sich jetzt, während er fort war, einen Zug heraussuchen, mußte sich zumindest die Abfahrtszeiten merken, damit sie sie wußte, wenn sie irgendwie an ihr Geld kam. Das also zuerst. Danach konnte sie sich überlegen, wie sie das Geld kriegte.

Sie schlich sich wieder auf den Flur, ganz verstohlen, denn obwohl sie ihn hatte fortgehen sehen, war sie atemlos vor Angst, daß er sie irgendwie hören würde, wenn sie ein Geräusch machte, und auf der Stelle umkehrte – verstohlen also schlich sie den Gang entlang und die Treppe hinunter in die Eingangshalle, wo ein riesiger Fahrplan an der Wand hing, weil es in diesem Hotel keinen Empfang und keinen Portier gab und die Gäste meist Eisenbahnreisende waren.

In der Halle war niemand mehr. Es war keine Stunde der Ankünfte oder Abfahrten; selbst der Mann in der grünen Schürze, der gelegentlich den Hausdiener spielte, war nirgendwo zu sehen. Sie mußte sich einen Stuhl herbeiziehen, weil die Züge nach Berlin ganz oben auf dem großen Bogen standen, und sie kletterte zitternd hinauf, immer die Eingangstür im Auge, durch deren Glasscheiben sie draußen auf der Straße die Menschen vorübereilen sehen konnte, und wenn diese sich umdrehten, konnten sie auch Ingeborg erblicken. Ja – es gab einen Nachtzug um ein Uhr dreißig. Er kam aus Rom. Vielleicht brachte er noch Gäste mit. Die Hoteltür bliebe also sicher offen. Ihre Gedanken rasten. Der Zug kam um sechs Uhr etwa am übernächsten Morgen in Berlin an ...

Plötzlich ging die Glastür auf, und sie sprang so hastig herab, daß sie fast vom Stuhl gefallen wäre, und floh in ihrer Panik die Treppe hinauf, ohne sich zu vergewissern, ob es Ingram gewesen war.

In der Sicherheit ihres Zimmers erschrak sie über ihre Panik. Wie sollte sie denn alles schaffen, wenn sie sich so benahm? Sie stand mitten im Zimmer und rang die Hände. Sie wußte genau, daß sie jetzt nichts so sehr brauchte wie vollständige Selbstbeherrschung und klare Überlegung und Gelassenheit bei jeder Handlung. Aber wie sollte sie gelassen und klar bleiben, wenn sie am ganzen Leibe vor Angst zitterte? Sie fühlte sich, als sie so im Kampfe mit sich selber dastand, vollkommen verlassen und verloren, so entsetzlich von jeder Wärme und Liebe abgeschnitten, so grauenhaft um alles beraubt, worauf sie sich stützen und woran sie glauben konnte, und sie war so ohne Zukunft und Hoffnung, daß ihr nur ein Wort mit einem anderen Menschen, vielleicht einem Wildfremden, der gerade deshalb keine Vorbehalte gegen sie haben konnte, ein unaussprechlicher Trost gewesen wäre.

Aber es war niemand da; es gab keine Brüderlichkeit in der Welt, höchstens in den seltenen Augenblicken großer Katastrophen oder in Todesfällen.

Sie begann, in ihrem Zimmer auf und ab zu gehen. Halb zwei in dieser Nacht, das war die Stunde ihrer Flucht, und zwischen jetzt und diesem Zeitpunkt mußte sie sich irgendwie das Geld beschaffen. Ob er es vielleicht aus Zufall in seinem Zimmer gelassen hatte? In einem Augenblick der Unachtsamkeit in der Jacke gelassen, die er nach ihrer Ankunft gewechselt hatte? Das war ziemlich unwahrscheinlich, denn sie hatte bemerkt, daß er in solchen Dingen besonders ordentlich und sorgfältig war. Er vergaß nie etwas. Er mußte nie etwas suchen. Dennoch – die Chance bestand.

Sie öffnete wieder die Tür, diesmal in tödlicher Angst, denn es konnte ja sein, daß er zurückkam, weil es ihm eingefallen war, doch nicht auswärts zu essen.

Im Gang befand sich niemand. Sein Zimmer lag, wie sie wußte, etwas weiter entfernt; sie hatte ihn hineingehen sehen, vier Türen weiter, auf derselben Seite wie ihr Zimmer. Sie schlüpfte hinaus und blieb einen Augenblick lauschend stehen, und dann begann sie ganz lässig zu gehen, als ob es ihr gutes Recht wäre, bis sie seine Tür erreicht hatte; und dann schoß sie hinein, wobei ihr das Herz bis zum Halse klopfte.

Die Lichter von der Straße und von den Häusern gegenüber schienen durch die nicht geschlossenen Fenster herein, und sie konnte alles in jedem Winkel des schäbigen Hotelzimmers erkennen, das genauso aussah wie das ihre, überall die Spuren von Hunderten von Handlungsreisenden, die Reste ihrer Gerüche, wie in ihrem Zimmer auch, nach Rauch und Pomade. Ihr wurde vor Angst ganz heiß und kalt, sie kam sich wie ein Einbrecher vor. Seine Jacke hing hinter der Tür. Sie tastete sie mit zitternden Fingern ab. Nichts, in keiner seiner Taschen und auch nirgendwo sonst. Er hatte wirklich in musterhafter Ordnung ausgepackt. Und seine Brieftasche würde er natürlich nicht vergessen. Mit einem fast erleichterten Keuchen schlüpfte sie wieder aus dem Zimmer, machte die Tür leise hinter sich zu, schlug wieder das lässige Schlendern an und ging den Flur entlang zurück.

Als sie gerade ihre Tür erreicht hatte, kam Ingram, zwei Stufen auf einmal nehmend, die Treppe heraufgestürzt. Sie hielt sich an der Türklinke fest, konnte plötzlich nicht mehr stehen.

»Ich – ich –«, begann sie.

Er schien nicht im geringsten überrascht zu sein, sie vor der Tür zu sehen; er hatte etwas ganz anderes im Kopf.

»Denken Sie doch nur«, sagte er und kam rasch näher, »ich habe meine Brieftasche in meinem Zimmer vergessen, voll von Geld. Den ganzen Nachmittag muß sie in der Tischschublade gelegen haben. Ich möchte wirklich wissen –«

Er rannte fast an ihr vorbei.

Irgendwie kam sie in ihr Zimmer und dachte, der Himmel müsse sie behütet haben.

Nach ein oder zwei Minuten hörte sie ihn zurückkommen. Er blieb vor ihrer Tür stehen und rief leise: »Es ist alles in Ordnung. War immer noch da. Das nennt man Glück, nicht wahr?«

»Ja wahrhaftig«, antwortete Ingeborg, aber so schwach, daß er es nicht hörte.

»Gute Nacht, mein kleines Herz«, hörte sie ihn sagen, »jetzt gehe ich endlich essen.«

»Gute Nacht«, erwiderte Ingeborg, wieder so schwach, daß er es nicht hörte; und nachdem er noch einen Augenblick vergeblich gelauscht hatte, ging er fort.

Sie fiel fast aufs Bett. Sie fühlte sich elend. Es war viertel nach zehn, sie mußte noch drei Stunden warten. Sie wußte, was sie machen mußte, was sie versuchen mußte. Um ein Uhr würde sie ihre Schuhe nehmen und den Gang entlanggehen und prüfen, ob seine Tür verschlossen war. Er würde schlafen. Er mußte, ach, er mußte schlafen – sie warf sich vor Entsetzen hin und her, weil sie sich vorstellte, daß er vielleicht noch nicht eingeschlafen war . . .

»Liebt mich Gott denn nicht?« fragte sie sich. »Bin ich nicht sein Kind? Habe ich nicht gefehlt und bereut? Habe ich das nicht alles gemacht? Muß er mir dann nicht helfen, mich erretten? Es ist doch der Sünder, den er errettet – und ich bin doch eine Sünderin –«

Ihr Herz stand ihr plötzlich still vor Angst, weil sie vielleicht nicht sündig genug gewesen war, nicht sündig genug, um errettet zu werden.

Nach und nach kamen die Hotelgäste, denen die anderen Zimmer gehörten, zurück, um zu Bett zu gehen. Jemand im Nachbarzimmer sang beim Ausziehen ein heiteres italienisches Lied, und danach rauchte er, und der Rauch drang unter der Verbindungstür zwischen seinem und ihrem Zimmer hervor. Sie lag im Dunklen, oder besser: in den Lichtern und Schatten des vorhanglosen Zimmers, und alle zwei oder drei Minuten rasselte eine Straßenbahn vorbei und verschlang alle anderen Geräusche. Ingram mußte schon längst gekommen sein. Als es Mitternacht schlug, stand sie auf und stellte ihre Schuhe und den Hut innen direkt neben die Tür, so daß sie sie rasch nehmen konnte, wenn sie zurückkam, hoffentlich erfolgreich, und dann wollte sie die Stiege hinunterlaufen und aus dem Haus und zum Bahnhof. Durch die Intensität, mit der sie sich nur auf das konzentrierte, was sie als nächstes zu tun hatte, wurden alle anderen Gedanken verdrängt. Sie gestattete sich keinen einzigen Seitenblick auf den Abgrund, der sich neben ihr öffnete, wenn ihr Vorhaben mißlänge. Sie hielt sich an das, was zu tun war, und sie richtete ihr ganzes Ich auf dieses Ziel.

Sie legte sich wieder auf das Bett, die Hände so fest verschränkt, als hielte sie ihren Mut damit fest. Einmal schweiften ihre Gedanken zu Robert, zu der schrecklichen Verzweiflung, die dort auf sie wartete, und die Tränen drangen ihr unter den fest geschlossenen Lidern hervor.

»Das hast du verdient«, flüsterte sie und kämpfte gegen die Tränen an, »ja, aber er hat es überhaupt nicht verdient – Robert hat es ganz und gar nicht verdient – du hast ihn ruiniert –«, und dann mußte sie weiter weinen.

Dann schüttelte sie diese beunruhigenden Gedanken ab. Nach ihrer Uhr war es Viertel vor eins.

Sie stand auf und begann zu lauschen.

Die Straßenbahnen fuhren jetzt nur alle zehn Minuten vorbei. In den Zeiträumen dazwischen war es totenstill im Hotel. Sie wollte auf die nächste Straßenbahn warten – in der Stille der Nacht konnte sie sie schon von weitem kommen hören –, und dann wollte sie auf Strümpfen bis zu Ingrams Tür huschen und in dem Augenblick öffnen, in dem das Gerassel am lautesten war.

Eine eisige Hand schien ihr Herz zu umschließen, so eisig kalt, daß es brannte. Sie hatte gar nicht gewußt, daß ihr Körper so viele Pulse hatte. Sie hörten nicht auf, sie zu schütteln; laute, schwere Hammerschläge. Sie kroch zu ihrer Tür und öffnete sie einen Spalt. Draußen im Flur brannte ein Nachtlicht. Sie hörte das ferne Rumpeln der Straßenbahn. Jetzt – sie mußte rennen.

Aber sie konnte sich nicht rühren. Sie stand da und zitterte. Jetzt war sie da, jetzt polterte sie heran, und erst in zehn Minuten kam die nächste. Sie begann zu schluchzen und zu beten. Die Straßenbahn klingelte schrill, sie hatte die Ecke zur Piazza erreicht, in der nächsten Minute würde sie vorbei sein. Sie riß ihre Tür auf und huschte wie ein flüchtiger Schatten den Flur entlang und drückte gerade auf die Klinke von Ingrams Tür, als der Lärm am lautesten war.

Die Tür war nicht verschlossen. Ingeborg stand im Zimmer. Die Straßenbahn rumpelte in der Ferne davon. Ingram – sie schluchzte fast vor Erleichterung – schlief mit tiefen Atemzügen.

Ach wie komisch, dachte sie in einer oberen Schicht ihres Bewußtseins und mit einem Blick auf ihn, wie er da im Lichtstrahl der Straßenlaterne entspannt auf dem Bett lag, während ihre wahre Aufmerksamkeit nur auf die Brieftasche gerichtet blieb, wie komisch, mit einem Bart ins Bett zu gehen!

Sie schlich zum Tisch und musterte hastig alles, was dort verstreut lag, sah jedoch nichts, begann mit atemloser Vorsicht die Schublade aufzuziehen, ohne ein Geräusch zu machen, lauschte die ganze Zeit auf das regelmäßige Atmen auf dem Bett, während ihr in dieser albernen obersten Bewußtseinsschicht die Gedanken wie ein tonloses Lied durcheinander fuhren – komisch, mit einem Bart ins Bett zu steigen – komisch, mit so etwas zu schlafen – komisch, so etwas des Nachts nicht abzunehmen und zum Lüften vors Fenster zu hängen oder ordentlich ausbürsten zu lassen –

Die Schublade quietschte, als sie sie aufzog. Das regelmäßige Atmen stockte. Sie stand regungslos und starr vor Schreck. Dann setzte das Atmen wieder ein; und in der Schublade befand sich gar nichts.

Sie schaute sich verzweifelt im Zimmer um. Auf dem kleinen Tisch neben seinem Kopfkissen lagen seine Uhr und ein Taschentuch. Sonst nichts. Aber auch in diesem Tischchen war eine kleine Schublade. In diese Schublade mußte sie hineinschauen, sie mußte hinübergehen und hineinschauen; aber wie sollte sie sie so dicht neben seinem Kopf öffnen, ohne ihn zu wecken? Sie stahl sich hinüber, blieb nach jedem Schritt stehen. Sie hielt die Luft an und wartete und lauschte, bevor sie es wagte, den nächsten Schritt zu tun. Die Schublade war nicht ganz geschlossen, und das schwache Geräusch, mit dem sie sie etwas weiter aufzog, störte Ingram nicht. Sie schob die Hand hinein und zog die Brieftasche heraus, nahm sich einige Geldscheine – italienische, das erste, was sie erwischte, dafür aber eine ganze Handvoll –, schob die Brieftasche wieder in die Schublade und wollte sich gerade umdrehen, um davonzustürzen, als sie wie angewurzelt stehenblieb.

Ingram schaute sie an.

Seine Augen standen weit offen, und er schaute sie an. Schlafumfangen, kaum wach, wie jemand, der sich auf einen Gedanken zu konzentrieren versuchte. Sie stand vor Schreck wie gebannt, starrte ihn nur an, konnte kein Glied rühren, hielt mit der Hand auf dem Rücken das Geld umklammert. Dann streckte er den Arm aus und erwischte ihr Kleid.

»Ingeborg?« fragte er in schläfriger Seligkeit, noch halb in den tiefen Träumen, aus denen er aufgestiegen war. »Du? Mein kleiner geliebter Engel – du? Du kommst zu mir?«

»Ja – ja«, stammelte sie und versuchte, ihm das Kleid aus der Hand zu reißen, kopflos vor Angst, und sie klammerte sich wie immer an den ersten Gedanken, der ihr durch den Kopf schoß: »Ja, ja, aber ich muß noch schnell einmal zurück in mein Zimmer – nur eine Minute – ach, laß mich doch gehen – nur eine Minute – ich, ich habe meine Zahnbürste vergessen –« Und Ingram, schon wieder von der Schwere des ersten richtigen Schlafes überwältigt, der ihm seit Tagen gegönnt war, und ohnehin nur halb wach, murmelte, lächelnd über die glückliche, vernünftige Verrücktheit seiner Lage: »Dann komm gleich wieder, meine süße kleine Gefährtin«, und ließ sie gehen.

37

Zwei Tage später bemerkte der Gepäckträger in Meuk, wie Frau Pastor Dremmel versuchte, die Tür eines Abteils dritter Klasse im ersten Nachmittagszug aus Allenstein zu öffnen, und als er ihr zu Hilfe eilte, weil ihn auch keine anderen Reisenden ablenkten, stellte er zu seiner Verwunderung fest, daß sie kein Gepäck hatte. Dabei hatte er erst vor einer Woche und mit eigenen Händen einen Koffer für sie in den Zug gestellt, der mit einem Schild nach Berlin versehen war. Mit der Neugier eines einsamen Mannes, der Herr über seine eigene Zeit ist, erkundigte er sich, ob sie ihn verloren hätte, und bekam zu seiner Überraschung keine Antwort. Dann sagte er ihr, oder besser: er rief es ihr nach, denn sie rannte schon davon, daß der Wagen des Pastors noch nicht zum Abholen gekommen sei, und bekam zu seiner Überraschung wieder keine Antwort. Er blieb also stehen und schaute ihr nach und überlegte sich, was wohl passiert war. Er war bei sich selbst viel zu sehr an Unordnung und Schmutz gewohnt, so daß ihm diese äußeren Anzeichen von Erschöpfung und langen Bahnreisen entgingen. Verwundert schüttelte er den

Kopf, während sie hinter der Bahnhofstür verschwand. Dann fiel ihm schließlich ein, daß die arme Dame eine Engländerin war, und nun konnte er sich beruhigt abwenden und zufrieden sein, denn er hatte das richtige Schildchen gefunden und aufgeklebt.

Meuk schüttelte auch den Kopf, als sie durch die Straßen lief, und als sie keinen Gruß erwiderte und nicht einmal zu merken schien, daß sie gegrüßt wurde, tröstete es sich mit derselben Erklärung und zuckte die Schultern: Engländerin. Robertchen und Ditti, die sauber und ordentlich zur Nachmittagsschule marschierten und plötzlich eine zerzauste Elternperson auf sich zueilen sahen, die weder anhielt noch die eigenen Kinder bemerkte, murmelten auch nur, von ihrer Großmutter schon gut gedrillt: Engländerin. Frau Dremmel, die sich aus dem Fenster beugte, um sich zu vergewissern, daß ihre Schützlinge brav und gesittet um die Ecke bogen, und die noch einen Moment verweilte, um die milde Sommerluft zu genießen, bezeichnete ihre Schwiegertochter – die mitten auf der Straße ohne einen Blick vorüberrannte, kein Päckchen in der Hand, das ihren Ausgang erklärt, kein Schirm, der ihr Halt verliehen hätte, Hände ohne Handschuhe, Haare ohne Haarnadeln – ein Skandal! Und noch dazu alle Kleider verdrückt und verrutscht! – mit demselben Wort: Engländerin. Die Baronin Glambeck, die auf der schattigen Landstraße zur Stadt fuhr, wie alle Damen der Gesellschaft von Zeit zu Zeit zur Mildtätigkeit verpflichtet und lauter Körbe zu Füßen, hauptsächlich mit selbstgemachter Marmelade und selbstgestrickten Socken, versuchte vergeblich den Schock zu überwinden, daß sie von der Frau ihres eigenen Pastors geschnitten worden war, noch dazu von einer Pastorenfrau, die irgendwie in Fetzen herumlief. So stieß sie dasselbe Wort hervor: Engländerin. Selbst die Vögel in den Zweigen zwitscherten es, weil sie deutsche Vögel waren, die Hunde, die ihr begegneten, witterten Unheil und bellten wie verrückt, weil sie sofort die Fremde witterten, und als sie auf der langen einsamen Strecke der Sandstraße auf einen Landstreicher stieß, bettelte er sie nicht um einen kleinen Schluck an, sondern bot ihr die Flasche.

Der Weg, der nach Kökensee abbog, war an jenem Nachmittag im hellen Glanz des Frühsommers so lieblich, es schossen so viele muntere Vögel und Insekten durch die Luft, und die Glorie des jungen Laubes schimmerte so in der Sonne, daß eine zerknitterte menschliche Figur, die diesen Weg entlangstolperte, wie eine Beleidigung wirkte. Wo fand in dieser lebensvollen Welt auch jemand einen Platz, der vor Müdigkeit fast blind war? Wo gab es Platz für einen Versager? Es war einer jener Tage, die Ingeborgs Herz einst höher schlagen ließen, jetzt aber sah sie nichts und fühlte nichts, außer daß der Sand sehr tief war. Und deshalb begann sie nach einer Weile zu weinen. Er schien absichtlich unter ihren Füßen wegzurutschen, ließ sie absichtlich stolpern und nicht nach Hause kommen. Die Zeile der Dächer vorm Nachmittagshimmel schienen nicht näher zu kommen, und dennoch gab sie nicht nach. Die Tränen strömten ihr übers Gesicht, während sie sich vorwärts kämpfte. Sie hatte Angst, daß sie nicht rechtzeitig heimkäme, bevor sie wieder weggehen mußte, weil sie nicht mehr weiterlaufen konnte. Es kam ihr besonders schrecklich vor, daß ausgerechnet sie, die so gut zu Fuß war, jetzt nicht mehr weiterlaufen und nach Hause kommen konnte. Und dieser weiße Sand, wie fein er war, wie er einem bei jedem Schritt unter den Füßen davonglitt, wohin man auch trat! Und er kam einem in die Schuhe, und man konnte nicht stehenbleiben und sie ausleeren, weil man befürchten mußte, daß man nicht wieder hochkam, wenn man sich erst einmal niedergelassen hatte, und dann käme man gar nicht heim. Sie kämpfte, aber sie kam immer langsamer vorwärts. Als sie das steile Stück kurz vor dem Dorf erreichte, kroch sie fast wie ein verletztes Insekt. Sie hatte nicht daran gedacht, auf der Reise zu essen, und in Mailand hatte es nur geröstetes Brot gegeben.

Die Straße schlief und war an diesem sonnigen Nachmittag leer, die Dorfbewohner arbeiteten auf den Feldern, und auf dem Pfarrhof waren nur das Schwein und die Gänse zu sehen. Glücklicherweise war das Tor im Maschendrahtzaun, der das Haus und den Garten umschloß, nicht verriegelt, sonst hätte sie es nicht öffnen können, sondern hätte davor stehenbleiben und sich festklammern und wie eine Närrin schluchzen müssen, bis jemand kam und ihr half. Das geringste, was sich ihr jetzt in den Weg stellte, kam ihr schon als unüberwindliches Hindernis vor.

Die Haustür war geschlossen, und ehe sie die Stufen hinaufstieg und ausprobierte, ob sie versperrt war, ging sie lieber den Weg entlang, bog um das Haus herum, wo der Flieder wuchs und wo sich Roberts Fenster befand. Auf diesem Weg konnte sie die Küche erreichen, deren Tür immer offen stand und zum Garten führte. Robert würde auf seinen Feldern sein. Sie wollte ins Laboratorium gehen und dort auf ihn warten. Außer Robert wußte noch keiner Bescheid. Sie war vor der vereinbarten Zeit zurückgekommen, seine Schande war noch nicht öffentlich bekannt. Und wenn er sie nur schlüge, dachte sie seltsam gleichgültig, wäre das ein Abschluß? Würde das ausreichen? Dann müßte es niemand erfahren, und er könnte in Kökensee bleiben und weiterarbeiten, und sie hätte ihn nicht ruiniert. Es war diese Vorstellung, daß sie Robert ruiniert hatte, die ihr das Herz zerschnitt. Sein Lebenswerk zerstört zu haben, wo sein ganzer Ehrgeiz und seine ganze Hoffnung ihn immer so glücklich gemacht hatten . . .

Ach, sie wußte nur zu gut, daß eine Pastorenfrau, die das siebente Gebot gebrochen hatte, davongejagt werden mußte, weil sie Schande über die ganze Gemeinde gebracht hatte. Und daß sie es in Wirklichkeit gar nicht verletzt hatte, spielte gar keine Rolle; wenn es so aussah, als ob man etwas verbrochen hatte, half es auch nichts mehr, daß dem gar nicht so war. Und wenn Robert sie tötete, würde es ihm auch nichts mehr nützen; es wäre zwar das einzig Angemessene, wie die Baronin und ihr Sohn Hildebrand vor langer Zeit einmal gesagt hatten, er hätte auf ordentliche deutsche Art und Weise seine Ehre wiederhergestellt, aber es gab dabei einen gewissen Haken, man wurde unlogischerweise dafür bestraft, und wenn diese Strafe auch milde ausfiel, so bedeutete sie doch das Ende seiner Laufbahn als Pastor.

Sie schlich um die Hausecke herum. Sie war so müde, daß sie glaubte, sich nicht wachhalten zu können, wenn sie in seinem Laboratorium lange auf ihn warten mußte. Na, wenn er hereinkam und sie im Schlafe tötete, wäre das vielleicht das Angenehmste; sie war so tief erschöpft, daß sie vage dachte, es wäre vielleicht ganz nett, irgendwann später aufzuwachen und festzustellen, daß man sanft entschlafen ist. Aber Robert war gar nicht auf seinen Feldern. Vom Gartenweg unter seinem Fenster konnte sie seinen Kopf erkennen, so wie sie ihn viele hundert Male schon gesehen hatte, tief über seinen Schreibtisch gebeugt.

Bei diesem Anblick blieb sie stehen, das Herz schien sich ihr zusammenzuziehen, wurde etwas ganz Kleines, das kaum noch schlug. Da war er also, ihr entehrter Gatte, der Mensch, der in ihrem ganzen Leben am freundlichsten zu ihr gewesen war und sie am meisten geliebt hatte. Und er arbeitete immer noch, arbeitete unverdrossen weiter, auch unter den Scherben, die sie aus seiner Existenz gemacht hatte, arbeitete bis zum letzten Augenblick, bis die öffentliche Meinung, brutal und beschränkt, die sich weder um die Wahrheit noch um ihre Kinder kümmerte, seiner Arbeit ein Ende setzte und sich auch nicht um den Gewinn scherte, den dieser kluge Kopf der Welt noch würde verschaffen können.

Ach, sie konnte nicht mehr weiter darüber nachdenken. Sie konnte ohnehin nicht länger als einen Augenblick bei einem ihrer Gedanken bleiben. Sie wußte nur, daß jetzt der Augenblick gekommen war, in dem sie ihm entgegentreten mußte, und daß sie entsetzlich müde war. Sie war wirklich außergewöhnlich erschöpft. Ihr Geist war genauso matt und widerwillig, sich zu bewegen, wie ihre Glieder. Was immer ihr Robert antun würde, sie müßte sich dabei mit beiden Armen an seinem Halse festklammern. Sie war so müde, daß sie dachte: Wenn er nichts dagegen hätte, von ihr umarmt zu werden, so würde sie wahrscheinlich einschlafen, selbst wenn er sie prügelte. Ach, armer Robert, dachte sie, es war ja viel zu heiß für so eine Gewaltanwendung! Es war gar kein gutes Prügelwetter ...

Sie folgte dem Weg zur Hintertür. Es war eigentlich eine merkwürdige Vorstellung, daß sie jetzt zu Robert ging, um bestraft zu werden. Die Sache mit der Ehre verstand sie nur zu gut. Ein Mann mußte – was hatte sie gerade gedacht? Was mußte ein Mann? Mußte er strafen? Nutzte es irgend jemanden, wenn sie bestraft wurde? Die Folgen einer schlimmen Tat waren schon verheerend genug. Warum sollte man diese Zerstörung noch mutwillig vergrößern? Und Vergebung schien auch nicht sehr viel sinnvoller zu sein. Es löschte die Vergangenheit aus, das hatte sie jemanden auf der Kanzel sagen hören, aber sie löschte nicht die Zukunft aus, das tägliche Leben mit den Folgen, was ihr noch viel schrecklicher vorkam.

Ach, sie konnte kaum mehr denken. Und hier war die Küchentür; und da – ja, war das nicht Klara, die sie mit offenem Munde anstarrte, gerade dabei, einen Eimer auszuleeren? Warum starrte sie sie denn so an? Wußte sie schon Bescheid?

»Allmächtiger Gott!« rief Klara aus und ließ den Eimer fallen: Ja, offenbar wußte Klara Bescheid, dachte sie und schlurfte auf ihren staubigen Füßen durch die Küche hindurch zum Gang. Allmächtiger Gott, das sagte man auf deutsch statt guten Tag, wenn eine verfemte Frau nach Hause kam. Ach, es spielte keine Rolle mehr. Der kleine dunkle Gang; wenn die Haustür geschlossen war, mußte man sich immer fast durchtasten. Und er war seit ihrer Abreise offensichtlich nicht gelüftet worden, denn er war stickig und schwer von Küchengerüchen. Wahrscheinlich lag es an dieser Schwüle, daß sie jetzt, auf Roberts Matte mit einer Hand auf der Klinke, plötzlich das Gefühl hatte, ohnmächtig zu werden. Und es war auch wirklich schon dunkel; oder kam es ihr nur so vor, weil sie plötzlich nicht mehr sehen konnte? Erschrokken erinnerte sie sich daran, wie sie nach ihrer Rückreise von Luzern in Ohnmacht gefallen war; mußte sie wohl von Zeit zu Zeit unter Gewissensqualen nach Hause reisen und zum Abschluß im kritischen Moment in Ohnmacht sinken?

In ihrer Angst, daß ihr das jetzt wieder zustieß, wenn sie auch nur einen Augenblick länger wartete, und dann wieder alles verdreht wurde, weil man körperliche Schwäche als Eingeständnis mißverstehen konnte, raffte sie all ihren Mut zusammen und öffnete die Tür.

Herr Dremmel saß an seinem Tisch und schrieb. Er blickte nicht auf.

»Robert«, sagte sie schwach, noch an die Tür gelehnt, die Hände auf dem Rücken gerungen, »hier bin ich.«

Herr Dremmel schrieb weiter. Er war ganz offensichtlich tief in seine Arbeit versunken. Weil es ein heißer Nachmittag war, standen ihm aus lauter Konzentration kleine Schweißtropfen auf der Stirn.

»Robert«, sagte sie noch einmal, und ihre Stimme bebte, obwohl sie sich Mühe gab, sie fest klingen zu lassen, »hier bin ich.«

Herr Dremmel beendete seinen Satz. Dann hob er den Kopf und schaute sie an.

Sie starrte in Furcht und Jammer zurück, aber auch mit entschlossenem Mut, und sie kannte diesen Blick. Er zeigte an, daß er seine Gedanken sammelte, daß er sie wieder aus der Tiefe der Probleme zutage brachte, daß er seine Aufmerksamkeit auf seine Frau richtete. Wie merkwürdig, daß er sie in diesem Moment erst sammeln mußte, daß sie sich nicht augenblicklich auf sie stürzten, daß ihm das Chaos, das sie angerichtet hatte, nicht jeden anderen bewußten Gedanken raubte!

»Was hast du gesagt, Ingeborg?« fragte er und schaute sie mit diesem so vertrauten Blick an.

Obwohl sie so genau über ihn nachgedacht hatte, kam es ihr doch so vor, als ob sie Robert noch nicht kannte.

»Ich habe nur gesagt«, stotterte sie, »daß ich – daß ich hier – daß ich hier bin.«

Er schaute sie einen Augenblick schweigend an. Dann wurde ihr plötzlich klar, daß er ihr auf schreckliche Art und Weise etwas vormachte. Er spielte Theater. Er wollte sie quälen, ehe er sie strafte. Er ging mit langsamer Grausamkeit vor.

Herr Dremmel, als ob er sich zusammenriß – seine Kräfte sammelte, dachte sie, die ihn genau beobachtete, und der ganz kalt vor seiner Heimtücke wurde und zu einem gräßlichen Sprung ansetzte –, Herr Dremmel fragte sie, ob sie einen Spaziergang gemacht hätte.

»Ja«, antwortete Ingeborg mit noch schwächerer Stimme, die Augen voll Wachsamkeit und Angst.

Er fuhr fort, sie zu betrachten, aber seine Hand fuhr dabei schon über den Tisch und tastete nach der Schreibfeder, die er hingelegt hatte.

Sie kannte auch diesen Blick – erstaunlich und grauenhaft, wie gut er schauspielern konnte –, er hatte ihn immer, wenn er sich mit jemandem unterhielt und wenn ihm dabei eine neue Idee zu dem, was er gerade schrieb, in den Sinn kam.

Sie war fest davon überzeugt, daß ihr das Schlimmste bevorstand; aber zuerst kam die Qual, das lange Vorspiel. Das enthüllte solche Abgründe der hinterlistigsten Grausamkeit, ein solches Talent zur Verstellung und Heuchelei, daß Ingeborg das Blut in den Adern gerann. Wo war ihr Robert, der Mann mit dem großen einfachen Herzen, den sie zu kennen glaubte. Hatte sie jahrelang neben einem Fremden gelebt?

»Bitte –«, sagte sie und streckte ihm beide Hände entgegen, »Robert – bitte nicht. Kannst du nicht – können wir nicht natürlich sein?«

Er schaute sie immer noch schweigend an. Dann fiel ihm plötzlich etwas ein und er fragte: »Hast du deine Stiefel bekommen, Ingeborg?«

Das war entsetzlich. Daß er jetzt sogar von Stiefeln redete! Ihr diese Notlüge ins Gesicht warf.

»Du weißt ganz genau, daß ich keine bekommen habe«, sagte sie, und Tränen stiegen ihr in die Augen, weil sie sich so für seine Grausamkeit schämte. Wieder musterte Herr Dremmel sie so, als ob er sich auf etwas besinnen müßte.

»Ich weiß?« wiederholte er nach einem nachdenklichen Blick auf Ingeborg, die zuerst rot und dann schneeweiß geworden war, so schockierte sie dieser tiefe Einblick in seine Unmenschlichkeit. Er ist ein Teufel, dachte sie. War Robert teuflisch? Ihr Universum schien ihr in Scherben um die Ohren zu fliegen. »Ich glaube«, sagte sie und hob den Kopf mit einem Stolz, den er empfunden haben sollte und über den er bedauerlicherweise offenbar nicht verfügte, »daß man auch wie ein Mann bestrafen sollte.«

Wieder entstand eine Pause, während Herr Dremmel, den Blick immer noch auf ihr ruhend, in seinen Gedanken zu kramen schien. Dann fragte er: »Hast du eine nette Zeit gehabt?«

Das war einfach gemein. Selbst wenn er Theater spielte, dachte Ingeborg, so gab es gewisse Grenzen des Anstandes.

»Ich glaube«, sagte sie mit zitternder Stimme, »wenn du vielleicht aufhören würdest, so zu tun als ob – ach«, sie unterbrach sich und preßte die Hände zusammen, »was hat das für einen Zweck, Robert? Wozu ist das gut? Laß uns doch keine Zeit vergeuden. Mach nicht alles noch schlimmer und schrecklicher – du hast meinen Brief bekommen, und du weißt über alles Bescheid –«

»Deinen Brief?« fragte Herr Dremmel.

Sie flehte ihn an, das Theater zu lassen. »Es ist so schrecklich, es ist so unwürdig –«

»Ingeborg«, sagte Herr Dremmel, »kannst du nicht Haltung bewahren? Du hast eine Reise gemacht, du hast einen Spaziergang gemacht, aber das ist doch beides kein Grund, um so eine Unbeherrschtheit zu rechtfertigen. Also bitte, wenn du die Beherrschung verlieren willst, dann gehe um des Gottes willen und erledige das in deinem eigenen Zimmer. Dann stört keiner den anderen.«

»Nein«, sagte Ingeborg und rang die Hände, »nein. Ich will nicht gehen. Ich will nicht in ein anderes Zimmer gehen, bis du mit mir fertig bist.«

»Aber«, antwortete Herr Dremmel, »ich bin doch längst mit dir fertig. Und ich möchte jetzt«, setzte er hinzu und zog seine Taschenuhr heraus, »meinen Tee haben. Ich fahre um fünf zu meinen Feldern.«

»O Robert«, flehte sie, unbeschreiblich schockiert – wollte er sie denn ewig weiterquälen? – »bitte, bitte, mach jetzt, was du mit mir machen willst und bring es hinter dich. Ich bin doch nur hier, weil ich auf meine Strafe warte –«

»Strafe?« wiederholte Herr Dremmel.

»Aber hör mal!« schluchzte Ingeborg, die Augen blank vor Kummer und Scham über seine Verstocktheit. »Allmählich kommt es mir so vor, als ob du gar nicht imstande bist, mich zu bestrafen! Du bist nicht imstande, eine anständige Frau zu bestrafen. Ich kann dich nur verachten!«

Herr Dremmel starrte sie an. »Das«, sagte er schließlich, »war ja ein Fluch. Es ähnelt zumindest dem, was ein vernünftiger

Mensch als Fluch bezeichnen würde. Bei dir jedoch, meine liebe Ingeborg, das habe ich schon oft beobachtet, drückt die Sprache nicht immer die betreffende Meinung aus. Vielleicht sollte ich sagen«, setzte er hinzu, »eine Meinung.«

Sie trat mit funkelnden Augen zu ihm an den Tisch. Er hielt die Feder schon wieder so, daß er sofort weiterschreiben konnte, sowie sie die Güte hatte, ihn nicht mehr zu unterbrechen.

»Robert«, sagte sie mit bebender Stimme und stützte sich mit beiden Händen auf den Tisch, »ich hätte nie gedacht, daß ich mich einmal für dich schämen müßte. Alles könnte ich ertragen, das aber nicht –«

»Dann, meine liebe Ingeborg«, sagte Herr Dremmel, »könntest du vielleicht die Güte haben und dich in deinem eigenen Zimmer über mich schämen. Dann stört keiner den anderen.«

»Du bist so schrecklich, du verdrehst alles, du zwingst mich, dir zu vergeben, während du es doch bist, der mir vergeben muß –«

»Dann geh bitte, Ingeborg, und vergib mir in deinen eigenen vier Wänden. Dann kann keiner –«

»Was bist du grausam – ach, ich kann es gar nicht glauben – du, mein Ehemann – du spielst mit mir wie ein Kater mit einer armseligen Maus, einer armseligen, jämmerlichen Maus, und schau doch nur, wie du mich zum Reden bringst, obgleich du es doch bist, der das Reden übernehmen sollte! Tu's doch, Robert, fang endlich an zu reden – sag etwas, tu etwas, mach allem ein Ende. Du hast meinen Brief bekommen, du weißt genau, was ich gemacht habe –«

»Ich habe keinen Brief bekommen, Ingeborg.«

»Wie kannst du das nur sagen!« schrie sie entsetzt. »Du weißt es doch, und du weißt auch, daß ich weiß, daß du weißt – dieser Brief, den ich für dich dagelassen habe – auf diesem Tisch –«.

»Ich habe auf diesem Tisch keinen Brief gesehen.«

»Aber ich habe ihn doch hierher gelegt – hier auf diese Stelle –«

Sie hob die Hand, um ihm leidenschaftlich die Stelle zu zeigen, und unter ihrer Hand lag der Brief.

Ihr Herz machte einen einzigen Schlag und schien dann stillzustehen. Der Brief war da, wohin sie ihn gelegt hatte, und er war nicht geöffnet worden.

Sie schaute zu Herrn Dremmel auf. Sie wurde rot; sie wurde weiß; sie kostete den ganzen Umfang der Beschämung aus. »Ich – ich bitte dich um Verzeihung«, flüsterte sie.

Herr Dremmel zeigte einen Anflug von Schuldbewußtsein. »Manchmal übersieht man eben etwas«, sagte er.

»Ja«, keuchte Ingeborg.

Sie stand ganz still, und sie schaute ihn an.

Er zog wieder seine Uhr heraus. »Dann kanst du jetzt vielleicht, Ingeborg«, sagte er, »so lieb sein und dich um den Tee kümmern. Ich fahre nachher zu den Feldern.«

»Ja«, keuchte Ingeborg.

Er beugte sich über seine Arbeit und begann wieder zu schreiben.

Sie streckte die Hand aus und hob langsam den Brief auf. Die Tradition der bischöflichen Erziehung zwang sie trotz aller Gefahr zur äußersten Aufrichtigkeit.

»Willst du – willst du – willst du ihn –«, begann sie zitternd und hielt ihm halb den Brief hin.

Dann brach ihre Stimme, und ihre Prinzipien brachen zusammen, und die ganze lange sorgfältige Erziehung versagte. Sie steckte den Brief in die Tasche.

»Er ist – er ist überholt«, flüsterte sie zur Erklärung. Aber Herr Dremmel schrieb schon weiter. Er hatte den Brief vergessen.

Sie drehte sich um und ging langsam zur Tür.

Mitten im Arbeitszimmer zögerte sie und blickte zurück. »Ich – ich würde dich schrecklich gern küssen«, stammelte sie. Aber Herr Dremmel schrieb weiter. Er hatte Ingeborg vergessen.

Nachwort

Die preußische Ehe‹ ist derjenige unter ihren 22 Romanen, an dem Elizabeth von Arnim am längsten gearbeitet hat. Immer wieder hat sie das Manuskript geändert, verworfen, neu angefangen und wieder umgeschrieben. Begonnen hat sie damit in den ersten Jahren ihrer Ehe, aber veröffentlicht hat sie das Buch erst nach dem Tod ihres Mannes, Graf Henning von Arnim, und zufrieden war sie vermutlich nie damit. Thomas Mann meinte einmal, es gebe für jedes Buch das Stadium, in dem es nicht mehr wichtig ist, ob es gut oder schlecht ist, sondern nur noch, ob es fertig wird. ›Die preußische Ehe‹ erschien im Oktober 1914, wahrlich kein günstiger Zeitpunkt für einen Roman. Die Welt war in Aufruhr, der Erste Weltkrieg war gerade ausgebrochen und hatte Elizabeths Privatleben völlig durcheinander gewirbelt. Aber die englischen Kritiker fanden das neue Buch brillant, sie lobten seine Klarheit und die intellektuelle Selbständigkeit. Der Autorin selbst waren plötzlich sämtliche Rezensionen gleichgültig.

1896, als der »erste Schub« – wie sie es nannte – ihrer Kinder »fest genug auf seinen eigenen stämmigen kleinen Beinchen« stehen und von einem Kindermädchen betreut werden konnte, hat Elizabeth diesen Roman zu schreiben begonnen. In vier Jahren, zwischen 1891 und 1894, waren erbarmungslos drei Schwangerschaften aufeinandergefolgt. Evi, Liebet und Trix, die April, May und June Babies, als die sie später beschrieben und von ihrer Mutter angehimmelt wurden, kamen zur Welt. Sie liebte ihre Töchter abgöttisch, aber sie hatte genug davon, ein Kind nach dem anderen zu bekommen, in einer nicht endenden Kette beschwerlicher Schwangerschaften. Gleichwohl bemühte sie sich immer »nach besten Kräften, die Leiden zu ertragen und jener dunklen Vorahnungen und Neigungen, mein Testament zu machen, Herr zu werden«, die sie in diesem Zustand jedesmal heimsuchten. Sie beschloß, die Produktion weiterer Nachkommen einzustellen, und spottete später, sie sei bereits schwanger geworden, wenn Henning sich im selben Zimmer die Nase geputzt habe. Sie konnte mit der ihrem Gatten vollkommen unverständlichen, unpatriotischen Weigerung, einen männlichen Erben zur Welt zu bringen, nur ein paar Jahre Schonfrist herausschinden. Sie nutzte diese Zeit erfolgreich dazu, sich ein eigenes Berufsleben zu schaffen, schrieb Geschichten und begann eben das Romanmanuskript über ihre Ehe.

Wie in jedem ihrer Bücher gibt es zahlreiche Parallelen zwischen »Dichtung und Wahrheit«, und wie immer entsteht bei der Lektüre Verblüffung über ihre absolut unabhängige, freie und resolute Art zu denken. Ihr Stil ist ein intellektuelles Florettfechten zwischen zwei Neigungen. Einerseits verspottet und veralbert sie alles und jeden mit treffendem Witz. Andererseits ist sie wild entschlossen, in ihrer literarischen Welt keine Erdbeben, keine Tiger und keine Kriege zuzulassen. Wenn es nach ihr ginge, stellte der Schriftsteller H.G. Wells einmal trocken fest, gäbe es nur endlos milde Brisen und ganz unerwartete Regenschauer; die Flora böte keine Überraschung mehr, sie ist eine verspielte Burleske, doch sehr zart und vielfältig duftend. Dazu kamen kleine Pelztiere, die sich im süßen Gras tummelten. Die Wechselbäder zwischen ihrem messerscharfen Verstand und der mitunter schon beinahe picksüßen Naturschwärmerei machen einen Teil ihrer Faszination aus. Elizabeth ist eine Frauenpersönlichkeit, die erstaunlicherweise schon in einer Zeit der betonartigen Konventionen und strengen Gesellschaftsbräuche der Kaiserzeit auf eine Weise gelebt und gedacht hat, die sich erst sehr viel später wirklich durchsetzte, nämlich nach der sexuellen Revolution, nach den Befreiungsversuchen der sogenannten 68er. Verblüffend an Elizabeth ist immer wieder, daß sie schon um die Jahrhundertwende angefangen hat, so unabhängig zu denken und zu leben. Sie hat einen Ehemann, der zwar herrschen und die Familie regieren will, aber seine Pläne scheitern, und schließlich wird er von ihrem Geld abhängig sein. Sie redet unentwegt von der unberührten Natur, die sie so sehr liebt und in der sie sich am wohlsten fühlt, aber sie lebt in dieser Natur absolut als Städterin. Sie würde niemals auf dem Feld arbeiten, im Garten auch nur eine

Möhre ziehen oder eine einzige Kartoffel ausbuddeln. Dazu hat man Personal. Das Personal wiederum ist ihr lästig, weil sie eigentlich alleine leben und nicht ständig Leute um sich haben möchte, denen man Anweisungen geben muß. Ihre Nörgelei und ihr Genießertum im Minutentakt sind uns auch als heutige Geräuschkulisse durchaus vertraut. Sie will mehr Zeit für sich haben, und sie will Karriere machen. Sie liebt das urbane Leben, verkehrt in Künstlerkreisen, genießt es, die Partylöwin zu spielen und umschwärmt zu werden – aber sie bejubelt auch das ganz einfache Landleben und die Ruhe. Ihre Wünsche sind herrlich maßlos und imponieren, weil Elizabeth es trotz der Unerfüllbarkeit dieser Wünsche immer wieder schafft, glücklich zu sein. Sie ist raffiniert, angriffslustig und begehrlich. Eine verwöhnte Prinzessin, die immer alles haben will und nie genug hat. Eine kapriziöse Frau, die ihre Schwester um deren Schönheit beneidet und doch die eigenen Vorzüge kennt. Sie verreist mit ihrem Liebhaber und begeht Ehebruch, aber sie kehrt auch in aller Unschuld reumütig zu ihrem Gatten zurück. Ganz blauäugig verwundert darüber, daß er sich zurückgezogen hat. Denn die Welt betrachtet sie aus ihrem höchst eigenen Blickwinkel, und da betragen sich nur die anderen merkwürdig. Elizabeth ist schön, intelligent und unsicher. Wie die meisten Frauen heute. Aber sie ist energisch und vital genug, alles mögliche im Leben auszuprobieren.

Ingram nennt sie in ihrem Roman den Liebhaber von Ingeborg. Nur wenig anders, nämlich Ingraban, war der Name eines Hundes, den sie bekam, nachdem ihr erster Kindertrupp aus den Windeln herauskam. Ingraban war eine riesige dänische Dogge, die nachts auf der Matte vor ihrem Bett schlief. Ingraban hatte nur einen einzigen Fehler: er konnte kein Wild sehen, ohne unruhig und erregt zu werden. Er fand Rehe unwiderstehlich. Eine späte und subtile kleine Rache übte sie an H. G. Wells, der in der ›Preußischen Ehe‹ als der Künstler und Liebhaber Ingram parodiert wird. Sie hatte sich nach Jahren verwirrender Leidenschaft von ihm getrennt, weil sie nicht die einzige blieb, mit der er seine Ehefrau betrog.

In der Geschichte ›Eine Tasse Tee‹ porträtiert Katherine

Mansfield ihre Cousine Elizabeth von Arnim. »Schön«, könne man sie eigentlich nicht nennen: »Hübsch? Nun ja, wenn man sie zergliederte . . . Aber wer wird so grausam sein, jemanden zu zergliedern? Sie war strahlend jung, sehr modern, hervorragend gut angezogen, erstaunlich belesen in den letzten Neuerscheinungen, und ihre Gesellschaften waren die ergötzlichsten Mischungen aus wirklich bedeutenden Leuten und Künstlern – wunderlichen Geschöpfen, die sie entdeckt hatte, manche einfach zu schauderhaft für Worte, aber andre ganz präsentabel und unterhaltsam.«

Elizabeth kann sich derart kraftvoll gegen die Stacheldrahtkonventionen ihrer Zeit wehren und ihre eigenen Bedürfnisse verwirklichen, weil sie sich eine unverwüstlich lebendige Kinderseele bewahrt hat.

Geboren wurde sie 1866 als Mary Annette Beauchamp. Die Beauchamps waren eine umtriebige Familie, die ständig umzog und dabei Wirbel erzeugte wie ein mittlerer Wanderzirkus. Man liebte in dieser Familie hemdsärmelige Feste und ungezwungenes Benehmen. Ihr Vater, Henry Beauchamp, war als Geschäftsmann einer Handels- und Reedereigesellschaft von London aus nach Australien gegangen, hatte dort Elizabeth Weiss Lasseter, genannt Louey, geheiratet, und die Familie zog dem gesellschaftlichen Aufstieg des Vaters entsprechend von einer Adresse zur nächst besseren in Sydney. Mary Annette kam allerdings nicht in Australien, sondern in Neuseeland, in einem Ferienhaus, als sechstes Kind der Familie zur Welt. 1870 segelten die Beauchamps zurück nach England. In Australien hatte Henry Heimweh nach England gehabt, aber zurück im nebligen London sehnte er sich nach den australischen Orangenhainen. 1872 siedelte die Familie kurzfristig nach Lausanne in die Schweiz, und Henry Beauchamp startete zu einer ausgedehnten Weltreise. Für die Familie war das eine lustige Zeit, die Kinder wurden, soweit das bei ihrer Quirligkeit möglich war, zu Hause unterrichtet.

Wie Ingeborg im Roman hat auch Mary eine wunderschöne Schwester, Charlotte, die umschwärmt wird und neben der sie sich grau und unscheinbar vorkommt. Auch die Figur der Mutter von Ingeborg ist offenkundig einem realen Vorbild nachgezeichnet. Louey Beauchamp soll in ihrer Jugend so schön gewesen sein, daß sie nur verschleiert aus dem Haus gehen konnte, um die Männerwelt nicht in Aufruhr zu versetzen. Sie konnte trotz der sechs Schwangerschaften ihre schlanke Figur bewahren, aber nach dem sechsten Kind, Mary Annette, hatte auch sie beschlossen, daß dies ihr letztes Kind sein würde. In England fühlte sie sich in der ersten Zeit unglücklich und verbrachte Tage und Wochen auf dem Sofa. Während ihr Mann auf Reisen war, schickte sie ihm eifersüchtige Briefe mit beunruhigenden Schilderungen ihres Gesundheitszustandes, obgleich sie sich während seiner Abwesenheit ganz vortrefflich amüsierte und muntere Gesellschaften gab.

1890 nahm Vater Beauchamp seine Tochter Mary mit auf eine Reise nach Italien. Henry hatte nie die speziellen Nerven, die man für kleinere Kinder braucht, aber er war verliebt und vernarrt in seine inzwischen heiratsfähige Tochter. Mißmutig stellte er während der Reise fest, daß er nicht der einzige Mann war, dem sie gefiel, und versuchte sein Bestes, alle Don Juans zu vertreiben. Bei einem gelang es ihm nicht: Henning Graf Arnim-Schlagenthin. Vater und Tochter lernen ihn in Rom bei einer Gesellschaft kennen, und Mary verliebt sich ähnlich zögerlich wie Ingeborg in den deutschen Grafen. Er macht ihr einen Heiratsantrag und erklärt, an das Küssen werde sie sich schon gewöhnen. Mutter Loueys Beistand wird vom Vater schriftlich erbeten, denn dieser Situation fühlt er sich allein nicht mehr gewachsen. Graf Arnim führt seine zukünftigen Schwiegereltern nach Bayreuth, beeindruckt sie mit seiner Parkettsicherheit in der besseren Gesellschaft und seinen fabelhaften Beziehungen. Louey stellt fest, ihre kleine Mary sei ganz verliebt in den preußischen Adligen, und gibt Unmengen von Geld aus, um sie präsentabel auszustatten.

Mary, die ihren Verlobten mit anderen Damen bei Empfängen plaudern sieht, fragt sich, warum er ausgerechnet sie heiraten will. Aber Henning genießt das Vergnügen, mit dieser quicklebendigen, hellwachen und hochmusikalischen Person zu sprechen. Sie hat nicht die steife konventionelle Art der deutschen

Oberschichtdamen, und außerdem galten Engländerinnen in damaligen Adelskreisen als willkommene Auffrischung.

Elizabeths Biographin Karen Usborne beschreibt die Verlobung von Henning und seiner kleinen »Dolly«, wie er sie nannte, als verrückte Episode, turbulenter und vergnügter als es in ›Die preußische Ehe‹ zugeht. Nur die Gefühlswelt von Ingeborg und Robert, die sich für einander entschließen, obgleich sie sich kaum kennen, scheint dem »echten« Leben abgeschaut zu sein. Mary ist einfach verblüfft, plötzlich im Zentrum des familiären Interesses zu stehen, heftig umworben, begehrt und von den Eltern beschützt. Ihre Mutter und eine Tante sind aus England angereist und betreuen sie, um sie ordentlich zu verheiraten. Sie hat kaum eine Chance mehr, sich gegen all das zu wehren, auch wenn sie vermutlich wie Ingeborg bedauert, daß sie in Henning Graf Arnim nicht besonders verliebt ist. Die Verlobung wird also besiegelt, Mary kehrt nach England zurück, und der Graf sagt, er müsse vor der Hochzeit seine Geschäfte in Ordnung bringen. Er hat noch Schulden seines Vaters abzutragen, der zu Lebzeiten eine Fehde gegen Bismarck angezettelt und verloren hatte, an deren Folgen sein Sohn Henning nach seinem Tod noch lange leidet.

Henry Beauchamp fragt in einem Brief, als es allzu lange dauert, bis der Verlobte seiner Tochter sich rührt, ob man das Versprechen auflösen solle und seine Tochter anderen Bewerbern zusagen könne. Henning antwortet überraschend kühl, seinetwegen solle sie kein lukratives Angebot abschlagen. Das wiederum will Mary sich nicht gefallen lassen. Sie unternimmt – kurz entschlossen wie Ingeborg ihre Reise in die Schweiz – entsprechende Schritte, um ein Fait accompli zu erzeugen. Natürlich erreicht sie, was sie will: Am 21. Februar 1891 wird das Paar in London getraut.

Die Flitterwochen fallen ähnlich problematisch aus wie die des frischgebackenen Ehepaares Dremmel. Elizabeth gestand später ihrem Geliebten H. G. Wells, sie habe ihren Mann »nicht riechen« können. Graf und Gräfin zogen nach Berlin, in eine laute Mietwohnung. Die junge Ehefrau mußte die Pflichten einer deutschen Ehefrau pauken, das hieß: Befehle geben, Personal kontrollieren, Visiten in der Bekanntschaft machen, repräsentieren und vor allem sobald wie möglich Kinder zur Welt bringen. Bald ist Elizabeth in anderen Umständen und fühlt sich dadurch noch deplacierter und unwohler in ihrer Rolle. Es muß die Hölle gewesen sein. In einem Brief aus London erfährt Elizabeth von ihrer Mutter, daß es in England bei Geburten Chloroform für die Gebärenden gibt, um ihre Leiden zu mindern. Als sie während der zwei Tage dauernden Geburt um ein Schmerzmittel bittet, wird es ihr verwehrt, eine deutsche Mutter hat das auszuhalten ohne zu klagen. All die schönen Dinge, die Ingeborg erlebt, wie das Frühstück im Garten mit der Butter auf einem grünen Blatt und die Spaziergänge, all das kann für Elizabeth erst viele Jahre später Wirklichkeit geworden sein, als sie 1897 mit ihrer Familie auf eines der Güter ihres Mannes nach Nassenheide in Pommern zog.

In den ersten Ehejahren in Berlin folgte einfach eine Schwangerschaft der nächsten, und auf den Fotos sieht man eine unglückliche Frau. Graf Arnim geht früh morgens aus dem Haus seinen Geschäften nach, wenn er abends nach Hause kommt, ist er zerstreut und in eigene Gedanken versunken. In den knappen Tagebucheintragungen dieser Jahre gibt es wenig Hinweise auf ein glückliches, erfülltes Leben, nur Notizen über Besuche, die man abgestattet hat, Spaziergänge im Tiergarten von Berlin und Fahrradtouren – die einzige Möglichkeit, der Etikette zu entfliehen. Bei den ersten beiden Geburten hat Elizabeth Brustentzündungen und hohes Fieber. Sie ist wütend auf Henning, der sie in diesen Zustand versetzt und ihr verbietet, das Kind in England bei ihren Verwandten zu bekommen. Als sie kurz nach der Geburt ihrer zweiten Tochter feststellt, daß sie schon wieder schwanger ist, reagiert sie mit offener Rebellion. Sie setzt eine Reise nach England durch. Bei dieser Reise lernt sie übrigens ihren späteren zweiten Mann Francis Earl Russell kennen, sie gehen gemeinsam ins Theater, sehen Sarah Bernhardt und schreiben sich charmante Liebesbriefe. Einige von Francis' Komplimenten aus seinen ersten Briefen werden im Roman dem guten Edward Ingram untergeschoben. Auch nachdem Elizabeth sich von der Geburt ihrer dritten Tochter erholt hat, treffen sich Earl Francis und Elizabeth noch einige Male. Nach diesen inspirierenden Flirts in London kann Elizabeth sich auch in Berlin bei ihrem Ehemann besser behaupten und ihm selbstbewußt trotzen: Keine Kinder mehr! Der Graf tobt, es kommt zu häßlichen Szenen, er nimmt sich eine Geliebte, aber selbstverständlich bleibt man zusammen.

Die Situation bessert sich ein wenig, nachdem die Familie aufs Land gezogen ist, denn hier ist Elizabeth überraschenderweise wirklich glücklich. Die Familie besitzt in Nassenheide ein altes Schloß mit viel Land ringsherum. Sie läßt das alte feuchte Gebäude hell und freundlich renovieren und legt ihren berühmten deutschen Garten an. Die Kinder wachsen hier unbeschwert auf, betreut von französischen Gouvernanten und englischen Hauslehrern. Elizabeth hat ein kleines Gewächshaus im Garten, das sie zu ihrem Arbeitsrefugium erklärt und ihren ersten Bestseller schreibt. Im Winter unternimmt Elizabeth mit ihren Kindern herrliche Schlittenfahrten durch den verschneiten Wald, sie laufen Schlittschuh auf den Seen und Gräben, und abends sitzt die Familie in der Bibliothek am Kamin. Die Mädchen studieren kleine Theaterstücke ein, die sie für ihren Vater als einzigen Zuschauer aufführen. Häufig kommt Besuch aus England, Verwandte und Freunde, im Sommer veranstaltet man Picknicks und Fahrten zum Stettiner Haff und zur Ostsee an den Strand, dort sind die drei weißgekleideten Mädchen eine Augenweide für die Badegäste und der ganze Stolz der Mutter. Scheußliche Szenen gibt es nur immer wieder mit Henning, der erstens kein Mann ist, der gern auf dem Rücksitz sitzt, und der den schriftstellerischen Erfolg seiner Frau mit Mißtrauen beobachtet! Zweitens besteht er noch immer auf der Produktion eines männlichen Erben. Es geling ihm, seine Frau noch einmal zu schwängern.

1899 kommt Felicitas, Elizabeths vierte Tochter, zur Welt. Nebenher schreibt Elizabeth nach dem Erfolg ihres ersten Buches ›Elizabeth und ihr deutscher Garten‹, konzentriert weiter ein Buch nach dem anderen, als nächstes: ›Sommer ohne Gäste‹, wo sie das Idyll in Nassenheide heiter und liebenswert beschwingt darstellt. Doch das Glück bekommt einen Knick, als Henning Graf Arnim 1901 wegen einer Intrige in der Bank, in deren Geschäftsführung er arbeitet, verhaftet wird. Elizabeth kämpft für ihren Mann, besucht ihn im Gefängnis in Stettin und hilft ihm nach Kräften. Sie hat ihn nach seiner Entlassung, als er am Boden zerstört nach Hause kommt, sogar so liebevoll getröstet, daß sie erneut schwanger wird, und 1902 wird endlich der lang ersehnte Stammhalter geboren. Die Wut auf ihren Mann, der ihr dieses »Leiden« immer wieder antut, kann sie in den ersten Jahren nur ungenügend von der Person ihres kleinen Sohnes Henning Bernd trennen. Das Kind bekommt ziemlich viele Schläge mit der Haarbürste. Alle Kindermädchen, Hauslehrer und später die Schulleiter werden angewiesen, den Jungen streng zu behandeln. Seine Schwestern hassen ihn ebenfalls ziemlich ungebremst. H. B., wie er genannt wird, hat wahrlich keinen leichten Stand in der Familie.

Elizabeth schreibt ihre nächsten Bücher und feiert Erfolge, sie bezahlt mit ihren Einkünften den Lebensunterhalt und die Schulden ihres Mannes. Graf Arnim hat viele Jahre mit Saatgütern experimentiert und Versuchsfelder mit Lupinen angelegt. Ohne Erfolg. Er steuert immer schneller auf seinen finanziellen Ruin zu, und es ist abzusehen, daß er seine Güter bald nicht mehr halten kann. Elizabeth und er haben sich entfremdet.

1909 unternimmt sie eine Reise durch England. Zusammen mit einigen Freunden mietet sie Planwagen, mit denen die muntere Gesellschaft einen total verregneten, aber ausgelassenen Urlaub verbringt. Elizabeth besucht H. G. Wells, den sie vorher schon einmal zum Essen einladen wollte und der ihr damals nur eine höfliche Absage geschickt hatte. Ein Theaterstück, das sie nach einem ihrer Romane verfaßt hat, wird ein Riesenerfolg an einem Londoner Theater, und sie will mit ihren Kindern in England bleiben.

Henning von Arnim wird krank, er muß Nassenheide tatsächlich verkaufen. Elizabeth versöhnt sich mit ihrem Mann und begleitet ihn zu einer Kur nach Bad Kissingen, wo der Graf kurz darauf stirbt. »Wie dumm der Mensch ist, der nicht weiß, was er besitzt, bis er es verliert«, sagt sie danach und: »Wie sehr ich doch den Vater meiner Kinder vermisse!« Mich erinnert das an eine Freundin, die sich von ihrem Mann scheiden ließ. Ihre Mutter war darüber empört und fauchte: »Für mich waren die ersten 18 Jahre mit deinem Vater auch nicht leicht.« Henning und Elizabeth gehören nach so vielen Ehejahren vielleicht inniger zusammen, als Elizabeth bewußt ist. Im Sanatorium erfährt Henning von dem großen Erfolg ihres Theaterstückes in London. Als sie zu ihm kommt, empfängt er sie mit einem selbstgebastelten Lorbeerkranz. Eine liebenswerte und rührende Geste. Seine Frau ruft ihre Kinder nach Kissingen, damit sie in Ruhe von ihrem Vater Abschied nehmen können.

Elizabeth gewöhnt sich nach einem Jahr an das freie Leben einer Witwe und stellt fest, daß es erstaunliche Vorzüge bietet. Sie fängt ein aufregendes Verhältnis mit dem von ihr so bewunderten Wells an. Wells, ein erfahrener und weltgewandter Liebhaber, ist zwar verheiratet, aber er und seine Frau Jane haben ein stilles Abkommen miteinander, daß er seiner Wege gehen darf und doch immer wieder in den sicheren Hafen zu der Mutter seiner Kinder zurückkehrt. Das mißfällt Elizabeth natürlich heftig, zumal Wells eben auch noch andere Verehrerinnen hat, deren beharrlichem Werben er nicht widerstehen kann. Mit der berühmten Journalistin Rebecca West zeugt er einen unehelichen Sohn, und diese Affäre gibt schließlich den Ausschlag dafür, daß Elizabeth das Verhältnis beendet. Sie hat mit H. G. Wells einige Auslandsreisen unternommen. Wie Ingeborg mit Ingram waren die beiden auch in Italien.

Elizabeth hat sich während dieser Zeit ein Chalet in der Schweiz bauen lassen, das an das Chalet erinnert, das ihre Familie 1872 in Lausanne gemietet hatte. Es liegt im Wallis, unterhalb des berühmten Luftkurortes Montana, auf einem der Sonnenbalkone der Schweiz. Mit einer Drahtseilbahn erreicht man Randogne sur Sierre, und von da aus sind es zwei Kilometer Fußweg zum Chalet Soleol. Hier hat Elizabeth für ein paar Jahre einen Zufluchtsort, Ruhe und Frieden. Freunde kommen aus London und ihre Kinder mit eigenen Kameraden. Das Chalet hat fünfzehn Gästezimmer, und Elizabeths Schlafzimmer, berichtet ihre Biographin Karen Usborne, ist mit einer geheimen Schiebetür ausgestattet. H. G. Wells kommt noch einmal in das Chalet, um sich Elizabeths Zuneigung zu vergewissern. Aber die Tür bleibt für ihn verschlossen, und er muß, wie Elizabeth lapidar anmerkt, »unverrichteter Dinge« abreisen. Elizabeth war einfach glücklich dort oben. Im Winter sausten die Gäste auf Skiern die Hänge hinunter, oder man fuhr mit der Bahn hoch nach Montana und rodelte zurück zum Chalet. Im Sommer spielte man tagsüber Federball im Garten und abends in der Halle Schach und andere Gesellschaftsspiele. Dort hing auch der alte Mantel von Henning. Elizabeth hatte ihn nie reinigen lassen, damit er weiter nach ihrem Mann roch.

»Und nicht lange, und ich würde Großmutter werden und wieder kleine Kinder um mich haben anstatt großer, und auch in diesen künftigen ruhigen Jahren würde es einen Mai geben und Bücher und Hunde, um mir Gesellschaft zu leisten.« Das »Gute, Wahre und Schöne« wollte sie in Ruhe genießen. Natürlich kam alles anders, wilder, tragischer und chaotischer. Das Nomadenleben sollte nicht zu Ende sein. Ein neuer Ehemann taucht am Horizont auf, der gute Earl Russell, der sich rasch zum Tyrannen entwickelt. Er beschert ihr das schönste Jahr und die grausamste Zeit ihres Lebens. Dagegen sollte sich ›Die preußische Ehe‹ rückblickend geradezu als ein friedliches sonniges Paradies erweisen.

Annemarie Stoltenberg